어느날 사랑이

어느날 사랑이

조영남

한길사

어느날 사랑이

지은이 · 조영남

펴낸이 · 김언호

펴낸곳 · (주)도서출판 한길사

등록 · 1976년 12월 24일 제74호

주소 · 413-756 경기도 파주시 광인사길 37
www.hangilsa.co.kr
E-mail: hangilsa@hangilsa.co.kr

전화 · 031-955-2000~3   팩스 · 031-955-2005

제1판 제1쇄 2007년 9월 30일
제1판 제8쇄 2013년 8월 20일

값 15,000원
ISBN 978-89-356-5834-3 03810

• 잘못 만들어진 책은 구입하신 서점에서 바꿔드립니다.

이 도서의 국립중앙도서관 출판시도서목록(CIP)은
e-CIP 홈페이지(http://www.nl.go.kr/ecip)에서 이용하실 수 있습니다.
(CIP제어번호: CIP2007002902)

하얀손 탈출기

• 책을 펴내며

"어느 날 사랑이."

내가 메모를 내려다보며 말했다.

"어느 날 사랑이? 어! 이거 좋은데요."

나는 파주출판단지 한길사 김언호 사장의 응접실 소파에 앉자마자 내 책 담당 이현화 씨가 내민 메모지를 훑어보다가 불쑥 책 제목 얘기부터 꺼냈다. 만나서 반갑다, 진작 찾아뵈었어야 하는데 죄송하게 되었다, 뭐 그런 인사도 나누기 전이었다. 그만큼 책 제목이 급했다. 메모 안에는 여러 제목이 적혀 있었다.

'사랑하다 말다' '그 모든 첫사랑' '열두 번째 첫사랑' '눈부신 나의 사랑이야기' '맞아죽을 각오로 쓴 사랑선언' '나의 사랑은 아직 끝나지 않았다' '어느 광대의 사랑이야기' '그 모든 사랑' 그리고 '어느 날 사랑이 내게로 오다' 등등이었다. 나는 맨 끝 것을 내려다보면서 '내게로 오다'라는 꽁지를 자르고 그 앞에 있는 '어느 날 사랑이'만을 살려보았다. 그게 더 좋았다. 느낌이 괜찮았다. 나는 '어느 날 사랑이'를 서너 번 되뇌어보며 멋쩍게 눈치를 살폈다. 왼쪽 이현화, 오른쪽 김 사장의 얼굴이 환해졌다. 책 전체의 운명을 좌우할지도 모르는 제목이 그런 식으로 정해졌다.

지난 몇 개월간 제목 때문에 의견이 분분했다. 내 주위의 몇몇은 첨부터 그냥 짧게 '사랑'을 밀었고 몇몇은 '사랑하다 말다'를 밀었다. 그 둘이 팽팽하게 맞서더니 엉뚱하게 '열두 번째 첫사랑'이 튀어나왔고 그것은 곧 '열세 번째 첫사랑'으로 바뀌었다. 뉴욕 첼시에서 투바이써틴(2×13)이라는 이름의 화랑을 하는 친구가 영원과 무한대를 상징하는 초월적 숫자 13을 강력 추천했기 때문이다.

그렇게 책 제목이 오락가락 표류하고 있었다. 지금까지는 쭉 강남에서 회의를 열었지만 최종회의만은 파주 출판사 사장실에서 열자는 연락을 받고 나는 아침 아홉 시 반경에 일어나 강남 집에서 나와 택시를 타고 영동대교를 건너 자유로를 따라 파주출판단지 한길사 사장실까지 왔다.

건물이 거창했다. 와! 책을 몇 권이나 팔면 이런 건물을 지을 수 있을까. 하지만 딴 생각할 새가 없었다. 우리는 급했다. 삼자대면으로 책 제목 합의부터 봐야 했다. 최소 두세 시간 정도 왈가왈부할 것 같았는데 30초도 안 걸려 끝장을 봤다. 그렇게 나온 제목이 『어느 날 사랑이』다.

왜 이런 시시콜콜한 얘기까지 써야 하는가. 그럴 만한 이유가 있다. 이 책을 쓰는 동안 나는 백수였다. 일정한 직업이 없었다. 그것도 화백이었다. 그림을 그리는 사람이 아니라 화려한 백수라는 뜻이다. 흰 백白에 손 수手, 일을 안 해서 손이 하얀 사람, 그러니까 놀고먹는 사람이란 뜻이다. 뜻하지 않게 백수 노릇을 하다보니 나도 모르는 새에 내 자신이 자질구레해졌다. 그럼 왜 잘 나가던 화수, 화가·가수가 백수가 되었고 왜 백수가 이번엔 화백이 되었느냐, 간단하다. 타이밍 안 맞는 일본 발언 때문이었다. 그전까지는 나한테도 폼 나는 직업이 있었다. 텔레비전의 두 개 프로그램 진행자, 신문과 잡지의 고정 필자, 그리고 방송출연 가수에 현역 화가였다. 쭉 그렇게 잘 나가다가 2005년 5월 중순 어느 날 나는 하얀 백수로 변했다. 책 제목을 『어느 날 사랑이』가 아니라 『어느 날 백수가』로 정했어야 옳다. 내 경우 돈이 생기는 방송·신문·잡지로부터 전화 연락이 안 오면 그게 바로 백수다. 그런데 연락이 뚝 끊겼다.

나의 원래 직업은 광대다. 광대는 원칙적으로 일용직이다. 하루 벌어 하루 사는 사람이다. 지금이 조선 말엽쯤이었으면 나는 변두리 어느 동구 밖에서 손에 부채 들고 줄을 타며 노래를 부르고 있어야 할 몸이다. 그러나 나는 용케도 세상을 잘 만났다. 내가 살고 있는 밀레니엄 시대에는 광대가 엄청난 대우를 받는다. 거의 백작, 공작 대우를 받는다. 광대가 여러 타이틀을 보유하고 있는 것만 봐도 알 수 있다. 그래서 나는 도도한 미국 같은 나라에 들어가는 입국서류 직업란에 그때그때 기분 내키는 대로 적는다. 아티스트·싱어·엔터테이너·브로드캐스터·토크쇼 호스트·저널리스트·라이터 등등으로 말이다.

그렇게 잘나가다가 한큐에 백수가 되는 바람에 서너 달 빈둥대다가 놀면 뭐 하냐, 멸치 똥이라도 따자며 펜을 들고 쓴 것이 바로 이 책이다. 그러니까 이 책은 1년 6개월여의 백수 탈출 기념품인 셈이다. 그럼 지금은 뭐냐. 나는 더 이상 백수가 아니다. 흑수黑手다. 나는 MBC 라디오에 매일 출근해서 고정으로 생방송을 진행하기 때문이다.

생전 처음 해본 백수생활, 좋은 점도 있고 나쁜 점도 있었다. 남들이 인사치레로 "요즘 어떠냐"고 건성으로 물어오면 "죽을 맛입니다" 아니면 "하루 쉬고 하루 놀고 하루 충전하고 그 다음날 또 쉽니다" 하고 나도 건성 대답했다. 사람들은 상대의 풀죽은 모습 보는 걸 은근히 즐기는 경향이 있다. 그러나 나는 좀 특수 백수였다. 기죽지 않는 백수였다. 딸과 할머니와 그리고 나, 셋이서 굶지 않고 삼시 세끼 최상급의 라면을 끓여 먹는다면 최소한 3년 이상은 버틸 만한, 경제적 바탕이 탄탄한 백수였다. 그러다보니 백수의 나날, 빈둥거림의 나날도 흑수黑手의 나날과 크게 다를 바 없었다.

어젯밤에 나도 모르는 새 감았던 눈을 아침에 다시 뜨고 TV 틀고 신문 보고 나갈 일 있으면 샤워하고 집을 나가서 사람 만나고 점심 먹고 어영부영하다가 사람 만나 밥 먹고 술 한 잔 하고 집에 돌아와서 또 TV 틀고 딸과 맥없이 몇 마디 나누고 빈둥대다가 불 끄고 어젯밤에 한 것과 똑같이 또 잠을 청한다. 다행히 아침에 눈을 떠 하루를 더 살게 된 백수의 하루는 또 어제와 거의 비슷하다. 밥 먹고 옷 입고 사람 만나는 기본틀은 똑같고 사이사이에 자장면이냐 피자냐, 돈 있는 사람을 만나 술을 얻어먹을 거냐 스마트한 사람을 만나 술을 사줄 거냐, 남자를 만날 거냐 여자 만나는 일이 더 급하냐, 이런 건 그때그때의 취향과 기분 내키는 대로 처리하면 된다.

그런 약속도 없는 날은 집에 틀어박혀 그동안 내깔겨뒀던 책을 읽거나 글을 쓰고 그러다가 눈이 칙칙해지면 내가 좋아하는 그림을 그리면 된다. 그런대로 시간이 잘 간다. 그래도 이따금씩 재미있는 일이 생기기도 한다. 어떤 것들인가. 나는 주로 재수에 기대고 산다. 재수 있는 날은 좀 재미있고 재수 없는 날은 재미가 없는 날이다. 그러나 거의 매일 재미있다. 중국으로 건너가 논스톱으로 보름간 타클라마칸·고비사막을 횡단도 하고, 스물여섯 시간짜리 중국대륙횡단기차를 타보기도 했다. 라스베이거스로 건너가 헬기를 타고 그랜드캐니언을 둘러보다가 중간 계곡에 내려 샴페인으로 건배도 해봤고, LA에서 비행기를 갈아타고 생전 처음 멕시코시티로 날아가 거기 있는 세계 최대의 피라미드를 보기도 했고, 멕시코인이 다수 섞인 현지 교민들 앞에서 한국 대표가수로 노래하며 "여러분, 제가 지구 반대편에서 여기까지 온 것은 다름이 아니라 여러분의 전통민요 「라 골론드리나」La Golondrina를 허락도 없이 「제비」라는 우리말 가사로 번안해 35년간 불러제껴 왕창 돈을 벌었고 번 돈 전부를 저의 생활비와 이혼 위자료로 쓴 것을 자백하고 용서를 받기 위해서 온 겁니다." 하며 「제비」를 멕시코어로 불러 강당이 떠나갈 듯한 박수를 받은 것도 정녕 잊지 못할 추억이었다.

국내에 머문다고 아주 재미없는 건 아니었다. 허구한 날 손 시커먼 친구들이 내가 있는 곳으로 꾸역꾸역 모여들었다. 내가 하얀 손이라 낮이나 밤이나 항상 청담골에 있기 때문이다.

"형, 뭐해? 오늘 저녁 아무것도 없어?"

"응, 아무것도 없어!"

"그럼 일곱 시 반까지 갈게, 준비하고 있어."

"백수 오라버니, 뭐해요?"

"아무것도 안 해."

"그럼 금방 글루 갈게요."

그런 식으로 우린 거의 매일 모였다. 일주일에 한 번 모여도 우리한테는 매일이라는 느낌이 들었다. 코엑스 뒤 유정낙지, 청담골 새벽집, 대나무숲, 화수목카페 등 우리는 우리가 그날그날 모여서 밥 먹고 술 마시며 떠드는 장소를 편의상 청담학교라고 부르기 시작했다. 원래는 청담중학교인데 내 딸아이가 다녔던 청담중학교와 구별하기 위해서 가운데 '중'을 뺐다. 우리 청담학교는 원래 청담성인학교라고 불렀어야 하는데, '성인'이라는 두 글자를 애당초 뺐다. 왜냐하면 청담학교 교실에만 들어오면 하나같이 정신연령과 아이큐가 중2, 중3 수준으로 팍 주저앉기 때문이다.

우리 학교는 교육부의 정식 인가를 받지 않은 무허가 임시학교이기 때문에 아무런 체제도 없고 위아래도 없다. 애들이 선생 노릇도 하고 선생이 애들 노릇도 한다. 일정하게 가르치거나 배우는 교과목도 없다. 그냥 시작한다. 그냥 있으면 자동적으로 뭔가가 시작된다. 강의 제목도 주제도 없다. 그러나 시간이 약간만 지나면 그날 주제의 가닥이 스스로 잡혀가서 결국엔 거대 담론의 논제가 상정되곤 한다.

가령 '내복 착용이 인체에 미치는 영향'은 한 학생이 초겨울부터 늦봄까지 내복을 착용함에 따라 불거졌던 논제이고, '여성 입장에서의 남성 껄떡거림의 한계와 실용성에 관하여'는 한 남학생이 교실에 등장하는 모든 여성에게 물불을 안 가리고 껄떡거릴 뿐만 아니라 자기가 소화해내지도 못하면서 일단 껄떡거리고 보는 몰염치한 일련의 행각 때문에 즉석에서 생겨난 논제다. '껄떡거린다'는 저급한 표현을 써선 안 되는데 실제로 우리 교실에선 그런 표현이 마구 난무해서 그대로 옮겨 적었다.

우리는 흔히들 말하는 살롱문화나 스쿨 같은 것도 추구하질 않았다. 왜냐하면 우리는 결코 지식이나 학문에 굶주린 사람들이 아니기 때문이다. 우리는 기왕에 우리가 가지고 있는 지식만 해도 필요 이상으로 남아돌아 처치가 곤란할 지경이었다. 우리 교실에서는 지식의 유세를 떨거나 위엄을 떨면 그 자리에서 박살이 나거나 왕따를 당했다. 차라리 어설픈 푼수를 떠는 게 낫다. 우리 학교는 이 나라의 교육이념을 도저히 따라가지 못하기 때문에 학교 간판도 내걸지 않았다. 그날 학교 문을 열고 그날 바로 기약 없이 닫는다. 가짜 학위 같은 걸 발급하지도 않는다. 필요하다면 발급해줄 용의는 있다.

애당초 학교의 성격을 띠기 전에는 정체불명의 협회로 시작했다. 푼수 떠는 인간들이 다 모였다는 의미에서 전푼협, 즉 전국 푼수자 협의회라는 이름으로 얼마를 견디다가 밀교를 차리면 대박이 날 수도 있다고 해서 재수교 총본부로 개명을 했다. 사람한테는 실력이나 노력보다 재수가 더 중요하다는 프랙티컬한 뜻에서 발족한 것인데 제법 교세가 번창하다가 사이비 교단으로 오해를 받는 바람에 최근 백 투 더 주니어스쿨, 그러니까 우리의 인생에서 중학교 때가 제일 재미있었으므로 지금부터 중학 시절로 다시 돌아간다고 해서 청담중학교로 명칭을 정했다가 청담학교로 바뀌었고, 최근 새로운 전덤협이 창설되거나 전덤중학으로 개명하려는 움직임 때문에 모두들 예의 주시하고 있는 중이다. 전국 덤 앤 더머 협의회의 준말이 전덤협이다.

누가 물어오면 대답하겠다. 묻지도 않는데 떠들면 노인네 취급을 받는다.

"왜 당신은 낫살이나 먹어가지고 왜 그토록 집요하게 청담학교를 물고 늘어지는가?"

그게 그렇게 궁금하다면 대답하겠다. 잘난 척하는 게 아니다. 산다는 게 뭔가. 사람 만나 지지고 볶고 하는 것이다. 그게 싫은 사람은 절로 가고 수도원으로 간다. 우리는 그 지지고 볶는 것을 잘하기 위해서 공부도 하고 소설도 읽고 영화도 보고 음악회·미술전시회도 하고 돈도 번다. 순서대로 말하자면 지지고 볶는 게 일차이고 그 나머지들은 이차적이거나 부차적인 것들이다. 그러니까 우리가 누구를 만나서 희희덕대고 수다 떨고 사랑하고 미워하는 게 당연히 A급이고 그렇게 지지고 볶는 걸 글로 쓰거나 그림이나 음악으로 옮기는 건 당연히 B급인 것이다.

내가 글을 써봐서 안다. 글을 쓰다보면 반드시 진실이 부풀려지거나 많은 부분 가려진다. 개인감정과 개인사정 그리고 무엇보다도 편견이 개입되기 때문이다. 내 책만 해도 그렇다. 거의 모든 사실상의 치부는 가려져 있다. 그러니 B급 책일 수밖에 없다. 글이라는 게 그렇다. 소설로 쓰면 과장이 진실을 짓누른다.

그럼 최상의 A급은 무엇인가. 어디에 있는가. 간단하게 대답할 수 있다. 친구들과 지지고 볶는 그 자체만이 최상의 A급이다. 그러므로 사소해 뵈는 사람과 만나 시덥지 않은 대화를 나누는 것 그것이 바로 최상이라는 것이다. 그중에서도 낄낄거림, 히히덕댐, 재밌는 수다까지 가미되면 그건 A플러스가 되는 것이다. 그런 이유로 내 생애에 가장 즐거웠던 때가 첫 번째는 시골에서 중학교에 다닐 때였고 두 번째가 송창식·윤형주·이장희·김민기·첫 여친 등과 놀았던 쎄시봉 시절이었고 끝으로 세 번째가 화려한 백수와 역전의 용사들이 다시 모인 청담학교 시절이었다. 재미와 즐거움에는 전제가 따른다. 그것은 바로 사랑이다. 사랑이 공기처럼 그들을 감쌌을 때 그것이 가능한 것이다.

그럼 앞으로 어떻게 되는 건가. 계속 그렇게 재밌고 즐겁게 살다 죽을 수 있는 건가. 아니다. 중학교도 딱 3년이었고 쎄시봉 시절도 딱 3년인가 그랬다. 청담학교는 1년 반으로 충분했다. 내가 까만 손이 되었기 때문이다.

노래에도 높낮이가 있고 그림에도 빛과 그늘이 있다. 우리의 삶도 예외일 수가 없다. 또다시 손이 하얗게 되는 날이 온다. 가난과 슬픔이 물밀듯이 밀려올 수도 있다. 뾰족한 방법은 없다. 유치무쌍한 얘기지만 사랑에 한번 희망을 걸어보는 수밖에 없다. 잘사는 것이 우리 모두의 희망이다. 그중에서도 막판 사랑을 한번 해보는 건 더할 나위 없는 모두의 꿈이다. 점잖은 사람은 이런 꿈 얘기도 못한다. 백남준 정도가 세상을 뜨기 직전 지금 해보고 싶은 게 뭐냐고 물었을 때 숨을 몰아쉬며 사랑을 해보고 싶다고 대답했을 뿐이다.

뭐가 하고 싶냐, 사랑이다. 그건 누구나 익히 알고 있는 답변인데 보통은 즉답을 피하거나 머뭇거린다. 이유가 있다. 살짝 위험하기 때문이다. 젊은 사람이 그랬다간 그 자리에서 바람둥이로 낙인찍히기 십상이고 나이 든 사람이 뜬금없이 사랑을 말했다간 노망으로 비하될 게 뻔하기 때문이다. 그러나 속으로는 한 번씩 사랑을 노린다. 안 노리는 사람은 그만큼 축복 받은 사람이다. 더머나 바보는 고뇌를 모른다는 의미에서 그 자체가 축복이다. 사랑은 통상 그렇게 빨간색의 위험물질로 분류되기 때문에 늘 경계심을 가지고 조심스럽게 다뤄야 한다. 그것이 우리 입장이고 딜레마다. 뜨거운 감자가 따로 없다.

"여러분, 저는 인순이와 함께 KBS「열린음악회」 최다 출연자입니다" 하면 모든 사람들로부터 짝짝짝 박수를 받는다. 그러나 그걸 제목만 바꿔 "여러분, 저는 대한민국에서 사랑과 연애의 최다 체험자입니다" 하면 사방에서 돌멩이가 날아든다. 사랑은「열린음악회」처럼 많이 해서 칭찬받을 일이 아니라는 얘기다. 사랑은 음악과도 다르고 미술과도 다르다. 내가 보기엔 노래나 그림이나 혹은 사랑이나 전부 '도겐개겐'으로 보이는데 여론을 쥔 다수의 사람들이 그렇게 생각하질 않는다.

미술전시회 도록을 보면 뒤쪽 어딘가에 반드시 몇 년도 어디서 어떤 전시를 했다는 작가의 경력이 소상히 적혀 있다. 이때 경력은 길고 화려할수록 좋다. 거기에 뉴욕 · 파리 · 바젤 정도의 도시가 적혀 있으면 작품을 직접 안 봐도 대단한 작가임을 미루어 짐작할 수가 있다. 그러니까 작가들은 기를 쓰고 경력을 넓혀간다. 없는 경력까지 집어넣기 일쑤다. 사랑도 마찬가지다. 나는 기를 쓰고 사랑의 경력을 넓혀갔다. 그리고 시간이 생긴 김에 나의 사랑경력을 적어내기로 했다.

나의 사랑경력은 내 미술도록에 실려 있는 전시경력과 크게 다르지 않다. 다른 점이 있다면 미술경력은 어디서 어떤 그림으로 어떤 전시를 했다고 턱턱 추가해나가면 되는데 사랑의 경력은 좀 다르다. 그렇게 했다간 큰일 나는 수가 있다. 미술경력은 쉽게 말해서 다다익선이지만 사랑경력은 마냥 다다익선은 아니다. 까딱 잘못하다간 바람둥이나 여자의 경우 밤의 여왕쯤으로 오인을 받는 수가 있기 때문이다. 그렇지 않아도 나는 사랑의 경력이 내 인격과 내 얼굴 생김에 비해 너무 다채롭다는 이유로 일단 바람둥이로 제껴졌다. 마음 같아서는 그 따위 소리가 어딨냐, 내 사랑경력이 뭐가 그렇게 다채롭냐, 뭘 기준으로 사랑의 적정선을 넘었다는 거냐, 길길이 뛰며 일찍이 나를 바람둥이라고 공개적으로 언급한 서강대 장영희 교수부터 공정거래위원회에 명예훼손으로 제소할 수도 있지만 나는 그런 일로 호들갑 떠는 쫌생이로 비쳐질까봐 꾹 참았다. 참는 대신 나는 대가를 치러야 했다. 바람둥이 소리를 들어야 했다. 결국 바람둥이라는 평판은 도무지 수그러지지 않았고 바람둥이는 어느새 내 삶의 기본틀로 자리를 잡았다.

시인 이상李箱은 사람이 살아가는 데 비밀 하나쯤은 있어야 한다고 했다. 내 생각도 비슷하다. 사람이 이 풍진 세상을 살아가는 데 바람둥이 같은 핸디캡 하나쯤은 있어야 한다. 바람둥이라고 해서 다 불편한 건 아니다. 편리할 때도 많다. 그렇지 않아도 나는 연예인이라서 사람들이 늘 쳐다보는 입장이지만 그런 거에 신경 안 쓰고 아무 데나 아무 여자와 막 다닌다. 왜냐하면 사람들이 쟤는 원래 저런 사람이니까 하면서 내났기 때문이다.

생각해보시라. 만일 내가 바람둥이와 거리가 먼 범생이었어도 한국 대표 출판사로부터 이런 사랑 얘기를 써보라는 오퍼가 들어왔을까. 그랬을 것 같진 않다. 나는 지금 그 오퍼가 너무나 고맙다. 일기를 안 쓴 지가 너무 오래다. 이제 수십 년 밀린 일기를 한번 써보라니, 게다가 일기를 잘만 쓰면 그걸 책으로 내주겠다니 이게 웬 횡재인가.

아주 옛날 병자호란 직후쯤 내가 일기를 써서 선생님께 내면 빨간 펜으로 어떤 땐 두 개 어떤 땐 세 개의 동그라미를 겹쳐서 그려주었다. 고등학교 때까지도 찔끔찔끔 일기를 썼던 것 같은데 어쩌다 손을 놓게 되었다. 지금부터 내가 보여주려는 일기는 날짜와 날씨가 빠져 있어서 일기의 틀에서는 약간 벗어나 있다. 약간 벗어난 게 아니라 이 일기엔 주로 내가 좋아했거나 사랑했던 사람만 등장하기 때문에 일기라고 말해선 안 될 것 같다. 군이 말하자면 사랑일기쯤 된다. 그래서 떨린다. 그리고 두렵다. 남들에게 보여주는 일기를 써야 하기 때문에 등장인물에 신경이 많이 쓰인다. 내가 쓴 글을 읽고 "내가 언제 그랬냐, 인마!" 하면서 손톱을 세우거나 쇠파이프를 들고 달려들 사람들에 관해선 그냥 모르는 척 지나치기로 맘을 먹었다. 그러니까 벌써 일기가 재미있기는 다 글렀다. 재미고 뭐고 간에 타인을 이용해서 내 자신의 이득을 취하는 건 사람이 할 짓이 아니다. 그러나 나는 꼼짝없이 지금 그 짓을 하고 있다. 타인의 마음을 아프게 하며 살아온 것이 내 삶의 기본틀이었는지도 모른다. 내가 즐거운 만큼 타인이 아팠다는 건 생각만 해도 끔찍스러운 일이다.

그리하여 나는 사랑을 핑계로 저지른 모든 잘못에 대한 반성문이나 참회록을 쓴다고 써봤다. 이젠 책 제목도 정했고 머리말도 대충 다 썼다. 보통 책 머리말 끝에는 누구누구에게 감사한다거나 누구한테 바친다는 말이 있는데 그런 건 없는가? 있다. 아주 많이 늦었지만 내가 알게 모르게 마음을 아프게 한 모든 이에게 이 책을 빌어 용서를 빈다.

이 책을 쓰게끔 동기를 부여해준 한길사 김언호 사장과 내 책 담당 이현화 양과 이 책 때문에 또 뭐가 잘못될까봐 마음 졸여온 청담학교 동기생들에겐 아예 이 책을 바치겠다. 말로만 바치는 것이지 실제로는 이 책은 누구나 돈을 내고 사서 봐야 한다. 빌어먹을! 따지고보니 살 날도 얼마 안 남고 나 같은 놈 써먹을 날도 얼마 안 남았는데 내 공부만 잔뜩 해뒀다. 책을 읽는 것도 공부가 되지만 책을 쓰는 건 공부가 훨씬 더 된다. 옛날 사람들은 귀양 가거나 감옥 가서 공부를 더 한다고 들었다. 그건 남 얘기가 아니었다. 하얀손 입장에서 보면 말이다. 이젠 앞으로가 문제다. 어느 날 사랑이 또 내게 와줄지.

2007년 9월
조영남

어느 날 사랑이

사랑하다 말다 하다

어쩌다 사랑애기를 쓰게 되었나

• 아주 긴 프롤로그

"조영남 씨, 사랑에 관한 책을 한번 써보면 어떨까요?"

『로마인 이야기』『해방전후사의 인식』『혼불』『함석헌 전집』 같은 한 시대를 흔든 책들을 펴낸 출판사 한길사의 김언호 사장이 나에게 던진 말이다.

그때 나는 한길사로부터 '폼 나는' 책 한 권을 만들어내자는 제의를 받아놓고 그럼 무슨 내용의 책을 낼까, 김 사장을 포함해서 대여섯 명이 둘러앉아 이런저런 이야기를 나누고 있던 중이었다.

작년 패티김, 이미자 선배님과「3빅쇼」무대공연을 준비할 때도 지금처럼 똑같은 모양으로 여러 명이 우리 집 응접실에 삥 둘러앉아 어떤 노래를 부를까, 어떤 순서로 할까 아이디어 회의를 했었다.

나는 콘서트 아이디어 회의보다 책 기획 아이디어 회의가 더 복잡하다는 걸 알았다. 어떤 내용의 노래를 부를까보다 어떤 내용의 책을 쓸까, 하는 문제가 훨씬 어려웠다는 얘기다.「빅쇼」같은 무대공연은 이미 있는 노래, 있는 가수를 가지고 얼기설기 엮으면 되지만 뭘 쓸까, 하고 책의 테마를 잡는 일은 쓸 소재가 너무 많기도 하고 쓸 소재가 바닥난 것 같기도 한 허공 상태에서 그래도 뭔가 하나를 골라잡아야 하는 일이라 훨씬 어려워 보였다. 신변잡기를 쓸까, 현대미술 따라잡기를 쓸까, 노래를 잘 부르는 방법에 대해 쓸까, 시인 이상李箱에 대해 쓸까, 나철羅喆과 단군교에 대해 쓸까 궁리를 하던 중에 스쳐 지나가듯 사랑 테마가 삐쳐 나왔던 건데 사실은 그 소재가 번쩍, 내 뇌리를 건드렸다.

"잠깐만요, 사랑이라니, 무슨 사랑을 말하는 거죠?"

내 쪽에서 되물었다. 김 사장이 특유의 무덤덤한 표정으로 대답했다.

"영남 씨, 지금까지 사랑 많이 했잖아요. 그걸 그냥 글로 옮기면 될 겁니다. 사랑책을 쓰면 반드시 인쇄비는 건져요."

그렇다! 사랑이라는 테마는 전 국민의 관심거리다. 골프·낚시·바둑·등산·고스톱 등을 훌쩍 뛰어넘는 관심사라는 얘기다. 고리타분한 TV 일일드라마가 만날 똑같은 사랑타령으로 세월아 네월아 지지고 볶아도 사람들은 본다. 그것이 생활에 보탬이 되건 말건 고상하건 저속하건 여전히 들여다본다는 얘기다. 노래도 마찬가지다. TV나 라디오에 하루종일 흘러나오는 노래들의 대부분은 하나같이 사랑노래다. 왜 날 사랑하지 않느냐, 왜 날 떠나갔느냐. 만날 똑같은 사랑타령이다.

정규 음악대학 출신 대중가수인 나도 별수 없이 무대에 서면 "아, 그리워라, 잊지 못할 내 님이여" 어쩌구저쩌구 "우린 헤어져도 서로가 그리운 그대 그리고 나" 운운하는 사랑타령만 내지른다. "마이마이마이 딜라일라 왜 날 버리나요" 이처럼 내 최초의 데뷔 노래「딜라일라」도 처절한 사랑노래였고 그후에 부른「제비」「사랑이란」「불 꺼진 창」「내 생애 단 한 번만」「사랑 없인 못 살아요」 등은 아예 노골적인 사랑노래였다. 그나마 나는 다른 가수들에 비해 어쩌다 한 곡씩「내 고향 충청도」나「화개장터」 같은 사랑노래가 아닌 노래들을 만들어 불렀다.「화개장터」같이 사랑노래가 아닌 것은 가뭄에 콩 나듯 어쩌다 한 곡씩 나오는 것이다.

어쨌거나 이유 여하를 막론하고 노래는 역시 「제비」나 「그대 그리고 나」 같은 사랑노래를 불러야 사람들이 압도적으로 박수를 많이 쳐준다. 그래서 내 밥벌이가 되어준다. 그놈의 밥벌이가 된다는 이유로 나는 너무나 많은 사랑노래를 남발해서 사랑의 가치를 떨어뜨렸고 좀 괜찮다는 사랑노래는 봉이 김선달이 대동강물 팔아먹듯 나 역시 마구 팔아먹었다. 그러나 문제는 노래를 판다고 해서 아무 노래나 팔 수도 없고, 팔리지도 않는다는 점이다. 좋은 노래만 팔린다. 가령 「제비」나 「애모」 「사랑의 미로」 「만남」 「사랑을 위하여」 같은 좋은 노래, 그래서 잘 팔리는 노래는 실로 가뭄에 콩 나듯 드물게 나온다. 그만큼 사랑은 절대적이다.

책도 마찬가지다. 더구나 요즘은 신문이나 책 같은 인쇄매체가 인터넷에 밀려 절절매는 중이기 때문에 웬만큼 기발한 책을 펴내지 않는 한 도무지 팔리질 않는다. 옛날엔 인기가수의 노래가 좀 괜찮다 하면 100만 장, 200만 장이 팔렸는데 요즘은 비 아니라 비 할애비 폭풍우나 눈보라가 노랠 불러도 10만 장, 20만 장 팔기가 힘들다. 압도적으로 근사한 책을 만들어내지 않는 한 승산이 없다는 얘기다. 이게 현실이다.

사람들은 나더러 왜 히트곡을 만들지 않느냐, 왜 새 앨범을 만들지 않느냐 툭툭 건드린다. 내 앨범을 단 한 장도 사본 적이 없는 인간들일수록 더 염장 지르는 소리를 한다. 히트곡이 없는 이유는 의외로 간단하다. 시장을 제압할 수 있는 압도적인 노래를 못 내놓아서 그런 거다. 책도 마찬가지다. 책을 만들어내는 건 문제가 아니다. 진짜 문제는 책 내용이 좋으냐, 그래서 책이 잘 팔리냐 그게 문제다. 화가 김점선에 의하면 내 나이쯤엔 노벨상 후보는 아니어도 노불상 후보로 거론될 만한 역작을 써내야 된다는데, 나는 틀렸다. 너무 세파에 시달렸다. 그래서 기어들어가는 목소리로 내 의견을 제시해봤던 것이다.

"그럼, 별수 없네요. 사랑 이야기를 한번 써보죠, 뭐."

한길사 김언호 사장은 그 회의가 있기 일주일 전에 처음 만났다. 책 만드는 일과는 아무 관계없이 만났다. 한길사처럼 영향력 있는 출판사 대표를 직접 만난 것도 나로선 첨이다. 지금까지 나는 대여섯 권의 책을 냈지만 내가 지금 출판사 이름을 대도 보통 사람은 알아먹을 수 없는 잔챙이 출판사에서 책을 냈다. 친한 후배들이 출판사 사장들이라 그렇게 말해도 괜찮다.

『놀멘놀멘』을 낸 고려원이라는 출판사는 잘 나가다가 망했다. 내가 처음으로 진지하고 심각하게 쓴 글을 책으로 내준 출판사는 좀 애깃거리가 된다. 1980년 초 내가 난생 처음 큰맘 먹고 책을 써낸 게 『한국 청년이 본 예수』라는 제목의 책이었는데 그때 무명 신학도의 글을 기꺼이 내준 출판사가 '민예사'였고 믿거나 말거나 거기 출판사 대표가 바로 소설가 조정래 씨였다. 나중에 『태백산맥』 『아리랑』 등을 써서 이 나라 대문호의 반열에 오르신 그분 말이다. 예수에 관한 책 표지를 나더러 직접 디자인해보라고 해서 나는 표지 한복판에 화투 사흑싸리 다섯 끗짜리를 그려넣었다. 출판되자마자 작살이 났다. 나는 그때 왜 당시 조정래 사장이 예수책 표지에다 화투를 그려넣으면 맞아죽는다고 말리질 않았는지 지금도 궁금하다. 『평민사』라는 곳에서 『조영남 양심학』이라는 심각한 내용의 책도 내긴 했는데 어느 것이 먼저였는지 잘 모르겠다. 하여간 그로부터 십수 년 지나고 『한국 청년이 본 예수』는 '나무와숲'이라는 이름의 출판사에서 『예수의 살바를 잡다』로 제목을 바꾸고 표지도 점잖게 재출간해서 엔간하게 중간 히트를 쳤다.

내가 김언호 사장을 처음 만난 건 경기도 파주 예술마을 헤이리에 있는 아나운서 황인용 선배의 음악실 '카메라타'에서 서강대 영문과 장영희 교수를 위한 생일 콘서트를 열어주는 자리에서였다. 마침 그 자리에 김 사장 내외가 참석했다가 인사를 나누게 되었고, 콘서트 뒤풀이 장소로 김 사장이 거기서 100미터도 안 떨어진 곳에 세워진 경기도 최고의 건물인 한길사 북하우스 테라스를 우리한테 제공해주는 바람에 별들이 쏟아지는 밤하늘 아래 이산가족 상봉을 방불케 하는 두 시간 이상의 논스톱 만남이 연출되었던 것이다. 1차 장영희 교수를 위한 생일 콘서트에 이어 2차로 김언호 사장이 베푼 말 잔치가 펼쳐진 셈이다.

여기서 나는 장 교수를 위한 생일 콘서트가 무엇인지부터 설명해야겠다.

장영희 교수와 나는 불과 일 년여 전쯤에 서로 안면을 텄다. 언제부터인가 신문 한켠에 실리는 그녀의 칼럼이 내 눈길을 심하게 끌었다. 남달리 문장이 간결하고 투명해서 왠지 다른 행성에 사는 여자가 쓴 글처럼 느껴질 정도였다. 그녀는 주요 일간지에 매주 한 편씩 영시를 소개하면서 짧은 코멘트까지 곁들였는데 나는 정작 영시보다 그 코멘트에 매료되곤 했다. 이따금씩 장 교수의 글을 읽을 때마다 내 입에선 감탄사가 튀어나왔다.

"와, 여자가 글 잘 쓰네."

나는 남자가 쓴 글 보고 '와, 남자가 글 잘 쓰네' 하지는 않는다. 고백하지만 그 이유 하나만으로도 나는 심각한 성차별주의자다. 어느새 그렇게 됐다. 그렇지 않아도 나는 평소 윤심덕·나혜석·노천명·김일엽·전혜린·천경자 이후 한국의 여류가 툭 끊겼다고 생각하면서 오래 전부터 아쉬움의 입맛만 다시고 있던 참이었다. 그후 나는 장영희를 직접 만나야 한다는 열망으로 내가 진행하던 TV 인터뷰쇼 「조영남이 만난 사람」 제작진을 통해 섭외를 의뢰해봤는데 의외로 TV출연에 흔쾌히 응해주었다.

약속한 날 나는 그녀의 강의실로 찾아가 네 대의 녹화용 카메라를 작동시킨 채 두 시간 동안의 첫 만남을 성사시켰다. 인터뷰를 찍은 것이다. 나는 인터뷰 대상을 MC인 내가 직접 찾아가는 형식의 TV쇼를 택했다. 나는 늘 내 토크쇼를 촬영할 때면 매번 연출가와 스태프들에게 이렇게 말했다.

"내가 저 사람을 처음 만나 악수하고 인사하면서 그냥 두 시간 가까이 논스톱으로 대화를 끌고갈 테니까 NG 없이 무조건 찍어두시오."

두 시간이면 상대방을 알기에 충분하고 아무리 처음 만난 사람이라도 두 시간 가량을 허심탄회하게 얘기하다보면 쌍방이 친해질 수밖에 없다. 나는 그런 방식으로 많은 사람들과 교제를 틀 수 있었다. 장영희 교수는 호스트인 내가 직접 섭외를 의뢰한 매우 이례적인 경우의 초대손님이었다. 출연자 섭외는 제작팀에서 선정하고 의뢰하는 게 관례다. 나중에 들은 이야기지만 장 교수는 「조영남이 만난 사람」에서 섭외가 들어왔을 때 "그래, 내가 거기 출연해주고 조영남 씨더러 우리 아버지 10주기 추모식 때 와서 노래 한 번 불러달라고 청탁하면 잘 될지도 몰라." 그런 계산 때문에 응낙을 했다는 것이었다.

정녕 그녀의 계획은 한 치의 오차도 없이 실현되었다. 녹화를 끝내고 얼마 있다가 그녀가 정중하게 부탁한 대로 나는 그녀의 부친 고 장왕록 영문학 교수의 추모식에 참석을 해서 「오 마이 파파」 등 몇 곡의 추모가를 영전에 올리는 영광을 누렸다. 추모식 장소인 서강대 소강당 입구에는 장왕록 교수 부녀의 이름으로 된 책들이 가지런히 전시되어 있었다. 거기 전시된 책들을 무심코 들여다보다가 나는 깜짝 놀랐다. 그 자리에서 알고 봤더니 고 장왕록 교수는 내 젊은 시절 한때 머리맡 성서 역할을 맡았던 헨리 밀러의 『북회귀선』을 번역한 당사자가 아닌가. 나는 그때 헨리 밀러를 언어의 마술사, 이 시대의 셰익스피어로 믿었고 장왕록 교수가 번역한 글만을 읽고도 충분히 작가의 내면을 따라갈 수 있었다. 번역이 너무나 잘 되어서 그게 번역인 줄조차 몰랐기 때문이다.

'그래! 그때 번역자 이름이 매우 특이했어. 맞아, 장왕록이었어. 이름이 웃겼어. 무슨 중국 이름 같았어.'

내가 『북회귀선』을 번역한 분의 따님과 알게 되다니 전생에 무슨 필연적인 인연이라도 있는 것 같아 느낌이 묘했다.

그 일은 있은 후 장 교수 쪽에서 고마웠다, 저녁 한번 먹자, 이번엔 내 쪽에서 그때 저녁 잘 먹었다, 이번엔 내가 사마 식의 저녁식사 초대가 이어졌고 그 자리에는 내가 끔찍이도 좋아하는 고정 멤버 이해인 · 김점선 · 최윤희 · 박선이 · 이나리 · 조우석 등등이 어김없이 섞였다.

그렇게 잘 나가다가 나는 2005년 5월 중순 내 딴에는 실로 야심차게 써낸 책 『맞아죽을 각오로 쓴 100년 만의 친일선언』이 일본어로 번역되어 나왔다기에 도쿄로 건너가 몇몇 신문, 잡지와 책에 관한 인터뷰 요청에 응했다. 그런데 하필 산케인가 강케인가 하는 신문에 인터뷰한 내용이 내가 마치 일본을 두둔하는 것처럼 잘못 알려져 나는 한큐에 이완용의 사촌 동생쯤으로 둔갑되어 실제로 맞아죽을 지경에 이르게 된다. 그때는 공교롭게도 대한민국의 온 국민이 우리의 젊은 대통령과 함께 독도는 우리 땅이라고 분연히 들고 일어섰을 때였다.

나는 그런 와중에 일본으로 건너가 일본 기자들이 묻는 대로 대답했다. 아침부터 저녁까지 열댓 군데의 신문과 잡지 인터뷰를 하면서 나는 나 혼자서 일본을 상대로 싸운다는 비장감에 젖어 있었다. 그리고 나는 잘 싸웠다. 그쪽에서 너희들은 왜 독도 하나 때문에 온 국민이 들고 일어서냐고 비웃는 듯한 질문이 들어올 때마다 너희들은 막대한 국력을 바탕으로 국제법, 국제재판 어쩌구저쩌구 하지만 우리는 너무도 억울하고 원통해서 법이고 나발이고 온 국민이 흥분할 수밖에 없다고 받아쳤다. 그런 식으로 끌고 갔다.

그러나 일은 거기서 끝나질 않았다. 『산케이신문』 기사의 일부가 한국으로 전송되면서 마치 내가 일본으로 건너가 한일 갈등 해법에서 일본이 우리보다 한 수 위라고 발언을 한 것처럼 비쳐졌다. 날벼락이 따로 없었다. '독도는 우리 땅이다'라는 외침보다 '조영남 죽여라' 하는 소리가 더 컸다. 너무도 어이가 없었다. 옴짝달싹 할 수가 없었다. TV 방송진행이고 뭐고 신문에 칼럼을 쓰는 거고 뭐고 몽땅 자의 반 타의 반으로 올스톱했다. 졸지에 백수로 변했다.

3개월쯤 멍하니 응접실 창밖으로 무심히 흘러가는 강물만 하염없이 바라보고 있었다. 개인적으로는 한편 시원했다. 한 인간이 일주일에 고정 TV프로그램 두 개, 고정 신문칼럼 두 개, 그밖에 여기저기 잡문을 써내야 하고 크고 작은 음악회에 나가야 하고 지방 공연하러 다녀야 하고 미술전시회 열어야 하고, 이러다 보니 내가 생각해도 사람 사는 꼴이 아니었다. 누구와 마주앉아서 서로 얼굴 보고 눈빛 주고받으며 다정한 말 한마디 나눌 수 없는 바쁜 몸이 되어버렸다. 바쁘다는 게 뭐냐, 혼자 다 해먹겠다는 뻔뻔한 심사다. 노래도 제일 잘하고 그림도 제일 잘 그리고 글도 제일 잘 쓰겠다는 욕심이다. 거기다가 택도 없는 한일 정치외교에까지 손을 뻗쳤으니 날벼락 안 맞을 재간이 없었던 것이다. 제 입으로 날벼락을 호출한 꼬락서니였다.

일시에 잠잠해졌다. 어! 그런데 견딜 만했다. 견디는 게 뭐냐, 어쩜 어둡고 긴 밤 지새우고 아침 이슬 영롱한 새날이 밝아오는 듯했다. 매일 아침 빌어먹을 스케줄표 들여다볼 일이 없어서 좋았고 그토록 원했던 여행도 원하는 기간만큼 자유롭게 떠날 수 있어서 좋았고 영화도 책도 맘대로 볼 수 있고 그림도 아무 때나 마음대로 그릴 수 있어서 좋았다. 오죽했으면 그토록 좋아했던 가구 만들기를 수년간 전면 중단했다가 몇 년 전부터 이번에야말로 내 손으로 만들고야 말겠다고 별러왔던 통나무 재질 사각 휴지통을 두 개나 만들면서 나 혼자 얼마나 희희낙락했는지 모른다.

그동안 나는 너무 바쁘게 살았다. 바빠서 돈도 좀 벌었고 두루 유명해지기도 했다. 그러나 나는 제정신이 아니었다. 아무것도 안 하고 가만히 있다보니까 내 정신이 좀 돌아오는 듯했다. 그리하여 20여 년 동안 밀어놓았던 한가함을 만끽하고 있을 때 한 덩어리의 소포가 날아들었다. 장영희 교수가 보내온 소포였다. 위로편지 한 통과 함께 새로 나온 그녀의 산문집, 그리고 그녀가 번역한 소설책 몇 권이 들어 있는 소포였다.

나는 너무도 반갑고 고마워 그 즉시 전화를 걸었다. 사실 나도 전화를 걸고 싶었는데 못 건 것은 괜히 치근덕거리는 느낌을 주고 싶지 않아서였다. 그런데 뜻밖에도 저쪽에서 먼저 내 딱한 처지를 생각해 심금을 울리는 배려를 보내온 것이다. 밥 한 번 사는 일이 유일한 보답이라고 생각해서 나는 즉시 전화를 걸었고 이틀 뒤로 약속을 정했다.

나는 부랴부랴 그녀가 보내온 책 중에서 가장 얇은 걸 하나 골라서 읽기 시작했다. 내일 모레 장 교수를 만나야 하는데 보내온 책 중에서 단한 권이라도 예의 차원에서 읽고 가야 할 것 아닌가. 얇은 걸 골랐다는게 바로 『슬픈 카페의 노래』라는 제목의 미국 여류작가가 쓴 중편소설이었다. 나는 무심코 읽어내려가다가 갯벌에 양발 빠지듯 쑥 빠져버리고 말았다. 이 소리를 누가 믿겠는가. 나도 상상이나 했겠는가. 제목도 어찌보면 질 낮은 유행가 가사처럼 생겨먹은 『슬픈 카페의 노래』. 장영희가 꽃다운 나이에 처음으로 번역 작업을 했다는 짧은 소설에서 나는 갯벌에 양발 빠지는 느낌이 아니라 거의 불교신자가 눈 뜨고 열반에 드는 느낌을 받게 된 것이다.

한마디로 삶의 참뜻이 그 속에 다 들어가 있었다. 수십 억의 사람들은 각기 수십 억의 형태로 살아가고 있다. 어떤 형태로 살아가는가는 중요한 문제가 아니다. 각기 저마다의 형태로 살아가기 때문이다. 진짜 중요한 문제는 어떤 형태로든 우리가 꾸물꾸물 살고 있다는 사실이다. 시골

다방에서 하루 온종일 대책 없는 노래가 흘러나오듯 소설 속에서는 아무런 특징도 없는 시골마을 사람들이 대책 없이 서로 좋아하고 싫어하면서 하루하루를 살아가고 있다. 그게 전부다. 부질없이 하루하루를 살아가는 것, 슬픔 기쁨 따위와는 아무 관련 없이 시골 다방이나 카페에서 슬픈 노래가 대책 없이 부질없이 흘러나오듯, 그리고 그것이 우리네 삶의 참모습이라는 것을 나는 생전 처음 『슬픈 카페의 노래』를 읽으면서 터득한 것이다. 문제의 일본 발언이 황금의 발언으로 둔갑한 셈이다.

나는 마치 장영희 수녀한테서 구원의 세례를 직접 받기나 한 것처럼, 고치에서 막 나온 나비처럼 하늘하늘 약속시간에 맞추어 우리가 늘 만나던 신촌 이대 뒷문 건너편에 있는 레스토랑 '프로방스' 2층으로 올라갔다. 거기엔 내가 끔찍이 좋아하는 고정멤버와 함께 앗! 이게 웬일인가, 나의 60회 생일 축하를 위한 대형 케이크가 테이블 위에 놓여 있는 게 아닌가. 누가 봐도 첫눈에 그게 내 생일 축하 케이크임을 알 수가 있었다. 나는 그런 멋스러운 케이크를 난생 처음 봤다. 케이크 전면에 큼지막한 내 얼굴 사진과 「사랑 없인 못 살아요」라는 내 노래의 한 구절 '이 세상 사랑 없이 어이 살 수 있나요'라는 글귀까지 새겨져 있었다. 내 생일은 원래 4월이고 그때는 이미 9월 초였다. 하지만 철 지난 생일이면 어떠랴.

나는 그만 흥분한 나머지 "장영희! 돌아오는 당신 생일에는 내가 당신만을 위한 콘서트를 열어줄게" 하고 큰소리를 쳤다. 약속은 약속, 나는 약속을 민첩하게 지켰다. 바로 그 다음달 그녀의 10월 생일에 맞춰 황인용·주철환·조우석 등을 동원해서 그럴싸한 무대를 꾸몄다. 황인용 형은 헤이리에 완벽한 오디오 시설과 그랜드피아노까지 갖춘 음악카페를 제공하는 역할을 맡았고, 주철환 교수는 그날의 총괄진행을 맡았고 조우석 기자가 홍보를 그리고 내가 노래를 도맡았다. 그게 바로 장영희를 위한 헤이리 콘서트의 뼈대였다. 그리하여 나의 일방적인 짝사랑은 순풍에 돛단배처럼 청아하게 미끄러져 나갔다. 이 눈치 저 눈치를 보다가는 아무 일도 못한다. 내 짝사랑에 대한 그녀의 반응은 내가 알 바도 아니고 간여할 바도 아니다. 나는 내 바람 부는 대로 항해해나가면 그뿐이다. 드디어 당일 날 내가 노래를 시작하기 직전 사회를 맡은 주철환이 그날의 주인공 장영희에게 마이크를 건넸다. 그 자리에 모인, 소문만 듣고 찾아온 신문잡지 기자들을 포함해 100명 남짓한 손님들 앞에서 그녀는 예의 부서질 듯 낭랑한 목소리로 자초지종을 털어놓았다.

"헤이리 콘서트에 대한 소문이 퍼져나가자 저희 학교에선 난리도 법석도 아니었습니다. 사방에서 전화가 걸려오고 학생들이 물어오고 이메일이 날아왔습니다. 조영남과 사귀냐, 조영남과 결혼한다던데 진짜냐 등등 말입니다. 그래서 제가 일일이 말해줬습니다. 얘들아, 그런 소리 말아라. 나같이 깨끗한 숫처녀가 조영남 같은 바람둥이와 사귀는 건 너무 억울한 거 아니니, 하고 말입니다."

장영희 교수가 나를 바람둥이로 못을 박고, 김언호 사장이 나를 사랑전문가로 진단 내린 것은 결코 허튼 익살이 아니다. 나는 이미 세간에 바람둥이, 좋게 말해 사랑전문가로 굳어져 버렸다. 불만을 표시하거나 변명할 만한 틈새조차 없다. 내가 바람둥이로 규정지어진 것은 세상 사람들로부터 마치 내가 키 작고 코 납작하고 안경을 쓰고 그림을 그리는 가수로 규정지어진 것과 똑같다. 당연지사다. 바람을 폈기 때문에 바람둥이로 진단이 내려진 것이다. 나에 대한 이런 규정은 어제오늘 생긴 일이 아니다. 못생겼기 때문에 추남가수로 진단이 내려졌고 바람을 폈기 때문에 바람둥이로 진단이 내려진 것이다.

그날 나는 장장 한 시간 반짜리 생일축하 노래를 불렀다. 매스미디어 시대는 지나갔다. 지금은 '미니미디어 시대'다. 손바닥 안에 쏙 잡히는 핸드폰 시대다. 전체보다 개인이 중요한 시대다. 나도 몇천 몇만 청중 앞에서 노랠 불러봤다. 나도 카메라 앞에서 노랠 불러봤다. 결코 옛날 같지 않다. 이젠 그런 곳엔 감동이 적다. 누구도 속질 않는다. 사람들이 넘쳐나는 정보에 지쳤기 때문이다. 가수들은 아직도 자기가 소화해낼 수 없는 많은 관객 앞에서 헉헉대며 노래한다. 옛날식에서 못 벗어나고 있다. 방법은 하나다. 이젠 개인 대 개인 시대다. 개인끼리 감동을 주고받아야 하는 시대다. 나는 장 교수 한 사람을 위해서 노래했다. 내가 스스로 개발한 '낱알제일주의 이론'이 보기 좋게 입증되었다.

한 사람을 위한 콘서트는 처음이 아니었다. 지난 해 9월 저팬파운데이션 초청으로 도쿄에 가게 되었을 때 나는 거길 간 김에 가모 요시코라는 일본 처녀를 위해서 콘서트를 열어준 적이 있다. 말 그대로 한 사람을 위한 콘서트였다. 물론 그녀는 자기 친구 100여 명을 한자리에 불러모아놓고 있었다. 가모 요시코는 10여 년 전부터 내가 노래를 하는 자리에 어김없이 일본으로부터 날아와 참석해준 여자다. 내 노래를 좋아할 뿐 아니라 그동안 한국어를 익혀서 내가 쓴 『예수의 샅바를 잡다』를 일본어로 번역했고 일본에서 출간한다고 왔다갔다하는 여자였다.

일본 발언 파문은 나에게 개인적으로는 치명적인 불이익을 가져다주었지만 다른 한편으로는 나에게 전면적으로 새로운 세계를 열어주었다. 내가 일방적으로 짝사랑한 장영희 교수와 가까워지게 된 것부터 순전히 일본 파문 덕택이었다. 그게 아니었으면 장 교수와 나는 서로 인사 정도만 나누는 교수와 가수로 영영 남을 뻔했다.

내가 장 교수를 위해 지극정성으로 노래를 불러주는 바람에 그곳 헤이리 마을의 터줏대감인 한길사 김언호 사장 부부를 만나게 되었고 그분들이 아마도 인사치레로 "영남 씨, 책 한번 써보시죠" 했던 건데 내가 눈치

없이 "네, 한번 써보죠" 이렇게 된 것이다. 꼬리에 꼬리를 물듯이 일본 꼬리가 헤이리 꼬리를 문 셈이다. 우리는 꼬리가 꼬리를 단단하게 물 수 없을 만큼 짧다는 편견을 버려야 한다.

놀면 뭘 하나. 나는 내가 겪어온 사랑얘기를 써내려가기 시작했다. 그런대로 폼 나는 책 한 권을 써낼 수 있겠다는 느낌이 들었다. 풋사랑, 첫사랑, 짧고 긴 연애, 첫 번 결혼, 첫 번 이혼, 첫 번째 동거와 파경, 혼자 살면서 이래저래 지나온 얘기를 쓰다보면 책 한 권이 될 것 같아 시름시름 써내려갔다.

그러다가 어느 월간지 기자를 만났다. 월간지는 일간신문이나 TV, 라디오방송보다 훨씬 여유로운 편이다. 내가 일본 관련 발언 때문에 모든 매스컴으로부터 올스톱되었을 때 가장 빨리 나를 재등장시킨 매체가 다름 아닌 월간지였다.

월간지 기자가 물었다. "요즘 뭐하고 지내세요?" 의례적으로 던지는 질문이다. 별 볼일 없이 지내고 있을 때 이런 질문을 받으면 정말 곤혹스럽다. "아무것도 안 하고 지내는데요." 이럴 순 없는 일이기 때문이다. 이럴 땐 차라리 "사정상 인터뷰를 사양하겠습니다" 하는 편이 낫다.

사실 그때 나는 놀고먹으면서 책을 쓰고 있었다. 그래서 대답했다.

"책을 쓰고 있는 중입니다."

"무슨 책을 쓰세요?"

"사랑에 대한 얘기를 쓰는데요."

"아, 그거 재미있겠는데요. 무슨 사랑 얘기를 쓰세요? 살짝 들려주면 안 될까요?"

남들은 일부러 돈을 들여서 책 선전을 한다는데 이건 공짜로 책 홍보를 할 수 있는 찬스다.

"지난 세월에 내가 겪었고 경험했던 사랑에 관한 얘기들을 되짚어보는 겁니다."

"어머, 그럼 여러 가지 사랑얘기가 나오겠네요. 몇 번의 사랑 얘기가 나올까 궁금하네요."

"그래서 제가 한번 헤아려봤더니 열 명을 못 넘더라고요. 그런데 출판사에서 너무 적으니까 늘려보라고 해서 지금 스물아홉쯤으로 늘려서 쓰고 있는 중입니다."

기자가 놀란 표정으로 물었다.

"어머, 진짜 스물아홉 명이나 돼요?"

"아뇨, 그냥 스물아홉이라는 어감이 좋아서 그렇게 말하는 거죠. 그러니까 지난날 내가 만났던 사람들은 몽땅 끌어다 대는 거예요. 눈만 마주치고 차 한 잔 마셨으면 그런 것까지 사랑한 것으로 계산하고 써내려가는 거죠. 어차피 숫자는 큰 의미가 없는 거니까요."

우리나라에는 월간지가 억수로 많다. 얼마 후 다른 잡지사 기자가 똑같은 질문을 해왔다.

"요즘 뭐하고 지내세요? 근황이 어떠세요?"

"책을 쓰는 중입니다."

"어머, 멋지네요. 무슨 책을 쓰세요? 무슨 내용의 책이에요?"

"사랑에 관한 얘기입니다."

"어머, 멋지네요. 무슨 사랑얘긴지 살짝 공개해주시면 안 될까요?"

가수가 만날 똑같은 노래 한 곡만 부르면 대중이 식상해하고 코미디언이 만날 똑같은 코미디를 반복해대면 인기가 곤두박질친다. 그래서 이번엔 좀 빡센 답변을 내놓았다.

"내 사랑얘기의 결론은 이런 겁니다. 세계적 추세로 말하자면 50년 후에는 곧 일부일처제 이외에 다른 제도가 생겨난다는 겁니다. 미래 예측

기관에서 벌써 발표한 지가 오래됩니다. 그러니까 머지않은 미래에는 한 남자가 세 여자, 가령 침실용·가정용·외부 과시용 등 세 타입의 이성 상대와 관계를 유지하고 여자 또한 동시에 세 타입의 남성과 관계를 유지해나간다는 겁니다. 그래서 나는 왜 우리의 사랑이 여기까지 왔는가, 이 지경이 되었는가, 왜 우리의 사랑은 이토록 급격히 변질되어가는가, 이에 대한 대책으로 우리는 어떻게 대처해나가야 하는가 뭐 그런 따위의 얘기를 쓰는 겁니다."

월간지 다음으로 여유가 있는 언론매체는 아마도 스포츠신문쯤 될 것이다. 어느 날 모 스포츠지에서 똑같은 질문이 들어왔다.

"고생 많으셨죠. 요즘 어떻게 지내십니까?"

사랑얘기를 너무 많이 우려먹었으니까 이번엔 좀 달라야 된다고 생각했다.

"당을 하나 창당 중입니다."

"아니, 그럼 정치계로 발을 들여놓으시는 겁니까?"

"아닙니다. 그냥 조그마한 당을 하나 꾸려봐야겠다는 구상만 해본 겁니다."

"멋지네요. 정계에 친구분들이 많이 계시니까 결국 그쪽으로 나가시는 거군요."

사실 그런 건 아니다. 그냥 평소대로 한번 해보는 소리였다. 얼마 전에 나는 이름난 동남아 휴양지 사이판에 초대되어 간 적이 있다. 거기 행사에 참석한 한국 손님과 골프를 함께 치면서 의외의 사실을 알게 되었다. 그게 당 얘기의 시초다.

처음 보는 세 사람과 한나절 골프를 치는데, 이 사람들한테 자기 아내가 아닌 또 다른 여자가 있다는 사실을 알게 되었다. 휴대전화가 아니었으면 그런 사실도 모를 뻔했다. 모두가 쉰이 넘었고 사회적으로 성공한 신사들인데 그중에 한 분이 이따금씩 전화를 들고 속삭이듯 대화를 나누는 것이다. 그러다가 문득 문자메시지를 열어보며 빙긋이 웃기까지 하는 것이다. 처음 보는 내 앞에 그런 제스처를 드러내는 것은 나를 신뢰한다는 의미로 해석할 수가 있다. 나도 스스럼없이 물었다.

"뭘 보고 그렇게 히죽히죽 웃는 거요?"

남자가 주머니에서 휴대전화를 꺼내 좀전에 온 문자메시지를 찾아 내 앞으로 내밀었다. 나는 적이 놀랐다. 대충 이런 내용이 들어 있었다.

'자기야 빨리 보고 싶어. 영남 씨 골프 잘 치는지 그것도 궁금해. 우리 자기야 잘 쳐.'

뭐 이런 거였다. 직감으로 알 수 있었다. 그런 건 자기 아내가 보낸 게 아니다. 또 한 번 맞아죽을 소리지만 대한민국에 그렇게 애교스럽고 상냥한 아내는 많지 않다. 이런 상황에서 당신 같으면 내가 어떻게 반응을 해야 옳았을지 말씀 한번 해보시라!

"누구야, 이거. 당신 아내 아니지? 바람 피우는 거지? 소위 기름종이 깨나 되는 사람이 그렇게 공공연하게 바람을 피우면 어쩌자는 건가. 이 사람 상대 못해먹겠네."

이런 식으로 나왔어야 옳단 말인가. '유지'를 우리는 기름종이라 말하기도 한다. 애석하게도 나는 내 앞가림도 제대로 꾸려가지 못하는 입장이라 그렇게 정의롭게 대처하질 못하고 오히려 초록은 동색, 친구들을 만났구나 싶어 느물느물 이렇게 물었다.

"그래 얼마나 됐어?"

"몇 년 됐습니다."

내 말투에 그는 무장해제를 해버렸다. 몇 년씩이나 끌어오다니 이건 나보다 한 수 위의 인간들이다. 그래서 또 물었다.

"들키지 않았나?"

또 놀라운 답변이 나왔다.

"한 번도 들키지 않았습니다."

여기서 내가 만약 걱정을 해준답시고 "그러다가 집사람한테 들키면 어쩔려구 그래" 이딴 질문을 하면 나는 그쪽 남성 세계에서 자동 탈락이다. 상상해보시라. 만약 그자들이 골프채 싸들고 내 앞에서 말없이 사라지면 나 혼자서 그린피, 캐디피 몽땅 지불하고 택시 구해서 공항으로 나가 내 손으로 비행기표 구입해서 서울로 가야 한다. 그리고 여기는 해외다. 그건 끔찍한 일이다.

그날 나는 더 놀라운 일을 직접 접하게 된다. 나머지 두 명도 아내 이외에 깊게 사귀는 여자친구가 따로 존재한다는 것이었다. 아니 저토록 보수적으로 알려진 지방 출신 기름종이들 사이에 그런 위험천만한 불륜 행위가 서로의 묵인하에 저질러질 수 있단 말인가. 나는 호기심이 발동했다. 내 귀로 직접 확인하고 싶었다. 그래서 내가 그녀들과 전화통화를 할 수 있는가를 타진해보았다. 그들은 전부 로밍된 전화기를 가지고 있었다. 세상은 참 좋아졌다. 결과가 나왔다. 한 여자만 불통이고 두 여자는 가능하다고 했다. 잠시 후 약간의 변동이 생겼다. 두 여자 중에 한 명은 지금 자기 시집 쪽을 향해 가는 중이라 못 받고 나머지 한 여자만 근무를 끝내고 콜백한다고 했다. 더욱 놀라운 것은 불륜관계에 있는 세 명의 여자들이 서로 친구처럼 사이좋게 지낸다는 사실이었다.

제2의 사랑당 창당 얘기는 그날 저녁 문자를 날렸던 그 여자와 직접 통화한 자리에서 나왔다. 마침 나는 그 자리에서 가장 연장자였다.

"자, 터놓고 얘기해봅시다. 이것이 우리 대한민국 불특정 남정네의 현 주소입니다. 대한민국에 사는 많은 선남선녀들이 제2의 사랑을 보유하고 있다는 얘깁니다. 물론 제3, 제4의 사랑을 보유한 사람도 적지 않습니다. 문제는 우리 사회가 이런 현상이 수면 위로 떠오르는 걸 케케묵은 도덕의 잣대로 한사코 막는다는 것입니다. 좋은 얘기죠. 도덕이 비도덕을 막아내는 꼴이니까요. 그런데 문제는 도덕의 잣대가 시퍼렇게 살아 있다고 이런 현상이 무력화되느냐는 겁니다. 장려 차원에서 말하는 게 아닙니다. 아무리 내려찍어도 제2의 사랑은 존재할 수밖에 없습니다. 제2의 사랑은 제도가 아니기 때문에 공창제처럼 법적으로 폐지할 수 있는 일이 아닙니다. 그렇다고 한 개인이 나서서 '제2의 사랑도 사랑이다. 제2의 사랑을 해방시키자' 하고 떠들어봤자 떠든 놈만 미친놈 소리를 듣게 됩니다. 결론은 한 가지입니다. 소수라도 상관없습니다. 이런 일일수록 시작은 미미했으나 끝은 창대해지는 법입니다. 바로 제2의 사랑을 지지하는 사람들이 주먹 불끈 쥐고 일어나 조직적으로 당을 구성하는 겁니다. 왜 당을 만드느냐, 당을 만들어야 대선주자까지 옹립할 수 있기 때문입니다. 당도 없이 혼자서 중뿔나게 대선에 나가면 웃음거리밖에 안 됩니다. 당을 업고 대선에 나가는 것과 당 같은 거 없이 맨몸으로 나가는 건 엄청나게 차이가 납니다. 내가 우리 중에 가장 연장자이므로 내가 솔선수범해서 희생정신 하나로 대선에 나가야 됩니다. 나는 가수로서 또한 화가로서 어느 정도 사회경력을 인정받는 입장 아닙니까. 그러니까 과감하게 결혼 4년 중임제를 기본정책으로 설정하고 제2의 사랑도 온전한 사랑으로 인정되고 오픈되어야 한다는 우리의 사랑당 강령을 설파하면서 직접 대선에 뛰어든다는 겁니다."

이 웃기는 에피소드를 서울에 돌아와 어느 스포츠신문 기자한테 들려주었더니 "대선에 나가는 거 정말 써도 됩니까?" 하고 묻기에 "쓰고 안 쓰는 건 기자양반 뜻에 달려 있지 않은가요." 하고 대답했더니 재차 물어왔다.

"대선 출마 얘기를 우리 신문에 직접 써도 무방한 거죠?" 하길래 내가 대답했다.

"쓰지도 못하게 할 걸 내가 왜 기자양반 앞에 털어놓았겠소."

며칠이 지나고 아침 잠결에 전화벨이 울리기 시작했다. 친구들과 여러 신문사 기자양반들이 문의해오는 것이었다.

"야! 정말이냐? 너 대선에 나간다고 그러던데 그게 진짜냐?"

"야! 너 갑자기 왜 그래? 어디 아프냐? 여자 세 명하고 사는 거나 스물아홉 명과 사랑했다거나 그 정도 헛소리까지는 다 참을 수 있었는데 도대체 이번 대선에 나선다는 건 또 무슨 소리냐? 제2의 사랑당은 또 뭐냐?"

주요 일간지에서 걸려온 전화도 있었다. 일간지가 스포츠지에 난 기사를 가지고 사실 여부를 문의해오는 경우는 매우 드문 편이다.

"조 선생님, 대선에 출마하신다는 거 사실입니까?"

사태가 이렇게 퍼져나갔다. 누가 믿겠는가, 뒤늦게 신문을 찾아봤더니 잘나가는 스포츠신문에「조영남 대선 출마 예정」이라는 제목이 대문짝만 하게 1면 톱으로 실려 있는 것이었다. 그리고 제2의 사랑당 창당 얘기며 결혼 4년 중임제 얘기가 상세히 곁들여져 있었다. 다 끝난 얘기라 하는 소리지만 그때 그 기조대로 대선에 나가 한판 붙으면 최소 부통령 정도는 될 것 같았다.

결혼 4년 중임제란 내가 임의로 만들어낸 혁신적 제도다. 한 번 결혼해서 한 남자와 한 여자가 반드시 평생을 살아간다는 것은 어떤 사람에게는 너무나 힘든 일이다. 물론 두 사람이 평생 행복하게 검은 머리 파뿌리가 되도록 살아갈 수만 있다면 그건 금상첨화지만 그렇지 못한 사람들한테는 4년마다 결혼을 마감하고 다시 시작할지 아니면 말지를 새로 결정하는 기회를 주자는 것이다. 그래서 4년을 한 번 더 살고 싶으면 그때 또 새로 결혼식이나 혼인신고를 하고 또 4년을 향해서 살아가는 것이다. 열 번 반복하면 40년이 가는 것이고 스무 번 반복하면 80년도 함께 살 수 있는 것이다. 물론 중간에 뭔가가 지루해서 깨지면 그만이다. 이게 내가 말하는 결혼 4년 중임제의 핵심이다.

출판사 한길사와 사랑에 관한 얘기를 쓰기로 합의를 보고 사랑에 대한 얘기를 초벌 구상하고 써내려가면서 책 내용에 관한 이런저런 얘기들이 바깥으로 흘러나갔다. 즉 이 나이 이때까지 내가 나눈 사랑얘기며 남자는 세 종류의 여자와, 여자 역시 세 종류의 남자와 함께 살아야 한다는 얘기며 수면 밑에 깔려 있는 제2의 사랑을 수면 위로 끌어올리는 제2의 사랑당을 창당하고 결혼 4년제 중임제를 앞세워 차기 대선주자로 나선다 어쩌구저쩌구 하는 얘기가 매스컴으로 새어나간 것이다. 그러면서 이상야릇한 분위기가 조성되어가자 이번에는 내가 소속되어 있는 청담학교 멤버들이 클레임을 걸고 나왔다.

이들은 추호의 사심 없이 나 같은 사람을 세상의 질타로부터 보호하려는 의지를 가진 이들이다. 내가 끔찍이 생각하는 모임의 핵심 멤버들이 이구동성으로 "조영남, 이번에 그런 사랑얘기까지 책으로 써내면 지난번에 거의 몰매 맞아 죽을 뻔했는데 이번엔 뻔이 아니라 뻘이 된다. 몰매 맞고 뻘어버린다. 당장 그따위 책 쓰는 거 중단해야 한다. 뭐라구? 도대체 몇 명의 여자와 놀아났다구? 세 명의 부인과 동시에 살림을 차리고 싶다구? 일부일처제를 없애고 일부다처제를 부활시켜야 한다구? 그리고 그런 걸로 대통령 자리를 노려보겠다구? 그리고 그걸 책으로 써내겠다구? 그런 내용의 책이 실제로 나오면 이번엔 몰매가 아니라 벼락을 맞는다. 뼈도 찾을 수 없다. 그런데 왜 또 방정을 떠냐, 왜 이번엔 말방정에 이어서 글방정까지 떨겠다는 거냐. 지금은 자숙할 때다. 당분간 조용히 있어야 한다."

듣고 보니까 열 번 스무 번 맞는 얘기였다. 그래서 안 쓴다고 하면서 이렇게 말했다.

"무슨 말인지 잘 알았다. 책을 안 쓰겠다. 걱정 마라. 이젠 내가 재차 맞아죽는 염려를 안 해도 된다. 그리고 고맙다. 그렇지 않아도 내 과거의 사랑얘기를 쓰다보니 온통 나 혼자 잘난 척하고 있다는 느낌을 지울 수가 없었다. 젊은 날 거의 한순간도 쉬지 않고 이 여자에서 저 여자로 오버랩해가는 얘기를 쓰다보니 이건 아니잖아 이건 아니잖아, 라는 생각이 문득문득 들었다. 내가 천하에 바람둥이 플레이보이 연애쟁이임을 은근히 과시하는 느낌 말이다. 과시하고 알릴 일이 따로 있지, 그런 것까지 만천하에 까발릴 일이 무엇이겠는가. 그래봤자 이제 와서 무슨 이득이 되겠는가.

책을 쓰지 말아야 하는 이유는 또 있다. 내가 사랑했거나 결혼을 했거나 사랑하다 헤어진 과거의 모든 여자들이 지금 이 순간에도 잘 살아가고 있다. 그리고 그 여자들은 아무 죄가 없다. 내가 그 여자들을 어떻게 만나 어떻게 사랑했는가를 쓰면 그 여자들은 예외 없이 모멸감에 사로잡힐 것이다. 자기가 한 남자한테 거쳐간 여러 여자 중 한 명에 불과했다는 모멸감 말이다. 도매금으로 넘어가는 비굴한 느낌 말이다. 내가 도대체 무슨 권리로 과거의 여자들에게 그런 날벼락 같은 모멸감을 줄 수 있단 말인가.

그리고 무엇보다도 기왕에 사랑얘기를 쓰기로 맘을 먹었으면 과거에 있었던 일들을 사실대로 가감 없이 써야 하는데, 그게 그렇게 될 수 있는 문제인가. 천만의 말씀이다. 나도 모르게 멋지게 덧칠해가면서 쓰게 된다. 그것도 일방적으로 내 쪽에만 유리하게 말이다. 더 견딜 수 없는 건 과거사를 몽땅 까발려서 쓸 수 없다는 사실이다. 만약 가차없이 까발려서 쓰기만 하면, 또 그렇게 쓸 수만 있다면 내 책은 보나마나 대박이다. 사회적으로나 문화적으로나 여러 측면에서 제법 가치 있는 책이 될 것이다.

얼마 전에도 어느 여배우나 여가수가 자기가 체험한 성에 관한 얘기를 시시콜콜히 써내고 자기가 함께 살았던 남자의 여성편력을 낱낱이 파헤

쳐 말 그대로 대박을 친 적이 있다. 지금까지 글을 써온 경험만으로도 나는 알 수 있다. 내가 만일 내가 관계한 여자들과의 얘기를 시시콜콜 써내기만 한다면 그건 여지없이 시선을 끈다. 가령 내가 어떤 여자와 열렬히 교제를 하다가 왜 헤어졌는가, 헤어지면서 무슨 일이 있었는가, 얼마만큼 치열하게 싸웠는가를 털어놓기만 한다면 그건 빙고다. 그러나 나는 피 끓는 청년이 아니다. 나이가 들 만큼 들었다. 내가 사귄 과거의 어느 누구한테도 맘 상하는 말을 할 권리가 나한테는 없다.

그렇지 않아도 나는 어느 상대와 잘 만나다가 헤어지는 장면에서는 통상 사랑하기 때문에 혹은 성격 차이로 헤어진다고 뻔한 수법을 썼다. 나도 그런 위장 수법을 쓰는 일에 지쳤다. 그런 핑계 안 대고 차라리 말 못할 사연은 아예 입을 다물었다. 그러니까 내가 지금 쓰고 있는 나의 사랑 얘기는 겨우 6할 정도만 진실을 드러내는 사랑얘기다. 나머지 약 4할 이상은 프라이버시로 묻어둬야 한다. 6할 정도만 드러내는 사랑얘기는 결국 가짜다. 생각해보시라. 도대체 이제 와서 뭐가 급하고 뭐가 안타까워서 6할뿐인 두루뭉술한 사랑얘기를 써내야 한단 말인가. 그렇다면 차라리 안 쓰는 편이 낫다. 그렇다, 잘됐다. 안 쓰겠다. 그 동안 염려해줘서 고맙다."

다음날 나는 한길사에 전화를 걸어 이러이러한 사연으로 사랑얘기 쓰는 걸 전면 포기했으니 그리 알아달라, 통보를 했다. 그리고 한두 달 정도 책에 관한 스트레스 없이 잘 지냈다. 사태가 좀 진정되자 또 연락이 왔다. 이번에도 차마 모른 척할 수는 없었다. 이야기를 들어봤다.

"우리가 조 선생님의 특수한 입장을 너무나 익히 알고 있기 때문에 그 부분에 대해서는 충분히 고려하겠습니다. 그렇지만 개인적인 사랑 얘기만 하는 게 아니고 사랑에 관한 선생님의 생각을 정리하는 것이기 때문에 걱정스러울 정도로 비난 받을 것 같지는 않다는 게 저희들 생각입니다. 우리 쪽에서 편집을 부드럽게 하고 그것을 미리 돌려보고 고칠 것은 고쳐서 내면 경험상 큰 문제는 없으리라고 생각합니다."

그 얘기 또한 그럴싸하게 들렸다. 나한테는 반대할 만한 논리가 없었다. 무엇보다도 나는 선천적으로 귀가 얇다. 나는 즉시 이런 방안을 내 친구들한테 슬쩍 전달했다. 나의 사랑책 얘기는 어느 정도 우리 친구들의 관심거리였다. 그런데 이상했다. 시간이 경과해서 그런 건지 위험할 것 없다, 사랑얘기를 잘못 썼다고 몰매를 맞을 만큼 우리나라가 저급국가는 아니다, 그러므로 책은 써내야 한다는 의견이 이번엔 반대 의견보다 더 많았다. 그래서 내 쪽에서 또 결론을 내렸다.

"좋다! 그렇다면 책을 다시 쓰겠다. 그러나 조건이 있다. 자문자답 형식의 조건이다. 두 가지 질문에 대한 답변을 내놓을 수 있다면 나는 다시 책을 쓰겠다."

첫째 질문은 왜 내가 이 시점에서 내 자신의 사랑얘기를 써내야 하느냐와 뭘 노리고 쓰느냐다. 그리고 이것이 나의 답변이다.

나는 가수거나 화가거나 광대거나 하여간 예술 언저리에서 서성대는 사람이다. 다시 말하자면 사람을 상대로 재주를 부려서 먹고사는 사람이다. 그러니까 무엇보다도 사람에 대해서 많이 알아야 한다. 사람에 대해서 많이 공부해야 한다. 예술은 사기에 불과하다는 백남준의 논리에 동의한다 해도 그 논리를 제대로 알아먹기 위해선 우선 사람에 대해서 알아야 한다. 누가 사기를 치고 누가 사기를 당하는가 그걸 알기 위해서 말이다.

그런데 사람 공부에는 늘 한계가 그어져 있다. 살아 있는 사람과 죽어 있는 사람의 한계가 그것이다. 살아 있는 사람은 내가 직접 만나보고 얘기해보면서 그 사람에 대한 공부를 할 수 있는데 이미 죽은 사람은 오로지 책을 통해서밖에 공부할 수 없다. 반대로 지금 살아 있는 사람은 아직 그 사람에 대한 총체적인 결과가 나오질 않아서 결국 사람에 관한 공부는 주로 죽어 있는 사람 쪽으로 편중되는 경향이 있다.

좀더 구체적으로 예를 든다면 나는 젊은 날 한때 시인 이상李箱과 김유정, 공초 등을 매우 좋아했다. 그들이 쓴 글들은 고스란히 남아 있는 편이어서 어떤 글을 썼는지는 공부하기가 어렵지 않았다. 문제는 나의 취향이다. 나는 그네들이 남긴 글 못지않게 그네들의 신상명세가 궁금했다. 그러니까 나는 이상 · 김유정 · 공초 · 구본웅 등이 어떤 사람이었던가를 당사자들의 입을 통해서 알고 싶은데 도무지 알 길이 없었다.

왜 시원하게 알 수가 없었는가. 간단하다. 그네들이 스스로 자기 자신에 대해서 집중적으로 쓴 글이 별로 없기 때문이다. 나는 그들이 어디서 태어나서 어떻게 자라고, 젊어서 무슨 생각을 하고 무슨 공부를 하고, 누구를 만나 어떤 대화를 하고, 풋사랑은 어찌되었고 첫사랑은 어찌 되었는지, 결혼은 어찌어찌하다가 몇 번이나 하고 몇 번이나 실패했는지, 무슨 맘을 먹고 하게 되었고 그 결과는 어떠했는지, 뭐 그런 잡다한 걸 그들 자신의 말과 글을 통해서 알고 싶었으나 문제는 그들이 그런 식으로 따로 글을 써놓지를 않은 것이다. 나는 단지 그들이 써놓은 몇 편의 소설이나 일기 혹은 잡문 중에서 겨우 시인 이상이 친구 구본웅과 함께 백천온천에 휴양차 가서 젊은 아가씨인가 기생인가를 한 명 꼬드겨 서울에서 살림을 차렸다더라, 자기 부인을 창녀짓 시키고 자기는 옆방에서 화대로 받은 돈을 챙겨서 세었다더라, 뭐 이런 따위의 단편적인 얘기나 김유정의 성격이 그가 써놓은 글과 달리 생각보다 우락부락해서 수틀리면 마고자 소매 걷어붙이고 양발차기로 상대를 제압했다더라 정도의 에피소드밖에는 발견해낼 수가 없었다. 그것도 소설의 형식을 빌려서 쓴 글이

나 산문 귀퉁이에 구색 삼아 슬쩍 끼워넣은 글들이니 그것의 사실성이 얼마나 한심한 수준이었겠냐는 것이다. 이상의 소설에는 자기와 동거하는 여자를 창녀짓을 시켜 돈을 벌어오게 하는 장면이 교묘하게 실화처럼 묘사되어 있지만 어찌 그걸 실제로 그랬다고 백 프로 접수할 수 있겠냐 말이다.

그러니까 내가 이상이나 김유정에 대해서 알아낼 수 있었던 건 겨우 그네들이 스물댓 살 나이에 병들어 고생하다 죽었다는 것이 전부다. 그 이상도 이하도 밝혀낼 게 없다. 끽해봐야 결핵이라는 치명적인 고질병으로 피를 토해내면서 이상과 김유정이 서로 요즘 병세가 어떠냐, 그만 그만하다, 뭐 그런 시답지 않은 대화만 나누다가 세상을 하직했다는 헐렁한 몇 가지 내용으로 만족해야만 했다. 물론 내가 지금 원하고 있는 그런 유치한 일차원적인 고백 같은 걸 안 남겨서 그네들의 글이 더욱 고차원적으로 승화됐고 나머지는 추측 같은 안개 속으로 숨어버렸는지도 모른다. 하긴 추측에 맡기는 바람에 시인 이상은 영광스럽게도 대한민국 문학도들이 압도적으로 선호하는 학위논문의 소재가 되어버린 것 같다. 도대체 죽어서 그런 대접을 받는 게 무슨 소용이 있다는 건지 알다가도 모르겠다.

나는 투덜거릴 수밖에 없다. 나는 왜 우리 선조들은 자기 자신이 어떻게 살아왔는가에 대해서 쓰는 걸 하찮게 여겨왔거나 귀찮게 여겨왔는가가 늘 불만이었다. 자기 자신을 감추는 게 그토록 고귀한 일인가, 자기 자신을 있는 그대로 털어놓는 게 그토록 천박한 일인가 늘 궁금했다. 나는 공초 선생이 쓴「거위 한 쌍의 죽음을 슬퍼한다」뭐 이런 제목의 산문 한 편만 읽어봐도 그가 세계 최고 수준의 문장가임을 알 수 있었다. 그리고 얼마 안 되는 자료에 의하면 공초 선생은 전쟁이 막 끝나고 다시 복구되는 명동 한복판에서 당대 문학깨나 한다는 패거리의 우두머리 역할을 했다고 알려져 있다. 그런데 그게 전부다. 전부가 보잘것없는 이력서 수준이다. 상황 자체가 열악하다.

이런 경우 공초란 누구인가, 특히 공초는 당대의 이상·김유정·정지용·박인환·김수영 등을 어떻게 보고 어떻게 상대했는가, 정지용은 무슨 맘을 먹고 이상의 괴상한 시「오감도」를 자기가 일하던 일간지에 연재할 수 있었는가, 그 괴상망측한 시를 추천해서 얼마나 왕따를 당했을까, 빈축을 샀을까 아니면 오히려 우쭐할 수 있었을까, 그때 젊은 시인 이상의 난해한 시를 정지용 자신은 어떻게 소화했는가……, 그런 걸 좀 알고 싶어도 빌어먹을, 공초도 정지용도 그런 건 안 쓰고 맨 짝 잃은 거위를 위해 통곡했습네, 넓은 벌 동쪽 끝으로 실개천이 흘렀습네 하면서 하염없이 뜬구름처럼 생긴 멋만 부려놨으니 나 같이 성질급한 놈은 얼마나 궁금했겠는가 말이다. 사실 간단하다. 정지용 같은 사람이 세세하게 자기들 얘기를 써놓질 않았거나 공초처럼 허구한 날 담뱃불 붙이는 데 바빴으면 하다못해 그 옆에서 담배나 술을 사주던 사람들이 공초가 그때 어땠다고 증언을 해놨어도 무방한데 말이다.

이런 점에선 오히려 여자들이 더욱 섬세함을 발휘했다. 나혜석·김일엽·전혜린·천경자 등은 비교적 소상하게 자기 자신에 대해서 털어놨다. 역시 나는 여자를 선호할 수밖에 없다. 남정네들은 오히려 여자들보다 삶 자체가 우중충해서였을까. 아니면 연애 한 번 제대로 해보지 못해서 그렇게 된 걸까. 나는 한도 끝도 없이 궁금했다. 내가 짜증나는 건 그네들에 비해서 보들레르나 에드가 앨런 포, 베를렌과 랭보 같은 이들에 대해서는 너무나 많이 알 수 있다는 사실이다. 몇 월 며칠 누가 돈을 얼마 꿔갔는데 갚지를 않아서 직접 찾아가 멱살을 잡고 무슨 소리를 해대서 받아왔다더라 하는 얘기까지 세세히 알 수 있으니 어찌 짜증이 안 나겠는가.

내가 지금 주제넘게 사랑얘기를 쓰는 이유는 우선 한길사와 맺은 약속을 지키기 위해서이고 앞으로도 사랑을 하면서 살아가야 할 나의 청담 전우들에게 길을 터주기 위해서다. 그들에게 말로만 사랑이 중요하다, 사랑을 할 줄 알아야 한다고 떠들 것이 아니라 내가 언제 어디서 어떤 사람을 만나 얼마나 사랑을 하다가 요 모양 요 꼴이 되었는지를 털어놓음으로써 그들의 궁금증도 풀어주고, 아하, 우리보다도 먼저 숨 쉬기를 거부한 사람들은 이렇게 사랑을 했구나, 저렇게 살았구나 하는 걸 참고삼아 그럼 나는 이런 방법으로 사랑을 해야겠구나, 이렇게 살아야겠구나 하는 길을 터주기 위해 솔선수범할 필요를 느낀 것이다. 이것이 내가 사랑책을 다시 쓰기로 한 최종 이유다.

　나는 지금 괜히 친구들을 들먹거리는 게 아니다. 일 년여를 이 친구들과 가까이 지내오면서 발견하게 된 고질병 하나가 있다. 이건 우리 모두의 고질병이다. 이건 이상이나 김유정을 죽음으로 몰아간 폐결핵을 능가하는 치명적인 지병이다. 그것이 뭐냐, 불사병이다. 사랑을 안 하는 병이다. 연애를 안 하는 병이다. 전푼협, 재수회, 재수중학교, 청담학교, 목숨전우회, 덤앤더머그룹 등등은 시작부터 남녀 공동체였다. 남자 반 여자 반이었다. 상식적으로 생각해보자. 정상적인 남녀가 모였다면 이따금씩은 서로 줄긋기도 하고 눈도 맞아 돌아가고 질투에서 생겨나는 결투도 몇 번 치렀어야 한다. 세 살 네 살 어린아이들이 아니다. 총각·처녀·홀아비·과부·유부남·유부녀·거기다가 각계각층의 직분을 가진 사람들이 모여서 출석한 것이다. 그런데 거기서 500일에 육박하도록 단 한 건의 애정 행각이 발생하지 않았다는 걸 어떻게 설명할 수 있겠는가.

　오해 마시라, 나는 지금 시시껄렁한 불륜예찬을 하자는 게 아니다. 불륜을 조장하자는 게 아니다. 우리들의 최종 목표는 재미있게 놀자는 것이었다. 열넷, 열다섯 살 때처럼 재미있게 놀자는 것이었다. 정신없이 재미있게 놀자는 것이었다. 그럼 어떻게 놀아야 재미있게 노는 것인가, 최고로 재밌게 놀 수 있는 건 한 가지 방법밖에 없다. 서로 사랑을 하면서 노는 것이다. 성경에서 표절한 게 아니냐고 대들지 마라. 나는 지금 설교를 하고 있는 게 아니다. 단지 재미있게 노는 방법에 대해서 얘기하고 있을 뿐이다. 다시 말하지만 놀 때도 사람과 사람 사이에 사랑이 낑겨 있어야 재미있게 놀 수 있다는 이야기다. 그래서 남녀가 만나 가장 재미있게 얘기할 수 있는 소재는 단연 사랑이다.

내 말은 틀린 말이 아니다. 그런 이유로 남자들은 모이면 만날 여자 얘길하고 여자들이 모이면 만날 남자 얘기를 한다. 남녀 최상의 공통의 주제는 뭐니뭐니해도 사랑이다. 사랑보다 더 재미있는 얘깃거리는 없다. 게다가 사랑을 진짜로 하면 그 이상 재미있는 일은 이 세상에 없다. 그래서 사람들은 누구나 사랑을 하고 싶어한다. 사랑에 빠지고 싶어한다. 궁극적으로는 재미있게 살고 싶기 때문이다.

언젠가 나는 라스베이거스의 벨라지오 호텔 초특급 VIP룸에서 3박 4일을 지내봤다. 가수 노릇을 하다보면 그런 대우를 받는 때도 있다. 화장실이 세 개에, 마치 궁전 같았다. 매일 최고의 음식에 최고의 뮤지컬과 쇼 공연을 관람했지만 왕비 없는 왕의 생활은 앙꼬 없는 앙꼬빵, 붕어 없는 붕어빵이었다. 정녕 재미없었다. 어디서 산들 안 그렇겠는가. 그러나 세상을 재미있게 산다는 것이 그렇게 뜻대로 되는 일은 아니다. 왜냐하면 태진아의 노랫말처럼 사랑은 아무나 하는 게 아니기 때문이다. 아무나 재미있게 놀 수 있는 게 아니기 때문이다. 나는 지난 일 년 반 동안 우리들 중 누가 누구와 보란 듯이 사랑에 빠지는 걸 본 적이 없다. 재미있게 사는 걸 본 적이 없다. 이유가 뭐였을까.

모두들 사랑을 거룩하고 숭고한 것으로 알고 있기 때문이다. 사랑을 거룩이나 숭고 따위로 분리수거하기 시작하면 뻔하다. 제대로 사랑 한 번 못하고 죽게 된다. 내가 일 년 넘게 집중적으로 만나본 최근의 내 친구들은 그나마 지고지순한 사랑을 좇는 부류가 아니었다. 그냥 보통 사랑을 열망하는 아웃사이더들이었다. 그러나 정작 그중에 어느 누구도 보란 듯이 사랑에 빠지는 일이 없었다. 누구도 그런 일에 개의치 않는 듯했다.

사랑을 안 하는 것이 마치 유행처럼 번졌다. 재미없게 살기로 담합을 한 사람들 같다. 만나보면 모두가 처녀 총각, 돌처녀 돌총각, 다시 말해서 한 번 장가를 갔다가 온 총각이거나 한 번 시집을 갔다온 처녀 아니면 유부남이거나 유부녀들이다. 모두들 사랑을 할 수 있는 사랑의 자격증을 가진 사람들이다. 누구나 재미있게 살 권리가 있듯이 누구나 사랑을 할 수 있는 권리를 가지고 있는 법이다. 게다가 사랑은 그런 신분과 관계없이 불특정하게 발생하는 법이다. 교통사고나 자동차 충돌 같은 것이다. 어떤 차와 어떤 차가 충돌한다는 법칙이 어디 있는가. 똥차와 벤츠, 롤스로이스와 경운기가 충돌할 수도 있는 법이다. 그런데 누가 믿겠는가. 일 년 반 동안 우리 동네에서는 단 한 건의 충돌사고도 없었다. 꼭 스위스 중립국 같았다. 실로 오랜만에 우리의 학생 중에서 오로지 류시현이라는 한 여학생만이 외간 청년을 만나 우리 모임에 끌어들였고 얼마 있다 사랑에 빠져 결혼식을 올린 게 전부였다.

물론 사랑은 필수가 아니다. 우리 청담학교 학생 중에는 절대 다수가 현재 이 순간까지 단골로 만나는 이성친구 없이 그저 입으로만 사랑이 어쩌구저쩌구 사랑타령을 해가면서 살아가고 있다. 그게 현실이다. 나는 "영남이 형, 나 효선이 정말 좋아해. 형이 좀 도와줘. 나 효선이 없이 못 살겠어"라거나 아니면 "영남이 형, 나 경민이와 사랑에 빠졌어. 형이 중간 역할을 너무 잘해줬어. 고마워. 우리 내년 봄에 결혼할 거야" 뭐 이런 소리를 최소한 너댓 번은 들었어야 한다. 그러나 나는 단 한 번도 그런 소리를 들은 적도 없고 그런 소문을 들은 적조차 없다. 누구 한 사람 몰래 사랑을 하다 들킨 적도 없다. 들키지 않아서 온통 밋밋하게 됐는지는 몰라도 나는 최소한 몇 번쯤은 이런 소릴 들었어야 한다. "조영남 옵빠! 어디 잘 아는 산부인과 병원 좀 소개해줘. 나 임신했어. 우석이 오빠가 날 임신시켰어. 나쁜 오빠야. 보호자로 대신 좀 가줘."

나는 이 책을 쓰면서 알아냈다. 왜 우리나라가 세계 제일의 저출산율 국가인지를 말이다. 뻔하다. 인간들이 사랑을 안 하니까 어린아이가 태어나질 않는 것이다. 그럼 왜 사랑을 안 하냐, 왜 사랑을 거부하냐, 그건 그리 어려운 질문이 아니다. 너나없이 인간들이 너무 똑똑해졌기 때문이다. 너무 약삭빠르기 때문이다. 잘못 사랑에 빠지면 피곤해진다는 걸 너무 훤히 알기 때문이다. 편한 것을 밝히기 때문이다. 사랑보다 저금통장을 더 좋아하기 때문이다. 사랑보다 아파트 평수 늘리는 게 더 급하기 때문이다. 상대가 무슨 차를 타고 다니는지가 더 궁금하기 때문이다. 누가 봐도 지금은 비상시국이다. 이래서는 안 된다.

지금 우리가 타고 있는 사랑의 열차는 이름 없는 간이역에 너무 오래 서 있었다. 출발할 기미가 안 보인다. 사랑의 열차는 사랑역을 향해서 바삐 출발을 해야 한다. 볼 풍경 다 봤으면 또 떠나야 한다. 그게 간이역의 의미다. 내가 지금 쓰고 있는 사랑책이 출발 신호였으면 좋겠다. 이것이 내가 책을 써야 하는 이유다.

이젠 단 한 가지의 답변만 충족시키면 된다. 그것은 내 자식들이 애비한테 질문을 해왔을 경우다.

"아빠! 아빠는 왜 아빠의 사랑얘기를 다른 사람한테 들려줘야 하나요? 과거를 되돌려서 얘기해봐야 아프기만 한 얘기들을 왜 세상에 알려야 하나요? 그래서 아빠와 우리가 얻는 게 뭐죠?"

가장 대답하기 껄끄러운 질문이다. 내가 여러 번 책 쓰는 걸 포기하게 만들었던 질문이다. 이 질문에 나는 답변을 할 수가 없다. 할 말이 없기 때문이다.

자! 두 가지 질문 중에 하나는 대답을 했고 하나는 대답을 못했다. 두 가지 질문을 요약하면 이런 것이었다. 하나는 다른 사람들이 나한테 왜 그런 책을 써야 했느냐는 것과 또 하나는 내 사랑하는 자식들이 나한테 왜 꼭 그런 책을 써야 했느냐는 것이다. 나는 딱 절반의 대답을 했다.

그럼 어떻게 해야 하는가. 책을 써야 하는가 쓰지 말아야 하는가. 원칙대로라면 나는 딱 절반 분량만 쓰면 된다. 그러나 그건 썰렁한 해결책이다. '썩소'만 나오는 해결책이다. '썩소'는 은지한테서 배웠다. 썩은 미소다. 그러나 최종 결론은 책을 쓰는 것으로 나왔다. 어떻게 된 거냐, 책을 내고 싶다는 한길사의 욕심과 책을 쓰고 싶다는 작가의 욕심이 합세를 해서 어거지로 두 번째 질문에 답안을 짜냈기 때문이다. 바로 이거다.

"믿어다오. 너희들의 맘을 아프게 할 생각은 추호도 없었다. 너희들은 못난 애비 하나 때문에 충분히 마음고생을 했다. 이제 못난 애비는 세상을 다 살았다. 너희들을 괴롭힐 시간도 얼마 남지 않았다. 너희들은 너희들끼리 너무나도 잘 살아왔고 앞으로도 잘 살아가리라 믿는다.

너희들과 나는 참 괴상망측한 부자부녀지간이었다. 너희들도 아다시피 우리는 단 한 번 아들 딸자식 간에 대화를 나눠본 적이 없지 않느냐. 한마디 말도 없이 그러나 서로 짠 것처럼 우리는 스스로 각자의 역할을 잘 소화해냈다. 너희들은 정말 훌륭했다. 나는 훌륭했다고 말할 자격도 없다. 애비는 유명무실, 지리멸렬, 그저 무늬뿐인 애비였다. 그러나 너희들은 애비와 아무 상관도 없이 너희들의 길을 갔다. 너무나 멋졌다.

그러나 애비가 아주 형편없는 애비는 아니었다. 한 가지 잘한 점은 있다. 장담한다. 나는 너희들에게 단 한 번도 이래라 저래라 해본 적이 없다. 우선 그럴 새가 없었다. 어쨌거나 나는 너희들에게 완벽한 자유를 주었다. 그건 잘한 일이다. 완벽한 자유는 완벽한 사랑에서 나온다는 법칙에 의거하면 말이다.

또 '썩소' 짓는 소리가 들렸다. 나의 얼아, 늘아, 은지야. 사람은 좀 오래 살면 노망 같은 게 생기는 법이다. 믿어다오. 이것은 너희들 애비의 막판 노망이다. 벽에다 똥칠을 하는 것이다. 재미를 좇다보니 번잡해졌고 번잡하다보니 여러 측면에서 오해를 사게 되었다. 유명해졌다는 것은 곧 오해를 받게 됐다는 뜻이다. 애비의 운명은 마치 살아 있는 동안 오해를 풀라는 운명인 듯하다. 나는 죽기 전에 다소 오해를 풀기 위해 이 방법을 택했다. 좁쌀알만 한 오해라도 그것이 풀릴 땐 아주 황홀한 법이란다. 애비는 마약 같은 황홀함을 맛보기 위해 이런 일을 저지른 거다. 이 일로 오해가 더 불어나고 부풀려진다는 것도 각오하지 않는 바는 아니다. 어쨌거나 내 자식들아, 아이들아, 애비를 용서해다오. 행여 애비가 쓴 책 때문에 너희가 얼굴을 못 들게 되어도 애비를 너무 원망 말아라. 애비를 잘못 선택한 건 결단코 너희들 잘못이 아니기 때문이다.

사랑 없인 못 살아

"사랑은 마법의 보자기와 같다.
마법의 보자기가 하늘 위를 빙빙 돌다가
나와 어떤 여자의 머리 위를 덮치면
그게 사랑이 되는 것이다.
그런데 그 마법의 보자기는
어디쯤에서 날아다니고 있는지,
언제쯤 우리 동네 하늘을 지나갈지
도무지 갈피를 잡을 수 없다."

어느 날 사랑이 내 앞을

캠퍼스 연애로 유명한 영화 「러브 스토리」의 첫 장면은 "어디서부터 내 얘기를 시작해야 하나"라는 담담한 대사로부터 시작된다. 그러나 나의 첫사랑 러브스토리의 첫 장면 첫 대사는 그렇게 유명한 대사로 시작하질 않는다. 그냥 평범하다.

"어느 날 사랑이 내 앞을 스쳐 지나가고 있었다."

첫 장면은 왕십리 한양대학 정문이다. 거기서부터 타이틀 자막이 올라간다.

그날은 한양음대 2학년 개학 첫날이었다. 대학 처음 일 년은 진정 엄벙덤벙으로 보냈다. 음악을 배우러 대학을 다닌 것이 아니라 무슨 축제에 가는 기분으로 첫 해를 까먹었다. 나는 대학이 너무 좋았다. 아무 옷이나 걸쳐 입을 수 있어서 좋았고, 지각·결석을 마음대로 할 수 있어서 좋았다. 머리카락을 삼손처럼 길러도 시비 거는 사람이 없어서 좋았고, 청소 당번이나 변소 청소 같은 게 없어서 마냥 신났다. 이런 엉터리 같은 초년생 기분으로 1학년을 곱게 까먹고 2학년으로 올라가서도 개학 첫날부터 헷갈리기 시작한 것은 문제의 초록색 머플러 때문이었다.

긴 겨울방학을 끝낸 춘삼월의 개학 첫날. 나는 늘 그랬던 대로 해방촌 큰누님네 판잣집을 나와 후암동 종점에서 을지로 가는 버스를 타고 6가에서 내려 동대문까지 서울운동장을 끼고 걸어서, 왕십리까지 가는 전차를 타고 종점에서 내려 학교를 향해 올라갔다. 그때까진 전차가 있었다.

교문에 들어서서 몇 걸음 옮겼을까 말까 했을 때였다. 개학 첫날이라 온통 교문에서부터 신선한 기분이 감돌았다. 순간 구름떼처럼 올라가는 학생들 속에서 어느 여학생이 내 앞을 스쳐 지나갔고 나는 무심코 그녀의 뒷모습을 보게 되었다. 무심코 본 게 아니었다. 나의 시선이 그녀의 뒷모습에 꽂힌 것이었다. 매우 특이했다. 세 가지가 특이했다. 그녀가 대다수의 남학생 틈에 드문드문 섞인 여학생이라는 점과 초록색 머플러를 썼다는 점, 그리고 그녀의 독특한 걸음걸이였다.

나는 지난 한 해 동안 머플러를 쓰고 등교하는 여학생을 본 적이 없다. 설령 봤더라도 관심을 두지 않았음에 틀림없다. 사랑의 초기 증세에는 관심도 포함된다. 초록색 머플러를 쓴 그녀의 뒷모습은 마치 이만희 감독의 「만추」 같은 영화를 떠올리게 했다. 화창무쌍한 봄날이었는데도 공연히 센티해 보였고, 기분 나쁘지 않은 쓸쓸함이 밀려오는 듯했다. 그녀의 걸음걸이는 숨을 멎게 했다. 상체는 움직이질 않고 양발만 사뿐사뿐 옮겨 땅 위에 떠서 미끄러지듯 움직였다. 구름 위를 걷는 선녀였다.

나는 그녀의 뒤를 괜히 따라가거나 앞질러 가서 슬쩍 그녀의 얼굴을 훔쳐보고도 싶었지만 참았다. 나한테도 자존심이라는 게 있었다. 나는 앞서 가는 그녀를 보며 덤덤히 내 강의실 쪽을 향해 갔다. 나는 그녀가 음대 건물 쪽으로 가는 좌측 돌계단에 올라설 때까지 그녀가 음대생일 것이라는 생각을 못했다. 위쪽 건물에는 문과대학도 있고 연극영화과도 있어서 그녀가 꼭 음대생인지 아닌지는 아직 알 수가 없었다. 그런데 이게 웬일인가. 그녀는 음대가 있는 건물 쪽으로 올라갔고, 나 역시 음대쪽으로 올라가 건물 옆 계단을 따라 맨 꼭대기 피아노 연습실로 올라갔다.

개학 첫날은 대학 전체가 강의실조차 제대로 찾지 못해 우왕좌왕하게 마련이다. 우리 음대 2학년생들은 60명의 후배를 떼거리로 맞아들였기 때문에 더욱 어수선했다. 특히 남학생 녀석들은 눈이 벌게서 사방을 두리번거렸다. 신참 여학생들을 점검한다는 둥 신고를 받는다는 둥 난리였다.

그런 난리통에 나는 초록색 머플러를 또 발견했다. 그녀는 분명 우리 음대생이었다. 음대생이든 영화과 학생이든 그것은 문제가 아니었다. 문제는 그녀의 얼굴 모습이었다. 앞모습을 정면으로 훑어볼 수 있었다. 환상이었다. 요새는 그런 배우가 없다. 그 옛날 샌드라 디와 비비안 리의 짬뽕이었다. 당구공처럼 반질거리는 새하얀 두 뺨과 앵두 같은 입술은 샌드라 디였고, 타는 듯한 열망의 눈동자는 영판 비비안 리였다. 황신혜나 전지현쪽이 아니고 심은하 송혜교 쪽의 얼굴 모습이었다.

여자의 아름다움과 그 아름다움에 관한 느낌은 순식간일 때가 많다. 양귀비처럼 예쁘게 여겨졌던 여인도 그 다음날 다시 보면, 으악새처럼 보이는 경우가 허다하다. 으악새는 날아다니는 새가 아니다. 무서워서 으악! 소리를 내게 만드는 모든 것이다. 그렇지만 적어도 내 시각 속에 남아 있는 그녀의 아름다움은 영원할 듯싶었다. 나는 그녀와 1년 넘게 캠퍼스 연애를 하다가 헤어진 지 무려 8년 만에 미국 필라델피아에서 다시 만난 적이 있다. 8년 만에 봤을 때도 그녀의 아름다움은 그대로 거기에 있었다.

개학 첫날, 나는 그녀의 이름이 오명자라는 것도 알았고 그녀가 성악과 학생이라는 것도 알았다. 메조소프라노 전공이었다. 나는 그녀를 처음 본 순간부터 열병을 앓기 시작했다. 젊었을 때 한 번쯤은 누구나 그런 열병을 앓는다고 한다. 그런데 나의 열병은 좀 길었다. 나의 첫사랑은 온통 한심한 열병이었다.

나는 평소 때보다 훨씬 일찍 일어나 왕십리 학교로 갔다. 그녀의 등교하는 모습을 훔쳐보기 위해서였다. 나는 일찌감치 음대 건물 꼭대기로 올라가 바람을 쐬는 척하며 저 아래 교문에서부터 올라오는 머플러 여학생을 넋 나간 사람처럼 바라보았다.

나는 첫 시간부터 방과 후까지 연습실 복도나 건물 층계 혹은 합창 연습실 등지를 오가면서 눈치껏 그녀의 모습을 훔쳐보았다. 그녀를 보고 나면 아무 이유도 없이 나 자신이 철 지난 논밭의 허수아비처럼 초라하게 느껴졌고, 아무 이유도 없이 울화만 치밀었다. 그러나 태연을 가장하는 나의 연기는 너무나 탁월해서 내가 설마 오명자한테 정신이 팔려 있는 줄은 아무도 눈치조차 채질 못했다.

나의 대학 초년 생활은 그렇게 대책 없는 열병과 함께 무심히 흘러가는 듯했다. 그러나 사랑의 여신은 나를 아주 버린 것이 아니었다. 내가 누구인지 초록색 머플러한테 부각시킬 수 있는 절호의 기회가 왔다. 신입생 환영회였다. 신학기가 되면 통과 의례로 그런 걸 했다. 거기서 내가 누구인가 한번 본때를 보여준다는 것이 나의 전략이었다.

나는 지난 한 해 동안 노래뿐만 아니라, 교수나 선배들을 짬짬이 웃기는 일에도 선봉을 섰으므로 당연히 신입생 환영회의 MC는 조영남이라는 것이 기정사실화되어 있었다. 나는 고교 시절 순전히 학교 소풍이나 예배당에서 익힌 오락 진행 솜씨를 대학에 올라와 발휘하면서 사회자로서의 면모도 인정받고 있던 터였다. 원래 MC 솜씨 같은 건 그런 데서 익혀 올라오는 법이다.

나는 음대생 전원이 참석한 신입생 환영회의 한가운데서, 아니 초록색 머플러 오명자가 나를 바라보는 현장에서 미친 듯이 전교생을 웃음바다로 몰아갔다. 그것은 초록색 머플러에 대한 이유 없는 복수극이기도 했다. 내가 온갖 기교를 다 구사하며 오락을 이끌어가는 동안, 덧니를 드러내고 환하게 웃는 그녀의 모습이 마구 클로즈업되어 왔지만, 나는 모르는 척하면서 내 일만 충실히 해냈다.

최근 하버드 출신 CEO들의 성공의 공통된 첫째 키워드가 무엇인가를 알게 되었다. 놀랍게도 유머였다. 여자들은 대체로 웃기는 남성을 좋아하는 경향이 있다. 나는 전교생 앞에서 가장 웃기는 남학생으로 인정을 받게 되었다. 후련했다. 더 이상 초록색 머플러한테 일방적으로 주눅 들어 있을 필요가 없었다. 나도 이젠 그녀 앞에서 거만을 떨 수 있는 입장이 되었다. 그러나 석연치 않기는 예전이나 마찬가지였다. 사태가 진전된 것도 수습된 것도 아니었다. 한편으로는 그리움으로 몸을 비틀고, 한편으로는 "흥, 제까짓 것이 뭔데" 하면서 괜히 시건방을 떠는 이중인격과 모순만 쌓여갔다.

그러나 하늘은 무심하지 않았다. 뜻이 있으면 길이 있는 법. 사랑의 여신이 나한테 직접 손짓을 해왔다. 드디어 그녀가 나한테 말을 걸어왔던 것이다. 그 말을 나는 지금도 기억하고 있다.

"노래 참 잘하네요. 잘 들었어요."

단 한마디였다. 그리고는 끝이었다. 그러나 그것은 대단한 진전이었다. 그녀가 나한테 말을 건 곳은 합창 연습을 끝내고 나오는 음대 강당 입구에서였다.

음악대학에는 합창이라는 교과과목이 있게 마련이다. 합창 시간에는 성악과·기악과는 물론 작곡과 학생까지도 전부 출석해야 했다. 일주일에 두 번, 전교생이 한꺼번에 모이는 유일한 시간이었다. 서울시립교향악단의 오랜 상임지휘자였던 정재동 선생님이 그때 우리 음악대학의 합창 담당 교수님이셨다. 우리는 그때 마침 합창음악극 오라토리오 같은 것을 대대적으로 연습 중이었다.

그런데 오라토리오의 내용이 기가 막혔다. 어느 장군이 애국심으로 전쟁터에 나가 나라를 구하고 목숨을 잃는다는 비장한 내용이었다. 주인공 역할은 뜻밖에도 갓 2학년 풋내기 성악도인 나한테 떨어졌다. 나는 지난해 이 학교에서 주최한 전국고교콩쿠르 성악부에서 1등을 했기 때문에 나의 노래 실력은 이미 드러나 있던 상태였다. 나는 물론 악마처럼 노래를 불러나가기 시작했다. 내 노래를 50미터 반경 이내에서 오명자가 듣고 있었기 때문이다.

그때는 내 나이 20대 초반. 나는 실제로 악마의 음성을 소유하고 있었다. 그만큼 자유자재였다. 내가 불러야 하는 노래는 청아하기 그지없는 하이 바리톤의 아리아였다. 전황이 불리해진 전쟁터에 출전하면서 조국에 대한 충정을 비장하게 표현하는 노래였다.

"잘 있거라 내 사랑 나의 조국, 잘 있거라 나의 형제 나의 친구들이여, 이 몸은 다시는 돌아올 길 없는 전쟁터로 떠나노니……."

죽을힘을 다해서 불렀다. 대체로 노래를 시작하고 몇 소절이 지나면 사태의 추이는 드러나는 법. 나는 내가 목적한 대로 내 목소리가 몸속에서 빠져나간다는 사실을 몸 전체로 느끼고 있었다. 나의 목적은 단 하나, 뛰어난 솜씨로 부른 내 노래가 비수처럼 초록색 머플러의 가슴을 찌르는 것이었다. 나같이 못생긴 남자, 키 작은 남자, 코 납작한 남자, 남루한 옷차림의 남자, 늘 배고프고 늘 버스비 모자라는 남자가 발휘할 수 있는 최후의 수단은 오로지 노래였다. 나는 느낄 수 있었다. 나의 비장한 노래가 온 강당을 자못 축축하게 적시고 있었다.

그날 합창 연습이 끝나자, 나는 또 떴다. 친구들과 선후배들이 나한테 축하의 악수를 청해왔다. 막 축하를 받으며 합창실 현관을 빠져나가는데, 앗! 거기에 초록색 머플러가 현관 기둥 한쪽 벽에 기대고 서 있다가 내 앞으로 다가와 "노래 참 잘하네요, 잘 들었어요." 바로 그 짧은 한마디를 던지고 교실 쪽으로 걸어가는 것이었다. 그때는 놀라는 일조차 불가능했다. 웬일일까, 뭘 의미할까 그저 얼떨떨하기만 했다.

이때까지도 나는 앞으로 무슨 일이 벌어질지 전혀 예측을 못했다. 나는 늘 하던 대로 친구들과 어울려서 음대 건물 옥상 피아노 연습실로 돌아왔다. 좁아터진 피아노 연습실에서 「비바빠룰라」 「모나리자」 같은 허튼 노래나 부르며 낄낄대고 있었다.

그때였다. 갑자기 연습실 문을 조용하게 노크하는 소리가 들렸다. 바로 초록색 머플러였다. 등교하고 하교할 때만 머플러를 썼던 것 같은데 나는 그녀를 초록색 머플러라 부르고 있다. 그녀가 담담하게 말했다.

"저 조영남 씨, 학장님이 지금 교무실로 내려오시랍니다."

초록색 머플러는 용무를 마치고 곧바로 돌아섰다. 피아노 연습실은 건물 꼭대기 층에 있었고 교무실은 두 층 아래에 있었다. 나는 뛰듯이 좁은 계단을 내달렸다. 아래로 두 번째 층의 중간 커브를 막 돌아서려는 찰나였다. 거기에 초록색 머플러가 몇 권의 음악책을 가슴에 껴안고 서 있는 것이었다. 순간 나는 초록색 머플러가 나를 가로막는다는 느낌을 받았다. 얼결에 나도 주춤거리며 섰다. 초록색 머플러가 분명한 어투로 입을 열었다.

"조영남 씨, 제가 거짓말을 했어요. 제가 조영남 씨를 만나보고 싶어서 일부러 거짓말을 했어요. 노래를 정말 잘하더군요. 그 말 다시 한 번 하려고 그랬어요."

그 말밖에 생각나는 말은 없다. 그날 수업을 마치고 우리가 어떻게 왕십리 다리 건너 둑방가에 나란히 앉게 되었는지는 도무지 분명치가 않다. 두 사람 중 누군가가 따로 만나자는 제의를 했고, 만나자는 합의가 이루어졌음에 틀림없다.

우리는 그날 한양대학 뒷문에서 만나 광나루 가는 나무다리를 건너 오른쪽 둑을 타고 무작정 올라갔다. 거기엔 볼품없는 한강 줄기를 따라 경사진 강둑이 양 옆으로 꽤 길게 구불구불 늘어져 있었다. 우리는 강둑을 걷다가 둑비탈 아무 데나 자리를 잡고 나란히 앉았다. 나는 너무 뜻밖에 생긴 일이라 뭐가 뭔지 몰랐고 무슨 말부터 해야 할지 난감했다. 막 천국의 문을 들어선 기분이었다.

잔디가 푸르렀던 것으로 미루어 4월 초순은 넘은 시기였다. 우리의 만남이 구슬펐는가. 봄비가 왕십리의 온 하늘로부터 퍼져 내리기 시작했다. 초록색 머플러가 책가방에서 우산을 빼들었다. 우산이 예뻤다. 나는 감히 가져볼 꿈조차 꿀 수 없는 비싸고 예쁜 쇠우산이었다.

옛날 초등학교, 중학교 때는 용동리 배나무다리같이 주로 먼 동네에 사는 애들은 비오는 날 마른 볏짚으로 만든 삼태기처럼 생긴 비 가리개를 쓰고 다녔지만, 나는 그런 비 가리개도 가져본 적이 없었다. 우리 집은 학교 바로 옆에 붙어 있었다. 실상 비가 많이 오는 날은 그런 비 가리개가 별 소용이 없었다. 대체로 그걸 쓰고 들어오는 사내 녀석들은 내복이나 팬티 같은 걸 따로 껴입던 때가 아니라 이미 온몸이 비에 젖어 물 먹은 포플린 얇은 천 밖으로 고추의 윤곽이 훤하게 드러나 보였다.

그때 우리가 맞은 비는 보슬비였다. 맞아도 별 표시가 안 나는 비였다. 그런데도 초록색 머플러는 자꾸만 우산을 내 몸 쪽으로 밀었다. 나는 지금 안타깝다. 그 둑 위에서 꿈처럼 긴 시간에 무슨 얘기를 나누었는지 단 한마디도 기억이 안 난다. 초록색 머플러가 돌아가야 하는 시간이 정해져 있는 사람처럼 시계를 보며 일어섰던 건 뚜렷하게 기억하고 있지만 말이다.

나는 생각했다. '나처럼 엄마 아버지와 떨어져 살지는 않겠지. 귀한 집 딸이니까 귀가 시간이 엄하게 정해져 있겠지. 밥 먹는 시간도 잠자는 시간도 정해져 있겠지' 하면서 버스정거장까지 둘이서 걸어오곤 했다.

초록색 머플러는 언제나 큰 버스를 보내고 작은 미니버스를 기다렸다가 올라탔다. 일반 버스보다 비싼 미니버스였다. 나는 그때까지도 그런 미니버스를 타본 적이 없었다. 방향이 시내 쪽이었으므로 나도 올라탈 수 있었으나, 우선 나는 그런 비싼 버스를 탈 만한 돈이 없었고 또 그녀가 올라타라고 하지도 않았다. 나는 그저 넋을 잃고 그녀를 태운 검붉은 자주색 미니버스가 왕십리 고개를 넘어가는 뒷모습만 바라보고 있었다. 그날 이후 나는 그녀가 탄 자주색 미니버스가 멀어지는 모습을 이만 삼천 번쯤 지켜보았던 것 같다.

나는 더 이상 그녀를 초록색 머플러로 부를 필요가 없게 되었다. 오후 수업 끝나는 시간에 맞추어 우리는 거의 매일 왕십리 강둑으로 나갔다. 헤어질 때마다 다음날 또 만날 것을 약속하며 헤어졌다. 그해 봄에는 유난히도 늦은 봄비가 자주 내려 우리는 거의 매일 그녀의 쇠우산을 펴들었다.

나는 그해의 늦은 봄비와 쇠우산 아래에서 오명자의 주변 일들에 관해 많은 것을 알게 되었다. 그녀는 우선 부잣집 큰딸이었다. 명동 뒤편에 큰 빌딩을 가진 집안의 딸이었다. 나는 나중에 무슨 일로 빌딩 맨 위층에 있는 그녀의 집에 들어간 적도 있었다. 나는 늘 가난했기 때문에 부자는 무조건 부럽고 달리 보였다. 나는 그녀가 나보다 세 살 위라는 사실도 알게 되었다. 그녀는 워낙 허약한 체질이라 고등학교 졸업 후 집에서 몇 년간이나 병치레를 하다가 대학에 늦게 들어왔던 것이다.

여기까지는 괜찮았다. 나이가 세 살 연상이라는 것은 아무 문제도 아니었다. 나한테는 무조건 예쁘게 보였기 때문이다. 그러나 그녀에게는 딱 한 가지 해결 안 되는 문제가 있었다. 오명자한테는 이미 오래 전부터 약혼자가 있었다는 사실이다. 왜 꼭 정해진 시간에 버스를 타야 하는 건지 내가 묻지도 않았는데 그녀가 어느 날 대답해줬다. 그녀의 약혼자는 인턴십을 막 끝낸 의사였다. 3년간이나 그녀의 병수발을 해주다가 병세가 호전되자 그녀를 대학에 입학시킨 것이었다. 믿을 수도 없고 믿기도 싫은 얘기였다.

여름방학 직전, 그녀의 가족과 약혼자는 오명자가 학교에서 어떤 남학생을 집중적으로 만난다는 사실을 눈치채게 된다. 내가 봐도 오명자한테는 수상한 구석이 있었다. 그녀는 매사를 시간에 맞추어 움직였다. 그녀는 세상 없어도 5시 15분경이면 자리에서 일어섰다. 왜 5시 15분경이면 반드시 둑에서 일어나야 하는지 나는 늘 의아했다. 왜 나에게 단 한 번도 미니버스를 함께 타자고 권하지 않았는지 그것도 수상쩍었다.

나는 학교 안에서도 자연스럽게 만나고 점심도 같이 먹고 싶었으나, 그녀한테는 통하질 않았다. 그녀는 반드시 지정된 시간에 지정된 장소에서 만나기를 고집했다. 나중에 들은 얘기다. 그녀는 집에 돌아가 반드시 약혼자에게 몇 시 몇 분에 어디서 무얼 했는지 그날의 일을 보고해야만 했단다. 나는 그때 내 정신이 아니었다. 남의 여자를 훔쳐놓고도 거꾸로 도난당한 남자를 의처증으로 봤으니 말이다. 거기다 점입가경은 내가 그녀의 약혼자를 치졸한 의처증 환자로 몰았을 뿐만 아니라 내가 그녀를 맘대로 못 만나게 하는 악질분자로 여겼다는 점이다.

우리는 치열하게 만났다. 나는 오명자가 너무나 좋았다. 그녀도 나를 미친 듯이 좋아했다. 우리는 느낌으로 서로를 알 수 있었다. 딱 송창식의 노래, 바람 부는 벌판 위에서도 눈빛 하나로 알 수 있는 「우리는」 같았다.

1963년 4월 2일, 그녀는 기습적으로 내가 사는 해방촌 판잣집으로 나를 찾아왔다. 큰누나는 너무도 화려한 처녀의 방문에 적이 놀랐다. 그녀는 잠시 머물다가 돌아가면서 은박지에 곱게 싼 작은 물건을 두고 갔다. 그녀가 떠난 후에 뜯어보았다. 은빛 손목시계였다. 쇠줄이 늘어났다 줄었다 하는 최신식 시계였다. 요즘은 그런 줄 시계가 없어졌다. 엄청나게 비싼 시계였다. 내 생애 최초로 가져본 비싼 물건이었다.

그 상자 속에는 명함만 한 쪽지가 들어 있었다. 그 쪽지엔 '생일 축하해요, 명자가'라는 간단한 문구가 적혀 있었다. 4월 2일, 그날은 내 생일이었다. 나는 생일이라는 걸 그때까지 통 모르고 살아왔다. 그녀는 나한테도 축하할 만한 생일이 있다는 사실을 일깨워준 최초의 여인이었다. 우리 집은 일찍부터 생일이나 기념일 같은 걸 챙기는 집이 아니었다. 형식을 좋아하는 집이 아니었다. 그래서 처음 받아본 생일카드였고 생일선물이었다. 시계를 왼쪽 손목에 찬 나는 하늘을 나는 것 같았다.

나의 첫사랑은 하루하루가 짜릿했다. 매순간이 경련이었다. 나는 하루 종일 오명자의 그물 안에서 살았다. 잠잘 때만은 서로 떨어져야 했지만, 우리의 마음만은 잠잘 때도 함께였다.

우리는 둘 다 밤 열두 시까지는 잠을 자지 않았다. 그때는 라디오 시대였다. 밤 열두 시 땡 하는 소리와 함께 라디오에서는 트럼펫 이중주로 된 「요한 태공의 노래」라는 요들곡이 청아하게 울려 퍼졌다. 이 곡은 심야 음악프로의 주제곡이었다.

오명자와 나는 약속했다. 「요한 태공의 노래」를 전부 듣고 잠자리에 드는 것이 약속이었다. 「요한 태공의 노래」는 오명자와 나의 영원한 주제곡이었다. 우리는 매일 밤 한 사람은 명동 뒤편 빌딩 꼭대기층에서, 한 사람은 해방촌 판잣집 윗방에서 우리의 주제곡을 들었고 그 음악이 끝나면 "안녕, 잘 자"라는 인사말을 허공에 던지며 이불 속으로 들어가곤 했다. 낮에 학교 복도 한구석에서나 방과 후 강둑에서 만나면, 우리는 먼저 간밤에 「요한 태공의 노래」 주제곡을 들었는지부터 물었다. 못 들었을 때는 왜 못 들었는지, 무얼 하느라고 못 들었는지 상세하게 설명을 하고 설명을 들어야만 했다. 나도 의처증 증세가 심했던 모양이다.

여름으로 접어들면서부터 오명자와 나의 관계는 학교 주위에 서서히 드러나기 시작했다. 나의 남자친구 녀석들은 역시 대범해서 대체로 나의 편에 서주었지만, 가시내 친구들은 좀 달랐다. 가시내들은 내가 벌써 불여우 오명자한테 홀렸다고 생난리였다. 오명자를 잘 알지도 못하면서 내 학급의 여자친구들은 오명자를 무조건 200년 묵은 불여우라고 싫어했다. 그녀들은 해방촌 큰누나한테까지 찾아와 불여우를 못 만나게 해야 한다고 고자질을 했다. 그러나 그따위 일로 오명자와 내가 멀어질 수는 없었다. 아군의 숫자가 줄어들면 줄어들수록, 우리의 만남이 고립되면 고립될수록 우리의 만남은 더욱더 애절무쌍해져갔다. 영화 「러브 스토리」가 따로 없었다.

오명자를 만나기 전까지 나는 꽤 순진한 청년이었다. 나는 평생을 교회에 다녔고 아버지가 술을 많이 마셔서 중풍에 반신불수가 됐다는 소리를 귀가 따갑게 들어왔다. 그러나 상황이 변해갔다. 그날 밤 왜 그런 장소에 오명자가 나를 불렀는지 모르겠다. 그녀는 어느 날 밤 나를 소공동 반도호텔로 데리고 갔다. 지금의 롯데호텔 자리다. 그때는 반도호텔 스카이라운지가 서울 젊은이들한테는 꿈의 명소였다. 그렇지만 그런 곳에 그런 명소가 있다는 사실을 내가 알 턱이 없었다.

나는 머쓱하게 반도호텔 현관문을 들어서 스카이라운지로 올라가는 엘리베이터에 올랐다. 모든 것이 신기해 보였다. 나는 단지 오명자가 이끄는 대로 따라갔을 뿐이다. 오명자는 나보다 세 살이나 연상이기도 했지만 여러모로 나보다 세련되어 보였다.

나는 그날따라 검정물감 들인 작업복에 흰 고무신을 신은 것이 아무래도 좀 켕겨서 우물쭈물했다. 언젠가 국립극장 무대에서 합창제가 열리던 날 흰 고무신을 신고 갔다가 안 보이는 뒷줄로 쫓겨갈 때도 아무렇지 않았는데, 숙녀와 함께 호텔에 들어서자니 고무신 차림이 아무래도 쑥스러울 수밖에 없었다. 그러나 오명자가 고무신이 뭐 어떠냐, 오히려 더 근사해 보인다며 하얀 덧니를 내놓고 웃음 짓는 바람에 얼결에 끌려서 올라갔다. 흰 고무신 옆에 화려한 귀부인이 붙어 있었으므로 아무도 수상하게 여기질 않았다. 내가 더 멋진 남자로 보였는지도 모른다.

반도호텔 스카이라운지! 그곳은 내가 처음 들여다본 상류사회였다. 탁 트인 유리창 밖으로 내려다 보이는 야경들이 나를 숨 막히게 했다. 우리가 자리를 잡고 앉자, 웨이터가 와서 무얼 원하는지 정중하게 물었다.

오명자가 기다렸다는 듯 낭랑한 목소리로 대답했다.

"탐 칼린스 두 잔이요."

흐릿한 우윳빛 나는 술이었다. 그날 밤 이후, 나는 탐 칼린스라는 술 이름을 평생 잊지 않고 있다. 그리고 지금도 탐 칼린스 하면 오명자가 자연스럽게 클로즈업 된다.

그날 밤의 탐 칼린스 시음 이후 내가 생전 처음 독한 술을 퍼마시게 된 것도 결국은 오명자 때문이었다. 그즈음 학교에서 야유회를 가게 되었다. 학교 야유회라야 청량리 역전 광장에 모여 교외선 기차를 타고 벽제인가 일영인가 하는 곳으로 가서, 한나절 들판에 앉아 도시락 까먹고 오락한다고 떠들다 돌아오는 것이었다. 나는 처음부터 오명자의 곁에서 하루를 보내고 싶었지만, 우리는 절대로 남의 눈에 띄어서는 안 되는 처지였다. 오명자한테 약혼자가 있다는 사실을 아는 친구들이 여럿 있었기 때문에 우리는 내놓고 데이트를 할 수가 없었다.

나는 그날 야유회에서 찍은 여러 장의 사진을 아직도 간직하고 있지만 오명자와 함께 찍은 사진은 한 장도 없다. 서로 모르는 척했기 때문이다.

야유회 날 나는 하루 종일 오명자의 거동에만 신경을 썼다. 그녀가 누구와 얘기를 나누고 있는지, 누구와 음식을 먹으며 웃고 있는지 모든 것이 궁금했다. 나의 희망은 청량리역에 도착해서 그녀가 혹시 나를 찾기라도 한다면, 그때 한번 가까이에서 그녀를 보는 것이었다.

그러나 나의 기대는 여지없이 무너졌다. 기차가 서자마자 어떤 남자가 나타나더니 그녀의 팔짱을 끼고 어둠 속으로 사라져가는 것이었다. 그날 밤 나는 청량리역 근처 선술집에서 선후배 몇 명과 함께 막소주를 퍼마셨다. 처음 마셔보는 독주였다. 죽고 싶어 마셨다. 여관집 천장이 밤새 빙글빙글 위아래로 돌던 기억이 새롭다.

오명자는 며칠씩 학교에서도 나를 못 본 체 지나치기도 하고 광나루 강둑에서 만나자는 약속도 갑자기 뜸해졌다. 나는 영문을 몰라 속만 타들어갔다. 그러던 어느 날 해방촌 집으로 편지가 날아왔다.

며칠 전 지금은 삼선동 아파트에 살고 있는 큰누나한테 전화를 하면서 내가 요즘 내 옛날 얘기를 쓰고 있는데, 벌써 오명자 대목에 와 있다고 말하자 큰누나가 낄낄거리며 말했다.

"야! 나도 가끔씩 명자가 생각나. 가끔씩 보구 싶어 죽겠어."

그러면서 큰누나는 내가 잊고 있던 편지 얘기를 느닷없이 꺼내는 것이었다.

"야! 내가 명자한테서 온 편지 뜯어봤다가 너한테 혼난 거 생각나니?"

나는 물론 생각이 안 난다고 했다. 그랬더니 누나는 계속 낄낄거리며 "야! 걔 편지가 왔길래 무슨 내용인가 궁금해서 편지를 뜯어보구 너한테 줬더니 원 세상에, 네가 펑펑 울면서 나더러 남의 편지 도둑질해서 봤다며 생난리를 부리는 거야. 내가 얼마나 무안했는지 몰라."

나한테 별 반응이 없다고 느낀 누나가 다시 다그쳐 물었다.

"너 명자 편지 땜에 엉엉 운 거 진짜 생각 안 나니?"

70이 다 되어가는 누나가 어린 남동생한테 기억이 나느냐 안 나느냐를 자꾸 묻는 게 우스꽝스러웠다. 나는 큰누나에게 물었다.

"누이, 그때 명자의 편지 내용이 뭔지 기억해?"

큰누나가 계속 낄낄거리며 대답했다.

"글쎄 난 무슨 긴요한 내용이 있을 줄 알았는데 아무 내용도 없었어. 그냥 한사코 널 보고 싶다는 내용이었어. 야! 너희들 그때 무지무지하게 좋아했나봐."

큰누나의 말은 옳았다. 나는 오명자를 엉엉 울 정도로 좋아했다. 그 편지의 내용은 몸이 아파서 학교를 며칠 결석했다는 것과 내가 너무 보고 싶다는 뭐 그런 내용이었다.

나는 오명자가 이따금씩 초저녁 때 후암동 내 집으로 찾아올 때면 오명자를 이끌고 남산 숲으로 데이트를 떠났다. 해방촌 꼭대기엔 공동수도가 하나 있었는데 내가 맡은 집안일 중 하나가 물통에 물을 받아놓는 일이었다. 수돗가에는 늘 물통 수십 개가 뱀처럼 줄을 서 있었다. 어떤 때 물이 끊어지면 나는 물통을 짊어지고 남산 숲 속으로 물사냥을 가야 했다. 숲 속을 헤매다보면 바위틈에서 물이 한 방울씩 똑똑 떨어지는 소리가 들려오는데 떨어지는 물방울 바로 밑에 물통을 밀어넣어 물이 차올라올 때까지 기다려야 했다. 똑똑 떨어지는 물방울이 커다란 사각형 물통에 찰 때까지가 오명자와의 데이트 시간이었다. 둘이 얼굴만 바라보아도 즐거웠지만, 거기엔 윤동주 시인이 유독 좋아했던 푸른 하늘, 흰 구름, 바람, 풀, 바위, 별, 은하수가 다 있어서 좋았다.

우리는 평평한 바위 위에 드러누워 우리가 아는 모든 노래를 불러제꼈다. 요즘 내 친구들이 나를 반강제로 노래방에 끌고가 일방적으로 들려주는 천하에 돼먹지 않은 노래들과는 사뭇 달랐다. 거기서 나는 오명자와 함께 붉은 저녁놀도 초승달도 수억의 새벽별들도 모조리 다 봤다. 사랑하는 남자와 사랑하는 여자가 볼 수 있는 풍경을 다 봤다.

그해 여름방학에 오명자는 간첩처럼 비밀리에 삽다리를 다녀갔다. 오명자를 본 병석의 내 아버지와 어머니 그리고 온 이웃집 사람들의 눈이 온통 휘둥그레졌다. 아버지와 어머니는 자기네집 못난 자식한테 어떻게 저런 고귀한 서울 색시가 따라붙었을까 그저 신기하고 황공한 모양이었다. 오명자는 내가 시골에서 하는 밭농사 일을 온종일 고분고분 따라서 했다. 감자·고구마 밭에 똥거름 퍼다 뿌리는 일도 따라 했고, 꽁보리밥에 금방 밭에서 뜯어낸 마늘쫑을 막된장에 쿡쿡 찍어먹는 일도 따라 했다.

저녁밥을 먹고 나면 나는 매일 저녁 오명자와 함께 철둑 너머 호숫가로 갔다. 말이 호수였지 논밭 사이에 물을 한군데에 고여놓은 방죽이었다. 그러나 보름달이라도 중천에 걸리면 이태백이 노닐던 놀이터가 따로 없었다. 달은 검푸른 물속에 밤새 잠겨 우리와 함께 놀아주었다.

밤이 깊어 집에 돌아오면 오명자는 아버지와 어머니와 함께 안방에서 자고, 나는 내 동생·작은누나와 함께 윗방에서 잤다. 우리 식구들은 오명자가 작은누나와 함께 윗방에서 오붓하게 자기를 원했지만, 오명자가 아버지와 어머니가 계신 방에서 자기를 한사코 원했다. 윗방과 아랫방 사이에는 허리를 굽히고 들락거릴 수 있는 사각형 구멍이 있었다. 일종의 통로였다. 그 윗쪽으로 손바닥 두 개를 펼쳐놓은 정도의 또 다른 사각 구멍 안에는 백열등 하나가 매달려서 윗방 아랫방 양쪽 방을 비추었다. 밤에 잘 때면 나는 벽 통로 구멍 쪽으로 내려가 한 손을 뻗어 겨우 오명자의 발목과 장딴지 부분만 몰래 만지작거렸다. 그러다가 잠들곤 했다. 그게 오명자와의 첫 육체적인 접촉이었다.

가을학기가 시작되었다. 이승만 할아버지의 하야, 5·16 군사 쿠데타, 계엄령 등등으로 나라 안팎이 뒤숭숭했지만 가을은 어김없이 찾아왔다. 내가 오명자의 약혼자를 공식적으로 맞대면한 비운의 가을이었다.

어느 날 오명자의 약혼자가 나라는 사람과 담판을 벌이기 위해 캠퍼스에 나타났다. 밑바닥에 깔려 있던 각종 소문들이 현실로 나타난 것이다. 그렇지 않아도 나는 이미 몇 번인가 끌려가 교무처장으로부터 경고를 받은 터였다. 왜 하필 약혼자가 있는 여학생과 교제를 하느냐, 그쪽에서 항의를 해와 여간 골치 아픈 게 아니다……. 그러나 그런 정도의 경고로 결심이 흔들릴 내가 아니었다. 나는 한 점 부끄럽거나 두려울 게 없었다. 학교 교무처장이건 오명자의 약혼자건 언제고 만나자면 기꺼이 만나주겠다는 것이 나의 배짱이었다.

마침내 전갈이 왔다. 맨 아래층 공터에서 오명자의 약혼자가 나를 기다리고 있다는 것이었다. 친구 녀석들은 내가 어떤 태도로 나올 것인지 눈치만 살폈다. 가시내 친구들은 잘됐다, 내심 쌤통이다 하는 표정이 역력했지만, 자기네들도 긴장하기는 마찬가지였다. 나는 결정적인 순간에 오히려 담담해야 한다고 마음을 단단히 먹었다. 나는 침착하게 숨을 몰아쉬면서 건물 층계를 하나씩 내려갔다. 무엇이든 물으면 무엇이든 대답하리라, 사랑하느냐고 물으면 사랑한다고 대답하리라, 한 대 치면 나도 맞받아서 한 대 치리라는 것이 나의 기본 전략이었다. 학교 건물에는 엘리베이터가 없었다. 내려가야 할 층계가 많았기 때문에 생각할 시간도 많았다. 학교 건물이 워낙 높은 언덕에 서 있기 때문에 아래층에 내려와도 산 중턱이기는 마찬가지였다.

계단을 모두 내려가보니 오른쪽 소나무 아래에 한 남자가 서 있었다. 깡마르고 매섭게 보였다. 세상 문물이 꽤나 몸에 밴 듯한 남자였다. 나는 서부영화 「하이눈」의 게리 쿠퍼 같은 폼으로 다가갔다. 그 사람은 어디 적당한 데 앉아서 얘기나 하자는 몸짓을 보여왔다. 마침 주위에는 바위 같은 것이 들쭉날쭉 있어서 내가 먼저 평평한 자리를 골라잡고 앉았다. 그 사람은 아직 나를 내려다보며 서 있었다. 서로 무슨 말을 먼저 해야 할지를 몰라 썰렁했다.

그때였다. 기역자 모양으로 꺾여 있던 나의 양다리와 양무릎이 상하로 흔들려오기 시작했다. 지진이 일어난 것도 아닌데 나의 허벅지 아래 부분이 온통 떨려왔다. 나는 퍼뜩 창피하다는 생각과 함께 지그시 두 팔로 나의 덜덜거리기 시작한 양무릎을 찍어 눌렀다. 그러나 이번엔 누르려는 내 팔에 힘이 주어지질 않았다. 내 팔 같지가 않았다. 상대편에게 이런 꼴을 보여선 안 된다는 초조함 속에 나의 워커 구두 뒤축이 땅바닥에 부딪히는 소리가 전쟁터의 공격 북소리처럼 '타타타' 울려퍼졌다.

나는 어렸을 때 삽다리 논두렁에서 휘영청한 회초리로 골통 한가운데를 얻어맞은 개구리가 쭉 뻗은 채 다리를 달달 떠는 것을 원 없이 보았다. 우리 집의 병든 누렁이 도꾸가 마루 밑에서 발발 떠는 것도 보았다. 그러나 나의 양무릎과 양다리는 뻗은 개구리나 누렁이의 그것보다도 웅장하게 떨려왔다.

얼마나 떨었을까. 상대는 벌써 아래쪽 계단을 내려서고 있었다. 나의 무릎 떠는 모습을 보고 상대가 안 된다고 판단해서 그냥 돌아선 모양이었다. 불쌍해 보였던 모양이다. 그것이 오명자를 차지하기 위해서 벌인 우리들 결투의 전부였다. 그후 나는 나의 머저리 같은 양무릎을 평생 저주하며 살아왔다. 정말 못 믿을 게 내 몸이었다.

다리를 떤 후유증은 곧 자퇴로 이어졌다. 오명자의 약혼자 쪽에서 학교 당국에 심각한 탄원을 낸 탓이었다. 교무처장이 나를 불러 닦달을 했다. 총장의 특별 장학생이 어찌 임자 있는 여학생을 건드릴 수 있느냐는 내용의 닦달이었다. 나는 한양대 주최 콩쿠르에서 1등을 했기 때문에 한양대 총장의 특별 장학생이 된 것이었다. 김연준 총장은 원래가 성악을 전공한 음악가였고 그후에는 명곡 「청산에 살으리라」 같은 수백 곡의 성악곡을 작곡하기도 했다. 나를 음악의 길로 들어서게 끌어준 사람이 김 총장님이셨다. 나는 김 총장님과 한양대학을 배신해서는 안 되는 입장이었다.

지금은 이름이 용문으로 바뀐 강문고교 2학년 때, 마침 한양대 연극영화과에 다니던 우리 주인집 영자누나가 나더러 집에서만 꽥꽥 소리 지르지 말고 자기네 학교 콩쿠르에 나가보라고 해서 진짜로 나갔다. 물론 첫날 예선에서 떨어졌다. 그때 지정곡이었던 이탈리아 가곡이나 독일 가곡을 나 혼자 휘뚜루마뚜루 배워서 불렀으니까 예선 첫날부터 떨어질 수밖에 없었다. 예선 합격자 명단에 내 이름이 빠진 것을 보고 세상과 부모를 한탄하며 학교 언덕길을 내려오는데 뒤에서 부르는 소리가 들려왔다. 심사위원들이 나를 찾는다는 것이었다.

나는 심사위원들 앞으로 불려갔다. 나는 그들이 묻는 대로 대답했다. 아버지가 병중이시다, 학교엔 음악시설이 따로 없다, 개인 레슨을 받아본 적이 없다. 그중 가운데 앉은 몸집 제일 큰 사람이 김연준 총장님이셨다. 총장님이 비서실장에게 내가 졸업할 때까지 매달 학비와 생활비와 개인 레슨비까지 챙겨줄 것을 지시하고 내년에 다시 출전해보라고 해서 나는 실제로 그 이듬해에 성악부 1등을 차지하게 된다.

물론 대학은 자동적으로 한양음대에 입학하기로 약속이 된 것이었고 나는 전 부문 장학생이었다. 그런데 모범생이어야 하는 내가 이 지경이 된 것이다. 그러나 나는 학교 측에 대고 주장했다. 내가 불륜을 저지른 것도, 말썽을 일으킨 것도 아니라고 일관되게 주장했다. 나는 사랑 때문에 눈이 멀었고, 눈이 멀었기 때문에 보이는 게 없었다.

결국에는 학교와 오명자 둘 중에 하나를 택하라는 으름장이 들어왔다. 무엇보다도 자꾸만 반복되는 특별 전 부문 장학생이라는 단어가 내 비위를 심하게 건드렸다. 공짜로 공부시켜주는데 웬 말썽이냐는 것이었다.

"에라이 썅!"

나는 두 마디 말을 내뱉으며 학교를 때려쳤다.

"오명자가 나를 좋아하는 한 나도 오명자가 좋습니다. 모든 책임을 지고 학교를 그만두겠습니다."

그후 나는 지금까지 단 한 번도 그날의 결정을 후회해본 적이 없다. 그리고 이때부터 나의 대학중퇴 행진은 시작되었다. 한양음대 중퇴를 시작으로 장차 서울음대도 중퇴로 막을 내리게 된다. 무슨 짓이건 자꾸만 해보면 버릇이 되는 거다.

한양음대를 그만둔 것은 오명자 스캔들의 결과만은 아니었다. 나는 한양음대를 다녔던 짧은 기간 동안에도 결코 서울음대에 대한 미련을 못 버리고 있었다. 서울음대에 충분히 들어갈 실력인데 장학금에 팔려서 한양음대에 들어왔다는 생각을 지울 수가 없었다. 해방촌 종점에서 버스를 타거나 서울역에서 전차를 타면, 서울음대 역시 왕십리 방향으로 청계천 서울운동장 건너편에 자리 잡고 있었기 때문에 노상 서울음대생들과 마주치게 마련이었다. 나는 그네들 왼쪽 어깨에 달린 금술 견장과 왼쪽 가슴에 달린 서울음대 배지가 못내 부러웠다.

내가 한양대 교무처장한테 학교를 그만두겠다고 큰소리를 쳤을 때는 이미 서울대학으로 간다는 계산이 암암리에 깔려 있었다. 현명함과 비열함은 종이 한 장 차이였다. 서울대로 가는 건 현명함이었고 한양대를 배신하는 건 비열함이었다. 나는 그때 미쳤었다. 그걸 종이 한 장 차이로 여겼으니 말이다.

내가 학교를 그만뒀다고 해서 우리들의 애정에 상처가 난 것은 결코 아니었다. 오히려 시련이 다가올수록 우리들의 애정은 더욱더 애절해졌다. 그쪽 집안에서 나를 반대하면 반대할수록 오명자의 나에 대한 애정은 더욱 강력해졌다. 반대하면 더 단단하게 붙는다는 사랑의 방정식에 고분고분 맞춰간 셈이다. 그쪽 집에서 나에 대한 트집을 잡으면 잡을수록 오명자의 방어는 더욱 강력해졌다. 오명자가 했다는 말이다.

"키 작고 코 납작하고 가문 없고 돈 없고 학벌 없고 전망 없어도 무조건 좋다."

그해 겨울 나는 대학입시 공부를 한다는 명분으로 입시용 참고서 몇 권을 싸들고 일찌감치 삽다리로 내려왔다. 예체능계에는 큰 난관이 없어 보였다. 더구나 음대 시험에는 실기시험이 큰 비중을 차지하기 때문에 필기시험만 어지간히 치르면 합격의 승산은 충분했다.

그해 겨울에도 오명자는 기습적으로 삽다리에 내려왔다. 입시 준비 격려차 내려온 것이었다. 둘 사이의 애정에는 변함이 없었지만 어쨌거나 내가 학교에서 쫓겨난 게 썰렁한 긴장감을 몰아왔다. 과연 다시 시험을 쳐서 서울대학교에 들어갈 수 있느냐가 긴장감의 요인이었다. 노래를 부를 땐 오히려 적절한 긴박감이나 긴장감을 가지고 부르는 편이 훨씬 낫다.

그해 겨울 오명자와 나는 그야말로 긴박감과 긴장감 넘치는 짧은 여행을 체험했다. 그날도 나는 중학교 동창인 준묵이·전홍이·박 간호사 등속과 낄낄거리며 삽다리 CCDP미국구호기관 헛간에서 고구마를 미제 돼지기름에 튀겨 먹고 있었다. 준묵이가 땅이 꺼져라 한숨을 내쉬었다. 파출소 순경한테서 연락을 받았는데, 무슨 외삼촌 되는 사람이 농약을 먹고 이웃 동네에서 신음 중이라는 것이었다. 준묵이는 직장에서 빠져나 갈 수 없는 중책을 맡고 있었기 때문에 궁시렁대는 중이었다. 준묵이는 3댄가 4대 독자로서 늙으신 어머니 한 분을 빼면 생고아나 다름없는 녀석이었다. 내가 그런 사정을 익히 아는 터라 어디로 누굴 찾아가면 되겠는가 나서서 물었다.

나와 오명자는 준묵이가 건네준 주소와 약도가 그려진 쪽지 하나를 쥐고 신례원 가는 기차에 올랐다. 삽교에서 서울 방향으로 예산 다음이 신례원이다. 생판 처음 가본 신례원역에서 오명자와 나는 물어물어 준묵이 외삼촌이 쓰러져 있다는 장소를 찾아갔다. 산 넘고 물 건너 한도 끝도 없이 논길을 걸어간 것 같다. 허름한 초가 골방에는 과연 어떤 사람이 해묵은 감자자루처럼 아무렇게나 나뒹그러져 있었다. 그 집에서 혼자 살아온 모양이었다. 이따금 들락거리는 사람들의 얘기로는 노름빚이 많아 농약을 마셨다는 것이었다.

무엇보다도 냄새가 염병맞게 지독했다. 입에서 부글부글 끓어오른 거품이 온 방바닥을 적셔놓고 있었다. 제명도 다 못 채우고 제 뜻대로 죽어가는 사람의 모습이 그랬다. 오명자와 나는 사람이 죽어가는 모습을 제법 일찍 본 셈이다. 오명자는 능숙한 솜씨로 방 안과 거품들을 정리한 다음, 시체나 다름없는 몸을 반듯이 눕혔다. 숨이 완전히 끊어진 듯 몇십 초를 정적 상태로 있다가 갑자기 큰소리로 '푸' 하고 내쉬는 괴이한 소리가 좁은 방 안을 꽉 채웠다. 그 다음에 우리가 할 수 있는 일은 정작 아무것도 없었다. 그냥 숨이 끊어질 때까지 내려다볼 수밖에 없었다.

낯선 시골의 겨울밤은 대책 없이 흘러만 갔고, 문밖에서는 거짓말처럼 함박눈이 온 천지를 뒤덮고 있었다. 우리는 최소한 빈사상태에 있는 반시체를 춥게 내버려둘 수가 없었다. 우리는 밖으로 나와 처마 밑의 이곳 저곳에서 땔감을 찾아다가 아궁이에 불을 지폈다. 둘이서 좁은 아궁이 앞에 쭈그리고 앉아 불을 때고 있자니 불빛에 비치는 발간 오명자의 뺨이 너무도 예뻐 보였다. 이 세상에서 가장 아름다운 얼굴이 내 몸에서 한 뼘만큼도 안 떨어진 곳에 있었다.

누가 먼저랄 것도 없이 우리는 서로의 얼굴을 겹쳤다. 삽다리에 남아 있는 준묵이도, 전홍이도, 방 안에 누워 숨넘어가는 분도 찰싹 붙은 우리 두 사람의 입을 떼어놓을 수 없었다. 그것이 내 생애의 공식적 첫 입맞춤이었다. 글쎄 해방촌 내 방구석에서나, 남산 계곡에서나, 혹은 교외선 타고 야외에 나가 어느 순간 키스를 한 것도 같은데, 도무지 아궁이 앞에서의 키스만큼 분명치가 않다. 아무렴 어때냐.

나의 첫 입맞춤은 어디까지나 오명자한테서 비롯되었다는 것이 중요하다. 아궁이 앞에서의 입맞춤 이후 우리가 시체를 어떻게 처리했는지는 잘 모르겠다. 분명한 건 우리가 숨이 완전히 끊어진 시체를 확인하고, 그 길로 밤새 걸어서 눈길을 헤치며 삽다리 집에 돌아왔다는 것이다. 겨울 새벽 먼동이 흰 눈밭에 훤히 밝아왔다.

첫 입맞춤 이후 우리 둘의 육체적인 접촉은 매우 빠르게 진척되어갔다. 우리는 기회가 포착될 때마다 어쩔 줄을 몰라 했다. 입맞춤을 마구 남발하다보면 아랫도리가 뻐근해져서 아랫도리의 어디가 고장이 나거나 곧 부러질 것 같은 느낌이 들었다. 검정물감 들인 군복 가운데가 뜯어져나갈 지경이었다. 이래선 안 되겠다 싶었다. 입맞춤으로는 해결이 안 났다. 오명자도 그렇게 생각했던 게 틀림없다.

그래서 우리한테는 모종의 결심이 확고하게 섰다. 몸을 섞자는 것이었다. 단 한 번의 승강이도 없었다. 만난 지 실로 몇 개월 만의 일이다. 전쟁의 기술과 사랑의 기술은 똑같은 법이다. 그녀는 나를 탐색해서 유인했고 포위했고 이젠 공격을 하기에 이른 것이다.

내가 나의 동정을 야매나 비공식이 아닌 공식적 식순에 따라 오명자에게 헌납한 곳은 서울역과 남대문 사이의 골목길에 자리잡은 삼류 여관방이었다. 딱지는 청계천 창녀에게 떼이고 동정은 첫사랑 오명자에게 바쳤다. 교과서대로 했다. 나는 애당초 오명자에게 섹스를 요구할 만큼 용기 있는 사람이 아니었다. 매사가 그랬지만, 특히 그 일은 순전히 오명자에 의하여 착착 진행되었다. 분위기가 무르익을 대로 익은 후였다.

어느 날 밤, 오명자는 나의 팔짱을 끼고 그녀의 집에서 서울역 쪽으로 걸어 내려오다가 태연스럽게 여관 골목으로 접어들었다. 서울역 쪽으로 방향을 잡은 건 치밀하게 계산된 행동이었다. 나는 그저 저항만 안 하면 그만이었다.

방을 배정받고 희미한 전등빛 아래에서 오명자가 먼저 옷을 벗었다. 둘이 옷을 다 벗은 건 그날이 처음이다. 둘이 함께 홀랑 벗고 한 이불 속으로 들어간 것도 처음이다. 어설펐지만 얼마 후 나는 제법 완전한 남자로 변해 있었다. 빌어먹을 기억력의 부실함 때문에 그날 밤 우리가 어떤 내용의 얘기를 나누었는지, 어떤 형태로 작업을 벌였는지, 별 하자는 없었는지 그걸 통 모르겠다.

내 뇌리에 지금까지도 남아 있는 선명한 기억 하나는, 그녀가 그날 밤 까만색 브래지어와 까만색 팬티를 착용했다는 사실이다. 까만색 여자 속내의를 본 나의 충격은 실로 컸다. 까만색 브래지어와 까만색 팬티가 이 세상에 존재할 줄은 꿈에도 몰랐기 때문이다. 내 누나가 착용하는 내복과는 너무나 차이가 났다. 오명자는 무지하게 앞서가는 여자였다. 공교롭게도 그후로 지금 이 순간까지 내가 착용하는 팬티는 쭈욱 까만색뿐이다. 모양도 모양이지만 때가 안 타서 좋다. 겉옷까지 그렇다.

한양음대를 2년 만에 중퇴한 후 나는 곧장 이듬해에 서울음대에 입학원서를 제출하고 정식 입학시험을 치렀다. 동대문운동장 뒤편에 있는 한양공고의 후미진 교실에서 필기시험에 응했다. 며칠 후 청계천 6가 메디컬센터 뒤편에 있던 서울음대에서 실기시험도 치렀다.

초조한 날들이 계속 되었다. 나는 매일 아침 신문을 몰래 뒤적였다. 그때는 1차 대학합격자 명단이 신문에 실릴 때였다. 누나보다 먼저 신문 발표 결과를 보고 낙방하면 아무 말 없이 그냥 누나네 집에서 나올 셈이었다. 드디어 합격자 발표날. 신문을 허겁지겁 펼쳐보니 서울대 합격자 난에는 나의 수험번호와 한자 이름이 번듯하게 실려 있었다.

교육에 관한 한 나는 운이 꽤 좋은 편이었다. 음악적으로 말하자면 크레센토식이었다. 점점 괜찮은 학교로 올라간 셈이었다. 후진 시골 초등학교, 시골 중학교, 그렇고 그런 고등학교, 한양대, 서울대, 미국의 신학대학까지 뒤로 갈수록 빛났다.

학벌은 이 풍진 세상살이에 이래저래 중요한 관건이 된다는 의미에서 나는 운이 좋았다. 나는 얼떨결에 서울음대에 들어가서 공부도 안 하고 몇 년 왔다갔다 하다 말았는데, 사람들은 그래도 나를 서울대 출신 가수라고 치켜세워줄 때가 많다. 그리고 나는 또 서울대 출신의 가수처럼 행세할 때가 많았다. 지금은 다르다. 나는 명실공히 서울음대 출신 가수다. 몇 년 전에 서울음대로부터 명예졸업장을 받았기 때문이다. 명예졸업장을 받으면 아무 이력서에 졸업이라고 기재해도 무방하다고 들었다.

오명자와는 더욱더 뜨거워졌다. 나와의 관계를 극도로 싫어하는 오명자의 약혼자·오빠·동생들이 내가 사는 해방촌 누나 집 근처를 수시로 배회한다는 소리를 누나와 이웃으로부터 여러 차례 들었다.

그런 시시껄렁한 압박으로 흔들릴 오명자가 아니었다. 그녀는 죽어라 하고 나를 찾아 숨어들어왔고, 나는 죽어라 하고 그녀와의 데이트를 즐겼다. 연탄불도 넉넉지 않았던 추운 겨울 나는 그녀를 내 방으로 끌어들여 온종일 이불을 뒤집어쓰고 그 안에서 볼일을 다 봤다. 큰누나가 우리의 관계를 수상쩍게 보기 시작했고 우리도 대응작전을 펴기 시작했다. 다섯 살짜리 조카 미숙이를 우리의 이불 속으로 동시에 끌어들이는 것이었다. 애를 데리고 노는 것처럼 위장해 누나를 안심시키는 작전이었다. 이젠 중년부인이 다 된 미숙이는 오명자 얘기만 나오면 요즘도 입에 거품을 물고 항의한다.

"삼촌. 그때 삼촌하고 명자 이모하고 꺼떡하면 나를 이불 속에 가둬놓고 자꾸만 나더러 잠자라고 했잖아. 그때 내가 얼마나 이불 속에서 숨 막혀서 괴로웠는 줄 알아? 잠은 안 오는데 왜 자꾸 잠자라고 그러는지 그때 너무 괴로웠어. 나도 나중에 알았지. 나를 재워놓고 둘이서 뭘 하려고 그랬는지 말이야."

어쩌다가 한양음대 동창 친구녀석들이 오명자와 나를 광화문 근처의 여관에라도 넣어주면, 오명자와 나는 이튿날 체크아웃을 해야 하는 최후의 순간까지 서로를 끌어안고 영원히 함께 살 것을 맹세하고 또 맹세했다.

오명자는 어느 날 드디어 자신의 약혼자와 파혼에 합의했다는 사실을 알려왔다. 가끔 그녀는 온몸에 퍼렇게 멍이 들어서 내 앞에 나타나곤 했다. 자세히 말은 안 했지만 수면제를 먹고 실신했는데 식구들이 빨리 깨어나라고 온몸을 주무른 자리에 멍이 생겼다고 했다. 나로선 그녀의 파혼이 어쩌면 오랜 전쟁에서의 승리인 셈인데 뜻밖에 별 감흥을 못 느꼈다. 그도 그럴 것이 오명자의 파혼이 나와의 약혼으로 이어지는 것이 아니었기 때문이다. 오명자의 집에서는 파혼 이후에도 나와 만나는 것을 한사코 말렸다.

오명자는 나를 자기네 식구한테 근사하게 부각시키는 방법을 다각적으로 구사해봤으나 별 성과를 못 봤다. 어디 한군데 내세울 만한 대목이 없었기 때문이다. 노래를 남달리 잘한다고 역설을 해도 그녀의 부모님을 설득할 수가 없었던 거다. 나는 자기네 딸 오명자보다 세 살이나 어린 별 볼일 없는 청년에 불과했다. 하루 속히 관계를 절단시켜야만 했다.

그러나 우리는 오명자네 집에서 집요하게 반대를 하면 할수록 야반 탈출, 새벽 기습 등 온갖 방법을 다 동원해서 만났다. 만나면 만날수록 우리는 더 만나고 싶었고, 더 오래 붙어 있고만 싶었다.

서울음대로 옮긴 후에도 나에 대한 오명자의 정성은 변함이 없었다. 매일이다시피 오명자는 수업이 끝나는 늦은 오후 시간이면 학교 앞 골목의 '청심'이라는 다방 구석에서 나를 기다리고 있었다.

처음에는 나도 오명자를 매일 보는 것이 즐거웠다. 그러나 오명자를 보는 일이 새로 만난 서울음대의 뉴페이스들을 보는 일보다 더 신날 수는 없었다. 서울음대 여자아이들은 미안하지만 한양음대 아이들과 총체적으로 달랐다. 더 부잣집 딸들이라 훨씬 예쁜 건 둘째치고 매일매일 패션쇼에 등장하는 것처럼 옷들을 화려하게 입고 등교했다. 당연한 일이었다. 가난한 집에서 무슨 재주로 피아노나 바이올린 공부를 시켰겠는가. 차츰 오명자를 만나러 가는 나의 발길이 무거워졌다. 오명자의 얼굴은 서울음대 여학생들만큼 싱싱할 수가 없었고, 윤기도 덜 나는 것 같았다.

서울음대 신입생으로 들어오자마자 나는 선배들의 연주발표회 파트너로 불려 다니느라 분주해졌다. 한양음대를 다니는 동안 나의 성악 실력은 어느 정도 서울음대 쪽에도 알려져 있던 터라 졸업반 선배 한 분이 나에게 졸업연주회의 파트너가 되어줄 것을 요청했다. 신입생으로서 졸업반 선배와 함께 졸업연주회에 출연한다는 것은 엄청난 영예였다.

방과 후 매일 나를 파트너로 지명한 이문식 선배와 함께 베르디와 모차르트의 오페라 중에서 유명한 테너와 바리톤 이중창들을 연습했다. 어느 날 평소처럼 김수경의 피아노 반주로 이중창 연습을 하다가 나는 이문식 선배한테 슬쩍 부탁을 했다. 선배는 호남아에 쾌남아였다.

"형, 부탁 하나만 들어줄래? 요 앞 청심다방에 나가보면 구석자리에 오명자라는 여자가 앉아 있을 텐데, 제 여자친구예요. 거기 가서 내가 급한 일 때문에 오늘은 못 나간다고 좀 전해줘요. 그리고 형이 커피 한 잔 마셔주세요."

그후에도 몇 번 이문식 선배가 대타로 나갔다. 대타의 결과는 의외로 빨리 돌아왔다.

초여름, 몇 그루의 나무들이 요령 없이 서 있는 서울음대 교정에는 찌르륵거리는 잡벌레 소리가 유난히도 요란했다. 내가 동급생 패거리들과 우르르 학교 정원 쪽으로 몰려나왔을 때, 저만치 교정 담벼락 나무 아래로 오명자가 이문식 선배의 팔짱을 끼고 다정하게 서 있는 모습이 내 시야로 들어왔다. 섬뜩한 기분이 들었다. 그것이 오명자와 나의 끝 장면이었다.

왜 이문식 형과 오명자의 팔짱 낀 모습이 그토록 언짢게 보였을까. 알다가도 모를 일이었다. 그렇게 되도록 사실상 원인을 제공한 게 바로 나였는데, 내가 오명자를 나 몰라라 하는 바람에 이문식 형이 구원의 손길을 뻗친 것뿐인데, 왜 내가 그토록 심통이 사나워졌을까. 자업자득自業自得, 자승자박自繩自縛이었다. 지금 생각해봐도 우스꽝스럽다.

나의 첫사랑, 시작도 끝도 쿨했고 서로 원원했다. 무대만 변했다. 왕십리 한양음대 정문에서 시작해서 을지로 서울음대 정문 근처에서 엔딩 자막이 올라갔다. 어느 날 사랑이 아주 가버렸다.

풋사랑도 첫사랑

"얘는 누구예요? 영판 오드리 헵번 닮았네!"

청담동 우리 집 다이닝룸에 들어서면 처음 오는 사람은 거의가 한마디씩 묻곤 한다. 벽에 걸려 있는 교복 입은 양은정의 명함판 독사진을 보고 묻는 것이다. 사진은 내가 캔버스에 그린 그림 한복판에 붙어 있다. 사진을 작품 소재로 삼은 그림인 셈이다. 나는 누가 물어봐주기를 기다렸다는 듯이 대답한다.

"저의 풋사랑입니다."

바로 옆에는 아주 오래된 오명자의 사진을 소재로 삼은 그림도 붙어 있다. 그래서 계속해서 묻는다.

"얘는 누구예요?"

나는 또 대답한다.

"저의 첫사랑입니다."

옆에는 사진 한 장이 더 붙어 있다. 나와 윤여정이 20대 초반에 처음 만났을 때 청평 물가에서 찍은 사진을 소재로 한 그림이다. 사람들은 계속 묻는다. 그리고 나는 계속 대답한다.

"저의 첫 여인입니다."

바로 옆에는 박혜수의 유치원 때 사진을 소재로 한 그림이 있다. 그래서 사람들이 또 묻는다.

"어머, 이 아이는 누구예요?"

내가 대답한다.

"저의 첫 번 풋사랑입니다."

그리고 거기가 끝이다.

어설프게 피카소의 흉내를 낸 게 결코 아니었지만 결과적으로는 그렇게 되어버렸다. 피카소는 여인들을 만나자마자 그들을 소재로 그림을 그렸다. 그것도 수십 수백 장이나 그려놓았다. 나 역시 그냥 재미도 있고 기억도 하고 싶다는 뜻에서 하나씩 만들어놓았을 뿐이다. 사진은 전부가 손가락 두 개 정도의 폭으로 조그맣다. 양은정의 명함판 얼굴사진 이외에는 전부 자세히 들여다봐도 누구인지 모를 정도로 까마득히 오래된 작은 사진들이다. 털어놓고 말하자면 이렇게 지나간 추억들을 진열해놓는 게 우리네의 정서에는 아직도 어지간히 불경스럽다는 것을 나 스스로가 본능적으로 체감하기 때문에 서글프게도 보일락말락한 조그만 사진들을 끌어들였던 것이다.

오명자가 내 인생 최초의 사랑은 아니다. 그 앞에 누구나 그렇듯 내게도 풋사랑이 있었다. 풋사랑은 첫사랑 바로 앞에 있었기 때문에 첫사랑보다 더 풋풋하고 파릇파릇하다. 대충 정의를 내린다면 풋사랑은 섹스가 개입되기 전의 사랑이고 첫사랑은 본격적으로 섹스가 개입된 사랑을 말한다. 그것이 이 땅에 살아온 내 개인적 정서다. 그러니 풋사랑은 순서상 제일 앞에 있는 사랑이다.

이 풍진 세상을 15년째 묵묵히 살아가고 있던 나에게도 풋사랑이 밀려왔다. 상대는 양은정. 내가 다니던 삽교중학교는 남녀공학이었다. 나보다 한 학년 아래의 여학생이었던 양은정은 얼짱·몸짱·공부짱, 전부문 1위의 퀸카였다.

내가 중학교에 다닐 때는 국어·영어·수학처럼 농업이라는 수업시간이 따로 있었다. 시골에 있는 학교라 농사짓는 법을 교과과목으로 배워야 했다. 그래서 일주일에 한 번쯤 우리는 삽을 하나씩 지참하고 등교했다. 삽을 가지고 등교하는 날에는 수백 명 학생들이 자갈 깔린 신작로 길에 삽을 질질 끌고 오기 때문에 삽 끌리는 소리는 경운기 탈곡기 열 대 스무 대가 한꺼번에 작동되는 소리보다 더 컸다. 폭풍우 몰아치는 소리를 방불케 했다.

농업 선생님이 가끔 첫 시간 교실에 들어와서 우리 남학생들에게 "이 눔 시키들! 니들 아침에 세계지도 그리고 왔지?" 하면 으레 중간 이후부터 뒷자리에 앉은 녀석들이나 해 뜨는 창가 쪽에 앉은 여학생들이 일제히 킥킥대며 웃곤 했다. 왜 세계지도 때문에 웃는지 나만 그 까닭을 몰랐다. 다른 녀석들은 자위행위가 뭔지를 모두 알고 있었지만 그게 뭔지 까맣게 몰라서 웃지 않은 놈은 나 하나뿐이었다.

나는 뭐든지 이해력이 다른 친구들에 비해 현격하게 더뎠다. 매사에 호기심은 남달리 많은 것 같은데 왜 이해력이 느린지는 나도 잘 모르겠다. 나쁘게 말하면 느리고 나태하고 좋게 말하자면 초등학교를 다닐 때부터 또래 아이들에 비해 너무나 순진했다. 그때 친구들은 이성문제에 대해 해박한 지식을 자랑했다. 녀석들은 만날 뒷자리에 몰려 앉아서 즈이들끼리만 알아듣는 얘기를 해댔다. 그중에서 지금도 기억나는 얘기는 '고자'와 '젖팅이'에 관한 얘기들이다. 그러니까 방인근의 얄궂은 소설 『벌레 먹은 장미』를 읽은 민광식 같은 녀석들이 "쟤는 고자인가 봐." 하면 애들이 깔깔 웃고 난리였는데 나만 그게 뭔지를 몰랐다.

충청도 말로 젖가슴은 젖팅이였다. 뒷자리 녀석들은 언제부턴가 젖팅이 얘기를 많이 하면서 킥킥대기 시작했다. 용순이 젖팅이가 제일 크다,

아니다, 경화 젖팅이가 더 크다, 엊저녁 삽다리 역전 가설극장에서 승묵이가 갑례 젖팅이를 만지다 들켰다더라 등 그런 얘기는 끊임이 없었다. 나는 그때까지만 해도 젖팅이의 존재가 뭐 그리 중요한 건지, 젖팅이의 크고 작음이 뭐 그리 대수인지, 젖팅이의 역할은 또 무엇인지를 하늘에 맹세코 몰랐다. 그러나 늦게 배운 도둑이 날새는 줄 모른다고, 그후 세월이 한참 흐르고 나서는 내 생애 전체가 젖팅이 문제로 헷갈리는 국면에 이르게 된다. 남들이 나를 그렇게 본다는 얘기다. 그리고 나는 그런 근거 없는 얘기를 굳이 부인하고 싶지도 않다. 남한테 그렇게 보였다면 내가 어느 구석에선가 그런 문제로 헷갈렸을 수도 있기 때문이다.

그러던 나한테도 봄날이 왔다. 봄빛은 우리 중학교에 딱 한 대밖에 없는 탁구대 주위로 몰려왔다. 중학교에 들어가자마자 배우기 시작한 탁구였는데, 내가 3학년쯤에 올라갔을 때는 아예 탁구부까지 결성되었다. 물론 여학생 멤버가 포함되었다. 나중에는 남자 셋, 여자 셋만 탁구 대표선수로 남았다. 우리 중학교는 불과 4년 전에 걸음마를 시작한 학교였다. 그래서 우리는 다른 학교와 시합을 벌이는 탁구대회에는 한 번도 출전해본 적이 없다. 그러나 탁구를 빌미로 밤낮없이 어울려 다니다보니 어느 틈엔가 남녀로 짝이 지어졌다. 우선 혼성 복식을 쳐야 했기 때문이다.

여학생 멤버 세 명은 모두가 우리보다 한 학년 아래인 여학생들이었다. 아주 자연스럽게 내 짝도 정해졌다. 내 짝의 이름은 양은정이었다. 얼굴은 주먹만 했고 피부가 하얗고 눈이 동그랬고 목이 길었다. 한눈에 보기에도 예뻤다. 시골 아이들은 밤낮 햇볕에 그을리기 때문에 남자아이나 여자아이나 피부가 거무칙칙하고 목들이 짧다. 게다가 양은정은 여학생 반의 반장이었다. 공부를 제일 잘했다는 뜻이다.

다른 애들 짝은 어땠는지 몰라도 우리 둘 사이엔 아무 일도 없었다. 우리는 너무도 숫기 없는 소년 소녀였다. 방과 후 탁구를 치다가 어둑어둑해져서 탁구공이 안 보일 때쯤이면 학교를 빠져나와 우리 집 앞 장터 근처까지 함께 걸어와서 뿔뿔이 헤어졌다. 그뿐이었다. 과자 한번 사서 같이 나눠먹은 기억도 없다. 아무한테도 그만한 경제적인 여력이 없었다. 그러나 우리는 탁구를 함께 치고 떠들다가 그냥 집으로 돌아가는 것만으로도 충분했다. 좋아한다는 말 한번 한 적 없고 손목 한번 잡아본 적 없고 그런 느낌조차 지녀본 적이 없다. 우리 집은 예수를 믿는 개방된 집이었기 때문에 어쩌다 여럿이 우리 집 윗방에 모여 앉아 키득키득대다가 헤어지는 게 전부였다. 우리는 따로 말을 안 해도 누구는 누구의 짝이라는 걸 알았다. 물론 양은정은 공인된 나의 짝이었다.

중학교를 졸업하면서 나는 곧장 서울로 올라가야 했다. 초등학교 5학년 때부터 나의 아버지가 중풍으로 병석에 누우신 뒤 어머니 혼자서 남편 똥오줌 가려내며 작은누나와 나와 내 남동생을 한꺼번에 키울 수가 없었다. 하는 수 없이 나는 큰누나가 있는 서울 을지로 수구문 근처로 떠밀려가야 했다. 행여 그때 쫑파티를 열어서 고구마라도 함께 삶아 먹었는지 아니면 내 친구들이 역전까지 나를 배웅나왔다가 그중에 양은정이가 몰래 내 손에 자기의 증명사진 한 장을 건네줬는지 그 내막을 알 수가 없다. 내가 기억하는 건 딱 한 가지다. 부모형제와 헤어지는 건 큰 문제가 아니었는데 도꾸를 두고 떠나는 게 영 마음에 걸렸다. 우리 집 개 이름이 도꾸였다. 영어로 개를 뜻하는 dog가 충청도로 건너와서 도꾸로 변한 것이다. 그래도 정원이라는 뜻의 가든이 한국에 와서 갈비집으로 변한 것보단 좀 덜 흉한 편이다.

나는 풋사랑의 정의가 무엇인지 모른다. 하여간 정체불명의 흑백사진 한 장으로 양은정은 오랜 세월 나의 풋사랑 역할을 톡톡히 수행했다. 제

1의 풋사랑 역할 말이다.

세월은 훌쩍 흘러 나는 연예인이 되었고 KBS의 김상근·김재연 PD는 「TV는 사랑을 싣고」라는 새로운 프로를 만든다고 법석대면서 말했다.

"형! 만나고 싶거나 보고 싶었던 사람을 찾아가는 건데 형이 딱이야. 형네 식당에 걸려 있는 여학생 사진 말야. 그 사진에서 카메라가 쭉 빠져서 20년 전 그때 그 시절로 다시 찾아가는 거야."

김재연 PD는 재미없을 것 같아 한사코 안 하겠다는 나를 「체험 삶의 현장」이라는 새로운 TV프로에 사회자로 등장시켜서 성공을 거둔 사나이다. 김재연 PD는 「TV는 사랑을 싣고」의 첫 방송에 나의 풋사랑 얘기를 등장시켰고 그때 나는 실로 20여 년 만에 양은정을 TV 화면을 통해서 처음으로 다시 볼 수 있었다. TV 촬영팀이 시골까지 내려가 양은정을 영상에 담아왔던 것이다. 그때 나는 아하, 여자가 늙으면 얼굴 모습이 달라지는구나, 하는 걸 뼈저리게 실감했다. 나쁜 의미가 아니라 세월이 그렇게 무자비하게 흘러가서 내 모습 역시 그렇게 변했으리라는 걸 미리 짐작할 수 있었다는 얘기다. 그녀 역시 TV에 나오는 내 얼굴을 보면서 똑같은 생각을 했을 것 아닌가.

"어머, 영남이 쟤! 옛날엔 참 귀여웠는디 워치기 저 지경이 됐디야."

우리 집에 와서 내 사진첩을 뒤져보면 알 수 있다. 그때 나는 꽤 귀여웠다.

좋아한다는 말 한마디 못 해보고 손목 한번 못 잡아본 게 무슨 풋사랑이냐고 묻는다면 대답할 말이 없다. 아니다. 대답할 수도 있을 것 같다. 쌍방에 뭘 어떻게 한 건 없지만 서로가 서로의 기억 한구석에 또렷이 남아 있기 때문에 그게 풋사랑이었던 걸로 알고 있고 믿고 있다고 말이다.

제1의 풋사랑이 양은정이었다면 제2의 풋사랑은 박선

이다. 제2의 풋사랑은 교회에서 시작되었다. 고등학교 3학년 때였다. 아주 짧은 기간의 풋사랑이었다. 그때 나는 동대문 근처 동신교회 학생 성가대의 캡틴이었다. 전국 성가합창제에서 3년 연속으로 우승했을 만큼 실력 있는 성가대였다. 나는 음악을 학교보다 교회에서 먼저 배웠다. 음악만 배운 게 아니고 거기서 같은 나이 또래의 여학생을 만나 허물없이 사귀고 함께 노는 법도 배웠다.

아무도 모를 것이다. 그때 나는 신입 성가대원으로 막 들어온 박선이라는 외자 이름을 가진 여학생한테 온통 신경을 빼앗겼다. 아무 이유도 없었다. 유행가 가사처럼 그저 바라만 봐도 가슴이 두근거렸다. 그녀는 이화여고 학생이었다. 이화여고 교복은 경기여고의 교복에 비해 월등하게 맵시가 났다. 박선은 마치 이화여고 교복을 선전하는 잡지모델 같았다. 그렇게 교복을 입은 모습이 예뻤다. 교복뿐만 아니라 더 자세히 말하자면 쪽진 머리를 양쪽으로 길게 땋아내린 것도 예뻤고 하얀 교복 깃이 가슴 위로 배춧잎보다 더 크게 활짝 펴진 것도 예뻤고 샤넬식의 잘록한 허리의 곡선도 그지없이 예뻐 보였다. 게다가 박선은 이화여고생답게 밝고 명랑했다. 그때의 내 느낌에 경기여고생은 대체로 심각해 보였고 그에 비해 이화여고생은 활달해 보였는데 나는 애초부터 이화 쪽 편이었다. 첫 번째 결혼을 이화여고 출신과 한 것만 봐도 알 수 있다.

내가 어떻게 그녀에게 접근했는지, 요즘 표현으로 어떻게 '작업'에 들어갔는지 나는 기억을 못한다. 그때나 지금이나 적절하게 순서를 밟긴 했겠지만 그때나 지금이나 작업에 원칙이나 규칙 같은 건 없었다. 나 너 좋아해, 너에게 관심이 쏠려, 우리 따로 만날까 뭐 이런 따위의 대사를 입 밖에 흘린 적이 없다는 얘기다. 그런 걸 작업이라고 한다면 나는 시간이 좀 걸리는 작업을 선호한 편이었다. 쌍방의 작업 스타일과는 아무런 관계없이, 뭘 어찌했는지 우리들은 급격히 가까워졌다. 성가대에서 정기적으로 만나 재잘대고 떠들고 노는 동안 둘의 쿵짝이 맞은 모양이다. 다른 대원들이 눈치 못 채게 우리 둘만 그렇게 된 것이다.

그해 겨울 우리는 제야의 종소리를 듣는다고 동대문에서 시청까지 걸어갔다가 다시 걸어왔다. 데이트를 한 것이다. 요즘 내 딸 은지와 친구들을 보면 크리스마스인지 자리스마스인지 시큰둥하게 보내는 것 같은데 옛날 우리 때의 크리스마스는 장난이 아니었다. 2002년 월드컵 때처럼 미도파나 광화문이 인파로 물결쳤다. 그러니까 박선이 지금의 내 딸 은지만 한 나이 때 데이트를 했던 것이다. 아무리 봐도 지금의 내 딸 은지는 어린아이다. 내 기억에 남아 있는 박선은 그 정도로 어린아이는 아니었다. 수십 년의 시차 때문일까. 포커스가 잘 안 맞는다. 을지로 큰길을 따라 쭉 걸어갔는데 시청 앞쯤에서 어느 학교 교무선생이었는지, 우리더러 왜 교복을 입고 야밤에 나왔냐며 내 이름표를 떼어갔다. 아마 가짜 선생이었는지도 모른다. 우리한테도 그런 중세 암흑시대가 있었다.

크리스마스 음악예배를 끝내고 축하다과회에서 시간을 보내다가 나는 박선을 따라 교회에서 몇 블록 떨어져 있는 그녀의 집으로 갔던 것 같다. 그냥 새벽길에 집까지 데려다주러 갔던 건데 그녀가 자기네 집으로 들어가자고 해서 따라 들어갔다. 쭉 쪽방 같은 데서만 살아와서 그랬는지 박선네 방은 엄청 크고 넓어 보였다. 우리는 따뜻한 아랫목에 나란히 앉아 이불 속에 발을 넣고 밤새 이야기를 나눴다. 사랑은 별것 아니다. 서로 길게 이야기를 나누는 것이다. 할 얘깃거리가 떨어졌을 때 그냥 아무 말 없이 둘이 오래오래 앉아 있을 수 있다면, 그리고 따로 말이 없어도 그게 지루하지 않다면 그게 바로 사랑이다.

그런데 참 신기했다. 날이 밝을 때까지 그녀의 남동생도 그녀의 부모님도 단 한 번도 문을 열고 들여다보질 않았다. 아마도 우리의 데이트를 인정해준 것 같았다. 나로선 그때 그녀의 손을 잡는 것조차 상상할 수 없는 큰일이었다. 상상이 아니라 나는 아예 그런 걸 몰랐다.

크리스마스가 지나고 그녀는 곧장 식구들을 따라 캐나다로 이민을 떠났다. 왜 가냐, 나는 어떻게 하라고 가는 거냐, 언제 다시 올 거냐, 그런 것 없이 그냥 가야 되는 것같이 떠나갔다. 그게 전부였다. 그후로 박선은 여전히 내 풋사랑의 명단에 올라 있다.

풋사랑은 또 있다. 수준을 놓고 말하자면 내 제3의 풋사랑은 실로 압권이다. 우리의 만남은 가히 문학적이었으며 철학적이었기 때문이다. 주인공은 바로 강은교다.

충청도 시골 삽다리중학교 2학년 때였다. 서울에서 영어선생님이 우리 학교에 부임했다. 서울에서 대학을 갓 졸업했다고 했다. 너무너무 예쁘고 귀여우셨다. 이름이 강연희였다. 시골학교 뒷자리에 앉은 내 동급생들은 나보다 서너 살 많은 경우가 보통이었다. 뒷자리의 늙은 녀석들은 영어선생님을 서울서 내려온 새 시악씨라고 낄낄대며 놀려댔다. 이렇게 말해야 하는 게 참 쑥스럽지만 선생님은 나를 몹시 귀여워했다. 내가 지금 생각해봐도 다른 녀석들은 귀여움을 받아낼 만한 녀석들이 못되었다. 영어실력도 그렇고 음악이나 미술도 나를 따라올 수가 없었다. 지금 재수없다고 소리를 쳐도 상관없다. 뭘 압도적으로 잘하면 사람들한테 귀여움을 받을 수 있다.

강 선생님은 나를 동생처럼 귀여워했기 때문에 나는 읍내에 있는 선생님 하숙집을 무상으로 드나들었고 선생님이 이따금씩 내 손에 쥐어주는 알약 몇 알을 받아먹는 것은 나만이 누리는 특권이었다. 노란 약병에 알통 나온 근육질의 남자가 역기를 치켜든 그림이 붙어 있었고 원기소라고 쓰여져 있었다. 난 그때 그 약을 왜 먹는 건지 전혀 몰랐다. 입에 넣고 씹으면 고소해서 먹기 좋았다. 한참 후에야 알았다. 그건 영양제였다.

내가 중학교 졸업하고 집안 사정상 서울로 올라가야 했을 때 선생님께서 날 불러놓고 말했다. 선생님도 내 사정을 잘 알고 계셨다.

"영남아, 넌 서울 가서도 공부 잘할 거야. 내 사촌동생이 하나 있는데 작년에 경기여중에 입학했어. 참 예쁘고 착한 애란다. 이것이 서울 내 동생 전화번호니까 서울 가서 전화 해. 내가 미리 전화해서 네 얘길 해놓을 테니까. 그리고 내 동생이 나폴레옹을 매우 좋아한단다. 너는 그림을 잘 그리니까 나폴레옹 초상화를 하나 그려서 내 동생한테 주면 좋아할 거야."

나는 고등학교를 다니기 위해 서울로 올라왔다. 아버지가 벌써 몇 년째 병석에 누워 계셔서 시골집은 너무 가난했기 때문이다. 나의 괴나리봇짐 속에는 연필로 그린 나폴레옹이 들어 있었다. 나는 큰누나가 경영하는 을지로6가 수구문 근처 작은 약방 헛간에 기거하면서 우선 서울 말씨와 전화 거는 방법을 습득했다.

서울 큰누나 집에 도착해서 생전 처음 전화를 걸어보았다. 그게 강은 교한테 건 전화였다. 가슴 떨리는 일이었다. 달달 떨리는 손가락으로 다이얼을 돌렸다. 한참 있다가 누군가가 전화를 받았다. 내 전화를 기다린 듯한 느낌이 들었다. 나는 얼른 연습해둔 대사를 읊었다.

"저 충청도 삽다리에서 강연희 선생님이 보내서 올라온 조영남입니다."

저쪽에서는 "네에! 아이 그런데 어쩌나" 하면서 머뭇거리는 말이 들려왔다. 나 역시 뭐라고 할 말도 없는 것 같아서 그냥 전화기만 들고 있다가 대책 없이 내려놓았다.

전화통화는 그것으로 끝이었다. 그리고 몇 년 세월이 흘렀다. 고3 때인지 대학에 입학해서인지 확실치는 않지만 어느 날 나는 같은 교회에 다니는 경기여고 명건옥과 그의 친구들한테 물었다. 명건옥 때문에 당시 나의 경기여고에 대한 인식은 최악인 상태였다. 여럿이 모여 앉아 담소를 나누고 있을 때 건옥이는 주변에 있는 교회 전화기를 들고 "애, 그 수학책 68페이지 27번 문제 탄젠트하고 제곱하는 게 잘 안 풀리는데" 이 따위 느닷없는 공부 얘기를 하기에 나는 속으로 명건옥을 얼마나 저주했는지 모른다. 그때는 '재수없어'라는 표현이 없을 때였지만 나는 벌써 그때부터 '재수없어'의 느낌만은 완벽하게 통달했다. 전부 경기여고 탓이었다.

"야! 니네 학교에 다니는 앤데 니네들 강은교라는 애 혹시 아니?"

오히려 걔네들이 나한테 물어왔다.

"오빠가 강은교를 어떻게 알아? 은교는 지금 우리 반 반장이야."

명건옥이가 말했다. 다음 주 일요일 명건옥이 그녀의 친구들이랑 은교를 데리고 교회에 나타났다. 은교는 눈이 부리부리했고 선이 또렷했다. 한눈에 봐도 속이 깊어 보였다. 그때부터 은교는 뜬금없이 우리 교회에 나왔다. 학급별 합창대회가 있다고 해서 내가 코치로 은교네 학교에 가서 합창지도를 해준 적이 있었던 것 같다. 하여간 뭣 때문인지 몰라도 나는 그녀의 학교까지 찾아갔다. 은교는 내가 불러서 우리 교회에 온 것이기 때문에 나와 가까워질 수밖에 없었다.

예배가 끝나고 학생회 활동이 끝나면 나는 이따금씩 은교를 집에까지 바래다주었다. 강은교라는 이름도 그렇고 나중에 알게 되는 윤여정이라는 이름도 못 견디게 예쁜 이름들이다. 천하에 본때 없는 영남이의 입장에서 보면 그렇다. 그녀의 집은 혜화동 로타리 근처 지금 있는 주유소 뒷골목에 있어서 우리는 동대문에서 종로 5가까지 가서 오른쪽 동숭동 냇물을 따라 그녀의 집 앞까지 걸어가곤 했다. 그때는 동숭동에 서울대가 좌우로 있었고 가운데에는 실개천이 흘렀다.

나는 차츰 알게 되었다. 나는 대학생이고 그녀는 고등학생이었지만 그녀는 나보다 훨씬 문학적이고 철학적이었다. 문학얘기는 그런 대로 알아먹을 수 있었지만 니체나 쇼펜하우어 얘기까지 나오면 뭐가 뭔지 캄캄했다. 그때 내가 들은 철학 얘기 중에 범신론이라는 게 있다.

"오빠! 저 돌멩이 하나에도 생명이 있고 영혼이 있어요. 저 풀 한포기에도 기운이 있어서 우리처럼 호흡을 하는 거죠. 그게 범신론이라는 걸 오빠는 알고 계세요?"

나는 그때나 저때나 모르는 건 모른다고 대답했다. 그러나 그때는 하급생한테 철학강의를 들어야 한다는 게 여간 찜찜한 게 아니었다.

한번은 은교가 아버지 얘기를 했다. 아버지가 건강이 안 좋으셔서 혜화동 천주교 무슨 요양소에서 단식 중이시라며 인간의 모든 병은 먹고 마시는 데서 생기기 때문에 단식만이 모든 내장을 깨끗이 해주며 새로운 인체기능을 갖게 한다고 열변을 토하는 것이었다. 나는 은교와 은교 아버지가 아무리 생명의 기본 원리를 터득했다고 해도 단식하면 건강해진다는 논리에는 왠지 승복하고 싶지 않았다. 그래서 나는 은교한테 내 생각을 우물우물 전달했다.

"야! 너희 아버지 그러다가 곧 돌아가시겠다."

다음 주에 은교는 교회에 나오지 않았고 그 다음 주에도 교회에 나타나지 않았다. 나는 명건옥한테 근심스럽게 물어봤다.

"야! 은교 왜 교회에 안 나오니? 무슨 일 있는 거니?"

"오빠! 은교 아버지 지난주에 돌아가셨어."

흰 눈이 펑펑 흩날리던 겨울이었다. 나는 참 황당하기만 했다. 내 입방정 때문에 은교가 고아가 된 것처럼 생각되었기 때문이다.

풋사랑의 속성이 원래 무덤덤이듯이 강은교와의 제3의 풋사랑 역시 덤덤하게 끝났다. 헤어지는 장면도 없고 잘 가라, 잘 있어라 하는 대사도 없었다. 나는 단지 그녀를 집에 바래다준다는 명분으로 동숭동 개천길을 몇 차렌가 하염없이 걸었고 서울미대 옆뜰 벤치에 나란히 앉아 니체와 범신론 얘기를 일방적으로 들었을 뿐이다. 그런 고차원적인 데이트를 했다는 이유로 나는 지금 강은교와의 풋사랑을 가장 최상급의 풋사랑인 것처럼 허풍을 떠는 것이다. 만일 데이트 기간이 연장되었어도 그녀와의 관계는 풋사랑의 한계를 넘지 못했을 것이다.

그때 그 소녀의 느낌이 어땠는지는 알 길이 없지만 나로서는 최선을 다했다. 우리는 손목 한번 잡은 적도 없고 집을 방문한 적도 없다. 나한테는 찾아오라고 할 만한 변변한 집도 없었지만 그때 그 소녀 역시 단 한 번도 자기네 집으로 들어와보라는 소리를 하지 않았다. 물론 나도 그녀의 집 앞 골목까지는 따라갔지만 그녀의 집 대문 안으로 비적비적 따라 들어가진 않았다. 난 아무렇지도 않게 골목을 돌아나오곤 했다. 우리는 그저 길가 낡은 벤치 같은 데에 나란히 앉아서 내가 하염없이 그녀의 얘기를 들었던 게 전부였다. 그러니까 우리는 어느 한구석 나무랄 데 없는 풋사랑을 만들어냈던 것이다.

강은교와의 관계는 거기서 끝나지 않았다. 물론 우리는 곧 서로를 잊었다. 그리고 몇 해의 세월이 또 흘렀다. 나는 대학을 다니던 도중에 유명가수로 변신한다.

어느 날 나는 연극 대본이나 TV드라마 대본을 쓰던 정하연이라는 친구의 집에 놀러가게 된다. 정하연은 내가 음대에 다닐 때 연극반 대표 문호근과 이건용이가 연대에 다니던 연극연출가 오태석과 함께 우리 서울 음대 연극반 코치로 초빙해오면서 식구처럼 절친해진 친구다. 문호근은 문익환 선생의 큰아들로 얼마 전까지 국립오페라단 단장을 지냈고 이건용은 지금 서울종합예술대학 총장이다. 누가 불러서 우리 음대 연극반 미술 스태프로 왔는지 모르지만 이두식이라는 홍익미대생도 우리 연극반 식구 중의 한 명으로 섞였다. 이두식이는 지금 홍익대 미대 학장이 되었다. 연극 포스터가 필요하면 두식이가 가리방을 미는 롤러로 검정 콜타르를 찍어 쓱쓱 그리고 써내서 만들어냈다. 그걸 몇 장 수거해서 보관하고 있었다면 지금은 꽤 값나가는 물건이 되었을 텐데 내 눈에는 그때 정하연이나 오태석이나 이두식이나 하나같이 남루하고 옹색해 보여서 그자들이 장차 강호의 거물이 된다는 걸 꿈에도 몰랐던 것이다.

「그건 너」를 불렀던 이장희가 홧김에 가수를 때려치우고 광화문 서린동에 '반도패션'이라는 옷가게를 차려서 돈을 많이 번 적이 있다. 그 건물 사무실 이층 다락방으로 올라가는 중간에 바람막이용으로 이두식의 원색 유화 한 점이 너덜너덜해진 채 쑤셔박혀 있었는데 진초록 주조에 빨강 노랑이 묻어난 그 그림의 조형과 형태가 내 뇌리에는 아직도 선명하게 남아 있다. 두식이의 지금 그림보다 백 배나 멋진 그림이었는데 왜 그걸 내 것으로 확보해두질 못했는지 후회가 막심할 따름이다. 나중에 들은 얘기로는 이장희와 이두식이 대학생 때 겁도 없이 미술학원을 차렸다가 쫄딱 망하면서 그림 몇 점을 이장희가 보관하고 있었다는데, 장희는 나보다 그림에 대한 안목이 없었기 때문에 내가 그걸 달라고 했으면 선뜻 가져가라고 했을 터였다. 그게 지금 내 수중에 있으면 값 좀 나가는 물건이 되었을 텐데.

세월이 흘러 나는 가수가 되고 정하연이는 TV드라마 작가가 되어 만났을 때 정하연의 손에는 『연세춘추』인가 하는 책이 들려 있었다. 나는 그 책을 무심코 넘기다가 첫 페이지에 추천시 같은 게 실려 있는 것을 발견했는데 제목이 「순교자」인가 뭐 그랬다. 그런데 시 제목 아래에 강은교라는 이름이 적혀 있는 것이었다. 나는 직감으로 알았다. 내가 만났던 그 옛날의 은교가 만날 시가 어쩌구저쩌구 얘길 하지 않았던가.

"하연아! 강은교가 연대 출신이냐? 나 강은교 잘 알아."

하연이는 대뜸

"니가 강은교를 어떻게 알아?"

이렇게 되었다.

나는 정하연으로부터 그때 그녀가 만삭의 몸으로 뇌수술까지 받아서 가톨릭병원에 누워 있다는 소식을 들었다. 임신도 보통 임신이 아니었다. 쌍둥이 임신이라고 했다.

나는 그 길로 정하연을 앞세워 병실로 찾아갔다. 그녀는 뇌수술 후 머리를 온통 붕대로 감은 채 몇 년 만에 만난 나를 보더니 빙긋이 웃었다. 나도 비슷하게 웃었던 것 같다. 그리고 그게 전부였다. 옆에 있던 그녀의 남편과도 인사를 나누었다. 그때는 그게 그녀가 할 수 있는 행동의 전부였다. 나는 밖으로 나와 누런 냄비에 들어 있는 죽을 사서 올려보냈다.

우리는 그때도 옛날에 그랬던 것처럼 잘 가, 잘 있어라는 말 한마디 못하고 기약 없이 헤어져 각자의 길을 갔다. 또 세월이 한참 흘러 어느 날 나는 『샘터』라는 잡지사로부터 원고 청탁을 받는데 청탁 기자의 이름이 강은교였다. 그때 내가 무슨 글을 써서 보냈는지는 기억나는 게 없다. 그게 끝이었다.

음대 초년생이던 나는 가수가 되었고 범신론을 대학생 오빠에게 가르쳐주려 했던 경기여고 3학년생 강은교는 한국 문학사에 눈부시게 빛나는 여류 시인이 되었다.

두 번째 첫사랑

　나의 첫사랑은 아주 잘 끝났다. 시작도 있었고 끝도 있었다. 끝이 창대한 건 아니지만 그런대로 해피엔딩이었다. 첫사랑 그녀가 결혼할 남자를 찾은 것이다. 첫사랑 그녀를 떠나보내자마자 나한테 또 다른 사랑이 찾아온 것만 봐도 우리는 윈윈이었다.

　사랑은 참 이상했다. 첫사랑 하나가 끝이 나자 곧이어 다음 사랑이 또 찾아왔다. 두 번째 첫사랑이 시작된 셈이다. 두 번째 첫사랑이라는 비수학적인 말은 내가 지어낸 말이다. 나의 두 번째 첫사랑은 최시현이었다. 학교 1년 후배였다.

　누가 "넌 공부는 안 하고 대학 다니면서 만날 연애만 했냐?"고 물을 것 같아 미리 대답해두겠다. 그렇지 않다. 만날 연애만 하러 학교에 다닌 건 아니다. 정확하게 말하자면 공부는 적당히 하고 노는 건 열렬하게 놀았다. 열렬하게 남학생 여학생이 어울려서 놀다보니 자연스럽게 연애의 형태로 옮겨가게 되었다. 음대에 들어가보면 여학생이 지천으로 널렸는데 무슨 재주로 그 많은 여학생을 모른 체 할 수 있었겠는가. 나는 그때 들인 습관이 있어서 요즘도 멀쩡하게 젊은 녀석이 짝도 없이 빌빌대는 걸 보면 가차 없이 갈궈버린다. 나이가 들어가면서 옆 사람 갈구는 게 어언 내 취미로 굳어졌다.

"야! 넌 젊은 녀석이 애인 하나도 없냐? 길에 나가면 젊은 여자애들이 쌔고 쌨는데 넌 도대체 어디 가서 뭘 하고 있다 왔냐? 내가 너만 했을 땐 단 한순간도 쉬지 않고 여자들이 겹쳤다, 인마. 넌 그럼 다 늙어서 애인 사귀고 놀 참이냐? 지지리도 못난 놈아."

진짜 그랬다. 맞아죽을 소리지만 나는 여자친구나 애인이 잠시 잠깐도 없어본 적이 없다. 그 방면에 나는 휴식시간이 없었다. 계속 겹쳐졌고 계속 오버랩되었다. 그래서 나는 지금도 멀쩡하게 젊은 녀석이 혼자 빌빌 대는 꼬락서니를 보게 되면 어떻게 저럴 수가 있을까, 어떻게 저렇게 혼자 빌빌댈 수가 있을까, 무슨 딴 생각이 있길래 저 나이에 여자친구 하나 없이 세월을 죽이고 앉아 있을까, 무슨 결함이 있길래 연애가 안 될까, 그런 게 궁금해진다.

풋사랑의 첫 장면도 기억나고 첫사랑의 첫 장면도 너무나 또렷이 기억난다. 첫사랑이 초록색이었다는 것도 기억난다. 그런데 이상하게도 두 번째 첫사랑 최시현을 내가 어떻게 만났고 어떤 꼬투리로 연애가 시작되었는지 도무지 기억에 남는 게 없다.

단 한 가지 분명한 것이 있다. 나의 두 번째 첫사랑이 시작된 곳이 바로 서울음대 연극반이었다는 사실이다. 그러니까 최시현과의 만남은 오명자와의 만남처럼 드라마틱한 구석은 없었다. 덤덤한 만남에서 돌발적인 정분으로 이어진 케이스였다. 분명한 것은 오명자와의 첫사랑이 비교적 잘 연출된 사랑이었던 데에 반해, 최시현과의 사랑은 뭔가 프랑스의 누벨바그 영화처럼 연출이 없어 보이는 듯한 흐름뿐인 사랑이었다. 일목요연하지도 못했고, 기승전결을 제대로 유지하지도 못했다. 오명자와의 사랑이 후회 없는 사랑이었다면, 최시현과의 사랑은 후회막심한 사랑이었다. 나는 무책임한 사랑에 불을 지르고 무책임하게 회피해버림으로써 내 생애 최초이자 최후로 악한의 역할을 자청한 꼴이 되었다.

내가 왜 그 많은 서울음대 여학생 중에서 하필 최시현과 첫방에 눈이 맞았는지, 많은 여학생들을 놔두고 왜 최시현한테 정신이 팔리게 됐는지 아무리 기억을 되살려봐도 모르겠다. 내가 지금 알 수 있는 것은 연애건 사랑이건 모든 사람관계건 그런 건 모두가 대본이나 사전연습 없이 시작된다는 것이다. 모든 사랑이 첫사랑이듯이 모든 관계 또한 첫 관계라는 것이다. 시간이 흐르고 나면 어떤 관계는 기억에 남아 있고 어떤 관계는 기억에서 떠나게 되는데 내 두뇌 속의 기억장치가 무엇을 기준으로 혹은 무엇을 근거로 기억들을 걸러내고 솎아내는지 그것도 모르겠다는 얘기다. 내가 장담하는데 프로이트 영감도 그 공법을 캐내지는 못했다. 주변만 얼씬거리다 말았다. 내가 하필 최시현과 눈이 맞아 돌아가게 된 건 현대과학이 어찌해서 대머리 치료제를 못 만들어내는지만큼이나 미스터리어스한 일이다.

그녀는 우선 나보다 한 뼘이나 키가 더 커서 딱 요즘의 패션모델 같았다. 내가 주제넘게 교제하자고 말을 꺼낼 수 없을 만큼 키도 컸고 부티도 흘렀다. 그렇다면 나의 왜소한 체구에 대한 반동 심리로 나보다 한 뼘이나 더 큰 최시현에게 빠졌던 걸까. 이름 없는 가문에 대한 열등의식으로 누구나 이름만 대면 알 수 있는 이름난 가문의 딸과 그리 됐는가. 하여간 나는 그녀가 연극반에 제발로 걸어들어온 그날부터 그녀의 단짝으로 변해버렸다.

우리 두 사람의 구체적인 연결고리가 되어준 것은 그 유명한 너대니얼 호손의 연극 「우리 읍내」Our Town였다. 연극의 내용도 어느 작은 읍내 마을에서 벌어지는 젊은 남녀의 사랑이었고, 그 연극에서 배역을 맡아 연습을 하는 와중에 나와 최시현은 실제로 애정을 키워감으로써 우리들 스스로의 이중 구조적인 '우리 읍내'를 만들어갔다. 우리 둘의 관계는 연극반 친구들도 눈치채지 못했다. 그냥 연극 때문에 자주 만나는 줄 알았다. 나는 피아노 치는 누구와 첼로 전공의 누구와 가까운 사이로 이미 널리 알려져 있었다. 설마 내가 진짜 커플로 만나는 상대가 1년 아래 작곡과의 최시현이라는 건 아무도 눈치챌 수가 없었다.

오명자에 이은 최시현과의 두 번째 사랑을 결정지어준 당시 서울음대 연극반의 활약상은 실로 대단했다. 역사도 없는 일개 단과대학의 연극을 당시로선 초대형 무대인 남산 드라마센터에 이틀씩이나 올렸을 정도다. 「우리 읍내」뿐만 아니라 우리는 「버스 스톱」과 「욕망이라는 이름의 전차」도 무대에 올렸고 나는 연극뿐만 아니라 서울음대 오페라에서도 한몫을 해냈다. 모차르트의 「마술피리」, 푸치니의 「자니 스키키」의 주인공으로 출연해서 공전의 히트를 날렸다.

이 무렵 나는 교회로부터 뛰쳐나오는 소위 '엑소더스'를 감행했다. 왜 느닷없이 엑소더스 얘기를 꺼내야 하느냐, 거기엔 그만한 이유가 있다. 엑소더스를 통해 내가 다른 세상으로 진입하면서 최시현과의 관계까지 변질시키기 때문이다. 어머니 뱃속에 있을 때부터 다니던 교회라서 교회를 안 다닌다는 것은 감히 나로선 상상도 못할 일이었다. 그러나 이즈음 여러 가지 정황이 교회를 그만두게 했다. 그만뒀다기보다는 때려치웠다는 게 맞는 말이다. 오명자에 이은 최시현과의 열애도 그랬고 연극반 활동도 교회를 때려치우게 할 만큼 새로웠다. 그런 것들이 교회에 나가는 일보다 더 익사이팅하게 여겨졌다는 얘기다. 그러나 직접적인 원인은 어디까지나 보면대 사건이었다.

그해 추수감사절 특별 음악예배에 나의 트럼펫 이중주가 들어 있었다. 나는 고등학교 밴드부에서 트럼펫을 불었다. 그때 연주를 해야 했던 이중주곡이 악보를 보면서 연주해야 하는 약간 고난이도의 음악이었으므로 나는 같은 교회 성가대 멤버였던 경기여고에 다니는 여학생한테 최신형 은빛 보면대 두 대를 빌렸다. 그 여학생의 아버지는 우리 교회 장로님이었고 큰 방직회사의 대표였다.

음악예배가 끝나자 나는 보면대를 접어들고 우물쭈물하다가 제대로 전달도 못하고 교회의 어느 구석에다 보관하기도 마땅치 않아 그걸 가지고 집으로 돌아오는 버스에 올랐다. 후암동 종점에 내려 해방촌 계단을 올라가다가 아차! 그제야 보면대를 버스에 두고 내렸다는 사실을 알았다. 나팔통 하나만 내 손에 들려 있었다. 철철 내리는 가을비를 가르며 이리저리 뛰어봤으나 헛수고였다. 다른 버스에 올라타고 장위동 버스 종점까지 가서 빈 버스를 모조리 둘러봤으나 허탕이었다.

내가 2주 연속으로 보면대를 안 들고 나타나자 급기야는 '조영남이 보면대 두 개를 팔아먹었다더라' 하는 소문이 교회에 확 퍼졌다. 그 소리를 듣고 나는 "에라이 썅!" 하고 교회를 뛰쳐나왔다. 한양대를 그만둘 때와 똑같은 폼이었다. 뛰쳐나와서 곧장 보면대 임자의 엄마 되는 장로 사모님한테 전화를 걸었다. "보면대를 잃어버려 미안합니다. 팔아먹은 것은 절대 아닙니다. 나중에 돈을 벌면 꼭 보면대를 다시 사드리겠습니다."

그것으로 교회는 끝이 났다. 그후 나는 가수가 되어 돈을 벌긴 했으나 옛날에 잃어버린 보면대를 다시 사다주지는 않았다. 그때는 내가 미쳤었다. 미친놈이었다. 돌이켜 생각해봐도 창피하고 유치해서 얼굴이 붉어진다. 그러니까 그때는 어린 마음에 교회를 때려쳐야겠다는 생각만 꽉 차서 거의 자작극을 하는 수준으로 나갔던 것 같다.

내가 보면대 두 개를 빌려다가 잃어버렸거나 심지어는 팔아먹었다고 해서 보면대 임자가 팔아먹었다는 소문을 낼 만한 치사한 인물들이 아니었다. 보면대를 반환하지 않느냐고 물어온 정도인데 스스로 제 발이 저려서 팔아먹은 것처럼 설정을 해서 괜히 제품에 길길이 날뛰었던 것이다. 그래서 교회를 뛰쳐나오는 엑소더스의 명분을 스스로 조립했던 것이다.

교회와 거래를 끝내자 당장 걱정거리가 밀려왔다. 학교 등록금 조달이 그것이었다. 그동안 교회야말로 등록금을 대는 유일한 생명줄이었는데 내 손으로 교회를 끊었으니 이제부턴 또다시 등록금 걱정을 해야 하는 형편이 되었다.

내가 다니던 동대문의 동신교회는 칼뱅의 예정론을 따르는 장로교회였다. 칼뱅의 신학적 이론을 따르자면 내가 교회를 나가는 것도, 연애를 한답시고 연극을 한답시고 해갈대다가 느닷없는 보면대 사건으로 교회를 때려치운 것도 다 예정에 들어 있는 셈이었다. 그렇게 생각하면 차라리 편했다. 등록금을 받아야 한다는 중압감 때문에 매주 교회 찬양대석에 죽상을 쓰고 앉아 있는 것도 그랬고 그렇게 아르바이트식으로 성가를 불러야 등록금이 생긴다는 예정론적 구조도 왠지 싫었다. 따분했다. 몇 개월마다 합창반장 집사님으로부터 자질구레한 주의사항을 지적 받아야 하는 것도 영 탐탁치 않았다. 서울대 등록금은 원래가 싼 편이었다. 당시 6만 원 정도 되는 돈을 한쪽 손에 올려놓고 그걸 다른 한쪽 손바닥으로 톡톡 치면서 "출석 성적이 안 좋아. 누가 그러는데 입에서 술 냄새가 났다던데, 그러면 안 돼." 이런 소릴 듣는 게 죽기보다 싫었다.

그 소리가 듣기 싫어서 교회를 뛰쳐나오긴 했지만 그 빌어먹을 6만 원을 어디서 구해낸단 말인가. 그보다 속으로 겁나는 일이 또 한 가지 있었다. 나는 교회를 안 나가면 그날로 날벼락이 떨어지는 줄만 알았다. 그런데 이상했다. 견딜 만했다. 이제 딱 하나 남은 문제는 등록금 조달, 바로 그것이었다.

아쉬운 대로 나는 김수철 선생이 지휘하던 '필그림합창단'을 찾아갔다. 필그림 합창단은 독립된 기독교 계통 합창단의 전통을 이어오던 수준 높은 합창단이었다. 그 합창단은 해마다 특별공연을 하는 한편 매주 일요일 아침에는 용산 미군부대 사우스 포스트 교회에 가서 미국교인한 테 성가를 불러주고 사례를 받는 특별 프로그램을 가지고 있었다. 일종 의 대리성가대 역할을 하는 것이다. 매주 일요일 새벽에 후암동 종점에 나가 있으면 진초록색 미군 버스가 와서 나를 싣고 시내 몇 군데를 돌아 성가대원들을 다 태워서 미군 부대로 들어갔다.

그렇지만 필그림합창단에서 받은 봉급으로는 등록금을 마련하는 일이 불가능했다. 별수 없이 나는 돈벌이의 영역을 넓혀야 했다. 나는 친구들 중 사정이 좀 넉넉한 녀석을 찾아 나섰다. 한 친구가 장안에서 가장 유명 한 명동 '오비스 캐빈'집 아들이었다. 그 친구는 경희대학교 성악과에 다니고 있었다. 그러니까 경희대학 쪽의 베이스 이종범, 테너 엄정행 · 최태범 · 최원범 등이 전부 나의 노래패 친구들이었다.

나는 이종범을 찾아가 구구한 사정 얘기를 하고 취직을 부탁했다. 그 러자 그는 나를 흔쾌히 자기 아버지한테 데리고 가 "얘가 서울음대 친구 인데, 클래식도 그렇고 팝송도 잘 부릅니다. 아르바이트를 시켜도 충분 합니다" 어쩌구저쩌구 소개를 하자 그의 아버지는 당신 아들녀석의 특 별 부탁 때문인지, 오디션이나 테스트 한 번 없이 "그럼, 우선 지하실 카 페에서 자리를 하나 만들어 노래를 부르도록 해봐"라고 선뜻 말씀하셨 다. 이렇게 해서 나는 취직을 하게 되었고 일단 등록금 문제를 해결하게 되었다.

그 친구는 나를 위하여 오비스 캐빈 지하실 카페에 주먹처럼 생긴 구 식 군용 마이크 한 대와 동그란 나무의자를 설치한 다음, 그 구석에 앉아 기타를 퉁기며 매일 저녁 두세 시간씩 노래를 부르도록 배려해주었다. 나는 고등학교 · 대학을 다니며 심심풀이로 친구 녀석들과 짤고 까불면 서 얼결에 배워두었던 몇 가지 노래들을 꾸물꾸물 불렀다. 「코튼 필드」

Cotten Field 「싱 인 더 블루스」Sing In The Blues 「오 런섬 미」Oh Lonsome Me 「그린 그린 그래스 오브 홈」Green Green Grass of Home 등이 그때 배워서 흉내냈던 노래들이다.

그런데 그걸로도 시원칠 않아서 나는 아예 이백천 선생의 소개로 미8군 쇼단에 시험을 치르고 테너 색소폰 연주자 강철구의 '에이 츄레인'이라는 악단에 취직해서 매주 전국 방방곡곡 미군 부대를 다니며 공연을 하면서 돈을 벌게 된다. 학교 등록금을 마련하기 위해 취직한 것인데 거기서 받는 돈이 이번에는 너무 넘쳐서 등록금 내는 걸 까맣게 잊고 매일매일 번 돈 쓰는 재미로 살아가게 됐다. 그로부터 나는 명실공히 음대 중퇴생으로 남게 된다.

미8군 쇼단에 취직해서 공연을 다닐 때였다. 미군 트럭이나 버스에 몇 시간씩 시달리고 공연장에 도착하면 어떤 때는 식당 구석 같은 데가 우리 단원들의 대기실이 되곤 했다. 우리 단원들 중에 남자들은 그런 델 들어가자마자 책상 위에 놓여 있는 빨간색, 하얀색 병처럼 생긴 플라스틱 통을 입에 대고 쥐어짜 찍 소리를 내면서 쏟아져 나오는 걸 홀랑 마셔버리곤 했다. 그때 나는 그게 뭔지를 몰랐다. 나중에 알고보니 케첩과 마요네즈였다.

나는 한양음대와 서울음대 두 군데를 다녔지만 졸업장은 한 군데에서도 못 받았다. 첫째는 교회를 끊은 게 제일 큰 원인이었고 교회와 학교 대신 '쎄시봉'이라는 경음악감상실에 재미를 붙인 게 화근이었다. 어떤 경로로 그곳을 찾아가게 됐는가. 여러 차례 다른 알 만한 사람들한테 내가 어떤 경로로 누구의 권유로 쎄시봉을 찾게 됐는지에 대해서 물어보았으나 헛수고였다. 답이 모두 다르게 나왔다. 이백천 선배, 박상규 형, 이상벽 등이 내가 처음 쎄시봉에 나가던 날 함께 있었던 사람들인데 그날 각자의 위치와 방향이 달라서 그랬을까, 약간씩 얘기가 달랐다. 그러니까 역사는 역사를 기록하는 사람의 숫자만큼 다르게 나타날 수 있다는 걸 그때 절감했다. 지나간 일에는 진실이 한 가지만 존재하는 게 아니었다.

나는 선천적으로 새것에 대한 호기심도 많은 편이고, 권태를 느끼는 데에도 빨랐다. 온몸의 떨림으로 끌어안았던 장난감을 금세 내던지고 어디 또 새것 없나 하고 안절부절못하는 버릇없는 어린아이였다.

쎄시봉에 갈 때 나는 최시현과 동반했고 쎄시봉에서 처음 만나게 된 친구들과 제주도 무전여행을 떠날 때도 그녀와 동반했다. 그때 서울에서 제주도까지 가는 비행기가 있었는지 나는 모르겠다. 아마 없었던 것 같다. 하여간 돈이 넉넉하지 않았던 우리들은 오며 가며 배를 타야 했다. 그런 대로 잠시 낭만스러운 구석은 있었다. 그러나 시간이 가면서 상황은 달라졌다. 허름한 통통배의 밑창에 우리는 일등석, 이등석도 없이 아무 구석에나 짐을 내려놓고 자리를 잡아야 했다. 한밤중에는 너나할 것 없이 길거리의 노숙자들처럼 아무렇게나 드러누울 수밖에 별 도리가 없었다. 빽빽한 장소에서 옷가지 같은 것을 덮어쓰고 드러눕자니 다른 사람의 경우는 몰라도 최시현과 나의 두 몸은 여간 밀착되질 않았다. 그야말로 배에 탄 채 우리의 두 배를 맞댄 형상이었다.

처음에는 은근히 두 손을 잡는 일에서부터 자연스럽게 얼굴이 가까워지고 그러다가 그만 우리 두 사람의 입술은 서로 달라붙고야 말았다. 이런 일에 나는 이미 얼마간은 익숙해져 있었다. 그러나 이런 일은 상대에 따라서 또 늘 새롭게 마련이었다. 한번 붙은 입술은 무슨 자석이라도 달린 것처럼 밤새 붙어 있기를 갈망했다. 선상의 뒷간에 구토물이 모란봉처럼 쌓여갔어도 배 밑창에서 달라붙은 우리의 두 입술은 거머리처럼 단단하게 붙어 떨어질 줄을 몰랐다. 물론 우리들의 상체와 머리 부분엔 거

적때기 같은 옷가지들이 밤새 덮여 있었다.

현해탄 밑줄기에서, 태평양의 최하단부에서 우리는 입술을 맞붙여가며 또 부질없는 영원 따위를 남발했다. 그리고 적어도 그때의 나는 윤심덕을 넘실거리는 파도에 뛰어들게 한 동기 부여자였던, 어느 전라도 갑부의 아들과 진배없는 비장함에 젖어 있었다. 사랑을 하기로 마음을 굳혔던 것이다.

그런데 어느 날 아침에 눈을 떠보니 나는 유명해져 있었다. 그렇게밖에 달리 설명해낼 도리가 없다. 겸손을 가장하면서 건방을 떠는 게 아니다. 나는 별로 복잡한 절차도 없이 가수가 되어버렸다. 가수가 되어 있었다.

그 당시 나의 주변상황은 최악이었다. 무엇인가를 결정짓지 않을 수 없는 상황이었다. 그때 내 육체는 인생에서 가장 젊고 싱싱할 때였지만 몸에 밴 알코올 성분 때문에 언제 어디서 파열될지 모르는 상태였다.

나는 분명 서울음대 성악과 학생이었지만 학교를 들쭉날쭉 다녔기 때문에, 기말시험을 치르는 둥 마는 둥, 나 자신도 실제 몇 학년인지를 모르면서 학교를 다니고 있었다. 다른 학교 축제에 초청되면 으레 '서울음대 3학년 조영남'이라고 소개되었다. 그때마다 객석에서는 "야! 너는 작년에도 3학년이고 금년에도 3학년이냐?" 하는 소리가 노골적으로 터져나왔다. 학교를 다녀야 할지 말아야 할지 어영부영하던 때였다.

스무 해 넘게 다니던 교회를 때려치우고 동대문의 '동신교회'와 무교동의 '쎄시봉'을 어이없이 맞바꾼 상태였다. 오페라나 교회음악을 이미 팝송이라는 새로운 이름의 가벼운 유행음악으로 맞바꾼 시기였다. 이러다가 곧 유명해진다는 조짐에 몸 전체가 조여들면서 나는 본격적으로 방황하기 시작했다. 혼돈의 수렁으로 빠져든 것이다.

서울음대 연극반에서 만난 고전적인 여학생을 계속 만나야 할지, 쎄시봉 음악실 앞자리에서 만난 신세대의 깜찍한 탤런트 아가씨를 만나야 할지, 누구를 고정으로 만나야 할지 헷갈리기 시작했다. 왕창 성공을 해서 왕창 뜨기 위해선 주변정리가 시급하다는 생각부터 밀려오기 시작했다. 너무도 헷갈려서 어디서부터 털고 일어서야 할지 모를 정도였다. 공교롭게도 그때는 될 대로 되라는 내용의 「케세라 세라」라는 노래가 유행을 탔다. 그래서 나는 '케세라 세라'를 흥얼거리다가 하루아침에 최고의 가수로 올라서게 된 것이다.

그때는 이미 쎄시봉 쪽에서도, 라디오 TV 방송국 쪽에서도 '조영남은 된다. 언젠가는 된다, 꼭 한 번은 뜬다'고 하던 때였다. 단지 언제 뜨느냐가 문제였다. 그러던 어느 날 TBC방송국의 조용호 형이 날 부르더니 레코드판 한 장을 내게 넘겨주며 이렇게 말했다. "야! 이 노래 집에 가서 듣고 내일 아침 녹음하러 와! 영어 가사의 절반은 우리말로 바꿔서 만들어 와. 내일 아침 최창권 TBC방송 악단과 녹음을 하는 거야, 알았지!"

조용호 형은 쎄시봉의 원로격이었다. 우린 금세 친해졌다. 용호 형이 서울대 미대 출신이라 더 가까워졌다. 조용호 형은 그때 가장 잘 나가던 코미디언 구봉서 씨와 '후라이보이' 곽규석 씨를 MC로 모시고 「오픈 스튜디오」라는 라디오 생방송쇼를 제작하는 PD였다. 용호 형은 정식 가수도 아닌 얼치기 대학생 동생을 그런 막강한 프로그램에 끼워넣겠다는 계획을 짜놓고 있었다. 그는 경기고·서울대 출신으로 영어에도 능통했기 때문에 미국에서 나오는 『빌보드』라는 음악잡지를 보다가 거기서 마침 영국 출신의 가수 톰 존스의 노래 「딜라일라」를 발견하고, 이 노래야말로 '영남이가 불러야 하는 노래'라며 나를 직접 끌어들였다. 사실 이 노래가 어떤 반응을 불러올지는 용호 형도 몰랐고 나도 전혀 예측하지 못했다.

나는 용호 형이 시키는 대로 당장 레코드판을 들고 집으로 돌아가 그 노래에 우리말 가사를 붙였다.

"어두운 골목길 그대 창문 앞 지날 때 창문에 비치는 희미한 두 그림자, 그대 내 여인 날 두고 누구와 사랑을 속삭이나. 오! 나의 딜라일라!"

조용호 형은 내가 부른 「딜라일라」를 최창권 TBC 라디오 관현악단의 반주로 녹음기에 담아 그 녹음을 자신의 심야프로였던 「밤을 잊은 그대에게」였나 뭐 그런 프로에다 한 번 틀었다. 그때는 아직 TV 시대가 아니었고 라디오 시대였다. 특히 심야 라디오는 황금의 매체였다. 여기서 방송된 「딜라일라」는 한 방에 홈런이 되고 말았다.

다음날 내가 시내에 나가자 나는 그냥 스타였다. 온 장안은 톰 존스보다 노래 잘하는 신인 가수가 나왔다는 수군거림으로 가득 찼다. TV에 얼굴을 비치기도 전에 나는 이미 스타로 굳어졌다. 쎄시봉에서는 이미 예견된 일이었기 때문에 별 동요가 없었다. 그때 조용호 형이 날 다시 불렀다.

"야, 얘기 다 해놨으니까 TBC 텔레비전의 황정태 선생을 찾아가봐."

황정태 선생은 당시 최고의 쇼 프로그램 「쇼쇼쇼」를 연출하던 한국 TV쇼의 전설적인 PD였다. 「쇼쇼쇼」는 요즘의 쇼 프로그램과는 시청률에서 우선 달랐다. 「쇼쇼쇼」가 방송되는 토요일 저녁에는 장안의 거리가 텅 빌 정도였다. 「쇼쇼쇼」에 한 번만 출연하면 장안이 떠들썩했다. 톱스타가 되는 것이었다. 황정태 PD는 무명인 나에게 「딜라일라」를 부르도록 과감하게 배려해주었다. 나는 정식 TV의 첫 출연이라 연출부터 달리했다. 옛날 구약시절의 힘센 선지자 삼손을 방불케 하는, 웃통을 벗고 허리띠와 머리띠를 맨 차림으로 칼 하나를 들고 바위 앞에서 '딜라일라'를 외쳐대는 설정이었다. '삼손과 데릴라'의 데릴라를 영국식과 미국식으로 부르면 딜라일라가 된다. 물론 나는 성공을 거두었다.

108

「딜라일라」를 부른 이후 나의 앞길은 한마디로 탄탄대로였다. 8차선 고속도로처럼 훤히 트이는 듯했다. 나는 이제 더 이상 피라미 서울음대생일 수 없었다. TV 브라운관에서 「딜라일라」라는 팝송을 불렀다는 것은, 말하자면 공식적으로 서울음대생이기를 포기한 거나 마찬가지였다. 그러나 서울음대와 아직 한 가지 끊어지지 않는 연결 고리가 있었다. 나의 짝꿍 최시현이었다. 나는 최시현과의 연결고리를 끊고 싶었다. 왠지 그녀가 나의 출세길을 가로막을 것 같았다. 우리의 관계가 세상에 알려지면 가수의 생명이 끊어질 것 같은 생각이 들었기 때문이다.

그때 나는 생전 처음 유명한 자리에 섰기 때문에 내 정신이 아니었다. 괴상망측한 생각들이 물밀듯이 밀려왔다. 그 옛날 히틀러 한 사람이 미쳐 돌아가면서 수백 수천만의 인명피해가 났다. 나는 히틀러처럼 대단한 사람은 아니지만 역시 미쳐서 인명피해를 입혔다. 나한테 인명피해를 당한 사람은 바로 최시현이다. 결국 나는 최시현과의 결별을 감행하기로 맘을 굳혔다. 얼마든지 연애를 할 수 있는 처녀총각 대학생들이었는데, 음악대학 중퇴생 출신 가수가 같은 학교 같은 연극반의 멋쟁이 여학생과 연애를 하는 게 무슨 흉한 짓거리도 아니었는데 그때는 왠지 최시현과의 관계가 영 께름칙하게만 느껴졌다.

한양대학 다닐 때 약혼자가 있는 오명자와의 불륜관계에 익숙해져서 최시현과의 관계도 무의식적으로 불륜이라고 생각하게 된 까닭일까. 어느 순간부터 나는 공연히 쫓기는 기분이 들기 시작했다. 둘 사이에 괜한 긴장감이 감돌기 시작했다. 순전히 내 쪽에서 일방적으로 만들어가는 긴장이었다. 사람이 갑자기 돈을 벌거나 권력을 잡거나 출세를 하게 되면 자신의 초라했던 과거를 아는 사람들의 존재가 귀찮게 여겨지는 법이다. 바로 그런 것이었다.

최시현과 나와의 관계가 본격적으로 삐걱거리게 된 것은 최시현의 모친이 서울음대 캠퍼스로 나를 찾아온 일이 큰 원인이었다. 시현이가 나와 함께 그 전날 교외선을 타고 나갔다가 밤을 새고 돌아온 그날 아침, 집에 안 들른 채 학교로 곧장 등교한 게 문제의 발단이었다. 최시현의 엄마가 학교에 나타났다는 소문을 듣고 나는 참 우습게도 꼬랑지를 바싹 내리고 학교를 빠져나와 냅다 도망을 치고 말았다. 귀한 집 딸을 허락도 없이 범했다는 자책감 때문에 그랬다.

사실 나는 그때 최시현의 모친한테 맞아죽는 한이 있더라도 떳떳하게 나서서 나의 입장을 밝히고 그녀와의 사랑을 허락받았어야 옳았다. 그 일은 충분히 가능할 수 있었다. 그러나 나는 가타부타 한마디의 말도 없이 치사하게 도망치는 일시적인 수법으로 위기를 모면하고 말았던 것이다. 잘라 말해 정말 치사하고 비열했다. 그렇게 된 건 순전히「딜라일라」때문이다.

나는 내가 유명해지고 크게 출세할지도 모른다는 예감을 했던 것이고 그렇게 되면 최시현과의 관계가 내 출세에 걸림돌이 될지도 모른다는 황당한 생각을 갖기에 이르렀다. 나는 나 스스로가 대중적인 인물로 상승세를 탄다는 것을 느끼면서 최시현이 애인이라는 연결고리로 나를 묶는 듯한 느낌이 싫었다. 나는 자유롭고 싶었고 모든 여성의 애인이 된다는 망상에 사로잡혔는지도 모른다. 그래서 혼자서 장구치고 북치고 다 했다.

물론 최시현에 대한 나의 사랑의 강도가 약해진 것도 결별 조건의 핵심이었다. 그럼 그토록 강한 사랑의 느낌도 아니면서 뭣하러 최시현과 그렇게 오랫동안 애인 관계를 유지해왔느냐고 묻는다면 할 말이 없다. 나는 사랑의 강도가 도대체 무얼 의미하는지도 모르는 채 젊은 날을 질 펀대왔다. 그러니까 지금까지도, "나는 이 여자 없이는 못 산다"는 그 흔한 느낌을 단 한 번도 느껴본 적이 없다. 상대가 보고 싶거나 그리워서 미칠 것 같은 느낌은 오명자에서 끝났다. 물론 매번 상대 여자를 만날 때마다 그게 마치 첫사랑인양 새롭고 애틋하긴 했다. 그러나 나 자신 전부를 던져서 죽기살기로 사랑에 매달린 적이 없다. 그래서 어떤 때는 내가 선천적인 사랑의 불감증 환자가 아닌가 하고 자문해볼 때가 한두 번이 아니다.

어느 날 문득 나는 천하에 무경우스럽게도 최시현과 헤어질 수밖에 없다는 뻔뻔스러운 결론에 도달하게 되었다. 그리고 그것을 실행에 옮겼다.

"야! 시현아, 우리 이제 그만 만나자! 왜 그만 만나야 하냐고 묻지 말고 그냥 집으로 들어가줘!"

최시현이 나와의 결별을 꿈에도 상상하지 못했던 때에 나는 최시현을 불러 기습적으로 결별을 통보했다. 중앙여고로 넘어가는 아현동 고개가 바로 결별의 현장이었다. 고개를 넘어가다보면 그 아래로 그녀의 집이 있었다. 나는 그때까지 단 한 번도 최시현네 대문 안에 들어선 적이 없었고, 그쪽 식구를 한 번도 만나본 적이 없었다. 그래서 결별을 하기가 쉬웠는지도 모른다.

전봇대에 기대 섰던 최시현이 멍한 채 허공을 쳐다보는가 싶더니 갑자기 울음보를 터뜨리기 시작했다. 이상한 건 나의 반응이었다. 나도 곧장 최시현을 따라 울음보를 터뜨렸다. 어둑어둑해지는 초저녁 언덕길에서 우리는 전봇대 하나를 사이에 두고 원 없이 펑펑 울었다. 사람들이 지나다니는 길거리 한복판에서 운다는 건 체면을 중요시하는 나로서는 상상조차 안 되는 일이었지만 그때는 사정이 달랐다. 그렇게 서러워서 펑펑 울어제낄 걸 뭘 어쩌자고 이별을 감행했을까.

최시현은 결별 이후로 얼마 동안 학교에도 쎄시봉에도 모습을 나타내지 않았다. 나로서는 이미 예측한 결과였다. 최시현은 워낙 '앗싸리한' 성격의 소유자였기 때문에 더 이상 나를 찾아와 치근덕대거나 울고불고

할 인물이 아니었다. 그렇게 쿨할 수가 없었다.

　며칠 후 최시현의 학교 여자친구들이 나를 찾아왔다. 최시현이 사경을 헤맨다는 것이었다. 가만히 놔두면 죽을지도 모른다는 얘기였다. 그러니까 최시현의 친구들은 그녀를 살려낼 만한 궁리가 떠오르지 않자 무조건 나를 찾아왔던 것이다. 그들의 요구 조건은 간단했다. 최시현을 한 번만 방문해달라는 것이었다. 죽어가는 최시현 앞에 내가 나타나면 다시 살아날지도 모른다는 계산 때문이었을까. 나는 그들을 따라 나섰다. 안 간다면 당장 무슨 봉변이라도 당할 것 같은 으스스한 분위기였다.

　나는 평소에 최시현이가 들어가던 아현동 집 대문 안을 생전 처음으로 머쓱하게 들어섰다. 마침 대낮이라 다른 식구들이 눈에 띄지 않았다. 곧 최시현의 방문이 열렸다. 담배 연기가 온 방 안을 가득 채우고 있었다. 내가 아는 한 그녀는 평소 담배를 피우는 여자가 아니었다. 어마어마한 분량의 꽁초를 끌어안은 재떨이가 눈에 들어왔다. 친구들이 피운 담배 꽁초일 수도 있다. 최시현은 수척한 모습으로 잠 속에 빠져 있었다.

　나는 감히 최시현을 깨울 수가 없었다. 깨워서 뭘 어쩐다는 대안이 없었다. 우리는 그냥 침대 주위에 앉아만 있다가 최시현이 깨어나는 모습을 보지도 못하고 밖으로 나왔다.

　나는 침대가 있고, TV가 있고, 전화기가 따로 있는 최시현의 침실을 구경하는 것으로 최시현과의 결별을 마무리지었다. 나의 두 번째 첫사랑은 유례없이 치졸하고 비열했다. 더 이상 떠올리기도 싫다. 아! 나는 또 돈 많은 집 딸을 놓쳤다. 좀 섭섭하다.

젊고 예쁘고 착한 그녀

이 세상의 모든 사랑은 첫사랑이다. 왜냐하면 사랑은 수학이 아니기 때문이다. 이 세상의 모든 사랑은 마지막 사랑이다. 왜냐하면 사랑은 그 자체가 무법천지이기 때문이다.

스물셋, 다섯 언저리에서 나는 스물, 스물하나의 꼬마아가씨를 만나게 된다. 이름이 윤여정이라고 했다. 나는 TV에 막 얼굴을 몇 차례 내밀었던 터라 아무 데나 우쭐거리고 다닐 때였다.

그녀를 처음 본 장소는 무교동 뒷골목에 있던 경음악감상실 쎄시봉이었다. 요즘 TV에서는 「7080 콘서트」라는 향수 어린 음악프로그램이 나오고 이를 본 TV시청자들은 자연스럽게 통기타 음악이 70년대부터 시작된 줄로 알고 있지만 그건 틀린 말도 아니고 맞는 말도 아니다. 통기타 청바지 문화는 이미 60년대 중반에 크게 쎄시봉을 중심으로 점화되었다.

희미한 기억 속에서 억지로 끄집어내서 쎄시봉의 첫날을 편집해보자면 대략 이렇게 된다. 내가 음대 친구들 몇 명과 사복을 입고 처음 찾아간 그날, 마침 거기에서는 '대학생의 밤'이라는 정규 프로그램을 진행하고 있었다. 당시 홍익대 미대생이던 아마추어 이상벽 군이 사회를 맡았다. 희망하는 사람은 아무나 앞에 나와서 노래할 수 있는 기회가 주어졌는데 함께 간 친구들이 한사코 무대 위로 떠미는 바람에 나는 못 이기는 척 무대에 올라가 거기 있던 피아노를 치면서 '해는 져서 어두운데'로 시작하는 현제명 작곡의 「고향생각」을 불렀고 앵콜이 터져 나와서 「돈 워리」라는 팝송을 한 곡 더 불렀던 거 같다. 그 일로 나는 그 자리에서 일약 쎄시봉의 스타로 올라섰다. 거기서 인정을 받으면 아무 때나 공짜로 쎄시봉 출입을 할 수 있는 특권이 주어졌다. '대학생의 밤'에 단골출연자가 되어 노래를 한두 곡 불러주면 주인아저씨를 따라나가 무교동 비지백반 한 그릇을 얻어먹을 수 있었다. 쎄시봉 초기에 나는 음대 재학생임을 극구 숨겼다. 서울음대생이 경음악감상실에 출입하는 것도 튀는 일이었고 더구나 그런 상업적인 장소에서 음대생이 팝송을 부른다는 건 결코 용서가 안 되던 시절이었다.

쎄시봉은 자타가 공인하는 60년대 청바지 문화의 산실이었다. 이백천 · 조용호 · 피세영 · 정홍택 · 서병후 · 박상규 · 장우 · 이상벽 · 최인호 · 윤형주 · 송창식 · 김세환 · 전유성 · 이장희 · 고영수 · 윤여정 등등이 일사불란하게 쎄시봉 출신들이다. 신기한 것은 거기에 출입한 모든 선배나 후배들 모두가 훗날 유명해졌다는 사실이다.

쎄시봉은 몇 개의 계단을 연결고리로 하는 약간의 복층 구조였다. 그러던 어느 날 레코드판이 있는 2층 음악실 바로 앞에 두세 명의 여자들이 앉아 있었다. 그중 한 명이 윤여정이었다. 흰 블라우스에 짧은 검정치마를 입고 있었다. 단발머리의 그 아가씨는 특유의 명랑한 표정으로 좌중을 사로잡는 것 같았다. 신인 탤런트라고 했다. 아직 TV드라마에 출연한 적은 없고 그냥 맥없이 만날 방송국에 나간다고 했다.

누가 나를 윤여정한테 데리고 가 소개를 시켜줬는지 잘 모르겠다. 아마도 방송국 PD였던 이백천 선생이 나한테 소개시켜줬을 가능성이 크다. 어쨌거나 쎄시봉에서의 접선 이후 나는 윤여정이라는 병아리 탤런트 아가씨와 매우 가까워졌다. 사내들이 대부분인 경음악감상실에서 윤여정 일행의 등장은 새로운 충격이었다. 특히 윤여정은 쎄시봉의 고정 멤버들 전부와 격의 없이 친했는데, 그건 결코 아무 여자한테나 가능한 일이 아니었다.

내가 처음 본 윤여정은 발랄했고 예뻤고 귀여웠다. 큰 키는 아니지만 무릎이 없어 보일 정도로 다리가 날씬하고 쭉 뻗은 몸매에 유머 감각이 뛰어났고 무엇보다도 남정네들의 말귀를 제대로 알아들었다. 그녀는 주위 사람들을 즐겁게 해주는 데 천부적인 재능을 지니고 있었다.

무릇 남녀 관계에선 대체로 처음 시작 부분의 감정이 대세를 결정지어주는 법이다. 애인 관계가 목적이라면 처음부터 애인 감정으로 밀고 나가야 일이 쉬워지는 법이고, 상대를 빨리 손아귀에 넣고 싶으면 단도직입적으로 질퍽거려야 성사가 빠르지 괜히 우물쭈물 뜸만 들이다보면 죽도 밥도 안 되는 경우가 태반이다. 윤여정을 처음 본 나는 어떻게 해야겠다는 계산도 없었고 어떻게 할까 하는 계산도 없었다. 그냥 만나면 즐거울 것 같아 매일 만났을 뿐이다.

윤여정과의 첫 만남은 흔한 일 대 일의 만남도 아니었고, 중매쟁이를 사이에 둔 만남도 아니었고, 더구나 수상쩍은 미팅식의 만남도 아니었다. 첫 만남의 자리엔 당시 나의 공식적인 여자친구 최시현도 있었고 윤여정의 병아리 탤런트 친구들도 몇 명 있었다.

그중 한 명을 나는 도저히 잊을 수가 없다. 이름은 잊었는데 그녀는 매우 고풍스럽고 여자다웠다. 그러니까 양장을 했는데도 한복을 입은 것 같은 느낌을 풍기는 타입이었다. 자세나 말하는 품이 한마디로 대갓집 큰딸이었다. 어느날 나는 그녀와 함께 여럿이서 밥을 먹게 되었다. 밥을 다 먹더니 그녀가 물컵을 들어 한 모금 마셨는데 그때부터였다. 그녀는 물을 얼마쯤 입에 넣고 양쪽 볼로 옮겨가면서 양볼이 볼록볼록 나왔다 들어갔다 한참을 그러다가 그걸 꼴깍 마셔버리는 것이었다. 나는 시골 출신이라 식사예법이나 매너 같은 걸 모르는데 선녀 같은 여자가 앞에 앉아서 입 안을 물로 헹궜다 마시는 건 영 앞뒤가 맞질 않는 것 같았다. 거기 있던 윤여정 친구들이 대부분 꽤 성공했는데 그 아이만 일찍 없어졌다.

우리에겐 첨부터 접선 장소가 쎄시봉이었으므로 거기에 출입하는 고정 멤버들이 널브러져 있는 오픈 상태에서 만났기 때문에 상호 별다른 느낌을 가질 수가 없었다. 당시의 만남이 늘 그렇듯 떼거리 대 떼거리의 만남이었다. 활달하기로 둘째가라면 서운한 최시현도 벌써 첫 장면부터 윤여정과 함께 쿵짝을 이루어, 만나자마자 자기들끼리 언니 동생으로 굳어져 돌아갔다.

나의 쎄시봉 출입은 내 일생일대의 위대한 꺾임이었다. 결코 틀린 표현이 아니다. 그밖의 꺾임으로는 아버지가 병으로 쓰러진 것, 내가 서울로 상경한 것, 서울대학에 들어간 것 등이다. 그때까지의 꺾임이 대충 그런 것들이다. 나중에 군대 간 것, 미국 간 것, 결혼한 것, 깨진 것, 그런 것들이 말하자면 일생일대의 꺾임들이다. 쎄시봉에서 윤여정이라는 이름의 아가씨를 만나게 됐다는 사건 하나만을 놓고 봐도 위대한 꺾임은 호들갑이 아니다. 그 꼬마 아가씨와 나는 물경 20년에 가까운 관계를 유지한다. 따져보면 안다. 우선 오빠와 여동생 관계로 5년, 연애 관계로 1년, 그리고 부부 관계로 13년, 얼추 20년이 꽉 찬다. 쓰나 다나 미우나 고우나 나의 알토란 같은 청춘이 그 속에 녹아난 셈이다.

윤여정은 적어도 나한테만은 시작부터 한없이 귀여운 여동생이었다. 천 년 만 년의 오누이 관계였다. 그녀가 나를 부르는 지칭 같은 것은 애당초 없었다. 너무 흔하게 써서 약간은 천박한 느낌을 주는 오빠라는 호칭도 윤여정은 결코 써먹질 않았다. 어쩌다 급한 경우에 '조영남' 하고 단호하게 부르는 게 전부였다. 아마도 그때는 그게 유행이었나보다. 오빠는 고사하고 나는 흔한 자기야, 여보, 당신 아니면 영남 씨, 조 씨 같은 칭호를 들어본 적이 없다. 그리 긴 세월에 어떻게 그게 가능했는지 모르겠다.

그때는 몰랐다. 일정한 호칭도 없이 한 남자와 그토록 오래 산 것으로 보아 그녀는 독립심이 무지무지하게 강했음이 틀림없다. 꼭 그런 건 아니지만 호칭 없이도 잘 살 수 있었다는 건 그녀한테는 아주 독특한 성격이 숨어 있었다는 얘기다. 그녀는 타인을 쉽게 자기화하거나 받아들이지 못하는 특성의 소유자였다. 우리 주변에서 '오빠'라는 호칭을 헤프게 쓰는 여자는 마음이 넓고 호탕해서라기보다 모든 면에서 헤프다는 것을 스스로 입증하는 셈이었다. 그러니까 윤여정은 '오빠'가 많은 여자와 지나치게 반대편으로 가 있는 여자였다.

그래서 윤여정은 사람을 쉽게 사귀지 못했고 그 대신 한번 사귀면 평생을 갔다. 반면에 나는 전면적으로 누구나 잘 사귀고 웬만한 사람한테는 형이라는 호칭을 잘 붙이는 편이었다. 내 딴에는 상대에 대한 배려 차원에서 그랬던 건데 그렇다면 우리는 아마도 그렇게 정반대라서 서로에게 끌렸는지도 모른다. 나도 타인과 친분을 쌓고 사이좋게 지내는 일에 꽤 선수급으로 알려져 있지만 윤여정의 방식은 달랐다. 절간의 승려나 중세 수도원의 수도사 같았다. 그 방면에 심오했다.

윤여정과 사귀던 첫 부분부터 윤여정을 따라 TV드라마를 막 쓰기 시작했던 김수현 씨와도 인사를 나누게 되었지만 옆에서 지켜본 김수현·윤여정의 우정관계는 여자끼리의 우정이라는 허접스런 어휘로는 도저히 표현해낼 수 없을 만큼 탄탄했고, 입이 딱 벌어져 다물어지지 않을 정도로 경이로웠다. 탤런트와 작가의 입장을 뛰어넘고 나이 차이까지 무시하면서 묶인 그들의 매듭같이 단단한 관계는 그것을 옆에서 지켜보는 것만으로도 가슴 벅차게 느껴질 정도였다. 나와는 정반대였다. 나는 사람을 너무 쉽게 사귀기 때문에 사람관계가 평생을 함께 가기는커녕 중간 중간에 잘게잘게 잘려나갔다. 그러나 윤여정과의 관계가 오래 간 것은 서로 너무 다르기 때문에 차라리 들쭉날쭉의 아귀가 잘 맞아떨어졌기 때문인지도 모른다. 서로가 다르면 서로의 다른 점을 동경할 수 있기 때문이다.

내가 처음 만난 꼬마아가씨 윤여정을 좋아한 이유는 간단하고 분명하다. 그녀는 말 그대로 젊고 예쁘고 착했다. 젊은 여자, 예쁜 여자, 착한 여자를 찾는 천하의 못된 기벽은 여기가 발원지였다. 지금껏 그걸 몰랐다. 그렇게 세 가지 조건을 지닌 여자를 그동안 한 번도 못 만난 것처럼 떠벌리면서 다녔는데 그게 아니었다. 나는 만난 것이었다. 세 가지에 한 가지가 더 추가된 여자다. 똑똑함이 추가된 여자다.

어릴 때는 몰랐지만 윤여정이라는 이름은 어찌나 예쁜 이름인지, 나는 지금까지 그보다 더 예쁜 여자 이름을 들어본 적이 없다. 그때는 내가 철이 없어서 그녀의 이름이 미운지 고운지 상관하지도 않고 그녀를 아무렇게나 막 불렀다. '여정아'라는 호칭은 애기엄마가 되어서도 역시 '여정아'였다.

나는 한때 그녀를 '윤잠깐'으로 바꿔 부른 적이 있다. 그녀가 텔레비전에 출연하는 모습을 가끔 볼 때마다 그녀는 아주 잠깐만 화면에 얼굴을 비추고는 사라졌기 때문이었다. 그래서 내가 윤잠깐으로 부르기 시작했고 주위 친구들도 그렇게 불렀다. 그녀는 그런 남자들의 익살을 천부적으로 잘 받아넘겼다.

내 젊은 날 여동생 같은 여친이 윤여정만 있었던 것은 아니다. 학교 안에도 그런 식의 여친이 몇 명 있었고 바깥에도 몇 명 더 있었다.

어느새 알게 모르게 나에 대한 소문은 장안에 심심치 않게 퍼져나갔다. '서울음대에 팝송을 기차게 잘 부르는 친구가 하나 있다더라'는 식의 소문 말이다. 나는 벌써 여러 대학에 축제 가수로 불려 다니기도 했었다. 실제로 학생 가수인 나는 그 당시 학교 축제 무대에 섰을 때 결코 만만치 않은 관객 반응을 이끌어냈었다. 그래서였는지 내가 명동 오비스캐빈에서 통기타 가수로 아르바이트 생활을 할 때는 고정적으로 매주 토요일 저녁에 내 노래를 들으러 오는 다섯 명의 여자들이 있었다. 그네들이 이화여고 졸업반 학생들이라는 것을 안 것은 한참 후의 일이었다. 그네들은 사복 차림이었기 때문에 설마 여고생일 줄은 꿈에도 몰랐다. 그녀들이 느닷없이 자기네들 졸업식에 와달라고 해서 알게 되었다. 다섯 명 모두가 하나같이 예쁘고 귀여워서, 나는 팬이라기보다는 한꺼번에 다섯 명의 여동생들을 얻은 기분이었다.

우리들의 친교는 친오빠·친동생처럼 돈독해져갔다. 나는 기회가 닿는 대로 동생들을 몰고 다녔다. 특히 이 교회 저 교회의 솔리스트로 불려다녔었는데, 온통 마음과 정신이 흥분되는 겨울철 성탄절 음악예배 기간은 그야말로 나의 대목이었다. 나의 진가는, 가령 이쪽 교회에서는 헨델의 「메시아」에서 테너 솔로 역을 맡고, 저쪽 교회에서는 베이스 솔로 역을 해내는 데서 잘 드러났다. 이상하게도 나는 중저음도 고음도 구사할 수 있었기 때문에 테너 역과 베이스 역을 동시에 해낼 수 있었다.

나의 여동생들은 나의 전천후적 음악 실력에 파이팅을 보내며 자기 일처럼 내가 출연하는 음악회에 따라다녔다. 세월이 한참 흐른 다음 그녀들 중 네 명은 내 선후배의 애인이 되거나 결혼을 해서 부인이 되었다.

나한테는 이미 윤여정과 최영혜 그리고 최시현까지 있었기 때문에 그녀들은 각자의 길을 갈 수가 있었다.

연대 출신의 신인가수 최영혜 역시 이화여고 출신이었다. 그녀가 바이올린을 연주하며 나와 함께 TV음악 프로그램에 출연하면서 우리는 금방 친구가 되었다. 윤여정과는 고교 1년 직계 선후배이기 때문에 만나자마자 윤여정 언니, 최영혜 동생으로 굳어졌다.

그녀는 윤여정이 아직도 윤잠깐으로 머물러 있을 때 벌써 어느 정도 톱가수의 자리에 올라섰다. 전혀 가수를 할 것 같지 않게 생긴 야리야리한 소녀가 나와서 바이올린을 들고 팝송을 부르는 바람에 금세 스타로 부상했던 거다. 내가 영국 출신 가수 톰 존스의 「딜라일라」를 우리말로 번안해 불러 주말 TV쇼였던 「쇼쇼쇼」에서 최정상의 자리를 굳히고 있을 때 최영혜가 뒤따라 등장해 우리는 학벌 좋은 서울대와 연대 출신 가수로 자연스럽게 팀을 이루게 되었고 그러는 사이에 윤여정은 어느 순간 윤잠깐에서 윤한참으로 바뀌게 되었다.

다시 말해 내가 그들 두 사람과 동시에 친한 사이로 왔다갔다 할 때는 윤여정, 최영혜 모두가 당대에 첫 손가락에 꼽히는 화제의 연예인이었다. 윤여정은 TV드라마와 영화에서, 최영혜는 영화와 쇼 무대에서 날렸다.

알 만한 사람은 다 알고 있었지만 우리의 관계는 절대적인 우정관계였다. 우정관계라기보다는 철없는 어린아이들 관계였다는 게 정확한 표현이다. 물론 모두가 젊은 연예인이었으니까 남들이 충분히 색안경을 쓰고 볼 수도 있었지만 우리 셋은 색안경을 쓴 사람한테 들켜서 무슨 스캔들이나 가십에 휘말린 적이 단 한 번도 없다. 그렇다고 우리가 혹시 비밀리에 만나지 않았겠느냐고 생각하면 큰 오해다. 오히려 정반대였다. 서로 일하는 장소가 달라 때로는 나와 최영혜, 때로는 나와 윤여정, 이렇게 둘씩 따로 만날 때도 있었지만 우리는 재빨리 셋으로 합쳐 만날 낄낄대곤 했다.

윤여정과 최영혜가 같은 TV드라마에 자매로 출연할 때는 거의 매일 내가 스튜디오로 찾아가 셋이서 함께 만났다. 어떤 때는 둘 다 여동생 관계로, 어떤 때는 둘 다 친구 관계로, 또 어떤 때는 윤여정은 동생 관계로 최영혜는 약간 여친 관계로 만나기도 했다. 그러나 신기하게도 그것이 소위 말하는 스캔들로 보여지지도 않았고 스캔들로 가지도 않았다. 내가 지금 말하는 미묘한 얘기들은 내 맘대로 꾸며댈 수가 있는 얘기가 아니다. 왜냐하면 우선 당사자들이 시퍼렇게 살아있고 우리와 함께 한때를 더불어 살았던 사람들이 모두 펄펄하게 살아 있기 때문에 어영부영 꾸며댈 수가 없는 노릇이다.

나는 오래 전 「글루미 선데이」라는 영화를 보고 너무나 큰 감동을 받았었다. 내가 평생 본 영화 중 단연 최고의 영화다. 그런데 이 글을 쓰고 있는 지금 내가 왜 그토록 그 영화에 매료됐는지 어렴풋하게 실마리가 드러나는 것 같다. 「글루미 선데이」에서는 한 여자와 두 남자가 동시에 사랑을 나눈다. 그리고 셋은 서로를 인정하며 함께 살아간다.

우리의 관계는 다른 사람들이 보기엔 소위 삼각관계였다. 그러나 당사자인 우리들은 그것이 삼각관계인지 육각관계인지 전혀 신경 쓰지 않았다. 단지 우리 셋의 관계가 「글루미 선데이」와 극명하게 다른 것은 우리 사이엔 섹스가 개입되지 않았다는 것이다. 섹스가 개입되면 삼각관계건 사각관계건 섹스에서 파생되는 복잡한 문제 때문에 쉽게 깨진다. 그런 측면에서 섹스가 개입되었지만 죽을 때까지 삼각관계가 깨지지 않은 「글루미 선데이」는 비록 영화 속의 스토리지만 우리의 심금을 울린다.

윤여정 · 최영혜 · 조영남의 관계가 삼각관계면 또 어떠냐. 피라미드의 삼각은 우주를 축약한 형태다. 단순한 조형 중에서는 가장 미학적으로 우수한 조형이다. 만일 두 사람이 지금 내 옆에 있다면 한마디씩 할 것이다. 윤은 빠르고 쏘는 톤으로 "주책 부리고 있네. 아이고, 언제 철들어" 하면서 딴 델 쳐다볼 것이고 최는 느리고 낮은 톤으로 "지금 그런 걸 털어놔서 뭘 한다고 그러누. 이젠 조용히 좀 살아봐" 할 것이다. 그녀들이 나를 인정하건 말건 나는 그녀들의 프렌즈였고 그녀들은 나의 프렌즈였다. 그리고 우리는 요지부동 프렌즈였다. 왜 그토록 인기 있는 외국 드라마처럼 되었느냐, 간단하다. 대본이 탄탄했고 캐스팅이 탁월했기 때문이다. 우리는 드림팀이었다.

당시로선 흔치 않게, 음대생이 아니면서도 바이올린 연주 솜씨를 가졌던 최영혜가 이화여고와 연세대를 다닌 것은 일단 구김살 없는 여자임을 증명하는 보증서였다. 어려서부터 부모를 따라 교회에 다닌 것도 극히 정상적인 소녀였음을 증명한다. 생긴 건 그레이스 켈리처럼 가냘프고 새침했으나 성격은 의외로 모나지 않고 수더분했다.

최영혜는 첫 장면부터 흰 구름을 타고 내려온 공주였다. 야리야리한 몸매에 바이올린 통을 거머쥔 모습을 보면 한눈에도 소위 '부티'가 절절 흘렀다. 아버지가 명동에서 큰 피아노 가게를 운영해 성공한 집안의 여러 남매 중 막내였다. 그래서 막내 티가 역력했다. 생긴 것부터 바람 불면 날아갈 듯한 모습에 행동 또한 조용하고 차분하고 구구절절이 소녀티가 흘렀으니까 남들로부터도 옹야옹야하는 떠받듦을 받지 않을 도리가 없었다. 원래 남정네의 생태라는 것이 자립심 강한 여자보다는 어딘가 허약하게 보이는 여자 쪽에 신경을 더 많이 쓰는 법이다. 나도 그 방면엔 예외일 수가 없었다.

최영혜에 비해서 윤여정은 거의 모든 면에서 정반대였다. 우선 가족 관계부터 앙상했다. 그녀는 일찍이 아버님을 여의고 초등학교 교사이신

홀어머니 밑에서 자라난 딸 셋 중의 맏이다. 복작복작한 영혜 집에서 여정이 집으로 가면 너무도 단출했다. 네 명의 여자가 전부였다. 내가 들어가면 겨우 남자 한 명이 추가되는 형편이었다. 한 번은 미아리 윤여정 집에서 큰 소란이 벌어졌다. 수영장에 가서 벗어놓은 내 팬티가 윤여정 가방으로 잘못 들어간 것을 자기네 미아리 집으로 가지고 가 빨기 위해서 펼쳐 들었다가 팬티 가운데가 세로로 찢어진 것을 보고 세 모녀가 기겁을 해서 놀랐다는 것이다. 그 집에 남자팬티가 처음으로 들어갔기 때문이다.

살짝 나탈리 우드를 닮은 윤여정은 매사에 철저하고 억척스러운 구석이 있었다. 누구의 부축 없이도 잘 걸어가는 신비스러운 강인함이 선천적으로 몸에 배어 있었다. 택시를 잡는 일에도 날쌨고 택시기사와 요금 문제로 옥신각신할 때도 해결사는 늘 윤여정이었다. 그녀는 초등학교 시절부터 최우등생으로 민관식 교육부장관 장학금을 받아 공부한 전형적인 수재였다. 세상을 떠나신 민관식 어른을 생전에 만나 뵈면 "우리 여정이가 똑똑해서, 우리 여정이가 공부를 잘해서"라는 말씀을 내 귀에 못이 박히도록 들려주시곤 했다.

나는 가난한 집 딸인 여정이도 좋았고, 부잣집 딸인 영혜도 좋았다. 단출한 여정이 식구들도 좋았고, 위아래로 복잡한 영혜네 식구들도 좋았다. 미아리의 비좁은 여정이의 방에서 빈둥거리는 것도 좋았고, 회현동 드넓은 영혜 방에서 더펄대는 것도 좋았다. 나한테는 그런 차이가 차이로 느껴지질 않았다. 나는 두 사람을 똑같이 대했다. 콩쥐팥쥐 구별도 할 줄 몰랐지만 콩쥐도 예뻤고 팥쥐도 예뻤다. 콩쥐팥쥐의 역할은 수시로 바뀌었다. 그리고 나는 선천적인 다양성 예찬론자였다.

우리들 셋 관계의 사실상 총무는 단연 윤여정이었다. 그녀가 늘 중심을 잡을 수 있었기 때문에 언제라도 우리를 '이랴, 이랴' 하며 잘 몰고 다녔던 것이다. 윤여정은 엄청나게 속이 깊은 여자였다. 그녀가 황소 여물 씹듯 여성 특유의 질투 따위를 혼자서 씹어 삼켰는지는 알 길이 없다. 그러나 나는 그녀한테서 너절한 질투 따위의 낌새를 맡은 적이 없다. 그토록 속이 깊었기에 나 같은 인간이 자기의 후배한테 온갖 아양 떠는 것을 넉넉하게 봐주었고, 최영혜뿐만 아니라 아무 여자들한테나 발정난 개처럼 껄떡거리며 다니는 것을 편안하게 봐준 것이었다. 그러나 그녀한테도 아픈 기억이 전혀 없는 것은 아니다. 아니었을 것이다라고 해야 맞는 표현이다. 내가 기억하는 한 대목이 있다. 그것은 질투가 아니라 편애에 관한 소규모 에피소드다.

지금 내가 하려는 얘기는 중매결혼을 한 사람한테는 크게 해당되지 않는다. 중매로 만난 두 사람한테는 거치적거리는 타인들이 많지 않기 때문에 오해나 질투 같은 것이 덜 끼어들게 된다. 그러나 연애결혼을 택하는 남자들은 지금 내가 하려는 말을 꼭 염두에 둘 필요가 있다.

뭐냐 하면 결혼 전 연애 단계에 있을 때 매사에 세심한 주의를 기울여야 한다는 것이다. 작은 실수라도 어물쩍 넘어가면 그 사실이 결혼 후 아내 자리를 차지하게 된 그녀한테는 반드시 트집이나 바가지의 레퍼토리로 남는다는 것이다. 이런 때 만일 남자가 기억력이 좋은 상대를 만났을 경우 그가 받게 되는 푸념은 감당할 수 없을 만큼 엄청나게 불어난다. 기억력 좋은 여자와 기억력 없는 남자가 쌍으로 만나면 여자 쪽에서는 모든 과거를 자기 쪽만 유리하게 기억해놓았다가 일단 유사시 둑이 터지면 뇌 속에 저장해두었던 꽁한 과거사를 홍수처럼 밀고 내려오는 경향이 있기 때문이다.

니가 그때 언제 어디서 무슨 색 양복에 무슨 색 넥타이를 매고 누구와 어떤 자세로 앉아서 내 얘기를 할 때 니가 눈을 어떻게 뜨고 그 옆에 있던 여자가 그 여자의 왼팔로 너의 오른쪽 어깨와 팔 사이를 치면서 어떤 소리를 내며 웃을 때 니가 그 여자를 자못 귀엽다는 눈빛으로 바라보면서 계속 내 얘기를 어쩌구저쩌구 펼쳐놓게 되면 기억력 없는 내 쪽에서는 도무지 대처할 방법이 떠오르질 않아 그저 난감하고 절박한 심경에만 이르게 된다.

왜 여자들은 그렇게 고약한 기억들, 쓸모없는 기억들을 그토록 온전하게 보물처럼 간직하고 있을까. 왜 남자인 내 머릿속에는 여자가 그토록 선명하게 리와인드해내는 과거의 장면들이 단 한 컷도 남겨지지 않고 블랭크로만 남아서 여자 쪽에서 고약한 과거얘기만 꺼내면 그럴 리 없어, 내가 그렇게 몰상식하게 행동했을 리가 없어, 저건 저 여자가 어거지로 꾸며낸 얘기야 하면서 오히려 여자한테 순식간에 억하심정까지 품게 되는 걸까. 머리 좋고 똑똑하고 기억력 좋은 여자를 만난 내가 잘못인가. 그런 여자를 피해서 일부러 머리 둔하고 멍청하고 메모리 장치가 망가진 여자를 만났어야 했단 말인가.

세상 어느 누구도 여자의 심리를 모른다. 알 수 없다. 에리히 프롬도 스탕달도 톨스토이도 쇼펜하우어도 프로이트도 심지어는 피카소도 모르고 베토벤은 더더욱 모른다. 내가 사랑에 관한 책을 쓰기 위해서 두루두루 펼쳐봤다. 전부 헛소리만 벅벅 해대고 있다. 그야말로 수박 겉핥기다. 실전보다 이론에 강한 사람의 충고라서 그렇게 절절하질 않았다. 에리히 프롬의 책을 펴봐야 노래나 그림을 그리는 것처럼 사랑도 기술이니까 사랑하는 기술도 습득해두라는 것이다. 그의 말대로 여자와의 마찰을 피하는 게 최상의 기술이라면 애당초 여자를 상대하지 말아야 한다는 결론이 나오는데 그게 무슨 기술인가. 스탕달이나 톨스토이도 삐침이나 질투, 푸념 같은 게 여자의 본래적인 속성이기 때문에 각별히 조심해야 한다고 써놓긴 했다. 그러나 그 대처 방법에 대해서는 '띄미'하기 짝이 없다. 원론적인 생각에서 끝이 난다. 프로이트나 쇼펜하우어도 원론적이기는 마찬가지다. 사랑이 어디에 있냐, 사랑도 결국은 섹스를 추구하는 것에 불과하니까 네가 원하는 만큼의 섹스를 추구하기 위해서는 웬만한 위험은 감수해야 한다고 써놓았다.

그 위험과 아픔을 막가파식으로 헤치고 사랑을 향해서 돌진해나간 사람의 샘플이 피카소며 베토벤이다. 이들에겐 여성에 대한 대처방법 같은 게 애당초부터 없었다. 여자의 마음은 철학이나 심리학이나 심지어는 종교학으로도 해결될 수 있는 게 아니다. 먹어보기 전엔 음식의 맛을 알 수 없듯이 여자의 마음도 그러했다. 여자는 남자의 어느 한 가지 장점에 매료되면 다른 아홉 가지의 허점을 못 보는 특성이 있다. 반면 한 가지 허점이 나머지 인생 전반에 영향을 미치게 되기도 한다.

최영혜에 대한 나의 편애사건이 바로 그런 케이스였다. 결혼 후에도 윤여정은 그놈의 빌어먹을 편애사건만은 이따금씩 펴내서 나를 곤경에 빠뜨렸다. 주로 내가 잘난 척할 때 내 코를 더 납작하게 만드는 카드가 그 편애사건이었다. 내가 비열한 성격의 소유자임을 입증해주는 데 쓰인 그 옛날 편애사건의 내력은 간단했다. 한마디로 내가 최영혜에게 더 신경을 썼다는 것이다. 최영혜 쪽이 좀더 연약하고 좀더 부잣집 딸이라는 이유만으로 치사하게 최 쪽을 훨씬 감싸며 돌았다는 것이다. 윤여정의 주장은 말하자면, 자기한테는 여동생처럼 대하고 최한테는 애인 대하듯 했다는 얘기다. 그러고는 몇 가지 증거를 딱딱 갖다 대는데, 그 증거라는 게 나를 옴짝달싹 못하게 만들었다.

그날 무슨무슨 일로 우리 세 명이 어디어디에 모였는데, 그때 누가 무슨 옷을 입고 누가 무슨 얘기를 했고, 그러다가 우리 셋이 차를 타고 가다가 비가 억수같이 쏟아지는데 갑자기 내가 회현동 길가에 차를 세우고 자기더러 내리라고 해서 자신은 거기서부터 징징 울면서 비를 맞으며, 택시를 잡아타며 저 놈은 사람새끼가 아니다, 상대해서는 안 될 새끼라고 거듭거듭 맹세하며 어쩌구저쩌구 했는데, 그래도 기억이 안 난다고 오리발 내밀 거냐고 달려들 때면 남자는 도리 없이 두 손 두 발을 다 들어야만 했다. 제아무리 쿨한 여자도 결혼만 하면 콜드해질 때가 있기 마련이다. 그 사건만 떠오르면 그녀는 쿨에서 콜드로 변했다.

젖은 이불을 뒤집어쓴 것처럼 숨이 막혀오면 내가 꺼내드는 비장의 카드도 만만치 않았다.

"야! 원래 사람이 자기 가족한테는 막 대하는 거야. 원래 가까운 사람한테는 무식하게 대하는 거야. 그때 너하고 나는 친형제보다 더 가까웠잖아. 그리고 영혜는 후발주자였잖아. 그걸 왜 이해 못 해?"

내 딸 은지는 나를 막 대한다. 만만한 친구 정도의 수준으로 날 대한다. 나는 그게 무슨 뜻인지를 너무나 잘 안다. 그건 아빠와 격의가 없다는 뜻이다. 그걸 알면서도 심술궂은 아빠는 딸의 심기를 건드린다.

"야! 너 아빠한테 그럴 수가 있어?"

하면 내 딸은 숨도 안 쉬고 대답한다.

"아빠한테만 그래. 딴 데 가선 안 그래. 걱정 마!"

그건 맞는 말이다. 영혜네 집은 퇴계로 남산 아래다. 그리고 우리 집은 해방촌이다. 내가 여정이한테 중간에서 내리라고 한 것은 도저히 미아리까지 데려다줄 수는 없으니까 여기서 내려 택시를 타고 가든 버스를 타고 가든 알아서 하라는 뜻이었다. 그랬을 것이다. 비가 억수로 쏟아지는데 그래도 집까지 데려다줬어야 하는 게 아니냐고 우기면 나는 빠져나갈 구멍이 없다. 아! 그때 미아리 아니라 밀양이라도 데려다줬어야 하는 건데. 미아리는 그때 밀양만큼 멀게 느껴졌나보다.

어찌 보면 재미있고 어찌 보면 흥미진진했던 우리의 시트콤 드라마

「프렌즈」는 길게 갈 수가 없었다. 중단되어야 했다. 내가 갑자기 군대에 가야 했기 때문이다. 군입대를 전후해서 최영혜는 이민 가는 식구를 따라 하와이로 영영 날아갔고 윤여정만 달랑 남게 된다. 그래서 「프렌즈」에서 「러버」로 타이틀이 바뀐다.

사랑, 그 너머 사랑

　성공적인 삶과 성공적이지 않은 삶이 따로 있는가. 나는 따로 있다고 생각하지 않는다. 나는 세상 사람들이 각자 생긴 대로 각자 취향대로 살아가면 그 이상 성공적인 삶은 없다고 믿는 사람이다. 내 눈에는 모두가 다 성공적인 삶을 살아가는 것 같다.

　나는 몇 달 전 친구 이장희가 사는 울릉도를 찾아간 적이 있는데, 4박 5일을 머물면서 내가 한 일은 하늘 한 번 올려다보고 바다 한 번 내려다보고, 매일 아침 먹고 점심 먹고 그냥 빈둥대다가 저녁때가 돼서 저녁을 먹는 게 전부였다. 완벽한 부시맨의 삶을 살았다.

　장희네 집 앞마당 평상에 걸터앉으면 자그마한 교회의 뒷모습이 보이고 그 왼쪽 언덕 편을 올려다보면 엉성한 시골 기와집 하나가 있다. 그리고 어쩌다 거길 보면 사람 하나가 마당 쪽으로 나왔다 들어갔다 하는 모습이 보였다. 장희는 울릉도 부두에 내려서도 자동차로 한 시간쯤 돌아와야 되는 외지에 집터를 구했는데, 내가 바라보는 집은 장희네 집에서도 이삼백 미터 더 산등성이로 올라가야 되는 등성이 꼭대기 집이다.

　나는 울릉도에서 너무나 할 일이 없어서 그 집을 물끄러미 쳐다보았다. 보려고 마음을 먹어서 보는 게 아니라 평상에 앉으면 자동적으로 눈에 들어오기 때문에 그냥 그런가 보다 하면서 보는 것이었다. 그렇게 보면서 볼 때마다 매번 물어봤다. 어떤 때는 혼자 속으로 물어보고 어떤 때는 함께 간 여친과 남친에게도 물어보고 또 어떤 땐 장희한테도 물어보았다. 가령 이런 식으로 말이다.

"야! 장희야. 저기 저 등성이 꼭대기 집에 사는 사람 말이야! 왜 저 사람은 하필 저 꼭대기에다 집을 짓고 살까? 무슨 사연이 있을까? 쪼금 내려와서 집을 지어도 됐을 텐데 왜 하필 저 꼭대기에다 집을 짓고 살게 됐을까?"

이상하게도 이런 나의 절박한 질문에 두 마디 이상으로 대답해주는 상대는 없었다. 대개는 '나도 몰라'다. 울릉도에 틀어박혀 산 지 두 해가 넘는 장희도 예외는 아니다. '나도 몰라'가 다였다. 조금 낮은 곳에 사는 장희도 높은 곳에 사는 저 사람이 왜 저럴까 하고 측은한 생각이 들긴 드는 모양이다.

그래서 나는 더 이상 인간에게 질문하는 걸 포기하고 혼자 묻고 혼자 대답을 해봤다. 할 일이 너무 없으면 그렇게 된다. 어느 지점에서 바라봐도 그 바다가 그 바다이기 때문에 나는 가급적 돌아다니는 걸 대폭 줄여 그냥 장희네 집에 머물면서 대부분은 평상 아래 도무지 움직이기가 싫은 늙은 누렁개처럼 몽롱한 자세로 공상에 빠지기만 했다. 저 산등성이집 아줌마는 행복할까, 같이 사는 아저씨는 고독 같은 걸 모를까, 할머니일까, 할아버지일까, 할머니와 아들일까, 할아버지와 손주일까, 손주며느리일까, 울릉도에 살고 있는 장희가 성공적인 삶을 사는 걸까, 미국 LA보다 울릉도가 더 성공적인 장소인가, 뭐 그러다가 부엌 쪽에서 "식사하세요" 하는 소리가 들리면 언제 그랬더냐 싶게 행복, 고독, 성공 같은 망상을 패대기치고 부엌 식탁으로 가 꾸역꾸역 또 줄어든 내 곱창을 채우는 것이었다.

도대체 성공적이지 않은 삶이 어디 있겠는가. 그러나 사람들은 따진다. 그런 걸 구별하길 좋아하는 부류의 사람들이 있다. 그런 사람들은 저 산등성이에 사는 아저씨 아주머니의 삶 같은 것엔 관심이 없다. 곧장 성공적인 삶의 방식을 제시한다. 가령 이런 것 말이다. 사람은 자고로 누굴 만나느냐에 따라 성공 실패가 갈린다. 그리고 그건 아주 금쪽 같은 얘기다.

성공과 실패를 따지는 사람들의 기준에서 보면 나는 꽤 성공한 축에 든다. 무엇보다 윤여정을 만난 것도 그렇고 일찍이 이태영 이화여대 법정대학장을 만난 것도 그렇다. 나와 윤여정이 김장환 수원 중앙침례교회 목사님을 만난 것도 그렇고 또 교회 이름도 잊은 인천의 어느 가톨릭성공회의 김성수 신부님을 만나게 된 것도 그렇다. 김장환 목사님은 나중에 세계침례교회협회 회장까지 올라가셨고 김성수 신부님은 대한민국 가톨릭성공회의 가장 높은 자리인 추기경까지 올라가셨다.

그럭저럭 제자리에서 맴돌다 내가 중심을 잃고 헷갈리거나 추락을 거듭하는 동안 윤여정은 오늘날까지 김 목사님과 김 추기경님의 각별한 사랑을 받으며 지내게 된다. 그건 내가 잘 아는 사실이다. 그런 와중에서도 나는 적어도 한 분한테만은 각별한 사랑을 받는다. 같은 각별한 사랑이지만 내가 이태영 여사로부터 받은 사랑은 치명적으로 각별했다. 이 세상에서 내 친부모 못지않게 나를 생각해준 사람은 당연히 이태영 여사다. 나중에 주복순 여사가 등장하지만 말이다.

그게 어머니와 아들 관계의 사랑이든 동정과 연민의 일방적인 사랑이든 아무 상관없다. 지극정성이 사랑의 척도라면 나한테 이태영을 능가할 수 있는 지극정성은 세상천지에 없었다. 대개 위대한 일들은 위험하거나 위기에 처했을 때 생겨나곤 한다. 우리의 경우가 그랬다. 위대한 일은 아니었지만 최소한 옥살이를 할 뻔한 군복무 문제는 **이태영** 여사와 나를 하나로 묶었다. 그것이 운명이며 팔자였다.

이태영은 대한민국 생긴 이래 최초로 여성 변호사가 된 법률학 박사다. 남편 정일형 박사가 외무부장관을 역임했고 김대중이라는 정치가를 대통령으로 만든 일등공신이다. 후일 이태영 여사의 외아들인 정대철은 노무현이라는 정치가를 대통령으로 끌어올리는 일등공신의 역할을 맡는다.

불운이 행운을 부르는 법이다. 내가 병역기피죄로 끌려가게 된 건 불운이었다. 그러나 그 불운이 나에게 이태영 박사를 선물로 주었다. 화가 복이 된 케이스다. 원래 나의 어머니이신 김정신 권사님한테는 남편이 병석에 드러눕게 된 것이 불운이었다. 나에 대한 어머니의 역할은 사실상 내가 초등학교 5학년 열두 살 소년일 때 공식적으로 끝났다. 병든 남편을 돌보는 일조차 버거웠기 때문이다. 그러나 내 부모한테 덮친 불운은 나에게는 온갖 행운이 되어 되돌아온다. 이것은 억지 역설이 아니다. 불변의 순리다. 나한테는 부모나 가족한테 사랑받고 산다거나 의지하며 산다는 생각은 일찌감치 증발했었다. 그러나 불운을 탓하고 있을 수만은 없었다. 나는 스스로 벌어서 먹고살아야 했다. 불운에서 배양된 자립심, 그걸 얻은 게 행운이었다.

음악대학 학비를 번다는 빌미로 배우게 된 유행가 한 곡조를 TV에서 불러 나는 단 하룻밤 사이에 이 나라 최정상의 가수 자리로 올라선다. 이때부터 일 년 남짓 나는 대한민국에서 끌 수 있는 인기를 다 끌어봤고 대한민국 국민으로부터 받을 수 있는 총애를 몽땅 다 받아봤다. 내가 이태영 여사를 만난 건 바로 이 지점이다. 자그마한 불운과 큰 행운이 겹친 것이다. 자타가 공인하는 최고의 인기가수가 느닷없이 군대에 끌려가게 된 것이 자그마한 불운이었다. 나는 「딜라일라」라는 정체불명의 번안가요 한 곡을 불러 일약 스타, 높이 뜬 별이 되었고, 우리 전통 민요 「신고산 타령」 한 곡을 잘못 불러 졸지에 군대로 끌려가게 되었다. 물론 신성한 군 입대를 끌려간다는 말로 표현하는 건 몰지각한 소행이지만 그때는 실제로 잡혀가고 끌려가는 느낌에다 억울한 느낌까지 들었다.

그때 광화문의 시민회관, 오늘의 세종문화회관에서는 미국에서 맹활약 중이던 '김 시스터즈'의 귀국 공연이 TBC 방송국의 초청으로 열리고 있었다. 일약 정상을 달리던 나는 MC 겸 특별 초청가수로 초대된 상태였다. 내가 먼저 무대에 나가 노래 두 곡을 부르고 난 다음, 관객에게 오늘의 주인공 김 시스터즈를 소개하는 것이 그날의 각본이었다.

첫 회부터 시민회관은 인산인해였다. 나는 우레와 같은 박수를 받으며 서서히 무대로 걸어 나갔다. 기타를 움켜쥔 나는 핀 조명을 받아가며 기타의 A마이너 코드를 오른손 네 손가락으로 튕겨 내렸다.

그때 내가 부른 노래가 문제의 「신고산 타령」이었다. 나는 이미 TV드라마 「거북이」의 주제곡으로 「각설이 타령」을 불러 파란을 일으킨 바 있어서 내친 김에 「신고산 타령」까지 넘어갔던 것이다. A마이너 코드를 내리 긁으며 호흡을 바로잡는 순간 문득 이틀 전 TV뉴스에서 본 와우아파트 붕괴 장면이 뇌리에 떠올랐다. 나뿐만 아니라 온 국민이 와우아파트 붕괴 사건 충격에서 헤어나지 못하고 있던 때였다. 서울시에서 지었다는 시영 아파트가 그대로 무너져내리다니, 그것도 말로는 서민들을 위해 지었다는 와우동의 아파트가 사람이 입주해서 살고 있는데도 그냥 맥없이 무너져내린 것이다.

나는 노래를 시작했다. '신고산이 와르르르' 거기까지 부른 다음에는 당연히 '함흥차 떠나는 소오리에'가 나와야 했다. 그러나 나는 순식간에 가사를 바꿨다. 머리가 빨리 돌아간 게 죄였다.

"와우아파트 무너지는 소오리에에 얼떨결에 깔린 사람들 아우성으을 치이누나아아 어랑어랑 어허야."

어쩌구저쩌구 마구 내질렀던 것이다. 객석에서는 박장대소에 갈채가 파도를 쳤다. 원래가 풍자가요는 사람들의 폐부를 찌르는 법이다. 나는 '와우아파트' 타령을 환호와 열광 속에서 마쳤다.

이제는 칭찬받는 일만 남았다 싶었다. 워낙 노래를 잘 불렀고 관객 반응이 좋았기 때문이었다. 그러나 웬걸, 실상은 그게 아니었다. 무대 뒤로 나오자 스태프들의 얼굴이 누렇게 떠 있었다. 여기저기서 "야, 빨리 토껴. 무조건 자리를 피해"라는 다급한 소리가 들려왔다. 벌써 기관원 같은 사람들이 나를 찾는다는 소리가 들렸다. 그런 기운이 감지되었다. 그때는 기관원들이 신문사건 방송국이건 요소요소에 상주했던 시절이었다. 벌써 매니저 일행이 나를 무대 뒷문으로 빠져나가도록 주선했다.

나는 빠른 걸음으로 시민회관을 빠져나와 그 길로 뛰어서 단숨에 건너편 서울신문사까지 갔다. 얼마 전 서울신문사에서 제정한 '서울문화상'에서 내가 전체 대상을 받게 되었을 때 직접 시상을 해주시고 격려해주신 분이 바로 군 출신의 서울신문사 장태화 사장님이었다. 나는 말하자면 제3공화국의 막강한 실세였던 장 사장님과 안면을 터놓았던 터였다. 그래서 다급한 김에 헐레벌떡 뛰어가 숨은 곳이 서울신문사 사장실이었다. 나는 자초지종을 다 털어놓았다. 장 사장님이 적절히 손을 써주면 무사하리라는 것이 내 계산이었다. 나는 어두컴컴해질 때까지 장 사장님 집무실에 앉아 있다가 장 사장님이 "됐어, 이젠 나가봐" 하시길래 밖으로 나와 택시를 잡아타고 동부이촌동 아파트로 돌아왔다. 온종일 나를 찾는 전화로 얼굴빛이 새파래진 김정신 권사님이 저녁밥을 차리며 물었다. "낮에 무슨 일 있었니?" 나는 "아니" 대답하며 몇 숟갈을 뜨고 이내

잠자리에 들었다.

　한창 곤히 잠들어 있는데 권사님이 나를 흔들어 깨웠다. 새벽 네다섯 시쯤이었다. 밖에 사람들이 나를 찾아왔다는 것이었다. 나는 예감했다. 그렇지, 때가 왔구나 싶었다. 옷을 주섬주섬 입고 밖으로 나갔다. 아파트 현관 앞에 운동화를 신고 카키색 점퍼를 걸친 덩치 큰 아저씨 두 명 중 한 아저씨가 말을 꺼냈다.

　"같이 좀 가야겠는디유."

　낯익은 충청도 말씨였다. 나는 대기하고 있던 검정 지프차에 올랐다. 병역기피죄로 체포영장이 발부되었기 때문에 체포된 것이었고 본적지에 있는 재판소로 가서 재판을 기다려야 한다는 것이었다. 나의 본적지 예산 삽교에는 재판소가 없기 때문에 옆 고장 홍성재판소로 끌려가야 했다. 새벽길을 달리는 동안 날이 훤하게 밝았다. 알베르 카뮈의 단편소설 「객」에 나오는 스토리와 비슷했다. 내 기억에 그 소설도 범인을 시골 재판소로 끌고 가는 사이에 생기는 얘기들로 채워졌던 것 같다. 내가 홍성재판소 뒷마당에 내려졌을 때는 벌써 환한 아침이었다. 출근하는 사람들이 눈에 띄었다. 지프를 타고 가는 도중에 들은 얘기며 모든 상황의 앞뒤로 보아 나의 인기가수 경력은 이것으로 마감이 되는 듯싶었다.

　그날 나는 큰 실수를 범한 것이었다. 사건의 시말은 이랬다. '김 시스터즈' 내한 공연은 실로 특별공연이었고, 특별공연인 만큼 많은 관객이 몰렸다. 그 관객 중에는 당연히 서울시의 고위층과 관련된 고위 인사가 있어서 나의 풍자노래를 듣고 얘기가 분분하던 중 "저놈은 나이가 몇 살인데 아직도 군대에 안 가고 저렇게 까부는 거냐, 조사해봐라." 하고 지시가 내려진 것이다. 당시 풍운을 일으켰던 김현옥 서울시장을 비롯 여러 책임자의 모가지가 날아갈 판국인데 일개 병아리 가수가 몇천 명의 서울시민 앞에서 콧방귀 뀌듯이 노래로 비아냥댔으니 군부정치 상황에선 바로 능지처참감이었다.

이렇게 해서 나의 병역기피 사실이 드러났고, 그네들은 나를 와우아파트 풍자 때문에 군대에 집어넣기에는 명분이 너무 약해서 아예 병역기피 죄로 얽어매놓은 판국이 되었다. 그때 나는 군대에 갈 나이를 훨씬 넘기고 있었다. 대학생이기 때문에 몇 년을 연기했고 시력과 중이염과 심한 엄살을 섞어 부적격 판정을 받아냈다. 그러나 잘 나가다가 나의 입방정이 문제였다. 못 말리는 광대의 입방정엔 선택권이 많질 않다. 찬사 아니면 능지처참이다.

늘 그랬다. 잘하면 왕의 남자이고 못하면 사약이다. 나는 DNA 전체가 광대다. 노래와 그림은 나의 입방정을 정교하게 포장한 상품에 불과하다. 광대의 입방정은 다른 사람의 심기를 건드린다. 가까이 하기를 싫어한다. 그래서 광대는 늘 돌아서서 외롭다.

엉겁결에 끌려와 홍성재판소 뒷마당에 내려진 나는, 대부분 서성대는 일로 몇 시간을 보냈다. 조사를 받으러 들어오라는 지시도 없었고 수갑을 안 채웠으니 도망을 가라고 부추기는 사람도 없었다. 이 얼굴로 도망을 가면 얼마나 갔으랴. 사방 사무실 창문으로 사람들이 나를 신기한 물건인 듯 힐끗힐끗 훔쳐보는 게 전부였다. 아침, 점심을 어떻게 처리했는지 잘 모르겠다. 그러다가 오후 늦게 검정 자가용으로 나를 찾아온 사람들이 이화여대 법정대학장이던 이태영 박사님과 그 집의 외아들 정대철 형이었다.

이 여사님과 정대철 형은 조간신문에 실린 나의 병역기피 사건에 관한 기사를 읽고 부랴부랴 나의 뒤를 밟아 홍성으로 내려온 것이었다. 나와 대철 형이 재판소 뒷마당에서 몇 시간을 죽치고 있는 동안, 이 여사님은 부지런히 홍성과 대전을 오가며 시쳇말로 '쇼부'를 치러 다니신 모양이었다. 다음날 새벽이 되어서야 이 여사님 덕분에 재판소에서 풀려날 수 있었다.

그날 나는 법률용어들을 생전 처음 들어봤다. 원래는 한 번 기소되면 그것도 윗사람의 압력에 의해서 정책적으로 내려진 기소영장은 기각하기가 거의 불가능한 법인데, 이 여사님이 담당 검사를 찾아가 영장을 기각시킨 것이다. 담당 검사실에 들어가봤더니 공교롭게도 담당 검사가 자신과 서울법대 동기 동창생이더라는 것이었다. 이 여사님은 옳거니 하며 동창생한테 매달려

"얘는 내 친자식이나 마찬가지다. 얘가 고의로 정부를 비판한 것도 아니고 고의로 병역을 기피한 것도 아니다. 이런 애를 꼭 재판을 해서 감옥에 집어넣어 뭐가 시원하겠느냐. 대신 내가 얘를 책임지겠다. 내가 책임을 지고 얘를 한 달 이내에 군대에 보내겠다. 동창생 좋다는 게 뭐냐. 부탁이다!"

애걸복걸해서 무사히 풀려나게 된 것이었다. 법무부와 국방부와 이태영 여사 사이에 맺어진 모종의 비밀협약으로 나는 감옥행을 면하게 된 것이다. 그 대신 그날부터 만 30일 안에 나는 한국 육·해·공군 중 어느 한쪽에 입소해야만 했다.

이태영 여사와의 인연은 1970년대 초로 거슬러 올라간다. 나는 송창식·윤형주·김세환·남궁옥분·고영수 등과 함께 이화여대 학생회가 주최하는 신입생 환영음악회에 초청되었다. 음악회가 끝나고 여러 교수님들과 인사를 나누는 중에 이태영 법정대학장님까지 접견하게 된다. 학장님은 우리가 뭐 하는 녀석들인지 얼마나 유명한 연예인인지를 까맣게 모르고 계신 듯했다. 우리의 인사를 받고 나서 이 학장님은 우리에게 대뜸 질문을 던졌다. 누군가로부터 우리 같은 인기가수를 초대할 경우 많은 경비가 든다는 사실을 전해 들으신 모양이었다. 대번 반말이셨다. 우리 집 김정신 권사님과

너무나 흡사했다. 서양문물을 빨리 접한 이북 쪽이 그랬다. 이북 출신의 김 권사님은 충청도에 피난 내려와서 내가 친구들을 데리고 집에 들어서면 아무한테나 이노무 새끼 저노무 새끼 하면서 말을 놨다. 그게 정감의 표현이었다.

학장님이 우리에게 물었다.

"얘들아! 너희들은 돈 안 받으면 노랠 안 하니?"

나는 유명대학의 학장 되는 분이 그토록 어린애 같은 질문을 할 수 있으리라곤 꿈에도 몰랐기 때문에 오히려 재미있게 느껴졌다. 속으로 '어! 이 아주머니 봐라' 하면서 말이다.

원래가 당돌한 질문에는 당돌한 답변이 제일 잘 통하는 법이다. 노인들은 당돌한 젊은이를 좋아한다. 빨리 친해질 수 있기 때문이다. 나는 본능적으로 대답을 던져버렸다.

"아닙니다. 돈 안 받고도 노래를 할 수 있습니다."

이때의 대답 한마디 때문에 나는 수년에 걸쳐 서대문 불광동 소년원이나 그밖의 장소에서 열리는 각종 자선공연에 코가 꿰어 공짜로 불려다니게 된다. 내가 소년원 공연을 몇 번 간 것은 자선에 뜻이 있어서가 아니었다. 이 여사님이 와달라고 해서 간 것이었다. 일찍이 돈 안 받고도 노래할 수 있다고 대답하면서 돈을 안 받는 건 몇 회에 한한다는 조건을 제시하지 못한 탓이었다. 나는 법대 출신이 아니기 때문에 법정대학장과의 약속이 얼마나 무서운 것인지를 몰랐다. 한편 우리는 나이가 어려서 자선이 그렇게 뜻 있는 줄도 몰랐다. 와우아파트 파동이 터지지 않았더라면 나와 이 여사님의 사이는 그냥 연예인과 존경 받는 학장님으로 쭉 나갈 뻔했다.

이태영 여사와 나 사이의 관계가 제법 세상에 알려지기 시작했고 많은 사람들이 우리의 관계에 대해서 물어왔다. 그때마다 이태영 여사님은 똑같은 답변으로 일관했다. 이즈음 이 여사님과 나 사이는 벌써 어머니와 아들로 굳어지고 있었다. 그로부터 한 달 동안 나는 봉원동 이 박사님 집에서 인질처럼 살아야 했기 때문이다. 우리의 관계를 궁금해하는 사람들에게 이 여사님은 특유의 낭랑한 목소리로 자상하게 설명을 했다. 여러 번 들어서 레퍼토리를 외우고 있을 정도다.

"제가요, 얘를 앤 처음 처음의 이북사투리 불광동 소년원으로 노래를 시키기 위해 데리고 갈 때요, 그땐 제가요, 참 불안했어요. 내가 얘네들을 소년원에 데리구 가면서 신신당부를 해뒀어요. 소년원에 있는 불쌍한 애들 앞에서 절대로 교만하지 말아라. 걔네들이 상처받기 쉬운 아이들이다. 그런데 얘가 애들 앞에 서더니 말예요. 내가 하지 말라던 일을 글쎄 다 해버리는 거예요. 뭐랬는지 아세요? '야! 나는 요새 최고로 인기가 있는 가수 형님이시다. 나는 비록 코가 납작코지만 대한민국 최고의 미남 가수 형님 오빠이시다. 그런데 너희들은 왜 머리를 빡빡 깎고 우중충한 옷 입고 거기 앉아 있느냐. 이 짜식들, 너희들 바깥에서 나쁜 짓 했지? 내가 다 알아, 인마. 그러나 괜찮아. 어렸을 땐 그럴 수도 있는 일이야. 이젠 잘못을 용서받고 어서 교도소 밖으로 나가야 한다. 밖에서 날 만나면 무조건 아는 체 해야 해. 알았지? 약속이다. 약속 안 지키면 죽여버릴 거야.' 아니 이러면서 먹던 사과도 아이들 입에 물려주고 먹던 떡도 한입씩 베어먹게 하는 거예요. 그런데 글쎄 아이들이 쟤를 너무너무 좋아하더라구요. 단박에 친형이나 친오빠처럼 대하더라구요. 그걸 보구 제가 깨달았죠. 아! 쟤가 심상치 않은 애로구나, 하고 마음먹게 된 거예요."

그후 나는 실제로 명동이나 무교동에서 구두를 닦는 아이들 중 '형' 하고 소리치면서 나한테 달려오는 아이들을 여럿 만났다.

홍성재판소에서 풀려난 이후 나는 한 달 동안 나의 거처를 아예 이태영 어머니의 봉원동 집으로 옮겼다. 법적으로도 그렇게 했어야 하지만 한 달 이내에 군 입대 준비를 원활하게 마치기 위해서는 봉원동 집에서 기거하는 것이 최선이라는 판단이 섰기 때문이다. 무슨 일이나 철두철미 치밀했던 이태영 어머니는 매사를 동부이촌동 내 모친과 매니저와 합의하에 효율적으로 처리해나갔다.

봉원동 이태영 어머니네 집에서도 나를 친자식이나 친형제로 맞아들이는 것으로 이미 합의가 끝난 상태였다. "영남이가 군에 입대할 때까지 온 식구가 최선을 다해서 돕는다"는 것은 이태영 어머니뿐만 아니라 봉원동 집의 제일 어른이신 정일형 박사님의 특별 배려이기도 했다. 물론 나머지 모든 봉원동 식구들도 한마음 한뜻이었다. 거기선 내 문제뿐만 아니라 다른 모든 문제들도 한마음 한뜻으로 엮여가는 단단한 흐름이 있었다. 진숙이 누님, 선숙이 누님, 당시 터키에 유학을 떠났다가 막 돌아온 서양미술사 전공의 막내 미숙이, 그리고 두 분 다 판사 출신의 변호사인 김홍안 큰 매부나 이의재 작은 매부도 시종일관 나를 아꼈다. 막 신혼이었던 정대철 형의 새색시 김덕신 형수도 새로 생긴 시동생 하나를 끔찍이 여겼다. 그러니까 봉원동 자택은 순식간에 조영남 군입대 수습대책본부로 돌변한 셈이었다.

수습대책위원들은 전부가 어마어마했다. 공부를 원 없이 한 사람들이었다. 학벌 없는 사람은 명함도 못 내미는 것 같았다. 식구들 전부가 박사 아니면 변호사, 교수였다. 여기서 '나도 공부를 해야 한다'는 생각을 못했다면 나는 바보다. 나는 거기서 짧은 시간에 급격히 문명화되어 갔다.

내가 만날 밖에 나가서 술을 마시고 돌아오자 이태영 어머니가 이렇게 말씀하셨다.

"야! 우리 집 냉장고에 술을 넣어놓기는 이번이 처음이다. 술을 먹고 싶으면 집에 와서 마시려무나."

밤에 술에 취해 정신없이 쓰러져 있으면 내가 잠들 때까지 머리맡에서 똑같은 제목의 설교를 반복하셨다. 뭐든지 하면 된다는 내용의 설교였다.

"애! 너는 머리가 좋아서 법 공부를 하면 법관이 될 수 있고 의학을 공부하면 의사가 될 수 있고 신학을 공부하면 목사가 될 수 있고 정치를 공부하면 정치가가 될 수 있단다. 빨리 알당패에서 빠져나와 공부를 하러 가야 한다."

연예계를 늘 알당패라고 부르셨다.

"야! 니가 미국에 가서 신학 공부를 하고 목사가 돼서 돌아와 시골 조용한 언덕에 교회를 짓고 거기서 찬송을 불러가며 설교를 하면 얼마나 멋지간? 네 엄마가 얼마나 좋아하시간."

그렇게 한 달을 꽉 채웠다.

추석을 며칠 앞둔 어느 화창한 가을 아침이었다. 드디어 꼼짝없이 조치원 향토사단 훈련소로 들어가는 날이었다. 밤새 선잠 끝에 봉원동 2층에서 눈을 비비고 일어났더니 벌써 어머니는 훈련소로 떠날 준비가 되어 있었다. 다른 사람들한테는 아무렇지도 않은 새벽이었다. 이태영 어머니와 나는 장씨 아저씨가 대기시켜놓은 승용차에 올랐다. 이런 일에는 마치 숙달된 듯한 몸짓들이었다. 이젠 훈련소로 떠나기만 하면 되는 것이었다. 이태영 어머니는 한 달 동안 김대중 대통령 후보 유세장을 돌면서, 또 한편으로는 짬짬이 내가 군대에 가 있을 동안 내 나머지 식구들이 편안히 살아갈 수 있도록 모든 준비작업에 시간을 아끼지 않으셨다.

우리를 태운 차가 서울을 빠져나와 쭉 뻗은 경부고속도로를 달리는 동안, 이태영 어머니와 나 사이에는 시종 아무 말도 없었다. 그날따라 초가을 아침의 날씨는 너무나도 화창했다. 조치원 초입에 이르자 어머니도 얼굴을 감싸 안았고, 나도 터지는 울음을 참기 위해 얼굴을 감싸 안았다.

조치원 훈련소 입구에 이르러 차에서 내리자, 어머니가 잽싸게 핸드백에서 손바닥만 한 물건을 꺼내어 내 손에 쥐어주었다. 나는 그걸 들고 뛰듯이 훈련소 정문으로 들어섰다.

어머니가 내 손에 들려준 것이 무엇인지 안 봐도 알 수 있었다. 그냥 감으로 알 수 있었다. 그건 작은 신약성서였다. 무심코 뚜껑을 열자, 거기 맨 첫 페이지에 어머니의 글씨가 선명하게 드러났다.

'어떤 환경이나 여건에서도 너의 최선을 다하라.'

그로부터 30년 세월이 흐른 어느 날 내가 살고 있는 청담동 집으로 소포 한 점이 배달된다. 한국여성법률사무소에서 보내 온 소포였다. 거기는 이태영 여사님이 만들어놓으신 사설기관이었다. 사무실 이사를 가느라 대청소를 하다가 조영남한테 보내라는 메모가 붙어 있는 편지 한 묶음을 발견해서 이제야 주인한테 보내게 되었다는 친절한 편지도 들어 있었다.

이태영 여사님이 세상을 떠난 지도 한참 되었다. 내가 받은 편지는 대부분 내가 조치원 훈련소에 있을 때 어머니가 써서 보낸 편지였다. 이틀에 한 번씩 빨간 줄 쳐진 옛날 편지지에 앞뒤로 꽉 채워 쓴 장문의 편지였다. 거기에는 내가 부대에서 보낸 편지도 들어 있었다. 훈련을 마치고 서울로 올라와 내가 받은 편지들을 이 여사님께 맡겨뒀던 모양이다. 차곡차곡 모아뒀던 편지들은 지금 내 서랍에 들어 있다. 나는 그 편지를 아직 누구한테도 보여주지 않았고 나도 아직 읽지 않았다. 왠지 자꾸 무서운 생각이 들어서 그랬다.

사랑이 있어 나는 행복했다

"사랑은 어디서 배워서 하게 되는 것이 아니다.
사랑을 하고 싶다고 해서 어디다가
신청서를 써내야 하는 것도 아니다.
사랑은 예고 없이 왔다가 예고 없이
가는 것이었다. 원한다고 되는 것도 아니고
원하지 않는다고 안 되는 것도 아니었다."

내 생애 최고의 결혼축가

나는 감옥 가는 일 빼고 보통 남자들이 하는 일을 대부분 다 해봤다. 남들이 하는 순서대로 해봤다. 학교도 다녀봤고 사회생활도 해봤고 군대생활도 해봤고 물론 사랑도 해봤다. 연애와 약혼, 결혼, 거기다 이혼까지 해봤고 심지어는 재혼까지 해봤다. 꽉 차게 살았다.

결혼문제는 군대문제와 달랐다. 군 입대는 반드시 지켜야 하는 의무사항이었지만 결혼은 자유사항이었다. 하고 싶으면 하고 말고 싶으면 말고, 전적으로 내 맘에 달린 문제였다. 나는 결혼에 대한 선입견도 없었고 결혼을 할 거냐 말 거냐로 고민하지도 않았다. 하게 되면 하고 말게 되면 만다는 게 내 스타일이었다. 나는 생전에 "영남이도 나이가 찼으니까 이제 장가를 가야지. 내가 참한 색시 하나 중매할까?" 뭐 이런 소리를 들어본 적이 없다.

어린 시절 나는 도무지 어른들과 잘 어울리질 않았다. 어른들과는 대화가 통하지 않는다고 단정을 했었다. 나는 누구와의 논의나 협의 없이 단독으로 결혼 같은 거사를 치러냈기 때문에 많은 차질이 빚어질 수밖에 없었다. 그렇다고 남 보기에 아주 형편없는 삶을 산 건 아니었다. 어느 정도는 순서에 의거해서 차례대로 해나갔다. 한 여자를 지속적으로 만나다보니까 연애도 하고 약혼도 하고 결혼까지 하게 된 것이다.

우선 나에겐 오륙 년 가까이 사귀어둔 통칭 신붓감이 있었고 둘째는 결혼식을 올리지 않으면 안 되는 급박한 상황이 닥쳐와주었기 때문에 쾌적하게 결혼까지 할 수가 있었다. 마지못해 했다는 뜻이 아니다. 어차피 할 일인데 뭐든지 우물우물 막판까지 끌고가는 내 성미 때문에 좀 더디게 된 느낌은 없지 않지만 하여간 남부럽지 않게 결혼을 완성했다.

그렇다고 나의 약혼식이나 결혼식이 결코 평범한 건 아니었다. 그것은 어차피 써내야 할 걸 빈둥거리다가 원고 마감날에야 허둥지둥 써내는 경우와 매우 흡사했다. 그리고 원고 마감같이 데드라인 역할을 해준 게 미국이었다. 도미였다. 미국에 가야 하기 때문에 서둘러 약혼식을 올렸고 미국에서 당분간 살아야 했기 때문에 결혼식을 올렸던 것이다. 지금은 미국을 이웃집 마실 다녀오듯 하지만 30년 전엔 달랐다. 있는 집 자식이거나 홀트 양자회 아니면 미국 가는 걸 엄두도 못 냈다. 더구나 나는 잘나가는 가수인데 구태여 미국에 들어갈 이유가 없었다. 그러나 나에겐 미국을 가야 하는 이유가 생겼고 그 이유가 매우 드라마틱했다. 와우아파트 붕괴가 나를 군대에 들어가게 했다면 미국 목사 빌리 그레이엄은 나를 미국으로 건너가게 했다.

내가 후반기 군대생활을 하고 있을 때 미국에서 그 유명한 빌리 그레이엄 목사팀이 여의도 광장에 와서 당시 세계 최대 규모의 부흥집회를 개최하게 된다. 운명적으로 내가 육군본부 채플 시간에 만나서 알게 된 수원 중앙침례교 김장환 목사님이 빌리 그레이엄의 영어 통역을 맡게 되고 김 목사님이 나를 성가가수로 추천하는 바람에 나는 여의도 부흥집회 마지막 날 군복을 단정하게 차려 입고 한국의 백만 신도와 TV중계를 통해 수억의 세계 기독교인들이 지켜보는 가운데 성가를 부르게 된다. 성가가 끝나고 빌리 그레이엄 선교팀이 나를 불러 군대를 마친 다음 우리가 너를 미국으로 초청하면 오겠느냐고 영어로 물었을 때 나는 영어로 대답했다.

"예스!"

여기서 클레임을 걸 수가 있다.

"너는 자존심도 없었냐, 미국이 뭐 그리 대단하다고 거침없이 예스라는 대답을 했냐?"

그러나 내게는 미국에 가야 하는 뚜렷한 이유가 있었다. 군 입대를 전후해서 정일형·이태영 어르신의 집에 잠시 머물 때 지금은 정치인이 되어 있는 그 집 장남 정대철 형이 어느 날 미국에 간다고 해서 나는 똑같은 질문을 했다.

"형! 미국은 왜 가쇼?"

그가 심각한 어투로 대답했다.

"응! 남자는 넓은 데로 나가서 문물을 익혀야 되는 거야. 그래서 나가는 거지."

그때 나는 문물이라는 단어에 소위 '뻑'이 갔고 나도 기회만 온다면 문물을 익히러 간다, 이런 태세를 갖추게 되었다.

흔히들 위기를 어떻게 관리하느냐가 사람의 능력을 알아보는 첩경이라고 말한다. 맞는 말이다. 사람들이 군복무를 위기인 것처럼 생각할 때도 나는 군복무를 도약의 발판으로 삼았다. 자청을 해서 군대에 들어온 건 아니지만 들어온 이상 최대한의 효과를 거두어야 한다고 생각했다. 결과적으로 나는 제대 후에 뭘 어떻게 할 것인가를 군대에 있는 만 3년 동안 전문적으로 연구를 한 셈이다. 나라에서 나한테 궁리의 시간을 준 것이다. 그리고 어떻게 해서든 우물 밖으로 나가야 한다는 게 내 궁리의 끝이었다.

남북의 대치 상태는 준평화 상태다. 군대의 장성들은 전쟁이 없을 때는 파티를 많이 한다. 파티가 있는 날이면 이따금씩 가수 출신 육군 졸병 조영남은 가수의 자격으로 파티에 차출되어 나간다. 특히 외국인까지 섞인 부부동반 스탠딩 파티 때는 참으로 안타깝고 눈물겨운 풍경이 기타를 퉁기며 무대에서 노래를 부르는 나의 시야에 잡히곤 했다.

파티에 익숙한 사람들은 칵테일 한 잔씩을 들고 유쾌한 담소를 즐기지만 영어도 짧고 파티 분위기에도 익숙치 못한 대부분의 한국 장성부인들은 그런 난국에 어찌 대처할 줄 몰라 샴페인 잔 하나씩을 받쳐들고 슬금슬금 변방으로 밀리다가 결국에는 제일 후미진 코너에 우르르 몰려서 웅성대는 것이 전부다. 그런 때마다 얼마나 보기가 민망했던지. 그러나 장성부인들이 입은 한복은 알록달록 너무도 예뻐서 무대 위에서 보는 나의 눈에는 마치 꽃밭이 형성된 것처럼 예술로 보였다.

내 입에서는 온갖 노래들이 흘러나왔지만 나는 한편 속으로 '우물 밖으로 나가봐야 한다, 저 우스꽝스런 꼴을 봐라 무조건 해외로 나갔다 와야 한다, 영어를 익혀야 한다, 어느 파티장에서도 어울리는 글로벌한 세련미를 익혀야 한다, 문물을 익혀야 한다, 그러기 위해선 미국을 가야 한다'고 백 번 천 번 반복하곤 했다. 일단 영어를 구사하는 사람만이 외국인과 진정한 의미의 파티를 즐길 수 있다는 사실을 내 눈으로 똑똑히 봤기 때문이다.

운은 넋 놓고 있는 사람한테 따라붙는 게 아니다. 미국으로부터 초청이 들어온 건 정녕 운이었다. 기독교식으로 축복이었다. 축복은 나한테만 내린 게 아니었다. 내 여친에게도 무지막지하게 내렸다.

우리의 가까운 친구들 중에서 나의 여친 윤여정이 배우로 크게 성공하리라 믿은 사람은 아무도 없었다. 그녀의 날카로운 외모도, 깐깐한 성격도 우리가 아는 대중의 스타와는 거리가 멀어 보였기 때문이다. 내가 입대하기 직전 최영혜와 짝꿍을 이루어 유호 씨의 TV 연속극 「새야 새야」
에 출연할 때나 지금은 이름을 잊은 털보 영화감독이 만든 청춘물 「푸른
사과」라는 영화에 출연할 때도 윤여정은 노상 대기실이나 촬영장 근처
로 우리를 찾아올 정도로 한가해 보였다.

　그런데 이게 웬일인가. 내 군생활이 중반 이후가 됐을 때부터는 대한
민국의 방송계와 영화계가 온통 내 여친을 중심으로 돌아가는 것처럼 보
였다. 내가 아직 육군 상병 시절 '학당골'이라는 유신 홍보극단의 일원
으로 전국을 떠돌아다니는 동안 그녀는 틈틈이 강부자·여운계·김영
옥 선배들 틈에 끼어서 나를 찾아 놀러왔는데, 사람들이 그녀를 대하는
태도가 옛날과는 영 달랐다. 그녀는 어느새 톱스타 대접을 받고 있었다.
그래서 나는 속으로 기분이 우쭐했다.

　내가 군대에 있는 3년 동안 나의 하나뿐인 여친은 벌써 대스타로 변해
있었다. 그녀는 더 이상 우리 앞에서 '윤잠깐'이 아니었다. '윤한참'에서
'윤길게' 그리고 '윤쭈욱'이 되어 있었다. 놀림의 대상에서 선망의 대상
으로 변했다. 그녀는 「민비」라는 텔레비전 대하 사극에서 주인공인 민비
역을 맡아 일약 당대 최고의 여자 탤런트로 우뚝 올라섰고, 그녀가 주인
공을 맡았던 TV 드라마 「장희빈」도 장안을 떠들썩하게 만들었다. 문
희·남정임·윤정희가 구가하던 트로이카 시대가 서서히 서산을 넘어
가고 윤여정이라는 이름의 TV출신 여배우가 독야청청 떠오른 것이다.
그녀가 「화녀」라는 단 한 편의 영화로 그야말로 하루아침에 대스타로 치
고 올라왔기 때문이다. 그녀가 「장희빈」이나 「민비」를 열연했을 때도 그
저 좋은 역할을 운 좋게 맡아서 새로운 성격파 연기의 전형이 만들어졌
다고 수근거리는 정도였지만 영화 「화녀」에서는 더 이상 긴말을 할 수
없게 만들었다. 「화녀」 이후에 출연한 「충녀」 등으로 그녀는 대종상과
청룡상의 여우주연상 트로피를 양손에 거머쥐었기 때문이다. 믿거나 말

거나 그것은 실제 상황이었다.

나는 어느덧 그녀의 유일한 남친이 되었고 그녀 또한 나의 유일한 여친으로 굳어져갔다. 그녀는 가회동 쪽에 사는 그녀의 먼 친척오빠의 친구들과 미미한 왕래가 있었으나 다 걷어치우고 나를 단골 남친으로 정한 지가 벌써 수삼 년이 흘렀다.

내가 그녀와 부동의 짝꿍팀을 이루기 전까지 잠시의 엉거주춤이 있었다. 최영혜냐 윤여정이냐 누가 진짜 여친이냐 그것이 문제였다. 그러나 막상 나의 엉거주춤은 그리 오래가질 않았다. 이상한 지점에서 쉽게 풀려버렸다. 뜻밖에도 나의 임시 어머니 겸 매니저 역할까지 맡았던 봉원동의 이태영 여사가 나의 군대문제에 깊이 개입하면서 문제가 해결되었다. 최영혜가 잽싸게 빠져나갔기 때문이다. '빠져나갔다'라는 느낌은 세월이 한참 흐르고 난 지금 이 순간에 드는 느낌이고 그 당시는 '증발'이었다. 최영혜가 어느 날 갑자기 없어진 것이다. 온다간다 말 한마디 없이 종적을 감추었다.

증발의 이유는 한참 후에 만난 최영혜의 남편을 통해서 소상히 밝혀졌다. 그녀의 남편이 된 사람과는 일찍부터 육군본부 내무반에서 알게 된 친구 사이였다. 그는 담 하나 사이의 국방부 소속이었고 나는 육군본부 소속이었다. 그래서 근무시간 이후에는 그가 내 쪽 내무반이나 합창실로 노상 놀러와서 도라지 위스키나 고량주도 마시고 라면도 수시로 끓여 먹었다.

나중에 알게 되었지만 그때 최영혜가 보기에는 내가 군대문제에 너무 벌벌 떠는 게 허약해 보였고 더구나 이태영 여사에게 매달리는 게 너무 치사해 보여 자기가 자진해서 조용히 증발해주었다는 것이었다. 바른대로 말하자면 그때 나는 치사한 짓을 자행했다. 나는 그동안 눈이 나쁘다는 것과 중이염이 있다는 것으로 군입대 날짜를 적당히 미루어왔는데 내가 공인의 입장이 되어 있던 터라 어떤 병원에서도 나의 눈과 귀에 대한 허위 진단서를 내줄 수 없게 되었다. 그런 상황에 최영혜의 가까운 친척 중에 의사가 있었고 나는 뺄도 없이 허위 진단서를 한 장 작성해줄 것을 부탁했었다. 그걸 부탁한 이후부터 최영혜의 모습은 흔적도 없이 사라졌던 것이다. 치사한 자식 비겁한 자식 뭐 그런 식으로 가타부타 할 것 없이 아예 자진 증발을 해준 것이다. 식구가 있는 해외로 떠나간 것이었다. 윤여정도 증발할 장소가 있었으면 그때 증발했으리라는 것이 내 생각이다. 그러나 그녀한테는 증발할 만한 증발처가 여의치 않았기 때문에 그녀는 서울 하늘 아래 그대로 남게 되었다.

이즈음이었다. 나와 윤여정 최영혜의 우정관계를 꽤 오랫동안 보아온 정대철 형이 어느 날 나한테 심각한 코치를 했다. 형이 미국으로 유학을 떠나기 직전이었다. 그것은 이제는 둘 중에 하나를 정해야 할 때가 되었다는 것과 윤씨가 최씨보다 나와 잘 어울린다는 것이었다. 내가 생각해도 내가 편한 건 당연히 윤씨였다. 배가 고프면 최씨보다 윤씨한테 습관적으로 간 것만 봐도 알 수 있다.

그쯤에서 나의 군대 문제가 내 앞을 가로 막았다. 나한테는 군대를 임시방편으로 연기하거나 군대에 입대하지 않을 만한 결정적인 사유나 신체상의 부적격 진단서가 없었기 때문에 결과적으로 꼼짝없이 군에 들어가야만 했다. 3년을 썩어야 했다. 그때는 어리석었기 때문에 썩는다는 생각에 온통 지배되었다. 하여간 나는 군대엘 들어갔다. 당시 서울시에서 야심차게 만든 와우아파트가 시의 적절하게 무너져주었고 나는 아파트가 무너졌다는 노래를 즉흥으로 불러주었고 이를 빌미로 대한민국 국방부가 나한테 까불지 말고 군복무나 치르라고 빨간 독촉 편지를 보내주었고 군대 때문에 우왕좌왕하다 두 명의 여친 중 한 명을 자동으로 잃어버리고 결국 군대엘 들어가게 된 거다.

군입대에 관한 문제는 군대에 들어가는 것으로 자연뽕처럼 해결됐지만 한 가지 문제가 또 생겼다. 아주 까탈스러운 문제였다. 나는 용산 육군본부에서 근무하던 시절 부대에서 주말 외출을 나오면 삼각지 로터리 버스 정류장에 서서는 고민에 젖곤 했다. 봉원동 방면의 버스를 탈 것이냐 반대로 미아리 방면의 버스를 탈 것이냐로 심각하게 망설여야만 했던 것이다. 봉원동에는 이태영 어머니가 계신 집이 있고 미아리에는 내 여친의 집이 있었다.

원칙대로라면 나는 봉원동과 미아리를 놔두고 홀어머니와 남동생 영수가 기다리는 동부이촌동 방면 버스를 탔어야 옳았다. 그러나 나는 타고나길 효도하고는 거리가 멀었다. 형제 우애도 모르고 살아왔다. 집안 내력이 그랬다. 그렇다고 모자간의 사이나 형제간의 우애가 나쁜 건 절대 아니었다. 내 어머니 역시 집에서 턱 괴고 앉아 아들이 군대에서 휴가 나오는 것만 기다리고 앉아 있는 꼬장스러운 노인이 아니었다.

실속을 놓고 보자면 나는 무조건 죽어라 하고 봉원동 방면 버스에 올라탔어야 했다. 거기엔 뚜렷한 보장 같은 것이 있었다. 봉원동 쪽에는 잘 짜인 각본 같은 게 있었다. 가령 내가 군대생활만 무사히 마치면 자동으로 해외유학을 떠나는 장치 같은 것이 마련되는 것이었다. 봉원동에서 나 하나쯤 해외유학을 보내는 것은 일도 아니었다.

이태영 어머니의 진정한 희망사항은 내가 해외에 나가 신학 공부를 마친 다음 음악 목사가 되어 가까운 지역에 교회를 하나 짓고 성가를 부르며 복음을 전파하는 것이었다. 그것은 나의 친어머니 김정신 권사님의 살아생전 바람이기도 했다.

처음에 나는 선천적인 적응력과 기획력을 발휘해서 봉원동과 미아리를 요령 있게 오갔다. 그러나 나는 못 말리는 재미주의자였다. 재미스트였다. 그리고 그것이 나의 한계였다. 봉원동은 아무래도 재미가 덜했다. 너무 교양이 넘쳤고 교육적이었다. 봉원동의 모든 식구들이 그런 애로 사항을 미리 간파하고 나한테만은 세상에서 가장 편하게 대해줬지만, 역시 나의 여친이 있는 미아리 삼양동이나 여친과 내가 허구한 날 뭉쳤던 탤런트 안은숙 씨네 신당동 집이 영 편하고 재미있었다.

당시 안은숙 씨는 자타가 공인하는 한국 최고의 정상급 탤런트였다. 안은숙 씨는 유명해진 것과는 달리 꽁꽁 숨어 사는 올드미스로 알려졌지만 윤여정만은 끔찍하게 챙겼다. 그녀와 내가 밤늦게 짬 내서 접선하는 장소는 으레 신당동 안은숙 씨네 집이었다.

나 같은 군바리 졸병한테 신당동 집은 실로 천국이었다. 대형 TV도 있고 백색 청색 어쩌구 하는 전화도 있었다. 그때는 전화가 부자냐 아니냐의 기준이었다. 그곳에는 먹을 것이 널려 있었고 특히 봉원동이나 동부 이촌동 방면에서는 눈 씻고도 찾아볼 수 없는 각종 양주들이 손만 뻗치면 닿는 곳에 있었다. 거기서는 뭣이든 재미있었다. 한 잔 꺾는 것도 재미있었고 화투치는 걸 구경하다가 개평 뜯는 재미도 쏠쏠했다. 막판에 밤새 수다를 떨다가 누가 침대에서 자고 누가 바닥에서 잘 거냐로 다툼을 벌이는 것도 재미있었다.

침대 위나 바닥에서 윤여정과 나는 거의 엉겨붙은 자세로 자곤 했다. 그런 일이 자꾸 반복되면서 우리는 어느덧 넘어서는 안 되는 선을 향해 슬금슬금 다가가고 있었다. 나는 피가 끓는 군인이었다. 봉원동이냐 미아리냐 하는 두 번째 망설임도 이미 해결이 난 상태였다.

나는 지금 한때 함께 살던 사람에 대한 얘기를 시시콜콜 쓰고 있다. 내가 생각하기에도 뻔뻔스러운 일이다. 그러나 그녀의 이야기를 빼놓고 나의 사랑이야기를 쓴다는 것은 사실상 불가능한 일이다. 그래서 나는 이 일로 장차 여러 사람의 눈총을 받게 된다는 걸 뻔히 알면서도 쓰겠다고 마음먹었다.

남들은 흔히 남녀가 같이 살다가 헤어지면 미련 · 미움 · 갈등 · 애증 등이 범벅이 된다고들 그러는데 나는 잘 모르겠다. 그녀를 떠올리면 나는 아직도 내가 함께 살았던 여자로만 생각이 든다. 물론 내 두 아들들의 어머니라는 생각도 약간의 시차를 두고 따라온다.

그냥 함께 살았던 여자. 내가 헤어진 아내에 대해서 그토록 심할 정도로 덤덤한 느낌을 갖게 된 데에는 분명 딱 부러지는 이유가 있다. 오랫동안 헤어져 살았기 때문에 점차 덤덤해진 게 아니다. 원래부터 그랬다. 그녀와 나 사이에는 첫 장면부터 끝 장면까지 속칭 닭살이나 토끼살 같은 게 없었다. 그것은 내가 그녀를 아주 오랫동안 여동생이나 여자친구처럼 알아왔기 때문이다. 애인이나 연인의 입장보다는 백 번이고 그녀는 여동생이나 여자친구에 가까웠다. 동생과 오빠 사이에 무슨 닭살 돋는 일이 생겨날 수 있겠는가.

지금은 웰빙시대에 유비쿼터스니 하면서 어쨌거나 새 시대가 도래했다고 난리가 아니다. 남녀관계도 남녀의 선입견 같은 것 없이 사람 대 사람, 동료 대 동료, 동반자 대 동반자, 아내와 남편이 아닌 친구와 친구로 나가야 한다고 생난리들이다. 그것이 이 시대의 지향점이라면 윤여정과 나는 시대를 앞서간 그 방면의 선각자들이었다. 그쪽에서 볼 때는 어떠했는지 몰라도 내 쪽에서 볼 때 우리의 관계는 가장 바람직한 동료관계요 친구관계였다.

처음 오륙 년간, 그건 참 긴 세월이었다. 나는 그녀를 추호도 소위 섹스 파트너 같은 느낌으로 대하지 않았다. 글쎄 그것도 저쪽의 생각은 어떠했는지 모르겠다. 그러나 적어도 내 쪽의 느낌은 그랬다. 우리는 순수하고 투명했다. 순수함과 투명함만으로도 충분한 중학교 동창같았다.

우리는 마냥 즐거운 '중삐리들' 같았다.

윤여정뿐만이 아니다. 내가 청년 시절에 사귀던 모든 여자 상대와의 친분관계가 거의 순수하고 투명했다. 최영혜의 경우도 마찬가지였다. 그래서 요즘도 나는 최영혜 부부를 만나게 되고, 만나면 마냥 즐겁고 마냥 희희낙락이다. 처음부터 지금까지 순수했고 투명했기 때문이다. 일종의 순수와 투명함에 대한 보상 같은 것이었다.

그것은 내가 애당초 그녀들한테 실없이 발정 난 수캐 모양으로 껄떡댄 적이 없기 때문이다. 특히 윤여정과는 물경 5년 이상이나 자타가 인정하는 짝꿍이었지만, 나는 단 한 번 그녀의 손목을 잡아본 적이 없었다. 물론 나는 동성애자가 아니었다. 나는 여자관계에 관한 한 의외로 참 복잡 미묘한 남자였다. 특히 그녀한테만은 왠지 믿음직스러운 남자로 보이고 싶었다.

그러나 어쩌면 영원히 갈 것만 같았던 그런 믿음직스러운 관계, 깨끗한 관계는 어느 비 오는 날 밤 외박증 없이 몰래 부대를 빠져나온 고참 군바리에 의해서 맥없이 허물어진다. 내가 동성애자가 아니고 더구나 고자가 아니라는 게 시의 적절하게 증명된 셈이다. 정해진 시간표에 순순히 따르는 느낌으로 말이다.

어느 봄날, 아니 가을날이었는지도 모른다. 하여간 찌는 여름이나 추운 겨울은 아니었다. 비가 궁상맞게 뿌리는 새벽녘이었다. 분명 새벽녘이었다. 미아리 삼양동 고개 내리막 중간 지점에 위치했던 여친네 집 건넌방에서 우리 둘은 드디어 여동생과 오빠의 관계를 마감했다.

나는 그 거사 전후로 요상한 기도를 올린 기억이 난다. 당시는 빌리 그레이엄 여의도 집회의 앞뒤로 맹렬히 김장환 목사님을 따라 교회를 순방하면서 제법 종교적인 신앙심을 돈독히 키우던 터였다.

당시로서는 매우 심각한 기도였다. 서약 비슷한 기도였다.

'하늘이시여, 이 여자는 지금부터 백 퍼센트 나의 여자입니다. 나는 하늘이 무너져도 이 여자를 영원히 사랑할 것입니다.'

물론 나는 그 다음 해인가 미국 시카고에서 바로 그 여자와 결혼식을 올릴 때 주례로 나섰던 김장환 목사님의 "이 여자를 당신의 영원한 반려자로 맞아들이겠습니까?" 그러니까 소위 "검은 머리가 파뿌리가 되도록 이 여자만을 사랑할 것입니까?"라는 질문에 겁도 없이 단호하게 "네!" 하고 대답을 했었다.

그러나 오늘날 결과는 어떠한가. 누가 등 떠밀지도 않았는데 내 스스로가 나서서 하늘과 맺은 약속도 언제 그랬더냐 싶게 까먹고 심지어는 주례 목사님을 대표증인으로 맺은 하늘에 대한 공개 결혼서약까지도 무쪽같이 잘라먹고 오늘날 오리발만 내밀면서 말도 안 되는 변명만 길게 늘어놓고 있다.

군 복무를 무사히 마치자 다시 시작해야 하는 일이 생겼다. 미국으로 건너가는 문제였다. 그리고 내가 시급하게 해야 할 일은 오직 결혼이었다. 미국으로 올 때는 분명 윤여정과 내가 둘이 함께 와야 한다는 초청의 단서가 있었기 때문이다. 우리를 초청한 미국 쪽에서는 아예 우리를 진작부터 정식 커플로 생각하고 있었다.

우리를 초청한 사람은 켄 앤더슨이라는 사람으로 미국에서 종교 영화사를 운영했다. 앤더슨 씨는 빌리 그레이엄 전도 대회를 영화로 찍다가 나의 노래를 듣고 "저 청년이 누구냐"고 묻게 되었고, 나와 윤여정에 대한 모든 정보를 얻게 된다. 앤더슨은 나와 윤여정을 미국으로 데려다놓고 영어를 숙달시킨 다음 종교 영화를 만들어 한국에 배급한다는 계산을 세워놓았던 것이다.

미국을 간다는 문제에 대해서 나는 내 여친의 눈치를 살필 건덕지가 없었다. 어린 시절의 그녀는 조영남 오라버니의 말이라면 믿거나 말거나 팥으로 메주를 쑨대도 믿는 착한 소녀였다. 그리고 그때는 미국 가는 일이 출세를 보장한다는 뜻이기도 했다. 그녀도 그렇게 알고 있었다. 재일교포 한 명만 알고 있어도 벼락부자라도 된 것처럼 떠들썩하던 때였으니까, 미국행 이상 그보다 더 폼나는 것은 있을 수가 없었다. 나는 그런 기막힌 행운을 놓치지 않았다.

미국에 둘이 함께 가기 위해 결혼식을 올려야 한다는 법적 단서 때문만 아니라 어차피 우리의 결혼은 순리에 따라 기정사실화되고 있었다. 군 복무 말년부터 급속도로 진행된 윤여정과의 관계는 내가 제대를 하게 될 즈음에는 아예 동거 비슷한 상태로 변모했다. 먹고 자고 속옷까지 갈아입는 처지가 되었다. 방 세 개가 딸린 조그마한 양옥집이었지만 그녀의 집은 나한테는 세상 만고에 편한 낙원이었다.

거기서 한 일 년 이상을 먹고 자면서 정분을 나누다보니 어느덧 혼인이 코앞에 와 있었던 것이다. 우리 둘은 쌍방이 세상에 너무 알려진 이름이고 얼굴이었기에 더 이상 비밀리에 한 지붕 아래서 버티는 게 불가능했다.

내가 스물여덟, 윤여정이 스물넷, 우리는 최적의 상태였다. 우리는 결혼식을 올리기로 마음을 굳혔다. 그것은 봉원동 이태영 어머니에 대한 항명 비슷한 행위였다. 그때 이태영 어머니의 간절한 희망은 내가 연예계에서 발을 빼고 미국으로 유학을 떠나는 것이었다. 연예계에서 발을 뺀다는 것은 물론 그쪽에 있는 여친까지 관계를 끊는 것이었다. 이때의 썰렁한 분위기 때문에 윤여정은 나와 결혼한 이후에도 무려 7, 8년 가까이 봉원동 쪽에는 얼씬도 하지 않았다.

딱 한 번뿐인 약혼식이 미아리 윤여정네 서너 칸 되는 마루 위에서 치러졌다. 약식 약혼식이었으나 그 비중은 결혼식이나 마찬가지였다.

그렇게 거창한 결혼식을 못 치르고 약식 약혼식만 치른 데에는 그만한 이유가 있었다. 그건 순전히 국내 출입국 법률 조항 때문이었다. 그때는 60세 이하의 부부 동반 해외여행을 금하는 괴상망측한 법조항이 살아 있었다. 말하자면 돈 있고 실력 있는 한국인이 외국으로 빠져나가는 것을 막자는 취지의 법령이었다. 따라서 60세 이하 부부의 경우에는 반드시 부부 중 한 사람만 외국으로 나가고 나갔던 사람이 다시 돌아와서 배턴터치를 해야 그 다음 사람이 외국으로 나갈 수 있는 것이었다. 부부 중 한 사람은 인질처럼 남아 있으라는 얘기였다.

우리의 경우는 쌍방의 얼굴이 널리 알려져 있었으므로 결혼식을 올리고 정식으로 부부로 호적에 올렸다가는 평생 환갑까지 부부동반 외국 여행을 못할 판이었다. 그래서 부부가 아닌 각자의 여권을 소지하기 위해서 약혼식만 치른 것이었다. 물론 약혼식도 극비에 부쳐야 했다. 우리는 유명인이었기 때문에 약혼식만 했어도 부부처럼 취급받게 될 공산이 컸기 때문이다. 세상에 비밀 약혼식처럼 쉬운 혼인식은 없었다. 누구한테 따로 알릴 필요도 없고 초대장 같은 것을 따로 만들 필요가 없었다. 그저 집에서 점심 한 끼 해놓고 양쪽 집 직계 식구들만 모여 앉아 오순도순 먹어치우면 그뿐이었다.

초청객은 내 친구 네 명과 윤여정 친구 두 명이 전부였다. 양쪽 친구들 모두가 비연예인이었다. 연예인 친구를 부를 경우 의심을 하자는 게 아니라 혹 말이 새어나갈지도 모른다는 우려 때문이었다. 우리는 참 흉측한 군부시절을 살아왔다.

나는 감색 양복을 한 벌 제대로 맞추어 입었고 윤여정은 어느새 한복 치마저고리를 곱게 받쳐 입었다. 윤여정이 옷을 잘 고르고 잘 입는 데는 그때부터도 남다른 구석이 있었다. 처음 만났을 때도 내가 저으기 놀란 것은 그녀의 남다른 옷차림이었다. 어떤 경우에도 남달라 보였다. 그녀가 입었던 한복 색깔은 지금 남아 있는 사진만 봐도 눈부시게 예쁘다. 우리는 세상에서 제일 간단한 약혼식을 올렸다. 그것이 우리가 공식적으로 맺은 최초의 백년가약이었다.

약혼식이 끝났는데도 해는 미아리 중천에 떠 있었다. 누구의 제안에 의해서였는지 우리는 약혼 기념 드라이브를 가기로 했다. 야외수영장 때문에 가끔 가보곤 했던 북악 스카이웨이를 한 바퀴 도는 것이었다. 우리 친구들 중에는 자가용 소유자가 두 명 있었다. 자가용이 그 사람의 위세를 충분히 증명하던 때였다. 북악 스카이웨이를 한 바퀴 돌며 사진을 몇 장 찍었지만 아직 잠자리에 들 수 있을 정도로 어둠이 깔린 것은 아니었다.

급기야 내 친구녀석들은 내 정식 약혼녀와 그녀의 친구들을 미아리 집으로 돌려보내고 그 즉시 성북동 부근에 있던 으리으리한 요정으로 나를 데리고 갔다. 삼청각인가 뭐 그랬다. 내 친구녀석들이 신부 일행더러 신랑은 첫날밤 호탕하게 다뤄야 된다고 어쩌구저쩌구 떠드니까 여자들 쪽에서도 고분고분하게 물러섰다. 나는 사실상 처음으로 말로만 듣던 그런 고급 요정에 들어가봤다. 나는 친구녀석들과 함께 치마저고리 입은 예쁜 색시를 옆에 앉혀놓고 밤새 질탕하게 술을 퍼 마셨다.

아침에 부스스 눈을 뜨니 웬걸, 이상한 한식 천장이 보이는 낯선 집이었다. 그때 약혼녀의 소개로 막 사귀기 시작했던 그녀의 먼 친척오빠뻘 되는 친구의 집이었다. 친구녀석들은 모두가 잘 나가는 집 아들들이었다. 그들은 내가 순진을 떠는 게 재미있다고 그후에도 나를 각종 술집으로 끌고다녔다. 장가 들기 전에 호탕하게 놀아봐야 한다는 녀석들의 생활철학은 옳았다. 그날 내가 처음 가본 휘황찬란한 요정의 하룻밤은 아직도 평생 나의 뇌리에 기분 좋게 남아 있기 때문이다.

그뒤 나는 미국으로 떠나는 주말 TV 고별 쇼까지 끝냈다. 미국으로 간다는 의지를 만천하에 공고한 셈이었다. 그 당시 미국으로 가는 사람은 무조건 선망의 대상이었다. 하다못해 톱 가수들이 제대로 공연 무대를 갖기 위해서는 으레 누구누구 귀국 쇼라는 타이틀이 붙어야만 품격이 올라갈 때였다. 그래서 어떤 가수들은 일부러 무조건 단 며칠씩이나마 외국으로 건너갔다 오는 일이 비일비재했다. '귀국 쇼'라는 타이틀을 붙이기 위해서였다.

TBC 방송국에서는 나한테 가히 파격적인 고별 무대를 마련해주었다. 마지막 장면이 특히 인상적이었다. 방송국 공개 스튜디오의 천장에 붙어 있던 조명기기를 모두 바닥 쪽으로 내려뜨리고 다 허물어뜨린 것처럼 보이는 황막한 스튜디오에서 팬 조명 하나만 받으며 노래를 부르는 드라마틱한 연출 기법을 구사했다. 옆에는 커다란 여행가방 하나가 달랑 놓여 있었다. 노래가 끝나면 나는 여행가방을 들고 곧 떠나간다는 의미였다. 그때 부른 노래가 이장희가 만들어준 「안녕」이라는 노래였다. 내 딴에는 매우 비장한 노래를 통해 대한민국 국민에게 작별을 고한 다음 나는 정말 미국으로 떠나는 KAL 비행기에 올랐다.

1975년 2월 우리가 결혼식을 올린 미국의 중부 도시 시카고는 징글맞게 추웠다. 그런 추위는 처음 봤다. 내가 몇 달 먼저 미국에 들어왔고 약속대로 나의 약혼자 윤여정이 약간의 봇짐을 싸들고 시카고로 날아왔다. 그때까지도 우리는 정식 부부가 아니었다. 약혼녀가 미국에 도착하자 방 배분 문제가 시급해졌다. 한국 교포의 집에 묵게 될 경우에는 별로 신경 쓰이지 않았으나 우리를 소개시켜주고 나까지 직접 미국에 데리고 온 김장환 목사님의 친지 되는 미국사람네 집에 묵게 될 경우에는 한 방을 쓸 것인가 각방을 쓸 것인가 여간 눈치 보이지 않았다. 방 배분 문제의 불편함을 없애기 위해서라도 하루 속히 결혼식을 올려야 한다는 결론에 도달했다. 그때 우리는 시카고에 꽤 오래 머물 계획이었으므로 결혼식을 거기서 올리기로 정했다.

그때도 미국의 웬만한 도시에는 한국에서 이민을 온 교포들이 자리를 잡고 살았다. 미국의 어디를 가나 서울에서 본 얼굴들이 미국사람 틈새에 왔다갔다 하는 것이 보통이었다. 미국은 생각보다 적적하다거나 외롭다는 기분이 들지 않았다. 아는 사람도 많고 이래저래 친구 되는 사람도 더러 있었기 때문이다.

한국에서 갓 날아온 우리 한 쌍은 그곳 사람들로부터 극진한 환영을 받았다. 고국에서 온 한 쌍의 연예인이라는 이유 하나만으로 우리는 어디를 가나 그곳 교민들로부터 극진한 대접을 받았다. 미국에 있는 동안 내내 그랬다.

우리의 결혼식 장소는 시카고 제일 침례교회였다. 서울에서 온 김장환·조영남 부흥팀은 큰 미국 교회당을 빌려서 연합전도대회를 열었다. 시카고 근교의 모든 교포들이 부흥회에 몰려오기 때문에 그렇게 큰 장소가 필요했다.

우리의 결혼식은 부흥회 마지막 날로 잡았다. 늦은 밤의 결혼식인 셈이었다. 부흥회가 밤에 열렸으므로 부흥회가 끝난 다음에 결혼식을 올리자면 자연히 한밤중이 되는 것이었다. 그것은 아주 잘된 계획이었다. 순서상 결혼식을 미리 올리고 예배를 보는 것보다 예배가 끝난 다음에 결혼식을 올리는 것이 훨씬 자연스러운 것 같아서였다.

눈이 무릎까지 쌓인 추운 시카고의 어느 교회당에서 느닷없이 올리는 한국 가수와 여배우의 결혼식에는 1,000여 명이 넘는 인파가 하객으로 꽉 찼다. 예배가 끝나면 결혼식이 거행된다는 아나운스먼트가 며칠 전부터 있었기 때문에 시카고 근교에 사는 한국 교포들은 사실상 거의 다 모인 셈이었다. 그 많은 하객 중에 나의 일가친척이나 윤여정의 일가친

척은 단 한 명도 없었다. 한국에서 알던 친구만 몇 명 있을 뿐 실제 가족 사진을 찍을 때 나설 사람은 쌍방에 단 한 사람도 없었다. 알고 보면 쓸 쓸하기 짝이 없는 결혼식이었다.

결혼식이 예정대로 진행되었다. 신부는 돈이 아깝다며 옷감을 사다가 며칠간 직접 재단과 재봉을 해서 만들어 입은 청초한 아이보리색 웨딩드 레스를 갖추어 입고 입장을 했다. 김장환 목사님의 주례로 결혼식이 착 착 진행되었다. 그런데 한 가지 차질이 생겼다. 축가를 맡은 세계 최고의 성가가수 베벌리 쉐이가 눈사태로 발이 묶인 것이다. 축가를 부르기로 한 가수가 못 온다는 사실을 알게 된 나는 어쩌는 수가 없었다. 축가 없 는 결혼식을 올려야만 했다. 식순에 따라 축가 순서가 되었을 때 나는 시 치미를 뚝 떼고 하객 쪽을 향해 뒤로 돌아섰다. 그리고 청아하게 "하늘 에 계신 우리 아버지……"로 시작되는 「주기도문」을 부르기 시작했다. 내가 내 결혼식을 축하하겠다는데 그 누가 시비를 걸까보냐.

그날 나는 내 생애 최고의 「주기도문」을 불러제꼈다. 그렇게 청아한 음성으로 그렇게 애절하게 부를 수가 없었다. 아버지 역할을 맡은 켄 앤 더슨 사장과 파이프오르간의 웨딩마치에 맞추어 나란히 등장한 신부 앞 에서, 주례 어른 앞에서, 그리고 1,000여 명의 교회를 꽉 채운 하객을 향 해서 나는 죽기 살기로 노래를 불렀다. 모든 사람들이 내려주는 축복에 대한 작은 보답을 나는 그렇게 했다.

결혼식은 최고의 품위를 유지하며 진행되었다. 누군가에 의해서 커다 란 결혼 케이크도 교회 지하실 연회장에 준비되어 있었다. 단 한 번 치러 본 결혼식은 먼 땅에서, 처음 보는 사람들 앞에서, 그렇게 근사하게 치러 졌다. 한 가지 못내 아쉬운 건 결혼 축의금이었다. 서울에서 결혼식을 올 렸으면 축의금으로 한몫 잡았을 텐데 황량한 타향에선 그게 불가능했 다. 여복은 있었지만 재복이 없었던 모양이다.

그때 나의 신부가 결혼식을 마치고 신혼여행 겸 미국에서 며칠 머물다 한국으로 돌아갔으면 얼마든지 절정의 탤런트나 영화배우로 남을 수가 있었다. 그러나 나의 신부는 그런 눈치조차 내비치질 않았다. 그녀는 나와 달랐다. 우물쭈물하지 않았다. 매사에 단호했다. 그녀는 참 가뿐하게 그녀 자신이 잘 나가는 탤런트나 배우라는 사실을 증발시킨듯 했다. 나 역시 그런 맘을 먹었다. 우리는 말 그대로 한맘 한뜻이었다. 잠시 문물을 익히러 온 새신랑과 새신부였다. 우리는 그렇게 하나였다.

서울의 바람바람바람

　애인이 있는 남녀나 가정을 가진 남자가 다른 이성 상대와 부적절한 관계를 맺는 것을 점잖게 말할 때는 외도라 하고 막말로 할 때는 보통 바람피운다고 그런다. 외도는 순수한 우리말로 갓길이라는 뜻이다. 외도는 어감이 매우 근사하지만 쓰임새에서 바람피운다에 약간 뒤진다. 외도에 비해서 바람피운다는 매우 부드럽고 훨씬 문학적이다. 외도를 한다거나 바람을 피운다는 행위의 심각성에 입각해서 말한다면 바람피운다라는 표현보다 회오리바람을 피운다거나 눈보라 아니면 폭풍우를 피운다는 표현이 더 적절할 것 같은데 우리는 꼭 바람을 피운다고 비교적 부드럽고 잔잔하게 표현한다. 바람이 불면 흔들리기도 하고 기왕에 부는 바람은 어차피 스쳐 지나간다는 의미에서 부적절한 사랑관계를 그렇게 표현하는 듯싶다.

　요즘에는 사람들이 일부일처제가 실현 불가능한 잘못된 제도라고 공론처럼 떠든다. 일부일처제는 그 옛날 인간의 수명이 평균 40세일 때 생긴 제도이기 때문에 80세의 평균 수명 시대에는 맞지 않는 제도라고 마구 떠들기 때문에 바람피우는 걸 흉하게 보는 정서는 많이 줄어들었다.

　바람을 피우면 그 바람이 기존의 관계를 끊어버리거나 파혼 혹은 이혼까지 몰고 오는데 어느새 우리한테 이혼이라는 낱말 역시 낯설거나 서먹

한 느낌이 빠진 보통명사로 굳어졌다. 마치 내가 젊었을 때는 오럴섹스가 우리 모두를 놀래키는 굉장한 말이었는데 컴퓨터 시대를 맞아 세상이 포르노 세상으로 변하면서 오럴섹스 따위는 섹스의 기술 축에도 못 드는 보통의 어휘가 된 것과 비슷한 얘기다.

그래서 그렇게 되었는가. 나도 어쩌다 바람을 피웠고 내가 피운 바람은 교과서에 있는 그대로 예기치 않은 가정파괴까지 불러일으켰다.

흔히 하는 말이 있다. 핑계 없는 무덤은 없다. 누구나 죽긴 죽는데 이유 없이 죽진 않는다는 얘기다. 내가 지금 하고 싶은 말은 이거다. 핑계 없는 바람은 없다. 누구나 바람을 피울 수는 있지만 이유 없이 바람을 피우진 않는다는 얘기다. 이런 따위의 망상을 해봤자 주로 부질없고 속절없는 법이다. 그렇다, 내 지난날이 하도 딱해서 쓰잘때기 없는 망상을 한번 해보는 거다.

내가 바람을 피운 데에는 나름대로 원인이 있었다. 짧게 얘기하자면 귀국이 화근이었다. 외국에서 남부럽지 않게 잘 살고 있다가 고국에 돌아온 게 바람을 피우게 된 직접적인 원인이었다는 얘기다. 그 어렵다는 미국 영주권도 얻었겠다 미국에서 살아남는 법도 터득했겠다, 그냥 미국에 눌러앉아 있었으면 나에게 바람피우는 일 같은 건 아예 없을 뻔했다. 한국에 돌아오지만 않았더라면 나는 교과서대로 계속 행복한 가정생활을 이어갈 뻔했다. FM으로 살 뻔했다. 평생 안티도 없이 살 뻔했다. 미국과 한국 양쪽에서 우대를 받으며 살아갈 뻔했다. 참말이다.

가족을 꾸린 지 10년 넘도록 내 사전에는 바람이란 단어가 없었다. 그런 내 사전에도 바람이라는 단어가 침투했다. 글쎄 한국에 돌아온 게 화근이었다. 미국에 있다가 한국에 돌아오면서 바람이 나고 바람을 맞게 된 것이다. 물론 지금 내 말이 전부 핑계로 들리겠지만 미국에서 돌아와 오랜만에 다시 만나게 된 고국은, 고국 중에서도 내가 사는 서울은 바람을 피우지 않고는 못 배길 만큼 매력적인 작업장으로 변해 있었다.

서울은 내가 예닐곱 해를 살던 미국 플로리다의 세인트 피터스버그와는 너무도 달랐다. 여기는 딴 세상이었다. 더구나 나는 미국에서의 종교생활을 마감하고 세속생활로 다시 컴백한 몸이었다. 그러니까 미국에서 쭉 해왔던 복음성가 가수를 그만두고 대중가요 가수로 돌아왔으니 당연히 세상이 달리 보일 수밖에 없었다. 속세가 무엇인가, 더럽지만 재미있는 세상 아니던가. 이것도 핑계지만 워낙 빠른 나의 적응력 때문에 그간 내 몸에 배어 있던 얼마간의 종교적 냄새도 삽시간에 증발해버렸다.

내가 미국에서 신학교를 마치고 곧장 목사가 되었거나 복음성가 가수로 자리를 잡았더라면 그렇게 쉽사리 바람을 피우지는 못했을 것이다. 종교에 몸을 담은 사람이 나이트클럽이나 영동 룸살롱 같은 데를 헤매고 다닐 수는 없는 노릇이기 때문이다. 그러나 나는 목사 되는 것을 포기했고 동시에 성가가수가 되는 것도 기권을 했으니 자연스럽게 나이트클럽 가수나 밤무대 가수로 등장할 수 있었고 친구들과 한잔을 마시기 위해 영동 룸살롱 같은 델 얼마든지 출입할 수가 있었다.

룸살롱 언니들은 그동안 어디 가서 뭘 하다 이제 왔느냐며 나를 뜨겁게 끌어안았다. 성경에는 탕자의 비유라는 게 있다. 집 나갔던 방탕한 탕자가 마음을 고쳐먹고 집에 돌아오면 식구들이 열렬히 환영해준다. 성경의 기록을 살펴보면 탕자는 집에 돌아와야만 환영을 받는 것으로 되어 있다. 그러나 실제 상황에서 보면 탕자는 양쪽에서 환영을 받는다. 집을 나가도 환영을 받는다는 얘기다. 내 경우가 그랬다. 내가 집을 나가 영동 룸살롱으로 찾아가자 거기서 나를 위해 성대한 환영식을 열어주었다. 남자가 까딱 잘못하면 가게 되는 바람의 길, 즉 바람을 피울 수 있는 길이 내 앞에 활짝 열렸던 것이다.

왜 이 지경까지 왔는가. 여기서는 무엇보다 먼저 한국에 돌아온 게 왜 종교와 멀어진 이유가 되었는지 그것부터 설명해야 한다. 여러 해 미국에서 살다보니 나는 어느새 거기 생활에 익숙해져 있었다. 주중에는 매일 신학대학에 출석해 예배 보고 기도 드리고 성경공부하고 주말에는 가족과 함께 아침저녁으로 교회에 출석해서 또 예배 보고 주말 저녁엔 친지들과 바비큐 해먹는 게 미국생활의 전부였다.

그러다가 다시 한국에 돌아와보니 여기는 교회 건물과 교회 종탑이 기독교의 나라 미국보다 훨씬 더 많았다. 그러나 교회가 너무 많은 게 오히려 문제였다. 나한테는 너무 이상해 보였다. 교회가 도무지 교회처럼 보이질 않았다. 서울은 특히 그랬다. 교회가 그냥 십자가 표시가 달린 건물로만 보였다. 다방 숫자보다 교회 숫자가 많은 것도 이상하게 보였다. 한 건물에 두세 개의 교회간판이 붙은 것도 이상해 보였고 위아래층으로 안마시술소와 교회가 나란히 붙어 있는 건 차마 눈뜨고 볼 수가 없는 괴상망측한 풍경이었다. 찬찬히 생각해보면 물론 안마시술소나 교회나 두 군데 모두 사람의 몸을 깨끗하고 신선하게 만든다는 공통점은 가지고 있지만, 그 둘이 위아래로 붙어 있는 건 정녕 볼썽사나워 보였다. 그뿐 아니라 나는 대한민국 밤하늘을 온통 수놓아버리는 빨간색 네온사인 십자가와 그 아래에 질펀하게 펼쳐진 환락의 밤거리를 어떻게 소화해내야 할지 고민하고 또 고민했다.

그러나 서울은 그런 고민만 하고 있기에는 너무나 넓고 화려했다. 너무나 보고 즐길 게 많았다. 내가 살던 미국 플로리다와는 너무도 달랐다. 여의도 방송국 로비에는 지난 몇 해 동안 볼 수 없었던 예쁜 여자들이 무차별적으로 피어오르는 담배연기 속에 시골집 앞마당 빨래처럼 널려 있었고 카페엘 가도 예쁜 여자들이 바글거렸고 룸살롱엘 가도 온갖 종류의 여자들이 오빠오빠 하며 손짓을 해댔다. 크고 넓은 미국 땅 한구석에서 신학교와 예배당만 왔다갔다하며 모범생 노릇만 하던 내가 한국 땅에 돌아와 탁 트인 서울 한복판에 떡 버티고 서보니 여기는 다른 세상이었다. 그 아래로 남정네가 할 만한 재미있는 일들이 너무도 많았다. 종교는 더 이상 내가 관심을 둬야 할 분야가 아니었다. 내가 공부한 종교 쪽엔 오히려 나 같은 얼치기가 멀찌감치 빠져 있어야 종교가 더 깨끗해질 것 같았다.

믿거나 말거나 나는 한때 마틴 루터처럼 종교 개혁가가 되겠다고 맘을 먹은 적이 있다. 내 눈엔 교회가 너무 많아 보였고 너무 커 보였고 너무 상업화되어 보였기 때문이다. 대한민국 개신교를 상대로 이래선 안 된다는 항의조항을 아흔아홉 가지 정도는 찾아낼 수 있을 것 같았다. 그걸 큰 종이에 적어서 세계에서 제일 크다는 여의도 어느 교회 담벼락에 붙여서 종교 개혁의 불씨로 삼을 수도 있을 것 같았다.

그러나 그런 생각은 얼마 못 갔다. 나는 일단 한발 물러섰다. 실제로 나는 서울에서 제일 크다는 몇몇 교회를 암행어사처럼 몇 번씩이나 몰래 방문해서 살펴보았다. 그런데 의외로 많은 사람들이 거기서 위로를 받고 있었다. 저 많은 사람들이 나의 종교개혁에 찬성을 해서 내 쪽으로 몰려왔다 치자. 그렇다면 내가 그들에게 해줄 수 있는 게 과연 무엇인가. 왼종일 복음성가만 불러주면 된단 말인가. 종교를 미신처럼 믿지 말라고 떠들 수는 있다. 그럼 그걸 뭐라고 설득해서 저 많은 사람들을 내 쪽으로 빼내올 수 있단 말인가. 한마디로 나한테는 그들을 위한 대안이 없었다. 그래서 나는 한발 물러섰던 것이다.

감당을 못할 바엔 대안도 없을 바엔 아예 입을 다물고 물러서자, 혼자

마음속에만 내가 배워둔 종교를 간직하고 있으면 될 것 아니냐, 이런 식이었다. 종교로부터 한 발자국 물러서자 의외로 종교의 큰 윤곽이 더 잘 보이는 듯했다. 그래서 상대적으로 종교에 더 대범하게 접근할 수가 있었다.

나는 알게 되었다. 우리네가 평소에 루이 비통이나 샤넬 같은 명품에 사족을 못 쓰듯이 종교에서도 보통 사람들은 명품으로 알려진 종교라면 무조건 받아들이고 섬긴다는 사실을 말이다. 나만 해도 그랬다. 나의 핏속에는 내 부모로부터 물려받은 기독교뿐만 아니라 이미 불교가 있고 유교가 있고 소크라테스에 발구락테스까지 있다는 걸 새삼 실감하게 되었다. 그리고 나는 뒤늦었지만 우리한테도 우리만의 고유한 종교가 있다는 걸 새삼 알게 되었다. 우리의 대종교 · 동학 · 정감록 · 강증산 심지어는 굿판을 벌리는 무속아줌마까지도 이 땅에 태어난 내가 절절히 끌어안아야 할 종교라는 걸 새삼 깨닫게 되었다는 얘기다. 특히 왜 내가 10년 가까이 서양에 나가 서양종교의 라이선스를 따느라고 헉헉댔을까, 왜 우리의 선조 단군 할아버지나 나철 선생한테는 배울 게 아무것도 없다고 지레짐작을 했을까, 왜 내가 무려 30년 이상이나 우리의 단군 할아버지나 나철 선생 같은 이를 까맣게 잊고 살았을까. 세상을 통째로 헛산 것 같은 서글픈 회한이 물밀 듯 밀려왔다.

중학교 3학년 말까지 나는 단군 할아버지의 달력을 카운트할 줄 알았고 교실 정면 태극기 바로 아래 단군 할아버지의 말씀인 '홍익인간'弘益人間이라는 큼직한 붓글씨를 보며 청운의 꿈을 품었다. 그런데 우리는 말로만 옛것은 좋은 것이여 하면서 실제로는 옛것을 슬금슬금 짓뭉개버리기 일쑤였다. 그토록 좋은 것이라던 옛것은 아무런 설명도 없이 시름시름 없어져버려 이젠 옛것의 찌꺼기조차 보기가 힘들어졌다.

게다가 나는 선천적으로 의지가 약했다. 용기도 없었다. 우물우물과 우유부단이 나의 정체성이었다. 내가 정녕 남자다운 남자였다면 그 자리에서 주먹을 불끈 쥐고 일어나 단군 선조나 나철 선생이 왜 밀려나 계신가, 어디로 밀려나 계신가를 찾아나섰어야 했다. 그러나 나는 내가 스스로 생각해도 급수가 낮은 허접한 남자였다. 그런 일로 튀어 보이는 게 싫었다. 가만히 있어도 튀어 보인다고 야단들이라 처음부터 겁을 먹고 주저앉아 눈치만 살피다 말았다. 개신교 개혁도 포기하고 단군교 같은 토종 종교로 돌아가는 일도 포기했다. 어느 종교색 짙은 월간지에 나철 선생에 대한 회고록을 1년 이상 연재했던 게 전부였다.

실제로 나는 튀지만 않으면 안락하게 사는 게 보장된 상태였다. 결과적으로 나는 세속의 풍요로움에 완전히 압도된 것이다. 너 좋고 나 좋게 두루뭉술 사는 방법을 맹렬히 터득해나간 셈이다. 멀쩡히 가정 있는 남자가 바깥에서 남몰래 엄한 여자들과 은밀한 관계를 맺는 일도 두루뭉술 사는 방법의 하나였다. 미국에 살았으면 상상도 못할 일이었지만 여기서는 그게 기초 생활상식이었다.

돈깨나 벌고 산다는 내 친구 녀석들은 놀랍게도 하나같이 멀쩡한 가정을 꾸리고 살면서 밖에 나가선 딴짓을 하는 것이었다. 집안 좋고 돈 있고 회사가 잘 돌아가는 녀석들일수록 집에는 멀쩡한 부인을 놔두고 밖에 나오면 함께 살지는 않지만 밖에서만 정을 통하는 또 다른 여자, 또 다른 애인, 또 다른 연인을 두고 있었다. 우리 남정네 세계에서는 속칭 의리라는 것이 충만해서 그런 식의 관계를 절대적으로 묵인해주는 경향이 살아 있었다. 묵인해주는 정도가 아니라 그런 걸 남자의 능력으로 평가하는 경향까지 있었다. 그런데 참 어이가 없었던 건 겹겹생활을 하는 남자의 안집 부인일수록 자기 남자는 자기밖에 모르는 남자로 알고 이렇게 말을 한다는 것이다.

"어머, 우리집 바깥양반은 나가서 바람 좀 피우고 오래도 그런 걸 못해요, 호호호."

이건 환장할 노릇이다. 거기다 대고 내가 무슨 정의의 흑기사라고 "뭐라구요? 당신 남편이 바람을 피울 줄 모른다구요? 그럼 바람피우는 놈이 자기가 바람피운다고 소문내고 다니는 걸 본 적이 있나요? 당신 남편이 진짜 바람피우는지 아닌지 궁금하시면 낮에 한 번 논현동 석산아파트 517호에 쳐들어가 보시구려. 거기 없으면 그 옆에 있는 성미아파트 나동 207호 벨을 눌러보시든가." 뭐 이런 식으로 집집마다 고자질하며 다닐 수도 없는 노릇이었다.

고자질하는 게 치사해서가 아니다. 나도 이미 그 친구녀석이 연결을 해줘서 이미 모종의 여자와 은밀한 관계를 맺고 있던 참이었다. 나도 모르는 사이에 나 역시 소위 바람의 세계에 이미 들어와 있었던 것이다. 바람을 모르고 살아왔던 내가 바람을 직접 피우게 되었던 것이다. 그것은 실제 상황이었다. 친구 녀석이 진작부터 만나던 여자는 어느 룸살롱의 새끼마담이었고 그녀로부터 나는 그녀 밑에서 일하는 소위 새끼를 분양받게 되었던 것이다. 그녀들은 논현동 아파트에서 아래위층에 세들어 살고 있었다. 친구녀석과 내가 그녀들이 일하는 살롱에 가는 날이면 우리는 새벽까지 술 마시며 놀다가 새벽에는 두 쌍이 나란히 같은 아파트로 돌아오곤 했다.

우리는 신기하게도 그런 식의 밤생활을 바람피우는 행위로 생각하지 않았다. 그 나이에 누구나 그렇게 하는 보편적 중년 남성의 일상적 생활로 생각했다. 누가 믿겠는가, 그 당시에는 그게 바람피우는 행위라는 자책감을 전혀 느끼지 못했다. 비록 따지고들자면 부적절한 관계였지만 그 당시 나와 새로운 여성과의 만남은 전혀 부적절한 만남으로 느껴지질 않았다. 맞아죽을 소리지만 오히려 상큼하게 느껴지는 만남이었다. 왜 그런지 모르겠다. 그때는 그랬다. 참고로 말하자면 나는 미국 생활을 하고 미국에서 공부를 하는 동안에도 여름방학 겨울방학에는 짬짬이 서울에 나타나 생활비를 벌었고 막판에는 일 년간을 통째로 한국에 혼자 나와서 머문 적이 있다.

어느 날 친구 녀석이 한밤중에 빨리 나오라고 호출해서 나갔더니 녀석은 벌써 어느 멋진 여성과 함께 있었다. 물론 그 녀석의 집사람이 아니었다. 남자친구끼리는 그런 일에 전혀 놀라는 내색을 안 한다. 언젠가는 서로 품앗이를 해야 하기 때문이다. 너네끼리 데이트하면서 왜 날 불렀냐고 했더니 벌써 작업을 해놓았다며 얼마 있다가 "야! 시캬, 저기 들어온다" 하는 소리에 클럽 입구를 돌아봤더니 바글바글 춤추는 사람들 사이로 트레이닝 바지에 헐렁한 러닝 하나를 걸친 여자가 흰 운동화를 꺾어 신고 아무렇지도 않은 표정으로 들어오는데, 나는 그녀의 흰 운동화 꺾어 신은 모습에 완전히 압도되었다. 당대 최고의 강북 나이트클럽에선 결코 볼 수 없는 야생적이면서도 동시에 쿨한 차림이었기 때문이다. 그날 밤 그 여자의 흰 운동화 뒤축을 꺾어 신은 모습에 나의 **뻣뻣한** 이성이 두 동강으로 꺾여버린 셈이었다.

남자나 여자나 상대의 사소한 한 가지에 반하면 나머지도 몽땅 오케이로 여겨지는 법이다. 그건 자연현상이 아니라 과학현상이다. 즉석에서 그런 사소한 마주침 때문에 눈먼 장님이 된다는 얘기다. 운동화를 꺾어 신었던 여자와의 만남이 남자의 바람피우는 카테고리에 들어간다면 나는 과연 내 생애에 첫 바람을 핀 셈이었다. 그 여자가 운동화만 제대로 신고 왔어도 나는 한평생 성실한 남자로 살아남는 것이었다.

바람의 카테고리는 어디서 어디까지인가. 정해진 게 없다. 그때그때 다르다. 그럼 꺾어 신은 운동화는 어찌 되는가. 바람은 아니다. 우리의 만남이 장난이 아니었듯이 단순한 바람은 아니었다. 만나는 동안 우리는 서로에게 충실했지만 결과적으로는 애석하게도 대책 없는 만남으로 판명이 났다. 그러니까 애당초부터 반쯤 꺾인 만남이었다. 어차피 남녀의 만남은 꺾어진 만남과 안 꺾어진 만남의 두 부류로 남는다. 왜 꺾이고 왜 안 꺾였는가는 남녀 양쪽 얘기를 다 들어봐야 안다. 요컨대 사랑이 포함된 만남이었을 수도 있고 한편 단순한 섹스를 앞세운 만남이었을수도 또 섹스를 통한 만남이 잦아지면서 사랑이나 연애감정까지 싹텄다면 그것도 금상첨화적 바람이나 만남이었다고 말할 수도 있다.

그러나 꺾어진 운동화와의 만남은 그렇게 대하소설적 수준의 만남이 아니었다. 나 혼자 나만의 만족을 위하여 살금살금 푸드득 박쥐처럼 찾아가는 만남이었기 때문이다. 해가 떠 있는 동안은 일단 행동을 취하지 않았다. 해가 떨어지고 모든 일이 끝나면 바람피우는 날갯짓이 시작되었다. 업소에서 불규칙하게 끝나는 그녀의 새벽시간에 내가 맞추어야 했고 되도록 남의 시선에 띄지 않는 장소를 물색하면서 박쥐처럼 드나들어야 했다. 그런 걸 바람이라고 하기엔 결격사유가 너무도 많았다. 결국 바람은 바람인데 나 혼자 피운 바람이었다. 나 혼자 북 치고 장구 쳐서 일으킨 바람이었다.

그렇게 보면 바람은 아무나 피우는 게 아니다. 일단 기혼자라야 한다. 집에 아내를 두고 있어야 바람을 피울 자격이 생긴다. 결혼 전 총각이 여자 만나러 다니는 걸 바람피운다고 말하지는 않는다. 나는 바람피울 수 있는 요건을 갖추고 있었지만 생각만큼 요란하게 바람을 피우지는 못했다. 무엇보다도 내가 유명인이라는 게 큰 걸림돌이었다. 바람은 몰래 피우는 게 원칙인데 유난스럽게 생긴 내 얼굴을 가지고는 다른 사람들 눈에 띄지 않게 바람을 피운다는 게 거의 불가능했다.

택시 뒷자리에 타고 "청담동 가주세요" 한마디만 하면 뒤를 돌아보지도 않고 "아유, 조 선생님, 제 차를 타주셨군요" 하는 택시운전 아저씨가 허다할 정도였으니 내 얼굴 들고 외간 여자와 함께 호텔에 들어가 프런트의 직원에게 "방 하나 주세요" 하기는 정말 힘든 노릇이었다. 안경 벗고 모자 눌러쓰고 다녀도 동대문 시장의 아주머니들은 나를 귀신같이 알아보는 통에 나 같은 사람은 스파이 영화 같은 데 나오는 특수분장을 하지 않고는 남의 눈에 띄지 않을 방법이 거의 없었다. 무엇보다도 특수분장을 해야 할 만큼 대단한 바람의 상대가 내 앞에 나타난 적도 없었다.

내가 바람을 피우기 위해선 다분히 여자 쪽 배짱에 기대하는 수밖에 없었다. 도리 없이 여자가 나서서 방을 얻고 방 키를 가져오면 슬금슬금 뒤따라가는 비굴한 방식인데 "니가 가서 돈 내고 방 키 좀 얻어와" 하고 부탁할 정도가 되려면 빌어먹을! 섹스에 굶주린 여자라면 몰라도 그 단계까지 진입하려면 사전에 여간 오랫동안 공을 들이지 않고서는 안 되는 일이다. 꺾인 운동화네 아파트는 독립된 경비실이 없어서 비교적 얼굴 팔리지 않고 들락거릴 수 있었지만 늘 조마조마했고 행여 누구한테 들키지나 않을까 시종 불안에 떨어야 했다.

요행스럽게 흰 운동화와의 만남은 별로 많은 사람한테 들키지 않았기 때문에 그렇게 조심스럽게 피운 바람은 나의 사생활에 전혀 부정적인 변화를 주진 못했다. 나의 사생활을 뒤엎진 못했다는 얘기다. 결국 내 첫번째 바람은 성공적으로 끝을 맺은 셈이다.

바로 그게 문제였다. 첫 번째 바람의 성공에 탄력을 받아 곧장 두 번째 바람을 일으키기 때문이다. 본격적인 바람의 세계로 들어서기 때문이다. 나는 기어코 두 번째 바람을 일으키고 내 생애를 통틀어 내가 일으킨 바람의 역사는 그 두 번째 바람에서 종지부를 찍게 된다. 바람이 잠잠해진다. 두 번째 바람이 허리케인보다 더 무서운 쓰나미였기 때문이다. 그 쓰나미가 10년 넘게 잘 쌓아온 나의 가정을 홀랑 날려버리기 때문이다. 미국에 있었으면 그랬을 리 없다. 서울로 돌아온 게 화근이었다. 엄살을 부리는 게 아니다. 연습바람 한 번 본격바람 한 번, 딱 두 차례의 바람으로 잘 쌓아온 나의 가정과 평판이 깡그리 날아갔기 때문이다.

셋이 함께 살 수는 없지

"여보세요, 조영남 선생님이시죠? 저는 변건우 사장님 동생 박혜수인데요, 선생님 오늘 오후 6시까지 세종문화회관 소강당에 오셔야 하잖아요. 그래서 제가 모시러 가려구 그러는데요, 어디로 가면 되죠?"

"그럴 것까진 없는데요. 제가 제 차를 타고 가도 되고 택시를 타고 가도 됩니다. 고맙습니다."

"아녜요, 선생님. 변 사장님이 저더러 꼭 선생님 모셔와야 한다고 일러주셨어요."

나는 5시경 내가 사는 압구정 현대아파트 쪽으로 오라고 말하고 전화를 끊었다. 5시에 대구지역 어느 국회의원 후원회가 열리는데 내가 잘 아는 변 사장이 나에게 축가 한 곡을 부르게 해서 생색을 내는 자리였다. 변 사장은 대구 수성못 근처 호텔에서 매우 큰 규모의 나이트클럽을 경영하고 있었고 나는 짬나는 대로 거기 나이트클럽에 출연했다.

약속시간이 되어 내가 아파트 아래층 현관을 나서자 저만치서 어느 여자가 내 쪽으로 머리를 숙이며 "안녕하세요" 꾸벅 인사를 하고 다시 머리를 들었다. 순간 나는 현기증을 확 느꼈다. 픽 쓰러져 뇌진탕으로 졸도하는 줄 알았다. 너무도 예쁘고 아름다웠기 때문이다.

이 나라 사람의 7할 이상이 나의 이런 노골적인 인물 감상 태도에 대해 비난으로 일관한다는 것을 나는 너무도 잘 알고 있다. 그것은 사람들이 지나치게 못생긴 나의 생김새 때문에 나를 진짜 광대나 예능인으로 쳐주질 않기 때문이다.

그러나 나는 옛날 말대로라면 광대이고 요즘 말대로라면 예능인이다. 광대나 예능인이 무엇인가. 남들과 달리 부귀영화나 권세보다도 오로지 사랑과 평화와 즐거움을 추구하는 무리다. 다시 말하지만 나는 남자며 광대며 예능인이다. 내가 사랑과 평화와 즐거움을 직접적으로 받을 수 있는 대상 중에 여성보다 더 우위의 대상이 어디 있단 말인가. 그런 측면에서 나는 여성의 예쁨과 미움을 구별할 줄 모르는 광대이고 싶지도 않고 여성의 아름다움을 꿰뚫고 여성의 아름다움에 격을 맞추어 반응하지 못하는 예능인이고 싶지도 않았다. 광대 연예인이라고 내 앞에 만날 아름다운 여자가 나타나는 것도 아니고 찬탄 올릴 만한 여자가 세상 널리 알려진 나같은 유부남 광대 앞에 나타나줄 까닭이 없기 때문에 어쩌다 어쩐 일로 내 앞에 서게 되는 그런 여자를 보면 나는 원칙도 없고 기준도 없는 감탄을 연발하게 되는 것이었다. 여자가 밉다 곱다는 극히 주관적인 의견에 불과하다. 그래서 나는 철저하게 나의 주관에 의지하고 주관에 따른다. 내 눈과 마음에 아름다움으로 비쳐지면 나는 그것을 참지 못한다. 참지 말아야 한다.

나는 박혜수의 아름다움과 청초함 때문에 정녕 뇌진탕으로 쓰러지는 줄 알았다. 당신이 내 의견에 동조하느냐 안 하느냐의 여부는 중요하지 않다. 나의 느낌이 그러했다는 것이다.

그녀는 나를 변 사장의 신형 벤츠에 태우고 영동대교를 건너 강변북로를 타고 광화문 쪽으로 차를 몰았다. 얼굴이나 몸매의 아름다움도 아름다움이려니와 그녀의 한마디 한마디에서는 수면 밑에 잠긴 빙산의 무게 같은 적절한 교양미와 천진난만함이 풍겨났다. 그녀는 대학 졸업반인데 여름방학을 틈타 내가 잘 아는 변 사장 친구의 국회의원 선거 캠프에서 학비를 벌기 위해 아르바이트를 하는 중이라고 했다. 강변북로를 지나는 짧은 여행길이었지만 오후의 해가 여의도 상공으로 떨어지면서 어느덧 누리끼리한 황혼의 배색을 덧칠해가고 있었다. 내가 자기 아버지 친구 또래의 늙은 남자라서 그랬을까, 그녀는 나의 나이를 전혀 신경 쓰는 것처럼 보이지 않았다. 그렇다고 나를 늙은이로 취급하는 것 같지도 않았다.

그녀는 나를 세종문화회관에 딸린 레스토랑 겸 찻집에 안내해놓고 내가 원하는 음료를 주문한 다음 두 차례인가 그 옆쪽 행사장엘 다녀와서 여러 의전과 안내에 관해서 또박또박 말해주었다.

"조 선생님, 죄송한데요, 행사장에 대기실 같은 건 따로 없구요, 바로 나가셔서 행사장으로 들어가야 하는데요, 여기 오신 손님들 사이를 뚫고 들어가셔야 해요. 불편하셔서 어쩌죠? 그렇게 등장하셔야 돼요."

나는 그녀의 한마디 한마디 말에 내 몸 전체가 빨려 들어간다는 느낌을 지울 수가 없었다. 미친놈처럼 내 감정이 그런 식으로 쏠렸다. 그날 나는 내가 할 일을 충분히 잘해냈다. 잘하지 않을 수가 없었다.

후원회 행사가 끝나고 우리는 신라호텔 로비 카페로 자리를 옮겼다. 그 자리에서도 그녀는 아무렇지 않다는 듯 내 옆자리에 앉았다. 집에 돌아갈 때까지 가까이에서 나를 보살피라고 자기 사장이 특별히 지시한 모양이었다. 유명인사는 알게 모르게 그런 특별 혜택을 종종 받는 법이다. 그것보다도 부부동반이 섞인 어른들의 무리에 20대 초반의 젊은 처녀가, 더구나 내 옆에 태연히 앉아 있을 수 있다는 건 여간 강심장이 아니면 안 되는 일이다. 그러나 그녀는 아래위 검정 투피스를 입고 단정한 차림으로 내 옆에 앉아 있었기 때문에 어느 누구도 "쟤는 누구야?" 할 수 있을 만큼 가볍게 보이질 않았다. 오히려 그녀가 있어서 분위기가 화사해졌다는 느낌이 들 정도였다.

파티가 끝나고 내가 술을 몇 잔 마셨으므로 택시로 집에 보내준다고 고집하길래 네가 사는 집이 어디냐고 물었더니 신촌 이대 뒷문에 하숙을 얻어놓고 산다고 했다. 그러지 말고 내가 그 쪽으로 먼저 가서 너를 떨어뜨리고 돌아오겠다고 했더니 좋다고 했다. 그 동네에는 '빨간 모자'나 '인 마이 라이프' 같은 재미있는 이름이 붙은 소형 카페가 길가에 붙어 있었고 우리는 그중 한 집에 들어가서 칵테일을 마시며 이런저런 얘기를 나누기 시작했다. 말 그대로 흔한 학생 데이트였다. 내가 남학생 역할을 맡았기 때문이다.

우리는 무려 새벽 네 시까지 다섯 시간 이상을 둘이서 머리를 맞대고 이야기를 나눴는데 무슨 내용의 말을 했는지 지금은 아무 기억도 안 난다. 그건 아무 문제도 아니었다. 진짜 문제는 칵테일을 수십 잔씩 마셨지만 쌍방에 아무 흐트러짐이 없다는 것이었다. 그래서 우리는 다시 약속했다. 수일 내에 딱 한 번만 더 만나자, 누가 술을 먹고 먼저 뻗는지 그걸 알아낼 때까지만 만나보자. 그것은 사실 서로 다시 만나기 위한 핑계에 불과했다.

그후 우리는 쌍방에 시간을 낼 수 있을 때면 무조건 신촌에서 뭉쳤다. 저녁시간에 내가 내 차에 오르면 그때 새로 들어온 나의 운전기사는 무조건 이대 뒷문 쪽으로 달렸다. 여기서 우리는 운전기사의 역할을 주시해야 한다. 그가 내 두 번째 외도에 결정적 역할을 떠맡기 때문이다. 박혜수의 가까운 대학 친구들도 자연스럽게 우리의 만남에 합세했다. 그녀들은 일사불란하게 나를 술 사주는 조 과장님으로 불렀다.

조 과장님이 된 이유가 따로 있었다. 박혜수가 어느 날 나한테 집 전화

번호를 건네주고 갔다. 마음에 두고 있는 여자가 자기의 집 전화번호를 건네주었다는 것은 상당한 의미를 갖는다. 반은 성공했다고 해도 과언이 아니다. 그 번호가 진짜 자기 집 번호일 경우에 말이다. 어느 날 나는 그녀가 내 전화를 어떤 식으로 받을까 궁금해 하며 전화를 걸었다. 수화기를 드는 소리가 들리길래 얼결에 "여보세요" 했더니 저쪽에서 굵은 남자의 소리가 들렸다. "누구세요?" 혜수 아버지임에 틀림없었다. 직감으로 알 수 있었다. 나는 얼결에 대답했다.

"저는 압구정동의 조 과장인데요."

그랬더니 저쪽에서 "야! 혜수야, 전화 받아라. 압구정동 조 과장이시란다" 하는 소리가 수화기를 통해서 들려왔다. 박혜수가 저쪽에서 전화를 "어머! 조 과장님이세요?" 하고 받으면서부터 지금까지도 나는 쭉 조 과장으로 불리게 된다.

우리 집 딸부터 할머니 그리고 우리 집을 왔다갔다 하는 모든 친지들한테 나의 공식 호칭은 조 과장이다. 단 한 번도 조 부장이나 조 국장으로 진급한 적이 없다. 죽을 때까지 나는 조 과장이다. 이건 딴 소리지만 내 동생 조영수는 부산대학교 음악과 정식 교수인데 평생 '조교수'로 불리고 있다. 중국이나 대만에서는 형님이나 선배님을 '따꺼'로 부르기 때문에 거기선 나를 조따꺼로 부른다. '조 형님, 식사하십시오'가 '조따꺼 쓰팔노마'이다. 하여간 그런 식으로 들린다.

그때 조 과장은 40대 초반이었고 박혜수는 20대 초반이었다. 스무 살의 차이가 났다. 그래서 그랬을까, 외국에서 단조롭게 몇 년 살다 막 들어온 조 과장한테 박혜수는 너무도 예쁘게만 보였다. 처음 만난 날이었던가 두 번째 만난 날이었던가. 그녀가 나한테 만화를 좋아하냐고 해서 나는 만화를 좋아하지 않는다고 했다. 좋고 나쁘고 간에 만화를 잘 읽지 않는다고 했다. 너무 싱겁게 여겨졌기 때문이다.

그러면서 나는 정대철 형님 얘기를 해주었다. 정일형·이태영 박사의 외아들 정대철 형이 나보다 약간 먼저 미국으로 떠났고 일 년 후쯤 나와 윤여정이 뒤따라서 미국으로 건너갔다. 우리가 애틀랜타쯤에서 처음으로 집과 직장을 얻어 안정을 찾았을 때 우리들은 최초로 자비여행을 하기로 타협을 봤다. 우리의 돈으로 장거리 여행을 하는 것이니까 사실은 신혼여행이나 다름없었다. 두 군데를 가기로 정했다. LA와 미조리였다. 캘리포니아의 LA는 나의 서울음대 동창이면서 윤여정이 너무도 좋아하며 따랐던 피아노 전공의 염혜선이 서울 치대를 졸업하고 USC에서 다시 치과공부를 하는 새신랑과 신혼살림을 하는 곳이었고, 미조리는 정대철 형이 김덕신 형수와 막 결혼을 하고 미국으로 건너와 법학박사 학위를 따고 있는 곳이었다. 물론 우리는 양쪽 집을 다 방문했다.

그로부터 10년 후쯤 결과적으로 나는 박혜수와의 관계 때문에 이혼을 하게 되고 나의 음대 동창생 염혜선 역시 함께 살던 치과의사와 이혼을 하게 된다. 양측이 이혼을 결행한 이후로 윤여정과 염혜선은 동생 언니로 계속 친한 관계를 유지하게 되고 나는 미국에서 그때 처음 만난 치과의사 서상우와 지금까지 쭉 죽고 못 사는 친구관계를 유지해오고 있다. 그러니까 이혼 이후 여자는 여자끼리 뭉치게 되었고 남자는 남자끼리 뭉치게 된 것이다.

공교롭게도 윤여정·조영남 팀이 염혜선·서상우 팀을 찾아갔을 때 그들은 USC대학 기숙사생이었고 김덕신·정대철 팀을 찾아갔을 때는 그들도 옹색한 대학 기숙사 생활을 하고 있었다. 그런데 너무도 이상하고 놀라웠던 일은 대철이 형네 기숙사 방에 들어갔을 때 방 입구에 쌓여 있던 열댓 권의 한국 만화책이었다. 그때나 지금이나 나는 만화책을 읽은 적이 없다. 그래서 "형! 이거 애들 보는 만화책 아냐?" 했더니 대철이 형 왈, 딱딱한 법 공부를 하다가 만화책을 들여다보면 근사한 휴식이 된다고 했다.

박혜수는 나를 만나자마자 자기는 만화를 무척 좋아한다며 자기 친구들과 이현세의 만화『공포의 외인구단』퀴즈대회를 열면 자기가 매번 일등을 차지한다고 했다. 어떤 장면에 누가 나타났느냐, 어떤 대사를 던졌느냐 뭐 그런 걸 문답식으로 퀴즈게임을 하는 모양이었다. 나의 듣는 태도가 좋았는지 그녀는 아예『공포의 외인구단』얘기를 나한테 첫 장면부터 순전히 언어로 이야기로 들려주는 것이었다. 박혜수는 내가 그걸 못 읽었다고 했을 때 잘됐구나, 기회가 왔구나 싶은 폼으로 나한테 재잘재잘 만화스토리를 풀어나가는 것이었다.

그런데 그것은 만화 얘기가 아니었다. 내가 듣기에도 그것은『닥터 지바고』를 능가하는 일대 서사시며 파노라마였다. 나는 이 세상에서 그렇게 재미있게 얘기하는 사람을 처음 봤다. 정말 얘기를 재미있게 해나갔다. 물론 나는 그녀가 얘기를 시작하자마자 이미 이삼 분 이후부터는 얘기의 줄거리를 잊어버렸다. 사실 나는 만화의 줄거리 따위엔 큰 관심이 없었다. 단지 그걸 얘기로 풀어나가는 박혜수의 입 모양과 수십 명 주인공들의 역할이 거침없이 그녀의 입 안에서 술술 풀려나가는 게 너무도 신기해서 스토리고 뭐고 간에 넋을 잃고 그녀의 입과 얼굴만 바라보고 있었던 것이다.

그녀는 흥이 나서 약 두 시간 가량을『공포의 외인구단』스토리 하나로 끌고갔다. 새벽 두 시, 카페가 문을 닫는 시간이 되자 나는 장소를 한적한 여관방으로 옮기자고 했다. 한강 고수부지나 미사리 방면으로 나갈 수도 있었지만 나도 하필 왜 근처 여관으로 공연장소를 정했는지 잘 모르겠다. 음식도 좀 쉬었다가 다시 먹으면 맛이 없고 스토리가 있는 이야기도 중간에 끊었다가 다시 하면 신명이 죽는다. 나는 스토리를 빨리 연결하기 위해서 가까운 여관으로 가야 한다고 강력하게 주장했다. 맹세코 얘기를 듣는다는 걸 빌미 삼아 그녀를 자연스럽게 유인해서 뭘 어떻게 수작을 걸어보려는 생각은 절대 없었다. 나의 순수성을 감지했기 때문에 실제로 그녀는 여관방까지 따라 들어와서 이른 새벽까지 『공포의 외인구단』 얘기를 들려주었다. 나는 그때 식구들을 미국에 두고 혼자 나와 있을 때였다.

나는 그녀한테 만화스토리를 잘 들었노라는 증거를 대기 위해 그 다음 날 득달같이 만화대여점으로 달려가 외인구단 열댓 권을 빌려서 읽기 시작했다. 그런데 아! 이를 어쩌란 말인가. 도무지 진도가 나가질 않았다. 만화의 그림은 너무나 유치해 보였고 거기 나오는 주인공의 대사들도 너무나 유치방창하게만 여겨졌다. 초등학교 때인가 중학교 때인가, 나는 타잔이 나오는 『밀림의 왕자』라는 만화를 끝으로 그동안 단 한 권의 만화책도 읽은 적이 없었다. 내게는 박혜수의 입술 다큐멘터리가 훨씬 재미있게 여겨졌다. 나는 그때도 지금도 『공포의 외인구단』 스토리가 어떻게 전개되는지 전혀 모른다.

'외인구단' 해프닝을 통해서 내가 얻어낸 것은 스토리 자체보다는 그 스토리를 말로 풀어준 박혜수가 천부적인 두뇌를 소유한 천재라는 것이었다. 그것이 내가 내린 판단이었다. 사랑에 눈이 멀어 그런 판단을 내렸다고 해도 나는 상관없다. 누가 뭐래도 그녀는 천재였다. 그녀 주변의 남자친구들 대여섯 명이 하나같이 서울법대 출신으로 그 당시 고등고시를 최연소로 패스했거나 고시공부 중에 있는 친구들이었다. 그런 친구들과 함께 그때 유행했던 『공포의 외인구단』 퀴즈대회를 열거나 백개몽이라는 이름의 프랑스 장기시합을 벌였는데 언제나 그녀는 기라성 같은 남자친구들을 꺾고 종합순위 1위에 올라서곤 했다.

늙은이가 젊은이들과 친해지는 방법은 수단과 방법을 가리지 않고 그네들의 젊음 속으로 파고드는 것이다. 나는 백개몽을 배운다는 빌미로 그들 속으로 깊숙이 침투해 들어갔다. 어느 세계에도 공짜는 없었다. 박혜수와 내가 낀 자리에 청구된 술값은 항상 내 몫이었다. 그게 무슨 얘기냐 하면 최소한 젊은이들과 맞먹기 위해서는 실력이 있거나 돈이 있어야 했다. 돈으로 사람을 매수하는 것과는 좀 다르지만 안 그러면 즉시 왕따당한다. 그게 현실이다. 따라서 돈은 나의 무기였다. 술값은 걱정 마라, 맘껏 마시자, 양껏 마시자. 그것이 우리의 모토였다. 마침내 나는 그들과 함께 공식모임을 출범시킬 수 있을 정도로 그들과 가까워졌다. 그게 바로 '데드 드링크 소사이어티'였다. 당시 선풍을 일으켰던 로빈 윌리엄스 주연의 영화 「데드 포에트 소사이어티」 즉 「죽은 시인의 사회」를 패러디한 것이었다.

내가 이런 식으로 일을 풀어나간 이유는 단 한 가지다. 박혜수가 너무도 예뻤기 때문이다. 예쁜 여자가 똑똑하다. 똑똑하기까지 하다. 세상에 이보다 더 완벽한 신의 창작물이 어디 있단 말인가. 잘생긴 남자가 똑똑한 경우는 꽤 많다. 남진·나훈아처럼 잘생긴 남자가 노래까지 잘 부를 수도 있다. 그러나 세상에 예쁜 여자가 똑똑한 경우는 매우 드문 법이다.

아침에 잠에서 깨면 내 양볼의 아구창은 얼얼하고 뻐근했다. 그럴 만한 이유가 있었다. 박혜수를 바라만 보고 있어도 그녀가 너무도 예쁜 나머지 나는 나도 모르게 양쪽 어금니를 꽉 무는 버릇이 생겼기 때문이다. 예쁜 어린아이나 강아지를 보면 깨물어버리고 싶어서 어쩔 줄 모르는 현상과 비슷했다. 그러니까 한마디로 나한테는 그녀가 그만큼 자지러지게 예뻐 보였던 것이다. 그것은 결코 내 잘못이 아니었다. 나는 예쁘고 똑똑한 여자 앞에서는 사족을 못 쓰는 불치의 남성 유전자를 타고 났기 때문이다.

글쎄 나는 박혜수를 만나기 훨씬 전 당대 최고의 예쁘고 똑똑한 여자를 만나 일평생을 함께 살기로 작정을 하고 결혼식까지 치르고 자식까지 낳고 남부끄럽지 않게 잘 살아왔는데, 빌어먹을, 15년도 못 채우고 내 앞에 또 젊고 예쁘고 똑똑한 여자가 나타나게 된 것이다. 내가 생각해도 나한테는 지병이 하나 있었다. 뭔가 하나를 좋아하면 미친듯이 편집증적으로 좋아한다는 것이다.

누구한테나 그런 경향은 조금씩 있는 법이다. 나의 문제는 절제가 잘 안 된다는 것이었다. 절제가 필요 없는 경우도 있다. 가령 내가 필립 거스턴의 그림을 미치도록 좋아하는 것, 시인 이상李箱의 시詩를 미치도록 좋아하는 것, 가수 출신 이장희가 미국 라스베이거스 근처의 데스 밸리, '죽음의 계곡'을 백 번도 넘게 찾아간 것, 전유성이 앉기만 하면 자기 말로 여자들한테 근사하게 보이기 위해서 소주를 맥주 글라스에 가득 부어서 몇 잔이고 벌컥벌컥 마시는 것, 그런 것은 구태여 규제할 필요가 없는 것들이다. 내가 최근 「콘스탄트 가드너」라는 영화를 네 번씩이나 찾아가서 보고 또 보고 한 것, 그런 건 규제 대상이 아니다. 그러니까 나는 착각을 한 것이었다. 예쁘고 똑똑한 여자를 보기 위해서 계속 찾아가는 게 규제 대상이 아닌 줄 알았던 것이다. 깜빡 잊었거나 내 머리가 살짝 돌았던 것이다.

나는 그때 막 배운 불란서 장기를 신촌이나 압구정동 카페가 문을 닫을 때까지 박혜수를 상대로 두다가 딱 한 판만이라도 이겨보기 위해서 필사적으로 그녀를 붙들고 늘어졌다. 한 판만 더 두자, 그렇게 딱 한 판만 소리를 하면서 급기야는 장소를 가까운 여관으로 옮겨갔다. 물론 거기 있는 친구들을 몽땅 몰고 가는 식이었다.

그녀가 내일 학교시험이 어쩌구저쩌구 하면 내가 말했다. 너는 이미 천재다, 학교 애들처럼 머릴 싸매고 공부를 안 해도 너는 잘할 수가 있다, 뭐가 잘못되면 내가 너의 선생을 찾아가 문제를 해결해주겠다, 그렇게 막무가내식으로 몰아갔다. 나는 그때 사실 미국에서 막 돌아와 다시 가요계에 컴백했기 때문에 엄청난 인기를 끌었고 따라서 이 나라에선 마음만 먹으면 다 된다는 자신감에 꽉 차 있었다. 그녀의 학점쯤은 전화 한 통으로 끝내줄 수 있을 듯싶었다. 실제로 나는 그녀가 다니는 대학의 이사장 큰아들과 절친한 사이였다.

나는 눈에 콩깍지가 껴서 거의 미쳐 돌아가고 있었다. 급기야는 그녀를 내 소유로 만들고 싶다는 욕망이 서서히 싹터왔다. 어이없는 욕망이었다. 그래서 나는 주말을 낀 마산 지방공연에 그녀를 정중하게 초대했다. 그녀가 버스를 타고 왔다. 공연을 끝내고 우리는 자연스럽게 내가 묵고 있는 호텔방으로 들어왔다. 몇 판의 백개몽을 둔 다음 그로부터 다른 게임의 승강이가 벌어졌다. 아! 세상의 모든 남녀들이 얼마나 이런 대책 없는 승강이를 벌이는가.

새벽쯤이 다 되었을 때 그녀가 나한테 울면서 최후의 고백을 했다. 나는 얌전하게 그 고백을 들었다. 그녀는 먼저 사귀는 남자로부터 이상한 성병을 얻게 되었고 지금 치료 중이라는 것이었다. 그런 사정도 모르고 밤새 그녀와 승강이를 벌인 것이 나는 너무도 부끄럽고 창피했다. 어른스럽지 못했다.

이튿날 아침 곱게 그녀를 서울로 올려보낸 나는 나대로 서울로 올라와 잘 아는 비뇨기과 친구를 찾아가 사정 얘기를 하고 조제증서를 받아내서 최고의 알약을 사다가 그녀에게 바쳤고 만날 때마다 효과가 어떤지를 체크해나갔다. 몇 개월 후에야 알게 되었다. 그건 그녀가 꾸며낸 연극이었다.

나는 그때까지도 내가 바람을 피우고 있다는 사실을 까맣게 몰랐다. 너무도 '헤까닥' 돌았기 때문이다. 나는 지금도 그때의 나를 비난하지 않는다. 왜냐하면 누구나 한 번쯤은 임자를 너무 잘 만나거나 너무 잘못 만나면 제정신을 잃고 헤까닥 돌게 되는 법이다. 내 쪽에서 보기에 예쁘고 똑똑한 박혜수를 만난 건 너무도 잘 만난 것이고 세상 쪽에서 볼 때 유부남이 20대 초반의 여자를 만난 건 심히 불륜이었다. 이쪽은 사랑이고 저쪽은 불륜이다. 사랑이건 불륜이건 둘다 광기의 열병이긴 마찬가지다. 사랑에 눈이 멀고 장님이 되었다는 의미가 무슨 뜻인가. 앞뒤를 가리지 못한다는 뜻이다.

나는 지금 중국대륙의 고비사막을 횡단하며 짬짬이 이 대목을 쓰고 있다. 함께 사막을 횡단하게 된 40대 초반의 미망인으로부터 그녀가 첫 남자를 만났을 때의 얘길 소상히 들었다. 남자를 처음 본 순간 자신의 심장이 땅바닥으로 뚝 떨어져 내려앉더라는 것이다. 그 다음 얘기는 하나마나한 얘기고 들으나마나한 얘기다. 도대체 자신의 심장을 관리하는 남성 앞에서 그녀가 뭘 어떻게 했겠는가 말이다. 그녀가 할 수 있는 일은 딱 한 가지, 헤까닥 미치는 일이었다. 그게 정답이다. 그 일순간의 헤까닥 때문에 그후 20년간 그 남자와 애 낳고 쭉 살게 됐다는 것이다.

내 얘기 역시 그렇다. 박혜수 앞에서의 헤까닥이 서서히 문제를 야기해나갔다. 애당초부터 헤까닥과 현실은 조화롭게 매칭되는 게 아니었다. 나는 집이 있는 남자였고 아내까지 있는 남자였다.

그즈음 "요즘 왜 그래?" 내 아내가 낮고 탁한 소리로 물어왔다. 그때는 우리 가족이 막 서울에 정착했을 때였다. 그녀는 이미 신촌 박혜수에 대해서 너무나 잘 알고 있었다. 나는 그때 우리나라 남자들의 방식대로 뭘 그러긴 뭘 그러냐고 시치미를 딱 잡아떼면서 신촌 쪽에 뭐가 있냐, 신촌 쪽에 발을 들여본 적조차 없다, 이 나이에 신촌은 무슨 신촌이냐, 천연덕스럽게 닭 잡아먹고 오리발 내미는 작전을 폈어야 하는데 처음엔 한사코 신촌에는 몇 번 간 적이 있고 친구 딸이 외국 유학을 못 견디고 돌아와 여러 친구들이 함께 돌보는 중이라고 둘러댔지만 이미 그녀는 나의 행적과 행태를 너무나 빠삭하게 꿰뚫고 있어서 도저히 빠져나갈 엄두가 안 생기는 것이었다.

별수 없이 일단 사태를 모면하기 위해서 나는 양손을 들었다. 항복했다. 다시는 신촌에 안 나간다, 거기 가면 사람도 아니다. 그러나 나는 찬스만 생기면 어느새 신촌 쪽으로 가고 있었다. 그런 일이 두세 번 반복되면서 나의 바람 아닌 바람의 행각이 어느새 훤히 드러났다. 드러날 수밖에 없었다. 장가 들어 애기까지 하나 있는 서른두 살짜리 당시 나의 운전기사 녀석이 뒷구멍으로 자기 누나한테 찔러 바쳤던 것이다. 녀석의 먼 친척되는 누나와 내 아내는 같은 동기의 여고생 친구들이었다. 아! 치사한 사나이! 나는 아무리 아내 친구의 동생이라고 해도 내가 직장을 준 것이니까 내 편을 들어줄 줄 알았고 무엇보다도 남자는 남자 편을 든다는 생각을 하면서 설마 했는데 설마가 사람을 죽인 꼴이었다. 그렇다고 나는 그 녀석의 비양심을 비난할 입장도 아니었다. 내가 지금 누구의 양심을 비양심이라고 부르는지 모르겠다. 급기야 나한테 불어온 바람은 그냥 보통 스쳐 지나가는 바람이 아니라 지붕과 집채까지 날리고 가족까지 날려 보내는 쓰나미가 됐다.

쓰나미 현상이 신문에 실렸다. '조영남 윤여정 이혼'. 웃긴다. 당시 신문과 방송에는 성격 차이가 이혼의 원인이라고 났다. 그것은 새빨간 거짓말이었다. 원인은 나의 바람이었다. 전적으로 내 잘못이었다. 내가 잘못한 모든 것이 들통이 나고 까발려질까봐 그냥 성격 차이 때문에 헤어진다고 둘러댔다. 빠꼼이 기자들이 물었다. 여대생 때문에 문제가 생긴 것 아니냐. 그때 나는 태연한 척하며 내 인생 최대의 연극을 했다. 자주 만나는 여자가 있긴 있었다. 그러나 별것 아닌 관계다. 삼촌과 조카 관계로서 가끔씩 만나 차 한 잔 마시는 수준이다. 맘만 먹으면 당장 안 만날 수도 있다. 이런 식으로 대충 급한 불부터 꺼나갔다.

그러나 나는 어느새 또 신촌이나 압구정동에 나가 또 그 처녀를 만나 밤새 해갈대다가 돌아오는 것이었다. 이젠 더 이상 집사람 앞에 내놓을 핑계거리가 없었다. 나는 너무도 아내한테 거짓말쟁이로 굳어져서 비장의 카드까지 손수 만들어서 내밀게 되었다. 소설을 쓴 것이다. 너무도 다급했기 때문이다. "내가 잘못했다. 내가 잠시 미쳐서 너한테 못할 짓을 했다. 그 죄의 대가로 남편으로서의 권리를 몽땅 너한테 이양하겠다. 그러니 오늘부터 나를 건넌방 아저씨로만 남게 해달라. 그렇게 있으면서 아빠 노릇 남편 노릇은 충실히 다 하겠다." 왕년에 최은희·김진규 주연의 「사랑방 손님과 어머니」의 즉석 패러디였다. 최후의 발악 같은 것이었다. 사람들은 자기 자신의 연극은 자기 자신이 직접 대본을 쓰고 자기 자신이 주인공이 되어서 자기 자신이 연기하고 연출한다.

그러나 나의 연극은 전혀 먹혀들지 않았다. 관객이 너무 냉정했다. 마지막 내민 카드는 아무 위력도 발휘하지 못했다. 잘못을 시인하고 용서를 비는 일은 간단하다. 잘못했다, 다시는 그 여자 안 만난다, 다시는 바람피우지 않는다고 하면 그만이다. 그러나 내가 쓴 대본은 너무 어설펐다. 사랑방 아저씨 운운한 건 무슨 미련이 남았다는 뜻이다. 뻔하다. 사랑방에 머물면서 나는 계속 밖으로 나가 젊은 여자를 만나겠다는 심사였다. 어떤 경우에도 칼자루는 사실상 내가 쥐고 있었다. 내가 다시는 신촌엘 나가지 않았으면 끝나는 일이었다. 그런데 나는 칼을 잘못 썼다. 칼자루를 잘못 잡았다. 그후 엉망이 된 걸 미루어보면 안다. 그럴 바에야 차라리 애당초부터 모르쇠 작전으로 밀고 나갔어야 했다. 젊은 여대생과 사귀는 걸 들켰을 때 나는 소위 오리발 작전으로 나갔어야 했다. 같이 있

190

는 현장을 들켰어도, 둘이 알몸으로 이불 속에 있는 현장을 들켰어도 "무슨 소리 하는 거야? 나 이 여자 모르는 여자야. 그런데 이 여자가 왜 내 옆에 누워 있는 거야?" 시침 뚝 떼고 그런 연기를 했어야 했다.

우리들 남자친구끼리 있을 때는 만날 연습하는 대목이었는데 실제 상황에선 영 다르게 풀렸다. 거짓말도 요령 있게 했어야 했다. 나는 거짓말 기술이 약했다. 그래서 거짓말을 하느니 솔직작전으로 나가는 게 효과적일 것 같았다. 인간답게 남자답게 솔직하게 말하면 통할 것 같았다. 그래서 "그래, 나 바람피웠다. 봐주라." 결과적으로 이렇게 나갔다가 유혈이 낭자해진 것이다. 맞붙은 상대 여자가 말했다.

"지금 바람피웠다고 그랬지? 그럼 남자 하나에 여자가 둘, 합이 셋이네?"

그녀는 계산이 빨랐다. 뺑뺑이가 아니라 입학시험을 치러서 서울에서 제일가는 명문고에 들어간 실력파였다. 그녀가 최종선고를 내렸다. 선고 내용이 깔끔했다.

"세 사람이 함께 살 수는 없지. 나는 혼자 살 테니까 둘이 나가서 잘 살아봐."

「사랑방 손님과 어머니」도 싫고 「글루미 선데이」도 싫다는 얘기였다. 자기는 「장수만세」에 출연할 때까지 「부부만세」로 살겠다는 얘기였다. 세 사람이 함께 살 수 없다는 통보를 받고 나는 그 길로 집을 나왔다. 왜 꼭 두 명이 살아야만 하나, 세 명이 함께 살 수는 없는 건가, 그런 망상을 하면서 말이다.

가방 하나 들고 집 나오다

첫 번 이혼은 매우 서툴렀다. 두세 번째라면 모를까, 난생 처음 치러보는 이혼이라 말 그대로 얼떨결에 치를 수밖에 없었다. 노련한 핑계처럼 들릴지 모르지만 나는 아이들의 엄마와 헤어진다는 걸 꿈에도 생각 못했다. 나는 그저 나이 어린 대학생 처녀와 좀 강도 높은 관계를 갖고 있을 뿐 그 관계가 장차 나의 가정까지 파괴할 것이라는 것은 엄두조차 못 냈기 때문이다. 나는 그 처녀한테 내가 곧 가정을 깰 것이라는 언질을 준 적도 없고 내가 가정을 깼을 경우 너는 나를 어떻게 받아들일 것인지 뭐 그런 얘기도 꺼내본 적이 없었다. 가정불화 같은 것과는 아무 관계없이 맹탕으로 놀아났었다. 그래도 될 것 같은 생각이 들었던가, 뭐 그랬다.

만일 내 아내 쪽의 어느 누가 박혜수를 찾아와 당신 때문에 조영남 씨가 가정을 깨게 생겼는데 그 점에 대해서 어떻게 생각하느냐 물었다면 아마도 박 처녀는 펄쩍 뛰면서 말했을 것이다. "무슨 말씀을 그렇게 하세요. 제가 조 과장님과 가깝게 지낸 건 사실이에요. 그러나 우리는 오빠 동생, 삼촌 조카 사이를 넘지 않았어요. 전 정말 몰랐어요. 만일 조 과장님이 저를 만나는 것 때문에 가정불화까지 생겨났다면 제가 사과드리겠습니다. 그리고 다시는 조 과장님을 안 만나겠습니다. 저는 조 과장님이 그저 재미있어서 만난 거지 안 만나면 못 배기는 연애감정 같은 절박함 때문에 만났던 건 아니었습니다. 정말 죄송합니다. 저한테는 제 또래 애인도 있고 남자친구도 있습니다. 저한테 신경 끄라고 전해주세요." 아마도 이쯤 대답했을 것이다.

그러나 아내 쪽에서 서류를 준비하고 변호사까지 앞세워 빈틈없이 나를 이혼법정까지 몰고가는 바람에 나는 거의 체념 상태에서 에이! 될 대로 되라지 하면서 그쪽 보조에 맞추어나갔다. 지금은 다 지나가서 편하게 얘기할 수 있지만 나는 단 한 번도 박혜수 없인 못 산다, 가정을 깨는 한이 있어도 나는 박혜수를 만나야 한다, 박혜수와 나머지 인생을 함께 해야 한다, 더구나 박혜수가 나의 두 아들을 떠맡을 수도 있다, 뭐 연습으로라도 그런 생각을 해본 적도 없고 먹어본 적조차 없었다. 내가 그 당시 나이 좀 어린 처녀한테 빠져서 정신이 혼란스럽긴 했지만 정신머리까지 잃은 건 천만에 아니었다. 나는 그런 혼란스런 상태를 집에 돌아와서 집사람한테 시시콜콜 말했어야 하는데 그걸 못했다. 별것 아닌 일로 생각돼서 구구하게 말해봐야 구차해질 것 같아 말을 못했다. 자존심 접고 나의 외도에 대해 약간의 언질만 줬어도 아무 탈 없이 해결될 수 있는 사안이었다.

사태 수습을 위해선 치사해도 해야 할 얘기는 했어야 한다. 의혹이 더 커지기 때문이다. 말을 안 하고 상대적으로 의혹만 커지니까 자꾸 쥐를 구석으로 몰듯이 나도 쫓기고 쫓겨 코너에 몰린 쥐새끼처럼 앙 하고 덤비는 형국으로 최후를 장식하게 된 것이다. 한마디로 성질을 부리게 된 것이다. 나한테는 본래부터 앞뒤 분간 없이 욱하는 성질이 고질병처럼 남아 있었고 그 병이 심하게 도진 셈이었다. 결정적으로 욱하게 된 이유도 있었다. 내가 극한 상태의 코너에 몰렸을 때 누군가 그쪽에서 나한테 무서운 경고를 했다. 나는 그걸 어떤 채널로 전해 들었다. 이런 식이었다. '네가 가정을 포함한 우리의 울타리를 벗어나면 너는 즉시 죽게 된다. 가수로서도 죽고 인기도 떨어지고 방송에도 못나오고 그냥 죽게 된다.' 뭐 그런 내용의 경고였다. 나는 아주 어릴 적부터 그런 경고를 들어왔다. '너 한 구멍을 파야 물이 나오지 너처럼 여러 구멍을 파면 평생 물 구경 못해. 너 음악이면 음악, 미술이면 미술 딱 한가지만 해야지 이것저것 다 하다보면 천상 밥 굶게 돼!' 뭐 이런 경고였다. 거듭 말하지만 나는 명색이 남자였다. 그런 소리까지 듣고 내가 손을 싹싹 비비며 숙이고 들어갈 수는 없었다. 나한테도 오기가 있었다. 나는 오기를 긴급 발동했다. 최후의 자존심이 짓밟혔기 때문이다. 좋다, 그럼 어디 내가 죽나 안죽나 보자. 이렇게 욱하면서 결말을 봤던 것이다. 어쩌면 내가 지금 가당치도 않은 소설을 써내고 있는지도 모른다. 왜냐하면 모든 나의 과거는 내 편리한 대로 편집까지 적절하게 가미되어 나의 뇌리에 남아 있기 때문이다. 어쨌거나 내가 판 두 개의 우물에선 그런대로 물이 잘 고이고 잘 나온다.

남자가 한번 에잇! 하고 칼을 뺐으므로 호박이라도 한번 썰어야 했다. 그러나 이때 누군가가 나서서 나한테 이러시면 안됩니다, 성질 죽이십시오, 한마디만 했어도 나는 빼든 칼을 다시 칼집에 쑤셔 넣을 수가 있었다. 그런 인물이 나서주길 내심 기대했으나 아무도 나를 말리는 사람이 없었다. 아마 이 대목을 읽는 몇몇 친구들은 그럴 것이다. "미친 시키 주접떨고 있네 우리가 널 몇날 며칠이나 말렸냐 그때 니가 이시캬 우리말 듣기나 했냐 이시캬 그때 넌 완전 돌아 있었다. 이시캬" 실제로 나는 주변 친구들이 봐도 구제불능의 상태에 돌입해 있었는지도 모른다.

나는 하는 수 없이 그때 새로 사놓았던 루이 비통 백에 팬티, 셔츠 등

간단한 옷가지를 챙겨들고 집을 나오고야 말았다. 빼든 칼로 진짜 호박을 찔러버린 것이다. 제대로 찍어버린 것이다. 왜냐하면 그로부터 나는 단 한 번도 내 가족이 사는 서울 서부이촌동 신동아아파트를 찾아들어간 적이 없기 때문이다. 집을 나오자 막상 갈 곳이 없었다. 막막했다. 왠지 호텔에 들어가는 것도 이상할 것 같았고 친구네 집을 찾아가면 더욱 소란스러울 것 같았다. 그래서 내가 기어들어간 데가 조정래 김초혜 씨 집이었다. 거기가 최후로 내가 기댄 집이었다. 경황도 없고 창피하기도 해서 지금껏 고마웠다는 얘기 한마디 못 전했는데 이 지면을 통해서 새삼 고마웠다는 인사를 전한다. 그들 부부는 내가 미국에서 『어느 한국 청년이 본 예수』의 원고를 써들고 왔을 때 그분들이 민예사라는 출판사를 운영하고 있을 때여서 기꺼이 내 원고를 책으로 발간해주었다. 그래서 알게 되었다. 그때 나는 그분들이 나중에 이 나라의 대 문호로 올라선다는 걸 꿈에도 짐작하지 못했다. 거기서 며칠 지내다가 미리 약속되어 있었던 밤무대에 출연하러 부산으로 내려갔다. 며칠간의 부산 체류를 끝내고 나는 서울로 돌아오긴 했지만 방향을 내 본래의 집 서부이촌동 쪽으로 틀지 않고 비밀리에 은평구 큰길 거리에 있던 4층짜리 건물 옥탑방으로 기어들어갔다.

거기는 나의 스케줄을 봐주던 후배 혁이 세들어 사는 집이었다. 보증금 몇백 만 원에 몇십 만 원짜리 월세 옥탑방에 딸려 있는 쪽방에 숨어들어갔다. 어른 두 사람이 들어가서 누우면 꽉 차는 비좁은 방이었다. 그러나 은신처로는 안성맞춤이었다. 나는 평소 남부럽지 않게 쾌활하고 옷 잘 빼입고 다니던 혁이 그런 옹색한 곳에서 새색시와 함께 살고 있는 줄은 정말 몰랐다. 하기야 옛날엔 우리 모두가 옹색했다.

혁이는 원래 「그건 너」의 가수 이장희 쪽 사람이었는데 이장희가 갑자기 미국으로 건너가는 바람에 미국에서 배턴터치를 하듯 막 나온 나의 뒷일을 도맡아 봐주고 있던 터였다. 그리고 그때부터 혁이의 맹활약이 시작되었다. 맹활약이라함은 내가 이혼 위기에 처해 있다는 사실을 신문과 방송이 눈치를 못 채게 하는 일이었다.

그러나 불가항력이었다. 도피생활 채 일주일도 못 되어 당시 『레이디경향』의 오광수 기자가 나의 비밀 아지트로 찾아왔다. 벌써 나에 관한 소식이 밖으로 새나갔다는 의미였다. 그때 특집 기사를 따내서 그랬을까, 그는 지금 『경향신문』의 문화부장까지 올랐다. 신문 쪽으로는 당시 연예기사의 통로 역할을 맡던 『일간스포츠』의 신대남 기자가 눈치를 채고 있었다.

혁과 나는 골방에 마주앉아 이혼에 관한 최종 회의를 개최했다. 이대로 시간만 끌 수는 없다, 신문 쪽에서 써갈긴다고 난리다, 결정을 내려야 한다, 집에 돌아갈 생각 없냐, 없다. 확실히 없냐, 없다. 그럼 이혼으로 확정된 거다, 두말하기 없기다. 그 이후로 자연스럽게 위자료 문제가 대두되었다. 재산분배에 관한 문제였다. 재산분배 문제는 의외로 간단했다. 합의이혼일 경우 재산의 반을 나누고 두 아이를 키우는 쪽에서 양육비와 교육비를 받아내면 되는 것이었다. 우리는 물론 합의이혼이었기 때문에 많지 않은 재산이지만 반을 나눠 가질 수가 있었다.

내 쪽에서는 재산의 반이 아니라 반의 반이라도 떼어주면 불만 없겠다는 입장이었고 저쪽에선 무슨 소리냐, 잘못은 네 쪽에서 저질러놓고 염치없이 무슨 돈을 내라는 거냐, 그래도 어디 가서 잠잘 곳은 있어야 할 것 아니냐, 노숙자 노릇을 하라는 거냐, 다만 몇 달치 월세값이라도 내놓아야 할 것 아니냐, 몇 번인가 옥신각신했다. 그러나 다행히 큰소리는 나오질 않았다. 나의 위자료 승강이를 옆에서 지켜보던 혁이가 어느 순간 버럭 소리를 질렀다.

"아이, 형! 다 주고 나와. 쩨쩨하게 그러지 마. 궁상떨지 말고 더 이상 돈 달라는 소리 하지 마. 내가 고스톱 쳐서 형 멕여 살릴 테니까 다 주고 나와. 빈 몸으로 나와."

양변기 하나와 옆에 수도꼭지 하나만 있는 방 두 칸짜리의 혁네 집에 숨어 있으면서 나는 이틀 낮밤을 고민했다. 녀석의 말대로 다 줘버릴 것이냐 몇 푼이라도 받아들고 나오느냐. 다 주고 나오면 나는 거지다. 빈털터리로 당분간 길거리에 나앉아 구걸이라도 해야 한다. 광화문 지하철 출구 위에 자리 하나를 깔고 앉아 통기타를 치면서 「어메이징 그레이스」나 「딜라일라」 혹은 「제비」를 구성지게 부르면 하루 벌이가 쏠쏠하겠지만 자존심이 허락하질 않는다.

그런데도 혁이는 다 줘버리라고 재촉을 한다. 혁이 녀석은 내 속을 모른다. 나는 절반의 재산을 다 양보하는 대신 열 평짜리 아파트 전세비 정도만이라도 받아내야 한다는데도 녀석은 무조건 시원하게 다 줘버리자는 것이다. 그러나 내가 혁이의 의견을 무시했을 경우가 더 큰 문제였다. 곰곰이 생각해보니까 그랬다. 나는 후배 혁이를 앞으로도 평생 보면서 살아야 하는데 저 녀석이 나를 어떻게 생각할 것이냐가 문제였다. 내가 몇푼이라도 돈을 챙겨내면 보나마나 저 녀석은 남은 평생 나를 쫀쫀한 형, 치사한 형으로 치부할 것 아닌가. 같은 남자한테 그런 소릴 듣고 살 순 없다. 그렇게 취급당할 수는 없다. 그래서 혁한테 최종결정을 털어놓았다.

"혁아! 다 주고 나오자. 그 대신 아이들 교육비만은 그쪽에서 대라고 해라."

나에게 사랑은 소탐대실 그 자체였다. 작은 것 탐내다가 큰 것을 다 잃어버린 것이다. 터놓고 말해서 젊은 여자 좋아하다가 벌어놓은 돈, 벌어놓은 인기를 몽땅 날려버리게 된 것이다. 말이 재산이지 그 당시 나의 재산이라고는 합쳐봐야 1억도 턱없이 모자라는 꾀죄죄한 재산이었다. 그러나 먼 훗날 나는 혼자서 알게 된다. 그 결정이 나를 다시 살리는 소실대탐, 작은 것 주고 큰 것을 얻은 것이 되었다는 얘기다.

　알량한 재산 몇 푼 남겨두고 나온 걸 가지고 나는 바티칸의 공식 면죄부라도 받은 것처럼 의기양양했다. 있는 재산 몽땅 주고 쫓겨 나왔다, 내가 생각해도 멋지다. 남자답다. 그러나 쫓겨났다는 표현은 내 쪽에서 일방적으로 꾸며 쓴 어휘다. 저쪽에서 나를 밀어내거나 몰아낸 적은 없다. 루이 비통 백에다 중요한 옷가지를 내 손으로 챙겨들고 나온 것만 봐도 알 수 있다. 사실대로 말하자면 내가 내 발로 나왔던 것이다.

　그런데 며칠 후 루이 비통 백을 돌려달라는 연락이 왔다. 그때 나는 처음으로 화를 냈다. 다 주고 나오면서 백 하나 달랑 들고 나왔는데 그것까지 돌려받아야겠느냐, 그리고 도대체 그게 왜 꼭 니 거냐, 내 쪽에서 반박했다. 그쪽에선 자기가 샀기 때문에 자기 거라고 했다. 그럼 니가 살 때 그 돈이 전부 니가 번 돈이었냐 그래도 자기가 자기 지갑에서 돈을 꺼내서 산 것이기 때문에 자기 소유가 맞다고 했다.

　옆에서 전화통화를 듣고 있던 혁이 녀석이 "엣! 쓰팔! 형 루이똥인가 개똥인가 누구똥인지 몰라도 그것도 돌려줘요." 그래서 돌려주고 말았다. 지금은 루이 비통 백을 아무나 들고 다닐 뿐 아니라 남대문, 동대문에도 '짝퉁'이 쫙 깔렸지만 그 옛날에는 무지하게 귀했다. 파리인가 밀라노인가 우리 부부가 유럽 여행 중에 사뒀던 물건이었다.

　나는 비로소 소탐대실의 참의미를 뼈저리게 실감했다. 소탐대실은 모험가들의 숙명이다. 높은 산을 오르는 전문 등산가나 망망한 바다를 뚫고 가는 전문 항해사들은 그래서 목숨을 건다. 사소한 것에 목숨을 걸어서 숙명적으로 소탐대실의 쓴맛을 보는 것이다.

누가 뭐래도 루이 비통 백 하나가 이혼보다 더 중요하지 않다는 보장은 없다. 역설이 아니라 세상살이의 진짜 재미는 소탐대실 쪽에 있는 법이다. 그래서 그보다 약간 격이 모자라거나 떨어지는 바람둥이, 플레이보이, 쾌락주의자, 재미추구자, 사랑전문가 역시 소탐대실의 결과에 벌벌 떨지 않는다. 어떤 원단 사랑전문가들은 소탐대실의 끝장도 두려워하지 않는다. 그것의 끝장은 죽음이다. 그냥 해보는 소리가 아니다. 죽어 없어지는 것이다. 산을 타다 떨어져 죽거나 눈속에 묻혀 얼어 죽는 게 다 그런 거다.

왕년에는 정사나 동반자살 같은 게 멋스러움으로 우대를 받은 적이 있다. 실제로 사랑하는 사람들끼리 손을 맞잡고 강물에 뛰어들거나 독약을 입에 털어넣는 식의 로미오와 줄리엣 혹은 베르테르나 윤심덕은 얼마든지 많았다. 보는 시각이나 느끼는 견해 같은 것도 시류를 타는 것이어서 옛날에는 그네들의 목숨을 건 사랑이 챔피언처럼 보이기도 했지만 요즘 세태에서 보면 그들은 낙오자이며 패배자에 불과하다. 일단 죽고 나면 소탐이건 대실이건 누구도 그걸 상관하지 않기 때문이다.

그렇다고 로미오나 베르테르와 반대로 자기는 죽지 않고 살았다 해서 기뻐할 일은 못 된다. 보나마나 살아남은 사람들은 사실상 모두가 끝장까지 갈 수 없었던 쫌생이들이기 때문이다. 살아남은 쫌생이들은 자연사로 죽을 때까지 천벌처럼 끊임없는 사랑과의 투쟁을 치러야 한다. 그리하여 동물 중에서 가장 지혜로운 인간은 그 지긋지긋한 사랑의 전쟁을 미연에 방지하는 차원에서 결혼이라는 제도를 만들어냈다. 그러나 그런 확고한 제도가 확보되어 있음에도 불구하고 사랑의 투쟁은 끊일 줄을 모른다. 나는 바로 그런 애매한 세상에 살고 있다.

막상 결혼제도는 자동차의 안전벨트 같아서 완벽한 안전장치는 못 된다. 특히 대형사고 때는 그것의 실효성이 참으로 미미하다. 내가 직접 경험해봐서 안다. 소탐대실이 무서웠으면 사전에 방지책을 강구했어야 한다. 점검을 철저히 하거나 속도를 줄이거나 위험한 길을 피했어야 한다. 하지만 나는 한 가닥 본능에 따랐다. 형편 되는 대로 했다. 마음 가는 대로 했다. 그것이 남자가 가야 하는 길이라고 생각했기 때문이다.

결과는 뻔했다. 쾅! 대형사고가 터졌다. 간신히 몸만 건졌다. 차는 폐차 직전이었다. 차를 원래 상태로 복귀하는 건 사실상 불가능했다. 수리비도 수리비지만 우선 수리하는 속도가 너무 더뎠다. 그러나 첨단 기술 시대라 그랬을까. 얼마 후 차는 원래의 모습 비슷하게 돌아왔다. 자동차 기록부에만 한 차례의 사고경력이 추가되고 약간의 보험금만 올랐을 뿐. 죽기살기로 치른 대형사고에서 내가 얻은 교훈은 많았다. 파산에 직결한 건 그렇다 치고 소탐대실의 결과로 연예인에겐 가장 치명적인 인기를 잃었고 평판을 잃었다. 다 잃고 나서 하나 남게 된 건 한 명의 젊은 여자였다. 소탐대실의 뜨거운 맛을 나는 제대로 봤다. 어떤 남자들은 내 옆구리를 쿡쿡 찌르며 자기도 그런 식의 소탐대실을 하고 싶은데 용기가 없어서 못한다고 고백해오는 경우도 있고 젊은 여자를 얻은 건 소탐대실의 반대라고 코치해주는 남자도 더러 있다.

몇 년 후 소탐대실의 유용한 결과물이 하나가 더 생겼다. 이혼을 앞둔 남자 앞에서 큰소리를 칠 수 있다는 것이었다. 보통의 남자들은 위자료 지불 때문에 이혼을 꺼려한다. 이혼 앞에서 서성인다. 이때 나는 그네들 앞에서 양껏 통 큰 남자의 품을 잡고 냅다 큰소리를 칠 수 있다는 것이다. "야! 너 위자료 아까워서 그렇게 끙끙대고 있지? 쫌생이 같은 시키, 기왕 헤어져 살 거면 다 줘버려. 섭섭지 않게 주고 나오란 말야." 나는 이걸 일찍이 사랑하는 후배 코미디언 엄형수 이하 몇 명 후배한테 잘 써먹었다. 나 스스로가 생각해도 나는 엄형수 앞에서 엄청 남자다운 남자였다. 사실 자기가 잘못해서 재산을 몽땅 주고 나왔다는 사실이 뭐가 그토록 대단한가. 그러나 나는 쭉 그런 돼먹지 않은 자아도취 속에서 오랜 기간 살아왔다.

　그러나 이 책을 쓰면서 불현듯 그게 아니라는 걸 깨닫게 되었다. 내가 매우 쪼잔한 남자였다는 사실을 깨닫게 되었다. 나는 그동안 그 알량한 재산을 두고 나왔다는 사실 하나로 이혼하는 남자가 해야 할 도리를 다 했다고 생각해왔다. 그뿐 아니다. 속으로는 내가 해야 할 일을 남들보다 두 배쯤 더했다고 믿어왔다. 그러나 좋은 세월 다 흘려보내고 이제 막판에 와서 돌이켜보니 그때는 내 생각이 짧았다는 것을 깨닫게 된다. 재산상으로는 적절한 배분을 했다 해도 내가 함께 애기 낳고 살았던 상대에 대해 나로 인해서 일방적으로 상대의 마음을 아프게 한 죄과에 대한 벌금을 한 푼도 지불하지 않았다는 사실을 새삼 깨닫게 되었다. 고속도로에서 속도 위반으로 걸리면 보통 7만 원을 지불해야 하는데 나는 사람의 맘을 아프게 한 벌금을 지금까지 단돈 7,000원도 지불하지 않았다. 그래서 내 딴에는 미국에서 일류대학에 다니는 두 아이의 등록금을 형편이 닿는 대로 내줬다. 거기 사립대학 등록금은 엄청 비싸다. 그것도 첨에 재산을 다 주고 나왔으니 절반 가량만 내면 된다고 했더니 막 새짝이 된 박혜수가 쩨쩨하게 굴지 말고 다 내라고 해서 다 냈다. 혁이도 고마웠고 혜수도 고마웠다.

　사실 그보다 더 중요한 게 있다. 신과의 약속을 갱엿 잘라먹듯이 잘라먹은 것이다. 그때 우리는 약속 불이행에 대한 벌과금을 따로 책정도 안 했고 지불도 안 했다. 최소한 나의 첫 결혼에 신과의 중재자 역할을 맡았던 주례 목사님을 찾아가 나같은 엉터리 가짜 신자 때문에 난처한 입장이 된 것에 대한 잘못도 용서를 구했어야 한다. 결과적으로 나는 사랑 약속을 모두 저버린 사람이었다. 그후 아무렇지도 않게 세월은 흘러가고 지금까지 나는 약속을 칼같이 지키는 남자로 행세를 해오고 있었다. 허위 학력도 문제지만 허위 양심은 더 큰 문제다.

그럼 소탐대실을 체험한 나의 사랑행각은 거기서 끝났는가. 다시는 대형사고를 내지 않았는가. 공자 선생이 말했다. 현자는 한 번 잘못을 두 번 반복하지 않는다고. 나는 현자는커녕 영자도 못 되었다. 나는 똑같은 모양의 대형사고를 또 치른다. 또 소탐대실을 한다. 나는 더 이상 공자 선생의 말씀을 경청할 제자의 입장도 못 된다. 그래서 에라, 임시변통으로 공자 대신 내 이름의 말씀을 나 스스로 지어냈다.

"현자는 한 번 잘못을 두 번까진 반복할 수 있다."

그렇게라도 안전장치를 강구해야 했다. 사람에겐 제멋대로 안전장치를 설치할 자유가 있다. 작은 것 때문에 큰 걸 잃게 된다는 소탐대실이 꼭 지켜야 하는 불변의 법칙이라면 나는 지금쯤 모든 걸 다 잃었기 때문에 기진맥진 산소호흡기를 달고 있어야 한다. 피카소 영감님의 경우는 지금쯤 아예 흔적도 남아 있지 않아야 한다. 나는 오로지 두 차례로 끝이 났지만 피카소 영감님은 죽는 날까지 소탐대실의 대형사고를 무려 여덟 차례 이상이나 치르셨기 때문이다.

그런데 인간은 얼마나 간사한가. 인간은 얼마나 불공평한가. 조영남한테는 나쁜 놈, 조강지처와 자식을 버리고 젊은 여자에게 홀린 놈 하면서 난리법석을 떨던 도덕군자들이 피카소 영감한테는 갑자기 태도를 바꾼다. 공식적으로 여덟 여자들 중 나중엔 두 명이 자살까지 하는 대형사고를 치른 영감님을 비난하기는커녕 마치 여덟 번의 부활처럼 여자 바꿔치기를 찬양해대면서 정력이 변강쇠였나 보네, 여자를 바꿔칠 때마다 예술혼이 더욱 깊어졌네 어쩌구저쩌구 해가며 영감님이 그린, 거쳐간 여자들의 초상화를 한 점에 몇백 만 달러씩 주고 경쟁적으로 사들이며 호들갑들을 떤다.

내가 지금 피카소 영감님의 사랑놀이를 따라하거나 비교하는 건 무리다. 동네가 다르고 문화가 다르기 때문이다. 내가 살고 있는 동네에서는 유부남이 다른 여자를 만나는 게 불륜이고 소탐대실이지만 영감님 동네에서는 그에 대한 개념부터 달랐던 모양이다. 유부남이 유부녀를 만나건, 80노인이 18세 처녀를 만나건 그런 건 각자가 알아서 해야 하는 사생활일 뿐이다. 나는 피카소에 관한 어떤 책에서도 그가 여자를 갈아치우는 일에 대한 나쁜 평판으로 괴로워했다는 대목을 읽은 적이 없다. 만일 내가 사는 동네에서 나와 함께 살던 여자가 미치거나 자살을 했다면 나는 곧장 죽음이다. 나도 죽거나 미쳤어야 한다. 그러지 않고선 배겨낼 도리가 없다. 피카소 영감님은 한때 함께 살던 여자 중에서 두 명이 스스로 목숨을 끊었건 여덟 번 이상 바꿔치기를 해댔건 그후 아무 지장 없이 자연사로 마감하셨다.

얼마 전 광화문 시립미술관에서 피카소 전시가 열렸을 때 가봤더니 쭉 둘러보는 중간쯤 지점에 무슨 도표 같은 게 붙어 있었다. 놀랍게도 그림에 등장하는 여자들의 이름이 너무 많아 주최측에서 아예 알아보기 좋게 도표로 그려놨던 것이다. 열 명이 넘었다. 사진·이름·나이·특성까지 일목요연하게 표시되어 있었다. 대한민국 대표 자유인, 로맨티스트, 대표 바람둥이로 지정된 내가 김수희의 노래처럼 피카소 영감님과 그네들의 문화 앞에서 작아지는 정도가 아니라 쫄아들었을 정도였다.

동네가 다르고 문화가 달라서 그렇게 됐다고 일방적으로 둘러댈 순 있다. 실제로 그렇다. 문화가 다르면 생각도 다르다. 우리나라에서 여자친구, 남자친구는 그냥 말 그대로 순수하게 남자친구, 여자친구라는 뜻이다. 그러나 미국에서 마이 걸프렌드, 마이 보이프렌드는 어느 정도 장래를 약속했다는 의미뿐 아니라 섹스까지 교환했다는 의미를 암시한다. 피카소 영감님의 경우만 봐도 서양에서는 이성간에 상대를 바꾸는 일에 매우 관대해 보이는 반면 우리 쪽에선 아직도 야박한 편이다. 보수적이다. 이혼, 재혼이 일반화되었는데도 아직 쉬쉬 하는 게 그 증거다. 화투를 죽기살기로 치면서 화투를 불량한 물건으로 취급하는 경우와 흡사하다.

피카소가 살았던 서양에선 그의 여성편력이 도표로 그려서 설명해야 할 만큼 복잡해도 누구도 그걸 흠이나 약점으로 생각하질 않았지만 내가 살아온 동양에선 사정이 좀 달랐다. 도표를 그리고 자시고 할 것도 없는 딱 한 번의 결혼과 딱 한 번의 단출한 이혼이었는데도 후유증은 엄청 컸다. 흠이나 약점 정도로 넘어가질 않았다. 우선 당사자에 대한 평판이 개판으로 곤두박질쳤다. 거기다가 파산으로까지 이어졌다. 남아 있는 거라곤 달랑 젊은 여자 하나였는데 그녀도 나처럼 황당한 표정만 지었다. 자기는 잘못한 게 없는데 왜 자기가 잘못한 것 같은 입장이 되어야 하는지 납득이 안 가는 모양이었다. 그녀는 얼결에 내 무덤 속에 묻어 들어왔던 것이다.

난생 처음 내 손으로 내 무덤을 파고들어가 봤더니 거긴 생각보다 너무 답답했다. 감옥을 한 번도 못 가봐서 모르지만 영화에서 본 감옥보다 더 협소했고 창문도 하나 없었다. 나는 이런 데선 살 수 없다고 생각했지만 뾰족한 수가 없었다.

몸만 빠져 나왔으니 나는 무일푼이었고 처음부터 다시 돈을 벌어야만 했다. 무엇보다 시급한 일은 무덤 속보다 좀 나은 한 칸짜리 방부터 구하는 일이었다. 나는 순식간에 밤무대 가수로 변했다. 주로 상계동이나 성남 등지의 변두리 나이트클럽이 나의 새로운 일터였다. 이혼 때문에 인기가 급속도로 떨어졌지만 크게 신경 쓰지 않았다. 밤무대 출연료가 당시의 주현미·현철의 절반 정도로 급격히 떨어졌지만 그것 때문에 창피하거나 자존심 상하거나 그러질 않았다. 자업자득, 내가 내 뜻으로 일을 망쳤기 때문이다. 그건 세상을 탓할 일이 아니었다.

그래도 나이트클럽 주인들은 나한테 넉넉한 선금을 내주어 나는 금세 용산 옥수동 쪽에 자그마한 방 하나짜리 아파트를 월세로 얻을 수가 있었다. 본격적으로 홀애비 생활이 시작되었다.

한 여자의 남편과 아이들의 아빠로 살 때와, 남편과 아빠의 자격을 박탈당한 채 혼자 떨어져 사는 것에는 몇 가지 다른 점이 있었다. 뭐든지 내가 해야 했다. 먹는 것도, 입는 것도 내가 챙겨야 했다. 이혼을 안 했으면 평생 모르고 지나칠 뻔한 일 중의 하나는 단연 돈 관리였다. 무엇보다도 돈 처리가 당황스러웠다. 내 주머니에 감당 못할 정도의 돈이 가득 찰 때 나는 머리털 나고 처음으로 은행 문을 두드려야 했고 은행통장까지 내 손으로 만들어야 했다. 은행통장까지는 차마 아는 친구, 아는 후배, 가장 가까운 여자친구에게조차 맡길 수가 없었다. 형이나 누나 혹은 동생한테도 맡길 수 없는 게 은행통장이라는 것이다. 그 옛날 나는 엄마한테도 그런 일을 맡기질 않았다. 그건 바로 아내의 몫이었기 때문이다. 그러나 이젠 내가 다시 통장을 관리하게 되었다. 뭐든지 혼자 한다는 게 무슨 뜻인가, 외롭다는 뜻이다. 옆에 아무도 없다는 뜻이다.

그래도 혼자 사는 게 아주 재미없지는 않았다. 내가 아무런 대책 없이 이혼남 겸 홀아비 생활을 시작했을 무렵 미국 서부에서 꽤 오랫동안 교포신문사를 경영해왔던 친구 하나가 비행기에서 내려 곧장 옥수동 나의 단칸 셋방에 밀려든다. 내가 미국 공연을 갔을 때 만나게 된 김한길이라는 친구다.

미국에서 살다가 거기 생활을 청산하고 한국에 들어왔을 때, 그때는 주간지 시대였다. 『선데이서울』이라는 주간지에서 나한테 고정칼럼을 주었다. 그때 처음으로 나는 글이라는 걸 쓰게 되었다. 그런 어느 날 '평민사'라는 이름의 출판사 김종찬 사장이 『인간시장』이라는 새 스타일의 소설로 파란을 일으키던 김홍신과 함께 나를 찾아와 내 이름으로 책 한 권을 내줄 테니 아무 소재로나 글을 써내라는 것이었다. 나는 그냥 노느니 장독이라도 깬다고 글을 마구 써서 냈고 그 결과 『조영남 양심학』이라는 수필집 하나가 나왔다.

책 만드는 일로 자주 만나서 친구처럼 된 김종찬과 김홍신이 미국으로 가는 나한테 이런 얘기를 했다. 미국엘 들어가면 꼭 찾아봐야 할 사람이 있는데 그 사람 이름이 김한길이고 자기네들은 전부 건국대학에 다닐 때 방귀깨나 좀 뀌었다는 것이었다. 미국 어딘가로 갔는데 소식이 끊겼다며 날더러 미국 들어가면 좀 찾아보라는 것이었다. 그들은 미국엘 못 가봐서인지 건국대 캠퍼스 사이즈와 미국 전체 사이즈가 엇비슷한 줄 아는 모양이었다.

그래도 나는 그러마 하고 첫 번 공연장소 미국 샌프란시스코로 건너갔다. 거기서 첫 번째 인터뷰 요청기자와 한국식당에서 만나 점심과 인터뷰를 끝내고 내가 말했다.

"내가 이번에 미국 와서 찾아봐야 할 사람이 있는데 찾을 수 있을지 모르겠네요."

"찾는 사람이 누구신데요?"

그가 물었다.

"글을 쓰는 김한길이라는 사람이요."

고개를 약간 숙이고 말을 어눌하게 하던 신문기자가 쑥스러운 표정으로 말했다.

"제가 김한길인데요."

우리는 그렇게 만나서 단숨에 친구가 되었다. 내가 건국대 3인방 속에 서울대 하나를 추가, 4인방으로 만들면서 출신교 평균 수준을 한 단계

업그레이드시켰다. 물론 나는 처음부터 그 친구의 글 쓰는 솜씨에 매료되었다. 『어린 왕자』를 쓴 한국판 생 텍쥐베리 그대로였다.

나는 미국에 있는 그에게 전화를 걸었다.

"야! 나 이혼했어. 죽을 맛이야. 너라도 있으면 재미있을 것 같다. 너 한국 나오고 싶다고 그랬잖아. 나 지금 혼자야. 그리고 나 지금 백수야. 아무 할 일 없어. 지금이 찬스야. 미쳤다고 미국 사냐? 고리타분한 타향 생활 집어치우고 빨리 한국 나와. 글을 쓰든가 뭘 하든가 여기 와서 시작해봐. 나하구 라면 끓여 먹으면서 살면 될 거 아니냐."

전화통화를 한 지 며칠 안 되어 여름비가 꼬질꼬질하게 내리던 날 그는 군용보따리처럼 생긴 긴 자루를 하나 짊어지고 나의 옥수동 아파트 문에 들어섰다. 혼자 사는 홀아비 생활에서 졸지에 남자끼리의 동거생활로 변했다. 궁상맞기가 한량없었다. 밤에는 여기저기 밤일을 하러 다녔지만 낮에는 너무나 심심했다. 박혜수와 절친한 몇몇 여고 친구들과 오다가다 만날 수 있었지만 이상하게 인연이 닿질 않았다.

오죽했으면 둘이 방구석에 드러누워 있다가 내가 그러더란다.

"야! 한길아. 저기 천장을 쳐다봐."

천장 벽지를 바라보면서 내가 다시 "야, 저 천장이 온통 미로처럼 생겼다. 한번 길을 잘못 들어가면 찾아 나오기 힘들겠는데."

심심한 나날이라고 해서 전혀 의미 없는 건 아니었다. 심심했기 때문에 무슨 일이 터졌다. 그런데 그게 컸다. 누가 믿기나 하겠는가. 하나는 우리 둘이서 노래를 만든 것이었고, 다른 하나는 소설을 써낸 것이었다. 둘이 심심한 나날을 보내다가 하루는 한길이가 신문 쪼가리를 내 앞으로 밀면서 말했다.

"어이! 이거 한번 읽어봐. 이걸 노래로 만들면 재밌겠는데?"

시골장터에 관한 단편 기사였다. 읽고 나서 내가 대답했다.

"야, 이런 걸로 무슨 노랠 만드냐? 그리고 지금 우리가 노랠 만들 군번이냐?"

"아냐! 이걸 노래로 만들면 재미있을 거야. 역사적으로 전라도다 경상도다 시끄럽잖아. 이런 걸로 융화시켜야 돼."

신문에 실린 내용이 그랬다. 전라도와 경상도 접점에 어떤 장터가 있는데 거기엔 지난 수백 년 동안 지역감정의 냄새가 안 풍긴다는 것이었다. 나는 그가 하는 대로 따라만 갔다. 그가 시를 써내려가기 시작했다. 물론 내가 열심히 도왔다.

'전라도와 경상도를 가로지르는 섬진강 줄기 따라 화개장터엔 아랫말 하동사람 윗말 구례사람 닷새마다 어우러져 장을 펼치네. 구경 한번 와보세요. 보기엔 그냥 시골 장터지만 있어야 할 건 다 있구요, 없을 건 없답니다. 화개장터 전라도 쪽 사람들은 나룻배 타고 경상도 쪽 사람들은 버스를 타고 사투리 잡담에다 입씨름 흥정이 오순도순 왁자지껄 장을 펼치네. 구경 한번 와보세요, 오시면 모두모두 이웃사촌. 고운 정 미운 정 주고받는 전라도 경상도에 화개장터.'

노랫말을 만들고 내가 그 자리에서 곡을 붙였다. 「화개장터」라는 제목의 노래를 만들고 나서 내가 투덜댔다.

"야! 너무 노래가 조잡해. 시시한 국민재건가요 같아. 우리 둘의 실력이 드러나질 않아."

한길이가 퉁명스럽게 말했다.

"그럼 젠장, 어떻게 만들어야 실력이 드러난다는 거야?"

"역시, 사랑노래를 만들어야 해. 멋있는 연가 같은 거 말야."

"그럼 그런 거 쓰지 뭘."

그 자리에서 김한길이가 쓰고 내가 곡을 붙인 게 「사랑 없인 못 살아요」다.

'밤 깊으면 너무 조용해. 책 덮으면 너무 외로워. 누가 내 곁에 있으면 좋겠네. 한낮에도 너무 허전해. 사람 틈에 너무 막막해. 오가는 말 너무 덧없어. 누가 내 곁에 있으면 좋겠네. 이 세상 사랑 없이 어이 살 수 있나요. 다른 사람 몰라도 사랑 없인 난 못 살아요.'

우리 둘이서 만든 노래는 이 두 곡이 전부다. 둘 다 할 일이 없어서 놀면 뭐하냐, 멸치 똥이라도 빼자며 시간 죽이기 일환으로 만든 노래였는데 아! 이 두 곡이 나의 가수 인생에서 막판 뒤집기를 해줄 줄 어느 누가 짐작이라도 했겠는가. 히트곡이라야 실제로 외국의 번안 보세가공품인 「제비」와 「딜라일라」 달랑 두 곡뿐인데 막판에 죽을 때까지 불러먹을 대형 히트 명품이 되어줄 줄 누가 상상이라도 했겠는가.

지금도 이 두 곡의 저작권은 나한테 있다. 우리는 그때 저작권이라는 게 따로 있는지조차 몰랐다. 그러니까 내 잘못만은 아니다. 저작권료는 내가 전부 챙겨 먹고 있다. 김한길이가 저작권을 찾기 위해선 법정 송사를 벌여야 한다. 지금은 괜찮지만 그가 높은 자리에서 내려오면 돈에 쪼들려 송사를 벌여올 수도 있다. 내 입장에서는 그가 계속 지금처럼 높은 자리에 있어야 한다.

그때 우리는 글을 쓰는 김홍신만 빼고 나머지 세 명은 하루 놀고 하루 쉬고 하루 재충전하고 또 놀고 쉬고를 반복했다. 어쩌다 넷이서 만나면 대여섯 시간씩 논스톱으로 두세 개 정도의 국가를 세웠다 부쉈다 했고 대한민국 모든 분야의 중요인사 중에서 매번 예닐곱 명 정도는 죽였다 살렸다를 반복했다.

이혼을 하자 만나는 사람의 수가 급격히 줄어들었다. 헤어진 부인과 관련된 사람을 못 만나게 되니까 따로 만날 사람이 없을 정도였다. 그런 와중에 나보다 한 수 위의 토털 백수 김한길인가 두길인가가 나타나자 우리의 시간 죽이기 방식은 부질없는 벽돌쌓기라는 전자게임보다 한 끗발 더 세련된 건설적인 시간 죽이기로 옮겨가기도 했다.

어느 날 한길이가 전화를 받았다. 할일 없이 옆에서 듣다보니 어느 월간 문학잡지에서 소설을 써달라는 청탁이 들어온 모양인데 그걸 한길이가 이런 상황에서 무슨 글을 쓰냐고 야멸치게 사양하는 것 같았다. 그래서 내가 이런 상황은 무슨 이런 상황이냐, 써달라고 청탁이 들어왔을 때 쓰는 게 폼 나지 않냐고 했더니 의외로 그자가 나더러 이러는 것이었다.

"형 말대로 할 일 없을 때 글을 써야 한다면 그럼 할 일도 없는 형이나 글을 써보시구려."

그래서 내가 대답했다.

"야! 내가 지금 소설을 쓸 줄 안다면 나는 지금 당장 쓰겠다."

그자가 내 말을 받았다.

"그렇다면 좋아. 내가 소설 쓰는 법 가르쳐 줄 테니까 그럼 형이 소설을 쓸래?"

나야말로 이런 제의에 사양할 이유가 하나도 없었다. 노래를 불러 먹고 사는 내 직업상 밤무대라는 건 있어도 낮무대는 없는 법이었다. 낮엔 시간이 남아돌아간다. 거기다 장마비라도 뿌리면 우리는 하루 온종일 좁은 방구석에서 돌아눕기만을 반복해야 했다. 나는 얼결에 소설 쓰는 법만 가르쳐 준다면 기꺼이 쓰겠노라고 대답했다. 그자가 말했다.

"그 대신 조건이 있어. 내가 읽으라는 소설 세 편을 먼저 읽어야 해. 카뮈의 『객』, 에밀 아자르의 『자기 앞의 생』, 그리고 샐린저의 『호밀밭의 파수꾼』을 읽어야 돼. 다 읽고 난 뒤 내가 단 사흘 만에 소설작법 강의를 끝내면 장담해, 형은 소설을 쓸 수 있어."

나는 그렇지 않아도 왕년에 서울미대를 다니던 가수 김민기 군이 날더러 "형이 유화를 그리면 미대생 뺨치게 잘 그릴 수 있어" 하는 바람에 유화를 그리고 전시회도 열고 나중엔 화가 소리도 듣게 된 것이다. 나는 여름에 접어들 무렵 책 세 권을 사다놓고 카뮈의 「객」부터 읽어나가기 시작했다. 매우 짧은 소설이었다. 우선 이 정도로 몇 장 안 되는 게 소설 소리를 듣는다면 나도 써낼 수 있을 것 같은 생각이 들었다. 몇 페이지를 읽어나가자 나는 벌써 쓸 수 있다는 신념에 사로잡히기 시작했다. 시골 풍경이 글 몇 자 속에서 쫙 펼쳐지는데 나도 내가 살아온 충청도 시골을 얼마든지 글로써 표현해낼 수 있을 것 같았다.

에밀 아자르의 『자기 앞의 생』에서는 어린아이들이 혼자 지하골방에서 살다 돌아가신 할머니를 생시 그대로 모셔놓고 할머니와 함께 평상시에 놀던 그대로 논다는 식의 별것 아닌 얘기가 펼쳐지니까 소설이 새삼 말캉하게 느껴져 왔다. 『호밀밭의 파수꾼』을 읽을 때는 왜 소설을 쓰고 읽는 것이 중요한가를 실감하게 되었다. 거기에 1인 학생을 위한 사흘 낮밤 김한길의 소설작법에 관한 특별 강의는 나를 감탄과 감동으로 몰아갔다. 지금이라도 우리의 김한길이가 행여 정치계에서 밀리면 어느 대학에서건 그를 잽싸게 끌어들여 소설작법 강의를 맡겨야 한다. 그건 내가 백 퍼센트 개런티한다. 그가 밀고 밀리는 정치계에서 늘 요지부동의 자리를 떠맡고 있는 이유는 그가 소설 작품같이 무에서 유를 만들어내는 특수두뇌 기술 보유자이기 때문이다.

세 권의 독서와 사흘간의 강의를 마치고 나는 십자군 전쟁에 나서는 비장한 폼으로 소설이라는 걸 써내려가기 시작했다. 원고지 80매를 메우는 데 무려 열흘 이상의 낮밤이 죽어 넘어갔다. 요즘 40매는 무슨 내용을 써도 하루저녁이면 가뿐히 써낼 수 있는데 그때는 『닥터 지바고』 정도의 장편으로 느껴졌다. 내가 그때 쓴 「담박질」이라는 소설은 지금도 내 서랍 어딘가에 곱게 모셔져 있다. 어느 누구로부터도 소설을 써달라는 청탁을 받은 적이 없기 때문이다.

며칠에 걸쳐 노래에 소설까지 써났는데도 빌어먹을 시
간은 여전히 밀려들어왔고 여전히 남아돌아갔다. 어느 날인
가 KBS방송국 쇼 프로에서 노랠 불러달라는 섭외가 들어와서 김한길한
테 야! 타!를 한 게 아니라 야! 가보자! 이렇게 해서 그자가 방송국까지
나를 따라 나섰다. 내가 무대연습을 하고 돌아왔더니 김한길이가 김재
연이라는 PD와 심각하게 얘기를 주고받는 것이었다. 저들끼리는 고등
학교 동기동창이라고 했다. 김PD는 그 유명한 사극 연출자 김재형 PD
의 친동생으로 당시 교육방송에서 무슨 정책 프로그램을 맡고 있었는데
보아하니 한길이 쪽에서 왜 프로그램을 그렇게밖에 못 만드냐고 하니까
김PD 말이 마침 잘됐으니까 그럼 네가 나와서 직접 손을 봐줄 수 없냐
는 부탁을 하는 풍경이었다.

　그후로 김한길은 며칠간을 아침에 KBS로 출근해서 저녁에 퇴근을 했
다. 그러더니 며칠이 지나고 나서부터는 아예 처음 보는 PD가 아침마다
우리 방문 앞에서 대기를 하고 있다가 우리가 아침잠에서 깨어나길 기다
리는 것이었다. 원 세상에 십수 년 방송국을 다녔지만 담당 PD가 아침
마다 기다렸다가 데리고 가는 풍경을 보고 나는 적이 놀라지 않을 수 없
었다. 방송국에 나간 지 며칠도 안 됐는데 뭘 어떻게 했길래 저토록 VIP
대접을 받을까, 그게 그냥 궁금하기만 했다. 묻는다고 해서 시원하게 대
답해줄 인간이 아니기 때문에 꼬치꼬치 묻지도 않았다.

　그러던 어느 날 묻지도 않았는데 자기가 담당국장과 논쟁을 벌여 도진
스키 본부장 앞에서 자기가 이긴 것으로 판명이 났다며 날더러 도진스키
본부장을 아냐고 물어왔다. 나는 일개 가수 나부랭이가 어떻게 국장을
알고 본부장까지 알 수 있냐고 하면서 도대체 니가 원단 백수 주제에 어
떻게 내가 말로만 들어왔던 그 유명한 국장과 본부장을 만날 수 있었냐
고 되물었더니 그자가 이렇게 받아넘겼다.

"그럼 내가 내일 본부장을 나오라고 해서 형을 소개해줄게. 그러면 될 거 아냐."

나는 속으로 이놈이 도대체 뭘 믿고 저렇게 큰 소리를 칠까 싶었다. 그러나 정말로 도진스키라는 이상한 별명을 가진 KBS의 본부장이 약속 장소에 나타나 나를 놀라 자빠지게 만드는 것이었다.

그 이후로는 모든 것이 그런 식으로 이루어졌다. 나는 내 생애를 통틀어 그토록 빠른 속도로 소위 출세하는 인간을 처음 봤다. 눈만 한번 돌렸다 제자리로 돌려보면 그는 벌써 더 높은 자리에 올라 있었다. 쭉 그랬다. 그후 어느 순간 TV작가로 나서더니 초특급 TV사회자로 나서서 최고 인기의 토크쇼를 만들어낸 것도 그랬고, 방송위원회 사무총장이 된 것도 그런 식이었다.

어느 날 문득 자기가 한국방송위원회 요직을 맡게 될 것이라고 우물거리는 것이었다. 나는 맘 같아서는 "야, 이 시키야. 니가 방송에 대해서 뭘 안다고 그런 일을 맡겠다는 거냐. 그리고 어떤 정신머리 없는 윗사람이 너한테 그런 요직을 맡긴다는 거냐" 하면서 내지르고 싶었지만 지나간 몇 가지 행적만 봐도 그렇게 무턱대고 무시할 수만은 없는 입장이라 두고 보면 정체가 드러나겠지 하며 가만히 있었다. 그러나 얼마 뒤 나는 그자의 사무실을 방문해서 책상 위에 있는 한국방송위원회 사무총장이라는 큼직한 명패를 직접 보게 되었고 속으로 나 혼자서 '또 거짓말이 아니었구나' 하면서 오히려 속아 넘어간 느낌이 들게 되었다.

쭉 그런 식이었다. 자기가 동작동에서 국회의원 출마 발기 촉진대회를 연다고 해서 가봤더니 또 진짜였다. 사람들이 잔뜩 모여서 온갖 형태의 발기를 촉진시키고 있었다. 나는 그자가 어느 날 예의 똑같은 톤으로 김영삼 대통령과 김대중 양쪽에서 자기를 만나자고 해서 양쪽 다 만나봤는데 어느 쪽으로 가야 할지 모르겠다는 얘기를 할 때쯤 나는 나 혼자서 처음으로 의심의 끈을 아예 놓아버렸다. 만날 이자의 말이 진심일까 하고 의심하는 일도 피곤해졌고 저토록 전면적으로 다른 윗동네에서 놀아야 하는 인물한테는 나 같은 DDR딴따라 광대가 빌붙어 있는 게 여러모로 득 될 게 없어 보였다.

그런 와중에도 김한길은 나한테 자기가 해야 할 일을 다 했다. 김대중 어른이 대통령 후보로 출마를 선언했을 때 김한길은 자신이 아는 정치·문화·사회 각계 각층의 젊은 인사들을 모아 대통령 후보와 가까이에서 인사를 나누게 하는 특별한 자리를 마련했다. 최명길·황신혜를 비롯 다수의 탤런트까지 참석했다. 모임의 주체인 김한길은 나한테 마이크를 주고 진행 전체를 홀랑 떠맡겼다. 내가 어르신께 잘 보일 수 있는 절호의 찬스를 넘겨준 것이다. 나는 마이크를 들고 모든 사람들이 한마디씩 어른과 얘기를 나눌 수 있는 자리를 내 재량껏 만들어나갔다. 분위기가 무르익어갔다. 어르신도 무척 좋아하셨다. 젊은이들의 열렬한 지지를 받고 있는데 좋아하지 않을 어른이 어디 있겠는가.

이제 나는 마무리를 해야 할 때라는 판단을 내리고 나 스스로가 마무리 질문자로 나서서 이런 식으로 최종 발언을 했다. 대한민국 사람 거의 모두가 김대중 대통령 후보가 훌륭하고 능력 있는 사람으로 알고 있다. 그러나 이 자리를 나서서 밖으로 나가보면 모든 사람들이 아무리 그래도 김대중은 안 된다, 전라도 사람을 대통령까지 시킬 수 없다고 그런다, 그런 현상을 어떻게 생각하고 계신가. 내가 질문을 해놓고도 너무나 멋진 질문, 핵심을 찌르는 질문이라고 생각했다. 그런데 어르신의 답변이 내 질문의 의도를 무참하게 깔아뭉개버렸다. 나는 적어도 어르신께서 가령 이런 식으로 대답해줄 줄 예견했다. 좋은 답변을 유도해낼 수 있어야 좋은 질문이다.

"예! 저도 잘 압니다. 밖에서 사람들이 저를 대통령 부적격자로 알고 있다는 걸 저 자신이 너무도 잘 알고 있습니다. 그래서 오늘 제가 여러분과 직접 만나 수많은 오해들을 풀려고 시도한 것 아닙니까. 모든 것은 여러분의 손에 달려 있습니다. 여러분이 일당백으로 나서서 오늘 밤처럼 온 국민이 저를 지지할 수 있게 도와주셔야 합니다."

뭐 이런 식으로 정리해주는 것 말이다. 그러나 나의 예상은 한참 빗나갔다.

"예! 저도 잘 알고 있습니다. 그러나 저는 사람들이 저를 대통령감이 아니라고 하는 말에 승복할 수가 없습니다. 저는 목숨을 바쳐 국가와 국민을 위해 투쟁을 해온 사람입니다. 그런 사람한테 대통령직을 한번 맡겨줘서 잘하는지 못하는지 판단하지도 않고 무조건 제가 대통령이 되어선 안 된다고 한다면 얼마나 부당한 처사입니까. 저는 그런 사람과 맞서 대통령직을 쟁취하고 능력 있는 대통령이라는 걸 보여주고 싶습니다."

뭐 이런 식으로 어르신이 너무도 진지하게 답변하는 바람에 토론회 막판 분위기는 예기치 않게 살벌해지면서 마치 사회자가 대통령 후보를 곤경에 빠뜨리는 질문을 했고 후보 어르신이 그런 불순한 질문자와 질문 내용을 무력으로 격파하는 듯한 모양새로 끝이 나버렸다. 김한길이가 나로 하여금 어르신과 가까워질 수 있는 절호의 기회를 만들어놨는데 내가 너무나 리얼한 질문을 함으로써 마치 싸가지 없는 젊은이로 괴상망측한 그림이 그려진 것이었다. 그러니까 나는 체질적으로 권력자의 맘에 쏙 들어맞는 인물이 아닌 셈이었다.

그렇지 않아도 그 얼마 전에 김대중 당시 아태재단 이사장이 대통령 후보에 오르기 직전 나중에 국회의원에 당선된 김성민 어르신의 당시 비서실장이 찾아와 아태재단 창립 대회에서 여흥프로를 전담해달라는 부탁을 하길래 나는 정말 혼신을 다해서 멋지게 내 일을 해냈다. 며칠 지나고 연락이 왔다. 김 이사장님께서 창립대회 사회자 역할을 맡았던 김동건 아나운서, 축시를 담당했던 연극배우 손숙, 그리고 나를 힐튼호텔에 초대해서 만찬을 함께한다는 연락이었다. 나는 이 자리가 내가 누구라는 것을 알릴 최초의 기회라고 생각했다. 정치 생명과 학자적인 생명을 걸고 혼신을 다해 인간 김대중을 지지해온 원로정치인 정일형과 그의 부인 이태영 박사가 나를 양아들 대하듯이 했다는 걸 알리고 싶었다.

4인을 위한 저녁 만찬은 힐튼호텔 별실에서 일곱 시에서 열두 시까지 무려 다섯 시간에 걸쳐 치러졌다. 저녁식사를 끝내고 포도주며 양주가 몇 잔씩 오갔다. 분위기는 너무도 화기애애했다. 대화는 거의 어르신께서 일방적으로 주도해나가셨다. 김동건 형과 우리의 연예계 동료 손숙과 나는 너무나 재미있게 얘기를 들어주는 완벽한 방청객 역할을 해내고 있었다. 누가 나서서 말끝을 차고 들어가지 않는 한 끝도 없이 말씀이 이어진다는 사실을 간파하고 내가 차고 들어가는 역할을 맡았다. 김동건 형이나 손숙은 의외로 여렸다.

그런데 특이했다. 모든 역사적인 장면의 얘기가 나올 때마다 반드시 그해의 연도수가 딸려 나왔다. 산업혁명이 몇 년도 임진왜란이 몇 년도 병자호란이 몇 년도, 그래서 어르신 좀 쉬어가시라고, 좀 웃으시라고 내가 나섰다.

"선생님! 선생님, 잠깐만요. 그렇게 모든 연도수를 꿰뚫고 계시니까 선생님은 저희 작은아버지의 생년월일도 알고 계시겠네요."

그런데 의외였다. 내가 그렇게 웃기는 내용을 올려드렸음에도 별로 우습지도 않다는 듯이 얘기를 계속 이어나가시는 것이었다. 어쩌다가 지역감정 얘기가 나왔는데 어르신께선 그 문제가 잘 나왔다는 듯이 일목요연하게 서기 몇 년도 후백제 때 궁예로부터 쫙 훑어 내려오는 것이었다. 나는 그때 벌써 어르신께서 따라주는 양주를 몇 잔 받아 마셨겠다, "선생님, 선생님 잠깐만요. 선생님 우리네 지역감정의 역사는 그렇게 짧고 간단한 게 아닙니다. 지역감정은 선생님, 태초에 아브라함이 쫓기고 야곱의 열두 지파가 갈라지고 카인과 아벨이 칼부림할 때부터 비롯되는 것입니다" 어쩌구저쩌구 총체적으로 대화를 끊어버렸던 것이다. 그때 나는 미국에서 신학대학을 막 졸업하고 서울에 들어온 지 얼마 안 되어서였다. 그후 정치계 일각에선 김대중 선생님의 말씀을 중도에서 끊고 들어간 건 역사적으로 조영남이 처음일 것이라는 전설이 얼마간 떠돌았다.

나를 그토록 밀었던 김한길·김성민은 국회의원으로, 손숙은 장관까지 올라섰다. 물론 나는 그후로부터 그냥 한번 얼굴이나 보자는 연락 한번 못 받아봤다. 내가 내 스스로 복을 걷어찬 셈이었다. 내가 이혼을 하는 바람에 김한길과 동거를 하다시피하면서 급격하게 가까워질 수 있었고, 나도 잘만 하면 김한길·김홍신·정대철·조홍규와 함께 그 동네에서 놀 수 있었는데 그 동네에서 나를 알아주질 않았다.

김한길은 예쁘고 어진 탤런트 최명길을 만나 평생 짝을 이루어 한길이 명길이가 길길이 뛰는 한편 나는 박혜수와 함께 밤이면 밤마다 명동의 '홀리데이 인 서울', 북창동의 '초원의 집', 성남의 '키쓰 나이트클럽', 상계동의 '황제 스탠드빠' 등을 저녁 일곱 시에 출발해서 새벽 한 시까지 삥삥 돌았다. 아파트 한 칸을 마련하기 위해서였다. 이때 운전을 해주는 박혜수한테 나는 이렇게 말했다. 운전해주는 게 고마워서 그랬다.

"혜수야, 지금부터 벌어들이는 돈은 너와 나의 공동소유다."

독자들이여 조심하시라. 몇 년 후에 합의 이혼을 하면서 위자료 얘기가 나오자마자 그녀가 한 말은 "과장님, 과장님이 그랬잖아. 옛날부터 번 돈은 우리들의 공동소유라고 말예요."

물론 나는 그녀더러 그때는 농담으로 한 말이지 그게 무슨 진담이었냐는 식으로 일단 방어는 했지만 혹시나 몰라서 변호사 친구한테 물었더니 그런 약속을 했다는 서류상의 증거가 남아 있지 않는 한 그런 건 법적구속 능력이 없기 때문에 아무런 영향을 미치지 못한다고 해서 가슴을 쓸어내린 적이 있고, 그 이후로는 웬만한 여자와도 돈에 관한 농담을 안 하는 버릇이 생겼다.

어쨌거나 나는 박혜수와 함께 발품을 팔아 밤무대를 돌면서 번 돈과 난생 처음 신용금고 같은 데서 얻어낸 대출금을 합쳐 동작동 한강 현대아파트 40평짜리를 매입할 수 있었다.

이것이 내가 내 돈을 주고 사들인 첫 번째 집은 아니었다. 플로리다에서 살 때 거기서 내가 번 돈으로 사들인 스페인풍의 새 집이 첫 번째 집이었다. 그때 나는 미국에서 영주권까지 얻어놓고 살면서 방학기간을 통해 짬짬이 한국을 들랑거리며 쫀쫀하게 돈을 벌었고 그걸 가리켜 말씨 거칠기로 유명한 TV앵커 봉두완 씨가 저녁뉴스에서 돈만 떨어지면 한국에 들어와 돈을 벌어가는 가수가 있다고 해서 이혼보다 한발 앞서 나의 인기와 평판이 한큐에 바닥을 친 적이 있다. 그러니까 나는 일본 발언보다 먼저 봉두완의 발언으로 대한민국 국민들한테 맞아죽는 줄 알았다. 그 후유증도 이혼의 후유증 못지않게 컸다. 나는 깨끗이 영주권과 미국 거주까지 포기하고 영구 귀국을 결행해가면서 후유증을 줄여나갔다.

생애 최초로 내 돈으로 사들인 플로리다의 집은 상큼하고 깜찍했다. 적벽돌 색깔의 스페인식 기와 지붕이 나지막하게 깔렸고 부엌에 딸린 식탁에선 네 식구가 높은 의자에 걸터앉아 음식을 즐길 수가 있었다. 우리는 거기서 정녕 눈이 부시도록 예쁘게 살았다.

미국 집이라는 게 예나 지금이나 집값의 20퍼센트만 지불하면 내 집이 되는 것이었지만 외국인이 미국 본토에다 개인 집을 매입한다는 건 에스크로인가 뭔가 하는 과정을 포함해서 여간 까다롭지 않았다. 그런데 어느 날 윤여정이가 미국 부동산맨과 마주 앉아서 영어인지 중국말인지 분간 못할 언어로 집문제를 척척 해결해내는 모습에 나는 기겁을 한 나머지 스스로 내 목숨을 끊어버릴까 하는 비통한 심정에 사로잡혔다. 나는 명색이 미국신학교에 다니는 학생이었다. 영어로 예배를 드리고 영어로 강의를 들었다. 아무리 미국 학교엘 다니며 영어를 연마한다고 해도 나는 그때까지도 집 사고 파는 걸 영어로 해낼 수는 없었다. 신학 용어가 따로 있듯이 부동산용어도 따로 있는 법이다. 나는 부동산용어에도 물론 깜깜 절벽이었다. 그런데 만날 밥 짓고 빨래하고 갓난아이 뒤치다꺼리를 하던 아내가 불쑥 나서서 순전히 영어로 집 매입문제를 거뜬히 해치우니 그 광경을 지켜본 내가 아내를 붙들고 쪽 팔리게 "너 어디서 그런 영어 배웠니?" 하고 캐물을 수도 없고, 그냥 나 혼자서 빌어먹을 학교는 다녀서 뭣하나 넋두리를 하며 비관과 비통에 빠질 수밖에 없었다.

　우리가 새 집을 샀을 때 우리의 유학생활을 물심양면으로 도와주었던 다섯 명 미국 부부의 놀라던 표정이라니. 초창기에 그네들은 200달러씩을 추렴해서 학교 다닐 때 타고 다니라고 포드 토리노 중고차까지 사주며 선심을 썼는데 불과 2년 만에 자기네 집보다 더 근사한 새 집을 사버렸으니 놀라 자빠질 수밖에 없었다. 나는 그네들에게 내가 한국에서 가수생활을 했다는 얘기는 했지만 여름방학 동안 한두 달씩 한국 집에 몇 번 다녀와서 새 집을 구입할 정도의 실력을 가진 가수라는 건 전혀 입 밖에도 내지 않았고, 아내나 나나 그런 티조차 내질 않았기 때문에 그들의 놀라움은 클 수밖에 없었다. 게다가 우리 두 사람이 한국 정상의 여배우나 가수라고 해봐야 순수 백인 입장에서 보면 외국에서 고생고생 하는 아내의 얼굴이나 특히 내 얼굴이 도저히 줄리아 로버츠나 엘비스 프레슬리로 연상되지 않았을 게 뻔했기 때문이다. 값으로 치면 얼마 안 됐지만 물론 그 집도 이혼 위자료 목록에 포함되어 있었다.

동작동 새 아파트를 매입하면서 나는 자연스럽게 박혜수와 한 아파트에 살게 되었고 그렇게 하는 걸 사람들은 동거라고 불렀다. 부적절한 동거는 나를 무자비한 적막감으로 몰아갔다. 갑자기 사람들이 날 찾지 않는 것 같았다. 나도 마찬가지로 사람들한테 평소처럼 아무렇지도 않게 연락을 취할 수가 없었다. 그럴 입장도 기분도 아니었기 때문이다. 외로움보다 더 괴로운 건 사람들의 시선이었다. 내가 외간 여자를 만나 가족을 버렸다는 사실만 부각되는 바람에 그때부터 내가 받게 된 사람들의 따가운 시선은 좀처럼 견디기 힘들었다.

이혼의 후유증은 길게 갔다. 10년은 족히 간 것 같다. 맞는 말인지 모르겠으나 88서울올림픽은 나라를 부강하게 했고 나를 부강하게 했다. 내가 소위 다시 뜰 수 있는 발판까지 만들어주었다. 이혼의 후유증에서 상당 부분 벗어나게 만들어주었다.

짧게 말하겠다. 내용은 이렇다. 올림픽 특별공연을 위해서 미국에서 활동하던 우리의 코미디언 자니 윤이 밥 호프와 미녀배우 브룩 실즈·훌리오 이글레시아스 등 세계 톱클래스의 연예인을 이끌고 한국에 나타났다. 자니 윤은 미국에서 당시까지 27년이나 장기체류한 사람이었다. 미국에서 동양인으로는 유일무이하게 코미디언으로 성공한 사람이었다. 나는 그가 미국 TV의 최고급 자니 칼슨 쇼에 초대되어 TV에 출연하는 걸 미국에서 학교 다닐 때 직접 본 적이 있다.

어느 날 KBS의 이남기 PD가 날더러 올림픽아파트 광장에 가서 자니 윤이 올림픽 선수들을 위해 영어와 한국어로 쇼 진행하는 것을 직접 보자고 했다. 그가 한국어로 토크쇼를 할 수 있는지 없는지를 판단해보자는 것이었다. 한국어 구사가 가능하면 KBS에서 토크쇼를 만들 의사가 있다는 것이었다. 우리는 자니윤이 한국말을 불편함 없이 구사하는 걸 확인하고 동시에 우리 두사람의 의견이 일치한다는 것도 확인했다. 한국말 토크쇼가 가능하다는 최종 결론이었다.

그후 올림픽이 끝나고 일이 급속도로 추진되어 한국 TV방송 역사상 최초로 본격 '토크쇼'를 열게 되었고, 보조 MC로 자니 윤 형이 나를 지명해버리는 바람에 나는 팔자에도 없는 보조 MC로 나서서, 글쎄 하늘이 도우려고 그랬는지 노래가 아닌 순전히 몇 마디 말을 구사하는 것으로 다시 한 번 나는 세상에 얼굴을 내밀게 된다. 「자니 윤 토크쇼」는 몇 년간이나 부동의 정상을 차지한다. 그뿐이 아니었다. 비슷한 시기에 생겨난 KBS의 「열린음악회」도 이혼 이후 바닥으로 떨어졌던 나의 인기와 평판을 끌어올리는 데 결정적인 역할을 했다. 나는 몇 년 연속 인순이와 함께 「열린음악회」 최다 출연자로 뽑혔다. 거기에 많이 출연하는 건 곧 인기가 있다는 움직일 수 없는 증표이기도 했다. 그래서 그때부터 방송 스태프들이 나에게 새로운 별명을 붙여준 것이 바로 '꺼진 불도 다시 보자'를 패러디한 '꺼진 조씨 다시 보자'였다. 이혼으로 거의 꺼졌다가 어찌어찌 다시 살아났다. 죽었다가 살아났다. 이것이 내가 겪어낸 첫 번 이혼 풀 스토리다.

또 다른 만남, 또 다른 헤어짐

사람들은 제멋대로 산다. 어차피 제 생긴대로 산다. 이 걸 순수한 우리말로 바꾸면 이렇게 된다. '사람들은 자기 꼴값대로 산다.' 이건 틀린 말도 아니고 나쁜 말도 아니다. 무슨 이유 때문인지 모양 좋은 꼴값이라는 단어가 홀대를 당하고 있다.

주위를 둘러보시라. 어떤 사람은 결혼을 한 번 해서 사는 사람도 있고 나처럼 두 번 한 사람도 있고 여배우 엘리자베스 테일러처럼 결혼을 여러 번 하고 사는 사람도 있다. 당장 내가 다니는 청담학교 동급생 중에도 50이 다 됐거나 넘었는데도 결혼을 한 번도 못해봤다고 우겨대는 친구들이 있다. 그건 아무것도 아니다. 결혼을 했냐 안 했냐, 몇 번 했냐는 문제도 아니다. 요즘 외국에선 남자가 남자와 결혼을 하거나 여자와 여자가 결혼해서 사는 일은 너무도 평범한 일이 되었다. 지금 세상이 그렇다. 모두가 자기 살고 싶은 대로 산다.

남이 그렇게 사는 걸 너그럽게 봐주면서 사는 사람도 있고 어떤 사람은 어찌 그럴 수 있냐며 펄쩍펄쩍 뛰며 스스로 피곤하게 사는 사람도 있다. 하기야 자기 스스로 피곤하게 사는 것도 제멋대로 사는 스타일 중에 하나다. 나 역시 내멋대로 살았다. 나 생긴 대로 살았다. 내 생긴 꼴값대로 살다보니 남들 보통 한 번 하는 결혼을 두 번씩이나 하게 됐다. 스스로

멍에를 지게 되었다.

그러나 나는 결혼을 두 번 했다는 생각이 잘 안 든다. 머리가 나빠서 그런지 두 번이라는 수치가 나올 때마다 '그래 맞아, 내가 두 번 했지' 하면서 숫자를 헤아려보곤 한다. 내 머릿속에는 한 번의 기억만 또렷이 남아 있다. 분명 첫번째 결혼을 마감하고 이어서 어느 특정 여자를 새로 만나 집중적으로 함께 살아보기도 하고 결혼식도 올리긴 올렸는데, 희한하게도 나는 두 번 결혼했다는 느낌이 좀처럼 들지 않는다. 왜 그럴까, 두 번 결혼했다는 게 창피해서일까, 이혼이 일반 정서에 거스르는 행동이어서 그런 걸까, 아니면 제 발이 저려서 그런 걸까. 내 짐작에 첫 번째 것은 나름대로 스토리와 골격을 갖춘 결혼인데 반해 두 번째 것은 엉성하게 조립된 무늬만의 결혼이었기 때문이다. 나는 지금 어거지로 차별화하는 게 아니다. 딱히 차별을 둬야 할 이유도 없다. 단지 그런 큰 차이가 났을 뿐이다.

준비기간만 해도 그렇다. 첫 번 것은 무려 6년 가까이나 준비된 것이었고 두 번째 것은 불과 몇 개월도 안 된 것이었다. 두 번째에는 준비랄 것도 없었다. 서로 낮일 끝내고 자투리 시간에 신촌의 몇 군데 카페 골목을 돌며 그때그때 즉흥적으로 만나는 친구들과 합세해 새벽까지 개갈 안 나는 얘기로 시간을 죽였던 몇 개월이 준비과정의 전부였다. 충청도에선 재미없거나 의미 없는 걸 개갈 안 난다고 그런다. 두 번째의 주인공 박혜수를 만나 짧은 기간 신촌과 압구정동 카페 골목을 헤맸던 것은 어떤 목적을 위한 헤매임이 아니었다. 그냥 맹목적인 헤매임이었다. 그때는 우리 모두한테 힘이 남아돌아가던 때였다. 어딘가에 남는 힘을 써야만 했다. 나는 막 들어선 40줄에 마음과 몸이 아직 펄펄했으므로 어딘가에 열정을 털어놨어야 했다. 문제는 나의 열정이 바람직하지 않은 삐딱한 곳으로 샌 것이다.

긴 항해를 나갔던 뱃사람이 항구로 돌아와 술 퍼마시고 회 포라는 걸 풀듯이 결혼생활 10년 만에 단조로운 외국생활 에서 풀려나 다시 고국에서 오랜만에 회포를 한번 푼 것까 진 좋았다. 빌어먹을 회포가 풀렸으면 이튿날 아침 툴툴 털고 회포를 푼 집에서 나와 다시 배에 올라타고 떠나가야 그게 진짜 바다의 사나인 데, 나는 회포를 푼 집에서 처음 만난 작부와 찰싹 붙는 바람에 돌아가야 할 장소와 시간을 까맣게 잊은 채 하염없이 회포만 풀다가 절단이 난 것 이었다.

뭘 믿고 그랬는지 박혜수 역시 학교까지 휴학한 상태여서, 저녁에 어 림짐작으로 압구정이나 신촌 어느 카페에 가면 그녀와 그녀의 친구들이 어김없이 대기상태에 있었기 때문에 나는 그녀가 그리워서 밤새 몸을 뒤 튼 적도 없고 그녀를 생각하며 낭만에 절어 음악 한 곡을 따로 감상한 적 도 없다. 우선 그녀한테는 내가 아니어도 함께 놀아줄 빵빵한 친구들이 얼마든지 있었다. 나는 평소 젊은 세대에 대한 무조건적 동경심을 가지 고 있어 주제파악도 못하고 주책없이 신세대의 흐름에 헉헉거리며 따라 갔다. 그냥 젊은이들과 함께 시간을 보낸다는게 무조건 좋았다.

신세대의 특징 중 하나는 시시껄렁한 사랑타령을 남발하지 않는 것이 어서 "자기야, 사랑해"라던가 "조금만 기다려, 내가 곧 정리하는 대로 너하고 나하고 단 둘이서만 이 세상 끝날 때까지 살아갈 거야." 뭐 이런 퀘퀘한 대사 없이 대뜸 오빠 여동생 아니면 나이 든 남친, 나이 어린 여 친 정도로 빠르게 나갔다. 그녀는 나를 초반부터 조 과장님이라고 불렀 고 나 또한 그녀를 일 잘하는 예쁜 부하 직원쯤으로 여겼다. 그리고 나는 그녀한테 지금은 이렇게 재미있게 만나고 있지만 머지않은 장래에 우리 의 만남이 감당할 수 없이 커다란 문제를 일으킬 것이라는 얘기도 꺼내 지 않았다. 늙은 티를 내고 싶지 않았다. 그저 나 혼자 돌아서서 설마 별

탈 없겠지, 잘 되겠지 하는 생각만 했다. 그러나 옛말대로 꼬리가 길면 잡히는 법. 우유를 마시면 설사가 나는 법. 내가 저지른 젊은 여자와의 애정행각은 곧 들통이 났고 나는 홈스윗홈으로부터 옷가방 하나를 들고 영원히 추방되기에 이른다. 집을 잃고 몇 날 며칠 007 제임스 본드 작전을 방불케 하는 이혼 절차를 밟아 비교적 성공리(?)에 첫 번째 이혼을 성사시키고, 이혼서류에 도장을 찍은 다음 그제야 박혜수한테 전화를 했다.

"야, 혜수야. 나 여기 있다."

그때 나는 그것밖에 더 이상 할 일이 없었다. 할 말도 없었다.

물론 그녀가 즉시 달려왔다. 그런데 이상했다. 그 전날까지도 그렇게 예쁘고 똑똑하고 발랄해 보였던 그녀가 전혀 그렇게 보이질 않는 것이다. 아! 이게 무슨 현상인가. 어제까지도 그토록 예쁘게만 보이던 그녀의 얼굴이 왜 오늘은 저토록 예뻐 보이질 않는단 말인가. 그리고 왜 얼굴조차 똑바로 보기가 싫은가. 아무리 내가 직설적이지만 그걸 그녀한테 직접 물어볼 수가 없었다. 나는 왜 그녀가 갑자기 미워 보이는지 끝내 묻지 않았다. 어떤 경우에도 예의를 잃어선 안 된다고 생각했음에 틀림없다. 애들 엄마한테 진작 그런 예의를 지켰으면 최소한 쫓겨나지는 않았을 텐데 말이다.

그러나저러나 이건 큰 문제였다. 왜냐하면 박혜수의 얼굴이 내가 집을 나오기 전에 봤을 때처럼 예뻐 보이지 않는다면 나는 괜히 짐 싸들고 집을 나온 것이기 때문이다. 집을 버리고 나오면 밖에서 박혜수가 기다린다는 생각에 나는 온갖 기술을 다 발휘해 내가 가진 것을 홀랑 다 줘버리고 잽싸게 맨몸으로 나온 건데 정작 밖에 나와서 보게 된 박혜수가 예전처럼 예뻐 보이질 않는다면 이건 작전 실패나 마찬가지였다. 왜 그런 해괴망측한 현상이 벌어졌을까, 내가 선천성 변덕쟁이인가 변태인가 아니면 정신병자인가.

　박혜수를 두 번째인가 세 번째 만났던 날에도 또 다른 상황이 벌어졌다. 납득 불가능한 상황이었다. 갑자기 타자의 얼굴 모습이 달라 보이는 것, 이것은 처음 있는 일이 아니었다. 공교롭게도 혜수를 처음 만났던 시점에도 그런 일이 벌어졌었다.

　그런데 얘기가 좀 길고 복잡하다. 미국 플로리다에서 한국으로 들어오던 길에 생긴 일이다. 나는 서울로 오는 길에 LA에 들러서 그레이스라는 이름의 우아하기 짝이 없는 미모의 여성을 알게 된다. 그리고 잠시 사귀게 된다. 내가 일 때문에 서울로 오자 그레이스가 나를 잠시라도 보고 싶다며 LA에서 서울로 들어와 나를 찾게 된다. 그런데 이게 웬일인가, 이걸 누가 믿겠는가. LA에서 본 그레이스의 얼굴이 아니었다. 내가 서울에서 본 그녀의 얼굴은 조금도 과장 안 하고 페르시아풍의 마녀였다. 미녀가 아니라 마녀였다. 어찌된 일인가 굳이 따지자면 내가 서울에 오자마자 새로 알게 된 여자 즉 박혜수가 훨씬 더 예뻐서 서울에 온 그레이스가 상대적으로 추하게 보였던 것이다. 그것은 전혀 이상한 일이 아니었다. 아인슈타인적 자연현상에 불과했던 것이다. 그럼 먼저 그레이스를 만난 얘기부터 하고 넘어가자.

　내가 아직 미국에 살 때였다. 공연차 서울로 들어가는 길에 LA에 잠시 들르기로 했다. 거기서 며칠 놀다가 서울에 들어간다는 계획을 짰던 거다. 밤늦게 LA공항에 내렸다. 낮시간보다 밤시간에 뜨는 비행기는 요금이 훨씬 싸다. 마중을 나온 후배와 함께 우리는 시내로 들어가 술 한 잔을 마시기로 했다. 가족과 교회와 학교가 있는 플로리다에서는 꿈도 꿀 수 없는 사치다. 한국 술집은커녕 한국 식당도 한 군데 없기 때문이다. 플로리다 촌놈한테 LA는 너무도 화려한

도시였다. 후배가 어느 술집 앞에 차를 세우며 말했다.

"형, 새벽 몇 시까지 술 마실 수 있는지 내가 먼저 들어가 분위기를 보고 나올게."

새벽 2시가 문을 닫는 시간이었는데 특별손님이 오면 눈치껏 연장을 시켜주는 모양이었다. 후배는 나를 차에 남겨놓고 술집으로 먼저 들어갔다. 나는 차 안에 있는 게 답답해서 시원한 밤공기를 쐬려고 밖으로 나와 차에 기댄 채 편안한 자세로 LA의 밤하늘을 올려다보고 있었다. 그때였다. 차 한 대가 내 옆에 섰고 거기서 한 여자가 차 밖으로 나와 나를 한번 흘긋 바라보다가 술집 정문을 향해 걸어갔다. 별빛과 가게 불빛 아래에서 언뜻 본 그 여자는 너무도 황홀해 보였다. 내 앞을 지나 대여섯 발자국을 밟았을까. 그녀는 다시 돌아서서 내가 있는 쪽으로 걸어오는 것이었다. 그러고는 내 앞에 서더니 말을 걸어왔다.

"저, 혹시 조영남 씨 아니세요?"

나는 놀란 목소리로 대답했다.

"예, 그런데 어떻게 저를 알아보셨죠?"

"상근이 오라버니한테 들었어요. 저는 그레이스예요."

자기는 술집을 경영하는 언니들의 막내 격으로 언니들과 같은 아파트에서 각자 방을 얻어 살며 지금 술집 끝나는 시간에 맞추어 픽업을 나왔다는 것이었다. 우리가 찾아온 그 집은 미8군 쇼단 출신의 여성 보컬이 있는 곳으로 유명했다. 나도 미8군 쇼단 가수다. 그때 내 후배가 밖으로 나오자 그레이스는 주말이라 술집 문을 일찍 닫기 때문에 자기들이 사는 아파트에 가서 나를 접대하겠다고 했다. 우리 일행은 두 대의 차에 나눠 타고 그녀들의 아파트로 갔다.

나를 위한 늦은 밤 파티가 벌어졌다. 그레이스를 제외한 나머지 그룹 멤버들은 프로 연주자들이었으므로 나의 음악 후배나 마찬가지였다. 플로리다에서 너무나 딱딱한 분위기에 살던 나는 그곳 여자들이 건네주는 술을 몽땅 받아 마셨다. 술을 많이 마신다는 것은 내가 강한 수컷임을 우회적으로 과시하는 짓거리이기도 하다.

술을 과하게 마시면 나는 반드시 필름이 끊긴다. 어느 지점에서 다음 어느 지점까지 완벽하게 블랙아웃이 된다. 그날도 예외는 아니었다. 아침에 눈을 뜬 순간 나는 한 가지 사실만을 알아차릴 수 있었다. 여러 정황으로 미루어봐서 나는 이미 그레이스한테 소속된 남자였다.

그후 에덴의 동산에서 꿈 같은 밤과 몇 날 며칠의 꿈 같은 낮이 흘러갔다. 마침 일주일 정도의 시간적 여유가 있었다. 벌건 대낮에도 우리는 방문 커튼을 열지 않았다. 아무도 우리를 방해하지 않았다. 그녀는 온종일 베토벤 교향곡을 최고의 볼륨으로 틀었다. 베토벤 선생은 수시로 내지르는 그레이스의 신음 섞인 괴성이 밖으로 새나가지 않도록 완벽하게 차단했다.

저녁엔 술 먹고 잠자고 낮엔 온종일 베토벤 교향곡을 들었다. 그레이스는 오후에 두세 시간씩 밖에 나갔다가 들어왔다. 여러 치과병원을 다니며 치아 샘플을 받아서 치아공장으로 가져가고 가져오는 게 자기의 유일한 돈벌이라고 했다. 그러던 어느 날 이른 오후 전화가 걸려왔다. 전화를 받고 그녀가 말했다.

"오빠, 바깥 공기 좀 쐬고 올까?"

좀 전에 걸려온 전화의 주인공을 만나러 가는 폼이었다. 한적한 야자나무 가로수 길을 드라이브해 가다가 그녀가 갑자기 차를 길 옆에 세웠다. 길 안쪽에서는 깔끔한 옷차림의 동양계 여성이 서너 명의 외국인과 얘기를 나누고 있었다. 그중에는 경찰 복장을 한 남자도 있었다.

"오빠! 차 안에서 기다려. 내가 저기 잠깐 다녀올게."

그녀는 두 사람들 쪽으로 가서 뭔가를 한참 얘기하더니 다시 내가 있는 차로 돌아왔다. 가벼운 접촉사고가 났는데 영어를 잘 못하는 동양계 여자를 위해서 통역을 해주러 나온 것이었다. 집을 향해서 돌아오는 길에 밑도 끝도 없이 그녀가 말했다.

"오빠! 오빠한테는 말해도 될 거 같아. 오빠한테는 말하고 싶어. 오빠는 뭐든지 이해할 수 있을 것 같아."

"글쎄."

나는 태연한 척했다. 갑자기 분위기가 싸해졌다. 사람한테는 직감이라는 게 있기 마련이다. 그녀가 입을 열었다.

"오빠! 아까 경찰하고 얘기하던 여자애 있었지? 놀라지 마. 그애가 내 색시야. 내 아내야. 그러니까 내 동성애 파트너야."

나는 가만히 듣고만 있었다.

"오빠, 무슨 말인지 알지? 그리고 우리 집에서 나와 함께 사는 수연 언니 있지? 그 언니가 현재 내 남편이야. 동성애 남편이야. 여기 식구들은 대강 다 나처럼 살고 있어."

남의 말을 잘 들어주는 건 인격의 기초다. 그 와중에 나는 속으로 궁금한 게 있었다.

'그럼 지금 나는 뭐지?'

다행스럽게도 이것은 동성애, 게이나 레즈비언에 관한 첫 번째 충격이 아니었다. 몇 년 전부터 나는 신학대학에 다니는 한편 현대미술을 독학한다고 뉴욕에 와서 전시회도 열고 짬짬이 미술관을 찾아다니고 책방을 찾아다니면서 미술자료를 구입하고 있었다.

뉴욕이나 LA에 가면 미술자료 책자들만 파는 책방이 따로 있다. 뉴욕 책방에서 서너 시간 책을 뒤적이고 있는데 옆에서 함께 책을 고르던 남루하지만 깨끗해 보이는 외국 아저씨가 말을 걸어왔다. 내가 무슨 책을 고르는지를 봐왔는데 자기도 미술자료 컬렉터로서 내가 지금 찾고 있는 책들을 자기가 가지고 있으며 원한다면 나한테 반값도 안 되게 팔 수 있다고 했다. 그러면서 자기 물건들은 이 집 주차장 끝에 있다고 했다. 자기네 집까지 가야 한다고 했으면 나는 사양했다. 그러나 주차장에 있는 자기 차에 책이 있다는 데야 벌건 대낮인데 사양할 이유가 없어서 따라가봤다.

뻥이 아니었다. 의자를 뜯어낸 낡은 밴의 뒤켠에는 미술책이며 도록들이 아무렇게나 흙더미처럼 쌓여 있었다. 정녕 내가 찾던 책들이었다. 몽땅 사고 싶었지만 돈 여유가 없어 대여섯 권만 골라잡았다. 더구나 신기한 건 거의 모든 책에 작가의 친필 사인이 들어 있었다. 뉴욕 현대미술 전시 오프닝을 찾아다니는 게 일생의 낙이라고 했다. 내가 고른 책들의 값을 매기며 한마디씩 멘트를 남겼다.

"재스퍼 존스, 이거 15달러. 이 친구 지독한 게이야."

동성애자란 뜻이다.

"라우센버그. 이 친구도 게이야. 혼자 살아."

줄줄이 사탕이었다.

"래리 리버스, 앤디 워홀, 데이비드 호크니, 장 미셸 바스키아, 전부 게이들이야."

뉴욕 화가 중에는 게이가 아닌 화가는 없는 듯했다. 나는 덜컥 겁이 났다.

'아하! 나같이 게이가 아닌 사람은 화가가 될 수 없구나.'

이만저만 낙심한 게 아니었다.

그런 경험이 있어서 나는 그레이스의 고백을 직접 듣고 그 자리에서 놀라 자빠지지는 않았다. 그러나 파장은 컸다. 그전에 가지고 있던 인간에 대한 생각을 전면적으로 수정해야만 했다. 한 여자가 한 유부남의 정부 노릇을 하고 동시에 한 여자의 남편 노릇을 하고 다른 한 여자의 아내 노릇을 하며 멀쩡하게 살고 있는 현실 앞에서 종교가 무슨 소용이며 철학이 무슨 소용인가. 신학은 또 어디다 써먹을 수 있단 말인가. 그 여자는 종교나 철학을 몰라서 그렇게 사는 건가. 종교·철학·예술학도인 나는 그 여자를 단지 변태성욕자로 내치면 되는 것인가. 나는 인간이고 그 여자는 사탄인가. 왜 조물주는 나한테 아무런 예고도 없이 그레이스 같은 기상천외한 인간을 만나게 했을까. 신은 나에게 전혀 다른 외계가 있다는 것과 다른 세계의 외계인이 지금 내 앞에 와 있다는 걸 왜 이 지점에서 알려주는 것일까. 수많은 질문이 꼬리에 꼬리를 물었다. 대답은 한 토막도 안 나왔다. 밥 딜런의 노랫말만 아른거렸을 뿐이다.

"친구야, 묻지를 마라. 바람만이 대답을 알고 있단다.""앤서 이즈 블로잉 인더 윈드"

그레이스가 나한테 스스로의 정체성을 드러낸 순간 나는 겉으로는 태연한 척했지만 속으로는 정말 놀랐다. 앞이 캄캄했다.

거기 며칠 머물면서 나는 대학에서 책을 보고 강의 듣고 3년 이상을 배워야 할 세상살이의 본질을 깡그리 마스터해버린 듯했다. 또렷하게 그런 느낌이 들었다. 모든 사람들은 각자의 방법대로 살아가며 각자의 능력대로 행복하게 산다는 사실 말이다. 나는 그때까지 불행한 사람만이 비뚤어진 사랑을 하는 줄 알았다. 그리고 그때까지 동성애를 비뚤어진 사랑으로 알고 있었다. 왜냐하면 나는 초등학교부터 대학까지 수십년간 학교에서 인간문제에 대해 배웠지만 왜 여자가 여자와 사랑을 하고 왜 남자와 남자가 사랑을 하는지에 대해선 단 한 번 배워본 적이 없기 때문이다.

이번 체험에서 터득한 삶의 방식을 통해 나는 세상일에 많이 담담해졌다. 삶에 대한 확신도 들었다. 삶의 위대함과 복잡함도 알게 되었고 동시에 세상살이의 부질없음도 알게되었다. 만감이 교차했다. 오현경이 섹스 테이프 파문으로 터무니없이 불운한 역경에 처하는 걸 볼 때는 아! 힘든 세상, 홍석천이나 하리수가 당당한 모습을 보일 때는 아! 그래도 점점 좋아지는 세상, 그리고 혼혈아 하인스의 화려한 등장을 눈여겨보면서 세상은 보다 살기 좋은 쪽으로 변해간다는 걸 실감할 수 있었다.

그런데 나는 뭐냐. 왜 나 자신은 변하질 않는 거냐. 왜 나는 다람쥐 쳇바퀴 돌 듯 그 자리에서만 뱅뱅 돌고 있는 거냐. 내가 종교철학에서 배운 인간애는 무엇이며 현대미술에서 배운 미학의 수준은 어떻게 된 거냔 말이다. 왜 보름 전까지만 해도 LA 밤하늘 아래서 그토록 우아하고 매력 넘쳐보이던 그레이스가, 아무리 박혜수가 천사처럼 젊고 예뻤기로서니 왜 서울에 나타난 그레이스의 얼굴이 페르시아의 마녀할멈처럼 느껴졌느냐는 것이다. LA에선 분명 천사였는데 말이다. 서울에서 만난 새 천사가 더 이뻐 LA천사가 상대적으로 그녀의 미모를 박탈당하고 몰수당한 것이었다. 믿을 수 없는 게 사람의 눈이다. 그 눈으로 예술이 어떻고 미학이 어떻고 떠들다니 전면적으로 넌센스다.

물론 나는 그레이스에게 눈곱만큼도 그런 티를 나타내지 않았다. 그럴 틈도 없었다. 그날도 박혜수가 그레이스와 나에게 연속 드라마처럼 만화『공포의 외인구단』얘기를 해주었기 때문이다. 그날 박혜수와 헤어지고 나는 그레이스를 연희동 집까지 바래다주었다. 아무 말 안 하던 그녀가 집으로 들어가면서 이렇게 말했다. 내가 그레이스에게 들어본 마지막 말이었다.

"오빠! 혜수 씨가 참 예쁘네요. 많이 사랑해주세요."

그후 나는 그레이스를 본 적이 없다. 슬프지만 그녀는 끝까지 우아하고 멋졌다. 나는 그녀한테서 진짜 쿨하게 헤어지는 방법을 배웠다. 그녀는 단지 내가 너무나 보고 싶어서 막대한 비용을 들여 비행기를 타고 날아왔던 것이다. 이빨틀을 몇 가마니나 주문 받아야 LA · 김포 왕복 비행기 표값을 만들 수 있었겠는가. 그런데 서울에 달려와서 보고 싶었던 사람을 만나보니 LA에서 봤던 남자가 아닌 것이다. 그새 이미 다른 여자한테 빠져 있는 것이다. 모든 것을 눈치채고 그녀는 가타부타 말도 없이 담배 연기처럼 자신의 자취를 증발시켜버렸던 것이다.

이제 나한테 남은 것이라곤 박혜수 하나뿐이다. 그것이 나한테 주어진 최후의 조건이었다. 내가 군대에 입대할 때 이태영 여사는 나를 조치원 훈련소 정문 앞까지 데려다주면서 내 손에 작고 예쁜 성경책 한 권을 들려주셨다. 맨 첫 장을 넘기면 이런 글귀가 작은 붓글씨체로 쓰여 있었다.

'주어진 조건에서 최선을 다하라.'

박혜수와 내가 언제부터 한집에서 함께 살기 시작했는지는 분명하지 않다. 내가 옥수동 월세방을 얻었을 때 그녀는 친구들과 함께 우르르 몰려와서 놀다가 우르르 몰려가곤 했다. 초반부터 나는 남녀가 한 방에서 먹고 자는 생활 형태를 가능하면 피했다. 명랑쾌활한 혜수도 내 의견에 순순히 따랐다. 혜수도 따로 혼자 있길 원했다. 그녀 역시 모든 면에서 독립적이었다. 흑석동에 아파트를 새로 샀을 때도 우리는 방을 따로 썼다. 첫 번째 결혼스타일이 재래식으로 처음부터 끝까지 한 방에서 한 침대를 쓰는 형태를 취했기 때문에 두 번째엔 분위기를 전면적으로 바꿔본다고 결심을 했던 모양이다. 처음부터 그랬기 때문에 그후로도 우리는 한 방 한 침대에서 잔 적이 거의 없다. 우리는 쌍방이 그렇게 사는 것에 너무도 익숙해져서 어쩌다 호텔에서 잘 때도 누구 한 사람이 침대에서 자면 다른 사람은 바닥에서 잤다.

우리는 섹스 때문에 엮인 남녀가 결코 아니었다. 그렇다고 섹스와는 거리가 멀었다는 뜻도 아니다. 우리는 함께 있는 것만으로도 마음이 통하고 편했다. 서로에게 거의 완벽한 존재였다. 각자의 사생활을 침해 안 한다는 점에서 그러했을 뿐이다. 우리는 두 가지 일에 열중했다. 첫째는 악착같이 밤업소를 나가 돈을 벌어 아파트 한 채를 장만하는 것이었고 둘째는 바닥으로 떨어진 나의 인기를 서서히 회복하는 것이었다. 매니저가 있었지만 운전은 박혜수가 도맡았다. 우리는 완벽한 동거에 들어간 셈이다. 우리네 동거생활의 중심축은 변두리로, 밤마다 밤무대를 뛰어서 돈을 버는 것이었다. 초저녁부터 시작해서 서너 군데 밤무대를 돌다보면 하루가 다 갔다. 집에 가서 잠자고 또 일어나서 밤무대 뛰는 게 당시 우리가 했던 일의 전부였다. 우리가 설정한 목표는 서서히 달성되어 갔다. 아파트를 살 수 있을 만큼 돈이 불어났고 그때 처음 생긴 「자니 윤 토크쇼」와 「열린 음악회」를 통해서 나의 인기는 서서히 회복되었다.

내 생애의 후반부도 그럭저럭 잘 지나가고 있었다. 그녀가 갑자기 아이를 갖고 싶다고 할 때까지 그랬다. 쾌적함은 언제나 잠깐이다. 아이를 갖겠다는 건 적어도 나한테는 결코 쾌적하지 않은 조건이었다. 이삼 년 지나고 어느 날 그녀가 조건을 내밀었다.

"조 과장님, 나 애 낳을 거야. 애 하나 있어야 해. 부부가 애 없이 사는 건 무의미하잖아. 빨리 우리들의 애를 갖자고."

이건 장난이 아니었다. 그때까지 나는 나의 결심을 여러 방면으로 털어놓았다. 배다른 아이를 만들지 않겠다는 것이 나의 결심이었다. 그런데 이제 와서 갑자기 딴소리를 하는 것이다. 그녀는 갑자기 우리도 남들처럼 애 낳고 정원 가꾸고 강아지 키우며 살아야 한다는 것이었다. 그녀는 당당하게 자기 주장을 폈지만 내게는 황당한 주장으로 여겨졌다. 그때 나는 여자가 자기 피붙이를 갖고 싶어하는 열망이 얼마나 강한지를 처음 알았다. 거의 집념에 가까웠다.

뒤늦게 알았지만 여성이 자신의 아기를 갖고 싶어한다는 건 완벽한 여성이기를 열망하는 일로 매우 정상적이며 아름답기까지 한 모습이었다. 그러나 그것은 불행하게도 한쪽만의 주장이었다. 다른 한쪽에는 자기가 기왕에 만들어 놓은 아이들에게 결코 배다른 형제를 만들어주지 않겠다는 책임 있는 남자로서의 열망 또한 너무도 거셌다. 배다른 형제에 대한 거부감이 어디서 나왔는지를 나는 잘 모른다. 이스라엘과 아랍이 철천지 웬수처럼 땅싸움 세력싸움을 하는 게 그들의 조상 아브라함의 배다른 형제에서 유래했다는 건 내가 어른이 되어 성경공부를 하는 와중에 알게 되었다. 그렇게 거창한 이유 때문이 아니라 어렸을 적부터 배다른 형제에 대해선 으레 쉬쉬하는 그 느낌이 싫었다. 그래서였는지 나는 내쪽 주장만 내세우면서도 의기양양했다. 그때는 왜 함께 사는 여자에 대한 배려도 있어야 한다는 걸 까맣게 몰랐을까. 왜 그녀를 무경우한 여자, 일방적으로 떼만 쓰는 여자로 여겼을까. 생각할수록 켕긴다.

백날 얘기해봐야 애기를 갖고 싶다, 가질 수 없다, 두 가지 상반되는 주장에 결코 타협점이 생길 수 없다는 걸 알게 된 우리는 결국 단 한 가지의 일치점을 찾게 된다. 함께 사는 걸 그만두는 것이다. 얼마나 상큼한 결말인가. 그것은 이혼이 아니다. 우리는 혼인식을 치른 적도 없고 부부답게 살아본 적도 없다. 그러니까 헤어져서 또 한 번 살아보자는 것이었다.

우리는 여러 차례의 회담을 통해서 그런대로 쿨하게 문제점을 해결해 나갈 수 있었다. 우리는 그 방면에서 모범적이었다. 몇 년씩이나 함께 살다가 소위 이혼이라는 걸 하면서 사람들이 졸지에 쌍방원수로 돌변해 죽일 놈 살릴 놈 해가며 싸우는 걸 얼마나 많이 봐왔던가. 우리는 일찍부터 헤어지는 문제로 얼굴을 붉히며 피터지게 치고받지 말자는 암시를 서로에게 주면서 살아왔다. 언쟁의 내용은 딱 하나였다. 여자 쪽에서 느닷없이 애기를 갖고 싶다는 의사를 표명해왔을 때 내쪽에서는 "야! 너 내가 현재 두 아이의 애비라는 사실을 익히 알고 있잖아. 그런데 너를 만난 것 때문에 내가 멀쩡한 아내와 두 아이가 있는 집에서 쫓겨난 거 아니냐. 말이 쫓겨난 거지, 엄밀히 말하면 내가 자식을 버리고 나온 셈 아니냐. 너도 생각 좀 해봐라. 자기가 만든 두 아이를 버리고 나온 놈이 다른 데 가서 또 다른 아이를 만든다는 게 말이 되는 거냐?"

그녀는 나의 말을 충분히 이해하면서도 내 입장까지 자기가 떠맡을 이유는 없다고 생각하는 모양이었다. 그녀는 나에게 남녀가 함께 살면서 자식 없이 살자고 우기는 건 너무 이기적인 생각이 아니냐고 반박을 했다. 그녀 자신도 내가 자식 갖는 문제만큼은 고집불통이라는 사실을 체감하기 때문에 내심 더 괴로워하는 것 같았다. 해결점이 없는 문제로 다투자니 서로 피곤하기만 했다. 어쨌든 해결점을 찾아야 하는 급박한 지경까지 왔다. 나는 비장의 카드를 빼들었다.

"미국으로 떠나라. LA로 가라. 거기 가면 아기를 갖는 문제가 해결될 것이다. 거기 가서 좋은 남자를 만나라. 빨리 가서 애기 아빠가 될 남자를 만나라. 너는 아직도 20대다. 너는 누구보다도 예쁘고 날씬하고 똑똑하지 않느냐. 거기 가면 너를 좋아하는 남자가 한꺼번에 수십 명쯤 나타날 것이다. 거기서 참한 놈 하나를 골라잡아라. 네가 함께 살 만한 놈, 그리고 네 아기의 아빠가 돼줄 놈을 찾아라. 나는 한국에서 기다려주마. 아무 걱정 말고 떠나라. 그리고 명심해라. 네가 미국에 가는 건 어디까지나 유학을 떠나는 것이다. 영어를 익히는 것도 유학은 유학이다. 재미없으면 당장 되돌아오면 그만이다. 그리고 걱정 마라. 모든 경비는 내가 다 댄다."

LA에는 박혜수를 보호해줄 만한 나의 친지들이 여럿 있었다. 그리고 우리는 LA를 이미 여러 차례 다녀왔기 때문에 혜수에게는 결코 낯선 도시가 아니었다.

몇 주 후 그녀는 진짜 LA로 떠나갔다. 새 세상을 찾아 떠나간 것이었다. 그녀는 적당한 규모의 아파트를 얻고 거기서 착실하게 영어학원을 다니기 시작했다. 그녀는 LA 생활에 잘 적응하면서 전화도 하고 사진도 계속 보내왔다. 기막힌 소식도 들려왔다. 아랍의 어느 왕족이 자기를 좋아하고 일본의 유명한 오토바이 회사의 사장 아들도 자기를 쫓아다닌다고 했다. LA나 뉴욕의 이름 있는 영어학원에는 미국 대학에 들어가기 위해서 각 나라의 학생들이 모여들게 마련이다. 미국 사립대학은 학비가 엄청 비싸기 때문에 대학 입학 전에 학원에서 영어를 배우는 학생들은 좀 있는 집 자녀들이라고 보면 틀림없다. 나는 그런 전화를 받으면 이런 식으로 말해주었다.

"야! 가와사킨가 뭔 시킨가 그거 세계적으로 유명한 오토바이 만드는 회사야. 그놈을 물어. 아랍 왕족도 괜찮아. 돈 엄청 많을 거야. 잘 구슬려서 데리고 있다가 미친 척하고 결혼을 하는 거야. 그리고 한 몇 년 살다가 헤어지면서 위자료를 듬뿍 받아내는 거야. 그런 친구들이면 위자료가 장난 아닐 거야. 그 위자료 가지고 나중에 우리는 등 뜨시게 노후를 장식하는 거야." 킥킥대며 거는 농담 섞인 대화였지만 그때 우리가 맘만 먹었더라면 신종 꽃뱀 부부 결혼사기단을 조직해서 국제적으로 외화를 벌어들일 뻔했다.

두 해쯤 지난 뒤 드디어 결정적인 소식이 왔다. 두 명의 남자로 좁혀졌다고 했다. 둘 다 한국 남자인데 하나는 돈이 많지만 좀 도도하고 다른 하나는 명문대를 나와 미국 증권회사에 취직해서 돈이 많지는 않지만 무지하게 착하다는 것이다. 나는 그때 이미 혜수가 돈 없지만 착한 남자를 고를 것이라고 직감했다. 그러나 나는 계속해서 "네가 잘 골라, 너는 잘 고를 수 있다" 이 말만 했다. 적어도 나는 사람을 보는 혜수의 눈썰미를 믿어왔기 때문이다.

얼마 후 드디어 그녀가 딱 한 남자로 결정을 봤다는 연락이 왔다. 내 직감이 맞았다. 착한 남자 쪽으로 낙찰을 본 모양이었다. 우리의 팀워크는 대단했다. 그녀는 대체로 나의 코치를 잘 따랐다. 내가 친히 너의 남친을 만나볼 때까지 어떤 결정도 내리지 마라. 네가 한 놈으로 좁혔을 때 나한테 연락해라. 혜수의 사람 보는 능력을 못 믿어서가 아니다. 무엇보다도 내가 궁금했다. 내가 내 눈으로 직접 선을 봐야 했다. 나의 혜수가 어떤 혜수인데 아무나 집어가게 할 수는 없는 일이었다. 빨리 말하겠다. 실제로 나는 LA로 건너가 그녀의 남친을 만나보았다. 색시의 남편으로서 부모로서 오빠로서 선을 본 셈이다.

장소는 한국인 소유의 어느 호텔 커피숍이었다. 우리가 진작부터 알고 지내던 친구 부부도 동석했다. 그들은 이미 혜수의 남친을 인정한 상태였다. 우리가 먼저 도착했다. 혜수와 나는 온종일 내가 좋아하는 비벌리 센터 백화점에서 골프용품을 샀다. 내게 골프를 가르쳐주던 서울 여친에게 줄 선물도 함께 샀다. 그동안 전화상으로 서울에서 내가 누굴 만난다는 걸 쭉 말해왔기 때문에 혜수도 그녀가 누구인지를 잘 알고 있었다. 그녀가 미국 오기 전에도 허물없이 만나던 사이였다.

혜수의 남친 회사 퇴근 시간에 맞춰 우리는 약속 장소로 갔다. 기다리던 남친이 커피숍 입구에 나타났을 때 혜수가 아, 저기 왔네, 라고 말했고 운동모자를 눌러 쓴 캐주얼 복장의 멀끔한 청년이 우리 앞으로 늠름하게 걸어오는 불과 10여 초 동안 나의 기분은 형용할 수 없이 묘했다. 그리고 생소했다. 반갑습니다, 멀리서 오셨군요, 저 누굽니다, 서로 인사하고 악수를 나눈 이후부터는 쭉 화기애애로 나갔다.

말 그대로 그는 나무랄 데 없는 킹카였다. 처음 악수를 나눌 때만 약간 기분이 머쓱했지만 그와 나는 금세 형 동생 사이로 굳어졌다. 무슨 동서 지간이니, 현재 남편 미래 남편 하는 따위의 촌수를 따지는 일 같은 건 하지 않았다. 그는 총체적으로 완벽했다. 본격적으로 사귀어라. 특명을 내리고 나는 다시 한국으로 돌아왔다. 우리의 팀워크는 환상적이었다.

그후 결혼 날짜가 정해졌다는 연락이 왔다. 좋다. 내가 뭘 어떻게 도와주었으면 좋겠냐. 결혼 축가를 불러달라면 기꺼이 건너가겠다. 나는 신문기자나 주위 친구한테 박혜수의 결혼식에 축가를 불러줄 용의가 있다고 큰소리를 쳐댔다. 실제로 그렇게 해주고 싶었다. 그러나 내 친구들이 축가를 부르는 걸 극구 말리는 바람에 한국 현대사에 처음 있을 뻔한 최첨단 해프닝은 흐지부지되고 그 대신 위자료가 아닌 결혼 지참금을 부랴부랴 보내는 것으로 우리 두 사람의 관계를 마감했다. 모처럼 딸 시집 보내는 게 이런 거구나 하는 느낌이 들었다.

아닌 게 아니라 나는 실제로 딸 하나를 시집보내게 될 일이 생겼다. 이 와중에 딸 하나를 얻었기 때문이다. 그동안 나한테는 아이들 엄마가 키우는 아들 둘이 전부여서 평소 딸 하나만 가져봤으면 했는데 그 막연한 소망이 실제로 이루어진 것이다.

언젠가 박혜수와 나는 미국에서 살다가 돌아온 최영혜 부부를 내 아이들의 외국인학교 학예회장에서 만나게 되었고 그 집 아이들 속에 서너 살 된 예쁜 여자 아이가 섞여 있는 걸 보고 나는 깜짝 놀라며 물었다. "야! 영혜야, 너 언제 딸 낳았어." 영혜가 친절하게 설명해주었다. 물론 그날 이후 나는 최영혜 방식을 그대로 따라했다. 하늘이 내려준 선물을 받은 것이다. 그로부터 지금까지 10년을 훌쩍 넘게 나는 예쁘디예쁜 딸 하나와 단둘이 아주 잘 살고 있다.

사랑, 마법의 보자기

사람은 누구나 돈을 많이 벌었으면 한다. 돈이 굴러들어 오길 하염없이 기다린다. 왜 남의 주머니엔 돈이 잘 들어가면서 내 주머니엔 안 들어오는 걸까, 만날 그런 생각을 하면서 산다. 나한테도 딱 한 번쯤은 돈이 굴러들어오겠지, 그런 공상을 하며 살아간다.

사랑도 마찬가지다. 우리는 사랑이 찾아오길 기다리며 살아가고 있다. 하염없이 기다리며 살아간다. 그런데 그토록 기다리는 사랑은 쉽게 와주질 않는다. 기다린다고 해서 찾아와주는 게 아닌 걸 뻔히 알면서도 사람들은 턱을 괸 채 빌어먹을 사랑의 왕림을 기다리고 있다. 황소 불알 떨어지기만을 기다리고 있다. 어렸을 때 시골서 한여름 뜨거울 때 풀 뜯어먹던 황소의 축 늘어진 불알을 무심히 쳐다보면 대롱대롱 매달린 게 곧 떨어질 듯한 느낌이 들곤 했다. 우리들은 그게 잠시만 기다리면 떨어진다고 풀밭에 누워서 기다리곤 했다. 황소 불알이 쉽게 떨어지지 않듯이 사랑도 그렇다. 우리가 기다린다고 찾아와주는 게 아니다. 마치 고도를 기다리듯 우리는 하염없이 사랑을 기다릴 수밖에 없다.

더구나 더 큰 문제는 우리들 모두 사랑이 언제 어디서 어떻게 찾아온다는 걸 모른다는 사실이다. 사랑은 결코 스케줄대로 우리를 찾아오는 게 아니기 때문이다. 내 수첩에 2007년 12월 1일 송혜교나 이효리 둘 중에 하나와 사랑에 빠짐, 이렇게 계획표를 짜놓았다고 해서 그대로 이루어지는 건 천만에 아니다. 나의 계획대로 2007년 12월 1일 내가 송혜교를 찾아가서 "혜교 씨를 사랑합니다" 해서 되는 일도 아니고 이효리를 찾아가서 "효리 씨, 오랫동안 효리 씨를 사모해왔습니다. 저의 사랑을 받아주십시오" 한다고 해서 되는 일도 아니다. 어느 날 혜교 씨가 함께 잘 지내던 남친과 헤어지고 나를 찾아와서 "영남 씨, 저도 이날만을 기다렸어요. 저의 사랑을 받아주세요"라거나 이효리가 날 찾아와서 "영남이 아저씨, 저도 남자친구 버렸어요. 그동안 지긋지긋했어요. 이젠 아저씨만 사랑할 수 있어요" 이렇게만 된다면 얼마나 짱이겠는가. 그러나 이런 일은 없다. 안 생긴다.

우리가 지금 여기서 말하려는 사랑은 혼자서 해낼 수 있는 사랑 얘기가 아니다. 사랑이 언제 한번 날 찾아올까 생각하는 것부터가 벌써 이기적인 행위다. 오히려 사랑은 이기적인 행위의 정반대 상태다. 거듭 말하지만 사랑이 언젠가 나를 찾아오겠지 하고 기다린다고 해서 사랑이 찾아와주는 것도 아니고 사랑이 날 찾아오고 내가 사랑을 찾아가고, 그렇게 해서 되는 것도 아니다. 사랑은 어느 날 그냥 찾아오는 것이다. 아무 예고도 없이 찾아오는 것이다. 어느 날 사랑이 내 옆에 와 있는 것이다.

우선 두 사람이 마주 보면서 찌리릭 전기 같은 게 통해야 사랑이고 뭐고 간에 되어가는 것이고, 그때부터는 고등수학의 공식으로도 풀리지 않는 복잡 미묘한 관계로 접어들게 된다. 찌리릭 하나 더하기 찌리릭 하나면 찌리릭 두 개가 되어야 하는데 이 동네에선 그런 수학이 통하질 않는다. 찌리릭 하나 더하기 찌리릭 하나는 하나이거나 0이 되기도 한다. 전혀 다른 논리의 체계로 들어간다. 찌리릭 하나에 찌리릭 하나를 더하는 바로 그 순간 두 사람의 두뇌가 찌리릭 동시에 흔들리고 마비되기 때문에, 그 여파로 일단 두 사람의 안구에 문제가 생긴다. 눈이 머는 것이다. 눈감은 장님이 되는 것이 아니라 눈뜬 장님이 되는 것이다. 역설적으로 말하자면 우리는 너나 할 것 없이 눈뜬 인간들이 장님이 되기를 학수고대하는 것이다. "앞 못 보는 장님이어도 좋다. 사랑이여 내게 오라" 하며 손을 벌리고 있는 것이다. 장님이 되길 자청하는 상태는 정상적인 상태가 아니다. 미친 상태다. 그러나 우리는 너나 할 것 없이 "미친놈 미친년이 되어도 좋다. 사랑아, 내게로 와주기만 해라" 하며 찬물 떠놓고 비는 것이다.

우리가 여기서 말하는 사랑은 눈도 멀고 정신까지 미쳐버리는 광기의 상태다. 한마디로 헤까닥 뒤집히는 상태다. 그러니까 우리는 아주 우스꽝스런 상황을 일부러 추구하면서 살아가는 셈이다. 헤까닥 뒤집히는 현상이 나한테 찾아와주질 않기 때문에 기다리다 못해 우리 쪽에서 사랑을 어거지로 추구하고 나서는 것이다. 그게 안 되면 또 낙심하게 되는 것이다. 사랑이 광기의 헤까닥이듯이 좋은 것은 다 헤까닥의 구조를 갖는다. 로또 당첨도 그런 것이고 속리산 카지노에 가서 카드 몇 장 까고 한 몫 잡는 것도 헤까닥 뒤집히는 일이고 코카인이나 히로뽕을 코에 털어넣거나 주사로 한 방 맞는 것도 헤까닥 뒤집히는 구조를 가지고 있다. 담배 한 대 피워 물고 소주 한 잔 친구들과 나눠 마시는 것도 역시 잔잔한 헤까닥, 소박한 헤까닥에 불과하다.

세상에는 로또·놀음·마약·술·담배 그리고 '바다 이야기'까지 있지만, 말하나마나 사랑은 그 앞의 것들과는 본질적으로, 그리고 전면적으로 다른 구석이 또 있다. 즉 앞의 것들은 누구나 마음만 먹으면 실행에 옮길 수 있는 일들이다. 약간의 돈과 시간만 있으면 누구든 그런 기분을 낼 수 있는 일이지만 요놈의 사랑은 다르다. 사랑은 우선 혼자 기분을 내고 싶다고 해서 기분이 드는 게 아니기 때문이다. 사랑은 최소한 2인 이상이 만들어내는 공동작업이며 공동작품이다. 그래서 까다롭기 이를 데 없다.

그러니까 문제는 사랑을 일구어나갈 파트너가 있느냐 없느냐다. 파트너가 관건이다. 이쪽에서 내거는 조건과 저쪽에서 내거는 조건을 헤치고 쌍방의 조건을 충족시키는 파트너가 과연 내 앞에 나타나주느냐, 그것이 선결문제다. 쌍방의 조건은 또 좀 많은가. 저쪽에서 내거는 조건만 해도 일단 키가 커야 하고 코가 오똑해야 하고 얼굴 균형이 어느 정도 잡혀 있어야 하고 나이가 많으면 안 되고 이혼·재혼 경력이 있으면 안 되고 자식이 딸려 있으면 안 되고 돈이 많아도 잘 쓸 줄 알아야 하고 기타 등등으로 나가기 때문에 나 같은 사람은 접수 신청부터 포기해버리는 게 상책이다.

비웃으시겠지만 이쪽에서도 은근히 내밀고 바라는 조건이 있다. 젊고 예쁘고 똑똑하고 착하고 학벌 좋고 키 커야 하고 옷맵시까지 나야 한다. 그리고 기왕이면 돈도 좀 있어야 좋다. 그런 게 맞아 떨어져야 할 뿐만 아니라 어느 시점에선가 쌍방에 찌리릭 전류까지 튀어야 일이 제대로 성사가 되는 것이다. 찌리릭 전류, 사실 그게 최종 관건이다. 내 얘기의 핵심은 좌우단간에 사랑 한 번 한다는 게 그렇게 간단한 일이 아니라는 얘기다. 거기에 엄청난 재수까지 따라줘야 한다. 그나마 재수가 있어야 한 번쯤 사랑에 걸려들게 되고 사랑이 걸려들면 그것은 벌써 엄청난 행운으로 치부된다.

우리는 구타가 무엇인지 안다. 어떤 사람이 어떤 사람을 때리고 어떤 사람이 어떤 사람한테 얻어맞는 것이다. 우리는 구타가 무엇인지는 잘 알고 있지만 사랑은 가령 구타같은 것과는 총체적으로 다르다. 그래서 사랑이 무엇인지는 아직 누구도 정확히 알아내지 못했다. 이건 내가 한 말이 아니라 시인 하이네가 했다는 말이다. 우리는 창밖에 비가 어떻게 오는지를 안다. 하늘의 구름이나 이슬이 물방울로 변해서 땅으로 떨어지는 것이다. 우리는 비가 어떻게 오는지는 잘 알고 있지만 사랑이 어

떻게 만들어져서 어떻게 우리들 앞으로 살포시 오는지는 아무도 알아
내질 못했다.

사랑의 중요성에 관한 언급으로는 예수를 따를 자가 없
지만 사랑의 중요성을 예수보다 더 길고 장황하게 언급한
사람은 우리가 잘 아는 톨스토이 할아버지다. 『전쟁과 평화』
『안나 카레니나』 『여자의 일생』 등등이 전부 삶과 사랑에 관한 얘기 일
색이다. 톨스토이는 사랑을 인간적인 행위 전체로 포괄했다. 그리고 사
랑은 자기보다도 타인을 위하는 행위라고 정의했다. 거기다가 사랑을
위해선 희생까지 요구된다고 강경하게 못을 박았다. 그러므로 내가 어
느 여자를 사랑하는 과정에서 그 여자로 하여금 시답지않은 질투나 시
샘을 하도록 분위기를 조성한 건 전적으로 내 잘못이다. 상대 여자를 위
한 희생은커녕 청개구리처럼 희생의 반대 방향으로 팔짝 뛴 셈이기 때
문이다.

에리히 프롬도 사랑에 관한 한 소문난 기술자로 알려져 있다. 그는 사
랑도 자동차 운전이나 요리전문가가 되는 것처럼 일정 기간 기초를 배우
고 숙달해야 된다는 것을 강조했다. 바흐의 첼로 소나타를 즐기기 위해
선 어느 정도의 음악적 기초학습이 요구되는 것과 마찬가지다. 현대미
술의 경우도 마찬가지다. 최소한의 기초 정도는 배워둬야 한다. 인상파
와 입체파의 차이 정도는 배워둬야 한다는 얘기다. 사랑은 실천이다. 사
랑은 희생이다. 사랑은 훈련이다. 사랑은 기술이다. 뭐 이런 주장은 너무
나 원론적이고 상투적이라서 하나마나 한 소리처럼 들리지만 결코 틀린
말이 아니다. 가령 내가 내 사랑하는 여친으로부터 트집이나 푸념 같은
걸 듣게 되는 것도 따지고 보면 결국은 나한테 사랑의 기술이 부족해서
그런 피곤한 결과가 초래되었다고 봐야 한다. 내 경우가 그런데 에리히

프롬의 말대로 그런 실수를 바탕 삼아 터득하게 된 특급 사랑의 기술을 이제 좀 구사하려다보니 이젠 나이 들고 힘까지 빠져 그마저도 여의칠 않은 것이다.

내 생각이지만 쇼펜하우어나 프로이트는 사랑의 본질을 과도하게 포장했다. 그들의 주장은 너무도 직설적이어서 사랑에 대해 뭔가 좀 알아보려는 사람을 아예 질려버리게 만드는 경향이 있다. 내가 아는 한 사랑은 영화나 소설에서 존재하는 것처럼 그렇게 멋지고 화려한 게 아니다. 그런 사랑은 사랑도 아니다. 지금 내 생각은 이렇다. 사랑은 원래 없는 것이다. 있다면 그런 사랑의 본질은 남녀가 어우러져서 추구하는 쾌락일 뿐이다. 그 쾌락을 인간들이 죽기 살기로 추구할 따름이다. 날더러 야비한 심성을 가졌다고 비난해선 안 된다. 프로이트 같은 사람은 더 심했다. 그는 사랑을 거의 암놈과 수놈의 교착 관계로 고정시켜놓았다. 그러니까 살아남는 것과 번식하는 생물학적 현상을 사랑의 본질이라고 보았다. 거기까지는 좋다. 그러나 그의 유명한 논리, 즉 남자는 엄마 같은 여자를 추구하고 여자는 아버지 같은 남자를 추구한다, 사랑은 사람마다의 각종 컴플렉스나 열등의식을 충족하기 위한 무의식적인 투쟁에 불과하다 등등의 논리를 따라가다보면 고귀한 사랑은 이 세상에 없고 추악한 사랑만 존재하는 것 같다. 뭔가 사랑을 갈구하는 사람에게 오히려 참담한 느낌에 빠지게 만드는 것이다. 그러니까 이런 프로이트 같은 사랑학 전문가에게 따지고 들듯이 사랑이 언제 어떻게 오는 거냐고 물어봤자 대답은 뻔하다. 사랑은 무의식상태에서 온다고 퉁명스럽게 대답할 것이기 때문이다.

이런 와중에 나는 1150년부터 1200년까지 루이 14세가 제정해서 실용화했다는 사랑의 법전 귀절까지 모조리 읽어봤지만 사랑이 어떻게 오는지는 끝내 알아낼 수가 없었고, 누가 정리했는지 모르는 '연애에 대한

100가지 단상'을 빼놓지 않고 다 살펴봤어도 연애가 어떻게 내 앞으로 오게 되는지에 대한 항목은 발견되질 않았다. 그래서 나는 지금 바로 내가 쭉 알고 있던 단상 하나를 독자들 앞에 털어놓기로 맘을 먹었다. 다른 사람은 어떨지 모르겠지만 내 마음에는 쏙 드는 단상이다. 그것은 톨스토이나 에리히 프롬 같은 전문가들 뺨치는 사랑에 관한 문학적인 표현이다.

사랑은 마법의 보자기, 바로 이것이다. 이것은 극히 개인의 취향 문제인데, 나는 사랑을 규정한 모든 잡다한 말 중에서 마법의 보자기라는 표현을 가장 좋아한다. 특히 사랑이 어떻게 우리 앞으로 다가오는지에 대한 설명 중에서는 단연 최고라고 생각한다. 이것은 내가 수십 년 전 드라마작가 김수현의 산문집에서 찾아낸 어휘다. 사랑은 교통사고처럼 온다, 혹은 충돌사고와 같다는 표현도 즐겨 쓰긴 하지만 아무래도 좀 살벌하다.

그러니까 마법의 보자기가 하늘 위를 빙빙 돌다가 나와 어떤 여자의 머리 위를 덮치면 그게 사랑이 되는 것이다. 그런데 그 빌어먹을 마법의 보자기는 어디쯤에서 날아다니고 있는지 언제쯤 우리 동네 하늘을 지나갈지 도무지 갈피를 잡을 수 없다. 교통사고를 기다리는 사람은 없지만, 교통사고가 언제 터질지 모르는 것과 흡사하다.

마법의 보자기는 예측을 전면적으로 부정해서 그것이 우리 머리 위를 덮친다고 해도 몇 초만 덮칠지 하루 이틀만 덮칠지 한 번 덮쳐서 나머지 평생을 쭉 가게 될지 아무도 모른다. 횟수 또한 다르다. 평균 수치도 없다. 사람들이 나한테 굳이 물어서 나 같은 사람한테는 마법의 보자기가 어림잡아 일고여덟 번쯤 덮친 것 같다고 대답하면 "와! 많이 덮쳤네요" 하는 사람도 있고 또 "와! 실망이네요. 굉장할 줄 알았는데 겨우 그것밖에 안 돼요?" 하는 사람도 있을 수 있다. 어떤 사람은 한 번 덮친 것으로 쭉, 한 세월을 몽땅 흘려버리기도 하고 어떤 사람은 마법의 보자기는커녕 마법의 헝겊이나 마법의 넝마 한조각도 구경 못하고 평생을 빌빌대다 생을 마감하는 경우도 있다.

그렇다고 낙담만 하고 있을 일은 아니다. 왜냐하면 이런 사람들을 위한 특단의 방법이 마련되어 있기 때문이다. 이 없으면 잇몸으로 씹는 경우와 흡사하다. 여기 나이가 찬 남자가 있고 나이가 찬 여자도 있다. 그런데 이들한테는 나이가 차도록 마법의 보자기가 한 번도 자기들 머리 위에 내려앉질 않았다. 교회에 나가서 열심히 기도도 해보고 절에 가서 수천수만 번 절도 해봤지만 보자기 소식은 깜깜했다. 자기네들도 지쳤다. 기다리는 데도 한계가 있다는 것을 알았다.

젊은이들의 안타까운 사정을 알게 된 집안 식구들이 이럴 수는 없다 하면서 나설 수밖에 없었다. 용하다는 뚜쟁이들도 접선하고 이 사람 저 사람 알음알음으로 혼처 하나를 찾아냈다. 그래서 광화문 코리아나 2층 커피숍 후미진 곳에서 두 남녀를 소위 선 보게 하는 작업을 벌였다. 이럴 때는 대개 남자대표 한 사람, 여자대표 한 사람이 각각의 코치를 대동하고 커피숍에 나타난다. 미리 모종의 사인이 있었기 때문에 서로를 손짓 한 번으로 금방 알아본다. 이제부터 세계에서 가장 어색한 만남이 시작된다. 어영부영 인사 나누고 차 한 잔씩 마시고 코치들은 슬그머니 빠지고 현장에서 뛰어야 하는 남녀 두 선수만 달랑 남는다.

나는 그런 광경을 우연히 서너 차례 직접 보면서 관찰해봤다. 관심 있게 그리고 심각하게 관찰했다. 왜냐하면 살아생전에 나는 그런 걸 한 번도 못해봤기 때문이다. 컴퓨터를 못하니까 컴퓨터 채팅이라는 것이 궁금하듯이 나는 남들이 다방에서 선을 보는 것도 궁금할 수밖에 없었다. 그런데 멀리서 구경만 해도 너무 재미있었다. 쌍방에 생전 처음 보는 남녀가 단둘이서 마주 앉았는데 얼마나 흥분되고 재미있겠는가. 게다가 그런 경우는 어느 한편에서든 무슨 너저분한 서론을 펼쳐야 하는데 대화의 물꼬를 트기 위한 서론이란 얼마나 어색하고 치사하고 긴장되는가.

그러나 공식적인 중매의 경우는 그래도 어색함이 덜한 편이다. 사전 정보를 대충 가지고 있기 때문이다. 그냥 아무 말이나 시작하면 된다.

"무슨 음식 좋아하세요?"

"혹시 축구 좋아하세요?"

"가수 조영남 씨를 어떻게 생각하세요?"

이 질문에서 "저는 조영남 씨 별로라고 생각하는데요." 이렇게 대답한 사람은 일괄적으로 마법의 보자기를 못 쓰는 경향이 농후하다는 괴상망측한 통계가 있다. 가수 조영남을 상호 호감 있게 생각해서 마음이 통했다고 생각한 두 사람이 저녁을 먹으러 가고 영화를 보러 갔다고 해서 그것으로 자기들이 드디어 마법의 보자기를 뒤집어썼다고 단정하기엔 아직 시기상조다.

둘이 서로의 얼굴을 마주 보는 순간 찌릿찌릿 전기가 통하고 차 마시는 모습도 예쁘고 음식 주문하는 것도 남자답고 영화를 보는 태도도 맘에 쏙 들어서 그날 집에 가서 몇 시간 동안 전화 통화를 하고 너무너무 좋아서 빨리 결혼 날짜 정하고 웨딩마치를 울려야 비로소 마법의 보자기를 뒤집어썼다고 말할 수가 있는 것이다. 이런 경우는 자수성가식으로 마법의 보자기를 쓴 것이 아니고 옆에서 도움을 줘서 쓰게 된 것이라 어중간한 수준의 보자기를 쓰게 된 것이다. 그래도 성공은 성공이다.

그런데 마법의 보자기는 사랑의 완벽한 안전장치가 아니라서 무엇 하나라도 잘못되면 순식간에 그것이 증발되거나 날아가버리기도 하고 보자기가 찢어져 너덜너덜거리게 되는 수가 있다. 두 사람의 맘이 척척 맞아 떨어져 결혼식까지 올리고 신혼여행길에 오르게도 되지만 신혼여행지로 가는 기차나 비행기 안에서도 "아니 어떻게 여자가 입을 헤 벌리고 잠을 자냐" "무슨 소리야. 너는 드렁드렁 코 골면서 자잖아. 난 너 그런 추잡스런 사람인 줄 몰랐어" "뭐라고?" "뭐 어째?" 우당탕퉁탕하며 마법의 보자기를 바람에 날려보낼 수도 있고, 신혼여행지에서 첫날밤을 보내며 "자기 이런 기술 어디서 배웠어?" "내가 첫 남자가 아니란 말야?" 뭐 이런 시답지 않은 몇 마디 때문에 마법의 보자기가 갈기갈기 찢겨져 나갈 수도 있다는 얘기다.

마법의 보자기는 거대한 독점 계약서류다. 서류에 명시된 대로 보자기의 실평수대로 그 안에다 아늑한 가정도 꾸리고 꽃밭도 만들고 강아지도 키우고 예쁜 아들딸 만들어놓고 룰루랄라 하면 더 바랄 것이 없는데, 이제는 세월이 약이 아니라 세월이 독이 되는 수가 있다. 까딱하면 만날 똑같은 보자기에서 사는 게 지루하다는 생각이 들 때가 있다. 이게 염병할 일이다. 이런 때 내 경험상 남자들은 열 명 중 일곱 명 이상은 자기가 쓰고 있는 보자기에서 슬금슬금 기어나와 밖에서 서성대기 일쑤다. 혹시 자기처럼 외로운 짝이 없나, 자기처럼 새로운 마법의 보자기를 찾는 사람이 없을까, 행여 새 마법의 보자기를 얻어 쓸 수 있을까 하면서 말이다. 개가 지나가면 우리는 개새끼 지나간다고 개 무시하는 언사를 아무렇지 않게 쓰면서 우리는 우리 스스로가 바로 개새끼의 속성을 딱 닮았다는 생각은 차마 못한다.

여기서 잘못 알려진 사실이 하나 있다. 마법의 보자기가 열심히 찾기만 하면 찾아지는 물건인 줄 아는 사람이 있다는 사실이다. 천만의 말씀이다. 돈을 가지고 있어도 잘 안 되는 게 마법의 보자기이고 돈을 마구 뿌려도 호락호락 뜻대로 되지 않는 게 바로 사랑의 오리지널 속성이다. 나는 아주 유명한 배우 겸 탤런트인 어느 여성을 만나 이런 대화를 나눈 적이 있다. 자기가 만난 거의 모든 사회적 지위가 있는 남자들은 예외 없이 자기한테 똑같은 요구를 하더라는 것이다.

"너의 사랑을 나한테 준다면 나는 내가 가지고 있는 재산과 명예를 다 주겠노라." 대충 이런 식으로 말이다.

그래서 내가 물어봤다.

"그래서 그런 남자와 사랑을 이뤄 그 남자의 재산과 명예를 다 소유해 본 적이 있나요?"

그녀는 막 웃으면서 단 한 번도 그런 일이 일어나지 않았다며 이런 말로 결론을 냈다.

"영남 씨는 그런 이상한 프러포즈를 안 할 사람 같아서 오히려 영남 씨한테는 내 사랑을 전부 줄 수가 있을 것 같네요."

그렇다, 바로 그거다. 그녀의 농담 속에는 무서운 진실이 담겨져 있다. 남자나 여자나 그걸 모르고 있다. 그러니까 마법의 보자기를 제대로 쓰기 위해선 아무리 급해도 무심한 척도 할 줄 알아야 한다. 아무리 급해도 급한 표정을 짓지 말아야 한다. 팅기는 것과는 좀 다르다. 내가 그 자리에서 "저는 지금 강남에 100평짜리 아파트가 하나 있고 은행에 10억짜리 저금통장이 있는데 두 가지 다 아낌없이 드리겠습니다. 나에게 당신의 사랑을 주십시오" 했으면 나는 그 처녀한테 대번에 잘렸을 것이다. "좋아요. 저를 몽땅 드릴게요." 이렇게 대답하는 여자가 있었다면 그 여자의 꼬라지가 오죽 했겠는가.

거듭 강조하지만 마법의 보자기는 돈으로 살 수 있는 게 아니다. 그럴 수 있다면 그건 마법의 보자기가 아니고 돈 보자기여야 맞다. 그리고 돈 보자기를 뒤집어쓴 사람은 얼마든지 있다. 그런 사람은 나의 관심사도 우리의 관심사도 아니다. 그런데 터놓고 말해서 사랑 보자기보다 돈 보자기라도 뒤집어썼으면 하는 사람이 훨씬 더 많아졌다는 것을 우리는 직시해야 한다. 그게 현실이다.

나의 경우 돈은 없었지만 노래를 잘한다는 약간의 명성이 결국 돈을 대신해왔다. 그러니까 약간의 명성이 나로 하여금 마법의 보자기를 쓰는 데 결정적인 도우미 역할을 해주었던 것이다. 그렇지 않고서야 내 젊은 날에 제법 짭짤했던 콩트적, 단편소설적, 대하소설적 사랑을 무슨 수로 맞이할 수 있었겠는가. 지금도 눈만 감으면 나는 황소가 거품 품고 되새김질하듯 사랑에 관한 옛것들을 떠올려 되새김질할 수 있다. 아! 그때 명동의 화교 아가씨와 혼인식을 올려 중국인의 사위가 되는 건데, 그랬으면 지금쯤 중국 현대미술이 세계 시장에서 폭발적인 인기를 끄는 이때 나도 한국 반 중국 반의 통 넓은 작가로 세계 무대에 일약 뜨는 건데, 맨 이따위 공상에 잠기게 된다는 얘기다.

그렇지 않아도 그 옛날 내가 명동에서 노래를 부르며 왔다갔다 할 때 나는 우연히도 화교 처녀 한 명과 가까워졌다. 그녀가 나의 아르바이트 장소에 지속적으로 찾아와서 알고 사귀게 되었다. 사랑이 그때 어떻게 얼만큼 찾아왔는지 그건 자세히 모르겠다. 중국 이름이 있었는데 이름도 잊었다. 화교 처녀는 늘 동료 대여섯 명과 그룹으로 함께 다녔다. 명동 화교학교 동창생들이었다. 얼굴 모양이 하여간 어딘가 모르게 한국 처녀들과는 다른 구석이 있었다. 우선 피부가 더 하얗고 얼굴 표정이 훨씬 맑았다. 말할 수 없이 예뻤다. 내가 가수로 이름이 막 날 때였으니까 어찌어찌 알게 됐겠지만 나는 그때 일찍부터 중국 아가씨를 사귀면서 나름대로 중국에 대한 새로운 인식을 갖게 되었다.

중국 아가씨와 사귀는 동안 나는 그녀의 여자친구들이나 남자친구들도 한꺼번에 봐야 하는 경우가 많았는데, 그때 잠시 경험한 중국식 우정은 정말 유토피아였다. 일절 시기나 질투 같은 게 없었다. 없는 정도가 아니라 그녀의 친구 전원은 합심해서 나와 그녀가 원만히 사귀도록 분위기를 몰아주었다. 그네들의 마음씨가 너무도 순진하고 순박해서 오히려 나는 그 중국 아가씨와 아무런 '섬씽'도 없이 끝나고 말았다. 사실 그것보다는 내 마음 한구석에 아무리 화교 처녀가 예쁘고 착해 보여도 중국 여자와 깊이 사귀는 것은 훗날 큰 문제를 야기시킨다는 생각이 자리잡고 있어서 맺어질 수 없었던 것 같다. 어디서 그런 개떡 같은 생각이 떠올랐는지 지금 생각해봐도 영 모르겠다.

그 일이 있고 나서부터 나는 철학자 버트런드 러셀처럼 세상이 무너져도 중국 예찬론자가 되었다. 러셀 할아버지는 중국 국민성이 세계 최고라고 한때 공언했던 적이 있다. 그때 나는 그 중국 소녀 때문에 중국 국민성이 최고라고 덩달아 믿게 되었다.

내 머리 위에는 마법의 보자기가 쌍으로 내려온 적도 있다. 왜 쌍보자기가 내려왔는지 나는 지금도 알 길이 없다. 그래서 사랑의 지역 문제는 언젠가도 말했지만 무법천지다. 도무지 종잡을 수 없이 사랑이 밀려올 때도 있다. 동일한 시기에 나는 한꺼번에 두 여자를 소개 받아 얼마 동안 데이트를 한 적이 있었다. 잠시잠깐 엉성한 마법의 보자기 두 개가 한꺼번에 왔다가 금방 사라진 셈이다. 지금은 독실한 크리스천으로 변해서 선교활동에 열중하고 있는 당시 좀 노는 계통의 일급 황태자 중 한 명이었던 동료 가수가 소개해준 여자들이었다. 소개라기보다는 그가 어찌어찌 남아도는 여자 처리반장 역할을 나한테 맡겼던 것이다.

내 친구는 자기를 찾아온 여자들과 얘기를 나누다가 훌쩍 일어서면서 "영남아, 얘네들하고 놀고 있어. 나 어디 좀 다녀올게" 하고 홀연히 사라지곤 했다. 내 생각에 그 친구는 여자보다 카드놀음판이 훨씬 재미있었음에 틀림없다. 그러니까 나는 얼결에 두 여자를 떠맡게 된 셈이다. 두 여자는 쌍둥이처럼 붙어 다녔다. 둘 다 모양을 엄청 내는 여자들이었다.

모양을 내는 게 그녀들의 본업인 듯했다. 이 두 여자가 명동에 나타나면 명동이 온통 훤해졌다. 모양내는 것도 모양내는 것이려니와 행동도 또 우아하게, 꼭 여배우 뺨쳤다. 그렇지 않아도 둘 중의 한 명은 「장화 홍련」인가 하는 사극 영화의 주인공으로 발탁되기도 했다.

한 명은 권미경이었고, 또 한 명은 성연이었다. 성씨에 이름이 외자였는지, 성씨가 따로 있었는데 내가 몰랐는지는 그건 잘 모르겠다. 하여간 성연으로만 불렀다. 원래 나한테 가깝게 접근해온 것은 권미경 쪽이다. 성연은 늘 그냥 다소곳이 옆에만 있었다.

권미경은 신당동에 있는 5층 건물 꼭대기 층에 살았는데 아버지가 건물 주인이면서 변호사 사무실을 운영했다. 우리가 만나서 쓰게 되는 일체 경비는 첫날부터 권미경이 냈다. 옷 입고 모양내는 것 이외에 돈 쓰는 것을 큰 낙으로 삼는 여자 같았다. 특이하게 그녀의 핸드백에서 나오는 돈은 언제나 빳빳한 새 돈이었다. 어떤 경우건 돈을 지불하는 일에는 권미경이 앞장을 섰는데 그럴 때 성연이는 항상 당연하다는 투였다. 그리고 권미경은 감히 누구도 자기의 돈 내는 일을 방해할 수 없도록 묘한 분위기로 제압해나갔다. 전혀 밉지 않은 푼수였다. 왜냐하면 미경이는 이쁘기도 했거니와 마음씨도 어지간히 착했기 때문이다. 그녀는 나와 헤어질 때면 가끔씩 불쑥불쑥 지갑에서 돈을 꺼내서 나한테 척 건네주곤 했다. 용돈으로 쓰라는 의미였다.

권미경은 멀쩡한 집의 둘째 딸이었다. 나는 곧장 권미경네 집을 내 집 드나들듯이 했기 때문에 집안 사정에 대해서 잘 알 수 있었다. 나는 권미경이 아무리 변호사집 딸이라 하더라도 어떻게 저렇게 돈을 펑펑 쓸 수 있을까, 하고 한번도 의심해보지 않았다. 그런 의구심은 차츰 내가 사회인으로 변해가고 속세에 물이 들면서 매우 자연스럽게 풀려나갔다. 후에 알게 됐지만, 권미경은 나를 만날 당시 벌써 이름만 대면 다 아는 경제계, 언론계 인사와 심각한 연인관계에 있었던 것이다. 나는 한참 세월이 지나서야 그런 얘기를 듣고 넋두리처럼 "맞아! 그러면 그렇지" 하면서 그때의 일들을 다시 떠올려보곤 했다.

지금 내 친구들에게 그때 내가 만난 모든 여자들과 흔히 말하는 육체적 관계에서 아무 일도 없었노라고 고백을 한다면 녀석들은 분명 나한테 눈을 흘겨가며 죽일 듯이 "야! 이 시키, 뒤늦게 별걸 다 내숭떨고 있네" 하겠지만 하늘에 맹세컨대 막판에 성연이와의 우발적인 하룻밤 풋사랑 이외에 나는 순수하고 결백했다.

권미경과 성연을 만나는 일은 아주 색달랐다. 한 명의 키 작고 못생긴 청년이 여배우 이상으로 화려한 두 명의 여자들과 만난다는 것은 어떤 경우에도 색다르게 보였다. 지금 내가 희미한 옛 추억의 그림자를 더듬고 있는 이 여성들과 친하게 지내고 있을 때 나는 한쪽으로는 쎄시봉 친구와 그밖에 학교 친구들과도 원만한 관계를 유지하고 있었다.

그러니까 또 다른 계통의 여자들을 사귀었다고 해서 날더러 선천적인 돈 주앙이나 카사노바가 아니었냐고 질타를 한다면 할 말이 없다. 나는 그저 나를 좋아하는 여러 계층의 여자들과 만나 낄낄대며 노는 게 좋았다. 결과적으로 전부가 플라토닉 관계였다. 내가 권미경·성연과의 단편적인 깜짝 만남을 기존의 여친 일당한테 고지식하게 알릴 일은 없었는데, 단지 더펄거리는 내 성격이 우리의 만남을 금세 들통나게 만들었다. 한 뭉텅이의 사진이 화근이었다. 권미경·성연과 함께 남산으로 데이트를 나가 거기 무슨 식물원 등지에서 아무 생각 없이 각종 포즈를 취해가며 사진을 찍어두었던 걸 무심코 주머니 속에 넣고 다니다 그 사진들이 우르르 주머니 밖으로 흘러나와 산통이 깨진 것이었다.

그때 남산 꼭대기에는 완장 차고 즉석 사진을 찍어주는 아저씨들이 여러 명 있었다. 권미경은 워낙 통이 큰 여자라 한두 장 기념으로 찍은 게 아니라 신혼부부가 사진사를 대동하듯 사진사 아저씨를 끌고다니며 여러 곳에서 온갖 포즈로 사진을 찍어 분배했는데, 내가 가진 것만도 여간한 부피가 아니었다. 문제는 그 속에 나와 있는 우리 세 사람의 포즈가 천하에 촌스러웠다는 사실이다. 바로 그 촌스러움이 놀림의 대상이었다. 그때는 어렸고 또 실제로 촌스러웠던 때라 그런 놀림을 이겨내기가 참 힘들었다. 그런 와중에도 불행 중 다행인 것은 사진 속의 인물이 매 사진마다 세 명이었다는 것이었다. 만일 권미경·성연 둘 중의 한 명과 집중적으로 사진을 박았더라면 더 큰 낭패를 볼 뻔했다.

　어느 모로 보나 나는 권미경과 더 가까운 관계였다. 권미경은 활달했고 성연은 바보스럽게 보일 정도로 내성적이었다. 내가 권미경의 안방에 드러누워 있다가 윤여정 일당의 침공을 받은 경우만 봐도 그렇다. 사진 사건보다 어처구니없는 사건이었다. 사건의 내막은 이러했다. 권미경네 집을 제법 무시로 드나들 때였다. 나는 어느 날 신당동 권미경네 위층 온돌방에 별 볼일도 없이 빈둥거리며 누워 있었다. 그런데 바깥 층계로부터 쾅쾅거리는 소리가 들려오더니 일순 방문이 휙 열리며 앙칼진 여자들의 목소리가 방 안으로 쏟아져 들어오는 것이었다. 물론 나의 오랜 여친 일당이었다.
　야간 기습침공을 당한 나나 권미경은 속수무책일 수밖에 별다른 대책이 없었다. 권미경은 그저 예의 생글생글하는 정체불명의 미소만 제공할 뿐이었다. 물론 나는 그 길로 체포당한 현행범처럼 권미경의 집에서 끌려나왔다. 어떤 경로로 나의 여친들이 권미경네 집까지 쳐들어왔는지 너무도 궁금했다. 아마도 내가 가지고 있던 권미경네 전화번호를 어디다 남겼는데 거기다 전화를 걸어 권미경한테 주소를 얻어 쳐들어오지 않았나 싶다. 지금 생각해보면 그때 권미경의 안방에서 그냥 빈둥거리다 잡혔길래 망정이지 만약 옷이라도 벗고 무슨 일이라도 벌이고 있다가 발각 됐다면 어쩔 뻔했겠는가. 그 후유증이 어땠을지 상상만 해도 등골이 오싹 해진다.

권미경이네 안방에서 빈둥거리다 여친들한테 끌려나온 이후로도 권미 경과의 관계에는 아무런 진전이 없었다. 남녀 관계란 도입 부분에 짱! 어떤 마주침이 없으면 그냥 몇 번 만나다 흐지부지되기 십상이다.

결정적인 순간에 대시를 할 줄 모르는 사람은 이 방면에서 엄청난 피해자일 수가 있다. 특히 나의 경우 대학생 신분이었을 때에는 뭇 부잣집 딸들과 사귀거나 결혼도 할 수 있었는데, 전부 시종일관 우물쭈물 눈치만 보다 끝난 경우가 한두 건이 아니었다. 말만 하면 금방 알 수 있는 신문로에 살았던 무슨 방직회사 사장집 딸도 나의 음대 동창으로 아주 인형같이 예뻤다. 나와는 무척 가까웠는데 빌어먹을, 용기를 내서 좋아한다는 얘기 한마디 못하는 바람에 유야무야 됐고, 지금 여성 무용계의 거목인 지예진도 역시 나의 대학 동창으로 무진장 가까워질 수 있었는데, 또 하필 지예진한테는 예쁜 여동생이 있어 양쪽이 다 좋아 헬렐레 하고 가회동 집으로 몇 차례 따라다니다가 그냥 흐지부지 끝내버리기도 했다.

하여간 여자 쪽에서 먼저 내 옷 단추를 끄르지 않는 한 나는 윗저고리를 스스로 벗을 줄 모르는, 좋게 말하면 모범생이었고 시쳇말로는 좀 '모질이'였다. 충청도에서는 좀 모자라 뵈는 듯한 사람을 모질이라고 부른다. 그저 소문만 무성한 허깨비였다. 여기서 지금 내 애길 듣고 헛구역질하는 사람이 많을 것으로 안다. 그러나 사실이 그러했다. 권미경의 경우만 해도 그랬다. 나는 권미경을 수시로 그렇게 허물없이 만났건만 그녀의 손목 한 번 못 잡아본 채 구렁이 담 넘어가듯 성연 쪽으로 흘러넘어갔다.

어느 틈엔가 권미경과 성연을 한꺼번에 만나는 식의 데이트에는 종지

부를 찍고, 나는 일방적으로 성연네 집을 드나들게 되었다. 성연은 권미경처럼 소위 '끼' 같은 것이 없어 보이는 처녀였다. 그러나 성연은 권미경보다 훨씬 부잣집에, 그것도 무남독녀 외동딸이었다. 그래서 그랬는지 성연은 권미경보다 훨씬 순진한 구석이 있었다.

그러던 어느 날 드디어 성연이가 엄청난 제의를 해왔다. 분명 성연의 제의였다. 놀라 자빠질 만한 제의였다. 철원 가는 길에 이승만 별장인가 김일성 별장인가 있던 산정호수 근처에 기막힌 산장 호텔이 신축됐는데, 거길 단 둘이서 놀러가자는 제의였다. 성연의 제의가 분명한 것이, 나는 그런 은밀한 곳이 있는지조차 모르고 있었다. 왜 그런 제의가 나왔는지 지금도 모르겠다. 내가 그런 분위기로 유도했는지도 모른다. 나는 그녀가 출발하기에 앞서 흥분한 모습으로 온갖 예쁜 색깔과 디자인의 속내의를 여행가방에 싸는 모습을 내 눈으로 물끄러미 바라보았던 기억만 생생하다.

그것은 나의 친구도 매니저도 모르게 떠나는 일종의 밀월여행이었다. 자동차도 성연이 타고 다니던 자가용을 이용했다. 우리는 신혼여행처럼 떠나갔다. 배를 타고 어떤 작은 섬으로 갔는데, 우리는 칠 냄새가 아직도 풍기는 산장호텔의 방갈로 같은 집에서 꿈 같은 하루를 보냈다. 숲을 거닐기도 했고 언덕에서 호숫가를 내려다보기도 했다. 별빛이 쏟아지는 베란다에서 영화처럼 그윽한 포옹도 했다. 그날 밤 우리는 촛불을 켜놓고 영화의 한 장면처럼 분위기를 잡았다. 그날 밤에 나는 여자가 밤에 입는 속옷이 그토록 아름답고 다양한 줄을 또 처음 알았다.

그것은 유행가 가사처럼 딱 하룻밤의 풋사랑이었다. 우리는 더 이상 만날 수도 없었다. 왜냐하면 며칠 후 주간지에 대문짝만하게 우리의 산장의 밤이 그대로 실렸기 때문이다. 나중에 알고 보니 그 산장은 모 일간지에서 경영하는 계열사나 마찬가지인 휴양지였고, 그곳 지배인으로 발

령받아 온 사람이 바로 신문사 직원 출신이라서 우리가 몇 시에 와서 어디서 뭘 하고 몇 시 몇 분에 어떻게 방으로 들어간 것까지 시시콜콜 자기네 주간지에 일러바쳤던 것이다.

성연이네 집에선 난리가 난 모양이었다. 물론 우리 집은 조용했다. 주간지에 스캔들이 터지고 나서야 나는 성연이 모 제약회사의 아들과 혼사가 거의 성립되어 있었다는 사실을 알게 되었다. 말하나마나 그날로 성연의 약혼은 파경을 맞았다.

그후 권미경한테서 들은 얘긴데 성연이는 우리의 스캔들이 터지고 나서 며칠을 징징대며 울다가 캐나다 언니한테로 훌쩍 떠났다고 한다. 그게 권미경과 성연과 나 사이에 있었던 3막 5장 흘러간 이야기의 전부다. 나는 그때 성연이가 약혼 상태에서 왜 나한테 자기의 약혼 사실을 숨겼는지, 왜 그런 상황에 휘말렸는지 알다가도 모르겠다.

마법의 보자기는 무법천지에서 활동하는 물건이었다. 온 것 같았는데 어느덧 사라져갔다. 아침 해가 어느새 동산 밑에서 하늘 한가운데로 떠오르는 것을 아무도 눈치채지 못하듯 마법의 보자기는 우매함 속에서 피어나고 부질없음 속으로 시들어간다. 그리고 나는 우매함과 부질없음 속에서 좀처럼 헤어날 줄을 몰랐다. 불혹의 나이가 되도록 내가 얼마나 우매했고 얼마나 어리석었는지, 지금 돌이켜봐도 사지가 움츠러든다. 나는 정녕 어리석은 때가 있었다. 마법의 보자기는 내가 찾을 마음만 있으면 찾아지는 별 것 아닌 물건인 줄 착각했던 때가 있었으니 말이다. 내 실력 정도면 우습게 찾아낼 수 있는 물건으로 알았다. 그래서 나는 실제로 마법의 보자기를 찾아 전쟁터로 나가듯 나선 적이 있다.

함께 살던 두 번째 여자가 미국으로 떠나고 혼자 남아 빈둥대고 있을 때였다. 어쩌다 나는 일군의 후배녀석들을 만난다. 내가 어려웠던 시절 밤무대를 전문으로 뛸 무렵 만나게 된 친구들이었다. 이들은 아버지의 사업체를 물려받거나 혹은 자수성가로 사업을 일으킨 친구들이었는데 단지 술 좋아하고 친구 좋아하는 대충 놀자주의를 앞세우는 친구들이었다. 그런데 밤세계에서 만난 이들은 내가 만난 어느 계층의 남자보다 남자다웠고 활달했다. 모든 계층의 남자들한테는 반드시 겉치레가 엿보이는 법이다. 그런 것 없이 우리가 사는 사회에서 성공을 기대하기란 너무도 힘든 일이다. 그네들은 겉치레를 할 건덕지가 없어서 오히려 편해 보였다. 웬일인지 그들은 내가 그들을 유난히 좋아한다는 걸 잘 알고 있는 듯했다. 나는 아무런 절차도 없이 그들의 형님자리에 올랐다.

노랑나비 이승희가 한국 최초로 『플레이보이』지 표지모델로 탄생했을 때였다. 내가 아는 어느 출판사에서 그녀를 위한 누드집을 만들고 출판기념회 및 내한 환영 파티를 열어야 하는데 다들 출판기념회 스폰서로 선뜻 나서지 않는다고 해서 내가 나서서 불러 모은 게 이 친구들이었다. 물론 우리는 성대하게 한국인 최초의 『플레이보이』 표지 모델을 잘 대접해 돌려보냈다. 이 시대에 쭈뼛쭈뼛대는 한국 남성의 이미지를 보여주기 싫어 내가 발벗고 나서서 친구들을 불러모아 성공적으로 파티를 열어줬던 것이다.

나는 그때 후배 일당과 함께 서울 시내의 각종 디스코 나이트클럽을 순방 다니는 게 너무 신났다. 거기는 정말 눈부실 정도로 화려했다. 보통 클럽의 중앙에 둥그런 무대가 설치되어 있고 쭉쭉빵빵한 디스코 걸들 수십 명이 번호표를 허리에 하나씩 차고 한꺼번에 올라가 디스코를 추고 있는데 세상에 이보다 더 미학적인 예술의 전당이 어디 있겠으며 이보다 더 위대한 행위예술이 어디 있겠는가.

지금은 다 없어졌지만 그때는 참 별났다. 각자의 방에서 술을 마시며 조그마한 유리창을 통해서 디스코 걸들의 춤추는 모습을 살피다가 웨이터한테 저기 몇 번 하면 1분 이내에 방문이 열리고 내가 지명한 바로 그 여자가 내 눈앞 1미터 전방으로 뽀르르 다가서는 것이었다.

아무리 내 입장이 유리해도 나는 형님의 입장을 빌미로 막가파식으로 행동할 수는 없었다. 만날 돈 한 번 안 내고 얻어먹을 수만은 없었다는 얘기다. 그네들이 아무리 청년 실업가지만 그네들한테도 나름대로의 눈이 있기 때문에 나는 그들 앞에서 무경우로 행동할 수는 없었다. 형님 자격을 일순간에 박탈당할 수도 있기 때문이다. 그들은 비록 밤엔 눈빛이 밝아지는 친구들이었지만 낮 생활에도 누구 못지않게 충실했다. 가족은 가족대로 철저하게 지켜나갔다.

한 친구는 매우 특이했다. 우리가 만일 어느 술집이나 밥집엘 갔다가 그 친구보다 먼저 밥값이나 술값을 내면 그 집 주인한테 왜 돈을 받았냐고 생난리를 치면서 카운터를 때려부수고 그 다음날 수리비를 지불하는 경우가 비일비재했다. 그들은 대개 있는 집 자식으로 태어나서 일견 버릇없어 보이기도 했지만 그보다는 오히려 순박함에서 오는 치기적인 행동 혹은 푼수 같은 행위가 행동 전체를 지배해서, 나는 늘 그런 친구를 옹호했다.

오죽했으면 내가 그네들 몇몇을 이끌고 내 생애 최초로 단체를 결성해서 높은 직위에 올랐을까. 단체의 이름은 전푼협, 전국푼수자협의회라는 것이 그렇게 태동되었다. 나는 자동으로 초대 전푼협 총회장으로 추대되었다.

그네들은 한사코 내가 자기네들보다 한 수 위의 푼수를 떤다고 했다. 집에 결혼식은 안 올렸지만 함께 사는 여자가 있고 그네들이 형수님이라고 부르는 여자가 엄연히 존재하는데 내가 마구잡이로 여자들과 어울려 흥청망청 놀아서는 안 된다는 것이었다. 그래서 나는 그들이 지시하는 대로만 했다. 소위 일탈을 꿈꿔서는 안 된다는 얘기였다. 백 번 옳은 얘기였다. 놀긴 놀되 일탈을 꿈꾸지 않는 놀음을 이어갔다. 그건 고도의 기술을 요구하는 삶의 방식이었다.

물론 나는 오래 전부터 나와 함께 사는 여자에게 내 삶의 방식을 털어놓고 있었다. 그때만 해도 병자호란 직후나 다름없어서 검증 안 된 전푼협 회장의 사상을 입 밖으로 낸다는 건 결코 쉬운 일이 아니었다.

"서로 간섭하는 일 없이 살아보자. 집에서나 밖에서나 함께 살 때는 물론 충실하게 함께 살지만 밖에서 생기는 일에 대해선 서로 터치하지 말자. 제발 전화에다 대고 어디야, 누구하고 있어, 뭐하고 있는 거야, 이런 소리 좀 하지 말자. 밖에 나가서는 서로가 하고 싶은 대로 하도록 놔두자. 서로 믿자. 서로가 하고 싶은 대로 사귀고 싶은 사람 사귀어도 믿자. 결코 탈선 같은 걸 함부로 하지 않는다는 걸 쌍방이 믿어주자. 탈선을 해도 탈선했다고 털어놓자. 거짓말만 하지 말자. 하고 싶은 말 다 하고 살자. 말하는 것에 제한을 두지 말자. 우리가 앞으로 살아갈 날도 사랑할 시간도 얼마 남지 않았다. 지금 너와 나는 우리가 처음 만났을 때처럼 열렬하고 뜨거운 건 아니다. 너 좋은 방법 나 좋은 방법 있으면 우리 서로 털어놓고 얘기하자. 우리가 지금도 진실로 사랑한다면 서로의 마음을 이해하고 받아들일 줄 알아야 한다. 지금부터라도 살아가는 방법을 개선해나가야 한다. 무엇보다도 우리가 사랑할 수 있는 날이 얼마 남지 않았기 때문이다."

그녀는 충분히 이해하는 듯했다. 나 한 사람한테만 매달리는 것을 과감하게 중단하고 자기의 세계를 따로 찾기 위해 애쓰는 듯하다가 다시 또 내 쪽으로 몰리고 또다시 자기 세계를 찾아나서는 일을 계속 반복해왔다. 그런 것은 실행에 옮기고 안 옮기고의 문제가 아니었다. 문제는 나의 갸륵한 뜻, 다시 말해서 서로 자유롭게 살자는 나의 진심이 함께 살고

262

있는 여자의 마음속에 깊이 새겨졌느냐 하는 것이었다.

　나는 지금도 한 남자가 한 여자만을 사랑하는 게 참사랑이라는 것을 진심으로 믿는다. 그러나 거기서 한 치도 벗어나면 안 된다는 고정관념에는 승복할 수가 없다. 나는 삶의 쾌적함이란 무엇보다도 여유에서 오는 것이라고 생각한다. 비록 공상에 지나지 않는 생각이지만 나는「글루미 선데이」처럼 한 여자가 두 남자를 사랑하는 것도 참사랑일 수 있다고 생각하고 반대로 한 남자가 두 여자를 사랑하는 것도 참사랑일 수 있다고 믿는다. 모든 가능성을 열어놓아야 한다는 것이 내 생각이었다.

　참으로 꿈 같은 얘기였다. 그러나 나의 생각은 하늘을 날 것처럼 자유스러웠지만 현실은 달랐다. 누가 봐도 내 집에 함께 사는 여자가 존재하는 한 나는 백 프로 자유로울 수가 없었다. 내 후배들의 입장에서 봐도 그랬다. 나뿐만 아니라 내 후배들을 포함, 이 시대를 사는 우리들 모두가 그런 딜레마와 함께 살아가는 듯싶었다. 그런 와중에 나와 함께 살던 여자가 언제 돌아온단 기약도 없이 담담하게 떠나버렸다.

　내가 자유롭게 되었다는 뜻은 함께 살던 여자가 애물단지였다거나 내가 그런 이유로 함께 살던 여자를 미워했다는 뜻이 결코 아니다. 속으로는 어땠는지 모르지만 겉으로는 쌍방이 최대한의 예의를 갖추며 대해왔다. 우리는 극히 평화적인 해결책을 찾아내서 실행에 옮겼을 뿐이다. 일단 헤어져서 각자의 길을 가보자, 만약 헤어져 살아봐서 서로가 그리우면 다시 합칠 수도 있다, 그게 우리의 약속이었다. 그쪽 여자도 나를 자유롭게 놓아준다는 차원에서 스스로 떠나간 것이다. 쌍방 원원 작전이었다.

　그럼 여기서 자유롭게 된 나는 과연 새롭고 참신한 마법의 보자기를 다시 또 바꿔 쓰게 되었는가, 천만의 말씀이다. 사랑은 뜻대로 되는 것이 아니었다. 마법의 보자기는 찾아내겠다고 찾아지는 게 아니었다. 함께 살던 여자가 내 곁을 떠나가고 내가 새처럼 자유로운 몸이 된 지 보름 이내에 터득한 새로운 진실이 바로 그것이었다. 사랑은 좋으면 좋을수록 멀리 숨어버리는 속성이 있다는 걸 몸소 체험한 것이다.

나의 푼수 후배들은 내가 싱글이 되었다는 걸 눈치채는 순간 말리고 자시고 할 새도 없이 조영남 새사랑찾기협의회로 돌변하면서 본격적인 작업으로 들어갔다. 당장 사랑을 찾아줄 것처럼 설래발래했다. 우선 강남 서초동 쪽의 나이트클럽이 작업장이었다. 첫날밤부터 내 새 사랑의 후보자는 여러 종류의 절차를 밟아 내 앞에 나타났다. 사전에 나의 후배 회원들이 알고 지내던 상대가 소개되어 오는 수도 있었고 그날 만나는 여러 명의 여자들 중에 내가 먼저 말을 거는 방법도 있었고 알음알음의 소개팅으로 마주앉아 서로를 탐색하는 경우도 있었다.

그러나 이상하게도 노력하면 노력할수록 사랑으로 연결되질 않았다. 골프를 칠 때 가장 흔하게 듣는 소리가 "어머, 오늘 이상하게 잘 안 맞네."이다. 그렇지만 그건 이상하게 잘 안 맞는 게 아니다. 자기가 잘못 쳐서 그렇게 된 것이다. 그러나 사람들은 자기가 못 쳤다는 사실을 인정하지 않는다. 계속 이상하다고만 생각하는 것이다. 참으로 이상하게도 마법의 보자기가 내 눈에 보이지 않았다. 마법의 보자기는 오히려 요원해 보였다.

거의 매일 벌인 작업일수가 보름을 넘기자 나는 이 작업에 근본적인 문제점이 있다는 걸 절감하게 되었다. 사실대로 말하자면 나는 내 앞에 등장한 대부분의 여자가 맘에 들었다. 트집 잡을 일도 없었고 트집 잡히지도 않았다. 모두가 근사해 보였다. 대부분 상대 여자들도 내 쪽에 호의를 가지고 있었다. 그쪽에서 봐도 나는 별 하자가 없었다. 나이가 좀 들었다는 게 문제지 누구나 다 알아보는 가수겠다, 연예인이겠다, 나쁜 조건은 별로 없었다. 그러면 무엇이 문제였느냐. 간단하다. 나를 둘러싼 작위적인 분위기가 결정적 방해요인이었다. 작위적 분위기는 일행을 즐겁게 만들지도 못했고 사랑이 우러나오게 만들지도 못했다.

사랑의 위대함이야말로 자유로움 속에 있는 법이었다. 그런데 옆에서 틈틈이 괜한 소리로 "잘 모셔, 잘해드려야 해" 뭐 이런 따위의 저질 대사가 주위를 맴돌면서 분위기는 오히려 자꾸만 경직되어갔다. 남자들의 어설픈 작전에 자기의 자존심을 접고 말려들 어리석은 여자는 단 한 명도 없었던 것이다. 오히려 정반대로 여자들 특유의 오기가 발동되었던 것이다. '흥! 생긴 건 개코같이 생겨가지고 우아한 폼 잡고 후배들 앞세워 바람을 잡는다고 누가 알아나 줄 거라고' 하면서 콧방귀만 내리 뀌는 것이었다. 차라리 내 돈 내고 어디 가서 술 한 잔 먹고 거기서 이래저래 만난 상대가 기분 맞으면 머리를 맞대고 약간의 얘기라도 나누며 서로의 신세타령을 하는 게 훨씬 나을 듯싶었다.

약 보름이 지나도록 답보상태만 유지되었다. 초조할수록 성공은 멀어져 가는 법이었다. 정 안 되겠다 싶어 어느 날 나는 공개 선언을 했다.

"친애하는 후배 여러분, 그 동안 불철주야로 수고 많으셨습니다. 오늘 저녁 이 시간부로 조영남 새사랑찾기협의회를 해체하겠습니다."

내 말뜻을 잘 알아듣지 못하는 회원들에게 나는 찬찬히 설명해주었다.

"지금까지 나는 새로운 여친을 찾는다고 매일 밤 항해를 했다. 그런데 이제껏 한 명도 찾지 못했다. 어느 누구로부터 내일 단둘이 만나 차 한 잔 나누자는 약속을 받은 적이 없다. 사랑을 찾다보니까 사랑은 철저히 내 곁을 피해갔다. 야비할 정도로 피해갔다. 사랑을 찾아 헤매는 나도 점점 초조하고 불안해졌다. 오늘이나 성공할까, 행여 오늘 임자가 나타날까, 겉으로는 태연한 척했으나 내 몸 전체가 그런 압력에 둘러싸여 있었기 때문에 나 역시 상대방 여자들한테 자연스럽게 나 자신을 어필할 수가 없었다. 이런 식의 작업 자체가 무모한 시도였음이 여실히 드러난 거다. 이번에 나는 알았다. 무릇 남녀의 사랑이 밀고 당기는 실랑이로 비롯되듯이 사랑을 찾는 일도 마찬가지라는걸 알았다. 사랑도 한쪽 편에서 일방적으로 찾으면 찾을수록 일방적으로 밀려나는 것이었다. 그것을 이번의 경험을 통해 알아냈다. 그리고 이제는 충분하다고 생각했다. 그래서 나는 오늘 이 시간부터 사랑 찾는 일은 그만두기로 했다. 오늘부터 다시 보름 전으로 돌아가는 거다. 마법의 보자기를 잊고 사는 거다."

이런 대화가 끝날 즈음이었다. 다른 날과 달리 차분하게 아무 생각 없이 그냥 누군가가 따라준 술잔 밑둥만 만지작대고 있을 때 내 후배 푼수 바로 옆에 앉아 있던 여자가 "저는 조씨 아저씨가 좋아요. 저는 지금 지독한 감기에 걸려서 술은 못 먹는데요, 오늘 밤 조 오빠의 사기가 무지하게 저하된 것 같아 제가 한 잔 따르겠어요" 하면서 앉은 자리에서 일어나 내 옆쪽으로 자리를 옮기는 것이었다. 그것도 술잔이 그득한 테이블 위를 밟고 건너서 말이다. 너무도 과격한 풍경이라 어느 누구도 실없는 멘트를 날릴 수가 없었다.

누가 믿을 수 있겠는가, 그녀는 그로부터 최초로 부담 없는 상태에서 만나게 된 나의 새로운 말동무였다. 안산에 집이 있고 학교 다니다 걷어치우고 이태원에 방을 얻어 나와 있으면서 새로 형성되는 동대문 상가에 투자를 하기 위해 자기 친오빠에게 매달리고 있는 중이라고 했다. 그녀의 오빠는 마침 조사협, 즉 조영남 새사랑찾기협의회의 창립 멤버이며 전푼협 회원이었다. 오빠는 과연 푼수답게 자기 여동생을 완벽하게 남남처럼 대했다. 여동생이 나와 가까이 사귀는 걸 찬성하는지 반대하는지 가늠을 할 수 없을 정도로 모르는 척하며 넘어갔다. 내 짐작에는 여동생의 의견에 전적으로 맡기는 듯했다. 얼마 후 동대문 상가에 투자가 성사되었다는 얘기를 듣고 오빠는 우리 일에 원칙적으로 간섭 안 한다는 사실을 주변 정황으로 알게 되었다.

새로 생긴 여친은 전푼협과 조사협에 매우 큰 관심을 나타냈다. 매우 특이한 케이스였다. 그런 건 주로 남자들의 오락거리였다. 그런데 여자 쪽에서도 전푼협과 이제 막 해체된 조사협에 정규회원으로 가입하고 밀린 회비까지 일시불로 내겠다는 것이었다. 결국 우리 사이는 왜 우리가 그토록 철저하게 푼수를 떠는가에 대해서 설명하고 그 설명을 들으면서 급격하게 가까워졌다.

그녀가 다음날 안산 집에 가야 할 일이 있다며 이야기를 거기서 끝맺는 게 어떠냐고 했다. 안산에서 만나면 재미있을 것 같다는 얘기도 했다. 나는 그때나 지금이나 운전하는 걸 좋아하지 않아서 내 손으로 차를 몰고 밤늦게 안산까지 찾아가는 건 무리라고 생각했다. 나 혼자서 그렇게 생각했다. 그러나 다음날 저녁 나는 어느새 내 생애 최장거리의 드라이브에 도전하고 있었다. 경부고속도로에 진입, 수원을 비껴서 인천·안산 방면을 따라가면서 잘 찾아갈 수 있을까 서툰 내 운전 솜씨에 목숨을 걸고 있는 순간 밤빛 속에서도 너울대는 자그마한 마법의 보자기가 차창 너머로 보이는 듯했다. 그때 내가 마법의 보자기라는 표현을 이미 알고 있었는지가 심히 의심되지만 말이다.

사랑하다 말다 하다

"진리가 사랑이라고 말한 예수는 서른두셋일 때
그 말을 하고 죽었다. 내가 찾던 진리는 의외로
가까운 데 있었다. 나보다 낮은 사람의 발을 씻겨줄 수 있는
마음, 이웃을 진짜로 내 몸처럼 사랑할 수 있는 마음,
그것이 바로 진리였다. 그것이 바로 사랑이었다."

사랑을 몇 번이나 했냐구요

    이 세상에 사랑처럼 사람을 흥분시키는 일은 없다. 이건 내가 지금 사랑에 관한 책을 쓴다고 해서 생뚱맞게 꺼낸 소리가 아니다. 그렇다. 이 세상에 사랑만큼 사람을 오묘하게 흥분시키는 주제는 없다. 그렇게 단정적으로 말할 수 있는 이유는 얼마든지 있다. 한 가지 예만 들어도 알 수 있다. 우리가 좋으나 싫으나 매일 듣고 사는 대중가요의 내용이 거의 사랑이라는 점이다. 가요라는 멋진 말이 생기기 전까지는 그냥 유행가라고 불렀다. 그러니까 나는 속칭 유행가 가수로 출세를 했다. 그럼 그 유행가 가수가 하는 일이 무엇인가. 그 시대마다 유행할 수 있는 노래를 만들어서 불러주는 것이다.

    내 윗세대에는 고복수 · 남인수 · 황금심 · 백년설 · 고운봉 · 김정구 · 한복남 · 현인 · 박재홍처럼 기라성 같은 선배님들이 각종 유행가를 불러주셨다. 그때는 지금보다 더 심해서 거의 모든 노래가 사랑과 그리움으로 집약되었다. 그리움과 사랑은 그게 그 소리다. 여관과 호텔이다. 사랑이 곧 그리움이고 그리움이 곧 사랑이기 때문이다. 그분들의 아랫세대 역시 선배들의 전통을 면면히 이어받고 내려온다. 패티김 · 이미자 · 배호 · 나훈아 · 남진 · 조용필 · 심수봉 등 가수의 이름과 곡목만 바뀔 뿐이다. 그리고 그 밑으로는 HOT · 비 · 소나기 · 천둥 · 번개 등의 이상한 이름을 가진 후배들이 등장해서 우리네 유행가의 전통을 역시 면면히 이어가고 있다.

내 데뷔곡 「딜라일라」 역시 끔찍한 사랑노래였다. 그토록 끔찍한 사랑노래는 일찍이 없었다. 전무후무했다. 이런 구절이 있다. 물론 내가 번안해낸 가사였다.

'애타는 이 가슴 달랠 길 없어 복수에 불타는 마음만 가득 찼네.'

게다가 나는 이 노래를 흑백 TV 시절에 부르면서 성경에 나오는 삼손 장군이나 된 것처럼 웃통을 벗고 옆구리에는 칼까지 한 자루 차고 노래했다. 지금 생각하면 참 가관도 아니었다. 급기야는 복수에 불탄다는 노랫말이 끔찍하고 퇴폐적이라는 이유로 군부시절서부터 한 20년 가량 나의 금쪽 같은 데뷔곡 「딜라일라」는 방송 금지로 묶여 있었다.

데뷔곡뿐만이 아니다. 「그건 너」의 내 친구 이장희가 만들어준 「불 꺼진 창」이라는 노래도 예외가 아니다. '오늘 나는 보았네 그녀의 불꺼진 창을' 이렇게 시작하는 엄청난 사랑노래다. 그러나 이런 사랑노래도 내 생애 음반 판매 최고기록인 7만 장을 육박하고 있던 찰나에 왜 하필 창문에 불이 꺼졌냐, 부도덕하며 비윤리적이다, 뭐 그런 이유로 역시 20년 가까이 방송 금지곡으로 분류되었다. 나는 그런 풍토에서 어떻게 오늘날까지 살아남았는지 모른다.

「딜라일라」 직후에 만들어 부른 노래 역시 예외 없이 사랑노래였다. 사랑타령이었다. '내 생애 단 한 번만이라도 그대를 사랑하게 해주오'. 물론 반응이 엄청났다. 종종 가수는 자기가 부른 노래대로 간다는 얘기가 있는데 내 경우 역시 노랫말대로 갔다. 첫사랑 때는 나도 '명자 씨 내 생애 단 한 번만이라도 그대를 사랑하게 해주오' 하면서 사정사정 손을 싹싹 비비며 빌었다.

그 여자가 응해줬다. 오명자가 나로 하여금 전 생애에 딱 한 번 사랑하도록 허락해주었다. 그런데 내 생애를 통틀어 딱 한 번만 사랑하겠노라는 다짐은 불과 두 해를 못 넘기고 딱 한 번은커녕 두 번째 세 번째 네 번째 사랑으로 착착 옮겨갔다. 내 앞에 두 번째 세 번째 사랑이 마구 연달아 나타났기 때문이다. 그렇다고 나는 두 번째 여자한테 내 생애 단 두 번째만이라도 그대를 사랑하게 해주오, 이런 식으로 바꿔 부를 순 없었다. 당신은 내 생애 단 세 번째 사랑이오, 이게 마지막이오, 더 이상 사랑은 없을 것이오, 이렇게 노래를 불러줄 수도 없는 노릇이었다. 왜냐하면 그들 이후로 네 번째 다섯 번째 사랑이 결코 오지 않는다는 보장이 전혀 없었기 때문이다.

그렇다. 간단하다. 내가 내 첫사랑 오명자와의 약속만 지켰더라면 아무 문제가 없을 뻔했다. 오명자와 함께 음대 졸업하고 약혼하고 결혼하고 애 낳고 내 동창들처럼 나와 오명자도 고등학교 음악 선생이나 대학교 교수 되고 진급해서 음대 학장도 되고 어쩌구저쩌구 하다가 생명을 다하게 되면 나도 내가 만들어낸 노랫말처럼 내 생애 단 한 번만의 사랑으로 4막 5장의 장엄한 엔딩 자막을 올릴 뻔했다.

그러나 어딜 탓하고 누굴 원망하랴. 핑계가 아니라 나한테는 꽤나 번잡한 숙명이 따라붙었다. 그래서 단 한 번의 사랑조차 제대로 끝을 못 내본 너절한 인간으로 전락했다. 그런 인간이 자신의 사랑에 관한 회상기 같은 걸 쓴다고 하자 우리의 친애하는 청담동 덤 앤 더머 그룹의 친구들이 벌떼처럼 들고 일어나 다 지나간 얘기를 새삼 꺼내서 뭘 하냐, 가만히 좀 있어봐라 아우성을 치게 된 것이다.

출판사와 사랑에 관한 책을 쓰기로 약속한 이후부터 나는 내가 겪은 사랑에 관해 써내려가기 시작했다. 사랑을 몇 번 해보긴 한 것 같은데 정작 그걸 정리해내려니까 여간 까탈스럽지가 않았다. 그러나 나는 온갖 기술을 다 부려서 써내야 했다. 그러던 어느 날 오후였다. 이렇게도 쓰고 저렇게도 쓴 원고가 우리 응접실 테이블 위에 아무렇게나 널려 있을 때였다. 내 딸아이의 친구 중 하나가 우리집에 놀러왔다가 내 원고를 들여다보면서 이렇게 묻는 것이었다.

"아저씬 몇 번이나 사랑을 해봤어요?"

내 딸아이의 친구가 나를 얼결에 아저씨로 부른 것이다. 내 딸은 지금 고등학교 2학년이다. 내 원고지 한켠에 '그 모든 첫사랑'이나 '열세 번의 첫사랑' 같은 단어들이 눈에 띄었기 때문이다. 난 그네들의 당돌함도 좋아 보였고 그네들의 어설픔도 좋아 보였다. 다 좋고 다 예뻤다. 나는 연예인이기 때문에 연예인 습관이 몸에 배어 있다. 누가 질문을 하면 대답을 해줘야 한다. 평소 같았으면 퉁명스럽게 "너희들이 사랑이 뭔지나 알아?" 했을 수도 있는데 그날따라 사랑을 몇 번 했냐는 딸아이 친구의 생뚱맞은 질문에 나 역시 별 생각 없이 대답을 해주었다. "음, 스물아홉 번." 그리고 우리는 한참이나 쌍방에 아무 말도 하지 않았다.

그녀로선 어린 나이에 스물아홉 번이라는 수치를 소화해내기가 어려웠을 것이고 나는 나대로 더 이상 그런 질문이 안 나오도록 미연에 방지를 잘했다고 생각했다. 그냥 툭 튀어나온 스물아홉이라는 수치가 참 요긴하게 쓰여졌다고 생각했던 것이다. 나는 이미 알고 있었다. 내 딸아이의 친구가 나한테 심각하게 정말 궁금해서 질문한 것도 아니었고 나 역시 어떤 방법으로도 정확한 답변을 내놓을 수 없었기 때문에 스물아홉 번이라는 숫자가 튀어나왔던 거다. 만일 어떤 점잖은 어른이 그런 질문을 했더라면 나는 그렇게 무례하게 대답하진 않았을 것이다. 그래도 누가 꼬치꼬치 따져 물었다면 나는 아예 "네, 지금까지 딱 오만이천팔백열아홉 번 했습니다." 하며 딴소리를 했을 것이다. 이 수치는 사실은 내 주민등록번호 뒷자리 숫자를 얼버무려서 댄 거다.

결혼을 몇 번 했냐 하고 물으면 대답하기가 쉽다. 한 번 또는 두 번. 형제가 몇 명이냐는 질문도 어렵지 않다. 아홉 명. 다섯 명 죽고 네 명 남았음. 그러나 우리는 "실례지만 어머니와 아버지가 전부 몇 명이세요?" 이렇게 질문하진 않는다. 뭐 그렇게 질문할 수도 있지만 관례상 그런 식의 질문은 큰 실례가 된다.

우리의 삶, 특히 현대인의 삶은 거의 모든 분야에 걸쳐 수치와 관련이 있다. 건물 주차장에 들어갔다가 주차층의 번호를 깜빡 잊어버리면 큰 낭패를 본다. 주차층 번호뿐 아니다. 우리가 외워두어야 하는 건 죄다 수치다. 생년월일, 몇 번지, 몇 호, 주민등록번호, 자동차번호, 군번……. 요즘 우리 집 빌라는 현관에 붙어 있는 기계에 고유번호를 눌러야 문이 열린다. 이승엽이 홈런을 몇 개 날렸느냐, 지단이 몇 골 넣었느냐, 현대인은 별것 아니다. 모두가 몇 번 몇 번 하는 수치와 함께 살아가는 까칠한 사람들이다.

나는 유독 수치에 약하다. 조치원 훈련소에서 6주간 군사훈련을 받고 서부이촌동 시범아파트 집으로 돌아왔을 때 나는 내 어머니와 동생이 살고 있는 아파트 동과 호수를 까먹어 한참 난처했다. 동네 약국에 들어가 물어보고 싶었으나 자기집 호수도 까먹은 놈으로 취급받을까봐 차마 물어볼 수도 없었다. 나는 군번도 잊어먹었다. 음반을 몇 개 냈는지 책을 몇 권 썼는지 히트곡이 몇 개인지 미술전시회를 몇 번 했는지 그런 걸 모른다.

이런 음치 아닌 수치가 지금은 사랑을 그동안 몇 번이나 했냐는 수치 앞에서 절절매고 있다. 그래도 나는 왕년에 대학입시 예비고사에서 수학·물리 같은 시험과목까지 치러 용케도 이 나라 제일의 대학에 들어간 사람이다. 그때도 대수·기하시험에는 육각연필을 굴린 실력으로 들어갔다. 그래서 지금도 사랑을 몇 번이나 했냐는 질문을 받아놓고 있는 나는 굴릴 수 있는 건 다 굴려서 답안지를 만들어내야 한다.

평생 가수생활을 하며 살아온 사람에게 사랑을 몇 번이나 했냐는 질문은 매우 치명적이다. 어떤 답변을 하느냐에 따라 된장 아니면 똥으로 분류될 수 있기 때문이다. 사랑을 몇 번 했냐는 질문에 교과서적인 답안을 대기 위해선 우선 사랑이 무엇인지부터 밝혀내야 한다. 이때 질문자와 응답자 사이에는 사랑에 관한 최소한의 기준이 조율되어 있어야 한다. 한 번 만나서 저녁식사하고 팝콘 먹으면서 영화 한 편 본 것을 사랑으로 간주할 것이냐, 손목만 잡고 간단한 키스만 했어도 사랑이었느냐, 아니면 여관이나 호텔에 간 것까지를 사랑으로 칠 것이냐 그런 것부터 정해야 한다. 어떤 사람은 TV를 보면서 TV에 나오는 여자 탤런트와 심각한 사랑에 빠지기도 한다. 나 자신도 한때 단 한 번 만난 적 없는 심은하와 사랑에 빠진 적이 있다. 나는 공공연히 떠들어댔다. 그때 나는 심은하를 사랑하는 느낌을 실제로 사랑으로 착각했을 정도다. 그 옛날 영화에 나오는 나영희를 열렬히 혼자서 좋아한 적도 있었다.

또 하나의 혼란스런 문제가 있다. 연애라는 말이다. 사랑과 연애를 동일한 것으로 여겨야 할지 아니면 따로 분리해야 할지, 그것도 여간 까다로운 문제가 아니다. 사랑은 어딘가 모르게 넓고 망망하게 느껴지고 연애는 협소하게 느껴진다. 사랑은 섹스와 무관한 것 같고 연애는 섹스와 직접 연관되는 것 같다. 그리고 사랑은 난이도에서 연애보다 한 수 위로 여겨진다. 그 난이도 때문에 사랑을 아예 포기하고 사는 사람도 많다. 스쿠버다이빙 같은 걸 한 번도 못해보고 사는 사람이 있는 것처럼 말이다.

요즘 나는 한가하게 길을 가다가 '베트남·캄보디아 처녀와 결혼하세요'라는 선전문구가 박힌 노란색 현수막을 볼 때마다 가슴이 답답해진다. 해석의 문제 때문이다. 저게 무슨 뜻일까. 많은 농촌청년들이 연애나 사랑 한 번 제대로 못해보고 국제결혼으로 건너뛴다는 것인가, 아니면 경제적 여유나 아니면 생각의 폭이 넓어져서 결혼의 선택권까지 늘어났다는 뜻일까. 또 가슴 답답해지는 건 여차여차해서 참해 뵈는 외국 처녀와 맺어졌다 해도 도대체 언어가 통하지 않는 상황에서 무슨 재주로 참한지 아닌지를 구별해낼 수 있으며 서로 언어와 생활방식의 장벽으로 의사가 불통되는 수많은 세월을 도대체 무슨 방법으로 때워나갈 수 있을까, 괜히 잡다한 것까지 궁금하고 걱정된다.

도시에 살건 시골에 살건 마찬가지다. 능력 없고 돈 없으면 사랑은커녕 연애 한 번 못하게 된다는 생각이 커지는 건 정녕 큰일이다. 어떤 의미로도 사랑은 도시와 시골의 차이로 좌지우지되는 게 아니다. 아무리 돈이 많고 학벌 좋고 가문 좋아도 본인이 가령 사람 보는 눈이 까탈스러워 맘에 드는 상대가 안 나타나면 별수 없이 사랑 한번 못해보고 세상을 살아가야 한다. 문제는 연애나 사랑이 필수조건은 아니라는 점이다. 언제 어느 때 예약되어 있는 게 아니라는 점이다.

어찌 보면 사랑 없이도 살아갈 수 있는 우리의 삶은 얼핏 겉으로는 공평한 것처럼 보일 수가 있다. 사랑이나 연애 한 번 못한 게 큰 수치나 범죄는 아니기 때문이다. 사실 행복·명예, 심지어는 예술조차도 사랑 없이는 아무것도 성립이 안 된다는 톨스토이식의 얘기는 우리가 숨 쉬면서 밥 먹는 것처럼 꼭 지켜야 할 일은 아니다. 그런 건 등 따숩고 배부른 사람들의 얘기일 수가 있다. 바로 그것이다. 나는 만날 등 따숩고 배부른 소리나 벅벅 하고 있으니까 많은 사람들로부터 지탄을 받게 된 것이다. 사랑의 수치나 세고 앉아 있으니까 많은 사람들이 축구선수 지단처럼 그들의 이마빡으로 나의 가슴을 들이받게 된 것이다. 그러니까 나는 그들로부터 가슴뿐 아니라 아구창을 받혀서 어금니 대여섯 개가 튕겨져 나갔어도 싸다. 자업자득이기 때문이다.

기자나 리포터들이 나한테 "조영남 씨는 이 세상에서 가장 좋아하는 게 뭐예요?" 하고 물으면 나는 서슴없이 "여자요."라고 대답해왔다. 생각해보시라. 나같은 남자가 이 세상에서 제일 좋아할 수 있는 게 도대체 여자 말고 또 뭐가 있단 말인가. 나는 단지 솔직한 대답을 했던 것뿐인데 사람들은 그렇게 생각하질 않았다. 나의 답변은 곧장 신문이나 잡지에 '조영남, 여자를 제일 좋아하다' 아니면 '여자를 밝히는 조영남' 쯤으로 실렸다. 그로 인해 나는 곧장 부도덕한 패륜아로 낙인이 찍혔다.

내가 지금 괜히 혼자서 호들갑을 떨고 있는 게 아니다. 불과 몇 년 전에 있었던 일이다. 어느 여자 탤런트는 자신의 섹스 테이프가 세상에 유포되는 바람에 졸지에 패륜녀로 낙인 찍혀 외국으로 도피했어야만 했고 이어서 어느 여가수 역시 자신의 사적인 섹스 테이프가 유포되는 바람에 장장 4년 동안 사회로부터 따돌림을 받아 감옥 아닌 감옥생활을 치렀어야 했다. 원 세상에 자기가 좋아하는 남자와 섹스를 하는 장면이 찍힌 게 무슨 잘못이란 말인가. 섹스는 꼭 몰래 숨어서 해야 한다는 규정이 무슨 법전에라도 박혀 있다는 건가. 못 믿겠지만 우리는 불과 몇 년 전까지만 해도 중세 암흑시대를 살았다.

우리나라에선 무엇이 옳고 그른가를 차근차근 조곤조곤 따지질 않는다. 그냥 목소리 큰 몇 사람이 우르르 그건 안 된다 하면 진짜 안 되는 것이다. 모두들 자기들도 집에선 섹스를 즐기고 섹스 테이프를 구입해 틀어보면서도 섹스하는 장면이 카메라에 포착된 여배우나 여가수는 추방을 시켜야만 속이 시원하다. 자기 섹스는 황홀하고 남의 섹스는 흉측하다는 게 이 나라의 윤리며 도덕이다.

시인이나 예술가 최고의 덕목은 정직과 솔직이다. 시인이 거짓말을 한다는 건 얼마나 우스꽝스런 일인가. 예술가의 경우도 마찬가지다. 나는 노래를 불러서 먹고 살기 때문에 좀 무리이긴 하지만 나 스스로도 예술인에 속한다고 생각했고 예술가는 무조건 정직해야 된다는 강박관념 때문에 이 세상에서 제일 좋은 게 뭐냐는 질문이 들어올 때마다 "제일 좋아하는 건 단연 예쁜 여잡니다. 그 다음에 한참 아래로 내려가서 어린아이들, 강아지, 좋은 친구, 좋은 노래, 좋은 책, 좋은 영화, 뭐 그렇습니다."라는 식으로 대답했다. 맘만 먹으면 나도 할 수 있었다. 나도 가장 좋아하는 걸 푸른 하늘, 별, 바다, 바람, 흰 구름, 석양, 우정, 어머님의 손길, 형제의 우애, 안개꽃 이런 따위로 둘러댈 수는 있었다. 차라리 그랬으면 아무 탈도 없을 뻔했다. 그러나 나는 선천적으로 닭살 알레르기가 있어서 그렇게 하질 못했다.

그나마 가장 좋아하는 것을 묻는 질문에는 별 망설임도 없이 여자라고 턱턱 답변을 내놓곤 했는데 지금 딸아이 친구의 사랑을 몇 번 해봤냐는 질문에는 선뜻 대답을 못하고 있다. 왜 그런가. 우선 이런 단도직입적인 질문은 처음 받아봤고 내가 도대체 몇 번이나 사랑을 했는지 그걸 헤아려본 적이 없기 때문이다. 솔직하게 대답한다고 해서 그냥 모른다고 잡아뗄 수도 없는 입장이다. 한마디로 대답하기엔 너무 복잡하기 때문이다. 그래서 나한테 스스로 물어본다.

"어이! 정신차려. 너 진짜 사랑을 몇 번 했지?"

딱 두 번, 아니 세 번, 여덟 번, 그렇게 따지면 스물아홉 번쯤 되는 게 아닐까. 도무지 갈피를 못 잡겠다. 사실 지금 건성건성 '스물아홉 번' 했다고 대답하면 내 딸 아이의 친구들이 얼마나 기겁을 하고 난리겠는가. '얘! 은지 아빠 있지, 사랑을 스물아홉 번이나 했대' 하며 저희들끼리 수근덕거리게 아닌가. 많아도 창피하고 적어도 창피한 게 사랑의 수치다. 그렇다면 결론은 나온 셈이다. 그런 질문 자체가 글러먹은 것이다.

그럼에도 불구하고 질문자의 의도는 짐작이 간다. 도대체 몇 번이나 사랑을 했길래 사랑에 관한 것을 책으로 써낸다고 저럴까, 사랑을 입에 달고 사는 사람은 도대체 몇 번이나 사랑을 했을까, 그게 궁금했을 것이다. 그러나 아무리 봐도 이 질문은 질문 자체가 잘못되었다. 또 이 질문에 심각하게 대답했다면 그건 전부 엉터리 답변이다. 왜냐하면 너는 너이고 나는 나이기 때문이다. 사랑의 기준은 어차피 서로 다르기 때문에 양자 간에 딱 맞는 수치를 빼내는 게 불가능할 것이기 때문이다.

게다가 사랑에는 얼마든지 잘못된 사랑도 존재한다. 나는 한때 학창시절에 청계천과 양동에서 만난 창녀를 사랑했다고 우긴 적이 있다. 지금은 나이가 들어 그런 느낌이 덜 들지만 옛날엔 그런 느낌 자체가 멋진 것같았다. 반 고흐도 그랬고 라스콜리니프도 그랬으니까 나도 흉내를 제법 냈던 거다. 뭐 어떠냐, 상관없다. 그때 내가 그 창녀를 사랑한다고 생각했으면 그건 사랑인 거다. 희미한 전등 아래서 내 얼굴이 괜히 화끈거렸으면 그건 사랑이었을 수 있다.

사랑은 사랑을 말하는 사람 편에 서는 속성이 있다. 사랑은 사랑을 쥔 사람이 자유자재로 해석할 수 있다. 목사님들이 성경의 한 구절을 수천 수만 가지로 해석해내서 오히려 정신 못 차리게 만드는 수가 있듯이 말이다. 사랑은 축구와 비슷해서 수박 덩어리만 한 공 하나를 톡 차서 대학교 교문만큼 넓은 그물 안에 넣기만 하면 되는 건데 그걸 한번 넣기가 그렇게 쉽질 않다. 다 큰 장정 열한 명이서 길길이 뛰며 난리법석을 떨어도 그게 잘 안 된다.

사랑은 축구 같은 것이 아니라 축구보다 더 재미있는 구석이 얼마든지 있다. 가령 축구에선 자책골이 흔치 않다. 중요한 경기에서 자책골이라도 한 번 넣으면 그걸 넣은 사람은 평생 곤혹스러워진다. 그러나 사랑에는 자책골의 범위가 엄청 크다. 유난히 크다. 누구나 한 번쯤은 자책골을 먹게 되어 있다. 사랑을 하거나 사랑에 빠지게 되면 빠지는 그 순간부터 눈에 뵈는 게 없어지기 때문이다. 눈에 뵈는 게 없이 제정신이 아니니까 괜히 온갖 폼을 다 잡아 공중으로 몸을 날려 결국 자기편 골문에다 공을 차넣게 된다는 거다.

내가 잘 알고 지내던 노처녀가 있었다. 남자를 그렇게 사귀고 싶어했지만 남자가 잘 안 붙었다. 우리는 거의 포기하고 있었다. 원래 스마트한 사람들은 오히려 포기도 빠른 법이다. 우둔한 사람은 포기의 미덕조차 모르니까 스스로 힘들게 살아야 한다. 그런데 어느 날 그 노처녀가 우리 앞에 남자를 하나 데리고 왔다. 정녕 놀라운 일이었다. 이 남자와 결혼해서 같이 살기로 했다는 거다! 사람이 30년 살면 30년 경력의 관상쟁이가 되는 것이고 50년 살면 50년짜리 관상쟁이가 되는 법이다. 그런데 50년짜리 관상 경력을 가진 내가 봐도 이 친구는 아니었다. 관상을 보는 거야 대충 5초면 끝난다. 나는 음악생활을 오래 하고 노랠 오랫동안 불러서 다른 건 몰라도 누가 노랠 부를 때 첫 소절 네 박자만 들어보면 그 사람의 과거 · 미래 · 성격 · 운이 쫙 들어온다. '안녕하세요'라는 말 한마디만 들어도 대충 구분이 된다. 우리의 노처녀가 데리고 온 그 친구는 아니었다. 뻔했다. 노처녀의 명성과 재산을 보고 소위 아랫도리 장사를 하러 온 것임에 틀림없었다. 이것은 나만의 느낌이 아니었다.

그런데 참 신기하게도 그토록 평소에 이지적이고 논리적이던 우리의 노처녀가 새로 등장한 남자녀석을 한사코 옹호하는 거다. 그러니까 그 녀석이 아랫도리 장사꾼이라는 걸 모르는 것 같았다. 참 딱했다. 사람의 감각은 컴퓨터를 앞지르는 법이다. 나는 컴퓨터를 할 줄 모르지만 이건 틀림없이 아니었다. 얘길 하다보니까 장영희 교수가 번역한 『슬픈 카페의 노래』라는 소설의 내용이 느닷없이 떠올랐다. 이건 그 책을 읽은 사람만 아는 얘기다. 거기에 새로 등장하는 꼽추를 카페의 생과부 여주인이 죽기 살기로 감싸고 돈다. 비슷한 경우다. 그래서 우리는 그 남자가 가짜라는 소리도 못하고 반대한다는 소리도 못하고 그냥 담담한 표정만 짓고 있었다. 그렇다고 우리가 그 남자가 사기꾼이라는 증거를 당장 확보하고 있는 것도 아니었다. 한편 그 친구가 뜻밖에도 훌륭한 사람이 아니라는 보장도 없고. 그래서 우린 입을 다물고 있었다. 노처녀가 알아서 하기만 바랄 뿐이었다.

그녀는 끝내 우리의 표정을 못 읽었다. 그렇게도 눈치가 밝던 친구였는데 말이다. 하도 어이가 없어 나는 한번 그녀의 눈을 자세히 들여다봤다. 그런 일은 처음이었다. 눈동자가 예전과 영 달랐다. 눈동자와 눈자위 흑백 동공의 배치가 이미 비뚤어져 있었다. 나는 그녀의 눈동자를 바라보며 속으로 말했다. '너 눈 멀었구나, 어디서 저따위 새끼를 데리구 왔냐, 어디서 저런 놈한테 걸렸냐? 뭐라고? 저 녀석이 지금 베트남하고 캄보디아로 스키복을 수출한다고 그랬냐? 그래, 거기에도 눈이 안 온다는 법칙은 없지. 그래도 이 지지배야, 저놈은 사기꾼이여.'

일 년쯤 지나서 판명이 났다. 노처녀가 그토록 지지했던 그 녀석은 결국 그녀의 몸 뺏고 돈 뺏고 딱 두 가지만 뺏고 멀리로 달아나버렸다는 것이다. 우리는 정말 궁금했다. 그 노처녀가 그 녀석을 사랑했는지, 그 녀석이 몸 뺏고 돈 뺏고 달아났는데도 녀석을 사랑했다고 하는지, 자기한테는 그래도 유일한 사랑이었다고 사랑의 장부책에 기록해놨는지, 그게 정말 궁금했다. 그녀는 입에 지퍼를 채우고 지금까지 혼자 잘 살고 있다.

냉정히 보면 여기서의 문제는 섹스다. 빌어먹을 섹스다. 그것 때문에 아무도 납득 안 가는 상황이 벌어졌던 거다. 다름아닌 우리의 노처녀가 어느 순간부터 눈이 먼 것처럼 앞뒤를 못 보고 못 가렸으니까 말이다. 나는 단연 섹스가 제일의 원인이라고 추정했다. 하여간 도망간 녀석은 자기가 노리는 여자를 수중에 넣기까지는 매일 밤 하늘에서 별을 따다 그대 두 손에 올려드린다고 생육갑을 떨었다고 했다. 노처녀는 노처녀대로 처음엔 자기가 호락호락한 여자가 아니라며 최대한 튕길 수 있을 때까진 튕겼다. 튕기는 만큼 상대의 열정을 끌어당길 수 있다는 연애의 기본 구조를 어디서 흘려듣긴 들은 거다. 그러나 남자는 열 번을 찍으면 넘어간다는 통계학적 수치에 매달렸다. 나는 지금도 열 번을 찍으면 과연 여자가 넘어가는지 그걸 잘 모른다. 어렸을 때 나는 도끼로 장작까지는 패봤지만 도끼를 여자를 정복하는 일에 휘둘러야 하는지 거기까진 생각 못했다.

　하여간 노처녀는 넘어갔다. 몸을 일단 섞고 나면 남녀의 스토리는 완전히 달라진다. 급격히 상행선에서 하행선 완행열차로 변한다. 참 희한하다. 물론 여자 쪽에서 더 빠른 속도로 돌변하는 경향이 있다. 이제는 반대로 여자 쪽에서 매달리게 된다. 집요하게 매달린다. 이제는 여자 쪽에서 도끼를 집어들고 남자를 찍어버리겠다고 달려드는 형국이다. 남자는 이런 때 자기가 그동안 여자한테 똑같이 독기를 품고 집요하게 매달렸다는 걸 까맣게 잊어버리고 어이없게도 여자를 타이르기에 이른다. 이건 정말 눈뜨고 못 볼 일이다. "야, 너 왜 그래? 전화 끊어. 나 지금 비즈니스 손님과 얘기하고 있는 중이야." 비즈니스 손님이라는 건 새로 들어가야 하는 열 번 찍기의 대상이다. 적반하장이 따로 없다. 그렇게 서서히 끝장으로 간다. 이건 환장하고 짬뿌칠 노릇이다. 꽃을 들고 와서 무릎을 꿇고 하늘에 있는 별까지 따다주겠다, 영국 왕비 찜쪄 먹는 황비로 만들어주겠다, 엊그제까지 그러던 놈이 여자를 함락하고 정복하고 나면 어느 날 얼굴 표정이 삽시간에 달라진다. 그것이 우리네 노처녀가 겪은 보편적인 사랑의 결말이었다. 옆에서 본 노처녀와 사기꾼의 결말이 그러했다.

　지금까지 나는 요컨대 사랑이 그렇게 간단한 게 아니라

는 걸 말해주고 싶었고 사랑이 그렇게 몇 번 몇 번 했다고 척척 떠벌일 수 있는 게 아니라는 걸 말해주고 싶었다. 그렇다고 모든 사랑이 속고 속이는 사랑은 아니었다. 잉꼬보다 더 잉꼬 같은 사랑도 있었다. 제주도에 살았던 내 친구 하나가 그랬다. 나는 이제까지 내 친구처럼 자기 여자를 끊임없이 사랑하는 남자를 본 적이 없다. 두 사람은 정녕 영화나 소설을 능가했다. 그러나 그들은 이 세상에서 매우 예외적인 사람들이었다. 대부분은 사랑이라는 이름으로 속고 속이는 노름에서 벗어나질 못했다.

나는 최근에 한 여자가 여러 남자를 상대로 벌이는 애정 행각을 목격했고 반대로 여러 남자가 한 여자한테 어떻게 당하는가를 유심히 관찰한 적이 있다. 나는 이것이 이 시대를 대표하는 사랑의 전형이라고 믿게 되었다. 내 생각이 너무 과격해 보이지만 과격한 생각 속에 그래도 쓸모 있는 생각이 숨어 있는 법이다. 총체적으로 사랑은 개판이라는 얘기다.

나는 어떤 여자가 결혼정보회사를 통해서 백스무 번도 넘게 선을 보러 다니는 걸 내 눈으로 직접 목격한 적이 있다. 누가 봐도 아주 멀쩡한 여자였다. 여러모로 봐서 보통은 넘는 여자였다. 미모도 그런대로 준수하고 거기다가 특수과목의 대학원에 적까지 두고 있으니까 결혼정보회사에선 얼씨구나 물건 좋다, 그렇게 된 것이었다. 벌써 몇 년 전부터 시작된 일이다. 남자를 잘 사귈 것 같은데 그게 잘 안 됐던 모양이다. 그녀가 어떤 얄궂은 결혼전문 중매인과 연결된 걸 보면 말이다.

하여간 첨엔 잘 되는 것 같았다. 그런데 그게 생각처럼 잘 안 되는 모양이었다. 중매인의 안내로 첫 번에 선을 보고 눈이 맞아서 결혼을 할 수도 있는 거지만 어디 그게 확률상 쉬운 일이겠는가. 그러니까 그녀는 선을 한 번 보고 와서 며칠 안 돼서 또 다른 선을 보러 갔다. 나는 뭔가 시원치 않으니까 또 선을 보나 보다 했다. 나는 정말 몰랐다. 나는 정말 몰랐는데 능력만 있으면 선은 수십 번 수백 번 볼 수 있는 모양이었다. 세상에 이렇게 부러운 일이 또 있을까.

이쪽 여자가 선을 한차례 보고 나서 집으로 돌아와 결과 보고차 그냥 정보회사에다 대고 "잘 안 풀렸어요." 한마디만 하면 또 다른 상대의 전화가 걸려온다고 했다. 어떤 때는 오전 오후 하루에 두 번씩 선을 보고 들어올 때도 있었다. 하여간 그런 식으로 선을 보면 최소한 만나서 밥 먹고 영화 보고 차 마시고 와인 한 잔 마시고 그런 게 전부 공짜라고 했다. 두세 번째 만날 땐 꽃다발 선물도 받는다고 했다. 어떤 때는 그러다가 둘이 뭐가 잘돼서 야외로 나가기도 하고 더러는 밤도 지새우고 오는 모양이었다. 얼굴 표정을 보면 그런 걸 읽을 수 있다. 넘어졌는지 안 넘어졌는지 버티었는지 엎어졌는지 자빠졌는지 드러누웠는지 그런 건 대충 눈에 띄게 되어 있다.

어떤 묘한 구조로 내가 옆에서 구경할 수 있는 입장이 되었는데 참으로 이상한 건 그녀한테는 뭔가 진짜로 엮이는 게 없는 듯했다는 점이다. 딱 한 번 나는 그녀가 선을 본 남자를 만나보게 되었는데 나한테까지 소개를 했으니까 설마 둘이 잘되겠지 싶었다. 그러나 두 달을 못 넘기고 또 깨졌다고 했다. 그리곤 또 선을 보러 나가기 시작했다. 이젠 선 보는 장소의 카페 마담이나 종업원들까지 자기를 선 보는 선수로 알아 모시기 때문에 미리 먼저 가서 마담이나 종업원들한테 자기를 처음 보는 여자로 대해달라고 부탁하지 않아도 벌써 거기서 일하는 사람들은 자기를 처음 본 것처럼 대해준다고 했다. 얼마나 업그레이드 된 시스템이냔 말이다. 그런데 그게 죽을 맛이라고 했다. 이쪽에서 뻔히 아는 얼굴이니까 '안녕하세요' 하고 인사라도 한마디 하고 싶은데 함께 선 보러 온 남자가 수상쩍게 생각할까봐 쌍방 안면 몰수하고 위장 연기를 하며 지나쳐버린다고 했다.

이 여자 말로는 선 보고 밥 먹고 차 마시는 것까지는 다 좋은데 어제

본 영화를 또 한 번 두 번 연속으로 봐야 하는 게 고역이라고 했다. 남자가 "희옥 씨, 이 영화 봤어요?" 했을 때 "예, 저 어저께 그 영화 봤어요." 그러고 "그럼 저 영화 봤어요?" 했을 때 그때도 "예, 저 그 영화는 그저께 봤어요." 그랬다간 어떻게 되겠는가. 그러니까 이 여자의 주요 업무 중 하나는 같은 영화를 보고 또 보고 맥없이 반복하는 것이었다.

그거보다 더 골을 썩이는 일이 있었다. 휴대전화 교통정리였다. 나는 이 지구상에서 이 여자처럼 잔잔한 거짓말을 시도 때도 없이 잘하는 여자를 본 적이 없다. 휴대전화로 여러 명한테서 한꺼번에 전화가 왔을 때 그녀가 둘러대는 거짓말을 직접 들어야 한다. 이 여자는 정말 천재다. 내가 만일 장차 국무총리가 된다면 나는 이 여자를 비서실장으로 채용할 방침이다. 그러니까 남자 일이삼사오 중에 하나한테서 전화가 걸려오면 내가 옆에 있는데도 마치 자기 여자친구와 함께 있는 것처럼 음성 분위기를 순식간에 잡아서 저쪽으로 하여금 안심하게 만든다.

적어도 우리의 보편적인 정서에서 보면 이 여자한테 사랑이라는 것은 우리가 생각하는 그런 사랑이 아니다. 그녀는 사랑보다 상대의 재산에 온통 신경을 쓴다. 어디에 무슨 아파트냐, 단독주택이냐 빌라 몇 평짜리냐, 자기는 별 볼일 없는 학교에 적을 두고 있으면서도 남자한텐 혹독하다. 어디 대학은 안 되고 어떤 직장은 안 되고 만날 BMW냐 아우디냐 벤츠냐, 어디에 빌딩이 몇 채 있다는데 그게 진짜 자기 이름으로 돼 있냐, 전 부인 이름으로 돼 있냐, 유산문제는 어떻게 되느냐 허구헌 날 그런 것만 따진다. 우리가 생각하는 저 고귀한 사랑은 흔적도 없다.

자! 잠시 방향을 바꿔서 생각해보자. 저쪽 편에서 이쪽 편 여자만큼이나 멀쩡한 사내가 가령 똑같은 방식으로 중매전문가한테 신청을 해놨다 치자. 그러면 어떻게 되겠는가. 이쪽에서 벌어진 일과 똑같은 형태로 일이 벌어질 것이다. 이 사내도 어느새 맞선계에서 선수가 되는 거다. 선

보는 일에 관해서는 프로가 되는 거다. 그러니까 이 사내도 매번 선을 보러 나가면서 설마 상대 여자한테 '저 지금 백열두 번째 선을 보는 겁니다' 하고 고백하진 않을 것 아닌가. 선을 보면서 카페 마담이나 종업원한테는 아는 척도 안 하고 이 사내 역시 상대 여자와 한 번 본 영화를 보고 또 보고 하며 휴대전화 교통정리의 최고수로 올라설 것이다. 잔잔한 거짓말의 대가가 될 것이다. 이 여자를 통해서 나는 실제로 선보기의 남녀 대표가 만나서 밀고 땡기고 끌고 끌리는 것까지 다 봤다. '웃찾사'나 '개그콘서트'는 무릎을 꿇어야 했다.

사람의 눈을 속이는 건 마술이고 사람의 마음을 속이는 건 예술이다. 컴퓨터와 휴대전화가 생겨난 이후 모든 젊은이들은 사람 경영을 예술가 수준으로 해낸다. 다섯 명의 연인을 사방에 뿌려놓고 다섯 명을 상대로 전화 받고 시간 엇갈리지 않게 약속 정하고 생일 알아내고 꽃다발 주고 다섯 가지의 사랑의 언어를 구사하며 사랑을 구가한다. 누구한테도 잘못은 없다. 누구나 다 자기 시대의 자기식 사랑을 자기식대로 꾸려나가기 때문이다.

그렇다. 나는 내 시대에 맞는 사랑을 했다. 나의 사랑은 과도기적 사랑이었다. 나의 사랑은 유선전화와 무선전화에 양다리를 걸쳤다. 나의 사랑은 LP레코드판과 CD에 양다리를 걸쳤다. 매우 특이한 시대를 살았다. 나는 내가 살아온 시대를 쾌적한 시대라고 평가하고 싶다. 따라서 나는 쾌적한 시대에 쾌적한 사랑을 해왔다. 내 과거가 비참했다고 해봐야 이제 와서 무슨 득이 있겠는가. 그리고 나는 지금 계산 중이다. 그렇다면 나는 과연 몇 번이나 사랑을 해왔던가. 아마도 내가 쓰고 있는 이 책을 끝까지 쓰고 나면 대충 만족할 만한 수치가 나올지도 모른다.

수치의 관성 때문에 사람들은 사랑까지도 수치로 말한

다. "사랑을 몇 번이나 했어요?" 나는 지금 계속해서 내 사랑의 수치를 헤아리고 있다. 그것이 이 책을 쓰게 된 이유다.

아주 옛날에 헤아려낸 수치 하나가 있다. 그것은 이백스물두 번이라는 수치다. 2가 세 번 연속으로 나오는 222여서 지금까지도 그 수치를 기억하고 있다. 나는 이백스물두 번이나 찼다. 그것은 다름아닌 흘레차기의 기록이다. 지금도 그 기록은 유효하다. 내가 초등학교 때 세운 기록으로 나는 당시 흘레차기의 기록 보유자였다. 제기차기에는 세 가지 종류가 있다. 한 발로만 차기, 양발로 차기, 그리고 한 발을 땅에 대지 않고 계속 공중에서만 차는 흘레차기다. 어디서 흘레라는 말이 생겨난 건지 나는 이제껏 모른다. 흘레차기는 한 발로 버티고 선 채 계속 차야 하니까 제일 고난도의 기술이 요구된다. 나는 그때 왼손으로 어느 지점을 짚고 찼던 것 같다. 그땐 검정 고무신을 신고 찼으니까 소리가 챙챙 나는 게 아주 듣기 좋았다. 한발차기와 양발차기에는 내가 민용식한테 밀렸다. 녀석은 키가 나보다 작지만 뜀박질이나 씨름은 나보다 훨씬 잘했다. 그래서 공군 대령까지 올라갔다.

내가 흘레차기와 함께 평생 유지하고 있는 또 다른 불멸의 기록이 하나 있다. 뭐냐 하면 방귀 기록이다. 나는 옛날 초등학교 시절 동네 친구들과 함께 가을 방귀대회를 조직한 적이 있었다. 매년 한 번씩 열리는 가을운동회 같은 것이었다. 방귀대회를 결성하게 된 동기는 이러했다. 가을만 되면 너나할 것 없이 누구의 방뎅이에서나 방귀가 풍성하게 나왔다. 새로 나온 농작물을 생으로 씹어먹거나 볶아먹으면 앞에서 나오는 건 트림, 뒤에서 나오는 건 방귀였다. 그때는 지금처럼 오락기구가 많지 않았으므로 누가 방귀를 크게 뀌느냐, 누가 잘게 여러 방을 뀌느냐로 시시비비가 늘 분분했다. 그래서 내가 벤처 정신을 발휘했다.

"애들아! 우리 매일 저녁 모여서 정식으로 방귀뀌기 시합을 벌이자."

나는 삽다리초등학교 우물가를 대회장소로 정했다. 학교 뒤편에 우물이 있었다. 우물 위는 양철지붕으로 덮여 있어서 오디오 시스템을 살리기에는 최적의 장소였다. 방귀소리가 붕붕 에코로 들리는 것 같았다. 우리는 대여섯 명이 우물을 뺑 둘러싸고 우물 윗부분에 양손을 얹고서 시합에 들어갔다. 기록요원은 내 동생 영수가 맡았다. 가족끼리 다 해먹었다.

"재평이, 너 어제까지 마흔두 방이었어. 자, 계속해서 시작!"

우리는 돌아가면서 방귀를 뀌었다. 소리가 안 나고 냄새만 풍기는 방귀는 기록에 들어갈 수 없기 때문에 되도록 잘게잘게 여러 방 뀌는 기술을 개발해야 했다. 우리는 방귀시즌이 돌아오면 배추나 무 꼬랑댕이, 특히 논두렁길에 무단히 열리는 콩을 훑어다가 사정없이 구워먹곤 했다. 콩을 너무 많이 볶아먹어서 속이 좋지 않은 녀석들이 그래도 시합 때문에 방귀를 뀐다고 용을 쓰다가 속팬티도 없던 시절에 바짓가랑이로 누런 국물을 흘리곤 했다. 우리는 그때 방귀냄새나 국물냄새가 더럽다는 생각을 해본 적이 없다. 어른이 다 되고 나서야 구린내가 따로 있다는 걸 알았다.

쌀이나 연탄이 생기는 일은 아니었지만 방귀시합처럼 재미있는 일은 지금까지 없었다. 그때 나는 단발로 국물 한 방울 안 흘리고 스물아홉 방까지 뀌었다. 픽픽 풍선 새는 소리 한 번 안 내고 고난도의 특수기술로 일궈낸 스물아홉 방이었다. 우물 위로 둥그렇게 손을 얹고 있었던 애들한테 전부 들릴 수 있도록 짧고 명확하게 뀐 스물아홉 방. 그게 지금까지도 깨지지 않는 나의 방귀 기록이다. 지단도 한 게임에서 스물아홉 개의 골은 못 넣었다. 이승엽도 한 게임에서 스물아홉 개의 안타나 홈런은 날릴 수 없다.

내 실력은 예나 지금이나 다를 바 없지만 고린도전선가 후선가 어디에 있는 말대로 철없던 어린 시절을 다 보낸 나는 어른이 되어 이젠 거의 모든 방귀를 숨어서 뀌고 있다. 그래서 좀 치사하다. 스물아홉 번 방귀뀌기의 기록을 자랑삼아 털어놓는 것도 치사하지만 사랑을 몇 번 했냐는 질문에 스물아홉 번 열세 번 하면서 수치를 갖다대는 것도 어차피 치사하기는 마찬가지다.

베르테르의 가면을 쓴 카사노바

　　이상오는 청담동 덤 앤 더머 그룹의 일원이라서 나는 그를 가끔 상덤이라고 부른다. 우리 그룹에서는 별 이유도 없이 서로를 더머라고 부른다. 그는 현재 모 방송국 기자다. 건국 이래 사건 취재기자로 상덤만큼 이름을 날린 기자는 없을 것이다.

　　얼마 전부터 나는 상덤 앞에서 슬슬 말을 조심하기 시작했다. 왜냐하면 그자 앞에서 가령 이런 말을 하면 금세 사태가 복잡해지기 때문이다.

　　"아이! 몸이 왜 이리 찌뿌둥하지? 오늘 날씨가 왜 이리 꾸물거리지? 오른쪽 골이 지끈지끈 쑤시네. 기분도 뒤숭숭하고 비가 오려나, 팔다리 마디마디 삭신이 쑤시네."

　　이런 따위의 얘기를 꺼내면 상덤은 특유의 왕방울 눈을 부라리며 옆으로 바짝 다가온다.

　　"조덤 형님, 그건 간단합니다. 침 한번 딱 놓으면 끝나는 일입니다. 침 한번 맞으시죠. 하나도 안 아픕니다. 믿어주세요. 전혀 안 아프게 놓아드릴 수 있습니다. 침이 무서우면 형님! 뜸도 있습니다. 요기 보세요." 하며 자기의 한쪽 팔을 걷어올린다. 거무틱틱한 단추 모양의 자국이 여러 군데 보인다.

　　"요기요기가 뜸자린데요, 아주 소형 뜸을 놨던 자립니다. 하나두 안

아퍼요. 팔이 뻐걱거려서 뜸 한번 놨더니 지금 쫙 풀렸어요. 즈이집 애들 감기몸살 초기 증세로 열이 나잖아요? 그런데 침 한 방 딱 놓으니까 열이 싹 내려가요. 정말 신기해요."

상덕은 벌써 몇 달 전부터 나한테 침과 뜸의 효력에 대해서 그리고 한방의 효능에 대해서 여러 모양으로 설명해가며 설득하려 했는데 내가 단한 번도 설득당하지 않는 것 같아서 그런지 기회만 생기면 시도때도 없이 침·뜸 얘기를 꺼내는 것이다.

내가 설득당했다는 것은 상덕한테 침이나 뜸을 한 번 놔달라고 자청했을 경우다. 그러나 나는 자청은 고사하고 그의 한방에 대한 애착을 시종 시큰둥하게만 받아들이고 있다. 오히려 의구심만 부풀려났다. 어찌 저토록 이성적이고 논리정연한 친구가 하필 동양의술에 저토록 함몰될 수가 있을까? 사회에 만연한 비윤리·비도덕을 목숨 내걸고 까발릴 만큼 냉철하면서도 끝간 데 없이 집요한 사고의 사나이가, 가깝다면 당연히 양방에 가까워야 할 텐데 정반대로 한방에 밀착되어 있으니 나로선 도무지 납득이 안 가는 일이었다. 양복을 입고 넥타이까지 잘 맨 친구가 머리에는 갓을 둘러매고 발에는 짚신을 신은 것 같아서 나는 늘 탐탁지 않게 보아왔다.

이쯤이면 이 글을 읽은 사람들은 나를 고집스러운 양방주의자로 지레짐작하실 텐데 천만에 아니다. 나는 한방이건 양방이건 그게 그거라고 생각하는 사람이다. 집안 내력상 몸은 기독교에 있지만 교회나 절이나 그게 그거라고 믿는 것과 마찬가지다. 나는 몇 년 전 새벽 어느 골프장에서 골프를 치다가 발목을 삔 적이 있다. 아침 이슬이 내려앉은 기차 침목으로 된 계단을 무심코 짚었다가 쭉 미끄러져 딱 소리를 내며 발목이 부러졌을 때 내가 제일 먼저 찾아간 곳은 정형외과 병원이 아닌 시골 마을 침술원이었다. 며칠간이나 계속 침 맞고 뜸으로 썩은 피를 빼서 한시름

놓은 다음 어느 후배의 권유로 그제야 뒤늦게 양방 병원을 찾아가 엑스레이 찍고 깁스를 하고 6개월이나 목발을 짚고 다녔다. 그러니까 나는 한방과 양방 모두를 공평하게 인정하고 있는 셈이다.

단지 냉정과 명석함에서 나보다 여러 수 위로 보이는 상덕이 어떤 연유로 유독 한방에 깊이 빠졌는지 그것이 궁금할 따름이었다. 상덕은 본격적으로 한방 스승님을 찾아다니며 계속 탐구 중이라고 했다. 어느 날 내가 상덕에게 "너는 지금 하고 있는 기자 일이나 잘할 것이지 왜 그런 생뚱맞은 일에 열중하냐? 기자 그만두고 한의원이라도 차릴 거냐? 기자 짓 오래 못해먹을 것 같아 따로 처자식 데리고 살아갈 궁리를 하고 있는 거냐, 그게 아니고 그냥 취미라면 취미치곤 참 괴상한 취미다"라며 면박을 주듯이 말하자 옆에 있던 홍덕이 정색을 하면서 상덕 편을 들고 일어섰다.

"형, 그건 모르는 소리요. 형 같은 사람은 서양 사고에만 길들여져서 동양 쪽을 맥없이 우습게 보는 경향이 있는데 요즘은 안 그래요. 모든 시선이 동양 쪽으로 쏠려 있어요."

홍덕 그러니까 홍정현도 어느 일간지의 문화부장이다. 나는 내 입장을 뚜렷하게 밝혀둬야 할 필요가 있다고 생각했다. 우리의 덤 앤 더머 그룹에선 어설프게 자기주장을 폈다가 경고를 먹거나 퇴장을 당하는 수가 종종 있기 때문이다.

"홍덤! 니 말이 맞아. 서양에서 동양 바람이 분 지는 벌써 오래 전이다. 내가 왕년에 서양에서 공부를 할 때 벌써 서양 분위기가 일시에 동양으로 향한다는 걸 느꼈을 때도 나는 별로 놀라질 않았어. 왜냐하면 나는 동양이라고 해서 서양보다 한 수 위의 무엇을 가지고 있다는 생각은 해본 적이 없었거든. 그래서 서양친구들이 동양으로! 동양으로! 하며 들떠 있을 때 나는 이렇게 말해주곤 했어. '가봐! 이 시키들아, 가봐야 별것 없어. 다 마찬가지야. 하기야 다 마찬가지라는 것조차도 직접 가봐야 아는 거니까 그럼 가봐, 이 시키들아!'"

내가 그 옛날 동양에서 비행기 타고 서양으로 건너가 척 둘러 봤을 때 내가 미처 몰랐던 뭔가가 그쪽 서양에 참말로 있었다면, 심금을 울리는 뭔가가 느껴졌었다면 그때 내가 그렇게까지 과격하게 말하지는 않았을 것이다. 상덤과 홍덤이 그래도 석연치 않은지 이번엔 담합을 해서 공격을 해왔다.

"그래서 형은 뭐요, 정체가 뭐요. 이쪽이요 저쪽이요? 한방이요 양방이요?"

이런 때 우물쭈물하면 즉시 구조조정 당한다. 뒷자리로 물러앉게 된다. 더머들끼리도 노조정신으로 뭉쳐서 더 덜돼먹은 퇴물 더머를 몰아낼 수 있기 때문이다.

"야! 나는 팔다리가 부러져서 퉁퉁 부어오르면 침을 맞고 코에서 콧물 나오고 입에서 기침 나오면 약방에 가서 감기약 사먹는다."

매사가 그랬다. 내 앞에서는 늘 두 가지가 팽팽히 맞섰다. 나는 두 가지를 다 끌어안았다. 한방과 양방의 문제뿐만 아니다. 아까 말한 종교 철학의 문제도 그런 식으로 풀었고 심지어는 유신론과 무신론의 문제도 그런 식으로 풀었다. 소위 양다리 작전을 폈다.

그런데 일각에서는 양다리 작전을 비열한 기회주의자의 짓거리로 몰아치며 회색분자로 분리해버리는 경향이 있었다. 그러나 나는 그런 편견에 큰 신경을 쓰지 않았다. 내 경험상 대체로 고집불통의 인간들이 그런 식으로 편을 갈라 극악을 떠는 경향이 있었기 때문이다. 나는 늘 한쪽으로 쏠리는 게 더 위험하다고 생각했다. 도무지 흑백 가리는 걸 싫어하다보니까 나는 어느새 회색을 옹호하게 되었고 늘 회색에 희망이 있다고 보았다. 모순이나 회색만이 진리에 가깝다고 편들게 되었다. 정의 내리기가 쉽지 않은 예술도 회색을 신뢰하게 되었다. 무엇이든 어느 한쪽에만 함몰되지 않는 것, 그것만이 최선의 참이라고 굳건히 믿게 되었다.

작년에 나는 통일로를 거쳐 평양까지 가는 버스 여행을 했었다. KBS가 마련한 정주영 평양체육관 준공 개관 기념음악회에 참석하기 위함이었다. 우리 남쪽 일행은 통일동산에서 특별 버스를 타고 한참을 가다가 급기야 어느 길가 건물 앞에 섰다. 거기서부터 앞으로 더 가면 바로 북한 땅이었기 때문이다. 우리는 북한 땅으로 건너가 북한 버스로 갈아타기 위해 일단 차에서 내렸다. 각자의 신분증을 가슴에 걸고 각자의 짐을 챙겨들고 북쪽을 향해 몇십 미터를 걸어가야 했다.

그런데 그 길 한가운데에 흰색으로 줄이 그어져 있었다. 그러니까 그것이 남과 북 사이의 유일한 경계선이었다. 재미있었던 건 그게 두 줄이었다는 사실이다. 두 줄의 폭은 정확하게 1미터인 듯싶었다. 몇몇 판문점 담당 직원한테 왜 하필 두 줄이냐고 물어봤더니 모두들 모른다고 했다. 왜 그런 걸 물어보는지 오히려 수상해 보이는 모양이었다. 그래서 나는 더 이상 묻는 걸 중단하고 내 가방만 챙겨든 채 우선 그 두 줄 안으로 들어가 잠시 멈추어 섰다. 그러니까 거긴 남도 아니고 북도 아닌 지점이었다. 빨간색도 파란색도 아닌 보라색의 지점이었다. 흑색도 백색도 아닌 회색의 지점이었다. 내가 지금까지 잃어버렸던 내 땅이었다. 우리의 땅이었다. 그것은 이제까지 내가 시도해본 양다리 작전의 최고봉이었다. 김구 · 여운형 · 조봉암 · 함석헌 · 리영희······ , 어찌 그들뿐이랴. 그네들 모두가 이 두 줄 안쪽에서 지금의 나와 같은 자세로 오래오래 서 있기를 희망했을 것 아닌가.

감회가 몰려왔다. 흑과 백, 남과 북, 두 가지를 아우르는 지점이 현실

세계에 존재한다는 게 놀라웠고 내가 지금 그 지점, 그 좁은 1미터 간격의 틈새에 서 있다는 사실이 가슴을 뭉클하게 했다. 내가 평소에 혐오해 마지않았던 바로 그 낱말, 감회가, 그 감회가 실제로 밀려왔다. 대개 능력 없는 기자나 인터뷰어의 첫 질문은 바로 감회가 어떠냐는 것이다. 평양 공연을 간다고 했을 때도 예외는 아니었다.

"평양 공연을 가시는 감회가 어떠세요?"

나는 그 기자의 마이크를 낚아채서 반대로 그자의 코앞에 들이밀며 "감회를 나한테 물어보는 지금 너의 감회는 어떠냐, 이 시키야!" 하고 되묻고 싶은 생각이 굴뚝 같았지만 차마 그럴 수는 없는 노릇. 나는 또 상투적인 질문에 상투적인 대답을 모색해야 했다.

"네! 참으로 감회가 새롭습니다."

개뿔, 평소에 무슨 감회에 원한을 가졌다고 걸핏하면 감회가 어떠냐고 묻는지 모르겠다. 그래서 나는 그냥 습관대로 감회가 새롭다고 대답했을 뿐이다. 사실 평양에 가는 것은 별로 큰 감회가 아니었다. 진짜 감회는 두 개의 흰 줄 사이에 섰을 때 밀려왔다. 뭐라 형용할 수 없는 감회가 쓰나미처럼 밀려왔다. 나는 진짜 감회가 몰려오면 매번 표현할 길이 막막해져서 감회에 대한 질문을 받는 게 정말 싫었다.

거기는 그러니까 남한도 아니고 북한도 아니었다. 대한민국도 아니고 조선인민공화국도 아니었다. 한방도 아니고 양방도 아니었다. 거기야말로 한방과 양방의 중간 지역이었다. 두 명의 덤 앤 더머를 끌어다놓고 한방, 양방이 아닌 무방 아니면 공방을 학습시키고 싶은 바로 그 지점이었다. 불과 1미터 폭으로 그려진 두 줄 사이의 안전지역은 그것이 무려 60년 만에 겨우 형성되었다는 사실 때문에 더욱 감회스러웠다. 한 줄만 그어졌으면 그것은 38선이다. 그것은 철조망이다. 아이언 커튼, 말 그대로 철의 장막이다. 그 철조망, 철의 장막이 어언 60년 만에 흰색의 두 줄로 모습을 바꾼 것이다. 그것은 더 이상 철조망이나 철의 장막으로 느껴지지 않았다. 나는 1미터 폭의 안전지역에 혼자 서서 짐짓 만세삼창이라도 부르고 싶었지만 총 들고 서 있는 북측 경비병들로부터 수상쩍은 인물로 취급당해서 저격이나 당할까봐 얌전하게 백색 선을 넘어가 그쪽에서 대기시켜놓은 버스에 올라탔다.

  사랑도 그랬다. 사랑도 나한테는 중간지점 찾기에 불과했다. 이 세상의 모든 여인과 나 사이에는 눈에 보이지 않는 철조망과 철의 장막이 드리워져 있었다. 어쩌다 두 남녀가 한마음 한뜻이 되면 철조망이나 장막이 자진 철거되고 그제야 바로 중간지점에 두 사람이 들어와 서 있게 되는 형국이 바로 사랑이다. 즐거움과 쾌적함은 바로 이쪽도 아니고 저쪽도 아닌 중간지점에만 존재하는 법이다. 사랑은 두 사람이 이루어내는 고귀한 균형이다. 사랑은 해도 아니고 달도 아니다. 사랑은 해와 달이 밤낮으로 소리 없이 맞물려 돌아가는 것이다.

  해와 달 얘기는 내가 지어낸 얘기가 아니다. 김맹갈이 들려준 얘기다. 맹갈은 민기의 아호 비슷한 것이다. 재작년 나는 가수 데뷔 30년 기념공연을 펼친 적이 있다. 거기서 나는 김맹갈을 염두에 두고 만든 「김군에 관한 추억」이라는 노래를 처음으로 불렀다. 뒤풀이까지 마치고 김맹갈이와 내가 둘이서 청담동 내 집에 돌아온 게 새벽 서너 시였다. 집 안에 있던 술을 죄 꺼내다 마시며 맹갈이가 나한테 혀 꼬부라진 소리로 한 말이 바로 해와 달 얘기였다. 둘 다 술에 절었는데도 지금까지 그자의 말이 기억나는 것은 얘기의 내용이 너무도 희한방창했기 때문이다. 그때 그가 필름이 끊겼거나 여하튼 상태가 안 좋았을 수도 있다. 대강 이런 식이었다. 그가 말했다.

"까불지 마, 형! 형은 해가 아냐. 형은 달이야. 근데 왜 해인 척하고 자빠졌어? 형은 달이야!"

나도 간신히 정신을 차려가며 이런 식으로 받아쳤다.

"웃기구 있네, 이 시키! 내가 어째서 달이냐? 지금 듣는 사람이 없어서 안 웃지 인마, 우리 집 저 이중 유리창이 니 소리를 듣고 웃는다. 봔마! 저기 한강이 웃고 있잖아. 인마, 니가 달이지 왜 내가 달이냐? 나는 인마 맨날 반짝거리는 해야, 인마. 너나 달 노릇 잘해라 인마."

나는 그때 맹갈이가 말하는 달의 의미가 뭔지를 직감으로 알아채긴 했다. 그것은 굉장히 장엄무쌍한 비유였다. 너무 장엄해서 좀 켕길 정도였다. 나더러 달 노릇 하라는 게 마치 저 거친 광야에 서러움 모두 버리고 조용히 떠나가라는 충동질 같아, 다시 말해 노래를 좀 합네 그림두 좀 합네 하면서 제발 잘난 척 좀 하지 말라는 충고 같아, 점잖게 살라는 충고 같아 나는 한사코 딴소리만 해댔던 것이다.

나는 내가 잘 안다. 나는 구름에 달 가듯이 조용히 미끄러져갈 수 있는 사람이 아니다. 나는 바퀴 달린 운동화를 신고 엉덩방아 뒷골방아를 쾅쾅 찧으면서 뇌진탕 직전의 상태로 가야 하는 사람이다. 그래야 재미있기 때문이다. 맹갈이 얘기는 맹갈이 얘기다. 맹갈이 얘기는 인간의 목적은 어디까지나 번잡을 떠는 행위doing에 있는 것이 아니라 그냥 그윽이 있으면서 바라만 보는 존재being여야 한다는 것이다. 뭘 가르치거나 교훈을 주거나 법칙을 강요하거나 고상한 취향을 권면하는 것조차도 인간과 자연 앞에서는 부질없는 행위에 불과하다는 것이다. 나같이 나대며 살아가는 건 점잖지 못하다는 얘기다. 맹갈이가 보기엔 내가 조용히 혼자서 그림이나 그리고 노래나 부르며 살아야 할 사람인데 왜 그렇게 번잡을 떨고 난리를 부리며 살아가는지 모르겠다는 것이다.

그렇지 않아도 최근 사랑에 관한 내 책이 발간된다는 소식이 나가자

주위에서는 물론 멀리 해외에서까지 전화가 빗발쳤다. 나의 마구잡이 언행으로 일본이 어쩌고 이본 삼본이 어쩌고 죽어라 살려라 왁자지껄했다가 이제 좀 잠잠해지려고 하는데, 이제 좀 사람들이 새로운 감회로 나를 다시 바라볼까 하는데 거기다 왜 또 찬물을 끼얹고 소금을 뿌리냐는 것이다. 지금 막 그림이 좀 팔려나가려고 꿈틀대는데 왜 브레이크를 거냐는 것이다.

물론 그들은 내가 또다시 '100년 만의 친일선언'이나 '돌아온 탕아의 사랑 일기' 따위의 글을 쓰는 줄 알고 하는 소리다. 내가 또다시 다른 사람들의 비윗장 건드리는 쓸잘데기 없는 짓거리를 꾸민다고 생각한 것이다. 사실이 그렇다면 맹갈이 말이 맞는 말이다. 그건 달이 하는 짓이 아니다. 타인을 만나서 충동질하고 정들고 헤어지고 배신하고 또 다른 사랑을 위해 거짓말로 둘러대고 또 다시 사랑을 찾아 떠나가는 것은 전형적이며 교과서적인 카사노바의 짓거리다. 초승달이나 보름달이 하는 게 아니라 불타는 대낮의 태양이 하는 짓거리다. 베르테르는 자신이 괴롭고 배신당하고 불행해질지언정 타인을 불행하게 만드는 짓은 결코 못한다. 차라리 자신이 죽는다.

그렇다, 어차피 남자는 두 가지 타입으로 나뉜다. 양방과 한방, 그리고 해와 달, 카사노바와 베르테르로 말이다. 그래서 작곡가 길옥윤과 가수 현미는 오래 전에 벌써 그걸 빛과 그림자라고 했다.

카사노바와 베르테르는 서로 비슷한 구석이 있으면서도 서로 판이하게 살아갔다. 여자를 죽도록 사랑했다는 점에서는 둘 다 비슷하다. 카사노바는 이탈리아에서 배우의 아들로 태어났다. 유전적인 끼를 물려받았다는 의미다. 사랑의 열정에 관한 한 에스파냐나 이탈리아가 어느 민족보다 앞선다. 그는 공부를 많이 했다. 민법과 교회법으로 박사학위까지 땄다. 허위 날조가 아니라 내가 음악법과 신학법으로 학사학위를 딴 것과 흡사하다. 바이올린 연주에 빼어난 실력을 보였고 파리·런던·빈을 비롯 20여 군데의 유럽 도시들을 싸돌아다니면서 사기꾼, 도박꾼, 특히 난봉꾼, 바람둥이로 이름을 날렸다. 그러나 진정한 카사노바 자신의 모습을 카사노바 자신이 교묘하게 가려버렸다. 위악의 문을 활짝 열어놓은 것이다. 그런 점이 나로 하여금 경탄을 자아내게 한다.

그는 사실상 대문호다. 그는 스물다섯 나이에 『젊은 베르테르의 슬픔』이라는 소설을 써서 유럽 전역의 젊은이들을 울려버린 괴테에 버금가는 위대한 글쟁이다. 그가 써냈다는 40여 편의 글 중에서 그의 자전적인 여성 편력기의 분량만 봐도 뒤로 나자빠질 정도다. 카사노바가 사랑한 여인의 숫자는 도무지 헤아리기조차 불가능할 정도다. 타고난 정열, 쾌락에 대한 억누를 수 없는 욕망, 그리고 어디에도 구속되기 싫어하는 강한 자립심 때문에 그는 사회가 요구하는 대로 절제와 분별을 따라하기가 싫었다. 그는 취향에 맞는 것만 좋아하면서 자유분방한 생활을 즐겼고 법을 존중하고 법을 지키는 한 모든 편견을 무시해도 된다고 생각했다. 그러면서도 방종한 생활과는 늘 거리를 두었다.

당당한 외모에 남에게 호감을 주는 매너에 돈도 충분했고 씀씀이가 컸고 언변이 좋았고 때로는 겸손하고 때로는 대담무쌍하고 늘 여자들에게 호감을 보였기 때문에 그는 자신이 다른 사람들로부터 미움을 받는다는 사실조차 익히 알고 있었다. 그러나 그는 그에게 자유롭게 살 수 있는 권리가 부여되어 있다는 사실을 알았기 때문에 어설픈 반대자나 장애물 따위는 가볍게 무시해버리곤 했다. 그리고 그는 무엇보다도 자기가 만나게 되는 모든 여인에게 최선을 다했다. 더 이상 인간적일 수가 없다.

자코모 카사노바와는 달리 베르테르나 개츠비는 괴테나 피츠제럴드

같은 글쟁이에 의해서 만들어진 가공의 인물이다. 물론 작가의 성향을 그대로 드러내긴 한다. 베르테르나 개츠비가 카사노바와 다른 점은 딱 한 상대 딱 한 여자만 정해놓고 사랑했다는 점이다. 그들은 편집증 환자나 스토커 증세가 있는 변태자로 보일 만큼 한 사람의 상대한테만 열중했다. 상당한 시차를 두고 현재를 살아가고 있는 나 같은 사람이 보기에는 그네들의 터무니없는 외골수 정신이나 융통성 없음이 한도 끝도 없이 어리석어 보일 정도다.

베르테르가 살았던 시절에는 귀족 자체가 일종의 관직이었다. 억지 비유처럼 보이겠지만 카사노바는 실제로 상당한 수준의 바이올린 연주자였고 소설 속의 베르테르 역시 상당한 수준의 그림을 그리는 화가였다. 이 글을 쓰는 나와 비슷한 성향의 남자들이었다는 얘기다. 베르테르는 짧게 말하자면 내가 최고로 치는 영화 「글루미 선데이」의 한 역할을 맡았다고 보면 틀림없다. 그 영화에서는 두 남자가 한 여자를 동시에 사랑한다. 베르테르 역시 뜻하지 않게 약혼자가 멀쩡하게 살아 있는 여자를 좋아하게 된다. 시작부터 한 여자와 두 남자 관계로 번진다. 자세히 말하자면 베르테르가 두 연인 사이에 끼어든 형국이다.

임자 있는 여자를 만난 베르테르의 심경을 25세의 괴테는 불륜 따위의 심경과는 아무 관계없이 곧장 이렇게 표현해놓고 있다. '그녀를 만난 이후 나는 해와 달과 별에 대하여 아랑곳하지 않게 되었고 낮인지 밤인지 분간조차 못하게 되었다. 세계가 온통 내 주위에서 사라져버렸다.' 아름다운 여인을 만났을 때의 느낌이 어떤 건지는 나도 대충은 안다. 그러나 나는 괴테처럼 그렇게 우아하고 강렬하게 표현하진 못한다. 나 같았으면 그저 '그녀를 만난 이후 나는 장님이 되었다. 똥과 된장을 분간할 수 없게 되었다' 뭐 기껏해야 이런 정도다.

신은 우리에게 서로 사랑하라는 명제와 원칙만 남겼지 구체적으로 어뗗게 사랑하라고 코치를 한 적은 없다. 신의 아들로 알려진 예수도 간음한 여자를 돌로 때려죽이지 말고 용서해주라고만 했지 구체적으로 여자를 어떻게 사랑해주라는 말은 없었다. 그걸 카사노바·셰익스피어·괴테 같은 사람들이 신의 대리 역할을 맡아 우리에게 말하자면 사랑의 표본을 보여주고 있는 셈이다.

카사노바나 베르테르는 똑같은 입장의 사랑 실천가들이다. 다른 점이 있었다면 카사노바는 죽을 때까지 여러 명, 여러 종류의 여자를 사랑했던 것이고 베르테르는 딱 한 명으로 끝을 낸 것뿐이다. 니체와 전혜린식 표현대로 '인간적인 너무나 인간적인' 베르테르는 한 여자와 두 남자 중에 한 남자가 빠져야 한다는 것을 애당초부터 너무나도 잘 알고 있었다. 당연히 빠지는 역할을 자신이 떠맡아야 한다는 것도 너무나 잘 알고 있었다. 그리하여 결국에는 남의 여자를 딱 한 번 포옹하고 딱 한 번 키스하는 것에 대한 벌을 스스로 내리게 된다. 그녀가 일상생활의 평화와 환희를 되찾을 수 있도록 베르테르는 씩씩하게 그리고 기꺼이 목숨을 버리기로 작정을 한다. 그리고 여인의 남편으로부터 빌린 권총으로 자기의 머리를 쏘아버린다.

순진하고 어리석고 멍청하기로 말하자면 베르테르보다도 사실은 개츠비가 한 수 더 뜬다. 왜냐하면 베르테르는 죽음으로써 사랑하는 여인과 영혼이라도 합쳐지지만 개츠비의 여인은 야멸차게 나 몰라라 하면서 다른 남자와 유유히 사라져버렸던 것이다.

이후 카사노바는 못 말리는 바람둥이로, 베르테르와 개츠비는 어이없는 순둥이로 구분이 지어졌다. 그러나 엄밀히 따지자면 예외 없이 모든 남성은 바람둥이의 속성을 지녔다고 봐야 한다. 베르테르도 하필이면 자기가 좋아하는 남자친구의 여자를 사랑했던 것이고 개츠비도 마찬가지로 남자가 있는 여자한테 빠져 허우적대지 않았던가. 그렇다면 누가 바람둥이고 누가 바람둥이가 아니란 말인가. 그런 건 따로 없다. 흰색 흑색이 따로 없다. 엄밀히 말하자면 둘다 회색에 가까울 수도 있다. 그러나 현실세계에서는 편의상 두 부류로 갈라놓고 있다. 원래 아둔한 사람일수록 어린아이처럼 뭘 갈라놓고 우쭐하길 좋아하는 법이다.

그럼 나는 뭐냐. 나는 카사테르다. 신종 인간이다. 카사노바의 머리와 베르테르의 몸을 합성시킨 인간이다. 그래서 카사테르다. 이건 나 혼자만의 생각이다. 내가 신문이나 방송에 나와 얘기할 때는 다르다. 그럴 때 나는 여지없는 카사노바다. 바람둥이다. 여기서 만일 내가 "아닙니다. 사람들이 몰라서 하는 소립니다. 나는 원래부터 베르테르이고 지금도 베르테르입니다. 나는 지금 모함을 받고 있습니다." 이따위 짓을 했다간 또 맞아죽는다. 이미 나는 공공의 카사노바로 판정난 지 오래다. 그래서 누구나 다 그렇게 알고 있다. 그럼 그렇게 가는 거다.

그까짓 카사노바 소리를 듣는 게 뭐 어떠냐. 바람둥이 소리를 듣는 게 뭐 어떠냐. 까놓고 말해서 내가 전 국민이 보장하는 천하의 순둥이 베르테르였다면 나더러 한길사에서 책 한 권 만들자는 소릴 꺼냈을 리도 없다. 나는 사랑하는 여인을 위해 권총 자살을 하거나 현해탄 험한 파도에 몸을 던질 만큼 목숨을 바쳐 사랑할 수 있는 인물이 아니기 때문이다. 맹 갈이는 나를 한사코 달이며 베르테르라고 우겼지만 부질없는 소리다. 너무 늦었다. 나는 해로 굳어졌다. 누가 봐도 눈부신 해였다. 거기다가 추호의 의심도 없이 내가 달이 아니고 해라는 내용의 확인 작업까지 마치게 되었다. 일약 바람둥이로 공개 확정됐다는 얘기다. 그게 무슨 소리인지 지금 털어놓겠다.

앞에서도 잠시 언급했지만 나는 2005년 가을 그 유명한 서강대학 영문과 장영희 교수로부터 경기도 파주 헤이리 황인용 음악감상실의 불특정 다수가 참석한 공개석상에서 바람둥이의 작위를 수여받음과 동시에 세계 카사노바협회 한국지부장의 임명장까지 수여받게 되었다. 그건 너무도 기습적이었기 때문에 섣불리 뜯어 말릴 수도 없었다. 무슨 얘기냐 하면 장 교수와 내가 친하다는 얘기가 신문과 잡지에 실렸을 때 장 교수 주위의 사람들이 나 같은 사람과 사귀면 어쩌냐고 걱정하기에 자기 같은 숫처녀가 왜 천하의 바람둥이와 사귀겠냐, 걱정하지 말라고 다독였다는 얘기다. 나는 너무도 수치스러워 나를 그렇게 몰아간 장 교수를 상대로 즉시 명예훼손죄 및 농락죄로 고소장을 제출하려 했지만 주위에서 내가 오히려 불리할지도 모른다고 극구 말리는 바람에 유야무야된 적이 있다. 그때 강력한 법적 대응을 못한 채 싸고 뭉개는 바람에 지금까지 바람둥이 카사노바의 누명을 끝내 벗어던지지 못하고 있다.

그런 악조건 속에서도 나를 베르테르이며 저녁달이라고 우겨대는 또다른 종류의 맹갈이가 있다. 모 일간신문의 이인경 기자가 그러하다. 그녀는 뚜렷한 증거까지 들이밀면서 내가 베르테르임을 변호해주고 있다. 이인경은 어느 카페에서 일하는 아가씨로부터 직접 전해들었다고 했다. 그 아가씨가 아직 새파랗게 젊을 때 둘 사이가 꽤 가까워져서 밤늦게 혼자 사는 조 씨의 방을 찾아 들어가니까 밤늦게 왜 왔냐, 어서 집에 가서 자라고 했다는 것이다. 그것만으로도 조씨는 카사노바가 아니고 베르테르라는 것이다.

아무리 그래도 안 된다. 내가 베르테르가 되기엔 역부족이다. 내가 정녕 베르테르였다면 하다못해 그날 새벽 이런 식의 유서라도 몇 글자 써놓고 일을 저질렀어야 한다. '소녀가 늦은 밤 내 방에 들어온 건 내가 그녀를 유혹했다는 엄연한 증거다. 아! 내가 아리따운 소녀를 육체적으로 유혹하다니, 나는 나도 모르는 사이에 치욕적인 범죄를 저지른 것이다.

그러므로 나는 더 이상 살아가야 할 가치가 없는 인간이다' 하면서 빵!
권총자살이라도 했어야 한다. 이건 아무짝에도 쓸모없는 지나간 얘기에
불과하지만 나는 왜 그때 그 소녀를 돌려보냈는지 잘 모르겠다.

설사 내가 그 일로 권총자살을 시도했다 해도 나는 달이나 혹은 베르
테르일 수는 없다. 권총자살로 나의 순수성이 입증될 리가 없기 때문이
다. 보나마나 교활한 자작극 정도로 판명날 것이기 때문이다. 베르테르
는 생태적으로 교활하지도 않고 능청을 떨지도 않아야 한다. 베르테르
는 순수 그 자체다. 그는 온갖 자연의 아름다움과 영혼을 몸과 마음으로
교감한다. 베르테르형 남자는 달, 별, 함박눈, 벌레 우는 소리, 흐르는
시냇물 뭐 그런 것과도 사랑에 빠질 수 있어야 한다. 그러나 나는 아니
다. 왜냐하면 나는 태어나면서부터 카사노바의 줄기세포를 몇 가닥 쥐
고 태어났기 때문이다. 함박눈이나 밤벌레 우는 소리보다는 여성의 미
모나 몸매나 옷맵시나 교양과 지성의 체취를 탐구하는 데 정신을 쏟았
기 때문이다.

나는 지금 편의상 카사노바를 교활한 인물로 표현해놓았을 뿐이다. 실
제의 카사노바는 다르다. 역설적으로 하는 얘기가 아니라 카사노바는
순간순간 베르테르를 능가하는 순수한 감성을 가졌다. 경우가 밝았다.
결코 어거지 사랑을 꾸미지 않았다. 사랑의 순간에 목숨을 걸고 최선을
다했다.

나는 지금 갈피를 못 잡고 있다. 왜냐하면 나는 카사노바
도 지지하고 베르테르도 지지하기 때문이다. 털어놓고 말
하자면 두 사람 다 나의 영웅이다. 내 입장에서 보면 그렇다. 고
백하기 쑥스럽지만 나는 두 사람을 다 닮고 싶었다. 내가 지금까지 꾸려
온 삶을 되돌아보면 그렇다. 어찌 보면 나는 베르테르이고 어떤 각도로

보면 나는 천하에 카사노바 그 자체다. 내 경우뿐만 아니라 대부분의 남성들은 심증적으로 카사노바와 베르테르의 사이에서 옥신각신하다가 말게 된다. 우리는 너나 할 것 없이 카사노바와 베르테르가 합쳐진 새로운 카사테르의 운명에서 벗어나지 못하게 되어 있다는 얘기다.

나는 지금 나의 입장을 상당히 구체적으로 말했다. 그렇다, 나는 두 가지 겸용으로 살았다. 일찌기 노래 한 가지를 잘 부르는 바람에 제법 큰 인기를 누리며 한껏 카사노바의 흉내를 낼 수도 있었고 한편으로는 아름다운 가정을 꾸리고 신을 찬양하는 거룩한 노래를 부르며 세계 각지에 베르테르의 향기를 풍길 수도 있었다. 내 친구들과 비교할 때 나한테는 특이한 조건이 따로 하나 더 붙어 있었다. 그것은 예외 없이 누구나 부러워하는 소위 인기인이라는 것이다. 인기는 카사노바의 덕목이다. 인기로 살 수 없는 것은 아무것도 없다. 돈으로 사랑은 못 사지만 인기로는 잘만 하면 사랑도 살 수 있다.

베르테르는 인기에 초연하다. 그는 달빛이다. 사람 앞에 나서는 일을 숫제 꺼린다. 생태적으로 사람을 두려워한다. 사진 찍히기를 싫어한다. 그래서 베르테르는 혼자서 놀아야 한다. 늘 심심하다. 외롭다. 그런 점에서 나는 베르테르가 아니었다. 나는 달랐다. 나는 외로운 게 싫었다. 나는 한시도 외로울 새가 없었다. 바삐 여기저기 왔다갔다 하다보면 사진에 안 찍힐 수 없었다. 사회에 발을 디딘 그 순간 구름떼 같은 인기가 나를 향해 벌써 저만치에 와서 기다렸기 때문이다. 그런 인기는 진작부터 머리를 써서 인기인이 꼭 되겠다는 매서운 목표나 계획을 세우고 실천해서 얻어낸 인기가 아니다.

내가 얻어낸 인기는 뛰기 좋게 만들어진 특수 운동화를 신고 프랑스의 지단을 상대로 공을 차서 얻어낸 인기도 아니었다. 내가 인기를 얻게 된 사연은 아주 간단하다. 어느 날 그냥 주먹만 한 쇠뭉치 마이크에 입을 가까이 대고 3분짜리 노래 한 곡을 불러제끼자 울릉도 해안가의 파도처럼 인기가 출렁출렁 몰려왔던 것이다. 노랠 불러 인기를 얻게 되자 내 속에 내재해 있던 여성을 유혹하는 기술이 별로 쓸모없어졌다. 학교를 다니면서 어느 정도 유혹의 기본 기술은 습득해뒀는데 인기가 밀려오자 그런 것들이 급격히 무용지물이 되어버렸다. 왜냐하면 구태여 내가 나서서 유혹을 안 해도 여성들이 스스로 몰려왔기 때문이다. 허걱! 이것은 내가 봐도 구토를 쏟게 하는 자화자찬의 극치이지만 당신은 내 얘기를 꾹 참고 들어줘야 한다.

지금부터 말하는 것은 꾸며낸 이야기가 아니다. 그냥 살다보니까 나 같은 사람도 어쩌다 때로는 카사노바같이, 때로는 베르테르같이 살게 되었다는 걸 이야기하려는 것이다. 우리의 삶이라는 게 결국은 카사테르의 삶이라는 걸 말하려는 것이다. 그러니까 천성이 게으르거나 책읽기를 귀찮아하는 사람은 지금부터 짧게 써놓은 나의 애정행각 몇 편을 읽으면 대충 내가 뭔 소리를 하고 싶은지 감을 잡을 수 있게 될 것이다. 열 권 가까이 되는 카사노바의 사랑 편력기나 대문호 괴테가 써놓은 『젊은 베르테르의 슬픔』을 읽는 거나 마찬가지의 학습이 될지도 모른다는 얘기다. 왜냐하면 내가 겪은 사랑이나 카사노바·베르테르가 겪은 사랑이나 따지고 보면 거기서 거기이기 때문이다. 한번 쓱 읽어보면 알게 된다. 어쨌거나 내가 기억하고 있는 내 딴에 가장 얼치기 카사노바다웠던, 혹은 가장 얼치기 베르테르다웠던 내 젊은 날의 사랑과 열정의 무대는 공교롭게도 모두가 하와이 섬이었다.

내 생애 처음으로 하와이 공연을 갔을 때다. 나는 거기서 헬렌이라는 여자를 만난다. 아가씨로 쓸까 여성으로 쓸까 하다가 그냥 여자라고 썼다. 한국말은 그 표현 방식에서 매우 독특하다. 아와 어의 차이가 엄청 크다. 내가 만난 헬렌을 여기서 아가씨라고 쓰면 다분히 술집 냄새를 풍기는 경향이 있다. 여성이라는 표현은 또 너무 노숙해보인다. 그냥 여자라는 표현이 차라리 무난할 것 같아 여자라고 쓰겠다. 우리는 우리가 만나는 상대한테 어떤 호칭을 써야 하는가 때문에 늘 골머리를 썩여야 하는 매우 피곤한 나라에 살고 있다.

헬렌의 한국 이름은 원래 혜련인데 미국에 들어와 현지인을 상대로 비즈니스를 하게 되면서 헬렌으로 바꿨다고 했다. 그녀는 1970년대 초반에 파란을 일으킨 하와이 한국 바에서 아르바이트를 했던 약간 고참 아가씨였다. 당시 조용하던 하와이섬에 느닷없이 한국식 룸살롱이 생기고 자연히 한국 출신 아가씨들이 급격히 늘어나면서 그곳 주정부에서는 비상사태가 벌어졌다고 온통 시끄럽게 들고 일어났을 만큼 큰 사회문제로 대두된 적이 있다.

나는 그 당시 벌써 몇 년째 미국 애틀랜타와 플로리다 지역에 머물고 있던 터라 미국 본토에서 하와이로 날아와 서울에서 온 공연팀과 합류해서 교민을 위한 음악회를 마치고 다시 한국으로 들어가는 스케줄이 잡혀 있었다. 이건 좀 딴 얘기지만 그때 마침 SBS 김정택 악단이 반주를 해주러 왔었는데 나는 연습 도중에 잠시 그들한테 미국 문명이 얼마나 앞섰는지를 보여주고 싶은 생각이 들었다. 내가 그래도 미국에 먼저 건너온 선배였기 때문이다. 거듭 말하지만 그때는 미국에 건너가기가 지금처럼 쉽지 않던 때였다.

나는 우리가 공연하는 하와이 공연장의 아래층으로 여러 명의 김정택 악단 멤버들을 몰고 내려가 커다란 탄산 음료수 자판기 앞에 섰다. 김정택은 서울음대 내 직계 후배였다.

"야! 너네들 미국에 첨 왔지? 잘 봐. 이렇게 하는 거야."

나는 동전 몇 개를 투입 구멍에 넣은 다음 폼 나게 코카콜라 단추를 탁

눌렀다. 콜라가 우당탕 소리를 내며 아래로 떨어졌다. 나는 손을 넣어 그 걸 꺼내며 의기양양하게 말했다.

"봤지? 어떻게 하는지."

그런데 녀석들 표정이 영 뜨악했다. 내가 다시 물었다.

"정말 신기하지 않냐?"

녀석 중에 한 명이 기어들어가는 소리로 대답했다.

"서울에 그런 거 많아요."

아! 나는 그때 내 생애 최고로 창피했다. 시쳇말로 쪽팔렸다.

세계 최고의 휴양지 하와이에 왔기 때문에 나는 공연이 끝나고 며칠 더 머물게 되었다. 물론 며칠 밤 그곳의 한국 나이트클럽에 출연하기로 약속 이 되어 있었다. 하와이 해변에서 놀다가 노래 몇 곡 부르고 또 놀면 된 다. 놀고 돈 벌고 그래서 사람들이 그런다. 쇼처럼 즐거운 인생은 없다고.

그런데 내가 그곳 나이트클럽에 첫날 첫 회에 출연하러 가기도 전에 벌써 묘한 소문이 스물스물 피어오르기 시작했다. 나한테 나이트클럽 주인이 미리 정보를 넘겨줘서 알게 되었다. 다름 아니라 지금 하와이에 서는 헬렌이라는 여자가 최고로 멋지고 잘나가는데 그녀가 나를 벌써 예 약해놓고 기다린다는 정보였다. 나는 그 정보를 전해 듣고 이렇게 받아 들였다. '와! 이보다 더 좋은 뉴스가 이 세상 어디에 있단 말인가.'

자! 이렇게 긍정적으로 받아들여서 내가 카사노바인가. 아니면 여기서 내가 베르테르가 되기 위해 정중하게 사양을 했어야 옳았단 말인가. 가 령 이렇게 말하면서 말이다. "헬렌이라는 여성이 절 기다린다니요? 그 게 무슨 말씀이십니까? 그 여성이 저를 일방적으로 어떻게 해보겠다는 건가요? 전 그럴 수 없습니다. 전 그런 사람이 아닙니다. 전 지금 유부남 이고 더군다나 신학교에 재학 중입니다. 제가 유행가 가수라고 무시하 시는 모양인데 그러지 마십시오. 그리고 헬렌이라는 당사자한테 수고스럽지만 제 말씀 좀 전달해주십시오. 죄송하지만 저는 헬렌 씨를 팬과 가수 이상으로 만날 수 없다고 말입니다."

그렇게 말했다면 나는 베르테르로 남는 것이었다. 실제로 그 당시 나는 베르테르에 근접해 있었다. 나는 그때 미국으로 건너와 신학대학에 다니면서 여기저기 선교활동을 따라다니는 촌놈에 불과했기 때문이다. 그러나 나는 선천적으로 베르테르 체질이 아니었다. 타고나길 카사노바 체질이라서 그랬던가 아니면 갑자기 판단력이 흐려져 중심을 잃었던가. 나는 아무렇지도 않게 그냥 헬렐레했다. 그런 건 똥이나 된장처럼 반드시 규명해야 할 일이 아니라고 생각했던 것 같다. 내가 직접 본 헬렌은 과연 영화에서나 봤음직한 카트린 드뇌브 풍의 술·담배 냄새 풍기지 않는 우아한 분위기의 여자였다. 나는 그녀의 친구들과 어울려서 밤새 떠들고 놀면서 그녀에 대해서 많은 부분 알게 되었다. 어떤 돈 많은 재일교포가 헬렌한테 반해서 집 사주고 차도 사주고 지금은 클럽에 손님으로 이따금씩 찾아온다는 것이었다.

우리는 한국 클럽에서 새벽까지 문을 여는 프라이비트 클럽으로 자리를 옮겼다. 거기서 또 새벽까지 떠들며 놀았다. 생전 처음 쭉 서서 놀아봤다. 그때 나는 서양친구들이 클럽에서 의자 없이 그냥 선 채로 서성대며 밤을 지새우는 풍습이 꽤나 낯설게 느껴졌다. 헤어질 시간이 되자 나는 아주 자연스럽게 그녀의 흰색 폭스바겐 컨버터블 차에 올랐다. 차 뚜껑이 뒤로 제껴져 있었다. 다시 나는 그보다 더 멋진 스포츠카는 없다고 단정을 했었다. 차 자체가 멋졌다. 나 혼자만 그녀의 옆 자리에 앉았다. 그것은 당연한 처사였다. 그렇게 예정이 되어 있었다.

여기서도 나는 베르테르식으로 "이러면 안 됩니다, 헬렌 씨. 이러시면 정말 곤란합니다. 저는 한국 연예인입니다. 인기 가수입니다. 공인입니다. 나는 불륜을 저지를 수 없는 입장입니다." 뭐 이런 식으로 말했어야 했는데 나는 제정신이 아니었다. 시차적응도 안 되었고 게다가 알코올 기운에 푹 젖어 있었다. 나는 그냥 마음 가는 대로 몸 가는 대로 나 스스로를 내버려뒀다. 그녀가 운전대를 잡았다. 서서히 날이 밝아오고 있었다. 우리를 태운 자동차는 긴 다리를 지나 또 다른 섬으로 들어갔던 것 같다. 오렌지색 태양이 서서히 우리들 앞 정면으로 떠오르기 시작했다. 나는 태양의 원래 색깔이 짙은 오렌지색인 걸 그때 처음 알았다. 분명 오렌지 빛깔이었다. 그리고 나는 태양이 그토록 커다란 원형 물체인 줄도 처음 알았다. 앞 시야를 전면적으로 가릴 만큼 커다란 오렌지빛 덩어리가 우리를 덮칠 듯한 기세로 떠오르고 우리는 그 태양 하복부를 향해서 돌진하고 있었다. 난생 처음 태양 속으로 달려가던 모습 때문에 하와이의 애정 산맥은 평생 나의 뇌리를 맴돌고 있다.

우리는 나무 재질로 된 거대한 저택에 들어섰다. 그러고는 2층 방으로 올라가 당시에 막 인기를 끌던 아바의 노래 「Take a chance」를 고정으로 틀어놓고 하와이의 새 아침을 맞이했다. 사랑한다는 말 한마디 사용하지 않고도 나는 카사노바에 버금가는 사랑을 완수할 수 있었다.

나의 카사노바적 애정 스토리의 추가분 역시 무대는 하와이였다. 일이 년의 시차를 두고 나는 하와이 교포신문 초청으로 위문공연차 방문했다. 유난히도 풍류를 좋아했던 그곳 방송국장이 하와이 공항에서 나를 싣고 힐튼호텔에 도착, 방까지 안내해주고 다섯 시 라디오 생방송 인터뷰 때까지 푹 쉬다 오라며 밖으로 나갔다.

혼자가 된 나는 서너 시간 동안 미루어둔 신문사 원고나 써놔야겠다고 맘을 먹고 원고지와 종이를 찾았는데 맘에 드는 볼펜이 없었다. 나는 특히 수성볼펜을 선호한다. 그래서 어슬렁거리며 1층 로비로 내려갔다. 그런 곳에는 반드시 잡동사니를 파는 작은 가게가 있게 마련이다.

호텔 아래층 로비로 내려와 가게를 향해서 걸어가고 있는데 내 옆을 쓱 지나 종종걸음으로 가는 여자가 있었다. 그런데 놀랍게도 흰색 비키니 차림이었다. 세상에 저렇게 휘영청한 몸매에 저토록 아름답고 당당하게 걸어가는 여자가 있을까 잠시 상념에 젖는 수밖에 없었다. 하와이에서는 아무 때 어디서나 충분히 볼 수 있는 풍경인데 동양에서 온 나로선 화들짝 놀라지 않을 수 없었다. 그녀가 나보다 먼저 가게에 들어간 것으로 장면은 바뀌었다.

나는 필요한 물건을 들고 카운터 앞에 섰다. 그때도 나는 물건을 들고 돈을 지불하기 위해 길게 줄을 서 있는 미국 풍경이 의아하게 느껴질 때였다. 그런데 느닷없이 어떤 여자가 뒤쪽에서 내 정면 쪽으로 얼굴을 내밀면서 "조영남 씨 아니세요?" 하는 것이다. 누가 믿겠는가, 바로 비키니 차림의 그녀였다. 한국말을 구사하는 것으로 봐 한국 처녀였다. 금방 자기를 소개했다. 델타항공 직원이라고 했고 내일 아침 떠난다고 했다.

이때도 나는 비키니 여인의 인사를 친절하게 받아줬기 때문에 내 스스로 생각해도 카사노바의 혐의를 벗어날 수 없게 된다. 그때 비키니 여자가 나를 아는 척했을 때 나는 담담하게 위엄 있는 표정을 지으며 "사람 잘못 봤습니다. 저는 조영남이라는 사람입니다. 저는 딴따라 가수가 아니고 그림을 그리는 사람입니다. 죄송합니다. 저는 이만 가보겠습니다." 하고 즉시 자리를 피했어야 베르테르로 대접을 받는 것이었다. 어쨌거나 우리는 물건 값을 지불하고 밖으로 나와 메인 로비를 향해 가며 계속 얘기를 나눴다. 그런데 저쪽 한켠에서 외국 남자들이 우리를 향해 손짓하는 모습이 보였다. 전부 델타항공사 간부인데 저녁 먹기 전에 수영을 하기로 했다는 것이다. 그러면서 그녀는 나한테 방 번호를 급히 물었다. 그녀는 정각 다섯 시에 내 방으로 전화를 걸겠다면서 일행이 있는 쪽으로 빠져나갔다.

나는 다섯 시까지 어떻게 기다렸는지 모른다. 원고를 쓰는 둥 마는 둥 했다. 나는 그때 두 군데 신문에 매주 고정으로 기고를 했기 때문에 눈만 뜨면 원고 납품 문제로 남 몰래 시달려야 했다. 정확히 다섯 시 정각에 전화가 왔다.

"저 미미인데요, 아까 만났잖아요."

행여 자기를 잊었을까봐 나한테 상기시켜주는 그녀의 음성에 나의 오장육부는 스르르 녹아내렸다. 내가 지금 인터뷰를 하러 하와이 신문사와 방송국으로 가야 하는데 어쩌겠냐고 했더니 흔쾌히 따라가겠다고 했다. 나는 흰색 치마에 흰색 블라우스를 입은 늘씬한 여자와 팔짱을 끼고 개선장군처럼 방송국 문을 들어섰다. 그녀는 만나자마자 오래된 연인처럼 나의 팔짱을 꼈다. 내가 진정 베르테르였으면 역시 "이러시면 안 됩니다. 팔짱을 푸셔야 합니다. 하와이에서도 저는 공인입니다." 이따위 멘트를 날렸어야 한다. 그러나 카사노바의 누명을 또 썼다. 미미라는 이름의 그녀도 그 흔한 '괜히 스캔들 나면 어떻게 해요' 따위의 진부한 대사는 한마디도 안 했다. 쿨한 여자였다. 나는 방송국 직원이 미미가 함께 온 애인이냐고 물어오면 그렇다고 대답할 태세였다. 이런 때일수록 정면공격 쪽에 승산이 있는 법이다. 우물쭈물하면 도리어 허점이 드러나게 된다.

인터뷰 이후는 자유시간이었다. 우리는 하와이 해변을 거닐면서 많은 얘기를 나눴다. 나는 그녀로부터 많은 얘기를 들었다. 여자들은 자기 얘기를 잘 들어주는 남자한테 반한다는 법칙을 나는 일찍부터 터득하고 있었다. 나는 지금까지도 그 방법을 잘 써먹고 있다.

나한테 한때 반했다는 여자가 이렇게 묻고 대답한 적이 있다.

"영남 씨, 왜 제가 영남 씨한테 반했는 줄 아세요?"

내가 머뭇머뭇하자 그녀가 말을 이었다.

"영남 씨! 그때 우리가 여럿이 음식점에서 밥 먹은 적 있죠? 영남 씨는 기억 못할 거예요. 그때 제가 한참 영남 씨한테 무슨 얘긴가를 하고 있을 때 거기 종업원 여자가 들고 왔던 콜라를 영남 씨 무릎에 쏟은 적이 있어요. 그때 영남 씨는 종업원도 안 쳐다보고 무릎을 손바닥으로 두어 번 쓱쓱 쓸어내면서 날더러 얘기를 계속하라고 재촉했어요. 콜라 쏟아진 게 전혀 대수롭지 않다는 투였죠. 모르겠어요. 저는 그 순간 이 남자가 참 괜찮은 남자구나 생각하게 된 거예요." 이건 불변의 법칙이다. 여자는 무조건 자기 얘기 들어주는 남자를 좋아한다. 그냥 얘기를 들어주기만 하면 되는 건데 많은 남자들이 그걸 못한다.

미미는 한국에서 여고를 졸업하고 혈혈단신 미국으로 건너와 뉴욕대학과 대학원을 마치고 시험을 쳐서 말하자면 공채로 델타항공 본사 직원이 되었다고 했다. 우리는 해변이 내다보이는 칵테일 바 같은 데로 자리를 옮겨 칵테일을 마시기 시작했다. 나는 혼자 술 안 마시고 낮에 술 안 마시고 남자끼리 술을 안 마시다가 예쁜 여자 앞에서는 느닷없이 폭음하는 버릇이 있다. 나의 술버릇이다. 그럼 왜 여자 앞에선 술을 잘 마시는가. 상대가 근사하면 괜히 쑥스러워지고 그 쑥스러움을 커버하기 위해서 술의 힘을 빌리는 모양이다. 그때 나는 만취했고 물론 필름이 끊어졌다. 그후 시간이 얼마나 걸렸을까, 나는 문득 잠결에 여자가 흐느껴 우는 소리를 듣게 된다. 내 방에 그녀가 함께 있는 것이었다.

왜 우냐고 물었더니 헤어지기가 싫어서 그렇단다. 아침 비행기를 타고 뉴욕으로 가야 한다고 했다. 자다가 부시시해서 그럼 내가 뉴욕으로 찾아가면 되지 않느냐고 했더니 그녀는 주소와 전화번호를 내 머리맡에 남겨놓고 떠나갔다. 미안하고 비겁하지만 나는 이런 경우 내 주소와 전화번호를 주지 않는다. 외국에서 걸려오는 낯선 여자의 전화 한 통으로 어떤 일이 어떻게 벌어질지 모르기 때문이다.

초여름이 지나고 늦여름쯤 나는 뉴욕 미술전시회 때문에 미미한테 연락을 했다. 나 지금 뉴욕으로 간다, 그랬더니 공항에서 택시를 타고 그리니치빌리지 K마트 쇼핑센터 앞까지 오면 자기가 거기에 서 있겠노라고 했다. 정말 그녀는 하와이에서 입었던 흰색 치마와 흰색 블라우스를 입고 나를 맞이했다. 그때부터 사흘간 우리는 둘만의 시간을 가졌다. 아침에 그녀는 그녀의 직장으로 출근하고 나는 한뭉텅이 싸들고 갔던 그림을 정리하다가, 저녁이 되어 내가 택시를 타고 뉴욕 타임스퀘어 앞 어느 보험회사 문턱에 올라서면 여섯 시 정각에 정말 밀물처럼 건물 밖으로 쏟아져 나오는 사람의 물결을 한눈에 볼 수가 있다. 개미떼가 밀려오는 것 같았다. 그건 정말 장관이었다. 시간이 몇 분 흐르면 그 많고 많은 사람 중에서 딱 한 사람이 내 앞으로 걸어온다. 영화 그대로다. 몇 달 후 두 번째로 뉴욕에 가서 전화를 했을 때는 불통이었다. 거기까지다.

뻔뻔스럽게 들리겠지만 카사노바가 오늘날의 내 입장이었다 해도 나와 똑같은 대응을 했으리라는 게 내 생각이다. 만일 그것이 교과서대로 유부남이나 신학생의 방종 혹은 방탕이라는 죄목으로 걸린다면 이 세상에는 위대한 문학도 소설도 영화도 없게 된다. 그리고 나는 일단 항변을 할 것이다. "도대체 내가 뭘 잘못했냐, 내게 다가오는 여자들을 따뜻하게 대한 게 무슨 잘못이냐. 여자들이 다가오면 나는 생리적으로 나 자신이 유부남이라거나 나 자신이 신학생이라는 사실을 순식간에 망각해버리는데 그런 것도 과실치사냐."

내가 목숨을 걸고 카사노바를 지향한 것은 아니었다. 내가 대부분의 시간을 오로지 카사노바 쪽으로 할애한 건 천만에 아니었다. 내 앞에 펼쳐진 대부분 나의 시간은 평범한 남편, 아내, 아버지, 가수, 아마추어 화가로 할애되었다. 나 같은 대한민국 청년에게 할애된 모처럼의 카사노바적 시간들은 극히 짧았다. 눈 깜짝할 사이에 카사노바의 경계선을 넘어갔다가 다시 돌아오는 것이었다. 내게 있어 카사노바적 작업은 결코 지속적으로 이어지는 게 아니었다. 믿거나 말거나 많은 시간을 우리는 사랑이나 애정없이 허비하고 있다. 카사노바가 아니면 모두가 베르테르 식으로 살아가는 것도 천만에 아니다. 대부분의 시간을 우리는 그냥 명 하게 살아가고 있다. 그냥 맥없이 살고 있는 거다. 쓰잘데기 없는 공상에 불과하겠지만 그때 내가 하와이에서 카사노바이기를 거부했다면 나는 그 순간부터 베르테르로 돌변해서 정녕 인간적인 남자 남자다운 남자로 승격되었을까. 글쎄다. 베르테르적 삶을 통째로 몰수한 건 아니었다. 때 때로 나는 베르테르의 역할도 자진해서 떠맡곤 했다. 한 가지 실례만 들 어보겠다. 나의 베르테르적 행각 말이다.

어느 해인가 나를 포함, 세 명의 친구가 어쩌다 뉴욕에 서 만나게 되었다. 당시 내 친구의 바로 위 형이 가죽제품 무역으로 미국에서 크게 성공했다며 우리에게 한턱을 내겠다고 했다. 형이 우리 를 데리고 간 곳은 프라이비트 클럽, 소위 비밀클럽이라는 데였다. 옛날 에는 그런 곳이 있었는데 이제는 없어진 지 오래되었다고 한다. 딱 영화 에 나오는 장면 그대로 복잡한 과정을 거쳐 클럽 문을 열고 들어갔다.

윽! 나는 숨이 탁 막혔다. 세상에 이걸 누가 믿겠는가. 점심을 먹고 갔 으니까 벌건 대낮이었는데, 현관 대기실 같은 장소에 실오라기 한 올 걸 치지 않은 몇 명의 남자와 여자가 자연스러운 자세로 서거나 앉아서 담 소를 나누고 있는 것이다. 안쪽으로는 수영장 같기도 하고 대형목욕탕 같은 것이 보였고 그쪽 물가에는 발가벗은 여자가 더 많았다. 언뜻 봐도 하나같이 미녀들이었다.

우리의 형이 말했다. 아무 때나 아무 여자한테나 말을 걸고 함께 방으 로 들어가자면 무조건 따라 들어온다고 했고 둘이서 무슨 일이든 하고 싶은 대로 하면 된다고 했다. 그 안쪽으로는 방들이 쭉 있다고 했다. 형과 내 친구녀석들은 신이 나서 옷을 벗어 라커에 집어넣고 야단들이었다. 그러면서 나더러 왜 옷을 안 벗냐는 것이었다.

그때는 갑자기 내 정신이 들었던 모양이다. 그놈의 사람속을 어찌 알수 있단 말인가. 그 순간 나는 신학을 공부하는 학생이었고 집에 가면 아내와 자식이 있는 남자였다. 이래선 안 되는 사람이었다. 거기 모였던 내 친구들도 전부 멀쩡한 가정을 가지고 있었다. 그러나 나는 대한 청년의 마지막 자존심을 위해서 모두가 옷을 훨훨 벗고 이방의 처녀들과 섹스의 제전을 벌인다 해도 나 하나만은 조국을 위해서 지조를 지켜야 한다, 그렇게 마음을 잡아가며 끝내 옷을 벗지 않았다.

나는 침착하게 말했다. "야! 나는 괜찮아." 그 말만 여러 번 반복했다. 내가 괜찮다는 뜻은 나는 사양할 테니까 너희들은 가서 놀라는 뜻이었다. 친구녀석들은 내가 몇 번이나 괜찮다고 말하는 소리를 듣고 진짜 괜찮다고 생각했는지 자기네들끼리 휑하니 안으로 들어갔고, 그들이 그 안에서 자세히 뭘 어떻게 했는지는 모르지만 하여간 그네들이 뭘 하는 동안 나는 바깥에서 정말 괜찮지가 않았다. 내 생애 전체를 통해서 실로 그때처럼 괜찮지 않은 때는 없었다. 다들 홀랑 벗고 왔다갔다하면서 대화를 나누는데 나 혼자서 옷을 입은 채 한쪽에 뻘쭘하게 앉아 있다보니까 마치 정반대로 다들 옷을 입고 있는데 나 혼자서만 옷을 홀랑 벗고 있는 느낌이 들었다. 옷을 입고 있는 내가 얼마나 부끄럽고 창피했는지 모른다.

아! 그때 나는 진정한 베르테르였다. 어쩌다 한 번 그렇게 된 베르테르가 아니었다. 나는 권총자살에 버금가는 역경을 이겨낸 남자였다. 내가 겪은 뉴욕 비밀 누드탕의 고난은 저 중동 땅의 황량한 광야에서 40일간이나 굶주림을 이겨내야 하는 어느 성자의 고난을 방불케 했고, 나는 마귀 몇마리가 나한테 "옷 벗어 너는 뭐 잘났다고 옷을 안 벗냐 너만 잘났냐." 하는 고난도 시험을 무사히 통과했던 것이다. 그렇다고 해서 내가 내 친구와 내 친구 형으로부터 도덕주의자나 인간 승리자로 추앙받은 적도 없다. 인간으로선 인도의 마하트마 간디 영감님 정도가 이겨낼 수 있는 강력한 고난을 이겨냈는데도 말이다.

그럼에도 불구하고 나는 지금 한국 대표 바람둥이 카사노바로 대충 추대되고 있다. 이래선 안 된다. 내가 지금 개인적으로 억울해서 하는 소리가 아니다. 나는 정말 괜찮다. 10여 명의 발가벗은 이방 미녀들 앞에서도 괜찮았는데 그까짓 모함쯤은 정말 괜찮다. 이래선 안 된다고 내가 지금 극구 사양을 하는 데는 그만한 이유가 있다. 뭐냐하면 내가 만일 대한민국 공식 바람둥이 카사노바로 지정되고 나면 당장 국제분쟁 수준의 항의가 들어오게 되어 있다는 것이다. 나는 당장 '한바카협'은 그렇다 쳐도 '세바카협'에서 즉시 제명을 당하게 되어 있다. '한바카협'은 한국 바람둥이 카사노바 협회이고 '세바카협'은 세계 바람둥이 카사노바 협의회를 말한다. 상상해보시라. 키는 난쟁이 똥자루에 머리통만 가분수로 댑다 크고 있는지 없는지도 모르는 납작한 코와 언제 미끄러져 내려올지 모르는 뿔테 안경의 몽타주 소유자가 일개 국가의 대표 바람둥이 카사노바가 된다면 세계에 흩어져 있는 모든 바씨 카씨들이 아예 자진 해산에 사퇴까지 해버리는 사태를 빚게 된다는 것이다.

나는 알았다. 우리의 삶은 한편으로는 환희며 한편으로는 고난이다. 우리의 삶에서 때로는 우리가 우리도 모르는 사이에 베르테르가 되기도 하고 때로는 카사노바가 되기도 한다. 삶도 사랑도 그렇다. 살아가는 것도 그렇고 사랑하는 것도 그렇다. 한편으로는 쉽고 한편으로는 또 어렵다. 그래서 살고 사랑하는 걸 대부분 얼치기로 어영부영하다가 세상을 끝내게 된다. 그게 싫어서 나는 비상수단을 썼다. 특단의 전략을 짰다. 그렇다, 나는 얼치기가 아니다. 나는 요지부동의 카사노바다. 인정한다. 그렇게 인정을 하면서 동시에 나는 베르테르의 가면을 쓴 것이다. 카사노바의 가면을 쓰고 베르테르처럼 행동하고 때로는 베르테르의 가면을 쓰고 카사노바로 변신을 시도하는 것이다.

그리고 나는 그짓을 마침내 해냈다. 증거가 있다. 사진으로도 남아 있다. 허투로 하는 소리가 아니다. 내놓은 바람둥이, 공인된 이 땅의 카사노바가 이 판국에 남의 결혼식에 주례선생으로 나서는 걸 상상할 수가 있는가. 믿거나 말거나 내가 그것을 해냈다. 이 나라에서 가장 베르테르가 해야 하는 작업, 오로지 베르테르적인 사람한테만 배당되고 제공되는 매우 제한된 역할을 내가 맡아서 직접 해낸 것이다. 이것이 자초지종이다.

지난 가을 50이 가까워지도록 장가 한 번 못 가본 후배한테서 전화 한 통이 걸려왔다. 무슨 일이냐 물었더니 한사코 집에 찾아와서 말하겠다는 것이다. 평소 싱겁을 떨던 후배라 시답지 않은 일로 저러는 거겠지 했다. 정말 집으로 찾아왔다. 그래서 왜 그러냐고 물었더니

"형님, 이번에 제가 장가를 갑니다."

"잘 됐구나. 그런데 그 말 하려고 여기까지 찾아온 거냐?"

"아닙니다. 형님. 제 4년 된 여친 봤죠? 이번에 식을 올리려고 하는데 형님이 우리 결혼식 주례를 서주십시사 하는 겁니다. 형님도 잘 아시는 저희 친구들과도 합의를 본 사항입니다."

나는 개그콘서트 흉내를 거의 완벽하게 재연해냈다.

"장난하냐, 장난하냐."

주례라니, 내 앞지락도 못 가리는 주제에 주례라니, 두 번씩이나 결혼

에 실패한 사람한테 주례를 서달라는 게 말이 되는 거냐고 다그쳤다. 여기서 나는 물론 탕아나 카사노바라는 용어를 일부러 안 썼다. 남의 일생일대의 중대사 앞에서 천박한 모습을 보이고 싶지 않아서였다. 이미 대한민국 언론계에서 잔뼈가 굵어온 후배녀석은 나의 닦달에 만반의 준비를 해온 것처럼 꿋꿋했다.

"형님! 우리나라에서는 관례상 덕망이 높거나 사회적 인지도가 높거나 하여간 타의 모범이 되는 사람들만이 결혼 주례를 관장해왔습니다. 그것이 전통이었습니다. 그러나 형님! 그럼에도 불구하고 현재 대한민국의 이혼율이 무려 45퍼센트에 육박한다는 사실을 알고나 계십니까? 이런 판국에 형님이 우리 부부의 주례를 선다고 해서 몇 퍼센트가 달라지겠습니까. 제대로 작동 안 되는 관례는 과감하게 깨버려도 무방합니다. 주례 허락해주십쇼."

나는 방어할 말이 생각나지 않아서 딱 일주일 후에 다시 결정하자고 일렀다. 나는 일주일 동안에 그들의 생각이 바뀔 줄 알았다. 그러나 정확히 일주일 후 다시 전화가 걸려왔다.

"형님, 일주일 됐습니다. 오케이입니까, 노케이입니까. 청첩장에 인쇄를 해야 합니다."

이렇게 해서 결국 나는 강남 프리마호텔 대연회장에서 생애 최초이자 최후의 주례를 서게 된다. 실제 상황이다. 결혼식 사회자로 먼저 서게 된 허참 군이 "오늘 혼례식의 주례선생님을 모시겠습니다. 여러분, 조영남 주례선생님이십니다." 했을 때 한바탕 폭소만 터졌을 뿐 결혼식은 무사히 진행되었고 나는 식순에 의거해서 주례사까지 펼쳤다.

"제가 살아봤습니다. 결혼도 몇 번 해봤습니다. 제가 주례를 맡게 된건 신랑신부가 저 같은 사람처럼 되지 말라는 교훈을 주기 위함입니다. 인생 사는 것 별것 아닙니다. 그러나 우리는 되도록 잘 살아야 합니다.

왜냐하면 살날이 얼마 남지 않았기 때문입니다. 보아하니 신랑 엄재평 군의 머리는 이미 반쯤 다 뽑혀나갔군요. 그래도 신부 머리가 파뿌리처럼 하얗게 되고 신랑 머리털이 다 뽑혀나가도록 오순도순 잘 살길 바랍니다. 행여 잘 나가다가 중간에 뭔 일이 잘못되면 그건 순전히 주례를 잘못 세운 탓일 겁니다. 그렇게 되면 다음 결혼 때부턴 제가 직접 나서서 국가가 인정한 순도 백 프로의 베르테르적 저명한 주례 전문인사이신 정운찬·손학규·정동영·김근태 같은 저의 대학 친구들을 제가 친히 소개해드리겠습니다."

뭐 이런 식으로 주례사를 마쳤다. 그리고 그들은 해를 넘겨 아직도 잘 살고 있다. 카사노바가 베르테르의 역할을 해낸 한국 근대사 초유의 이벤트였다. 흑과 백을 섞어 이름을 알 수 없는 중간색을 만들고 한방과 양방을 한데 아우르고 남쪽도 아니고 북쪽도 아닌 1미터 간격의 비좁은 땅 위에서 나는 힘겹게 카사노바의 가면을 쓰고 때론 베르테르 역할을 해내고 때로는 반대로 베르테르의 가면을 쓰고 카사노바의 역할을 헉헉대며 해내고 있다. 얼마 전에는 함께 방송을 하던 이경실의 결혼식에 주례를 봐주고 양복 한 벌을 얻어 입기도 했다. 나는 카사노바의 가면을 쓴 베르테르거나 혹은 베르테르의 가면을 쓴 카사노바다. 나는 아직도 어느 한쪽을 포기하고 싶지 않다. 나는 카사테르거나 베르노바임에 틀림없다.

어떤 사랑을 원하세요?

"쭉 사랑하며 사셨잖아요. 남들은 한 번도 못하는 걸 여러 번 하셨잖아요. 그럼 선생님은 어떤 사랑을 원하세요, 어떤 사랑을 원했더랬어요?"

한길사와 사랑에 관한 책을 쓴다는 상호약속을 체결한 이후부터 한길사 쪽에서는 이현화가 내 책 담당으로 파견을 나왔다. 여기서 파견이라 함은 책을 일정 기간 내에 차질없이 만들기 위해 이현화와 내가 불특정적 정규모임을 갖는다는 의미다. 일단 얼굴을 맞대고 앉아서 책을 어떤 식으로 써내려갈 것인가, 어떤 식으로 몰아갈 것인가를 이따금씩 의논하고 조율해나가는 것이다.

지난 번 그 말썽 많은 책 『맞아죽을 각오로 쓴 100년 만의 친일선언』을 쓸 때도 똑같은 형식을 밟아 책을 냈다. 그때는 우리가 선택한 일본이라는 테마가 너무 예민한 구석이 있어 랜덤하우스의 이성구 부장까지 동원되었고 지금 이현화가 맡은 일은 김형선이라는 아가씨가 맡아서 해냈다. 그러면서 나는 시차를 두고 김형선과 이현화에게 똑같은 말을 했다.

"책이고 뭐고 간에 우리가 만나서 그저 얘기하고 떠드는 게 즐거우면 좋은 책이 나오게 되어 있는 거야."

책은 잘 나올 수밖에 없었다. 예상대로 우리는 책을 만드는 동안 늘 즐거웠다.

나는 그랬다. 내가 지난 13년간이나 맡았던 TV쇼 「체험 삶의 현장」을 만들 때도 그런 식이었다. 나는 우리 팀 멤버들에게 우리끼리 만나는 게 먼저 재미있어야 우리가 만드는 프로그램도 재미있는 법이라고 누누이 당부하곤 했다. 그것은 일종의 팀워크가 중요하다는 뜻이었다.

책의 경우는 TV쪽보다 팀 구성 멤버가 훨씬 단출했다. 사실상 한 두 명만 정기적으로 만나면 되는 일이었다. 물론 일 때문에 만나는 것이었지만 다 큰 남자와 여자가 단둘이서 만나 서너 시간씩 대화를 나누다보면 어느새 서로 익숙해지고 점점 더 편해지고 재미있어지게 마련이다. 내기를 해도 좋다. 이번 책은 멋지게 만들어진다. 상상을 해보시라. 출판사에서 파견 나온 30대 초반의 어여쁘고 지적인 처녀와 홀애비 저자가 행여 헤까닥 눈이라도 맞아 돌아간다면 얼마나 좋은 책을 만들어내겠는가. 상대의 환심을 사기 위해 얼마나 열심히 써대고 그것을 얼마나 명작으로 다듬어내겠는가 말이다. 내기를 걸 수 있다. 이번 책은 지금까지 내가 쓴 책 중에서 가장 많이 팔리는 책이 될 것이다. 많이 팔리면 그게 명작이다.

그렇지 않아도 나는 최근에 간단한 내기를 하고 그 내기에 이겨서 여름저고리 하나를 얻어 입었다. 나는 우리 청담학교에 재학 중인 박더머에게 어느 날 시덥잖은 얘기를 했다. 우리 청담학교에서는 서로 더머라는 호칭을 쓴다. "어이 박더머, 여름이 돌아와서 차이나 칼라로 된 여름 저고리가 하나 필요한데 요즘엔 백화점이나 동대문시장에도 차이나 칼라 저고리가 없더라. 그래서 보통 양복저고리라도 하나 사 입으려고 했더니 요즘 양복들은 온통 쓰리버튼이더군. 근데 나는 쓰리버튼은 목을 죄는 것 같아 질색이야. 그래서 투버튼 저고리가 있으면 하나 사서 여름을 지내야겠어." 했더니 박더머가 내 말을 막으며 "요즘 투버튼짜리 양복이 어디 있어요?" 그래서 내가 말했다. "아무리 그래도 왜 투버튼 양복이 없겠냐. 돌아다니면 어딘가에 투버튼 하나쯤은 있을 거 아니냐?" 그랬더니 그가 "찾으나마나 동대문을 다 뒤져도 금년 여름엔 투버튼은 없습니다. 헛수고 마세요. 내가 그쪽 방면에서 일을 해봐 잘 압니다. 쓰리버튼이 나올 때는 홀랑 쓰리버튼만 나오게 되어 있습니다. 올해가 바로 그런 햅입니다. 투버튼은 없습니다." 단호한 어조로 말하는 것이었다. 그래서 나 또한 단호한 어조로 "야! 그럼 내기를 하자. 지금 당장 동대문으로 가서 투버튼을 찾아내면 네가 옷값을 지불하고 투버튼 양복을 못 찾아내면 내가 너한테 10만 원을 주는 거다. 됐지?"

우리는 즉시 동대문으로 달려가 두타에 차를 쑤셔넣고 위로 올라가는 엘리베이터를 탄 다음 남성복 3층이라는 사인이 보여 버튼을 눌렀다. 엘리베이터 문이 열리면서 저 안쪽에 남성복만 걸어놓은 점포가 보였다. 우리는 오케이 결장의 목투, 사실 나는 아주 옛날부터 「오케이 목장의 결투」를 재미 삼아 「오케이 결장의 목투」로 섞어 부르곤 했다. 삶은 달걀을 「닭은 살걀」로 불렀듯이 말이다. 우린 그런 서부영화에서 결투를 하러 나서는 폼으로 걸어갔다. 그런데 웬걸, 약 5미터 전방에서부터 투버튼 양복이 눈에 들어오는 것이었다. 유독 그 집엔 오히려 투버튼이 쓰리버튼보다 더 많은 듯했다. 그날 나는 그 집에서 내가 찾고 싶어했던 차이나 칼라에 원버튼짜리 양복까지 찾아냈다. 돈을 박더머가 지불했음은 물론이다.

박공식이가 박더머가 된 데에는 사실상 그만한 사연이 있었다. 나는 박공식과 모종의 약속을 했다. 일주일 후 어느 결혼식에 내가 반드시 참석을 해야 하는데 박공식은 마침 그쪽 신랑의 아버지가 자기 사촌형이라며 한 차로 함께 갈 것을 계획하며 결혼식 끝나는 대로 곧장 미국가수 마이클 볼튼 공연에 가자는 것이었다. 자기가 최고 비싼 티켓 두 장을 확보했다고 큰소리쳤다.

　금쪽 같은 주말 오후 나는 결혼식과 콘서트에 가도 될 만한 옷을 챙겨 입고 박공식을 따라나섰다. 허덕거리며 인터콘티넨탈 결혼식장 앞까지 갔는데 이상하게도 결혼식 인파가 영 보이질 않는 것이었다. 그자가 식장 안으로 들어갔다 나오며 말했다. "어, 이상한데. 그 결혼식 어저께 했다는데요." 나는 그럴 수도 있는 일이라 생각되었고 축의금도 굳은 차에 어쩔 수 없잖냐, 재혼식 할 때나 또 함께 가자 하면서 그럼 밥이나 먹고 구경하게 마이클 볼튼의 공연장소인 세종문화회관으로 서둘러 가자고 얘기의 방향을 돌렸다. 그때 주머니에서 티켓을 꺼내 뚫어지게 들여다보던 박공식이 이렇게 중얼거렸다.

　"어! 이것두 어저께 푠데요."

　박더머라는 이름은 그날 이후부터 공식적으로 사용되기 시작했다. 더머는 우리말로 띨띨이라는 뜻이다. 언젠가 패티김 선배님께 "참 띨띨하시군요." 했더니 정색을 하고 '띨띨한 게 무슨 뜻'이냐고 반문해온 적이 있다. 패티 선배의 띨띨함은 가히 독보적이다.

　우리 둘이서 작사가 작곡가 양인자·김희갑 부부의 집을 방문한 적이 있었다. 이런저런 볼일을 다 보고 나오면서 내가 무심코 "양인자 씨가 참 수더분하시네요." 했더니 "얘, 뭐라구? 그분 이름이 양인자냐?" "예, 양인자 씨예요." 했더니 "어머, 이를 어쩌니. 나는 여태껏 양인자 씨를 전양자 씨라고 불렀구나. 첨부터 전양자 씨 안녕하셨어요, 그랬구나 글쎄."

　그뿐 아니다. 어느 날 패티 선배는 콧수염 바리톤 김동규를 만나 "어머, 콧수염을 길렀네?" 하더니 며칠 후 같은 바리톤이지만 콧수염이 없는 최현수를 만나 이번에는 친절하게 인사를 받으며 "어머, 지난번엔 콧수염이 있었는데 콧수염을 깎으셨네요." 하자 최현수가 바리톤이 두 명이라고 여차저차 설명을 했다. 그러나 패티 선배는 그 일을 깜빡 잊고 며칠 후 다시 콧수염 김동규를 만나자 말했다. "어머! 저번에 수염을 잘랐더니 그새 또 기르셨네?"

우리의 이현화는 띨띨이도 아니고 더머는 더구나 아니다. 오히려 그녀는 스마터였다. 그녀가 날더러 도대체 어떤 사랑을 원하느냐고 질문을 해오기 전까지는 그랬다. 그러나 나는 그녀가 눈을 동그랗게 뜨고 어떤 사랑을 원하냐고 물어올 때 비로소 그녀 역시 우리의 더머 체질이라는 것을 알았다. 왜냐하면 어떤 사랑을 원하냐는 질문은 사실상 그런 질문 자체가 더머 같은 질문이기 때문이다.

커피를 원하는 사람에겐 무슨 커피를 원하냐고 질문을 할 수가 있다. 왜냐하면 커피에는 내가 유일하게 좋아하는 전원일기식 자판기 커피, 아메리칸 커피, 에스프레소 냉커피 등 별의별 커피가 다 있기 때문이다. 그러나 사랑이 무슨 커피나 된다고 똑 부러지는 사랑의 종류가 있겠는가 말이다. 만약 내 쪽에서 전원일기 양촌리적 사랑, 자판기적 사랑 혹은 에스프레소 사랑이라고 대답해서 그게 만족할 만한 답변이 될 수만 있다면 다행이지만 그런 대답의 결말은 내 딸 은지한테 배운 썩소, 썩은 미소만 받게 될 뿐이다.

이현화 역시 순진하고 순박했다. 그리고 더머과에 속했다. 그건 멘탈 지수가 낮다는 의미가 아니다. 사실은 그 반대일 수가 있다. 질문은 아무나 할 수 있는 게 아니다. 구조적으로 질문은 질문을 하려는 사안에 대해서 질문자가 알고 있는 만큼만 질문을 할 수 있기 때문이다. 뭘 모르는 사람은 질문도 못하는 법이다. 더 나아가서 질문을 한다는 것은 이미 답변의 반 이상을 알고 있다는 의미이다.

동양권에 속해서 그런 건지 동방예의지국의 자손이라서 그랬는지 우리는 질문하는 법을 제대로 교육받지 못했다. 나는 이 나라에서 20년 가까이 초등학교부터 대학교까지 다녀봤지만 질문하는 법이나 질문의 중요성을 꼼꼼하게 가르쳐준 선생님은 단 한 분도 안 계셨다. 그러니까 그동안 내가 거래한 선생님들은 사실상 질문의 중요성조차 모르셨던 것이다. 그렇게 된 건 그분들 죄가 아니다. 그분들 당대에는 어른한테 턱 쳐들고 뭘 물어봤다간 건방지다고 귀퉁배기를 얻어맞는 수가 있었기 때문이다.

몇 년 전 나는 안산에 있는 동아방송예술대학에 한 학기 4개월간 방송음악 담당 교수 노릇을 한 적이 있다. 내 생애 최초로 대학 강단에 서본 날이었다. 두 시간짜리 강의였는데 첫 시간에 나는 미리 강의실로 들어가 시계를 보며 기다리고 있다가 두 시를 막 넘어서자 이렇게 첫 강의를 오픈했다.

"반갑습니다. 앞으로 4개월간 여러분과 방송음악을 연구할 사람인데 오늘은 딱 한마디만 강의를 하겠습니다. 내 수업시간은 화요일 오후 정각 두 시부터입니다. 오늘 수업은 이것으로 대신하겠습니다."

그렇게 말하고 나는 즉시 교실 밖으로 나왔다. 그리고 집으로 돌아왔다. 첫날 강의는 30초 이내에 끝났다. 왜 그렇게 됐느냐. 두 시 정각이 지났는데도 어슬렁어슬렁 교실로 들어오는 지각생들이 있었기 때문이다. 다음 주 강의시간에 맞추어 학교에 나갔더니 학생들이 일제히 시간에 맞춰 쫄아든 표정으로 대기하고 있었다. 두 번째 날도 비슷했다. 나는 이렇게 강의를 시작했다. 여기가 내 얘기의 핵심부분이다.

"나도 여러분만 할 때 대학을 다녔습니다. 교수님들이 별로 중요하지도 않은 걸 무조건 일방적으로 가르치려 드는 게 너무 싫었습니다. 그런데 이젠 내가 어른이 되어 선생의 입장이 되었습니다. 나는 일방적으로 방송음악을 가르치진 않겠습니다. 방송음악에 대해서 아무거나 좋습니다. 알고 싶은 게 무엇인지 저에게 질문을 하십시오. 방송 외의 것이라도 상관없습니다. 내가 알고 있다면 성의껏 대답해주겠습니다. 자! 그럼 질문할 사람 손드세요."

5초 10초, 잠시 정적이 흘렀다. 나는 이렇게 말하고 교실을 나와 집으로 돌아왔다.

"질문이 없기 때문에 오늘 강의는 이것으로 마치겠습니다."

둘째 시간의 강의 역시 짧았다. 3분도 안 걸렸다. 그러나 다음 주부터는 원활한 강의가 시작되었다. 학생들이 질문할 것을 미리 노트에 꽉 적어왔기 때문이다.

"도대체 어떤 사랑을 원하세요?"

이것은 이현화가 건성으로 내밀어본 질문이 아니다. 나일론 뽕치다가 던진 질문이 아니다. 그녀는 그동안 문장으로 정리한 초기원고를 통해 내가 나름대로 여러 갈래의 사랑놀음을 해왔다는 걸 미리 알고, 그렇다면 내가 무슨 사랑을 원하는가, 애당초부터 여러 갈래의 사랑을 원한 건지, 아니면 어쩌다 사랑이 여러 갈래로 찢어진 건지, 아니면 나한테도 사랑의 목표나 지향점 같은 게 있는지 그걸 물었던 것이다. 도대체 어떤 사랑을 원하길래 그토록 정처 없이 방황하고 있느냐는 의미의 질문이었다. 그 질문을 받고 나는 잠시 잠잠했다. 꿀 먹은 벙어리가 되었다. 말도 생각도 탁 막혔기 때문이다. 나는 생각해봤다.

이 질문은 사실 대답하기가 결코 쉽지 않기 때문에 질문 자체만으로도 빛이 난다. 세상에 누가 이런 질문에 제대로 된 답변을 내놓을 수가 있겠는가. 그것은 내가 지금껏 받아본 질문 중에서 가장 어려운 질문이었다. 독도 문제에 있어서 왜 일본이 한 수 위냐는 질문보다도 훨씬 까탈스러운 질문이었다. 그야말로 질문 자체가 한 수 위의 질문이었다. 뾰족한 방법이 없었다. 나는 치사졸렬하게도 이현화의 어쩌면 더머스럽기도 한 질문에 대답하는 걸 어물어물 미뤄뒀다. 질문의 유효성과 우수성을 그토록 강조하던 내가 질문을 회피하고 답변을 미루었다는 것은 모순이다. 실력 없음이 드러난 셈이다.

나는 그로부터 몇 날 며칠을 고심했다. 나는 과연 어떤 사랑을 원했었는가. 분명히 이런저런 사랑을 하긴 한 것 같은데 그때 나는 어떤 사랑을 했고 어떤 사랑을 원했던 건가. 차라리 "영남 씨는 어떤 그림 그리기를 원하세요?" 하고 질문을 해왔다면 나는 거침없이 대답했을 거다. "웃음이 나오는 그림, 누가 봐도 알아먹을 수 있는 그림, 필립 거스턴이나 피카소 같은 그림."

그러나 그녀가 어떤 사랑을 원하냐고 물어왔을 때는 사정이 달랐다. 갑갑했다. 좀처럼 대답이 떠오르질 않았다. 카사노바 같은 사랑? 아니면 베르테르나 개츠비 같은 사랑? 아니다. 결코 그런 건 아니다. 그래서 나는 호흡을 가다듬고 처음부터 다시 짚어보았다. 나는 과연 어떤 사랑을 원했던가?

그렇다, 나는 우선 그런 질문을 소화해낼 만한 자격이 없는 인물이었다. 나는 나의 이득만을 위해서 사랑해온 사람이다. 약삭빠른 사랑만 해왔다. 목표도 없이 아무렇게나 닥치는 대로 사랑을 해온 사람이다. 나는 어떤 사랑을 원하는가, 스스로 질문을 해본 적도 없다. 그저 막연하게 어떤 사랑이 나한테 와주기만을 하염없이 기다렸고 어쩌다 사랑 비슷한 게 와주면 그게 사랑이려니 여기며 반응해나갔다.

내 경험상 사랑은 원한다고 이루어지는 것도 아니고 원하지 않는다고 안 이루어지는 것도 아니었다. 사랑은 나도 모르게 첫눈 내리듯 어느 날 그냥 내 앞으로 스르르 다가오는 것이었다. 그렇게 서로 다가가는 건 꼭 어떤 방향이나 목표를 향해서 가는 게 아니었다. 심청이 아버지가 지팡이를 잘못 딛고 어어어, 소리를 지르듯 자신도 모르게 어어어 하면서 끌려가는 것이었다.

　이렇듯 나는 사랑이 어떻게 오고 어떻게 가는 걸 대충 어림으로 어렴풋이 감만 잡고 있었기 때문에 이현화가 질문해온 어떤 사랑을 원했느냐는 질문에는 선뜻 대답할 수가 없었던 것이다. 그로부터 나는 내가 과연 어떤 사랑을 원했던가 하는 원초적인 문제로 몇 날 며칠을 끙끙댔다. 대충 윤곽을 잡아봤다. 나는 토털 자유연애를 꿈꾸어온 것 같다. 남녀가 서로에 대해 완전 독립적인 쉽게 말해서 일체 간섭을 안 하는 형태의 사랑 말이다. 가령 두 사람이 지금까지 살아온 것처럼 각자가 각자의 집에서 각자의 돈으로 살면서 필요할 때만 만나는 관계를 말한다. 그러나 따지고 보면 그건 전적으로 남남의 관계다. 연애감정 안에서만 왔다갔다하는 폭 좁은 사랑이다. 아무것도 보장장치가 안 된 사랑이다. 그걸 사랑이라고 정의할 수는 없다. 그런 사랑을 제시했다간 시시비비에 휘말릴 소지가 다분하다.

　며칠간을 그런 잡생각을 하며 끙끙대다가 우연히 나는 메가박스에서 여러 친구와 함께 영화 한 편을 보게 된다. 나는 그 영화가 어떤 사랑을 원했느냐는 질문에 대한 실마리가 되어주리라곤 차마 짐작도 못했다. 「콘스탄트 가드너」Constant Gardner라는 제목의 영화가 바로 그 영화였다.

　나는 넋을 잃었다. 영화가 너무 좋았다. 그렇게밖에 표현할 길이 없다. 다음날 나는 홍덤한테 그 영화를 꼭 보라고 해놓고 나도 뒤따라가서 그 영화를 또 한 번 봤다. 공교롭게도 이번엔 남자끼리 봤다. 영화를 본 날의 기분과 상황에 따라 느낌이 달라 보일 수도 있다는 생각에서 이번에는 까칠하게 남자끼리만 봤다. 무엇보다도 내가 한 영화를 두 번씩 봤다는 것은 엄청 감동을 받았다는 의미다. 그래도 영화는 감동적이었다. 내가 몇 년 전 흥행에 참패한 「고양이를 부탁해」라는 영화를 다시 살리기 위해서 일종의 범국민운동에 앞장섰을 때도 나는 그 영화를 딱 한 번 보고 아깝다, 저 영화는 반드시 살려야 한다고 결심을 했었다. 딱 한 번 보고 살려내기 운동을 벌였고 운동을 하는 도중에 두세 번 더 보게 되었다.

홍덤의 본명은 홍민혁이고 잘 나가는 일간 경제신문의 문화부장이다. 박더머가 먼저 생겼으니까 '덤 앤 더머'의 구색을 맞추기 위해 애꿎은 홍민혁이 덤으로 뽑혔다. 박더머와 함께 40을 넘긴 나이에 장가 한 번 못 갔다는 이유 때문에 졸지에 홍덤으로 선발된 것이다. 홍덤은 자신의 억울함을 엄중하게 어필해왔지만 청담학교 측에선 두 사람 모두가 장가를 들 때까지는 덤 앤 더머라는 이름이 유효한 것으로 잠정 결론을 내렸다.

그 다음엔 또다른 덤앤더머 이상오 기자에게 「콘스탄트 가드너」를 강력 추천했다. 추천한 것으로 모자라 또 따라가서 그 영화를 본 뒤 이번엔 홍덤이 다시 보고 싶다고 해서 또 봤으니까 물경 네 번째로 똑같은 제목의 영화를 보기에 이르렀던 것이다.

도대체 내가 왜 「콘스탄트 가드너」에 그토록 매료됐는가. 무슨 내용 때문에 감동을 받았는가. 사실상 알고 보면 영화의 핵심 줄거리는 간단하다. 나의 기억력은 한심한 수준이지만 기억나는 대로 줄거리를 엮어보자면 이런 거다.

이 영화의 주인공은 정원 가꾸기를 좋아하는 남자다. 그래서 제목이 콘스탄트 가드너다. 콘스탄트는 지속적이라는 의미다. 그저 조용하고 평범한 남자라는 의미다. 이 친구의 직업은 영국 외교관이다. 그런데 이 친구가 아프리카 쪽으로 근무지를 옮기게 되는 정황을 알아낸 이 영화의 여자주인공이 가드너한테 접근한다. 왜냐하면 이 여자는 아프리카 빈민국의 인권을 지원하는 열성적인 인권운동가이기 때문이다. 결국 서로 첫눈에 반한 두 사람은 결혼을 하고 여자는 남편 모르게 아프리카 인권운동에 가담하기 시작한다. 남편 모르게 하는 이유는 나중에 일이 잘못

되었을 때 남편한테 불이익이 돌아가지 않게 미리 대처하는 것이다. 여자는 착취당하는 아프리카 편에 서서 교묘하게 아프리카를 착취하는 영국 정부를 상대로 투쟁을 벌여야 했는데 나중에 혹시 전모가 드러나면 영국 정부 쪽 사람인 남편이 곤란해질 것이기 때문이다.

그런데 어느 날 아프리카 여행을 간다고 떠난 아내가 처참하게 총 맞아 죽은 시체로 돌아온다. 착하디착한, 그래서 평생 정원 가꾸기를 낙으로 삼으며 영국 신사답게 외교관 생활만 해온 주인공 가드너는 만사를 제치고 아내의 사인을 규명하기 위해서 아프리카 현지로 떠난다. 거기서 아내가 어떤 일을 하다가 어떤 이유로 누구한테 테러를 당했는지 죽음을 무릅쓰고 낱낱이 규명해낸다. 결국 영국 측 자기 동료들의 사주에 의해서 아내가 죽게 되었음을 알게 된다. 그리고 가드너는 마지막으로 아내가 테러를 당한 바로 그 황량한 사막 한가운데로 찾아 들어간다. 거길 가면 자신도 테러를 당해서 죽음을 맞는다는 걸 잘 알고 있다. 친한 친구가 설득한다. 아내가 정의롭게 일을 하다가 왜 무슨 이유로 죽었는지 원인을 알아냈으면 됐지 왜 집으로 돌아가지 않고 너까지 거길 가서 죽어야 하느냐고 물었을 때 콘스탄트 가드너가 조용히 대답한다.

"아내가 나의 집이었어."

가드너는 아내가 죽은 자리를 찾아가서 똑같이 총에 맞아 죽는다. 죽음을 자청해서 아내 곁으로 간 것이다. 그게 끝이다. 내가 왜 이 영화를 네 번씩이나 연속으로 봤는지 나도 내 속을 알 수 없다. 그러나 나는 최소한 이현화의 어떤 사랑을 원하느냐는 질문에 가드너 같은 사랑이 바로 내가 원하는 사랑, 내가 원했던 사랑이라고 끼워맞출 수가 있었다. 어거지로 끼워맞추고 보니 모양새가 썩 괜찮다. 내가 그 영화를 보고 몇 날 며칠을 끙끙댄 걸 보면 가드너 같은 지고지순한 사랑을 원하고 또 꿈꿨는지도 모를 일이다.

그렇다면 나는 할 말이 또 있다. 넘어진 김에 쉬어간다고 했던가. 나는 자칭 영화광이다. 지금까지 수십 년간 영화를 봐오면서 「콘스탄트 가드너」와 거의 똑같은 강도로 감동을 받은 영화가 딱 두 편 더 있다. 이 영화들 역시 나의 가슴을 몹시 후벼팠다. 그리고 언뜻 생각났다. "어떤 사랑을 원하세요?"라는 까탈스러운 질문에 이 영화들 역시 「콘스탄트 가드너」처럼 어느 정도의 답변이 될 듯싶었다. 나는 내친 김에 내가 평생 봤던 영화 중에서 가장 많은 감동을 받아 가장 기억에 남는 영화 두 편을 답안지로 제출해야겠다고 맘을 먹었다. 그러니까 「콘스탄트 가드너」까지 합하면 딱 세 편이다.

어느 날 코엑스 영화관 메가박스 직원에게 물었다. "스타카드를 가진 사람 중에 누가 가장 영화를 많이 보러 오나요?" 스타카드를 내밀면 아무 때나 영화관람권 두 장을 지급받게 된다. 스타카드는 일종의 VIP카드다. "누가 영화를 제일 많이 보러왔냐구요? 그야 물론" 여러 직원이 함께 웃으면서 대답했다. "조 선생님이죠." 그렇다면 지금까지 이런저런 영화를 수백 수천 번 봐왔으련만 이상야릇하게도 딱 이 세 편만이 나의 뇌리에 또렷이 남아 있으니 그것도 꽤나 신기하다. 전생부터 무슨 사랑을 원하냐는 질문을 받아놓고 살아왔던 건 아닐까?"

그 두 편 중의 하나가 정확히 2002년에 본 「그녀에게」라는 제목의 영화다. 영어제목은 'Talk to her'다. 내가 이례적으로 2002년이라는 햇수를 기억하고 있는 것은 그해에 꽤 재미있는 일이 연속으로 일어났기 때문이다. 우선 우리가 월드컵 4강에 올랐고 그해 6월에 내 스케줄이 일본에 걸려 있었기 때문에 나는 얼결에 월드컵 중계 8강전을 일본 도쿄에서 보게 되었다. 그런데 거기서 16강에서 떨어진 일본 사람들이 뜻밖에도 우리 한국팀을 스스럼없이 응원하는 걸 보고 '아하! 일본놈들이 생각했던 것처럼 아주 나쁜 놈들은 아니구나' 하며 일본에 대한 그간의 부정적인 시각을 상당 부분 바꾸게 되었다. 그런 나의 견해를 『중앙일보』에 연재하고 그런 일의 연결로 그후 『맞아죽을 각오로 쓴 100년 만의 친일선언』이라는 책까지 냈다가 하루아침에 이완용의 사촌으로 몰려 폭삭 몰매를 맞는 바람에 2002년을 기억하고 있을 뿐만 아니라 내가 지금 말하려는 「Talk to Her」라는 라틴계 영화가 바로 2002년 『뉴욕타임스』에서 그해 최고의 영화로 뽑혔기 때문이다. 물론 나는 이 영화도 서너 번 연속으로 봤다.

내용이 참 특이했다. 결코 평범함을 넘지 못하는 어느 순진한 청년이 같은 지역에 사는 발레 전공의 어느 처녀를 짝사랑하게 된다. 물론 여자 투우사의 지극한 사랑 얘기도 곁에 따라붙긴 하지만 스토리의 중심은 발레를 하는 처녀가 어느 날 갑자기 교통사고로 식물인간이 되는 지점에서 비롯된다. 그런 사정을 알게 된 청년은 간호사 자격증을 따고 정식 간호사가 된다. 순전히 짝사랑하던 여자를 돌보기 위해서다. 의식이 없어서 보고 듣지도 못하고 그저 하염없이 식물처럼 누워 있는 여자를 자기가 짝사랑했다는 이유 하나로 무려 4년 동안이나 닦고 씻겨주고 마치 살아 있는 사람에게 하는 것처럼 대화를 하며 돌본다. 그러다가 남자는 여차저차해서 감옥살이를 하다가 자살을 하게 되고 여자는 의식을 되찾아 정상으로 되돌아온다. 그러나 여자는 자기를 그토록 지극정성으로 돌봐준 남자가 존재했다는 사실조차 알아차리지 못한다.

내가 이 영화에 흠뻑 빠져서 헤어나지 못하는 또 다른 이유는 이 영화에 나오는 노래 때문이다. 내가 이 세상 살면서 가장 애절하고 그래서 최고로 훌륭한 노래, 늘 내 가슴을 찢는 노래로 꼽는 세 곡 중에서 한 곡이 이 영화 중간에 브라질 현역 최고 가수의 음성으로 흘러나온다. 어느 나이트클럽 씬에 이 노래를 부르는 장면이 삽입되어 있다. 바로 「쿠쿠루 쿠쿠 팔로마」라는 노래다. 팔로마는 비둘기라는 뜻이고 쿠쿠루 쿠쿠는 비둘기가 우는 소리다. 참고로 말하자면 내 가슴을 찢는 노래 나머지 두 곡은 김수현 시·조영남 작곡의 「지금」과 소설가 이제하 작사·작곡의 「모란동백」이라는 노래다. 싱거운 소리로 들리겠지만 만약 내가 죽는다면 그래도 유명인사였으니까 뉴스에 나의 사망소식이 나올 것이고 방송국에서는 어차피 내 노래 한두 곡씩은 틀어댈 것 아닌가. 언젠가 월간 조선인가 동아에 미리 쓰는 유언을 적어낸 적이 있는데 내가 죽으면 절대 내 노래 틀지 말라고 엄중 경고했었다. 평소에는 내 노래 거들떠보지도 않다가 사람 죽었다고 틀어대는 게 영 기분나빠서 그랬다. 어쨌거나 방송국에선 내 노래를 틀긴 틀 것이다. 그때 기왕이면 위의 세 곡을 염두에 뒀다가 틀어주면 고마울 것 같다.

나머지 한 편의 영화는 2002년보다 훨씬 전에 본 영화다. 앞에서도 몇 차례 슬쩍슬쩍 이야기했지만, 「글루미 선데이」가 바로 그 영화다. 직역을 해도 멋지다. '우울한 일요일' 내가 평생 본 영화 중에서 단연 베스트로 치는 영화다. 헝가리 부다페스트가 영화의 배경이다. 오래 전 「글루미 선데이」라는 노래가 세계적으로 유행을 탔고 너무나 노래의 멜로디가 청아하고 구성져서 그 노래가 나왔을 당시 수십 명이 그 노래를 듣고 비관자살했다는 얘기가 전설처럼 내려온다. 영화는 그 전설을 근거로 만들어졌다. 영화의 줄거리는 수십 년 전 독일 점령하의 부다페스트 어느 레스토랑에서 직업으로 피아노를 연주하는 젊은이가 그 노래를 작곡해서 연주하다가 사랑에 빠져 작곡가 스스로도 목숨을 끊게 된다는 이야기다.

이 영화의 핵심은 전쟁의 잔혹함 속에서 그 잔혹함 때문에 반대급부로 처절한 사랑이 피어오른다는 상투적인 필연성을 뛰어넘어 한 여자가 두 남자를 동시에 사랑하고 두 남자가 한 여자를 동시에 사랑할 수 있다는 참신한 사랑정신에 있다. 이 영화 속에서는 한 레스토랑 종업원 처녀가 한꺼번에 레스토랑 주인도 사랑하고 거기서 피아노를 치는 청년도 사랑한다. 셋이 서로 터놓고 사랑을 한다. 셋은 단 한 번의 다툼도 없이 서로의 사랑을 죽는 순간까지 공평무사하게 세 쪽으로 나눠서 갖는다. 영혼의 자유스러움 따위의 상투적인 얘기는 유치하다. 여기서는 그냥 최선의 사랑만 존재할 뿐이다.

여자가 한 남자의 집으로 들어가면 다른 한 남자는 여자가 밖으로 나올 때까지 집 앞에서 담배를 피워 물고 하염없이 기다리고, 다음날 여자가 이쪽 남자 집으로 오면 이번엔 어제 여자를 차지했던 남자가 밖에서 기다리고, 그러다가 셋이 함께 피크닉 다니고 함께 레스토랑을 운영하면서 살아간다. 더 이상 평화스러울 수가 없다. 삼각관계라는 얄팍한 잣대를 들이대는 건 이들의 티없이 숭고한 인간애에 대한 모독이다. 여기에 교활한 독일 장교 한 명이 끼어들면서 에덴의 동쪽은 사각관계라는 이름의 전쟁터로 순식간에 돌변한다. 한 여자를 둘러싼 세 명의 남자들은 유대인 수용소로 끌려가거나 자살을 하거나 아니면 뒤늦게 독살을 당한다. 그것이 「글루미 선데이」의 결말이다. 정말 우울한 일요일의 결말이다. 사랑과 사랑 아닌 것의 결말이다.

자! 커닝을 한 느낌이 없진 않지만 이제부터 나는 이현화의 어떤 사랑을 원했냐, 지금 어떤 사랑을 원하고 있느냐는 질문에 답변을 하겠다. 내가 원하는 사랑은 세 가지다.

"사랑하던 사람이 죽으면 따라 죽을 수 있는 사랑, 그리고 사랑하던 여자가 교통사고로 식물인간이 되어 누워 있다면 그녀가 다시 깨어나거나 죽을 때까지 친히 돌볼 수 있는 사랑, 그리고 한 가지 더, 사랑하는 여자한테 내가 아닌 다른 남자가 생겼을 때 나는 그 남자까지 사랑할 수 있고 그래서 한꺼번에 두 남자가 사이좋게 한 여자를 죽을 때까지 사랑할 수 있는 그런 사랑!"

나는 여기까지가 이 장의 마지막이라고 생각했는데 박더머가 집에 놀러왔다가 응접 테이블에 놓여 있는 원고를 훑어보더니 "에이! 말도 안 돼. 형은 두 번씩이나 이혼했잖아." 한다.

그토록 지고지순한 사랑을 추구했던 사람이 어떻게 결혼을 한 번도 아니고 두 번씩이나 하고 두 번씩이나 헤어졌냐는 의미였다. 그렇게 결함 많은 사람이 사랑에 관해서 무슨 말이 그렇게 많냐는 것이었다. 나는 뒷골이 확 땡겼다.

"더머 같은 소리 하지 마, 이 시키야. 원래 나는 그런 사랑을 원했는데 현실이 따라주질 못했다는 뜻이야, 그건 너두 결혼해보면 알아, 이 시키야."

박더머는 굴하지 않고 또 내 비위를 건드렸다.

"에이! 형은 사랑하던 여자가 죽으면 따라 죽을 사람이 아냐."

나는 뒷골이 또 땡겼다.

"야! 이 시키야, 내가 사랑했던 여자들이 지금까지 한 명도 죽질 않았는데 내가 무슨 재주로 따라 죽냐, 그렇지 않아도 나는 이대로 가다간 멋지게 한번 못 죽고 맥없이 자연사할 것 같아 억울해 하던 중이다, 이 시키야."

박더머는 원고를 들여다보며 계속 궁시렁거렸다.

"형이 식물인간이 된 애인을 돌보기 위해서 간호사가 될 수 있을까? 그것도 4년씩이나."

내가 담배를 피우는 남자였으면 재떨이를 박더머의 면상에 확 던져버리며 일갈했을 것이다.

"그건 안 돼, 이 시키야, 내 몰골로 흰 간호복에 흰 모자까지 쓰고 나타나봐라. 즉시 백의의 천사 이미지를 베려버렸다고 전 세계 간호협회에서 들구 일어날 것 아니냐. 그럴 땐 니가 내 대신 간호사 라이선스 따고 간호복 입고 돌봐주면 되는 거야, 이 시키야."

히죽, 더머가 입가를 씰룩거리며 말했다.

"형은 말만 그렇게 하지 둘이서 한 여자를 동시에 사랑하진 못할 거야. 형의 독점욕이 얼마나 센데."

그 말에는 좀 찔리는 구석이 있었다. 그래서 이번에는 좀 침착하게 타일렀다.

"그럼 니가 좋아하는 여자를 내 앞에 한번 데리고 와봐. 이 시키야. 그래서 내가 그렇게 하나 못하나 알아보면 될 것 아냐, 이 시키야."

어떤 사랑을 원하냐는 이 장은 엉뚱하게도 박더머와의 막판 대책 없는 토론으로 끝이 났다.

그러나 하늘이 알고 내가 안다. 나는 그렇게 못한다. 나는 사랑하던 사람 죽었다고 따라 죽을 사람이 아니다. 그렇게 순박한 사람이 아니다. 나는 사랑하던 사람이 식물인간이 되었다고 무한정 돌봐줄 수 있는 바다 같은 마음씨를 가진 남자가 아니다.

그러나 잠깐 생각해봤다. 그럼 사랑하던 사람이 식물인간이 되었는데 나 몰라라 할 수 있는가. 모른 체하면서 버려둘 수가 있는가. 그럴 수는 없다. 형편이 된다면 전문병원에 입원을 시켜야 한다. 그리고 시간이 나는 대로 짬짬이 가서 돌봐야 한다. 내가 지금 간호학을 공부해서 전문 간호사로 변신하기엔 너무 많이 늦었다. 그건 좀 오버다. 내 나이 그리고 내 얼굴에 하얀 간호사 복장을 하고 나타나면 아마도 의식을 잃고 누워 있던 환자가 벌떡 일어났다가 다시 기절해서 이집트 미라처럼 영영 굳어질지도 모른다.

이 문제는 나이와 매우 깊은 관계가 있을 듯싶다. 내가 어리거나 젊었다면 그렇게 뻔뻔스러웠을 수도 있다. 이건 건성으로 하는 얘기가 아니다. 실제 얘기다. 진정으로 사랑하던 내 두 아들과 두 아들의 엄마를 나는 한꺼번에 나 몰라라 했던 적이 있다. 젊고 철없어서 그랬다. 물론 그때와 지금 사이에는 30여 년이라는 시차가 있다. 지금은 많이 달라졌다. 그나마 반성이라도 할 줄 안다. 그러나 반성은 반성일 뿐이고 어디까지나 현실은 현실이다. 만일 어느 누가 사랑하던 사람의 뒤를 따라 영화처럼 죽음을 택했다면 나는 옆에서 한마디 거들 수는 있다.

"흠. 보기 드물게 심성이 착한 사람이었군."

내 딸 은지가 초등학교 6학년쯤 되었을 때였다. 어느 날 내 여자친구가 자기의 중학생 조카녀석 한 명과 은지를 데리고 놀이공원을 다녀왔다. 형식상으로 보면 은지에게 세 살 연상의 남친을 소개해준 셈이다. 그날 이후부터 새로 사귄 오빠에 대한 은지의 표정과 몸짓은 실로 가관이었다. 오빠 이야기만 나오면 얼굴이 바알갛게 달아오르고 눈빛은 몽롱해지고 어쩔 줄 몰라하는 표정이 완연했다. 내가 짓궂게 "너, 오빠 좋아해?" 하고 넌지시 물으면 눈·코·입을 크게 씰룩이면서 애꿎은 이불만 뒤집어쓰곤 했다. 말 그대로 사람은 꽃보다 아름다웠다. 그리고 사랑은 그보다 더 아름다웠다.

그냥 척 봐도 내 딸 은지가 생전 처음 사랑에 빠진 것이었다. 열두 살도 안 된 저 어린 아이가 언제 어디서 사랑하는 법을 배웠을까. 그러나 너무도 자연스럽고 예쁘게 사랑을 하고 있었다. 마치 교과서 같은 사랑을 소화해내고 있었다. 내가 다른 아빠에 비해 좀 신식 아빠이긴 해도 어린 딸에게 이성관계를 코치한 적은 없다. 그리고 나도 내 딸이 그토록 빠르게 이성에 대해서 반응할 줄은 꿈에도 몰랐다. 짐작이라도 했더라면 내가 덜 놀랐을 텐데 어느 날 불쑥 일어난 일이라 더욱 놀랍고 신비로웠다.

나는 유치원에서나 초등학교 다닐 때 사랑에 관한 학습이 따로 있다는 이야기를 들어본 적이 없다. 학습이 있다 해도 어린 동생은 어디서 어떻게 생기는가를 배우는 정도였다. 이성친구를 만나면 왜 얼굴이 빨개지는지 왜 가슴이 쿵쾅거리는지 그런 것에 대해서는 그렇게까지 구체적으로 배우질 못했다. 지금이라고 그 방면의 교육 시스템이 달라졌을까. 그럴 리 없으니 내 딸 은지는 지금까지 독학으로 늠름하게 사랑을 습득해온 셈이다. 내 딸이 아빠를 닮아 어린 나이에 벌써 천재적인 재능을 보였다는 뜻이 아니다. 나는 은지가 지금도 그리고 이후로도 다른 남자친구를 만나 사귀는 일을 매우 정상적으로 잘 처리해나가리라고 믿을 수밖에 없다.

새 봄 길가에 풀 한 포기가 저절로 꽃을 피우는 것처럼 내 딸 은지도 저절로 사랑의 길을 아주 잘 찾아가고 있다. 은지가 조금 더 세월을 보내면 나와 똑같은 어른이 된다. 그리고 나는 짐작한다. 은지가 어른이 되는 어느 지점에 나한테 불쑥 "아빠, 사랑이 뭐야?" 하고 물어오지 않을 것이란 걸 말이다. 왜냐하면 지금까지 숱한 세월 살아오면서 나 자신도 어느 누구한테 사랑이 뭔지를 설명해달라고 질문해본 적이 없기 때문이다. 물론 나 역시 누구로부터 사랑이 무엇인지에 대한 질문을 받아본 적도 없다. 사랑싸움 같은 자질구레한 고민거리에 대해서만 의견을 주고받았을 따름이다.

어른이 되면 어느새 정치와 부동산 이야기가 압도적으로 우위를 차지한다. 사랑이야기는 한참 밀린다. 중ㆍ고등ㆍ대학 시절부터 역사ㆍ정치ㆍ경제ㆍ사회ㆍ도덕ㆍ윤리ㆍ철학ㆍ종교 등 심지어는 부동산ㆍ골프ㆍ호텔 경영까지 교과과정으로 채택되지만 사랑학은 어디에도 들어 있지 않다. 사랑은 문과 계통으로 분리되지만 국문학, 영문학 속에도 따로 분리되어 있지 않다. 아예 격리되어 있다.

나는 사랑학이 어디에 따로 붙어 있다는 소리를 들어본 적이 없다. 김

밥말이 학원이나 병아리 감별 학원은 있어도 사랑 학원은 없다. 사랑 없이는 하루도 못살 것처럼 엄살을 떨고 사랑으로 속을 끓고 사랑 때문에 죽네 사네 하면서도 정작 사람들은 사랑하는 법을 방치해두고 산다. 간통죄와 그 처벌법만 신경 쓰며 산다. 그렇게 방치하고 내깔겨두는 걸 멋으로 생각하는 사람도 많다. 나도 마찬가지였다. 사랑의 기술이나 방법 따위는 신경 안 쓰면서 살아왔다. 사랑이 매우 필요하고 매우 중요하다는 것은 본능적으로 알게 되었다. 사랑이 허가제가 아니라는 것도 본능적으로 알게 되었고 사랑은 사랑을 하고 싶다고 어디다가 신청서를 써내는 것도 아니라는 걸 알게 되었다. 사랑은 예고없이 왔다가 예고없이 가는 것이었다. 원한다고 되는 것도 아니고 원하지 않는다고 안 되는 것도 아니었다.

그러므로 어떤 사랑을 원하냐는 질문은 애당초 잘못된 질문이다. 그것은 마치 어떤 삶을 원하냐는 질문과 비슷하다. 너무나 막연한 질문이다. 나는 지금까지 다년간 방송진행자의 입장에서 수많은 질문을 해봤지만 어떤 경우 나는 어느 누구한테도 '어떤 사랑을 원하세요?' 하고 직설적으로 질문해본 적은 없다. 그것은 사실 누구도 선뜻 대답할 수 없는 질문이기 때문이다. 그러나 나는 어느 누구한테나 '어떤 사랑을 하셨나요?'라는 질문을 수시로 던졌다. 그리고 거의 모든 사람으로부터 진지한 답변을 받아냈다. 왜냐하면 누구나 한 번쯤은 사랑을 해봤을 것이기 때문이다.

한길사 직원 이현화가 무심코 던진 질문 "그럼 어떤 사랑을 원하세요?"에 나는 아직도 똑 부러지는 답변을 못 내놨다. 사랑에 관한 책을 쓴다고 큰소리를 쳤으면 그 정도의 기본적인 질문에는 술술술 답변이 쏟아져나왔어야 한다. 얼기설기 꾸며서라도 대답을 만들어냈어야 한다. "어떤 사랑을 원하냐구요? 네, 기막힌 사랑을 원합니다. 폼나는 사랑을 원합니다. 베르테르 개츠비 같은 지독한 짝사랑도 해보고 싶구요. 로미오와 이몽룡식의 드라마틱한 사랑도 해보고 싶구요. 사랑하는 상대가 뭘하든 백 프로 이해할 수 있는 보부아르 사르트르식 자유연애 자유사랑도 해보고 싶구요, 그룹연애 그룹사랑도 해보고 싶구요. 가능하다면 젊은 여자 한 명, 예쁜 여자 한 명, 착한 여자 한 명, 섹시한 여자 한 명, 똑똑한 여자 한 명, 돈 많은 여자 한 명, 이렇게 총 여섯 명 여성들이 한꺼번에 나만 사랑하는 그런 사랑도 해보구 싶습니다." 뭐 이런 식의 가당치 않은 답변이라도 늘어놨어야 한다. 그러나 나는 애매모호하게 세 편의 외국 영화 스토리를 짜깁기해서 답안지로 둔갑시켜놨다. 영화 속의 사랑은 영화 속의 사랑이다. 이몽룡 · 베르테르 · 개츠비 같은 소설 속의 사랑도 어디까지나 책갈피 속의 사랑일 뿐이다. 전부 짝퉁 사랑들이다. 내가 생각하는 완전한 사랑은 몸소 체험하고 있는 그런 사랑이어야 한다. 내가 지난 13년간 KBS 방송국에서 「체험 삶의 현장」을 진행해왔듯이 적어도 내가 추구하는 명품사랑은 반드시 「체험 사랑의 현장」적이어야 한다는 것이다.

내가 직접 보고 들은 사랑 중에도 명품 사랑은 따로 있었다. 얘기가 나온 김에 내가 지금까지 내 눈과 내 귀로 직접 보고 들어온 명품 사랑얘기 하나를 소개하겠다.

내가 직접 진행했던 「체험 사랑의 현장」이니까 꽤 자세히 얘기할 수가 있다. 때는 바야흐로 2006년 10월 17일. 나는 '조영남과 용인 사람들' 그리고 '한국미술관 10주년 기념 조영남 미술 전시'를 열게 되어 있었다. 그런데 한창 작품 준비를 하고 있을 때 한국미술관 김윤순 관장이 내게 허겁지겁 전화를 해왔다.

"조 선생, 이거 아무래도 조 선생이 해결할 수 있을 것 같은데." 하면서 긴 얘기를 시작하는 것이었다. 참고로 김 관장님은 나이 칠십에 스물 다섯의 몸과 마음을 소유하신 현대 미술계의 거목 여류이시다.

당신의 여고 동창이 처녀시절에 잠시 가수생활을 하다가 월남전이 터졌을 때 월남 파병 군인들을 상대로 위문공연단에 섞여 월남으로 건너가 거기서 월남전 막판에 고생만 하다가 끝에 다시 한국으로 귀국했는데 당시 음악을 했던 못된 남편에게 쫓겨난 후 미국으로 이민을 떠나 지금은 미국 LA에 살고 있다는 것이다. 그런데 문제는 이 친구가 월남에서 가수 생활 하며 고생을 할 때 거기에 와 있던 맘씨 좋은 민간인 청년을 알게 되어 여러 방면으로 도움을 받게 되었다 한다. 물론 쌍방간에 기혼자라는 것도 알게 된다. 그러던 중 월남 사정이 안 좋아 이 여가수는 귀국을 하는 입장이 되어 이제 영영 헤어지는 상황에 그동안 고맙게 잘 대해준 후원자 청년에게 마지막 선물로 목에 걸고 있던 목걸이를 "이거 나중에 당신 부인한테 전해주세요." 하는 당부의 말과 함께 건네주었다는 것이다. 남자한테는 부인이 있다는 걸 일찍부터 알았다고 한다. 그 일이 있을 때가 바로 지금으로부터 35년 전이니까 방년 35세 때의 일이었던 셈이다.

그런데 이 청년이 그후 해양산업으로 성공해서 현재 두바이에 온식구와 함께 살면서 35년 전 목걸이의 주인공을 백방으로 찾아나선 중에 한국미술관 김윤순을 통하면 해결된다는 것을 간파하고 급기야 김윤순 여사와 전화 접선을 하게 되고 곧이어 LA 여자와 두바이 남자가 서울에서 35년 만에 극적 상봉을 하게 되었는데 상봉 날짜가 공교롭게도 조영남 전시 오픈날과 맞물려서 큰일났다는 것이었다.

나는 즉시 머리를 써서 아! 이걸 내 전시 오픈에 행위미술 즉 퍼포먼스 아트로 전환시켜야겠다고 생각했다. 나는 극비리에 LA에서 건너온 여자와 두바이에서 건너온 남자를 내 오픈 쇼에 초대하도록 스케줄을 짜게했다. 드디어 내 전시 오픈 시간이 다가왔고 나는 마이크를 들고 그날 모인 관람객을 향해 이런 식의 멘트를 날렸다.

"여차여차 중략하고 자! 여러분은 지금부터 조영남의 미술세계보다 훨씬 멋지고 값진 사랑의 예술세계를 체험하시게 됩니다." 하며 35세의 처녀와 청년이 35년 후 칠순 할머니 할아버지가 되어서 다시 상봉하게 되는 장면을 내가 직접 연출했다. 객석 틈새에서 각기 두 남녀가 내 앞으로 나왔다. 믿거나 말거나 35년 만의 재회를 이루었다. 목걸이는 실제로 두 딸을 낳아준 남자의 아내가 잘 간직하고 있다가 세상을 뜨기 직전에 식구들에게 다시 내놓으면서 진짜 주인을 찾아주라고 부탁을 했다는 것이다. 두바이에서 함께 사는 할아버지의 두 딸도 목걸이를 돌려주며 함께 눈시울을 적시고 있었다. 뒤풀이로 장소를 옮겨가서 내가 물었다. "아니! 여자가 저렇게 늙었는데 지금 봐도 좋습니까?" 했더니 '지난 며칠간 장거리 전화로 서로 세월의 흐름에 대해 충분히 얘기했기 때문에 전혀 늙어 보이지 않는다'는 것이었다.

35년 만에 다시 만나 제일 처음 무슨 말부터 했냐고 물었더니 그게 또 걸작이다. 당신이 두바이에서 먼저 서울로 건너와 있다가 여자를 맞으러 영종도 국제공항으로 이른 새벽에 나갔는데 두바이에서는 24시간 꽃을 살 수 있는데 여긴 새벽에 문을 연 꽃집이 없어 꽃집을 찾다가 입국 수속 마치고 나오는 여자를 놓치게 되었단다. 그래서 미리 약속한 노란 수건을 목에 건 여자를 찾았더니 여자화장실로 들어갔다고 해서 여자화장실 앞에 가 서서 기다리는데 영 나오질 않아 여자화장실이고 뭐고 뛰쳐들어가 야! 점순아 하고 소리를 지를까 말까 맘을 먹고 있는데 거기서 옷을 갈아입는 바람에 시간이 걸린 여자가 드디어 밖으로 나오더란다. 35년간 그 여자를 보고 싶어했던 남자가 그 여자를 보자마자 투박한 경상도 억양으로 내던진 첫마디는 "뭘 한다고 똥간에 그리 오래 처박혀 있었노."였다는 것이다. 그게 35년 만에 나눈 맨 처음 대화였다는 것이다.

믿거나 말거나 세상에는 실제로 이렇게 기막힌 사랑들이 있다. 영화나 소설 못지 않은 사랑들이다. 이쯤에서 나는 이현화의 '어떤 사랑을 원하세요'라는 질문에 정식으로 대답해야 한다. 우선 나는 어떤 사랑을 꼭 원할 수 있는 입장이 아니다. 믿거나 말거나 나는 지금 이 순간 내가 그토록 원했던 형태의 사랑을 원없이 해내고 있기 때문이다.

많은 기자들이 나한테 묻곤 한다. "앞으로 뭘 하고 싶으세요?" 보통 때는 "해보고 싶은 것 다 해봤는데 뭘 더 해보고 싶겠어요. 그냥 이대로 살다가 죽는 거죠." 그런데 만일 얘기가 통할 만한 기자가 앞으로 꼭 해보고 싶은 게 뭐냐고 물어오면 나는 아주 짧게 대답한다. "사랑이요."

남자끼리의 사랑은 왜 사랑이 아닌가

"따르릉!"

내가 전화를 받는다.

"형! 나 장희야!"

울릉도에 둥지를 틀고 있는 이장희한테서 걸려온 전화다.

"형! 여기 형 아는 사람 있어. 바꿔줄게. 잠깐 기다려봐!"

누굴까 생각하고 있는데 굵은 베이스 바리톤 소리가 들려온다.

"형! 나 민기야. 울릉도 장희 형네 놀러왔는데 형 생각나서 전화했어."

이게 사랑이 아니고 뭐냐.

얼마 전 동숭동에서 모처럼 「밑바닥에서」라는 창작뮤지컬 한 편을 보고 학림다방에서 김민기를 만나 여러 명이 함께 맥주 몇 잔을 마셨다. 민기는 여전히 술을 잘 마신다. 새벽 한 시쯤 되었다. 모두 자리에서 일어섰다. 그때까지 남은 건 김민기와 나 딱 두 사람이었다. 그자한테는 처자식이 딸려 있다. 그래서 그만 마시자 하고 아래층으로 내려가 택시를 잡았다. 나는 강남이고 그자는 일산이니까 우리는 노선이 정반대였다. 택시 한 대가 오자 민기가 택시 문을 열며 "형님 타시오." 했다. 나는 무심코 택시 뒷자리에 탔다. 그런데 그자가 앞자리에 올라타는 게 아닌가. 내가 말했다. "야! 너 거기 왜 타? 너는 저쪽으로 길 건너가서 일산 가는 걸

타야지!"

그가 말했다. 그자가 하는 말의 속도가 빠르면 기분이 좋다는 의미다.

"형! 잘난 척하지 마. 내가 형 먼저 강남에 떨어뜨리고 일산으로 갈 거야!"

글쎄, 이게 사랑이 아니고 뭐냐. 이거야말로 아침 이슬보다 더 반짝이는 사랑이 아니고 뭐더냐. 문학도 웃기고 철학도 웃긴다. 아직도 남자끼리의 사랑에 대해서는 꿀먹은 벙어리다. 말이 없다. 그게 무엇인지 규명조차 못하고 있다. 그냥 그러면 그러라지 방치만 해두고 있다. 겨우겨우 남자끼리의 우정, 사내들의 의리라는 낱말로 어물쩍대다가 만다. 더 이상 나가질 못한다.

지금 나는 동성애에 대해서 말하려는 게 아니다. 남자와 남자 사이에도 사랑이 존재한다는 얘기를 하고 싶은 거다. 이것은 이 책 전체를 통틀어 가장 중요한 문제 제기일 수가 있다. 다시 말해서 남자끼리의 사랑이나 열정이 여성과의 그것보다 더 짙을 수도 있다는 얘기다. 물론 사람마다 다르겠지만 나는 여자를 만나 그다지 오랜 관계를 유지한 적이 없다. 남자와의 관계에 비해서 말이다. 그저 몇 년간 사랑을 하다 말았다. 연애를 하다 말았다. 가장 길었던 윤여정과의 사랑이 20년 안짝에서 끊겼고 그밖의 관계는 그보다 훨씬 짧은 10년 안짝에서 끊겨나갔다. 그러나 남자끼리의 사랑만은 시간과 공간, 세월과 거리 면에서 월등 위대하고 장대했다.

가령 이장희 · 송창식 · 윤형주 · 김민기 같은 친구들과의 사랑은 누가 뭐래도 장거리 사랑이다. 대륙횡단 사랑이다. 나는 지금 남자끼리의 사랑도 사랑이라고 대명천지에 공포하고 있다. 그리고 여기 증거까지 시퍼렇게 있다.

"형! 장마가 오니까 한눈에 폭포가 열 개나 보여. 나 지금 소주 먹으면서 폭포 구경하고 있는 거야."

이건 사내한테서 걸려온 전화였다. 비 오는 날 울릉도에서 전화를 걸어온 건 분명 사내녀석이었다. 여자들은 이렇게 드라마틱하고 극도로 멋진 얘기를 할 줄 모른다.

"형! 형은 달이야. 근데 왜 자꾸 태양 노릇을 할려구 그러는 거야? 형은 달이야, 그냥 가만히 있어. 그냥 내버려둬요!"

이렇게 직격탄을 날리는 것도 물론 사내녀석이다. 여자들은 이런 우주적인 사랑 표현에 터무니없이 약하다. 도무지 비교가 안 된다. 누가 뭐래도 나는 여자를 사랑하듯이 똑같이 남자를 사랑했다. 적어도 내 경우엔 그랬다. 내 얘기를 좀더 들어보면 안다.

내가 미국에 건너가 플로리다 세인트피터스버그 바로 옆, 더니던이라는 동네에 있던 침례 계통의 트리니티 신학대학교에 입학해서 늦깎이 공부를 한답시고 낑낑댈 때였다. 나는 그때 결혼을 해서 벌써 첫아이와 함께 가정을 이루고 있었다. 가수 조영남이 미국에 장기 체류하러 왔다는 사실은 이미 여러 채널의 보도를 통해 미국 교민사회에까지 알려졌다. 거기다가 미국에 오게 된 게 그 유명한 빌리 그레이엄 목사를 따라 성가가수의 자격으로 왔다는 것도 널리 알려졌다. 미국은 크고 넓은 나라였고 기독교 국가였다. 교회가 많았다. 어딜 가든 길목마다 한인교회 간판이 보였다. 나는 거기서도 초청을 받았다. 전체 교민회나 한인회에서는 나를 주로 대중가요 가수로 초청했고 한인교회에서는 성가가수로 초청하곤 했다.

멀리 동북부 오하이오 주의 톨레도라는 시골마을에서도 초청이 왔다. 교민들이 다 모여봐야 이삼백 남짓이기 때문에 가요도 불러주고 성가도 불러주고 신학공부를 하고 있으니 간증도 들려달라는 두루두루식의 초청이었다. 나는 난생 처음 오하이오 주의 톨레도라는 소도시를 찾아갔다. 톨레도는 분명 중소도시로 분류되지만 나처럼 거기 가서 거기 사는 한국사람들만 만나다보면 아무리 규모가 큰 미국 중소도시라도 내가 어릴 때 살던 충청도 삽다리만한 작은 동네로 착각하게 된다. 동네 사람 전부가 한 식구처럼 여겨지기 때문이다.

거기선 내가 왔다고 고등학교 교실 하나를 빌려서 임시 공연장으로 꾸몄다. 미국 대도시 LA나 뉴욕 근교에 살면 덜 외롭다. 보고 듣는 게 많고 고향 소식도 교포신문이나 라디오를 통해서 접할 수 있기 때문이다. 그러나 톨레도같이 외딴 곳에 사는 사람들은 무엇보다도 고향이 그리운 법이다. 내가 막 고향 냄새를 풀풀 풍기며 자기네 동네까지 찾아왔으니 거기 사람들이 나를 얼마만큼 반겼는지는 도무지 내 말 실력으로는 표현해낼 길이 없다. 내 노래를 듣고 좋아하는 것뿐만 아니라 당연히 내가 머무는 몇 날 며칠 동안은 아예 먹고 마시고 춤을 추는 동네 축제로 이어졌다.

한국에서 악다구니로 30년을 살던 나의 눈에는 거기 사는 사람들 전부가 바보 아니면 천사로 보였다. 그토록 순박하게 보였다는 얘기다. 일회용 설탕봉지를 싸는 기계를 발명해서 돈을 억수로 번 사람이나 의사 자격으로 이민 와서 미국 병원에 취직한 사람이나 세탁소를 차렸거나 선물가게를 차린 사람도 한결같이 천사 같았다. 살기 편한 나라에 사니 그렇게 되는 모양이었다.

그중에 한 사람이 유독 내 눈에 띄었다. 우리네 인간사의 골격은 대체로 눈에 번쩍 띄어서 만나게 된 두 사람의 관계에서 비롯된다. 야비한 계산이지만 이때 얼마나 내용물이 충실한 사람과 눈빛을 많이 마주쳤느냐 그래서 관계를 유지해왔느냐가 성공과 실패의 관건이 된다.

왜 유독 한 사람의 모습이 나의 뇌리에 들어왔는지, 거기엔 너무도 확연한 까닭이 있었다. 그 사람은 내가 노래를 마치면 가장 크게 박수를 쳐주었고 내가 노래 중간중간에 얘기를 하면 무슨 내용의 얘기든 제일 큰 소리로 웃어주었다. 그냥 우스워서 웃는 웃음이 아니었다. 내 노랫소리보다 더 큰 소리로 까르르까르르 죽어 넘어가는 소리를 냈다.

'점잖게 생긴 사람이 어찌 저토록 어린아이 같은 웃음을 웃을까.' 그의 웃음에는 어린아이의 심성을 뛰어넘어 내가 이제껏 한 번도 만난 적도 본 적도 없는 외딴 계곡과 사막의 모래바람까지도 끌어안는 듯한 무한대의 천진스러움이 섞여 있는 듯했다. 그후로도 나는 으흐흐흑 월하의 공동묘지 같은 소리를 내며 웃는 천하의 미녀 황신혜나 히히히헤헤헥 비 오면 머리에 꽃 달고 춤추는 듯한 소리가 대화 사이사이에서 흘러나오는 첼리스트 장한나한테서 유독 그런 느낌을 받았었다.

나도 평소 한 웃음 한다고 지금까지 한쪽 다리를 떨어온 사람이다. 고수는 고수를 알아보는 걸까. 그는 내 웃음보다 더 투명하고 청아한 웃음을 가지고 있었다. 나는 당장 그의 웃음에 매료되었다. 매료되었다는 것은 사랑에 빠졌다는 의미다.

왜 남자와 여자가 좋아하면 사랑이라는 이름으로 호들갑을 떨고 남자와 남자가 좋아하면 거기엔 사랑이라는 말을 안 쓰냐. 왜 호들갑을 안 떠냐, 왜 입을 다물고 마느냐. 언제부터 남자끼리의 사랑은 홀대를 받기 시작했느냐. 나는 지금부터 남자와 남자의 사랑도 온전한 사랑으로 취급하겠다. 이것이 내 얘기의 핵심이다. 이렇게 부르짖는 나를 혹자는 동성애자로 오해할 수도 있다. 그러나 내가 지금 쓰고 있는 이 글을 끝까지 읽으면 다른 건 몰라도 최소한 내가 무슨 얘기를 하고 싶은가 정도는 알게 될 것이다.

공연이 끝나자 그의 정체는 금세 드러났다. 그는 한국 현대 아동문학의 선각자 마해송 선생의 아드님이었고 오랫동안 미국에서 일해온 방사

선과 전문의 마종기였다. 한국에서는 모든 시인의 존경을 한몸에 받는 특이한 시인이었지만 미국에서 만난 마종기는 병원 일을 해서 돈을 잘 버는 한 여자의 남편, 두 아들의 아버지였다.

그는 시인 티를 전혀 안 냈다. 가수나 화가는 티를 좀 내도 무방하다. 소설가도 그렇다. 그러나 시인만은 시인 티를 내서는 안 된다. 내 생각이 그렇다. 왜냐하면 시는 가장 가난한 예술이기 때문이다. 돈·명예·권력을 쫓는 사람은 이른 새벽에 깨어나 아침이 어떻게 어둠을 뚫고 나오는지, 아침 이슬이 어떻게 맺혀 어떻게 영롱하게 부스러지는지를 살피지 못한다. 또 그럴 필요도 없다. 불과 몇 년 전에 작고한 우리의 시인 이진은 수십 년을 모스크바 변방에 유배되어 살면서 거기 함께 살던 10여 명만이 읽을 수 있는 한국말 시를 수백 편 써놓았고 자신이 김소월·정지용·윤동주와 어깨를 나란히 하는 시인이 되었다는 사실조차 모르는 채 말 그대로 먼 타국에서 눈을 감고야 말았다. 가난하고 부자고 간에 그는 시인 티를 낼 만한 단 한 뼘의 공간도 배급을 받아본 적이 없다. 그래서 진짜 가난한 사람은 가난한 티조차 낼 수 없는 사람이다. 일부러 가난한 티를 낸다는 건 얼마나 우스꽝스러운 일인가. 그래서 티를 내거나 티가 나는 가난뱅이와 시인이나 성직자는 보나마나 전부 가짜다. 나같이 티 내길 좋아하는 연예인을 포함해서 말이다.

마종기는 어쩌다 미국 북부식 현관 기둥이 웅장한 대저택에 살게 되었지만 그의 웃음은 가난했다. 그 웃음처럼 그는 가난하고 소박한 사람이었고 나는 그래서 그가 진짜 시를 쓴다는 걸 알았다. 나와 당시 내 옆에 있던 여자 윤여정은 그래서 마종기를 '마바고'라고 불렀다. 닥터 지바고에서 따온 별명이었다.

아이고, 내 주제에 진짜 시인을 만나다니. 나는 생전 처음 만난 시인을 놓치고 싶지 않았다. 나는 마바고와 같은 지식수준에서 대화를 나누고 싶었다. 누구한테나 그런 욕망은 있는 법이다. 콤플렉스는 잘만 복용하면 인삼·녹용을 능가한다. 마바고와 대화를 나누기 위해선 무엇보다도 마바고가 써놓은 시를 읽을 줄 알아야 했다. 알아야 면장도 한다, 바로 그 말이다. 시를 알아야 시인을 만나 대화를 나눌 수 있다는 긴박감 때문에 신학을 전공하던 나는 어쩔 수 없이 시문학에도 슬금슬금 눈길을 주기 시작했다. 플로리다 집에 돌아와서 나는 예이츠도 읽고 T. S. 엘리엇의 시학개론도 들추어봤다. 한국에 잠시 들어갈 때마다 시에 관련된 책들을 사들고 돌아왔다. 나는 결국 베를렌·랭보·생텍쥐베리·앨런 포·말라르메 그리고 보들레르, 기형도를 거쳐 드디어 이상李箱이라는 드넓은 바다까지 나아가, 우리의 이상李箱이야말로 랭보와 보들레르를 뛰어넘는 현대 시문학의 지평선이며 수평선이라는 확신을 갖기에 이른다.

마바고를 만나기 전까지 나의 시 수준은 국어시간에 배운 윤동주·김소월·이육사·한용운의 시 몇 편이 전부였다. 그 알량한 실력으로 나는 가수가 되기 직전 아르바이트로 최희준·박형준·유주용·위키리 등이 부르는 팝송을 우리말로 번안해 용돈을 벌어 썼다. 내가 번안한 팝송 중에는 꽤 알려진 것도 있었다. '이도령과 성춘향, 남원에서 연애한다. 삐빠삐룰라 쉬스 마이 베이비'로 나가는 「삐빠삐룰라」가 그중 하나다. 그때 나는 번안가로서 고철이라는 예명을 썼다.

1960년 말 아마추어 대학생 번안가요 작사가의 입장에서 「딜라일라」라는 팝송을 번안하고 내친 김에 내 목소리로 직접 부르면서 나는 번안작사가에서 일약 팝송가수로 승격되어 비록 밥 딜런이 쓴 '얼마나 많은 전쟁이 일어나고 얼마나 많은 대포가 터져야 하는가 묻지 마라. 그건 불어오는 저 바람만이 알고 있단다' 같은 이 시대 최고의 노래시를 써내지는 못했지만 나름대로 「딜라일라」 「내 고향 충청도」 「내 생에 단 한 번만이라도」 「물레방아 인생」 「도시여 안녕」 「화개장터」 같은 노래시를 써냈다. 이 나라에는 노래가 붙은 시를 시 취급 안 해주는 경향이 있다. 이 나라는 노랫말이나 그것을 쓴 작사가를 우습게 아는 나라다. 나라 전체가 통째로 무식한 탓이다.

그러나 마바고만은 달랐다. 나를 최소한 음률시인으로 대우해주었다. 우리 부부는 몇 해 동안 거르지 않고 비행기를 타고 오하이오 톨레도로 날아가곤 했다. 그리고 우리의 닥터 마바고 부부는 영화에 나오는 닥터 지바고가 그의 연인 라라를 찾으러 눈길을 뚫고 달려간 거리보다 훨씬 먼 거리를 20시간 넘는 자동차 드라이브로 달려와 플로리다에서 낑낑대는 음률시인 부부를 만나주곤 했다.

세월이 흘러도 닥터 마바고는 지금도 전혀 어른스럽지 않은 낭랑한 음성으로 "안녕하세요." 하고는 다음 말을 찾지 못해 우물거리곤 한다. 시집을 여러 권 써낸 사람인데도 그렇다. 그 옆의 예쁜 부인도 마찬가지다. 호들갑 떠는 게 아니다. 이런 사람들을 만나 사랑에 빠지지 않는다면 그건 인간의 의무를 포기하는 것이다. 사랑 이전에 인간도 아닌 것이다.

길가의 깡통 걷어차듯 무심코 시인은 가난해야 제맛이 난다고 했지만 내가 생각해도 나는 신통한 말을 했다. 여기 또 한 명의 가난한 시인이 있기 때문이다. 김민기가 그런 사람이다. 나는 지금 김민기를 건성건성 시인으로 말한 게 아니다. 그는 「아침이슬」이라는 시를 쓴 사람이다. 그리고 그 시에다 절묘하게 음률을 얹어 노래를 만들었고 자신의 목소리로 노래까지 부른 사람이다. 그런 일을 하고도 그는 조용하게 살고 있다. 가난하게 살고 있다.

나는 그가 어느 자리에서 「아침이슬」이라는 시를 쓴 시인이라고 소개되는 걸 들어본 적이 없다. 김민기한테서 그 업적을 빼면 허깨비다. 아무것도 아니다. 그리고 그는 아무것도 없이 허깨비로 살고 있다. 더 이상 가난할 수가 없다. 현재 김민기의 시 「아침이슬」은 김소월의 「진달래」보다도 민족 전체의 입에서 더 많이 암송되고 있다. 남쪽에서는 물론 내가 2년 전 평양에서 그 노래를 부를 때 「아침이슬」은 거기서도 이미 널리 알려진 시였고 노래였다.

김민기의 시는 마종기·황동규·이제하 등의 현대 시와 단세포적으로 비교하며 그 수준을 왈가왈부해선 안 된다. 하기야 비교해서 안 될 이유도 없지만 여기서 내가 말하고 싶은 건 따로 있다. 현대시건 구대시건 가장 까다로운 게 시에 음률을 싣는 것이고, 「아침이슬」은 현대 음률시의 표본이라는 것이다.

나는 언제 어디서 그 청년과 처음 만나게 되었는지를 기억 못한다. 확실한 것은 내가 군복을 입고 있는 동안 김민기 군을 처음 만났다는 사실이다. 그즈음 김민기는 대한민국 가요계에 막 발을 들여놓은 참이었다. 김민기는 시종일관 미스터리어스한 정서와 분위기를 몰고 다녔다. 나이가 내 패거리들보다 서너 살쯤 어리면서도 송창식·윤형주·이장희·고영수·전유성·서유석·김도향 등과 어느새 한패로 어울렸다.

그는 일찍이 머리를 빡빡 민 삭발 상태로 활동한 적이 있었다. 요즘은 정치인들이나 운동선수들이 걸핏하면 머리를 깎는 일이 흔하지만, 이조 말엽이나 다름없었던 그 당시로서는 빡빡머리가 섬뜩하게 느껴질 수밖에 없었다. 충분히 '저 인간은 괴상하다, 특이하다'는 느낌을 누구한테나 주었다. 처음 등장할 때 남성 이중창 그룹의 이름을 '도비두', 도깨비 두 마리라고 해서 일본의 하이쿠 시작법을 방불케 하는 기막힌 이름을 지어낸 것만 봐도 보통 젊은이는 아니었다는 얘기다.

언젠가 나는 김민기가 여러 가수들과 함께 소위 '떼창'을 부르는 장면을 TV에서 보게 되었다. 떼창 장면에서 한 가수가 무대에 털썩 부처님 자세로 양다리를 접고 앉아 기타를 부여잡고 덤덤하게 노래를 부르는 모습에 나의 시선이 꽂혔다. 나는 그 파격적인 모습에서 모종의 심상치 않은 기운을 감지했다. 물론 그는 김민기였다. 그는 결코 제 입으로 제 얘기를 하지 않는 타입의 남자였다. 말하자면 나와는 정반대 타입의 남자다. 그는 새로운 사람을 만나는 일도 결코 즐거워하지 않았다. 그 점도 역시 나와는 사뭇 달랐다.

그와 나 사이에 교우관계가 가능했던 것은 물론 가요계에서 노래를 부른다는 공통점도 있고 같은 대학 미대생, 음대생이라는 이런저런 연결 고리를 찾을 수 있었지만, 무엇보다도 우리 둘의 공통점은 술이었다. 술을 많이 퍼마실 수 있다는 점이었다. 남자나 여자나 공통점 하나 정도는 있어야 진짜 친해진다.

그때 우리는 만나기만 하면 그저 술이었다. 눈만 마주치면 술이었다. 그것이 전부였다. 그것밖엔 몰랐다. 믿거나 말거나 여자는 술 다음이었다. 그때 우리는 술을 마실 수 있는 넉넉한 형편이 아니었다. 그나마 내가 여유 있는 편이어서 나는 나름대로 작심을 했었다. 그것은 김민기를 만나면 일단 양껏 술을 사준다는 것이었다.

그의 신체는 일찍부터 술에 절어서 그 당시에도 신체의 어느 중요한 부분이 크게 망가진 듯한 느낌이 들 정도였다. 뼈대는 굵었지만, 술로 워낙 학대를 당해서 일찍부터 폭삭 삭은 몸체였다. 술이라면 나도 선천적인 폭음가였다. 그러나 나는 최소한 밤에만 술을 마시는 체질이었다. 혼자서 안 마시고 남자끼리 마시지 않는 체질이었다. 이 점이 근본적으로 달랐다. 김민기는 술에 관한 한 말하자면 시간과 장소와 주종을 가리지 않았다. 나는 대체로 아침에는 술을 전혀 못 마시는 체질이었지만, 김민기는 아침에도 점심에도 저녁에도 밤에도 새벽에도 술이 있는 한 퍼마셨다.

그래서 나는 늘 생각했다. 매우 철학적인 생각이었다. 즉 다른 사람은 몰라도 최소한 김민기만은 술 때문에 일찍 죽을 것이라는 예감 같은 것

말이다. 천재이기 때문에 천재임을 알리기 위해 소위 요절을 해야 하는 게 아니라, 단지 술 때문에 일찍 죽게 될지도 모른다는 것이었다. 그래서 나는 형편이 닿는 대로 원 없이 술을 사주곤 했다. 무엇보다도 죽은 다음에 그가 들어 있는 관을 바라보면서 "술이라도 한 잔 더 사줄걸" 하고 후회하기가 싫었기 때문이다. 그는 술을 잘 마시는 것 이외에 뭔가를 잘할 수 있는 사람으로 보이질 않았다.

그는 분명 「아침이슬」이라는 불멸의 명곡을 만들어서 직접 노래까지 부른 사람임에 틀림없었으나, 나는 그가 실제로 노래 부르는 광경을 내 눈으로 본 기억이 별로 없다. 이건 결코 과장이 아니다. 그는 남 앞에서 노래 부르기를 애당초부터 꺼려했다. 그렇다고 자기가 작곡한 곡이라며 누구한테 노래를 주거나, 레코드판을 만든다며 요란법석을 떨지도 않았다.

나는 그가 왜 한때 기타를 들고 가수가 되겠다고 우리 바닥에 발을 들여놨을까 그 등장 자체가 미스터리로 여겨진다. 그렇다고 괴팍하지도 않았고 황당하지도 않으면서 얼핏 마의태자나 김삿갓처럼 어딘가 야릇한 모습을 지닌 것이 내가 아는 그의 모습이었다. 그가 만든 「아침이슬」이 금지를 당하고 농민운동인가 뭔가로 당국에 쫓기고 난리굿을 치를 때 내 동료들이 대마초 파동에 휩싸였을 때 나는 홀랑 미국에 있었다. 머리가 길면 장발로 걸리고 순경들이 미니스커트를 자로 재고 다닐 때의 일이다.

우리는 그때 긴 편지로 서로를 위로하면서 세월을 죽여갔다. 김민기는 늘 담담하고 침착했다. "형님, 글쎄 제가 사상 불순한 가수랍니다. 핫핫핫!" 소리내어 웃을 때 김민기의 고장 난 경운기 떠는 소리 같은 "으핫핫핫" 소리와 그럴 때 그의 찢어진 입 둘레의 엄청난 사이즈를 직접 본 사람은, 그저 놀라자빠질 수밖에 없다.

누가 뭐래도 그의 웃음소리 하나만은 임꺽정이나 장길산 못지않았다.

물론 나는 마의태자나 김삿갓을 만나본 적도 없고 그런 옛날 사람의 웃음소리를 직접 들어본 적도 없다. 그러나 김민기의 경우 그토록 호탕한 웃음을 웃는 자의 행색을 바라보면 실로 가관이다. 그런 호탕하고 화려한 웃음소리가 빠져나올 수 있는 몰골이 전혀 아니었기 때문이다. 그의 행색은 기껏해야 시골 논두렁의 허수아비. 그가 "으핫핫핫" 뱃속의 애 떨어질 만한 소리를 내지르거나 "얼씨구 덩더쿵!" 아니면 "그렇게 하시지요." 같은 밑도 끝도 없는 소리를 벅벅 내지를 때는 영락없이 추수를 끝낸 휑한 들판에서 일 없이 흔들리는 허수아비 그대로였다.

그 허수아비가 늘 진지했고 신중했다. 심지어는 취중에도 그랬다. 언행에 흐트러짐을 노출하는 때가 거의 없었다. 늘 사려와 배려가 깊었다. 보통 사람과 반대로 술에 취할수록 더욱 진지해지는 게 흠이라면 흠이다.

그는 나 같은 아마추어로 하여금 미술을 시작하게 했을 뿐만 아니라, 내 생애 최초로 의젓한 전시회까지 열 수 있도록 온갖 배려를 아끼지 않은 청년이었다. 심성이 곱거나 근본적으로 남에 대한 사려가 깊지 않고는 아무런 이득도 없는 남의 일에 그토록 열렬할 수가 없는 노릇이다.

그때까지 나는 그림을 본격적으로 그려본 적이 없었다. 그저 단순한 취미생활을 못 벗어나는 정도의 미술 실력이었다. 그나마 '내가 그림을 좀 그릴 줄 안다'고 어설픈 자신감을 가질 수 있었던 것은 일찍이 초등학교 때 전교생 대표로 사생대회에 나간 경력이 있고, 중학교 때에는 졸업앨범 편집을 혼자서 해냈고, 고등학교 때에는 전교 미술반장을 역임했다는 하잘것없는 이력 때문이었다.

그러다가 음악대학으로 진로를 바꾸는 바람에 일단 자의 반 타의 반으로 미루어두었던 나의 그림 그리기는 김민기라는 청년을 만나면서부터 다시 불이 붙었다. 그후로 지금까지 미술은 나의 가장 큰 관심사이자 가장 큰 오락이었다.

나는 그때 육군 본부에 근무하는 졸병이었고 김민기는 서울미대 학생이었다. 외출을 나와 나는 몇 번인가 김민기를 찾으러 동숭동 미대 캠퍼스를 찾아간 적이 있었다. 나는 그곳 학교 복도나 실기실을 어슬렁거리면서 거기에 널려 있는 미대생들의 작품들을 대충 훑어보았다. 그들의 작품을 보면서 내가 말했다.

"야! 내가 발가락으로 그려도 이 정도보다 낫게 그릴 수 있겠다."

그가 대답했다.

"얼씨구 덩더쿵! 그럼 형이 그림을 그리시구려."

나는 내심 그의 그림 솜씨가 궁금했다. 그러나 캠퍼스 어디를 훑어봐도 그의 그림은 발견되질 않았다. 다른 학생들처럼 손이나 옷 등에 그림물감 같은 것이 묻어 있지 않은 점으로 봐서 우선 그는 그림을 그리는 미대생 같지가 않았다. 나도 음대를 다닐 때 좀처럼 남 앞에서 노래 연습을 하지 않았던 적이 있어서 구태여 그에게 "니가 그린 그림은 어디에 있냐?"고 묻지도 않았다. 그로부터 얼마 후 서울미대 윤명로 교수한테 직접 들은 얘기가 있다. 김민기가 국어시험에서 낙제점수를 받은 적이 있다는 것이다. 저 유명한 「아침이슬」의 노랫말을 쓴 최정상의 음률 시인이 말이다.

서울미대 캠퍼스를 방문한 이후 나의 군대생활은 가히 혁명적으로 바뀌었다. 모든 남는 시간을 그림 그리는 일에 투입했다. 그래서 나는 각처에다 그림 그리는 도구를 비치해두었다. 노모가 계신 동부이촌동 아파트와 봉원동 이태영 어머님 집 2층, 그리고 미아리 윤여정네 집. 특히 미아리 집에는 뒤늦게 시작한 고무판화 도구들을 집중적으로 비치해두고 도장을 파는 기법으로 열심히 판화도 찍어냈다. 김민기가 옆에서 "좋다, 덩더쿵!" 하면서 부추기는 바람에 나는 괜히 신바람이 났다. 음대 출신의 인기 가수는 온종일 그림만 그려대고 멀쩡한 미대생은 온종일 기타만

튕겨댔다.

사실 나는 김민기 군의 그림을 본 적이 있는 몇 안 되는 사람 중의 하나다. 웬일로 그는 당시 갈현동에 있던 자기 집으로 나를 끌고간 적이 있다. 우선 그가 사는 집을 보고 '엇! 저런 거지발싸개 같은 녀석이 어떻게 이런 으리으리한 집에 산단 말얏!' 하고 놀랐고, 그의 노모와 조카들을 보고는 '앗! 저런 고아원 빨랫줄같이 생긴 녀석한테 멀쩡한 가족이 있었단 말얏!' 하고 재차 놀랐다. 그의 갈현동 집은 김민기가 사는 집이라고는 믿기지 않을 정도로 부티 나는 집이었다. 내가 무시로 드나들던 윤여정의 미아리 집이나 내가 살던 불광동 돌박골 기슭의 항상 시궁창 냄새 풍기는 집에 비하면, 김민기의 갈현동 집은 대궐이었다.

그날 나는 그의 2층 방 벽에 기대어진 몇 점의 그림을 슬쩍슬쩍 들추어보고 혼자 웃었다. 2, 30호쯤 되는 캔버스에는 어린아이들이 그렸음 직한 우리나라 태극기만 잔뜩 그려져 있었다. 그때는 태극기 그림이 너무도 엉성하고 멋대가리가 없어 보여 웃음이 터질 지경이었지만 세월이 흐를수록 그것에 대한 느낌은 변해갔다. 그의 그림은 정확히 나보다 적어도 20년은 앞서갔던 것이다.

내가 군대에서 제대하고 미국으로 건너갔을 때 미국의 이름난 현대미술관마다 미국의 국기나 영국의 국기가 그려진 단순한 형태의 그림들이 중요한 자리에 속속 걸려 있었다. 미국 현대미술의 선봉장격인 재스퍼 존스 같은 이는 미국 성조기를 그려서 전설적인 화가로 남게 되었다.

나는 재스퍼 존스가 그린 성조기를 보며 혼자 중얼거렸다.

'어, 저건 그 옛날 민기가 한 번 써먹은 소재였는데.'

그러니까 내가 제대 후에 미국으로 건너가 현대미술을 본격적으로 공부하면서 작품의 소재를 화투장과 태극기로 고정시킨 것은 전혀 우연이 아니다. 문제는 김민기의 태극기가 역시 무섭게 빠른 현대미술이었다는 점이다. 태극기 이외에도 나는 김민기가 미대 졸업작품 전시회에 단지 호적초본 한 통을 달랑 내다걸었다는 얘기를 들었다. 그것이 사실이라면 김민기는 벌써 대학 재학 중에 우리 한국 현대미술계가 놓쳐버리고 잊어버린 다다이즘과 초현실주의를 일찌감치 관통해버린 셈이다.

그는 미술로도 승산이 있었다. 나는 좀 편파적인 구석이 있긴 하지만, 김민기가 미술을 지속적으로 붙들고만 있었다면 지금쯤 제2의 백남준은 됐을 거라고 쭉 생각해왔다. 그게 이상할 것도 없이 백남준과 김민기는 같은 경기고 출신에 같은 부잣집 출신이고 같은 막내 출신이다.

예수나 석가는 우리한테 "버려라! 버려라!" 했지만, 우리 주위엔 실제로 버리면서 사는 사람이 흔치 않다. 그러나 내가 아는 한 우리의 김 군은 분명 미술도 버리고 시 쓰는 일도 버리고 물론 노래를 부르는 일도 버렸다. 기타를 내동댕이친 지는 벌써 수십 년에 이른다. 최근 요란하게 전집 앨범을 만든 건 무슨 레코드사와의 오랜 채무 문제로 도리 없이 만든 것이다.

그는 죄다 버리고도 용케 살아 있다. 버린 것을 빌미로 미술의 마르셀 뒤샹처럼 위대해지지도 않았고, 랭보처럼 신비의 시성으로 남지도 않았다. 그의 노래가 다분히 정치적으로 이용됐지만 그는 무슨 우국지사로 남는 것을 한사코 사양했고 단지 동숭동의 몇 석 안 되는 극장 주인으로만 남았다.

그는 내가 즐겨 쓰는 '모순에 어긋난다'라는 말이나 '노 트러블럼'이라는 합성어를 만들어낸 장본인이다. 트러블럼은 트러블과 프로블럼을 섞은 말이다. 따지고 보면 나야말로 가만히 있는 사람을 들쑤셔서 이러쿵저러쿵 말을 만들어 인기나 끌려는 '모순에 어긋나는' 사람이고 '트러블럼'이 많은 사람이다.

누가 믿겠는가. 나는 1980년 초에 만든 추모곡 「김 군에 관한 추억」을

20여 년 지나서야 처음으로 사람들 앞에서 불렀다. 미국에 머물고 있을 때 그가 운동권으로 무슨 기관에 쫓기다가 죽었다는 괴소문을 듣고 그 자리에서 만든 노래였다. 노래를 만들어서 한국에 가져왔더니 그가 멀쩡하게 살아 있는 것이었다. 나는 그 노래를 다시 서랍에 쑤셔박아놨었다.

나는 한갓 추모곡 한 곡을 발표하기 위해서 그가 사망하기를 기다리는 짓은 안 했다. 단지 나는 그가 언젠가는 틀림없이 죽는다는 것만 알고 있었다. 속으로 알고 있는 것은 죄가 아니다. 이것은 허튼소리가 아니다. 그렇게 술을 퍼마시고 담배를 펴대는 사람은 오래 못 산다. 어쨌거나 당사자가 시퍼렇게 살아 있는데 산 사람을 앞에 놓고 추모곡을 부를 수도 없고 그렇다고 당사자한테 빨리 좀 죽어달라고 부탁할 수도 없는 노릇.

그러기를 20년, 멀쩡하게 살아서 여전히 술 퍼마시고 담배 펴대는 그자를 보면서 나는 덜컹 추모곡은커녕 이러다간 그자가 내 시체를 먼저 치우는 게 아닌가 싶어 얼마 전 나의 세종문화회관 콘서트 때 관객한테 이렇게 양해를 구하고 그냥 불러버렸다. "죄송합니다. 노래가 좀 아까워서 그렇습니다. 당사자가 아직 살아 있지만 잠시 죽었다 치고 제가 아주 오래 전에 만든 「김 군에 관한 추억」을 부르겠습니다."

이런 내용의 노래다.

가버린 내 친구여 세상 사는 게 우습다던 내 친구여.
언제나 창백한 얼굴에 어둠 깃들어
말 붙이기가 조심스럽던 나의 친구여.
가버린 내 친구여 세상 사는 게 재미있다던 친구여.
어쩌다 술 한 잔 취하면
육자배기 타령을 그토록 구성지게 잘 부르던 내 친구여.
너의 기타 치던 솜씨는 일류였지, 너의 노래 속엔 뜻이 있었지.

그러나 노래를 불러 출세하기가 너무도 쑥스러워

말없이 가곤 소식 없는 친구여.

가버린 내 친구여.

세상 사는 게 힘들다던 친구여 내 친구여.

이놈의 세상살이가 얼마나 힘든가

빵공장에 나가 일해봐야겠다던 내 친구여.

가버린 내 친구여, 이젠 소식 한 장도 없는 내 친구여.

언제나 만났다 헤어지며 우린 내일 다시 못 만날 거라던 나의 친구여.

가버린 내 친구여, 아침이슬처럼!

노래를 부른 그날 밤 김민기와 나는 새벽 동틀 무렵까지 술집과 우리 집에 있는 술을 몽땅 마셔버렸다. 나더러 해가 아니라 달이라고 알듯 모를 듯한 소리를 한 것도 그날 밤이다.

아마도 나는 사람을 사랑한 게 아니라 시인을 사랑했나 보다. 시인을 사랑하는 게 나의 못 말리는 취향인가보다. 취향은 못 말려서 취향이다. 말릴 수 없어서 취향이다. 내가 사랑의 샘플로 내놓은 사람들을 봐도 그렇다. 마종기는 방사선과 의사다. 그러나 그는 시인이다. 김민기는 학전 극장장이다. 그러나 그는 시인이다. 이장희도 마찬가지다. 지금은 울릉도 더덕농사꾼이다. 더덕 추수를 아직 한 번도 못했지만. 그나마 농사꾼 이력을 빼면 백수다. 진짜 백수를 백수라고 부르면 화내는 법이다. 2년 전까지는 방송국 운영자였지만 지금 그는 직함이 농부다. 그리고 그도 역시 시인이다. 푸시킨의 「세상이 그대를 속일지라도」를 방불케 하는 「나 그대에게 모두 드리리」나 한국 구어체 음률시의 효시라고 할 수 있는 '전화를 걸려고 동전을 바꿨네' 어쩌구저쩌구 하는 「그건 너」도 이장희가 쓴 시다.

서양에서는 가수 밥 딜런을 위대한 시인으로 알고 있듯이 나도 김민기나 이장희를 위대한 시인으로 알고 있다. 그뿐이다. 그리고 나는 그들만한 명시를 써낼 수 있는 능력이 모자라기 때문에 상대적으로 그들을 무한히 질투하고 흠모하고 사랑한다. 이상·정지용·기형도 그리고 러시아에서 살다 죽어간 이진 같은 시인을 끝내 만나보지 못해서 무한한 연민의 정을 느끼듯이 마종기·이장희·김민기는 아직 내 옆에 살아 있고 만나볼 수 있어서 연민 대신 즉시 사랑을 하는 것이다. 그리고 나는 죽은 이에게 바다 같은 연민을 보내느니 살아 있는 이에게 옹달샘만 한 사랑을 주는 것이 훨씬 실리적이라고 판단했다.

내가 이장희를 알게 된 사연은 기구하다. 그와 나는 시작부터 맺어진 관계였다. 내 짝꿍의 조카로 시작되었으니 말이다. 고등학교에 들어가자마자 내가 제일 먼저 찾아간 곳이 밴드부였다. 마침 내 옆의 짝꿍 이영훈이라는 녀석과 나는 당장 의기가 투합되어 우선 밴드부부터 찾아갔다. 교문 바로 옆 헛간 같은 데가 밴드부 연습실이었다. 나는 앨토라는 관악기를 잡았다가 곧 트럼펫으로 바꾸었다. 나는 3년 동안 줄곧 밴드부에서 나팔을 불었다. 내게 있어서 고등학교 3년은 곧 밴드부의 3년이나 마찬가지였다.

이영훈은 그때 학교 옆에 붙은 낙산 자락의 옹색한 판잣집에 살았다. 우리는 나팔을 들고 영훈이네 집 골방으로 가서 만날 땡땡거리곤 했는데, 거기는 영훈이의 큰형님네 집이었다. 그 집 안방에는 영훈이의 조카가 세 명이 있었다. 그런데 큰조카 녀석이 어느 날 서울고등학교 교복을 턱 하니 차려입고 나타났다. 이 친구가 나중에 불멸의 가수가 되고 작곡자가 되고 미국 LA의 '라디오 코리아'라는 방송국의 사장이 되는 이장희다.

결국 이장희는 자기 삼촌과 내가 자기네 집에서 온갖 악기를 가지고 띵땅대며 노래 부르는 소리를 어깨 너머로 들어가면서 자신도 장차 음악을 해봐야겠다는 결심을 품게 된 모양이다. 나는 그가 걸핏하면 말하는 과거사를 수백 번은 더 들었다.

　"와! 영남이 형이 통기타를 튕기며 팻 분의 노래 「와이 베이비 와이」를 부르는데 와! 그때 내가 결심한 거야. 나도 가수가 돼야겠다. 그래서 나도 기타를 배웠지. 핫하하하."

　이장희의 웃음 소리도 김민기 못지않게 시끌벅적하다. 그러니까 나는 이장희가 창신초등학교를 윤여정과 동기동창으로 졸업하고 중학생이 되었을 때부터 쭉 보아온 셈이었다. 이장희가 다니던 서울고등학교와 우리가 다니던 강문고등학교는 수준 차가 하늘과 땅이었기 때문에 나는 늘 이장희의 카키색 여름 교복이 한없이 부러웠다. 그때는 고교 평준화 훨씬 이전이었다.

　결국 나는 이장희의 삼촌과 함께 강문고교를 졸업하고 한양음대 서울음대를 거쳐 가수가 되고 가수 쪼끔 하다가 군대까지 마치고 미국으로 건너가게 된다. 이장희는 서울고등학교를 졸업하고 연세대 문리대 생물학과에 들어갔다가 얼마 안 있어 「나 그대에게 모두 드리리」 「그건 너」를 만들어 부르면서 가수생활을 잠시 하다가 대마초 가수로 찍혀 몇 년 고생한 뒤 가수를 그만두고 옷장사를 시작해서 큰돈을 벌다가 어느 날 내 뒤를 따라 훌쩍 미국에 들어와 놀랍게도 LA 외국땅에서 미디어 그룹을 설립해 크게 성공한다.

　이장희를 만난 이듬해에 나는 내가 다니던 교회에서 경기고 1학년 윤형주를 만난다. 내가 고3으로 고등학생 성가대 반장 노릇을 할 때 그가 신입단원으로 들어왔다. 시인 윤동주의 4촌인가 6촌뻘쯤 되는 윤형주의 아버지는 당시 경희대 학장이어서 나는 형편이 나보다 나은 형주한테 헌

금시간만 되면 헌금 낼 돈 좀 꿔주라, 니가 헌금할 돈 반씩 갈라서 내자, 만날 이런 흥정을 하면서 나중에 내가 돈을 벌어서 꼭 갚겠노라고 철석 같은 약속을 했다. 형주는 지금도 나를 만나면 그때 꿔간 돈을 달라고 요구하지만 나는 한 푼도 돌려주지 않고 있다. 그리고 이유를 설명한다.

"야! 이 시키야, 어차피 니가 하나님한테 바칠 돈을 심부름하듯 내가 대신 내준 것뿐인데 왜 내가 그 돈을 갚아야 하나?"

형주와 나는 성만찬식 있는 주일예배 때 성가대석에 앉아서 우리 앞으로 오는 포도주를 한 잔씩 마시고 남들이 기도하는 틈새에 2층 꼭대기 자리로 올라가 뒤늦게 오는 나머지 작은 성만찬용 컵에 담긴 포도주를 홀짝홀짝 마셨다. 형주의 증언에 의하면 내가 포도주를 마신 다음 '크' 소리까지 냈다는 것이다.

이어지는 그의 증언으로는 내가 기타를 치고 있길래 옆에 다가가서 조심스럽게 물었단다.

"형! 기타를 잘 치려면 얼마만큼 쳐야 돼?"

내가 이렇게 대답하더란다.

"그런 거 물어보는 놈치고 기타 잘 치는 놈을 본 적 없다."

그래서 자기도 이를 악물고 기타를 쳤다는 것이다. 형주가 기타를 치며 나한테 물었단다.

"형, 나도 가수 되면 안 될까?"

내가 대답하더란다.

"너는 염생이 소리가 나서 가수 하긴 글렀어, 이 시키야!"

이장희도 나한테 가수가 될 것을 물었단다. 내가 대답하더란다.

"너는 음치라서 안 돼, 이 시키야."

실제로 이장희는 「보리밭」의 앞부분 4소절의 음정을 제대로 못 내는 음치였다. 그들이 그 이후 불멸의 가수로 올라서게 된 것에 대해서는 지금이라도 청문회를 열어 재조사를 해봐야 한다고 나는 생각하고 있다.

송창식은 이장희·윤형주보다 한참 뒤에 만났다. 내가 음악대학에 들어가 엉뚱하게 경음악에 관심을 가지고 '쎄시봉'이라는 음악감상실에 나가기 시작했을 때 처음 봤다. 어느 날 '돌아온 장고'풍의 남루하기 짝이 없는 친구가 낡은 기타를 들고 쎄시봉 '대학생의 밤'에 등장해 자신의 기타 반주로 『사랑의 묘약』에 나오는 「남몰래 흐르는 눈물」을 불렀는데 나는 그의 노래를 듣고 혼자 중얼거렸다. '아! 강적이 나타났구나.' 우리들 중 그의 신분이나 정체를 아는 사람은 아무도 없었다. 천애고아인지 남파간첩인지 위장간첩인지 그가 입을 안 열어서 알 수가 없었다.

사람들은 종종 나를 자유인이라고 칭하지만 내 생각에 대한민국의 진정한 자유인은 송창식이다. 그는 나보다 훨씬 자기 마음대로 말하고 행동하며 지금까지 살아오고 있다. 그는 우리나라 연예인 중에서 가장 섭외하기 힘든 가수다. 웬만한 방송국 PD들은 다 안다. 가령 언제 어디서 열리는 무슨 음악회에 출연해달라고 요청하면 그는 그날 기분에 따라 달리 대답한다. "안 돼요." 왜 안 되냐고 물으면 "그날 친구하고 점심 약속 있어요!" 하고 퉁명스럽게 대답하면 끝이다. 우리나라에서 방송 출연보다 친구와의 점심 약속을 더 중요시 여기는 가수는 내 친구 송창식 하나다.

우리 어머니가 돌아가셨을 때 친구들이 우리 집에 다 모였는데 창식이만 보이질 않아 대표로 김세환, 석찬진이가 송창식 집을 찾아가 문을 두드리고 얘기했다고 한다. "형! 영남이 형 어머니 돌아가셨는데 가봐야죠." 그랬더니 송창식이 말하더란다. "안 돼, 인마! 우리는 불교잖아, 인마!" 그는 불교 신자이기 때문에 기독교 신자인 조영남 형 장례집에 끝내 나타나질 않았다. 나중에 들은 얘기인데 그해 연초에 불교 신자인 자신의 어머니가 자기더러 그해 한 해 동안 기독교식 장례식장엔 가지 말라고 했단다. 그렇게 말하면서 그자는 우리 어머니가 아주 불길한 해에 돌아가셨다고 친절하게 덧붙여주기까지 했다.

송창식의 자유스러운 기행에 대해서는 책 한 권을 따로 써도 모자란다. 공연 스케줄 때문에 서울에서 김천까지 몇 시간 내에 다녀올 수 있느냐를 한참 진지하게 논의할 때 그가 한큐에 해결 방안을 내놓은 것이 바로 헬리콥터 동원이었다. 요즘은 그렇다 치지만 그때는 헬리콥터가 사람을 실어나르는 기계가 아닐 때여서 그런 천재적인 발상은 좌중을 놀라게 했다. 해외공연 섭외를 했더니 어느 기간부터 어느 기간까지는 미국을 가기 위해서 반드시 런던과 파리를 경유해서 가야 한다고 그러더란다. 왜 그렇게 복잡하게 가야 하냐고 물었더니 자기 몸의 기운이 서쪽 방향으로 곧장 흘러가서는 안 되고 동서로 위아래를 거쳐서 가야 한다고 대답했다는 것이다. 지방공연이나 외국공연을 갈 때는 사방 각기 4미터 이상의 공간에 아무 장식도 없는 방을 따로 마련하지 않으면 공연 자체가 불가능할 때도 있다고 했다. 왜 그런 공간이 필요하냐 하면 그런 공간 안에서만 단전호흡인가 뭔가를 할 수 있기 때문이란다.

나는 그가 김도향과 함께 김세환네 집 벽에 있는 그림 액자 뒤에 귀신이 몇 마리 붙어 있어서 방으로 들어왔다 나갔다 한다는 내용의 대화를 아무렇지도 않게 하는 소리를 직접 들은 적이 있다. 그들 눈에는 귀신이 훤히 보인다고 했다. 나와 김세환은 그들에게 귀신이 없다는 걸 증명해낼 방법이 없어서 그딴 게 어디에 있냐고 몇 마디 시비만 걸다가 말았다.

나는 송창식과 내가 가수로 출세하기 직전에 쎄시봉에서 빌붙어 살면서 온갖 고생을 다했기 때문에 이 세상에서 송창식한테 하고 싶은 말을 다 하는 사람은 나밖에 없다고 나 스스로 지금까지 생각하고 있다. 추운 겨울 우리는 영업이 끝난 쎄시봉에서 의자를 겹쳐놓고 피아노 커버를 이불 삼아 그 위에서 잠을 잤고 이른 아침 저쪽 구석의 옹색한 부엌방으로 직원들 밥을 얻어먹으러 들어가면 어느새 뜨뜻한 방에서 이가 벌벌 식탁 위까지 기어올라오곤 했는데, 그때마다 나는 늘 창식이더러 "야! 이 시키야, 이거 니 몸에서 기어나온 이야, 이 시키야!" 하고 소리를 질렀다. 그도 그럴 것이 그가 늦가을에 걸친 흰색 나일론 수영복 팬티는 겨울을 지나 봄이 되면 어느새 짙은 회색 팬티로 변해 있었다.

그렇게 거지나 노숙자 행색이었던 송창식이가 어느덧 톱가수가 되어 내가 미국에서 첫 번째 귀국했을 때는 귀국한 그날 서울역 근처의 호화로운 중국집으로 나를 마중 나온 수십 명을 초대해서 초호화 귀국파티를 열어주었다. 창식이 색시가 골동품 무역으로 큰돈을 벌었기 때문이라고 했다. 그 다음 두 번째로 귀국해서 송창식의 소재를 물어보니 부도가 나서 집도 없어지고 어느 레코드사 사무실 구석에서 기거한다고 해 직접 찾아갔더니 칸막이를 친 사무실 구석 야전침대에서 숙식을 하고 있었다. 왜 이 지경이 됐냐고 했더니 사업이 망해서 그렇게 됐다고 간단하게 대답했다.

언젠가부터 송창식이가 개량한복을 입고 만날 '가나다라 마바사아 우웩우웩' 하면서 우리 민요풍의 노래를 부르길래 내가 한마디 해준 적이 있다.

"야! 이 시키야, 한복 입고 가나다라 우웩우웩하는 시키가 달구지나 경운기를 타고 다닐 것이지, 어울리지도 않는 어린애 똥색 같은 벤츠는 왜 타고 다니냐?"

그는 한동안 수십 년 된 낡은 벤츠를 타고 다닌 적이 있었다. 그 색깔이 꼭 어린아이들 설사똥 색깔 같아서 내가 만날 놀려대곤 했다. 믿거나 말거나 우리는 30년 이상을 서로를 그렇게 인정하면서 갈구면서 그렇게 허물없이 살아왔다.

지면상 소개를 못한 친구들이 여러 명 더 있다. 전부 30년 이상 된 관계다. 그런데 신기하게도 그중에는 여자가 한 명도 없다. 내가 윤여정과 헤어져 살지만 않았다면 윤여정이 그런 역할을 지금까지도 완벽히 소화해낼 수 있었는데 참 섭섭하게 됐다.

내가 지금 하고 싶은 얘기는 이거다. 남자들끼리는 적어도 서로 사랑하고 믿어주는 관계가 쉽사리 끊어지지 않는다는 얘기다. 남자끼리의 사랑이 간단히 말해서 더 단단하고 위대하게 느껴진다는 얘기다. 아무래도 상대가 여자들이었으면 그럴 수가 없었을 것 같다. 그러나 우리는 서로의 인기나 유명세 같은 것 때문에 질투나 모함 같은 것을 할 수도 있었는데 신기하게도 처음부터 지금까지 단 한 번 그런 일로 얼굴을 붉힌 적이 없다. 가수로서의 서로 다른 인기 때문에 내가 어느 누구의 인기를 질투한 적도 없고 어느 누가 나한테 질투심 같은 걸 표시한 적도 없다. 내 친구들 전부가 그랬다. 천부적으로 남의 인기나 실력을 질투하거나 시기할 줄 모르는 단세포의 인간들이었다.

세월이 흐른 후 그들이 어떻게 변했는지는 관찰해보면 잘 알 수 있다. 김민기는 연극·뮤지컬 극장장이 되었고 윤형주는 예배당 장로님이 되었고 이장희는 울릉도의 더덕 농사꾼이 된 것만 봐도 알 수 있다. 송창식은 끝까지 미사리 '럭시'라는 곳에만 줄곧 출연하는 걸 봐도 알 수 있다. 그러나 송창식은 지금 일반 가수와는 많이 다르다. 그는 속세를 떠난 가수다. 몸은 비록 현실 속에 놓고 있지만 나 같은 사람이 사는 방법과는 전혀 다르게 살고 있다. 내가 그걸 직접 목격했다.

불과 3년 전 나는 경기도 퇴촌 근처에 그림 스튜디오나 하나 마련해볼까 하고 설계사 직원 한 사람과 함께 땅을 보러 퇴촌 현지까지 가본 적이 있다. 땅을 보기 위해서는 그 동네 복덕방에 들어가서 현지 사정에 밝은 사람들한테 직접 조언을 받는 것이 초보적인 방법이다. 우리는 무심코 퇴촌 초입에 있는 어느 허름한 복덕방으로 문을 열고 들어갔다. 그런데 거기서 시골 어른들 넷이서 한가하게 장기를 두고 있었다. 전형적인 시골 복덕방 풍경이었다.

우리 쪽에서 말했다. "안녕하세요, 여기 땅 좀 보러 왔는데요." 그런데 장기를 두던 네 아저씨 중에서 한 아저씨가 히죽히죽 웃으며 나한테 인사를 했다. "어허! 형님이 어떻게 여기까지!" 이게 웬일인가, 그게 바로 송창식이었다. 자신이 한국 최고의 현역가수인 것과 아무 관계 없이 시골 복덕방 아저씨들과 한가하게 오후를 보내고 있는 그는 정녕 온몸에서부터 영혼까지 자유로운 진정한 자유인이었다.

송창식이 좀 유난스러운 면은 있었지만 우리 친구들은 지금까지 너무도 잘 이해하면서 살아가고 있다. 자랑할 만도 하다. 어느 한편에서 돈 꿔달라는 소리를 하지 않는 이상 우리는 서로 사랑했다. 예수는 일찍이 이웃을 네 몸처럼 사랑하라고 했지만 나는 그럴 수가 없었다. 이웃이 돈 꿔달라는 소리를 하지 않는 경우에만 사랑할 수가 있었다.

부처를 따랐던 중광스님과도 사귀었고 예수를 따랐던 빌리 그레이엄·김수환·김성수 신부님이나 강원용·김장환 같은 목사님들과도 사귀었지만 그분들로부터 직접적인 구원을 받은 적은 없다. 단지 구원의 느낌이나 논리 같은 것만 받았을 뿐이다. 그러나 나는 이장희의 몇 마디에 내가 그토록 평생 찾았던 구원을 얻게 된다. 이건 건성으로 하는 얘기가 아니다. 구원이 절실하던 때였다.

우리나라 사람들이 오락으로 가장 즐기는 화투를 현대미술화시켜서 화투는 나쁜 것이라는 잘못된 인식을 어느 정도 바로잡았고 「화개장터」라는 노래를 직접 만들고 불러서 경상도와 전라도의 고질적인 지역 갈등을 어느 정도 해결했다고 믿게 된 나는 거기서 탄력을 받아 이번에는 일본과의 아물지 않은 역사적 갈등까지 해결한다고 독립투사의 폼을 잡고 나서서 일본과 한국이 어쩌구저쩌구 하다가 심봉사 발 헛디디듯 맨홀에 빠져 일 년 반을 허우적거린 끝에 간신히 목숨만 건진다. 맞아죽지만 않은 거다.

그 일 때문에 방송과 신문 칼럼을 비롯, 모든 활동이 자동적으로 올스톱되었다. 하루아침에 백수건달이 되었다. 자칭 재수교 명예교주라고 우쭐대던 인간이 그야말로 재수 없이 한큐에 걸려든 것이었다. 공교롭게도 나의 일본 파동은 마이클 잭슨의 어린이 성추행 기소와 딱 겹쳤다. 그들에 비하면 나는 한결 편한 입장이었다. 그래도 나는 좌불안석이었다. 나의 본심을 몰라주는 이 야속한 나라에서 뻔뻔스럽게 눌러앉아 사느냐, 파리나 뉴욕으로 떠서 조용히 그림이나 그리며 나머지 여생을 꾸려가느냐, 그것이 문제였다. 돈이 어느 정도 있기 때문에 불가능한 일은 아니었다. 하지만 이 나이에 파리에 가서 뭘 어쩌자는 거냐, 이 나이에 뉴욕에 가서 그림을 그리면 얼마나 더 잘 그릴 수 있다는 거냐, 그림을 더 잘 그려서 뭘 어쩌자는 거냐. 이런저런 갈등만 때리고 있을 때 그간 울릉도에 처박혀 있던 이장희한테서 전화가 걸려 왔다.

"형, 나 내일 배 타고 서울 올라가서 형 집에 들를게."

그는 2004년 말 혼자서 일궈낸 LA의 라디오 코리아 방송국의 회장 자리를 내놓고 나머지 인생 하고 싶은 거 하면서 살겠다며 평소 동경했던 울릉도로 날아가 땅 사고 집 사서 더덕농사를 짓고 있던 중이었다. 울릉도는 남다르게 탐험심이 강한 그가 이미 8년 전에 발견해두었던 유토피아였다. 남태평양의 이름 있는 섬에 비해 울릉도에는 사시사철이 완벽하기 때문에 지상 최고의 섬이라고 했다. 그는 내가 만난 대한민국 남자 중에서 가장 멋진 남자다. 세계를 통틀어도 그럴 것이다. 죽기 전에 스스로 유토피아나 파라다이스를 만들어놓았다는 점에서 그랬다.

나는 아주 오래 전부터 내가 직접 만나본 인간 중 이장희야말로 가장 정치를 잘할 수 있는 인간이라는 자체 판단 아래 내가 동원할 수 있는 모든 채널을 통해 이장희를 정치계에 내보내야 한다고 쑤셔댔지만 아무런 반응도 못 받아냈다. 나중에 이유를 알았다. 대마초 사건이 문제였다. 그러나 아직도 이장희가 정치를 했어야 한다는 소신에는 변함이 없다. 우리 광대들의 친구관계가 끊이지 않고 이어지는 건 순전히 이장희의 리더십 덕분이다.

그와 나는 우리 집 응접실에 마주앉았다. 서울 올 때면 종종 그는 우리 집에서 묵고 갔다. 묻지도 않았는데 무심결에 그가 말했다.

"형, 유토피아구 뭐구 그런 건 없는 거 같애. 농사는 아무나 짓는 게 아닌가봐."

내가 대답했다.

"야! 왜 그래, 갑자기. 너 어디 아프냐?"

나는 그때까지 이장희만 유일하게 유토피아를 실현해낸 사람으로 알고 있었기 때문이다. 꿈을 꾸기는 쉽지만 꿈을 실현해내기는 쉽지 않은 법이다. 그래서 꿈은 늘 꿈이다.

"형, 말이 좋아 농사지. 호미를 들고 밭을 매다보면 30분도 안 돼서 허리가 끊어지는 거야. 허리가 끊어지는데 농사는 무슨 얼어죽을 농사고 유토피아는 무슨 얼어죽을 유토피아유."

바로 그거였다. 그것은 구원의 소리였다. 나는 이장희가 무심코 던진 한마디에 구원을 받았다. 신학을 공부할 때도 받지 못했던 구원이었다.

유토피아는 구원의 다른 말이다. 그렇다. 유토피아는 따로 어디에 있는 게 아니다. 자기가 지금 있는 그 자리가 유토피아다. 나는 유토피아를 찾아 파리나 뉴욕으로 떠날 수가 있다. 유토피아는 자기가 정하기 나름이다. 정했으면 기차표나 비행기표 사서 가면 된다. 그러나 나는 결정했다. 가고 싶은 맘이 생길 때까지 여기 있는 거다. 내가 여기 있으면 여기가 유토피아다. 나는 내가 머물고 있는 청담동을 유토피아로 정했다. 무엇보다도 한강을 떠나기가 싫어서였다. 친구들과 헤어져 있기가 싫어서였다. 포스터의 민요 「켄터키 옛집」의 마지막 가사는 이렇게 끝난다.

'내 어릴 때 놀던 내 고향보다 더 정다운 곳 세상에 없도다.'

얼마 전 나는 친구 몇 명과 이윤기 집을 방문했다. 마침 그 전날이 그의 생일이었다. 이윤기는 자타가 공인하는 언어학자며 그리스신화 전문가며 소설가다. 나는 그자의 하나밖에 없는 색시가 차려준 저녁을 잘 먹고 의기양양하게 질문을 해댔다.

"어이! 이윤기, 나는 지금 내가 겪은 사랑에 관해서 책 한 권을 쓰고 있다. 나는 물론 여러 명의 여자를 사랑했지만 가만히 돌이켜보니까 남자도 사랑했던 거야. 좋은 여자를 만났을 때와 거의 비슷한 정성과 열정으로 남자들을 사귀었던 거야. 좋은 여자를 만났을 때도 가슴이 뛰었고 좋은 남자를 만났을 때도 똑같이 가슴이 뛰었어. 내가 5년 전 너를 처음 봤을 때 얼마나 가슴이 떨려서 안절부절 못했는지 너도 네 눈으로 봐서 알잖니. 대화라는 것만 해도 그래. 미안하지만 여자와 만났을 때는 밤새 쓰잘데기 없는 대화만 하지. 사랑의 속삭임이 원래 심각해서는 안 되는 거지만 말이야. 내가 여자 복이 없는 탓이겠지만 나는 남자와 달리 여자와 마주앉아서 내용 있는 얘기를 밤새 나눈 적은 별로 없는 것 같애. 딴 얘기만 디립다 했지. 하긴 여자와 만나면 그딴 얘기 말고 엔간해선 달리

할 말이 없는 법이지. 그러나 너와 내가 만나면 어쨌냐, 만날 쫓아오는 새벽을 저주하며 끊임없이 쓸모 있는 말만 나누지 않았냐. 사귀는 기간만 해도 그래. 여자는 짧고 남자는 곱절이나 길었어. 내가 여자를 가장 길게 사귄 게 20년을 못 넘어. 거기 비하면 남자는 훨씬 길어. 내가 이장희나 김민기를 사귄 게 벌써 30년을 훨씬 넘어. 거기에 비해서 나는 가장 길게 18년이나 함께 지낸 여자와 한 번 헤어지고 나서 지금까지 전화 한 통 교환하지 못한 게 벌써 20년이 다 돼가고 있어. 그러나 40년 가까이 변함없이 지내온 이장희나 김민기는 요즘도 계속 만나. 마종기 형도 짬짬이 얼굴을 보게 돼. 그런데 왜 남자가 여자를 사귀면 하룻밤을 사귀어도 '하룻밤 풋사랑'이라는 근사한 명칭이 따라붙는데 남자가 남자와 하룻밤을 사귀면 왜 그것을 규정하는 말이 없는 거냐.

너도 알고 나도 알아. 내가 동성애자가 아니란 걸 말야. 언어학자인 너는 그걸 어떻게 생각하냐. 왜 우리의 언어 속엔 남자끼리의 사랑을 규정하는 뜻으로 겨우 우정이라는 말밖에 없는 거냐. 말해봐라. 너와 나의 관계가 겨우 우정밖에 안 되는 거냐? 겨우 프렌드십이나 남자끼리의 한 판 의리에 불과한 거냐? 내가 겨우 우정 때문에 비 오는 날 산 넘고 개천 건너 이곳 과천 니네 집까지 달려와서 밥 한 그릇 얻어먹고 가는 거냐? 내가 너보다 가난하길 하냐, 너보다 덜 유명하길 하냐, 우린 영하 20도의 살을 에는 겨울밤에도 신촌 이화여대 뒷문 앞에서 극적으로 만난 적이 있지 않냐. 그게 그저 우정으로 넘길 만한 일이었냐?

내가 먼저 말하마. 오해해도 상관없다. 그건 사랑이었다. 우리는 서로 사랑하고 있는 거야. 왜 사랑이라는 말을 부끄러워하냐? 왜 나는 아들과 딸한테만 사랑한다는 말을 쓸 수 있는 거냐? 왜 너한테는 사랑한다는 말을 못 쓰냐? 왜 남자한테만은 사랑이란 말이 사용금지되어야 하냐. 너도 신학을 공부했고 나도 신학을 공부했다. 예수가 뭐라고 했냐? 이웃을 사랑하라고 했지? 이웃을 겨우 우정관계처럼 사랑하라고 했냐? 그렇다면 남자의 이웃은 전부 여자였고 여자의 이웃은 전부 남자로 한정됐기 때문에 예수가 이웃을 네 몸처럼 사랑했냐고 했냐? 그건 아니잖냐. 여자도 이웃이고 남자도 이웃 아니냐. 남자가 여자도 사랑하고 남자도 사랑하는 것 아니냐. 여자의 경우도 마찬가지 아니냐. 그런데 왜 요컨대 왜 남자끼리의 사랑만은 무시당하게 되었냐, 홀대를 받고 있냐 이 말이다."

이윤기는 겉보기에 나이가 나보다 한결 위로 보이지만 호적상으로는 내가 위다. 그래서 우리는 맨 처음부터 결의를 했다.

"사람이 많은 공공장소에선 네가 형이고 우리끼리 있을 때는 내가 형이다."

그런 이윤기가 조용히 대답했다. 그의 대답은 명쾌했다. 명쾌하지 않아도 나는 그를 사랑할 거다.

"그렇습니다. 물론 형님 얘기가 동성애 이야기가 아니라는 거 잘 알고 있습니다. 그렇지만 지난 2천 년 동안 불행하게도 우리는 그래 왔습니다. 하리수나 홍석천도 지난 2000년에야 비로소 등장했지 않습니까? 형님, 그건 몽테스키외의 『법의 정신』이라는 책에 잘 나와 있습니다. 중세기독교 국가에서는 남자와 여자가 자식을 만들어내는 일 이외에 모든 쾌락을 법으로 엄격히 금지시켰습니다. 왜냐면 인구가 늘어나야 세금을 많이 거둬들일 수 있었기 때문입니다. 남자끼리의 사랑을 인정해봐야 인구가 늘어나는 게 아니잖습니까. 그게 기독교 국가가 해낸 업적입니다. 그래서 자식을 번식하는 일 외에 모든 쾌락에는 눈길도 주지 않았던 것이죠. 어떤 형태든 남자끼리의 사랑이나 남자와의 사랑은 그런 말 자체가 봉쇄됐던 겁니다. 그때 형님이 나서서 왜 남자끼리의 사랑은 사랑이 아니냐고 들이댔더라면 형님은 즉시 종교재판에 회부되어 장작불 위에 모셔졌을 것이고 그랬으면 우리가 지금 이렇게 만나서 사랑도 못 나눌 뻔한 겁니다. 형님께서 진정으로 장작불 위에서 산화하셨다면 세계 역사가 형님을 순교자로 기억하겠지만 단 한 가지, 형님의 비문에 '조영남, 남자끼리의 사랑을 위해서 죽다' 이렇게 새겨질 텐데 평생 여자만 좋아하신 형님 입장에선 너무도 사실을 왜곡한 것 아니겠습니까?

전 여기 이 여자와 30년을 넘게 관계해왔습니다. 적어도 60년 관계를 목표로 나가고 있습니다. 형님께선 여자와의 사랑도 변변하게 못해내신 주제에 느닷없이 왜 남자끼리의 사랑에 그토록 신경을 쓰시는지 납득이 잘 아니 되는 바입니다. 하오나 형님, 남자끼리의 사랑을 많이 하시도록 충심으로 빌기는 빌겠습니다."

누구를 사랑하는데 그것을 표현할 말이 없는 것은 답답한 노릇이다. 그러나 그런 특정 언어가 없다고 기가 죽을 일은 없다. 사랑의 감정이 생겨나면 생겨난 만큼 사랑의 대상을 사랑하면 그만이다. 우리는 지금 동성연애와는 총체적으로 다른 얘기를 하고 있다. 그 점 오해가 없어야 한다. 하늘이 안다. 닥터 마바고는 동성애자가 아니다. 나도 마찬가지다. 그러나 나는 닥터 마바고 부부를 지독히 사랑했다. 남자도 사랑했고 여자도 똑같이 사랑했다. 지금 이윤기 부부도 마찬가지다. 남자면 어떻고 여자면 어떠냐. 나는 젊은 여자시인을 사랑했고 늙은 남자시인도 사랑했다. 내 시대 최고의 음률시인 이장희·김민기도 사랑했다. 송창식·윤형주·김세환도 사랑했음은 물론이다. 말도 안 되는 소리로 일축하겠지만 나와 이장희, 김민기만을 따로 떼어놓고 보면 우리는 서양의 삼총사나 다름없었다. 동양의 유비·관우·장비 뺨치는 남자끼리의 신의를 지켜왔다. 그들은 일찍부터 복숭아 살구나무 아래서 소년단원들처럼 아자아자 의식을 치루며 시작했지만 우린 그런 것 없이 송창식의 노래 가사처럼 그냥 마주보는 눈빛 하나로 수십 년을 한결같이 한 형제로 지내왔다. 냉정히 평가하자면 도원결의 같은 치기어린 의식도 없이 오랜 결속을 지켜온 우리가 한 수 위의 패거리인지도 모를 일이다. 나는 지난 1년 반 동안 청담중학의 남학생도 지독히 사랑했고 여학생은 말할 것도 없다. 닭살 돋겠지만 지독하고 끔찍하게 사랑했다.

선남선녀가 일대일로 만나 둘만의 결합을 목표로 사랑하는 건 최고다. 거기다 화려한 섹스까지 결합시키면 더할 나위 없다. 죽는 순간까지 쭉 그렇게 살면 천국도 부럽지 않다. 그런 사람들에겐 내가 쓰는 이 책이 아무 소용없다. 쓰레기다. 나는 그런 지고의 사랑, 혹은 최고의 사랑을 못해서 딴소리를 해대고 있는 거다. 나는 청담학교의 남학생과 여학생을 몽땅 사랑했다. 그것은 누가 봐도 차선의 사랑이다. 궁여지책의 사랑이다. 그러나 하늘에 맹세코 그것은 순수한 사랑이었다.

혹자는 항의할 수 있다. 도대체 그게 말이나 되는 소리냐. 섹스도 없이 무슨 사랑이냐, 단체로 여럿이 한 방에 앉아서 무슨 사랑을 할 수 있다는 거냐, 그런 항의도 충분히 이해가 된다. 그러나 모름지기 사랑은 그렇게 단순한 게 아니다. 좋은 사랑, 나쁜 사랑이 따로 분리되어 있는 게 아니다. 나는 단지 내가 몸소 체험한 것을 실토하고 있을 뿐이다. 누굴 어떻게 만났다는 건 실토할 수가 없다. 당사자가 살아 있기 때문이다. 그러나 사랑의 느낌만은 실토가 가능하지 않을까. 그래서 이렇게 떠드는 것이다. 내 경험상 사랑은 꼭 일대일 남녀의 관계 속에만 존재하는 것이 아니었다. 이 책은 일대일 남녀의 섹스 속에만 지고의 사랑이 있다는 통념을 비껴가자고 부추기는 책이다. 거듭 말하지만 좋은 사랑 나쁜 사랑 따로 없다. 모든 사랑은 다 첫사랑이고 다 위대하다. 수고스럽지만 다음 장을 읽으면 내가 왜 그딴 소리를 해대는지 얼마간 이해가 될 것이다.

예수 가라사대 사랑이란

  분명히 말하거니와 이 장은 부록이다. 읽지 않아도 무방하다. 예수 가라사대 어쩌구 하는 제목부터 벌써 고리타분하지 않은가. 맨 처음 무슨 책을 쓸까 상의를 하던 중, 한길사 김언호 사장이 '사랑에 대한 책을 한번 써보죠' 했을 때 내가 대뜸 '그럽시다' 하고 대답한 건 그만한 이유가 있어서였다. 나는 이미 30대 중반에 무려 5년간이나 사랑에 관한 공부를 해뒀기 때문이다. 내가 그때 미국에서 다닌 학교는 바이블 칼리지, 성경을 공부하는 전문학교였지만 나는 내 방식대로 현대 기독교가 말하는 사랑의 정체가 과연 무엇인가를 집중적으로 공부했다. 그 결과 '아하! 바로 이런 것이었구나' 하고 나만의 나홀로 모범답안을 만들어놓고 누가 나한테 사랑이 뭐냐고 묻기만 해라, 대기 상태에 있던 중이었다.

  자! 이제 나는 한길사 김언호 사장으로부터 '영남 씨가 생각하는 사랑이 뭐요?' 하는 질문을 받아놓은 셈이다. 답변이 길기 때문에 거듭 말하지만, 이 장은 그냥 건너뛰어도 아무 상관없다. 자칫 지리하게 느껴질 수 있기 때문이다. 그래서 단도직입적으로 말하겠다. 개가 풀 뜯어먹는 소리 같지만 그래도 해보겠다. 내가 배운 사랑은 진리를 형님처럼 자유를 동생처럼 거느리고 다닌다. 셋이 형제처럼 쌍둥이처럼 붙어 다닌다. 진리와 자유 없이는 사랑도 없다.

사람들은 나를 곧잘 자유인이라고 부른다. 신문·방송·잡지에서 가수 조영남을 취재했을 때 취재 제목으로 가장 많이 쓰이는 어휘가 자유인이다. 노래하고 그림 그리는 자유인, 이 시대의 마지막 자유인 등등으로 나간다. 물론 듣기 싫은 소리는 아니다. 그렇다고 마냥 듣기 좋은 소리도 아니다. 왜냐하면 이런 때의 자유인이란 품행이 방정하지 못하다는 의미도 은연중에 내포되기 때문이다.

진짜 의미야 어떻든 간에 나는 자유인이라는 소리를 꽤나 지속적으로 들어왔다. 내가 자유인으로 불리게 된 데는 그만한 이유가 있으리라고 본다. 몇 가지 사례만 들어봐도 그 이유라는 게 설명된다. 우선 대학에서 정통 클래식 음악 공부를 하다가 파퓰러 음악 쪽으로 선회한 것이다. 군인들이 입는 야전잠바를 걸치고 남루한 차림으로 TV에 나와서 노래한 것도 그렇고 카메라가 비치든 말든 남들은 잘 안 쓰는 굵은 검정 뿔테 안경을 쓰고 하고 싶은 얘기를 다 하는 태도도 남보다 자유스럽게 보일 수가 있었다. 살벌하던 군부시절 와우아파트가 무너졌다고 노래한 것 때문에 군대에 들어가게 된 거나, 한창 인기가 있을 때 미국으로 훌쩍 건너간 거나, 가수 하다가 미국 가서 신학대학을 마치게 된 것 등이 자유스러움과 직접 관련될 수 있다. 신학대학을 마치고 목사가 되는 대신 다시 가요계로 돌아온 것도 자유와 관련된 에피소드이며 누가 봐도 나무랄 데 없이 완벽한 여자를 만나 결혼하고 아이들 낳고 잘 살다가 느닷없이 가정을 깨면서 뛰쳐나온 것도 자유와 관련된 얘기일 수가 있다.

어쨌거나 사람들은 나를 계속 자유인으로 불렀고 그 소리를 들을 때마다 나는 두 가지의 생각을 겹쳐서 하곤 했다.

'내가 얼마나 부자유스럽게 살아가는데, 왜 나더러 자유인이라고 그럴까?'

그리고 또 하나는

'세상 사람들이 얼마나 자유스럽지 못하면 나 같은 사람을 자유스럽
게 살아간다고 그럴까?'

실제로 나는 세상이 나를 왜 이해하지 못할까, 왜 내 뜻이 뭔지를 모를
까, 왜 나를 자유롭게 놔두질 않을까 툴툴거리며 살고 있다. 세상에 알려
진 것과는 사뭇 다르게 살고 있는 셈이다.

그렇다고 각종 매스컴을 통해 나를 자유인으로 알게 된 사람들을 일일
이 찾아가 "나는 자유인이 아니오. 오히려 그 반대요. 그렇지 않아도 사
람들이 나를 자유인으로 추켜주는 바람에 얼마간 우쭐해서 일본에 관한
자유스런 발언을 했다가 한큐에 쫄딱 망한 사람이오. 그게 바로 엊그제
일이오. 자유는 무슨 얼어죽을 자유란 말이오?"

이런 식으로 항변할 수도 없는 노릇이었다. 별수 없이 나는 저쪽 변방
에서 누명이라도 쓴 죄인처럼 이 시대의 자유인으로 행세를 하고 있는
것이다. 자유인인 체하면서 살아가고 있다는 얘기다.

엄밀히 말하자면 이 시대의 자유인이라는 말은 이 시대가 제공할 수
있는 인간에 대한 최대의 칭찬이며 최대의 평가다. 더 이상 멋진 말로 포
장할 수 없다. 그렇다. 좀 진지하게 말해서 내가 자유인으로 평가를 받았
을 때 그 평가가 전부 다 틀린 평가는 아니다. 왜냐하면 나는 원칙적으로
광대다. 광대가 무엇인가. 광대는 그 자체가 자유다. 광대나 집시, 혹은
히피의 다른 말이 곧 자유다. 광대의 숙명을 타고났다고 해서 그런 소릴
하는 게 아니다. 자유는 어쩌면 내 평생을 통한 최대의 관심사였다.

그래서 나는 일정 기간 공부를 해봤다. 그리고 결과가 나왔다. 이런 식
이었다. 자유는 최상의 것이다. 그럼 자유는 어디서 어떻게 오는 것이
냐? 이 질문에 대한 답변이 바로 이 장의 핵심이다. 간추려서 대답하겠
다. 난해하지만 이것이 결론이다. 자유는 진리에서 나오고 진리는 사랑

에서 나온다. 그리고 사랑은 자유를 잉태하고 출산한다. 바로 이것이다. 사랑은 우주다. 만물의 근원이다. 그래서 결국 사랑이 진리를 잉태하는 것이었고 진리가 자유를 출산하는 것이었다. 사랑 · 진리 · 자유가 한통속으로 빙빙 얽혀 돈다.

이 이론은 순전히 내가 만들어낸 이론이다. 별것 아니지만 만일 지금부터 말하는 사랑과 진리와 자유에 관한 나의 이론이 다른 어떤 철학 · 종교 · 사상서적에 똑같은 형태로 쓰여 있다면 나는 가짜다. 남의 이론을 자기 이론으로 포장해서 팔고 다니는 사기꾼이다. 이 이론은 내가 꾸며낸 이론이지만 고백을 하건대 이론의 원칙적인 제공자만은 따로 있다. 그게 누구냐, 2천 년 전에 살았다고 전해져내려오는 당시 30대 전후반 나이의 중동 청년이다. 청년의 이름은 예수로 알려져 있다.

이 장의 나머지 분량은 일란성 세 쌍둥이, 즉 사랑과 진리와 자유가 어떤 경로로 탄생됐는가, 그게 충청도식 우물딱주물딱 해석으로 채워진다.

놀라운 일이다. 지금으로부터 50여 년 전에 조승초 씨의 정자와 김정신 권사님의 난자가 결합, 조영남이라는 인간이 배양되어 모태로부터 세상 밖으로 나와 수십 년간의 생명을 연장시켜오면서 짬짬이 수많은 사랑에 얽혔다는 사실 말이다. 도대체 누가 사랑하는 법을 가르쳐 주었을까. 예쁜 여자한테는 무조건 따뜻한 눈길을 주게 되는 습관은 도대체 어디서 생겼을까. 형제애보다 조국보다 사랑이 중요하다고 믿는 이 신념은 도대체 어디서 왔을까.

조승초 · 김 권사님이 날 낳으시기 전부터 "우리 아이는 노래를 잘 부르는 훌륭한 가수가 되게 해주십시오." 하고 기도하지 않았다는 걸 잘 알고 있듯이, 우리 친부모가 날 낳기 전 "이 아이는 장차 기막힌 사랑을 하다 죽게 해주십시오." 하고 기도하지 않았다는 것도 또한 잘 안다. 조선 말기 나라가 다 망한 판에 평안도 지방의 한 남자와 한 여자가 합세해서 아홉 명의 자식을 낳으면서 한 놈 한 놈 세상에 나올 때마다 매번 사랑전문가가 되게 해주옵소서, 훌륭한 카수가 되게 해주옵소서 기도했을 리 없다. 내가 잘 안다.

조승초 · 김정신 권사님은 그렇게 치밀한 성격의 소유자들이 아니었다. 그냥 남자는 남자 노릇, 여자는 여자 노릇을 성실히 하다보니 정자, 난자가 엉켜 아홉 명의 자식이 생겼을 뿐이다. 나 또한 조승초 · 김 권사님의 새끼로 태어났다고 해서 별다를 수가 없었다. 20년 가까이 생명을 유지하다보니 내 몸속에는 어느덧 다른 새끼를 배양할 수 있는 수백만 마리의 정자가 형성되어 기회만 포착하면 난자와 짝을 이루겠다고 떼거리로 꿈틀대고 내 몸은 움직이는 남성호르몬 보따리로서 예쁜 여자만 보면 어느새 나도 모르게 껄떡거리게 되어갔을 뿐이다. 여기저기 껄떡대다보니 난자를 몸속에 지닌 몇몇 여자들이 내 쪽에 호의적인 반응을 보이기 시작했고 쏜다 잘 받아라, 쏘세요 잘 받을게요 원만한 타협이 이루어져 결국 정자와 난자를 합체시키는 전후반 과정을 사람들이 사랑이라는 멋진 낱말로 포장한다는 사실도 점진적으로 알게 되었다.

나의 삶은 결코 인간이 수립한 계획이나 목표 따위에 얽매인 삶이 아니었다. 물론 나는 인간이 수립한 계획에 충실해보려고 내 딴에 시도도 해보았고 노력도 해보았다. 그런 상상 가능한 계획과 목표에 의해서 나는 중학교, 고등학교를 무사히 졸업했고 계획과 목표대로 대학에 입학을 했다. 그러나 나한테는 고유의 형편과 사정이 따로 있었다. 나는 속칭 내 뱃 꼴리는 대로 하고 싶었다. 사람들은 이런 걸 자유로운 생각이라고 치켜세워주는 경향이 있었다. 우선 나는 공부하기가 싫었고 공부하는 것으로 세월을 보내고 싶지가 않았다. 공부 안 하고도 잘살 수 있을 것 같았다. 그래서 나는 몇 년 만에 대학을 때려치웠다. 적어도 나한테는 대학이 내 젊은 날의 목표가 아니었기 때문이다.

결혼도 마찬가지다. 처음에는 사람들이 만들어놓은 계획과 목표에 충실하기 위해서 어떤 여자를 만나 결혼식을 올렸다. 그러나 나는 13년을 못 넘기고 결혼관계를 파기해버렸다. 단 한 번의 결혼이 내 삶의 궁극적인 목표가 아닐 수도 있다는 판단 때문이었다. 그렇다고 두 번 세 번의 결혼이 내 목표로 여겨지지도 않았다.

우리네 인간이 수립한 계획과 목표대로라면 나는 단 한 번의 껄떡거림, 단 한 번의 결혼, 단 한 종류의 DNA로 자식을 배양했어야만 한다. 이 지점에서 나는 또 삐딱선을 탄다. 나는 소위 자유선을 탄 셈이다. 다른 건 몰라도 구조적으로 한 사람의 삶을 통틀어서 단 한 번밖에 사랑할 수 없다는 건 상상할 수조차 없었다. 내가 나를 놓고 봐도 나는 요즘 남자의 평균수명인 70여 년간 딱 한 여자만 사랑할 수 있는 끈기와 용기가 없었다. 어쨌거나 죽을 때까지 오로지 한 여자만 바라보고 사는 것이 인간의 숭고한 목표라면 정녕 끔찍한 일이다. 나는 그렇게 생각했다.

목표라니, 도대체 우리 인간에게 무슨 목표 따위가 있단 말인가. 우리는 동물이다. 단지 다른 동물과 달리 서서 다닐 뿐이다. 하긴 침팬지나 펭귄도 서서 다닌다. 동물에게도 목적이 있다고 우기는 사람들이 있다. 가령 개나 고양이한테는 사람들로부터 귀여움을 받는 목적이 있고 참새한테는 인간을 위해서 벌레를 잡아먹어주는 목적이 있고 벌레는 참새한테 먹히는 데 목적이 있다. 하루살이 벌레는 하루를 충실하게 사는 데 목적이 있다. 사람한테 잡아먹힌 개는 잡아먹히는 목표를 타고 났기 때문이다. 이런 건 떠벌리기 좋아하는 인간들이 어거지로 만들어낸 조악한 주장일 뿐이다.

나 자신도 두 명의 자식을 만들어봤지만 무슨 뚜렷한 목적이 있어서 만든 건 아니다. 한 여자와 부둥켜안고 살다보니까 어느새 하나가 생기고 또 하나가 생겨났을 뿐이다. 아무리 기억을 되살려봐도 "여보, 우리 또 하나의 인간을 탄생시켜봅시다." 하거나 "여보, 오늘밤은 당신과 나의 종족보존을 위해서 쌍방 노력해봅시다." 하며 잠자리에 든 기억은 없다. 새 생명을 잉태하겠다는 숭고한 목표로 잠자리에 들었다손 쳐도 소기의 목표가 꼭 달성되는 건 아니다. 그것도 재수와 확률에 신세를 져야 한다.

만일 우리가 태어나는 데 무슨 목표가 따로 있는 것이었다면 내 형제자매는 총 아홉으로 그 아홉이 아홉을 만들어낸 조승초 씨와 김정신 권사님의 숭고한 목표대로 각각 태어났어야 한다. 그러나 내가 어렸을 때 본 그분들은 도무지 삶의 목표 같은 것이 따로 있어 보이질 않았다. 아프리카의 부시맨 수준은 아니었어도 당시의 내 부모나 동네 어르신들은 모두 논밭이나 갈고 오일장이나 다녀오고 저녁밥 먹고 트림하면서 옆집 마실이나 다니는 그런 사람들이었다. 도무지 무슨 목표가 있어 보이질 않았다.

글쎄 본인들이 생전에 당신들한테도 삶의 목표가 있었노라고 주장한다면 별수 없는 노릇이지만, 내 기억에 적어도 내 부모님들은 목표에 따라 삶을 꾸려갈 만큼 주도면밀한 사람들이 아니었다. 우선 아홉 자식을 목표로 요즘처럼 배란일을 체크하면서 잠자리에 들었을 리도 없고 김정신 권사님이 평생 자그마치 아홉 차례나 부풀어오르는 남산만 한 배를 어루만지면서 "하나님! 목표치에 다다르게 은총을 베풀어주셔서 감사하옵니다." 하며 감사기도를 드렸을 리가 없다. 내가 추측하기에 그 당시에는 이렇다 할 오락도 없고 산아제한 정책이나 피임법, 콘돔 같은 게 널리 보급되지 않았기 때문에 한 여성이 젊은 나날을 한순간도 쉬지 않고 뱃속에 남성호르몬이 들어앉는 대로 충실하게 기계처럼 인간을 복사해 낸 게 아닐까. 하긴 나는 그 아홉이 전부 김정신 권사 뱃속을 통해서 나왔는지, 혹은 아홉 전부 조승초 씨가 뿌린 씨앗인지 그런 걸 묻거나 확인 하지도 않고 그저 그러려니 하며 지금까지 살아왔다.

중풍으로 13년째 반신불구인 채 대소변을 누워서 가리시던 분에게 "아버님, 아버님 인생의 목표는 무엇입니까?" 자식 아홉을 낳고 13년째 지아비 대소변 시중을 들어주던 분에게 "어머님! 어머님은 한 남자와 살면서 아홉 번 임신하고 아홉 번 해산하고 13년간이나 그 남자의 병시중을 드신 게 어머님 인생의 목표셨습니까?" 하고 묻지도 못했다. 적어도 한 번쯤은 "어머님, 우리 형제 아홉 명 전부가 조승초 씨의 정자에서 배양된 겁니까?" 하고 물었어야 한다. 그나마 아홉 중에 다섯은 일찌감치 죽어 없어졌다. 그럼 괜히 김정신 권사님만 힘들게 하고 중도에 사라지는 게 기억에도 없는 내 다섯 형제의 인생 목표였단 말인가.

내 양친부모의 목표가 만일 자식 아홉 명을 낳아서 잘 키우는 것이었다면 총 아홉 중에서 반 타작도 못하고 겨우 넷만 살아남았는데 도대체 그런 비효율적인 목표를 숭고하게 떠받들 필요가 어디 있겠는가. 아홉 중에서 넷만 살아남고 그 넷 중에서 셋째로 간신히 살아남은 나는 장차 훌륭한 바람둥이가 된다는 목표 따위를 세울 만한 여력조차 애당초 없었다. 내가 왜 나를 모르겠는가. 옆집 치남이나 뒷집 재평이는 무슨 목표를 가지고 태어났는지 모르겠으나 지금의 나는 목표 따위로 형성된 게 아니었다. 어쩌다보니 점진적으로 나를 둘러싼 환경과 내 고유의 팔자가 나를 비교적 돋보이는 바람둥이로 몰아갔을 뿐이다.

사랑이 뭔지도 모를 어린 나이에 동네 지지배들과 재밌게 놀다가 일찌기 남학생과 여학생이 스스럼없이 만날 수 있는 교회당엘 나가게 되었고 어쩌다 남녀가 섞여 있는 음악대학엘 들어가다보니 여자를 상대하는 기술에 비교적 빠르게 적응할 수 있었고 적응을 하다보니 어쩌다 재수 좋게 몇 명 여자와 엮이게 됐을 뿐 그것이 나의 궁극적인 목표는 천만에 아니었다. 물 흐르듯 흐르다 흐를 곳이 없으면 흘러갈 수 있는 틈새가 생길 때까지 고여 있고 틈새나 경사가 생기면 그저 생긴 대로 흘러갔다. 그렇게 겨우 안전빵으로 흘러가는 걸 어떤 사람들은 무슨 진실이라도 발견한 듯이 자유의지대로 살아가는 것이라고 그럴싸하게 포장했다. 어느 특정인만 자유의지대로 살아가는 것이 아니다. 좀 어렵게 들리겠지만 감옥 속에 갇혀 있어도 맘만 먹으면 자유의지대로 살 수 있는 것이다. 거듭 말하지만 세상 사람들은 누구나 다 자유의지대로 살아간다. 자기 생긴 대로 살아간다. 그뿐이다.

그러나 예외는 꼭 있다. 한참 동안 내 곁에 있었다. "목표 따위가 어디 있어, 어디 있어?" 했을 때 "왜 없어!" 하고 당당하게 나선 사람은 놀랍게도 지금 군포 산야에 누워 계신 김정신 권사님이셨다.

김 권사님은 태어나면서부터 인생의 목표를 천당에 두고 사시다가 마치 순교자의 모습으로 장엄하게 숨을 거두셨다. 나의 어머니 김정신 권사님은 당신이 죽으면 틀림없이 천당에 올라간다는 주장을 굽히지 않으셨고, 나로선 지금 권사님이 진짜로 천당에 올라가셨는지 확인할 길이 없다는 게 참으로 안타깝다. 나는 지금 내 편의상 김 권사님이나 조승초 씨가 천국에 가 계실 거라고 믿고 있다. 아들 된 도리로서 부모님이 지금 아무 데나 계시든 내가 알 바 아니다 하면 너무 매몰찬 것 같고, 부모님이 지옥에 계실지도 모른다는 믿음을 가지면 그건 너무 끔찍하지 않은가. 그래서 나는 어쩌는 수 없이 내 속 편한 대로 세상을 떠난 내 부모는 천국에 계실 것이라고 초장부터 상정을 해놓고 있다. 편의상 그렇게 믿고 있다. 종교나 신앙조차도 극히 개인의 자유의지에 의해서 좌지우지되고 있다는 증거다.

김 권사님께서 믿고 따랐던 신은 소크라테스나 부처님이나 공자, 맹자님 혹은 단군 할아버지가 아니고 저 말썽 많은 중동 땅에서 형성된 야훼라는 신이었다. 김 권사님은 통상 하나님 아버지라고 불렀다. 김 권사님한테는 그러니까 아버지가 두 명인 셈이었다. 당신을 낳은 아버지, 즉 나의 외할아버님과 하늘에 계시거나 하늘에서 내려온 하나님 아버지로 분류된다. 아니다. 시아버님 한 분까지 아버지가 합계 세 분이셨다. 우리네 관습상 아버지가 한 명 더 있으면 큰아버지, 작은아버지로 부르고 새로운 아버지가 추가로 나타나면 의붓아버지라고 부르는데 하늘에서 내려온 아버지는 엄청난 파워맨이기 때문에 그냥 곧장 하나님 아버지라는 별칭이 따로 붙었다.

김 권사님이 믿고 따르는 하나님의 숫자는 거기서 머물질 않는다. 김정신 권사님이 믿고 따랐던 종교는 원래 유대인 고유의 종교에서 비롯되었는데 언제부턴가 그네들은 성경이라는 책에 기록된 대로 하나님의 아들 그리스도의 이름을 따서 기독교라고 불리게 되었다. 보통 종교는 딱한 분의 하나님을 모시는데 김정신 권사님의 종교에는 믿거나 말거나 하나님이 두 명이거나 세 명으로 늘어나기도 한다. 원래 야훼라는 하나님이 한 분 계시고 예수라고 불리는 하나님의 외아들도 하나님의 직함을 가지셨고 그네들의 종교정신이나 혼령魂靈 혹은 성령聖靈도 동일하게 아예 하나님으로 승격시켜놓았다. 세 명이 합쳐서 한 명이라고 했다. 그게 바로 트리니티Trinity다. 우리가 학교 때 배운 수학으로 계산하기엔 도무지 복잡하다. 보통 종교에는 하나님이 한 명으로 정해져 있는데 김 권사님의 종교에서는 한꺼번에 세 명의 하나님 아버지를 모시고 계셨으니 얼마나 막강했겠는가.

나는 삼십 대 중반까지 종교에 관한 선택권을 못 가졌다. 조승초 씨와 김정신 권사님 가족들이 이북 평안도 지역에서 당시 중국을 통해 들어온 서양 종교, 소위 말해서 기독교를 열렬히 받아들였기 때문에 나 역시 자연스럽게 뱃속에서부터 기독교인으로 분류될 수밖에 없었다. 내가 뱃속에서 공산당을 거부한 이승복처럼 "어머님 아버님, 이러시면 안 됩니다. 저는 동양인인데요. 왜 꼭 서양종교를 믿어야 하죠? 저는 기독교가 싫어요." 소리를 쳤다 해도 그런 거부의 소리가 조승초 씨나 김정신 권사님의 귀에까지 들렸을 리 만무하다.

나는 서른 살 중반까지 아무런 선택권도 없이 김 권사님을 따라 무턱대고 교회에 나가 예수를 믿게 되었는데 생각이 좀 있는 부모님 같았으면 고등학교에 들어갈 때쯤 나를 불러놓고 적어도 한 번쯤은 "아들아, 우리한테는 단군교·동학·강증산교·정감록 같은 토종종교가 있고, 소크라테스를 믿는 소크라테스교, 공자를 믿는 유교, 부처를 믿는 불교, 그리고 예수를 믿는 기독교 등등의 수입종교가 있는데 엄마 아빠는 너의 할아버지 할머니가 일찍이 받아들인 기독교를 이의없이 그대로 이어받아 믿게 됐단다. 너도 이젠 어른이 되었으니 아빠 엄마에게 구애받지 말고 너의 식성에 맞는 종교를 하나 골라잡으렴." 하며 선택권을 줬어야 한다.

나는 지금 내가 물려받은 종교에 대해서 불만을 토로하는 게 아니다. 불만보다는 전체적으로 고마움을 표시하는 입장이다. 왜 우리 부모는 국산종교를 거들떠보지도 않았을까 하는 의구심을 한참 후에 품어보긴 했지만 수입종교 중에서는 그나마 외관상 제일 폼 나는 종교를 물려받은 것 같아 지금까지 부끄러워해본 적이 없다.

사랑에 관해서는 특히 그렇다. 사랑에 관해서라면 타 종교에 비해 늘 기독교가 압도적이었다. 나는 학교에서보다 교회에서 훨씬 사랑에 관한 이야기를 많이, 그리고 자주 들었다. 음악의 기초와 사랑의 기초는 거의 교회당에서 배웠다. 장담컨대 다른 어떤 종교도 사랑에 대해서 기독교만큼 많이 다루진 않는다. 세상에 알려진 바와 같이 기독교의 핵심은 사랑이다. 그런데 교회에서 배운 사랑은 지금 내가 알아보려는 일반적인 사랑과 사뭇 달랐다. 내가 30대 초반에 미국에 건너가서 기독교에 관한 공부를 하지 않았더라면 나는 예수가 말하는 사랑이 뭔지도 모르고 건성건성 지나칠 뻔했다. 내가 공부해본 바 예수의 교훈은 매우 특이했다. 특히 사랑에 관해서는 타 종교의 추종을 불허할 만큼 탁월했다. 그리고 과격했다.

좀더 자세하게 말하겠다. 지금 말하려는 얘기들은 내가 몇 년 전 펴낸 『예수의 샅바를 잡다』라는 책에 상세히 들어 있다.

예수는 일찍부터 자신의 이스라엘 국민들한테 설교했다. 살아 있을 때 회개하고 죽어서 천당 가라, 잘못을 뉘우치지 않고 있다가 죽으면 반드시 지옥에 간다, 되도록 빨리 회개하고 천당 가라 이런 식의 선교가 절정에 이르렀을 무렵, 예수는 매우 주목할 만한 발언을 남긴다. 그 발언은 지금까지도 남아서 꿈틀대고 있다. 지금도 명동 한복판에 가면 어떤 얄궂은 차림의 아저씨가 지나가는 사람들이 듣거나 말거나 '하늘나라가 임박했다. 회개하고 천국에 가라. 예수를 믿으시오. 하나님이 세상을 이처럼 사랑하사 독생자를 주셨으니." 이런 것을 계속 외쳐대고 있는 것이다. 모두가 한발 먼저 나타났던 요한이나 뒤를 이어서 나타난 예수가 그 옛날 요단 강가나 들판에서 했던 행위를 지금 똑같이 흉내를 내고 있는 것이다. 예수라는 당시 30대 청년의 발언을 좀더 자세히 들어보자. 그의 어록 중에 한 가지만 골라잡아도 매우 충격적이다.

"누구든지 나를 따르면 나의 제자가 될 수 있고, 나의 제자가 되면 진리가 무엇인지 알게 됩니다. 그리고 그 진리가 당신을 자유롭게 해줄 것입니다."

참으로 당찬 발언이다. 왜 당찬 발언인가. 이제 겨우 서른 막 넘은 일개 유대 청년이 자기를 따르고 자기의 제자가 되면 진리가 무엇인지를 알게 된다고 했으니 당차지 않은가. 점입가경은 자신을 통해서 배운 진리가 모든 인간을 자유롭게 해준다는 대목이다. 그게 사실이라면 천지개벽 이래 이렇게 단 한 마디로 세상 이치를 끝내준 사람이 어디 있겠는가. 소크라테스·공자·노자·석가·달라이 라마·크리슈나무르티·니체·볼테르·아인슈타인·원효·최제우·나철도 감히 이토록 독단적으로 발언한 적은 없다. 청년 예수는 진리가 사랑을 자유롭게 한다는 형이상학적 논제를 제시하기 이전에 이미 전무후무하게 사랑이 무엇인지를 구체적으로 제시한 바 있다. 사랑은 오래 참는 것이고 사랑은 온유한 것이고 사랑은 시기하거나 자랑하거나 교만하지 않은 것이다.

앞에서 거론된 사람들도 한결같이 진리깨나 찾아 헤맨 사람들이었다. 그러나 어느 누구도 인간 최고의 사랑 문제를 그토록 짧은 공식으로 압축해서 내놓은 적이 없었다. 나는 이런 분야의 전문가는 아니지만 아직까지도 인간의 근본문제에 관해 이처럼 철학적·일상적·양면적으로, 그러면서도 문학적이며 철학적이며 수학적이며 물리학적인 총체적 모범 답안지를 그때까지 본 적이 없다. 이것이 만약 생존한 적도 없는 예수라는 사람을 놓고 허구로 짜낸 소설의 한 대목이라 해도 아무 상관이 없다. 왜냐하면 그 답변의 오묘함과 명쾌함 때문이다. 그래서 그 짧은 글은 서양의 명문대학교나 심지어는 대한민국 명문 연세대학에까지 흘러들어와 교훈으로 자리잡기에 이른다. 봐라!

'진리가 너희를 자유롭게 하리라.'

이보다 더 멋진 말이 어디 있을 수 있겠는가. 예수가 실제로 유대 땅에서 출생했거나 말았거나 아니면 그 당시 혁신적인 글쟁이들이 머리를 맞대고 예수라는 허구의 인물을 뻥 튀겨서 『다빈치 코드』식으로 말했거나 말았거나 어떤 이유로도 오늘날 신약성서에 기록되어 있는 책 내용이 훼손될 일은 전혀 없다. 그것은 『다빈치 코드』의 광풍이 맥없이 지나간 것만 봐도 알 수 있다.

오늘날 '성경'이라고 불리는 그 책은 역사적으로 말해서 유대인의 솜씨에 의해서 제작되고 발간되었다. 그건 움직일 수 없는 사실이다. 지금 독자께서 읽고 계신 조영남의 사랑 관련 책이 출판사 한길사 김언호 사장 일당에 의해서 만들어졌고 김언호 사장이 한국인이니까 한국인의 솜씨로 만들어졌듯이 말이다. 그 불멸의 책 한 권 때문에 우리는 왜 유대인이 히틀러로부터 그토록 왕따를 당했는지 대충 짐작할 수가 있다. 책 내용이 너무 좋아 우월주의에 빠질 수 있었고 히틀러는 그들이 자기네들만이 신의 자손이라 우쭐대는 게 너무 싫었다. 우리는 그 책 한 권 때문에 왜 그토록 소수의 유대인들이 온통 모든 분야에서 노벨상을 휩쓸고 있는지도 짐작할 수가 있다. 책 내용이 다른 나라에선 추종을 불허할 만큼 압도적으로 우세하다. 왜 아인슈타인 · 칼 마르크스 · 프로이트가 유대인인지 짐작할 수가 있다. 시작부터 떠돌이 민족으로 온갖 괄시를 받으며 수천 년을 살아남다보니 그네들은 어느새 섬뜩할 정도로 머리가 좋아진 거다.

나는 개인적으로 의심이 많은 동양인 체질의 소유자지만 진리가 자유롭게 한다는 바로 이 한 구절 때문에 차마 예수에게서 등을 돌리고 떠나갈 수가 없었다. 하나님이 세상을 이처럼 사랑하사 독생자를 어떻게 했다는 글귀는 단 한 번도 내 뇌리를 정통으로 때린 적이 없다. 주기도문의 경우도 그 안에 들어 있는 권세와 영광 같은 글귀가 너무나 우렁차서 늘 거북살스러웠다. 그러나 진리가 우리를 자유롭게 해준다는 말은 정녕 남달랐다.

우리의 삶은 여러 가지 면에서 자유롭지 못하다. 돈을 벌어야 하는 일에서부터 돈을 얼마나 써야 하느냐까지 늘 자유롭지 못하다. 명예에 대해 자유롭지 못하다. 학벌에 대해서, 가문에 대해서 자유롭지 못하다. 아파트 평수나 타고 다니는 차종이 사람과 사람의 교제를 자유롭지 못하게 한다. 건강에서 자유롭지 못하다. 죽음에서 자유롭지 못하다. 늘 근심에 싸인다. 늘 불안에 싸인다. 늘 외톨이다. 이것이 카뮈나 사르트르가 말한 우리의 실존 상태다. 늘 부자유하다. 부조리에 빠져 있다. 권태롭다. 게다가 사랑문제는 또 얼마나 우리를 지리멸렬케 하는가. 얼마나 부자연스러운가. 일찍이 서울미대 출신의 가수 김민기가 만들어낸 말처럼 우리는 늘 모순에 어긋나 있다.

그러나 성서에 나타난 예수의 행적은 남다르다. 어느 구석이나 자유사상으로 일관되어 있다. 예수는 자유자재로 행동한다. 거칠 게 없다. 예수는 자신이 세례를 받아야 하는 입장이 아님에도 민중의 대열에 서서 세례를 받는다. 체면치레가 없다. 예수는 아무하고나 어울려서 음식과 술을 즐긴다. 사람을 가려가며 만나지 않는다. 가난한 자, 억눌린 자, 죄 지은 자, 빽 없는 자를 다 만난다. 니고데모와 같은 당대의 유명 인사와도 마주 앉고 괄시 받는 사마리아 여인과도 다정하게 얘기를 나눈다. 예수는 당시의 관례대로 간통을 하다 들킨 여자가 단체로 돌멩이를 든 사람들한테 맞아죽을 순간에 전광석화 같은 기지로 여자를 살려낸다. 예수는 간통한 여자도 소중하게 여긴다. 예수는 특이하게도 어린아이들을 감싼다. 우리는 지금도 여자와 어린아이들을 우습게 여긴다. 지금은 많이 좋아졌지만 별 이유도 없다. 그냥 여자라서, 그냥 아이들이라서 우습게 여긴다. 나는 그런 걸 죽 보면서 살아왔다.

충청도 시골 삽다리 우리 집 건넌방에는 가짜 꿀을 만드는 최씨 부부가 살았다. 가짜 꿀 팔러 객지에 나갔던 남편 최씨가 어디서 수상쩍은 여자를 집으로 데려오면, 최씨는 그 여자와 자기네들의 건넌방에서 둘이 함께 자고 최씨 부인은 만날 우리 형제가 자는 방으로 건너와 아무 소리 안 하고 윗목에서 쭈그리고 잤다. 내가 초등학교와 중학교에 다닐 때 내 친구들의 경우 아들임에도 불구하고 아버지와 마주 앉아 밥 먹는 것을 본 적이 없다. 아이들은 어른과 함께 밥을 먹을 수 없는 것이 당시의 위대한 가풍이었다. 장날 약장사 구경을 가도 어린애들은 그냥 저리 가라였다. 늘 시덥지 않은 대우를 받았다. 그것이 불과 40년에서 50년 전에 있었던 일이다.

지금으로부터 2천 년 전에 사소한 여자를 우대하고 어린아이를 우대했다는 사실은 예수가 과연 예수일 수밖에 없다는 훌륭한 증거다. 예수는 사소한 여인네나 아이들을 모른 척하고 지나칠 수 있는 사람이 아니었다. 예수는 허례허식으로 범벅된 전통을 우습게 여겼다. 그 당시 유대인으로서 유대교의 전통을 어긴다는 것은 곧 범죄였다. 그러나 예수는 맘 내키는 대로 행동했다. 죽고 싶으면 뭘 못하냐는 말이 있다. 예수라는 사람은 정녕 죽을 각오로 자유롭게 말하고 행동했다. 단 정의를 앞세운 행동이었다. 그 자유스러운 행동이 너무 심해서 당시 가장 가까운 동료였던 세례 요한의 의심까지 산 적이 있다.

예수의 자유로운 행동거지는 사실상 마틴 루터의 종교개혁 이전까지는 특급 비밀사항이었다. 예수가 거리의 부랑자나 창녀급의 여자들과 어울려 술을 마시는 사람이었다는 사실은 오직 교황이나 성직자 같은 특수한 고위층만 알아야 하는 비밀이었다. 그는 특수층에 의해서 오로지 허물없는 '절대자'로 모셔졌다. 스님이나 목사님처럼 점잔을 빼는 사람으로 상정된 것이다. 그러나 비밀에도 한계가 있었다. 썰렁한 얘기지만 비밀은 노출되기 위해서 존재한다. 수없는 개혁가와 순교자의 피 뿌리는 노력으로 예수는 우리 앞에 서서히 '자유의 사람'으로 모습을 드러내게 된다.

지금은 바야흐로 한국 역사에 유례가 없는 자유의 시대가 도래했지만 박정희 · 전두환 · 노태우까지의 군부 시절만 해도 '자유'는 그 자체만으로도 우리에게 무시무시한 단어였다. 누가 믿겠는가. 내가 처음 가수가 되어 TV에 얼굴을 비칠 때만 해도 정보국 직원이 일주일에 한두 차례는 방송국 사무실에 와서 살았다. 나는 지금 그 직원의 이름까지 기억하고 있을 정도다.

　그때는 '자유'라는 낱말 자체가 너무 무서웠다. 그것은 적대자 혹은 억압자로부터의 탈피를 의미하거나 구속으로부터의 자유라는 의미로 사용되었기에 더욱 그러했다. 그것은 또한 누구나 추구해야 할 목표였기 때문에 누구나 자유의 쟁취를 원하게 만들었고, 쟁취는 과격한 투쟁과 파괴를 부른다는 위험성 때문에 윗것들은 아랫것들 사이에 자유의 냄새가 풍기지 않도록 극도로 신경을 썼고 아랫것들은 아주 자연스럽게 자유라는 단어에 대해 늘 쉬쉬 하며 주눅 들어야 했다.

　애당초 한국의 전통사상은 자유와는 거리가 먼 곳에서 시작되었다. 일찍이 유교 · 도교 · 불교에서 영향을 받은 우리는 현실적인 차원이나 보편적인 삶의 차원에서는 자유의 문제에 손도 못 쓰고 얄궂은 인仁이니 자비니 도덕이니 하는 공허하기 짝이 없는 낱말놀이만을 벌여왔다. 그러다가 조선왕조의 태동과 함께 밀려온 성리학이 기승을 부리면서 인간의 마음과 우주의 기본을 논한다는 이理 혹은 기氣 철학 운운하는 말다툼 끝에 충忠 · 효孝 · 신의信義 따위의 도식적이면서도 관료적인 개념만을 임산부처럼 끌어안고 허우적거렸을 뿐 자유에 관한 기본개념 같은 건 기웃거릴 만한 틈새조차 없었다.

　그러다가 1600년을 전후해 허균 · 이지함 · 유성원 · 이익 · 박지원 · 박제가 · 정약용 등에 의해 한국적 르네상스인 실학이라는 이름의 신풍이 일어나면서 드디어 자유의 개념이 서서히 고개를 들게 된다. 조선반도의 자유사상은 실학사상의 토양 위에 서글프게도 서양의 천주교가 심어지면서 겨우 싹을 틔운다. 천주교가 수입되면서 사람은 다 똑같은 하나님의 자녀라는 자유사상이 처음으로 터져 나왔고 동양의 실학사상과 수입 천주교의 보세가공품인 서학西學에 맞서는 순수 국산품 동학東學운동이 일대 파란을 일으키면서, 자유는 결국 민중의 것이라는 개념이 폭넓게 자리를 잡게 된다.

천주교가 수입되기 전까지는 갑갑했다. 다름이 아니라 사람은 태어날 때 똑같은 사람으로 태어나지만, 그 형편에 따라 차별이 주어진다는 퇴계와 율곡의 변질된 유교이념이 대세를 이루고 있었다. 이런 참에 '민중에게 자유를!'이라는 깃발 아래 일어난 전봉준의 동학혁명은 실로 자유개념의 클라이맥스였다.

최제우·최시형이나 전봉준의 동학혁명을 통해서 꿈틀대기 시작한 자유정신의 뿌리는 면면히 이어져, 서양에서 의욕과 사명의 순교정신으로 두 주먹만 불끈 쥐고 찾아온 낯선 천주교·개신교 선교사들과의 양면작전에 의해서 그 뿌리가 점점 굵어져갔다. 선교사들이 가르친 예수의 사상은 원효나 퇴계·율곡의 것들보다 훨씬 쉽고 단순했다. 쉽고 단순한 것, 그것이 기독교가 짧은 기간 우리 땅에 왕성하게 퍼진 가장 중요한 원인이었다.

예수만 믿고 잘못만 뉘우치면 누구나 다 하늘나라에 간다. 머슴도, 상여잡이도, 각설이도, 백정도 다 천국에 갈 수 있다. 빌어먹을 한문에 까막눈이고 일자 무식쟁이라도 예수만 믿으면 천당 간다. 이상한 서양 나라에서 온 코 크고 하얀 색깔 나는 저렇게 근사한 사람들이 데려다준다는 하늘나라에 나도 공짜로 갈 수 있다. 그렇지 않아도 본래 악의 구속으로부터 압박받는 노예 상태로부터 완전히 벗어난다는 자유사상이야말로 기독교가 말하는 예수 정신의 핵심이었다. 따라서 예수의 사상은 짓

눌려 있던 한국 민중을 어느 정도 소시민의 위치로 서서히 몰아갔다.

"무엇을 먹을까, 무엇을 입을까 걱정하지 마시오. 당신의 몸을 죽이는 일 외에 더 이상 어쩌지 못하는 적들 때문에 공포에 사로잡히지 마시오. 당신이 끌려왔다 해서 무엇을 어떻게 대답할까 겁내지 마시오!"

예수는 인간이 고질적으로 갖고 있는 열등감과 공포로부터 벗어날 것을 끊임없이 격려하고 독려했다. 예수는 사실상 그 자신이 자유정신에 목숨을 걸었다. 예수가 요지부동인 모세의 율법과 권위로부터도 자유로워야 한다고 했을 때 그것은 실로 목숨을 건 주장이었다. 예수는 기존 율법을 하나님이 내린 지엽적인 조건이라고 보았고, 그 대신 하나님의 자유정신은 무조건적인 망망대해로 보았다.

모세의 율법대로라면 간음한 여인은 돌로 쳐 죽여야 마땅했다. 반대로 간음한 남자는 여자가 합세해서 돌로 쳐 죽여야 한다는 대목은 없다. 남자들이 간음·간통을 더 빈번히 함에도 불구하고 그것은 여자에게만 불리한 법률이었다. 비인간적인 법률이었다. 한마디로 케케묵은 구식법령이었다. 하여간 그렇게 하는 것이 죄인에 대한 하나님의 합당한 뜻이라는 어거지 법령이었다. 그러나 예수는 간음한 여인을 그대로 돌려보냈다. 예수가 간음을 밥 먹듯이 해서 간음한 여인을 용서했다면 그건 별일이 아니다. 그러나 간음과는 아무 관계 없는 예수가 간음한 여인을 용서했다는 데 정녕 자유로움의 본질이 스며들어 있는 것이다.

지금도 우리 주변에는 자유정신과는 아무 관계도 없이 살아가는 사람들이 억수로 많이 있다. 남자는 매일 밤 간음을 하고 다니면서 어쩌다 자기 여자가 간음을 한 번 하면 돌과 칼을 들고 설쳐대는 것이 오늘날 조선 남자들의 현실이다. 너무도 지당하고 당연히 그랬어야 하는 예수의 소박한 자유정신은 세상이 창조되면서부터 그들의 선대에 의해서 성경을 통해 전해져 내려온 모세의 율법, 즉 선지자 모세가 그들의 하나님으로부터 직접 물려받았다는 이스라엘 율법에 정면으로 거스르는 극단적인 반항행위였다. 이 점에서 예수의 자유정신은 유대교 자체의 뿌리를 송두리째 부정하는 것이었고, 그로 인해 결국 예수는 죽음에 이른다. 마치 체 게바라가 자본주의의 판을 뒤엎는 불손한 혁명가로 규명되어 우리 쪽에서 쏜 총에 맞아 죽은 것처럼 말이다. 그러나 평소에도 늘 "그래봤자 죽기밖에 더 하랴." 하는 것이 예수의 태도며 배짱이었다.

그렇다고 예수가 그의 자유정신을 무슨 조직폭력배와 같은 폼으로 말한 것은 아니다. 그는 우리의 선량한 이웃과 똑같은 입장에서 말했다. 넓은 갓을 쓰고 긴 담뱃대를 입에 문 점잖은 양반의 자세와는 거리가 멀었다. 사람들이 예수를 가리켜 "저 자는 아무하고나 술 마시고 떠들어대는 망나니"라는 소리를 들을 만큼 예수는 민중 곁으로 파고들면서 그 자신이 몸소 자유의 전형을 보였다.

자! 이젠 본론으로 들어가자. 먼저 질문부터 해야 한다. 왜 예수는 저토록 당당했는가. 뭘 믿고 저토록 자유스러웠는가. 그렇다면 어떻게 해야 우리도 예수처럼 자유로워질 수 있는가. 노래를 잘하려면 파바로티·엘비스 프레슬리·비틀즈를 따라 하면 된다. 골프를 잘 치려면 타이거 우즈나 미셸 위·박세리가 최고의 스승이다. 내가 지금 말하려는, 사람이 자유로워지는 방법은 실로 간단하다. 단지 예수를 최고수로 믿고 따르면 된다. 신약성서의 4복음서 어딘가에 적혀 있는 예수의 몇 마디 말씀을 밑져야 본전이다, 하면서 한번 믿고 그대로 실천에 옮겨보면 되는 것이다. 그게 과연 그렇게 쉬운 일인가. 쉽다. 내가 개런티한다. 몇 가지 순서만 따라 하면 된다. 그 순서라는 것이 컴퓨터 치는 것이나 전자게임 하는 것보다 더 어렵지 않다. 책에 적혀 있는 대로 차근차근 따라가면 된다. 간단한 전자제품 안내서처럼 적혀 있다.

다시 한 번 순서를 살펴보자. 어떻게 자유스러울 수 있는가. 이것이 예수의 답변이다.

"나를 따르면 진리를 알게 되고 진리가 너희를 자유롭게 한다."

이것이 전부다. 차근차근 순서를 밟아보자. 첫째 관문은 예수를 따라가서 예수의 제자가 되는 것이다. 둘째 관문은 진리를 알게 되는 것이다. 그 다음이 마지막 셋째 관문, 진리가 자유를 주는 것이다.

지금부터 나는 하는 수 없이 내 얘기를 해나가야 한다. 나 자신이 어떻게 셋째 관문까지 뚫고 들어갔는지, 어떤 경로로 자유의 진정한 맛을 봤는지 나 자신의 역경을 털어놓음으로써 이 글을 읽는 독자들에게 좋은 참고서 노릇을 하고 싶은 것이다.

첫째 관문은 예수를 따라가서 제자가 되는 것이다. 나는 실제로 그렇게 했다. 그 옛날 나는 지금은 세계침례교회 총회장으로 계신 수원의 김장환 목사님을 따라서 미국으로 건너갔다가 무턱대고 조그마한 신학대학에 입학을 했다. 아주 먼 옛날 평소에 고기를 잡던 시골 어부가 배와 어망을 버리고 예수를 무턱대고 따라가 그의 제자가 되었듯이 나도 돈벌이가 썩 괜찮던 가수라는 직업을 버리고 산 넘고 물 건너가 예수를 공부하는 학교에 들어가 무려 5년을 썩었다. 그렇다면 일단 나는 예수를 따른 셈이다. 첫째 관문은 통과한 셈이다. 예수는 원래 복잡한 절차로 제자들을 만드는 사람이 아니었다.

이제는 예수를 따르면 알게 된다는 진리와 만날 차례다. 거기가 둘째 관문이다. 기대되지 않는가. 온 세상 사람들이 그토록 알고 싶어하는 진리를 알게 되다니 흥분되지 않는가. 계속 내 얘기를 들어보시라. 나는 뱃속에서부터 내 어머니 김정신 권사님을 따라 예배당에 나갔고 어른이 되어 군대까지 마치고 목사님을 따라 미국까지 왔으니까 일단 예수를 따라

온 셈이었다. 예수를 따라 부지런히 태평양을 넘어왔으니까 뭔가 생기는 것이 있어야 했다. 다시 말해 나는 약속대로 진리를 만났어야 했다. 따르기만 하면 터득된다는 진리 말이다.

낯설고 물 설은 곳에서 빌어먹을 진리가 과연 어디 있을까 하며 어영부영 1년이 지나고 2년이 지났다. 아무리 눈을 씻고 봐도 내가 찾는 진리는 없었다. 자유를 준다는 진리는 미국에도 없었고 신학대학에도 없었다. 수없이 반복되는 예배시간과 수없이 들어야 하는 설교에도 내가 찾는 진리는 없었다. 미국 남부의 골수 침례계통의 신학대학에 들어가면 거의 매일 예배를 봐야 한다. 매일 찬송하고 기도하고 설교 듣고 또 기도를 해야 한다. 수업시간마다 기도를 올려야 한다. 수요일과 주말이 되면 이번엔 자기가 속한 교회에 나가서 또 예배를 봐야 한다. 나는 실제로 그때 몇십 년치 예배를 한꺼번에 다 봐버렸다.

내가 그때 신학공부를 하게 된 원인은 완벽한 성가가수가 되겠다는 꿈도 있었지만 그보다는 예수 자체에 대한 궁금증이 더 컸기 때문이다. 왜 조승초 · 김정신 권사님이 대대로 예수를 믿었는가. 왜 우리 조선 땅의 많은 백성이 하필 서양종교에 매료되었는가. 예수는 도대체 누구인가. 그것이 궁금했다. 그래서 그런 와중에도 나는 초급학년 때 정리해둔 예수에 관한 리포트를 재정리하는 작업을 꾸준히 해왔다. 내가 직접 예수를 공부해서 나 나름대로 공부한 결과물을 언젠가 서울로 들고 가 사람들을 깜짝 놀라게 할 만한 책 한 권을 만든다는 망상 때문이었다.

나는 성탄 설화에서 시작되는 예수의 33년밖에 안 되는 짧은 생애를 몇 번이고 더듬어나갔다. 그러다가 한 지점에 멈추어 섰다. 막바지 부분의 예수가 이 세상을 미련 없이 떠나야 하는 장면에 이르렀던 것이다. 내일 모레면 죽으러 가야 하는 순간이다. 그래서 예수는 제자들과 마지막 회식 자리를 마련한다. 나는 최후의 만찬이라는 어휘가 싫다. 너무

권위가 실려 있기 때문이다. 당시 가난뱅이 선교팀에서 무슨 변변한 만찬씩이나 열었겠는가. 조촐한 회식이나 소위 쫑파티를 연 것일 게다. 그 회식 자리에서 예수는 느닷없이 수건을 팔에 걸치고 제자들의 발을 씻겨주며 딱 한마디를 남긴다. 유언처럼 남긴다.

"서로 사랑해라."

그동안 수천 수백 가지의 교훈을 풀어놓은 사람이 마지막으로 남기는 교훈이 바로 '사랑하라'는 것이었다.

그날의 최고 인기가수가 제일 뒤에 등장하는 것처럼, 죽기 바로 전에 마지막으로 남긴 말이 바로 세계에서 가장 심플한 말 한마디 '사랑하라'였다. 그것도 침상에 누워 숨을 헐떡거리며 남긴 유언이 아니라 제자들의 더러운 발을 손수 씻겨주면서 남긴 말이다. 내가 죽어 없어진 다음에도 오늘 내가 너희들의 발을 씻겨준 것처럼 너희도 남의 발을 씻겨주라는 유언이다. 서로 사랑하라 그것이야말로 바로 내가 찾던 진리였다.

다시 정리를 해보자. 첫째 관문, 예수를 따르면 당신의 제자가 되고 둘째 관문, 당신의 제자가 되면 진리를 알게 된다고 했는데 그 알게 해준다던 진리가 바로 사랑이었다. 이 글을 읽는 당신은 믿어도 그만, 안 믿어도 그만이다. 그러나 나로서는 진리의 참 의미를 생전 처음 깨닫게 된 바로 그 순간이었다.

그러면 첫째, 둘째 관문을 통과했다고 해서 셋째 관문, 즉 진리가 자유로 변하는 마술 같은 행위가 저절로 통과되는가. 천만의 말씀이다. 그리 녹록한 문제가 아니다. 우리는 둘째 관문까지 통과하면서 진리가 바로 사랑이고 사랑이 바로 진리라는 것을 알았다. 자! 이젠 마지막 셋째 관문으로 들어가야 한다. 그럼 우리에게 자유를 부여해주는 사랑의 정체는 대체 무엇인가, 어떻게 진리가 자유를 부여해주는가, 다시 말해서 어떻게 사랑이 우리를 자유롭게 하는가 그것을 규명해낼 차례다.

질문을 하나 하겠다. 당신은 영한사전에서 'LOVE'를 찾아본 적이 있는가. 아니면 우리말 국어사전에서 '사랑'을 찾아본 적이 있는가. 왜냐하면 나는 이제껏 사랑이라는 단어를 사전에서 찾아본 적이 없기 때문이다. 왜 그토록 중요한 단어를 한 번도 조사를 못했을까. 그거야 누구나 사랑의 의미를 다 알고 있다고 생각하기 때문이다. 간다 혹은 온다라는 단어를 사전에서 찾지 않았던 이유와 마찬가지다.

나는 중학교 1학년 때 영어를 배우기 시작해서 실로 40여 년 만에 사랑이라는 단어를 국어사전에서 처음으로 찾아보았다. 그런데 안 찾아본 것만 못했다. '아끼고 위하는 일 또는 마음'이라고 적혀 있었다. 어딘가 찜찜했다. 왜냐하면 이 세상과의 결별을 예감한 예수가 최종적으로 제자들한테 부탁한 말이 겨우 '아끼고 위하는 따뜻한 일 또는 마음'이었기 때문이다.

우리말 국어사전에 그렇게 나와 있는 걸 낸들 어쩌랴. 사랑이 무엇인가. 사전식 풀이로는 그저 남을 위하는 마음, 따뜻한 마음이 곧 사랑이다. 그렇다면 예수의 뒤를 따르기로 마음을 먹은 사람들은 누구한테나 아끼고 위하며 따뜻하게 인정을 베풀면 된다. 간추려 말해서 이웃을 사랑해주면 된다. 그게 끝이다. 사실 성서 전체의 핵심 사상은 바로 하나님을 공경하고 이웃을 사랑하는 것이다. 그것이 진리다. 사랑이 곧 진리다. 진리는 곧 사랑이다. 수백 수천 번 반복된 말이다. 이제는 그 진리를 실행에 옮기기만 하면 그만이다. 사랑을 하면 된다.

다시 한 번 복습하자. 예수를 따르면 진리를 알게 된다, 라는 말에서 예수를 따른다는 것은 예수처럼 된다는 말뜻과 동일하다. 예수처럼 되기 위해서는 무엇보다도 예수처럼 사랑을 할 수 있어야 한다. 이 부분이 함정이다. 잘난 척하려는 게 아니다. 나는 어느 신학자나 참고서를 의지하지 않았다. 예수의 사랑을 본격적으로 풀이한 해설서나 참고서는 우선 수량에서 많지가 않았다. 그래서 나는 내 방식대로 예수가 말한 사랑의 함정을 분해할 수밖에 없었다. 나는 독자적으로 나의 사랑론을 개발한 셈이다.

다시 설명하겠다. 예수는 우리와 제자들에게 서로 사랑하라, 이웃을 사랑하라고 당부했다. 그러나 예수의 이웃사랑은 매우 특이하다. 다른 종교에서는 흉내도 못 낸다. 예수는 사랑 앞에 미묘한 조건을 붙였다. 자신이 친히 수건을 두르고 제자들의 더러운 발을 씻겼듯이 너희들도 내가 보여준 것처럼 이웃을 사랑하되 내 몸처럼 이웃을 사랑해야 한다는 것이다. 아무리 생각해봐도 열 번 백 번 생각해봐도 이건 도무지 한마디로 말해서 너무 과격한 주문이다.

도대체 이웃을 내 몸처럼 사랑하는 일이 가능하기나 한가. 터놓고 얘기해서 자기 처자식이나 애인 정도의 발은 씻겨줄 수가 있다. 가까운 친구의 발 정도까진 눈 딱 감고 씻겨줄 수가 있다. 그러나 처자식이나 가까운 친구는 예수가 말하는 이웃의 범주가 아니다. 요컨대 예수의 주장은 나보다 낮은 사람의 발을 씻어줄 수 있어야 한다는 것이다. 나보다 낮은 모든 사람의 발을 씻어준다는 게 과연 현실에서 가능한 일인가.

얼마 전 나는 손학규 전 경기지사를 따라 경상도 청도라는 곳에 내려가 양로원에 계신 할아버지들의 몸을 씻겨드린 적이 있다. 물론 발도 씻었다. 그러나 그건 어디까지나 어쩌다 한 번 경험한 의례적인 일이었을 뿐이다. 예수가 살아 있을 당시에도 위로는 하나님을 공경하고 아래로는 이웃과 화목하라는 계명이 단연 최상의 계명이었다. 그것이 세련된 문명의 확산에 따라 하나님께는 '제사'로, 이웃끼리는 '율법'으로 우아하게 규격화되었다. 도덕과 윤리를 법에다 쑤셔넣고 관리를 했으니 그 알량한 제사와 율법이 올바로 지켜졌을 리가 없다. 율법은 형식으로만 굳어져버린다. 이렇게 의미 없는 율법의 한 귀퉁이에 쑤셔박혀 너덜너덜해진 사랑율법을 예수가 이 세상을 하직하기 바로 직전 손수 끄집어내고 먼지를 털어 제자리에 갖다놓은 것이다. 그것이 바로 예수가 전면적으로 사랑하라는 기념비적인 새 계명, 곧 진리다.

그렇다면 도대체 사랑이 뭐길래, 얼마나 중요하길래 예수는 그것을 마지막 수업의 테마로 삼았을까? 나는 예수를 공부하면서 생전 처음 사랑이라는 단어를 국어사전과 영한사전에서 찾아보았고, 이 장을 쓰면서 역시 머리털 나고 처음으로 "그런데 사랑이 뭐지?"라고 자문을 해봤다. 내 두뇌로는 벅찬 질문이었다. 너무 막연하고 광범위했다. 구할 수 있는 책을 몽땅 구해서 뒤적여보았다. 놀랍게도 신학자나 철학자들은 사랑의 본질에 관해 매우 소홀했다. 본질에 미치지도 못했다. 그자들이 누구를 제대로 사랑해보지도 못했거나 누구한테 한번도 사랑을 못 받아본 게 원인이라고 나는 생각했다. 하기야 착하고 아름다운 여자가 뭐가 아쉬워서 그런 따분한 학자 타입의 인간들을 사랑해주었겠는가.

그런 와중에도 사랑에 관해서 본격적으로 달려든 사람은 사회심리학자 에리히 프롬이었다. 그의 이론에 따르면 사랑은 자연의 일부분이다. 즉 사랑은 자연 그 자체다. 동물들이 늘 서로 엉켜서 놀듯이 사람도 늘 타자와 엉켜서 돌아간다. 사람은 어머니의 뱃속에서 나와 성장을 하면서 어머니로부터 분리되고 결국에는 완전 고립에 이른다. 이 고립이 우리가 소위 말하는 고독이고 그런 원초적인 분리감과 고독을 극복하기 위한 유일한 처방이 대인관계에서의 사랑이라는 것이다.

그러나 사랑의 선생 에리히 프롬도 "그럼 인간은 과연 얼만큼이나 사랑을 베풀 수 있는가?"라는 단도직입적인 질문 앞에서는 결국 공자의 수준을 넘지 못한다. 남한테 사랑을 받고 싶은 만큼 먼저 남을 사랑하라는 수준이다. 프롬은 자칫 네가 주는 만큼 나도 준다는 기브 앤드 테이크식의 황금만능주의로 지적받을까 두려워하면서 결국 공명정대한 사랑의 수준이 사랑의 한계점이라고 담담하게 말한다. 프롬은 키르케고르의 '거리를 두고 있는 상태가 바로 이웃'이라는 정의에 맞장구를 친 셈이다. '사랑은 없다. 존재하지도 않는다'는 쇼펜하우어의 주장과도 맞닿는다.

그렇다면 신약성서 속에서의 예수가 말하는 이웃은 누구인가. 철학자들이 주장하듯 일정한 거리를 둔 이웃이 아니다. 주고 받는식의 조건부적인 이웃이 아니다. 온 세상 사람이 다 이웃이다. 아무 조건도 없이 세상 모든 사람이 이웃이다. 엄밀히 말하자면 부모자식 관계를 제외하곤 몽땅 이웃인 셈이다.

돌아가신 나의 어머니 김정신 권사님은 내가 말썽을 피울 때는 나더러 만날 웬수웬수 하면서도 나를 끊임없이 사랑했다. 그것은 생물학적으로 분석해봐도 내가 받아본 지상 최고의 사랑이었다. 그렇다면 우리의 권사님은 과연 예수가 남긴 최후의 당부를 실천에 옮긴 사람인가. 물론 아니다. 예수는 네 자식을 네 몸처럼 사랑하라고 당부한 게 아니기 때문이다. 나의 어머니는 나를 자신의 몸처럼 사랑했으나 다른 사람들한테는 그저 보통의 아주머니였다. 이웃을 자신의 몸처럼 사랑하지 못했기 때문이다. 병들어 누워 있는 남편을 13년 간이나 자기 자신처럼 돌보았지만 남편은 어디까지나 이웃이 아니었다. 이웃 사랑을 실천에 옮긴 것이 아니었다.

나의 어머니 김정신 권사님은 무려 10년이나 건넌방 한 칸을 가짜 꿀 만드는 부부한테 세를 주었고 그들의 가짜 꿀 만드는 일을 도왔다. 가짜 꿀을 만들려면 큰 가마솥에다가 조청 비슷한 엿물부터 고아야 한다. 그러기 위해선 며칠을 계속 불을 때야 한다. 그 당시는 연탄이 없던 시절이라 어디선가 나무를 해다가 아궁이에 불을 땠다. 그래서 엿물이 조청처럼 되면 그 속에 꿀처럼 응고하는 약을 타서 몇 날 몇 시간을 불을 때며 계속 저어야 했다. 김 권사님은 새벽기도에 갔다오시거나 주일예배나 속회를 보고 남는 시간에는 무조건 건넌방의 가짜 꿀 만드는 일에 발 벗고 나섰다. 찬송을 하면서 불을 때고, 주여 주여 기도를 하면서 가짜 꿀을 저으셨다. 세월이 한참 흐른 뒤 내가 어머니한테 "어떻게 독실한 교회의 권사님이 가짜 꿀 만드는 일을 10년이나 도와줄 수가 있었냐."고 하니까, 어머니는 아무렇지도 않게 "그렇지 않으면 방세가 안 나오는데 어카간." 하셨다. 어머니 김정신 권사님은 이웃이 무슨 일을 하든 관계없이 그냥 이웃이기 때문에 가짜 꿀을 전문적으로 만드는 부부라도 그냥 사랑하셨던 것이다. 내 몸처럼 이웃을 사랑했다기보다는 어머니 자신의 말씀대로 단지 월세를 받아내기 위한 사랑이었다.

수많은 성현들은 우리 같은 후세 사람들에게 별로 까탈스럽지 않은 당부를 했다. 플라톤은 우리더러 진리를 사랑하라고 했고, 아리스토텔레스는 지식을 사랑하라고 했다. 석가는 우리에게 각성하라고 당부했고, 공자는 공명정대하라고 했으며, 노자는 물 흐르듯 흐르라고 했고, 소크라테스는 우리에게 제발 분수 떨지 말고 자신의 분수 정도는 알고 있으라고 당부했다. 우리 쪽의 퇴계는 하늘의 천리天理를 따르라 했고, 원효는 우리더러 마음을 확 열라고 당부했다. 한결같이 금쪽 같은 교훈들이다. 그러나 별로 겁나는 교훈은 아니다.

그러나 예수의 교훈은 전면적으로 다르다. 유난스럽고 까탈스럽다. 겁난다. 이웃을 네 몸처럼 사랑하라고 했으니 말이다. 예수의 교훈은 일대파란을 일으킨다. 프롬이나 공자의 공명정대한 사랑을 훌쩍 뛰어넘으며, 적당하게 거리를 두는 것이 이웃이라는 키르케고르의 정의나, 사랑은 허구라는 쇼펜하우어의 정의까지도 전면 부정한다. 이웃 사이에 무슨 거리냐는 게 예수의 항변이다. 차라리 모르면 모른다고 해야지 허구로 뭉개버려서야 되겠느냐는 게 예수의 항변이다.

터놓고 얘기해보자. 실제 세상살이 속에서 우리가 우리의 이웃을 우리의 몸처럼 사랑한다는 일이 과연 가능할까. 청년 예수가 설파한 것처럼 누가 나의 오른쪽 뺨을 때렸을 때 실제로 왼쪽 뺨까지 내주는 일이 가능할까. 원수를 사랑하는 일이 정녕 가능한 일인가. 가진 걸 다 털어서 가난한 사람에게 돌려주는 일이 과연 가능한 일인가. 남의 잘못을 용서해주되 일곱 번씩 일흔일곱 번을 용서해주는 것이 과연 실현 가능한 일일까. 예수의 말대로 차포 떼고 이것저것 다 퍼주고 나면 남는 것은 아무것도 없다. 그래서 자칫 잘못 예수를 신봉하면 금세 거렁뱅이가 될 수밖에 없다는 결론에 도달한다. 모두 수도승이 되어야 하고 모두 테레사 수녀나 슈바이처 박사처럼 되어야 한다.

두말할 것도 없이 이웃 사랑하기를 내 몸 사랑하듯, 내 몸 아끼듯 하라는 예수의 사랑법은 우선 현실적으로 우리 같은 보편적인 사람한테는 실현 불가능한 일이다. 종교적인 심성이나 인본적인 사상으로 웬만큼 무장을 했다 해도 실행 차원에서 우선 엄두가 안 난다. 그래서 이 문제에 관한 한 신학자들조차도 치사하게 핑계를 댄다. 복음서의 기록자들이 사랑의 중요성을 너무나 강조하고 싶었던 나머지 구전으로 내려오던 예수의 사랑법을 그토록 과장해서 기록했다는 둥, 예수의 어이없을 만큼 과장된 사랑법은 그 당시에 전반적으로 유행했던 신화문학의 전형이기 때문에 그런 발언도 용서되어야 한다는 둥 어영부영 얼버무린다.

우리로서는 차라리 예수의 당찬 사랑법에 애당초 두 손을 빠짝 들어버리는 게 상책이다. 바로 그것이다. 동시에 나는 예수의 얘기 중 다른 어느 부분에서보다 예수의 사랑법에서 기독교의 핵심을 보았다. 내가 찾던 진리는 다행스럽게도 내가 만날 무심코 쓰던 말이다. 특이한 문학적인 말도 아니고 철학적인 말도 아니다. 그냥 사랑이다. 나는 어처구니없게도 단순한 진리가 사랑이라는 공식을 미국 집 골방에서 발견했다. 내가 막 서른두셋일 때였다. 진리가 사랑이라고 말한 예수는 서른두셋일 때 그 말을 하고 죽었다. 2천 년 후 나는 예수의 나이에 예수가 했던 말귀를 알아듣게 된 것이다. 내가 찾던 진리는 의외로 가까운 데 있었다. 나보다 낮은 사람의 발을 씻겨줄 수 있는 마음, 이웃을 진짜로 내 몸처럼 사랑할 수 있는 마음, 그것이 바로 진리였다. 서로가 서로를 제 몸처럼 사랑하는 것이야말로 신이 우리 인간을 최초의 나라 에덴동산에서 오순도순 살게 만들었을 때의 참모습이었다. 그렇게도 따먹지 말라던 무화과를 따먹기 이전의 모습 말이다.

예수는 실제로 자신보다 낮은 사람의 발을 씻겨줌으로써 우리와 다른 사람, 즉 하나님의 사람으로 승격했다. 한 많은 세상으로부터 해방된 것이다. 탈출한 것이다. 자유롭게 된 것이다. 사랑이 진리였고 진리의 실천이 바로 자유였다. 진리가 사랑이었고 사랑의 실천이 자유였다. 그러니까 예수는 살아생전에 우리에게 어떤 경로로 진리를 알 수 있고 그 진리는 또 어떤 경로로 우리를 구속으로부터 해방시켜 자유롭게 만들어주는지를 일목요연하게 실제의 연기로 보여준 셈이다. 자유의 절대조건인 진리는 다름 아닌 낮은 사람의 발을 씻겨주는 실천이었다. 그것의 실천이야말로 자유를 얻느냐 못 얻느냐의 관건이었다.

이제 나는 셋째 관문 앞에 섰다. 예수가 손수 가르쳐준 사랑의 진리를 실천에 옮기기만 하면 된다. 자유가 손에 잡힐 만큼 가까이에 다가왔다. 그러나 자유는 그렇게 쉽사리 얻어지는 것이 아니다. 거기에는 조건이 있다. 사랑을 실천해야 한다. 이웃부터 사랑해야 한다. 사랑을 하되 내 몸처럼 사랑해야 한다. 여기서 브레이크가 걸린다. 내 몸처럼 이웃을 사랑하라니 도무지 엄두가 안 나기 때문이다. 인간이 다른 사람을 자신만큼 사랑할 수 있다는 게 현실적으로 가능한 일인가. 요즘엔 아파트의 같은 층에 누가 사는지도 모른다. 그렇게 토털 남남으로 살고 있는 이웃을 내 몸처럼 사랑하라니 이게 무슨 날벼락 같은 소린가.

예수 이외에 어떤 성자들이나 철학자들도 우리 서민들에게 그토록 과격하고 도전적인 주문을 한 적이 없다. 그렇다. 거듭 머리를 써봐도 예수의 사랑 방식은 사실상 실현 불가능한 주문이다. 그러니까 예수는 우리로 하여금 자유를 향해 가는 길을 처음부터 원천봉쇄한 셈이다. 내가 말하는 예수식 사랑론의 함정이다. 그러니까 예수는 인간에게 인간이 근본적으로 사랑을 소화할 수 없기 때문에 결코 자유스러울 수 없음을 일깨워준 최초의 철학 선생이다.

나는 별 도리 없이 셋째 관문 앞에 넋을 놓고 서 있다. 나는 가장 중요한 사랑의 실천 앞에 멈춰 섰다. 왜냐하면 나는 하늘이 무너져도 나의 이웃을 내 몸처럼 사랑할 수 없는 사람이고, 때려죽여도 나보다 낮은 사람의 발을 씻겨줄 수가 없는 사람이기 때문이다. 나는 소크라테스가 걱정 안 해도 될 만큼 내 푼수를 정확히 알고 있는 사람이었다.

나는 내 부모도 그렇게 사랑한 적이 없고, 내 형제도 그렇게 사랑한 적이 없고, 심지어는 내 자식이나 내 아내도 그렇게 내 몸처럼 사랑한 적이 없다. 사랑이라니, 나는 가만히 있는 내 아내와 내 자식까지 버리고 집을 나간 남자였다. 그런 인간이 무슨 재주로 자기 이웃까지 자기 몸처럼 사랑할 수 있단 말인가. 거기까지 생각이 미치다보니 아하! 나는 천하에 나쁜 놈이구나, 실제로 나는 천하의 나쁜 놈이었구나, 하는 걸 깨달았다.

내가 누구인지를 비로소 알게 된 것이다. 나는 그동안 인간의 도리인 사랑을 나눌 줄도 모르면서 나 혼자 잘난 척하며 머리를 꼿꼿이 들고 다녔다. 노래 좀 잘 부른다고 나보다 노래를 못하는 사람을 무조건 무시하며 살아왔다. 노래는 단순히 내 어머니 김정신 권사님과 조승초 씨가 유전자로 물려줬던 것인데, 마치 내 실력으로 노래를 잘하는 줄 알고 그동안 안하무인으로 거들먹거리며 살아왔다. 사랑은커녕 나보다 유명하면 나보다 유명해서 싫었고 나보다 덜 유명하면 덜 유명해서 일단 무시했다. 나는 나보다 돈 있는 사람도 무시했고 돈 없는 사람은 더더욱 무시했다. 결국 나는 자기보다 못한 사람의 발을 씻겨주기 위해서 타월 한 장을 들고 선 예수와는 정반대의 폼으로 살아왔던 것이다.

외로운 타향 땅 미국이라서 그런 생각을 했을까. 그때 나는 나의 우매함을 본질적으로 깨달았다. 내가 인간으로 태어났지만 인간이 아니었음을 뼈저리게 깨달았다. 처음 있는 일이었다. 그래서 나는 최종적으로 머리를 숙였다. 내 생애 최초의 머리 숙임 사건이었다. 그리고 나는 스스로 고백했다.

"제가 잘못했습니다. 제가 죽일 놈입니다."

기독교에선 그걸 회개라고 한다. 내 생애 단 한 번 나는 실제로 무릎을 꿇어보았다. 나는 나 자신이 사나이다운 사나이라는 생각은 가져본 적이 없지만, 누구한테 무릎을 꿇는다는 생각도 가져본 적이 없었다. 그러나 나는 생애 최초로 자신이 무서운 죄인임을 깨달았고, 생애 최초로 나 자신이 죄인임을 시인했다. 우연이었겠지만, 나는 서른세 살에 미국 플로리다에서 서른세 살에 세상을 떠난 예수를 맹렬히 공부했던 것이다.

나는 셋째 관문을 통과해서 자유를 쟁취한다는 생각을 접어야 했다. 사랑을 할 것이냐 말 것이냐 그것이 문제였고, 내 이웃을 내 몸처럼 사랑할 수 없다는 결론에 이르러 진리가 무엇인지 그것까지만 알고 거기서 자유까지 가는 대장정은 전면적으로 포기하기에 이르렀다. 톨스토이는 집과 땅을 팔아 가난한 사람들에게 몽땅 나누어 주었고 슈바이처는 아예 아프리카 밀림으로 들어갔다. 그들은 예수의 사랑을 무섭게 실천했고 그래서 자유를 쟁취했다. 그러나 나는 달랐다. 그만한 용기가 없었다. 차라리 자유를 포기했다. 나한테는 자유를 포기하는 일이 전혀 부끄럽지 않았다. 내가 죄인임을 시인했고 자유를 쟁취하기에는 너무나 부족한 사람임을 시인했기 때문이다. 이제 내가 해야 할 일은 자유를 찾는 일은 커녕 죗값을 먼저 받는 일이었다. 내가 그동안 인간같이 살지 못한 것에 대한 심판을 받는 일이었다. 그리고 나는 실제로 심판을 받았다. 선고가 내려졌다. 형벌이 내려진 것이다. 그런데 이게 웬일인가, 나는 최소한 시베리아 유배, 감옥살이, 무기징역, 사형 뭐 그런 것들로 생각했는데 형벌의 내용이 뜻밖에도 간단했다.

"겸손하라."

그것이 최종선고였다. 나는 내 이웃을 내 몸처럼 사랑하지 못했을 뿐 아니라 내 부모, 내 형제, 심지어는 내 자식들, 내 아내조차도 내 몸처럼 정성을 다해 사랑을 하지 못한 극악한 죄인으로 사형 언도를 받아야 마땅했지만 겨우 지금부터라도 '겸손하라'는 가벼운 처분만 받게 된 것이다. 사형을 받아야 마땅한 나에게 사실상 무죄가 선고된 것이다. 기독교에서는 예수가 나의 죗값을 2천 년 전에 미리 십자가 위에서 치렀기 때문에 나한테 무죄가 선고됐다고 주장한다.

어쨌거나 무릎을 꿇은 상태에서 나한테 내려진 최종 선고, 이제부턴 잘난 체하지 말고 겸손해라 하는 당부의 말을 받아들고 다시 일어섰을 때 아! 나는 이미 다른 사람이었다. 나는 예전보다 훨씬 겸손한 사람이었다. 나는 오랫동안 감옥생활을 마치고 세상으로 나온 출감자였다. 내 몸은 날아갈 듯이 가벼워졌다. 내 몸에서 많은 부분의 교만ㆍ명예ㆍ돈ㆍ

출세·성공이 떨어져나갔기 때문이다. 그것은 확연한 자유의 느낌이었다. 부끄럽지만 내 생애 처음이자 마지막으로 느껴본 한순간의 종교적 체험이었다. 내 딴에는 자유를 잡았다고 확신하고 싶었다. 예수처럼 이웃을 내 몸처럼 사랑해서 얻어낸 온전한 자유는 아니었지만, 나만의 방법으로 움켜쥔 한 쪽박의 자유도 내가 누리고 살기에는 너무도 충분한 자유였다.

물론 내가 소유한 자유는 자유의 냄새만 풍길 뿐인 자유다. 톨스토이나 슈바이처나 체 게바라의 올인식 사랑에 비하면 아직 쇠고랑을 찬 자유인이다. 그래도 나는 충분하다. 감지덕지다. 그렇다. 진리가 곧 사랑이고 사랑이 곧 진리다. 사랑이라는 이 짧은 말보다 진리를 더 잘 규명하는 말이 있다면, 혹시 있다면 수고스럽지만 나한테 연락 주시기 바란다.

사랑을 관통한 진리, 진리를 관통한 사람만이 자유를 얻을 수 있고 나를 자유롭게 한다. 예수는 강하면서도 한편으론 너무 부드러웠다. 너무 순했다. 그 옛날 불순한 사상을 전파한 죄로 올가미를 씌워놓고 진리가 뭐냐고 묻는 빌라도에게 끝내 아무 답변도 안 한 걸 보면 그렇다. 빌라도가 만일 나한테 "야! 한국놈, 네가 말하는 진리가 도대체 뭐야?" 하고 물었다면 나는 숨도 안 쉬고 대답했을 것이다.

"사랑이다, 이 멍청한 인간아!"

예수라는 한 이국의 선배를 통해서 나는 진리가 곧 사랑이라는 것을 알았다. 사랑이 전부라는 것도 알았다. 그리고 내가 에덴동산에서 쫓겨난 인간이기 때문에 구조적으로 진리와 사랑을 곧이곧대로 실천하고 완성할 수 없다는 사실도 알았다. 머리털 나고 처음으로 자신이 죄인임을 깨닫자 그 순간부터 나는 김수희의 노래처럼 그대 앞에서 꼼짝없이 작아졌다. 신 앞에서 작아진 것이다. 작아지니까 홀가분해졌다. 만나는 사람마다 너도 죄인, 나도 죄인으로 거리낄 게 없었다. 사람 속에서 평등해졌다. 서로가 잘난 척할 것도 못난 척할 것도 없는 입장이었다. 내가 당신을 내 몸처럼 사랑해야 원칙인데 오늘은 그렇게 못해서 미안해, 그렇게 한마디만 하면 이심전심으로 통할 수밖에 없었다.

통한다는 게 무엇인가, 벽이 무너지고 하나가 되는 것이다. 사랑이 벽을 무너뜨린 것이다. 둘이 하나로 합치자 반갑고 즐겁고 행복했다. 행복이 무엇인가. 굴레를 벗고 자유롭게 되었다는 뜻이다. 그동안 내가 일상생활이나 방송이나 TV에서 자유스럽다 못해 오만불손하게 보인 것은 내 탓만은 아니다. 성경 탓이다. 일찍이 서른세 살쯤에 나는 그 책에서 인간은 총체적으로 자유스러워질 수 있다는 걸 배웠다.

원칙척으로도 나는 김정신 권사님의 뱃속에서 나오면서부터 자유인이었다. 젖이 모자라 배가 고파서 운 것은 자유가 없어서 운 것이 아니었다. 나는 누가 뭐래도 세 살, 네 살, 열 살 무렵까지는 자유롭게 컸다. 자유라는 느낌이나 언어 같은 것과는 아무 상관없이 자유롭게 커왔다. 그러다가 머리에 엄마 피가 마르고 어른스레 형태가 변해가면서 나도 모르는 새에 어라! 자유롭지 못하네, 부자유스럽네 하는 느낌을 갖기 시작했다. 누가 그런 생각을 주입한 것도 강요한 것도 아니었다. 내가 나 스스로를 그렇게 만들어갔다. 어느 순간부터 내가 나 하고 싶은 대로 나 편리한 대로 나를 몰아가면서부터 나 아닌 것과 삐걱거리기 시작한 것이다. 그로부터 동시에 자유 없음에 허우적대기 시작했다.

내가 다섯 살, 열 살 때는 자유라는 말도 몰랐고 그런 걸 찾지도 않았다. 왜냐하면 시골서 비록 가난하게 살긴 했지만 언어로 표현 안 해도 되는 실재의 자유 속에 파묻혀 살았기 때문이다. 그러나 스물, 스물다섯, 서른, 마흔, 쉰으로 넘어오면서 나는 물에 젖은 담요 같은 자유를 내 손으로 끌어다가 온몸에 뒤집어쓰고 스스로 질식해갔던 것이다.

그러나 나는 내 나이 서른 중반에 미국 땅에서 그 옛날 무려 2천 년 전에 살았다고 전해져 내려오는 예수라는 청년의 한마디 말을 통해서 무거운 담요를 걷어치우고 자유롭게 되는 방법을 알아냈던 것이다. 사랑만 하면 다시 자유롭게 되는 그 간단한 방법을 말이다.

딸에게 배운 사랑의 언어

나는 지금 운동장처럼 넓은 아파트에서 내 딸 은지와 함께 단 둘이서 살고 있다. 사람들한테는 세 식구가 산다고 말한다. 원래는 두 식구인데 일하시는 주복순 할머니까지 몰아서 세 식구로 치는 거다. 이렇게 세 식구가 함께 산 지 15년이 넘었다. 딸 하나를 데리고 홀아비생활을 한 지가 그렇게 됐다는 얘기다.

지금 밑도 끝도 없이 내 얘길 듣고 있는 사람은 나의 앙상한 가족관계를 청승맞게 여길지도 모른다. 그러나 사실은 정반대다. 청승떠는 것과는 거리가 멀다. 물론 내 집에는 아내도 없고 아이의 엄마도 없고 심지어는 푸들강아지 한 마리 없는 결손가정임에 틀림없지만 지금까지 우리 집을 방문해서 결손 냄새가 난다고 언짢은 표정을 지은 사람은 단 한 사람도 없었다. 결손 냄새가 안 나는 이유가 있다. 왜냐하면 내 집에 지금 상주하고 있는 두 여자가 일당백의 역할을 하기 때문이다. 내 딸 은지가 빈자리를 반쯤 채우고 나머지 반은 주복순 할머니가 교묘히 채워주고 있다.

내 딸이 괜히 빈말이지만

"아빠! 또 술 먹고 들어왔구나. 내가 못살아."

"아빠! 오늘 비 와. 우산 들고 나가. 글쎄 내 말 들으라니깐. 우산 들구 가."

"아빠! 들어올 때 우산 잊어버리구 들어오면 안 돼!"

"아빠! 우리 컵라면 끓여 먹을까."

이런 말만 툭툭 던져도 나는 찌리릭 전기가 통한 것처럼 기분이 상큼해진다. 마치 내 옆에 내 색시가 있다는 착각을 불러일으키기 때문이다.

게다가 주복순 할머니는 내 아내와 친엄마의 역할까지 완벽하게 해낼 뿐 아니라 내가 내 아내나 친엄마한테 할 수 있는 모든 툴툴거림, 역정, 신경질적 짜증, 사소한 일들에 대한 아우성 같은 걸 김재박이 야구공 받아내듯 완벽하게 받아내고 있다. 세상에 어떻게 피도 한 방울 안 섞였는데 나와 내 딸을 저토록 끔찍하게 보살필 수가 있을까. 주복순 할머니가 내 딸 은지를 얼마만큼 소중하게 키웠는지는 상상에 맡길 수밖에 없다. 아무리 가까운 친할머니와 친손주도 그럴 수는 없다. 만약 우리 집에 내 아내와 내 딸의 엄마 역할을 해낼 여자가 들어와야 할 경우 최소한 한 가지의 조건은 충족되어야 한다. 그것은 내 딸과 내 할매와 삼각의 조화를 이루어주어야 한다는 것이다. 그런데 이 세상 천지에 어떤 수완 좋은 여자가 내 딸과 내 할매와 하모니를 이루어 그 틈새로 아무 마찰 없이 스며들 수가 있을까.

지금까지 내가 홀아비 신세로 10년 이상을 궁상스럽게 살아온 건 바로 그 문제 때문일 수도 있다. 내가 딸 하나와 지금까지 둘이서 살아오는 동안 수많은 여자들이 우리 집엘 들락거렸다. 그러나 그 많은 여자들 중에 단 한 명도 내 집의 안주인으로 들어오겠다는 의사를 내비친 적이 없고 물론 내 쪽에서도 어느 특정 여자한테 우리 집으로 들어와줄 것을 요청한 적도 없었다. 그 이유도 간단하다. 도무지 그럴 필요가 없었다. 우리 집은 이미 외부로부터 어떤 보살핌도 필요로 하지 않을 만큼 완전 독립을 이루었고 그렇게 된 것은 순전히 내 딸 은지 덕이다. 우선 은지는 단 한 번도 단 한 순간도 우리 집 가족 구조에 대해 불편한 심기를 내비

416

치지 않았다. 나는 가장으로서 일부러 내 딸한테 독립심을 키워준다거나 뭐 그런 분위기를 조성하는 카리스마 있는 남자도 아니다. 이런 독립적인 분위기로 우리를 몰아간 건 전적으로 내 딸 은지였다.

내 딸아이는 지금 열일곱 살, 고등학교 2학년이다. 내 딸은 키도 크고 늘씬하고 정말 멋지게 생겼다. 내 눈에는 이 세상 천지에서 내 딸이 가장 예쁘다. 전지현보다도 예쁘다. 형용할 수 없이 예쁘다. 자다가 일어나 부스스한 모습으로 나와도 예쁘고 "말 걸지 마. 나 지금 피곤해." 하고 손을 가로저으며 나의 접근을 거부해도 내 눈에는 그저 예쁘게만 보인다. 왜 내 눈에는 내 딸자식이 이 세상에서 가장 예뻐 보이는데 다른 사람들은 그렇게 생각하지 않는지 알다가도 모르겠다.

최근에 나는 스스로 궁금증을 풀었다. 왜 내 딸은 저토록 예쁠까 하는 것이 나의 궁금증이었다. 나는 생전에 왜 꽃은 저다지도 예쁠까, 왜 강아지는 저다지도 귀여울까, 그런 걸 궁금해 해본 적이 없고 앞으로도 궁금할 일이 없을 것이다. 그러나 내 딸은 다르다. 왜 저토록 예쁠까, 애비 눈에만 예쁜 건가, 한동안 그런 문제를 의아해하다가 어느 순간 그 이유와 해답을 알아냈다. 간단했다. 내 딸아이가 실제로 생물학적으로 가장 예쁜 시기에 도달했다는 것이었다. 내 딸이 앞으로 살아갈 80 생애를 통틀어서 지금 열일곱 열여덟, 이때가 가장 예쁠 수밖에 없는 것이다. 꽃봉오리가 필락말락하다가 막 피어나고 있는 것이다. 나의 통찰력을 무시해선 안 된다. 세상에 어떤 아버지가 나처럼 세밀하게 자기의 분신을 분석할 수 있겠는가. 나는 일찍이 내 어린 딸이 커서 장차 청소년기에 이르면 얼마나 미워질까 은근히 걱정을 했지만 그건 기우였다. 반대로 점점 더 예뻐져만 갔다.

내 딸아이가 열세 살 열네 살, 중학교에 다닐 때에는 매우 조직적으로 부녀지간에 팀워크를 이루어 모든 문제를 해결해나갔다. 나는 첨부터 내 딸아이가 공부에 취미가 없다는 걸 알았다. 공부는 취미나 취향 같은 것이다. DNA로 타고나는 것이다. 공부 같은 건 부모가 옆에서 독려를 한다고 되는 게 아니다. 나도 초중고를 다녀봐서 하는 소리다. 공부는 결국 하는 놈이나 하고, 하고 싶은 놈이나 하는 것이다. 그래서 나는 내 딸아이한테 지난 17년을 통틀어 단 한 번도 "은지야! 공부 좀 해라. 공부를 잘해야 좋은 학교에 가고 좋은 데 시집간다." 뭐 이딴 소리를 해본 적이 없다. 내 딸이 아침에 일어나서 세수하고 꾸역꾸역 교복 차려입고 학교에 가는 것만으로도 나는 그저 한숨 놓이고 행복했다.

어느 날 아침 내 딸아이가 응접실 소파 위에 넋 놓고 앉아 있는 걸 보고 "야! 너 지금 학교 가야 할 시간 아니니?" 하고 물었더니 내 딸이 시큰둥한 표정으로 대답했다. 내 딸은 내 앞에서 9할은 시큰둥이고 1할만 밝은 표정이다.

"나 지금 컨디션이 안 좋아!"

내가 말했다.

"그래? 거참 안됐구나. 컨디션이 안 좋으면 무조건 쉬어. 컨디션이 안 좋은데 학교 가면 뭘 해, 공부도 안 될 텐데. 어서 방에 들어가서 이불 쓰고 좀더 자거나 응접실에서 TV를 보면서 푹 쉬어라. 그래야 컨디션을 되찾지 않겠니."

여자들은 컨디션에 매우 민감하다. 남자와 많이 다르다. 여자는 생리현상 때 컨디션이 급격히 변하고 젊은 여자도 늙은 여자와 마찬가지로 날이 궂을 때나 비가 올 때 컨디션이 급격히 변한다는 걸 나는 일찍이 체험으로 터득한 바 있기 때문이다. 컨디션이 안 좋으면 학교에 가지 말라는 건 그냥 해보는 소리가 아니다. 그게 내 진심이다. 내 딸아이는 자기 아빠가 무슨 얘기를 하는지 누구보다도 잘 안다. 나는 내 딸아이한테 뭐든지 진심으로 말하려고 노력해왔다. 젊은이는 늙은이의 본질을 생태적으로 꿰뚫는다. 가식이 통하지 않는다는 얘기다. 늙은이는 늙었기 때문에 혹은 건망증 때문에 젊은이의 본질을 모를 수가 있지만 말이다.

"은지야! 건성으로 하는 말이 아냐. 학교 가기 싫으면 가지 마. 학교는 꼭 가야 하는 데가 아니야. 너한테는 자유가 있어. 학교는 가고 싶은 사람만 가는 곳이야. 가기 싫은데 거길 왜 가. 집에서도 공부할 수 있고 혼자서도 공부할 수 있는데 왜 꼭 학교엘 가야 돼? 학교 가기 싫으면 학교 가지 마. 집에서 놀아. TV 틀면 얼마나 유익하고 재밌는 게 많이 나오는데. 은지야, 넌 이쁘고 착해서 공부 안 해도 얼마든지 좋은 사람 만나 시집갈 수 있어. 잘살 수 있어. 시집 안 가면 또 어때. 잘 못살면 또 어때, 아빠하고 지금처럼 그냥 살면 그만이지."

내 딸이 얼마만큼 예쁘고 착한지를 내 입으로 말한다는 건 온당치 않다. 그러나 나는 내 딸아이의 중학교 3학년 담임선생님으로부터 직접 들은 얘기가 있다. 나는 내 딸아이가 중학교를 졸업할 때까지 단 한 번도 딸아이의 선생님을 찾아가본 적도 없고 만나본 적도 없다. 필요할 때는 할머니나 고모나 내 여친이 대신 갔다. 선생님이 나를 보자고 한 적이 없어서 안 갔을 뿐이다.

그러나 중학교 졸업식 날은 내 딸 선생님께 인사라도 드려야겠다 싶어 큰맘 먹고 교무실을 찾아갔다. 담임선생님이 너무도 반갑게 맞아주었다. 이것저것 담소를 나누다가 이런 얘길 들었다.

"은지가 사복 차림으로 등교하는 날에 나타나면 반 아이들이 온통 와하고 소리를 지를 정도로 은지가 멋을 내요. 물론 아버님이 연예인이라서 그렇겠지만 말예요."

나는 두 팔을 휘저으면서 말을 가로막았다.

"아녜요! 그게 아녜요. 저는 제 딸이 어떻게 모양을 내는지 전혀 몰랐어요. 저는 멋을 내는 연예인이 아니에요. 저는 멋 내는 거 잘 몰라요. 저는 은지가 남보다 멋을 많이 내는 줄 정말 몰랐어요."

나는 내 딸이 모양을 내는 데 매우 신경을 쓰는 편이라는 걸 어느 정도 눈치는 채고 있었다. 동대문시장 같은 데서 물건을 고를 때면 무슨 수도승처럼 시종 엄숙했고 내가 추천하는 건 아예 거들떠보지도 않았다. 그러나 주위에서 저 나이에는 다 저런 거라고 해서 그러려니 지나쳐왔다.

3, 40만 원짜리 휴대전화를 살 때도 그랬고 20만 원 가까이 되는 호주산 어그부츠인가 뭔가 하는 털장화를 살 때도 그랬다. 도대체 뭘 얼마나 좋고 싼 물건을 산다고 저토록 많은 물건을 체크하고 다닐까. 동대문 가면 2, 3만 원짜리 어그부츠도 얼마든지 그럴싸한 게 많은데 왜 그토록 비싼 걸 산다고 고집을 부릴까 하면서도 한편 가짜 짝퉁을 싫어하고 진짜 오리지널을 고집하는 내 딸의 최고지향 정신에 박수를 보내면서 이런 식으로 타일러봤다.

"은지야! 어그부츠 같은 건 아빠가 사줄 수 있어. 아빠가 그럴 능력은 있잖니. 그러나 아빠의 걱정은 따로 있단다. 네가 그걸 신었을 때 너네 반에 그걸 돈이 없어 못 사 신는 친구가 있다면 네가 신은 걸 보고 어떤 기분이 들겠니. 네 친구들을 그런 걸로 맘 아프게 해서야 되겠니? 그런 생각 때문에 아빠가 망설였던 거야."

약간의 정적이 흐른 다음 내 딸아이가 고개를 숙인 채 이렇게 작은 소리로 말했다.

"아빠! 우리 반 애들 그거 다 신었고 나만 못 신었거든."

나는 손을 들었다. 번쩍 들었다. 그리고 얼른 돈을 내줬다. 이 얘길 선생님께 일러 바쳤더니 선생님이 이렇게 말씀하셨다.

"아녜요! 그렇게 비싼 거 신는 애들은 얼마 없어요."

아! 나는 어그부츠를 그런 식으로 '네다바이'를 당했던 거다. 휴대전화 때도 그랬다. 나는 학생이 무슨 휴대전화가 필요할까 싶어 사준다는 소리를 안 하고 있을 때 그녀가 역시 조용히 한마디 했다.

"우리 반 초롱이는 학교에 휴대전화를 세 개나 들고 온 적이 있어."

나는 그 말을 듣고 더 이상 버틸 수가 없어 중학교에 다니는 딸아이한테 휴대전화를 사줬다. 나중에야 사태를 파악했다. 초롱이가 어쩌다 엄마 아빠 것과 자기 것을 한꺼번에 들고 온 것을 초롱이가 휴대전화를 세 개씩이나 가지고 있는 것으로 순간 착각을 했던 것이다. 아무려나 구두쇠 아빠를 등쳐먹을 줄 아는 세상에 하나밖에 없는 내 딸은 얼마나 예쁜가.

요즘 시대는 다르다. 공부 잘하는 딸보다 멋 잘 부리는 딸이 더 높은 점수를 받을 수 있다. 공부도 잘하고 멋도 잘 내면 그건 금상첨화지만 모든 걸 다 바랄 순 없다. 나는 내 딸이 멋 잘 부리는 걸 자랑으로 삼고 살아간다. 문제는 그것을 말로 표현하기가 좀 어쭙잖다는 것이다. 만일 내 딸이 공부를 잘하면 아무나 만나서 "우리 딸아이는 공부를 잘한답니다." 몇 번이고 이렇게 자랑할 수 있지만 "우리 딸아이는 멋을 잘 부린답니다. 모델 뺨친답니다." 이렇게 말해봤자 생뚱맞게 느껴질 게 뻔하기 때문이다.

공부를 못하면 좋은 대학에 못 간다. 일찍이 나는 이 문제까지 내 딸과 팀워크를 이루어 매우 구체적으로 해결해나갔다. 내 딸이 좋은 대학엘 못 가면 무엇이 문제냐, 잠시 체면을 구기는 순간이 온다는 것이다. 대학 입학시험이 끝나고 합격 발표가 날 즈음이면 평소에 나를 아는 사람들이 무심결에 물어올 것이다.

"조 선생님, 따님이 이번에 어느 대학에 들어갔습니까?"

이 질문에 대답해야 되는 순간이 시쳇말로 쪽 팔리는 순간이다. 입학 시즌이 제풀에 지나갈 때까지는 쪽이 팔리게 되어 있다. 내 딸이 그럴싸한 대학에 들어가지 못했을 경우에 말이다. 이젠 서울 시내에 있는 대학 모두가 서울대학이라서 들어가기가 힘들다고 야단들이다. 그래서 나는 내 딸아이를 앞에 불러놓고 차분하게 설득을 해나갔다.

"은지야, 딴 건 다 좋은데 네가 공부실력이 좀 모자라 저쪽 이름없는 시골 지방대학에 입학했을 경우 내가 사람들에게 그 대학 이름을 말해야 할 때 약간, 아주 약간 쑥스러울 것 같아. 그렇지?"

아빠의 말은 계속 이어진다.

"그러나 은지야. 방법이 있어. 은지야, 내 곁으로 가까이 와. 우리가 미리 연습을 하는 거야. 몇 번 연습을 반복하면 쑥스러움이 훨씬 덜할 수 있을 것이거든. 자! 네가 아빠 친구 역할을 맡아 대사를 해. '안녕하세요, 조 선생님. 이번에 따님이 어느 대학에 들어갔나요?' 그러면 내가 대답을 하는 거야. '아, 네! 이번에 제 딸은 경상도에 있는 용문대학에 들어갔습니다.'"

우리는 심심하면 둘이 얼굴을 마주보면서 대사를 연습하곤 했다. 그 연습의 내용을 충실히 하기 위해 나는 강원도·경기도·전라도·경상도를 두루 다니면서 거기 있는 지방대학의 이름들을 부지런히 외워두었다. 지방대학을 무시하는 게 천만에 아니다. 내후년에 내 사랑하는 딸이 지방대학을 가야 할 판인데 어찌 함부로 무시할 수 있단 말인가. 나는 내 딸이 아무 지방대학이나 다니고 내가 가끔 찾아가보는 것도 무척 재미있을 거라고 생각했다. 그런 걸 상상만 하는 것으로도 나는 행복했다.

이런저런 경우로 나도 조기교육인가 조기유학인가 하는 얘기를 쭉 들어왔다. 그러나 나는 전적으로 그 문제를 딸아이한테 맡겼다.

"유학이건 무학이건 니가 하고 싶은 대로 해라."

내 딸아이는 지금 자기가 하고 싶은 대로 하고 있다. 그렇잖아도 내 딸아이한테는 마리아라는 이름을 가진 같은 또래의 엄청 친한 친구가 있다. 내가 아주 잘 아는 재미동포 여류 화가의 딸이다. 마리아와 그녀의 엄마는 은지를 뉴욕으로 보내라고 한국에 올 때마다 성화다.

한번은 내가 말했다. 말을 해야만 할 것 같았다.

"은지야! 너 미국 가서 마리아하고 함께 미국 학교를 다니렴."

그런데 뜻밖의 답변이 나왔다.

"아빠 혼자 놔두고 내가 어떻게 가?"

아! 이런 걸 딸 키운 보람이라 하던가. 그러나 나는 겉으로는 표시를 안 내고 이렇게 방어했다.

"야! 됐어, 내 걱정 하들 마! 내가 바보 멍청이니? 너 미국 떠나간 바로 다음날 너 대신 여자 한 명을 집에 들여놓을 거야. 너도 없는 데서 내가 왜 궁상맞게 혼자 살겠니."

무슨 대화가 나오든 무슨 쟁점으로 얘기를 하든 우리 둘 사이의 대화는 늘 팽팽하게 유지된다. 쌍방 계급장을 떼고 얘기하기 때문이다.

"그런데 아빠! 부탁이 있어."

딸이 말을 받았다.

"무슨 부탁인데. 말해봐."

내 딸은 나에게 유언을 남기듯 자못 비장하게 말했다.

"다른 여자가 우리 집에 들어오는 건 다 좋은데, 아빠! 부디 아빠 딸하고 나이 차이가 좀 나는 여자를 들어오게 해줘."

나는 그때 어떻게 대답을 했는지 정확한 기억이 없다. 그 대신 나는 혼자 속으로 말했다.

"야! 꿈 깨."

나는 내 딸과 전쟁도 한다. 치열하게 한다. 그런데 내 딸과의 전쟁은 내 여친과의 전쟁과는 전적으로 다르다. 일단 전쟁이 터지면 그 순간부터 내 딸은 순식간에 웬수로 돌변하지만 그게 진짜 웬수는 아니다. 앞뒤가 맞지 않는 얘기 같지만 천사같이 어여쁜 웬수다. 그러나 내 여친과의 전쟁은 사뭇 다르다. 일단 전쟁이 터지면 내 여친은 곧장 웬수의 두목쯤으로 느껴진다. 진짜 총칼로 무찔러야 하는 철천지 웬수로 둔갑한다. 그렇게 다르다. 딸과 전쟁을 치를 때는 원한 같은 게 없지만 여친과의 전쟁 때는 왜 그렇게 원한 같은 게 순식간에 쌓이는지 모르겠다.

최근에 내 딸이 휴대전화를 분실했다. 버스에 두고 내렸다고 했다. 내 딸은 자기 방으로 가더니 집 전화를 들고 계속해서 자기 휴대전화 번호로 다이얼을 돌렸다. 얼마 만에 내 딸의 휴대전화를 습득한 사람이 전화를 받는 모양이었다. 옆에서 보아하니 너무도 희한했다. 내 딸이 저쪽의 습득자를 경찰이 취조하듯이 몰아가는 것이었다.

"어디서 주웠어요?"

"댁은 지금 어디에 계신가요?"

"이름이 뭐세요?"

이쯤 되니까 저쪽에서 내 딸더러 왜 자기를 휴대전화 훔쳐간 사람으로 여기냐고 불만을 표시하는 모양이었다. 나는 옆에 서서 온갖 바디 랭귀지로 그러지 마라, 공손하게 물어라, 고맙다고 해라, 실례지만 죄송하지만을 꼭 붙여서 물어봐라 온갖 코치를 했지만 내 딸은 막무가내였다. 심지어는 "댁의 전화번호가 뭐예요?"까지 갔다. 그걸 내 귀로 또렷이 들었다. 나는 그 순간 교양 없는 내 딸에게 크게 실망했다. 그렇게 막돼먹은 자식인지 정말 몰랐다. 이 나라의 청소년 교육에 분통이 터졌다. 다시 응접실로 돌아오자 나와 내 딸 사이엔 설전이 벌어졌다.

"야! 그렇게 교양 없이 취조하듯 통화를 하면 어떻게 해!"

"물어봐야 하는 거 물었는데 그게 왜 취조하는 거예요?"

"왜 말할 때 죄송하지만, 실례지만, 그런 단어를 쓰지 않았냐구."

"먼저 고맙다고 얘기했잖아요."

"그런데 왜 상대방의 이름을 묻고 전화번호까지 묻냐? 그 사람이 도둑놈이냐? 네 휴대전화를 찾아서 보관하고 있는 선량한 사람 아니냐. 그런 사람한테 네가 사무적으로 대하면 그게 실례가 아니고 뭐냐."

"내 물건을 찾으러 가기 위해선 그런 걸 자세하게 물어봐야 하는 거 아닌가요?"

나는 말이 통하질 않아 사람 죽을 것만 같았다. 나의 음성은 커질 대로 커졌다. 그래서 나는 결론을 냈다.

"좋아, 그렇게 아빠 말 듣고 싶지 않으면 지금부터 네 맘대로 살아."

나는 나도 모르게 선전포고를 하고야 말았다. 그러곤 전쟁으로 돌입했다. 나는 자신 있었다. 10년도 버틸 수 있다. 그러나 뻔하다. 저쪽에선 용돈이 떨어지면 즉시 두 손을 들게 되어 있다.

그렇게 보름이 흘렀다. 그런데 그 보름 동안에도 내 딸은 내 맘속에 단 한순간도 밉게 여겨지지 않았다. 형편상 원수로 돌변했지만 그래도 한없이 예쁜 원수였다. 드디어 딸로부터 무려 보름 만에 전화가 걸려왔다. 나는 '이겼다' 하면서 함성을 지르고 싶었지만 일단 체통을 지켰다. 그녀의 첫 음성은 "아빠!"였다. 보름 만에 처음 듣는 딸의 음성이었다. 잔뜩 쫄아든 게 틀림없는 항복자의 음성이었다.

"아빠! 휴대전화 정액제 새 거 신청했는데, 아빠 허락이 있어야 한대."

나는 승리감에 도취해서 뛸 듯이 기뻤지만 아빠의 체통과 위신을 지키면서 점잖게 말했다.

"야! 우리 지금 전쟁 중이잖아."

내 딸이 언제 자기가 졸았느냐는 듯이 순간적으로 돌변해서 받아쳤다.

"아빠! 나는 전쟁을 한 적 없어. 그건 아빠가 일방적으로 전쟁을 한 거였어."

아! 세상에 이렇게 어여쁜 것이 또 있을까. 그렇다. 바로 그것이다. 문제는 내 딸이 내게는 너무 예쁘다는 것이다. 제아무리 피카소나 백남준의 작품이라 해도 완벽한 작품이란 존재하질 않는다. 이 세상에서 유일무이하게 완벽해 보이는 건 내 딸 하나다.

여기까지는 아무 문제가 아니다. 문제는 딴 데 있다. 나는 하루하루를 살아가면서 겉으로는 안 그런 척했지만 속으로는 내 딸처럼 좋아할 수 있고 사랑할 수 있는 여자를 끊임없이 찾아 헤매었다는 것이다. 내가 성격장애자가 아닌 이상 밖에 나가서도 꼭 내 딸처럼 예쁘고 사랑스런 상대를 오디션 보듯 찾은 건 아니다. 어떻게 그럴 수가 있겠는가. 내 딸 같은 항상 어여쁜 상대를 기대하는 건 사실상 무리다. 그러나 행여나 하면서 맘속으로는 그런 상대를 찾느라고 부단히 노력을 했는데도 잘 안 되더라는 얘기다. 홀애비 핑계라는 게 그렇다.

그래서 어느 정도 결론을 냈다. 그렇다. 나는 너무 못생기고 성격이 까다롭고 여자한테 너무 돈을 안 써서 내 이상형이 나타나질 않는다. 나는 그렇게 잠정적인 결론을 내렸다. 그랬더니 속은 좀 편했다. 이젠 여자를 찾는 일에 '데문데문' 대처할 수 있을 것 같다. 그렇게 살다가 숙명적으로 은지 마음에 딱 드는 여자를 찾을 수 있다면 얼마나 다행이냐. 어쩌다 내 맘에도 들고 은지와 나이 차이도 확연히 나는 여자를 만났는데 그 여자가 날더러 "은지 아빠! 나 은지 아빠 사랑해요." 한다면 나는 자지러질 것이다. 아! 얼마나 근사하겠는가. 그런데 은지와 최소한 스무 살 차이가 난다면 그녀는 지금 서른일곱이어야 한다. 그래도 너무 젊다. 서른 살쯤 차이가 나야 마흔일곱인데 그것도 좀 문제다. 글쎄 아무도 모른다. 내가 홀딱 반해서 마흔일곱 먹은 여자에게 나의 남은 여생을 맡아달라고 사정사정할런지도 모른다. 나이는 문제가 아니다. 문제는 인연이다. 나이들어 힘 다 빠진 채 새로운 여자 어쩌구저쩌구 하는 건 아무래도 궁상맞아 보인다. 앞으로 남은 여생에 별 도움은 안 되겠지만 그래도 한 번쯤 짚고 넘어가야 할 부분이 있다. 그것은 내가 단 한 번도 여자 앞에서 무릎 꿇고 사랑을 구걸해본 적이 없다는 사실이다. 이건 지금 내가 오만해서 하는 소리가 아니다. 거들먹거리는 게 아니다. 어쩌다 이런 불상사가 생겼나 뼈아픈 후회를 해보는 것이다. 어느 여자한테 진심 어린 한마디 '사랑해'라는 말도 제대로 한 번 못해보고 사랑이 어쩌구저쩌구 써내려가는 게 정녕 어쭙잖아서 하는 얘기다. 사랑을 구걸해본 적이 없다는 건 불행한 삶을 살았다는 얘기다. 그런 차원에서 나는 천하에 불행한 남자였다. 남보기에 외관상으로만 번지르했다는 뜻이다. 나는 요즘 들어서야 머리털 나고 첨으로 '사랑해'라는 말을 편안하게 써봤다. 요즘 나는 은지한테 심심치 않게 '사랑해'라는 말을 하곤 한다. 은지 이외의 여자한테 '사랑해'라는 말을 썼다면 그건 내가 정식으로 프로포즈를 하는 거나 마찬가지다.

거듭 말하지만 나는 내 딸 은지한테 꽃보다 아름다운 '사랑한다'는 혁명적인 발언을 했다. 딸아이한테 사랑한다는 말을 하면서도 나는 굉장히 어색했다. 물론 나는 내 딸을 사랑한다. 말 그대로 죽도록 사랑한다. 그럼에도 불구하고 그때까지 차마 내 쪽에서 먼저 사랑한다는 표현을 직설적으로 쓸 용기는 없었다.

그런데 내 딸이 점점 커가며 어디선가 사랑한다는 표현을 배웠는지 나한테 아무렇지도 않게 "아빠, 사랑해"라는 말을 턱턱 던지자 나도 그 말을 듣고 차마 "야! 너 사랑한다는 말 어디서 배웠어? 누가 너한테 그런 말을 가르쳐준 거야?" 하며 따져 물을 수가 없었다. 내 딸은 아빠를 정말 좋아하고 정말 사랑하기 때문에 이것저것 따지지 않고 아빠한테 사랑한다는 표현을 쓴 것이다. 전혀 정치적인 배려가 섞인 접대성 발언이 아니었다. 결국 나는 내 딸의 패턴에 이끌려서 어색하지만 내 딸한테만은 결국 사랑한다는 말을 쓰게 되었던 것이다. 내 딸과 나 사이에는 사랑한다는 언어적 표현이 완벽하게 통했다. 그리하여 나는 드디어 사랑한다는 말을 내 입으로 표현할 줄 아는 매우 정상적인 인간으로 유턴을 하게 된 것이다.

나는 내가 사랑한다는 말을 누구에게도 하지 못할 거라 생각했다. 그런 표현 한 번 못하고 사는 게 내 숙명인 줄 알았다. 그런 내게도 믿을 수 없는 일이 생겼다. 믿거나 말거나 나도 남들처럼 '사랑한다'는 말을 내 딸 은지에게는 써먹은 것이다. 써먹고 보니까 나 자신에 대한 생각을 고쳐먹어야 했다. 나도 사랑한다는 말을 할 수 있는 사람이었다. 그건 순전히 은지 덕분이다.

어느 날 은지가 무심코 나더러 "아빠! 사랑해." 하는 소릴 듣고 나도 얼결에 "나도 은지 사랑해." 하고 대답한 다음 내 생애 처음으로 나 혼자서 화들짝 놀랐다. 내가 '사랑해'라는 말을 내 입으로 말할 수 있었다니. 먼 옛날 첫사랑의 광적인 열정의 한가운데에서 나는 오랫동안 잊었던 말 '널 사랑해'라는 말을 내 입으로 말할 수 있었던가, 기억조차 가물가물하다. 이건 자랑도 아니고 수치도 아니다. 그냥 나의 개인 취향이 그렇게 빡빡하고 우스꽝스러웠다는 얘기다. 원래 타인의 취향은 우스꽝스러워 보이는 법이다.

나한테는 다 큰 아들 둘이 있지만 녀석들이 커갈 때는 나 자신이 너무 어리고 철이 없었다. 나는 내 아들녀석들을 지키고 보살피고 키워가기는커녕 내 한 목숨 지켜가는 일에도 허겁지겁했다. 아들들과 나 사이에 사랑의 채널이 있어야 한다는 것조차 까맣게 잊고 있었다. 나한테는 사랑이 체질적으로 샘솟지 않기 때문에 아마도 나는 사랑 같은 것을 거추장스럽게 여겨왔는지도 모른다. 그래서 뒤늦게 내가 내 몸 속에 온전한 사랑이 존재한다는 걸 내 딸을 통해 체감한 것은 참으로 획기적인 사건이었다.

결국 나는 수많은 세월을 흘려보낸 다음 어느 날 뒤늦게 내 딸 은지로부터 사랑에 관한 일깨움을 받고 일대 회한에 젖게 된다. 그리고 이어서 내 입으로 사랑한다는 소리를 안 하는 걸 무슨 자랑으로 알고 지금까지 살아온 불치병적 과거를 일시적으로나마 참회하기에 이른다. 그런 측면에서 내 딸은 나의 스승이며 나의 은인이다. 너무 고맙다. 나는 내 딸 은지가 아니었으면 내게 있어서 사랑이라는 게 진짜 존재하는 건지를 확인 못하고 엄벙덤벙 짧은 생애를 마감할 뻔했다. 그걸 내 딸의 존재 때문에 사랑의 있고 없음과 사랑의 형태까지 어렴풋이 확인할 수 있게 된 것이다.

왜 나는 그토록 사랑하는 나의 어린 딸 은지한테도 사랑한다는 말 한마디를 꺼내놓을 수 없을 정도로 사랑한다는 말과 멀어졌을까. 잠깐 딴 얘기를 하겠다. 몇 년 전 뉴욕 한국문화원 전시장에서 나의 미술전시회가 펼쳐졌다. 저녁 여섯 시 전시 오픈 시간이 다가오자 뉴욕 관람객들이 물밀듯이 밀려왔다. 나는 늘 그런 일에 꽤나 익숙해져 있다. 그러다가 어느 순간 전시장 입구 앞에 두 남자와 한 여자가 서 있는 모습이 내 눈에 들어왔다. 자세히 보아하니 두 남자는 실로 몇 년 만에 보는 나의 아들들이었다. 싱겁기 짝이 없게 인사가 오가고 둘째 아들 늘이 옆에 있는 아가씨를 가리키며 말했다.

"아빠, 제 여자친구예요."

잠시 내 호흡이 멈춰졌다. 윽! 하는 소리를 안 냈을 뿐이다. 내 기억에는 너무도 예쁜 모습이었다. 나는 무슨 말인가를 했어야 하는데 사실상 아무 말도 못했다. 모름지기 너무 오래 떨어져 살지 말아야 한다. 너무 오래 떨어져 살다가 다시 만나면 쌍방에 할 말이 없기 때문이다.

나는 내 사랑하는 식구와 잠시 우물우물하다 말았다. 오랜만에 그림 설명이라도 해줬어야 하는 건데 어쩌다 그러질 못했다. 그 대신 소란스런 오픈 행사를 마치고 뒤풀이 행사장에 가서 나는 그곳 문화원 원장과 거기에 참석한 모든 사람들이 따라주는 술을 몽땅 마시고 뻗어버렸다.

왜 그토록 목숨을 다해 죽기 살기로 술을 퍼마셨는가. 그림 전시회 때문인가. 아니다. 내 아들과 아들의 여자친구를 본 게 너무도 눈부시게 황홀해서였다. 마치 내 생애 전체의 목표를 한순간에 완벽하게 이룬 듯한 감상이 들어 맨정신으로 있기엔 너무도 버거워 냅다 술을 퍼마셨던 것이다. 그리고 나는 지금까지도 그때 일을 생각하면 후회가 막심하다. 왜 내 아들의 여친에게 사랑한다는 말은 고사하고 그밖에 따뜻한 말 한마디를 못했을까, 왜 내 아들 여친의 몇 마디 말소리조차 듣질 못하고 그냥 헤어지게 됐을까, 왜 나는 그렇게 멍청한 아빠인가.

나는 이 책을 쓰길 잘했다. 그나마 이 책 때문에 내가 왜 그토록 살갑지 못한 아빠 노릇을 했던가에 대한 대체적인 원인이 밝혀졌다. 이것은 순수한 나의 독자적인 연구결과다. 떳떳한 핑계다.

내가 사랑이라는 말에 무뎌지고 사랑의 감정을 한사코 꾹꾹 눌러버리게 된 건 순전히 충청도 삽다리 탓이었다. 내가 고향을 잘못 선택한 탓이다. 그게 무슨 소리냐, 빨리 말하겠다. 나는 어려서 거기 살면서 단 한번 어느 누구한테 사랑한다는 말을 한 적도 없고 심지어는 누가 누구한테 하는 말을 옆에서 주워들은 적도 없다. 사랑이나 사랑의 감정 같은 것과는 너무도 먼 곳에서 자라났다는 얘기다. 내가 어른이 되어 미국에 건너가 거기서 처음 놀란 것 중에 하나가 서양쪽 사람들은 정말 사랑이라는 말을 생활화하고 있다는 사실이었다. 우리도 지금 점점 닮아가고 있긴 하지만 그들은 이미 '아이 라이크' '아이 러브'를 자유자재로 쓰고 있었다. 내가 만일 미국에서 태어나 미국에서 자랐더라면 '사랑해'를 자유자재로 써먹었을 터였다. 그러나 나는 엄연히 충청도 삽다리 출신이다.

삽다리! 싫든 좋든 그곳은 나의 삶과 나의 사랑이 싹을 틔운 곳이다. 나의 삶, 나의 사랑. 그것의 형태와 모양은 전부가 삽다리 제품인 셈이다. 삽다리 현지에서 조립되었다. 내가 왜 두 아들을 매몰차게 버리고도 버렸다는 느낌을 안 갖는지, 내가 왜 아이들의 엄마가 있는 내 집을 버리고 나왔으면서도 버렸다는 느낌이 안 드는지, 왜 사랑하는 상대에게도 차마 사랑한다는 말을 입 밖으로 낼 생각을 못했는지, 그건 거듭 말하지만 전부 삽다리 탓이었다. 순전히 조상 탓이었다.

내 고향이 충청도 삽다리라는 것은 널리 알려진 사실이다. 두말할 나위 없이 삽다리야말로 어린 시절 내 사랑의 전부였다. 나는 엉뚱하게 화투 그림을 많이 그려서 화투를 그리는 아마추어 화가로 알려졌지만 화투를 그리기 전에는 시골 풍경 중에서도 초가집을 많이 그렸다. 초가집 중에서도 초가지붕을 집중적으로 그렸다. 그러니까 반달 형태의 초가지붕은 어린 시절에 대한 내 그리움의 상징이었다. 서울에 와서 학교를 다니는 동안에도 나의 본집은 물론 충청도 삽다리였다. 그러다가 내가 대학 2, 3학년일 때쯤 삽다리의 집을 팔고 서울로 이사를 왔지만, 우리 집이 삽다리에 있는 동안, 나는 방학 때마다 기차를 타고 시골로 내려갔다. 그때까지 내가 죽기 살기로 가고 싶은 곳은 이 지구상에서 오직 한 군데, 바로 삽다리였다. 그때는 하와이나 발리 섬 같은 데가 있다는 사실조차 몰랐다. 오로지 가고 싶은 곳은 삽다리였다.

두 달 전 북한을 탈출한 새터민 청소년과 얘기를 나누면서 가끔 자기네들이 자란 북쪽 고향땅이 그립다는 얘기를 듣고 나는 백 번 천 번 그들의 속마음을 이해할 수가 있었다. 방학만 되면 나는 서울역에 나가서 장항선 기차를 타고 삽다리로 갔다. 왜 그랬는지는 몰라도 나는 단 한 번 버스를 타고 시골에 내려간 기억이 없다. 버스는 인연이 없었나보다.

대학의 여름방학은 고등학교의 여름방학보다 훨씬 길다. 나는 여름방학이건 겨울방학이건, 방학이란 방학은 매번 통째로 삽다리에서 보냈다. 그래서 지금도 신문이나 방송에 보도되는 설이나 추석 때의 서울역 귀성객 실황을 보면서 야릇한 기분에 잠긴다. 그 옛날 서울역의 인파 속에서 서성이던 내 모습이 떠올라 귀성인파가 남의 일처럼 느껴지지 않기 때문이다.

방학 몇 주 전부터 나는 불안과 공포에 떨어야 했다. 시골 내려가는 기차표 값이 천상 큰누나의 주머니에서 나와야 하는데, 해방촌 방 두 칸짜리 판잣집에 사는 큰누나한테서 기차표 값이 선선히 나오기를 기대한다는 것은 늘상 무리였다. 게다가 나는 무엇이 궁할 때 남한테 칭얼대는 성격도 못 되었다. 밥을 못 먹어 속이 텅 비어 하늘이 온통 개나리 색깔로 보여도 누구한테 배고프다는 소리 한마디 못하고 그냥 참았다. 서울음대에 다닐 때는 큰길에 전차가 다녔는데 방과 후 전차에 올라타면 정말 하늘이 노랗게 보였다. 사실 서울 시내에는 잘사는 일가친척이 몇 군데 있었지만, 나는 단 한 번도 그런 데를 찾아가 손을 벌린 적이 없다. 조 씨 피가 그런 것 같았다.

그러다 어찌어찌해서 기차표 살 돈이 내 손에 쥐어지면, 나는 부활 승천하는 폼으로 서울역에 나가 기차표를 사는 긴 줄에 떡 버티고 섰다. 아, 그때 그 기분!

"여러분! 나는 기차표 살 돈을 내 손에 쥐고 있습니다. 올해도 나는 삽다리로 가는 기차를 탈 수가 있습니다."

가슴이 터지도록 외치고 싶었다. 나는 너무나 흥분했기 때문에 기차에 올라타면 객실로 들어가지 못하고 시종 난간 계단에 매달려 갔다. 삽다리에 내릴 때쯤 되면 석탄 연기바람에 얼굴과 옷이 온통 숯검정이 되어 있었다.

삽교역에 도착해 기차표를 역전 아저씨한테 내밀고 서너 평이나 될까 말까한 역사를 빠져나오면, 거기가 바로 나의 가슴 떨리는 삽다리 천국이었다. 병든 아버지가 계시고, 엄마가 있고, 작은누나가 있고 내 동생 영수와 내 조카 혜숙이가 있고 도꾸가 아직도 살아 있는 내 집, 내 천국이었다.

전화가 흔치 않던 시절이었어도 역전을 빠져나와 몇 군데 상점 앞을 지나면 벌써 서울서 조영남이가 내려왔다는 소문이 삽다리 전체에 쫙 퍼져나갔다. 단지 서울에서 학교를 다닌다는 이유 하나만으로도 나는 삽다리의 스타였다. 거기다가 서울대 견장과 마크가 달린 교복까지 입었으니.

여름방학이나 겨울방학 때 삽교역에 내려 장터를 지나 꿈에도 그리던 내 집에 당도해서 대문을 삐꺽 밀고 들어서면, 언제나 집안 뜨락 풍경은 한가로웠다. 옛날에 강아지였던 도꾸가 마루 밑에서 기어나와 나를 미친 듯이 반겼고, 겨울철에는 아랫목에 누워 계시지만 여름철에는 으레 마당 한가운데에 가마때기를 깔고 석고처럼 누워 계시는 아버지가 나를 반겼다.

아버지는 겨우내 방 안에서 햇빛 한 점 못 쏘이시다, 여름이면 해가 중천에 떠 있는 동안 뜨락에 나와 누워 계시거나 앉아 계셨다. 엄마는 아침마다 아버지를 부축해서 뜨락 한가운데에 내려놓고 일터로 나가곤 했다.

아버지는 왼쪽 부위가 완전 마비였지만, 최소한 반쯤은 자력으로 일어나 앉을 수 있었다. 앉아 계실 때의 아버지는 늘 마비된 왼쪽 손을 가슴 쪽으로 올리고 힘이 딸려서인지 고개는 항상 왼쪽으로 약간 쏠린 채였다. 언어의 불편은 별로 없었다.

안방이나 뜨락에 계시던 아버지는 내가 대문을 열고 "아버지, 나 왔어." 하면서 마당 뜨락에 들어서면, 반년 만에 자식새끼를 보시면서도 늘 말문을 열지 못하고 힘겹게 일어나 앉으면서 갑자기 얼굴만 새빨개지셨다. 나는 아버지의 핏기 없는 얼굴이 빨개지면서 일그러져가는 의미를 본능적으로 알아차릴 수 있었다. 아버지는 나를 너무너무 좋아하셨던 거다. 지금 내가 내 딸 은지를 너무너무 좋아하듯이 말이다. 우리는 잠시 서로의 얼굴만 바라볼 뿐 별달리 할 말이 없었다. 나는 아버지한테 할 말이 없었고, 아버지 역시 나한테 할 말이 없었다. 나는 사방을 두리번거리다가 "아버지, 나 애들 만나러 나갈게." 하고 훌쩍 대문을 나서곤 했다.

어려서부터 학교의 가정환경 조사 때마다 나는 엄연히 아버지가 있는 사람이었다. 아버지가 반신불수로 누워만 계셔도 아버지는 나의 아버지였다. 아버지는 끝끝내 나의 기둥이었다. 그런데 아버지는 늘 나한테 미안해서 그랬는지 방학 때마다 나를 보면 고생했다, 힘들지 않았느냐 뭐 그런 말 한마디 없이 얼굴만 새빨개지셨다. 왜 아버지는 언어 소통에는 불편함이 없었는데 나만 뚫어지게 바라보며 아무 말도 안 했을까.

나는 지금 내 아버지 조승초 씨의 기분을 너무도 이해할 수 있을 것 같다. 당신은 아들에게 아무것도 해준 게 없었다. 아들이 열한 살 초등학교 때 당신이 병들어 쓰러졌으니까 뭔가를 해줄 시간도 없고 방법도 없었다. 아들을 위해서 평생 아무것도 해준 게 없었으니 서울 간 아들이 방학이 되어 당신을 찾아온들 그 아들한테 무슨 얘기를 해줄 수 있었겠는가.

그래도 오랜만에 아들 얼굴 보는 게 너무도 좋아서 아래쪽에 있던 피가 일순간에 위쪽으로 치솟아 올라 얼굴만 한동안 빨개지셨던 것이다.

이런 장면은 수십 년의 시차를 두고 장소만 충청도 삽다리에서 미국 뉴욕으로 바뀐 채 똑같은 구조로 연출된다. 아들이 실로 몇 년 만에 아버지의 미술전시장으로 찾아오고, 오랜만에 아들의 얼굴을 보게 된 아버지는 너무도 반가워서 아들에게 밥이라도 한번 함께 먹자는 말조차 못하고 그냥 우물우물하다가 아무런 기약도 없이 또 헤어지게 된다. 나의 아들과 딸은 할아버지의 얼굴을 본 적도 없다. 그러나 드라마의 뼈대는 똑같다. 내 아들의 입장에서 보면 이렇다.

우리의 할아버지는 아빠가 아주 어렸을 때 병석에 눕게 되어 아빠는 평생 할아버지의 보살핌을 못 받고 혼자서 성장해야 했다. 그리고 우리의 아빠는 우리가 아주 어렸을 때 엄마와 우리를 놔두고 집을 나가서 영영 돌아오지 않았다. 그래서 우리는 엄마의 보살핌 속에서만 성장해야 했다. 여기까지는 드라마의 뼈대가 비슷하다. 비교해서 따지자는 게 아니다. 내 아들들은 그나마 자기네들 엄마의 보살핌이라도 받았지만 나는 내 엄마 김정신 권사님의 보살핌조차 받을 형편이 못 되었다. 왜냐하면 김 권사님은 13년간 당신 남편의 대소변까지 가려야 하는 매우 바쁜 입장이었기 때문이다.

이제 남은 건 잘잘못을 가리는 일이다. 죄질의 문제다. 여기서 나는 할 말이 없다. 할 말을 할 수조차 없다. 조승초 씨처럼 어린 자식을 놔두고 애비가 병에 걸린 죄와 조영남처럼 어린 자식을 놔두고 애비가 집을 나간 죄는 비교 자체가 불가능하다. 근본적으로 다르다. 병에 걸린 죄는 고의성이 없으므로 무죄일 수밖에 없지만 집을 나간 죄는 고의성이 다분히 있으므로 유죄다.

모든 궁금증은 풀렸다. 조승초 씨는 당신이 평생 병들어 아들을 보살피지 못했으므로 "아들아 미안하다. 그러나 아들아, 나는 너를 사랑한다."는 말 한마디를 못한 채 얼굴만 빨개졌던 것이고 조영남 씨는 일찍이 돌아오지 않는 가출을 해버리는 바람에 아들을 돌보지 못했으므로 오랜만에 아들을 보고도 지은 죄가 너무 많아 "아들아, 미안하다. 그러나 아들아, 나는 너를 사랑한다." 이런 말 한마디 못하고 우물우물하다 돌아섰던 것이다.

그러나 그 옛날에 나의 아버지가 나를 보고 얼굴만 새빨갛게 붉혔듯이 나 또한 나의 아들과 내가 그린 그림보다 아니 아침 햇살보다 더 눈부시게 아름다웠던 내 아들의 여자친구, 장차 나의 며늘아이 후보를 보고 내 딴엔 감격을 한 나머지 그날 밤 뉴욕 한국음식점에 있던 술이란 술은 방광이 터질 정도로 몽땅 퍼마시고 얼굴이 벌겋게 충혈되어 그 다음날 아침까지 기절해버렸던 것이다. 다음날 다행히 나의 방광은 멀쩡했지만 나는 하루 온종일 토했다.

왜 나의 아버지는 날 보고 한마디 말도 없이 얼굴만 빨개지셨고 왜 나는 나의 자식들을 보고 술만 마시고 토했을까. 답은 똑같다. 그 애비에 그 아들이다. 너무 미안했고 너무 사랑했기 때문이다. 그걸 몸이 대신 해줬던 것이다. 몸의 언어 즉 바디 랭귀지를 구사했던 것이다. 무릇 언어는 몸에서 나온다. 몸이 1차적이고 언어는 2차적이다. 그러므로 미안해, 사랑해를 말의 언어보다 한 단계 더 그윽한 무언의 언어로 표현했던 것이다. 그러니까 나는 사랑에 관한 한 내 아버지의 유전자를 물려받아 무언의 언어만 구사하는 고질병적 불치병에 들었던 것이다.

그런데 고질병에 시달리던 나의 막판 인생에 해결 전문 흑기사가 나타났다. 그게 바로 내 딸 은지다. 은지가 내 입을 찢은 것이다. 사랑한다는 말을 하게 만든 것이다.

성서의 첫 장 첫 줄도 '태초에 말씀이 계셨느니라' 이렇게 시작한다. 언어로 표현되지 않은 것은 생각도 아니고 행동도 아니다. 나는 사랑이 뭔지도 몰랐다. 어떻게 하는 게 사랑인 줄도 몰랐다. 신경도 안 썼다. 그러나 딸 하나를 키우면서 나는 아주 자연스럽게 아하! 내가 내 딸을 이유와 조건 없이 백 프로 사랑하는 것, 이것이 사랑이구나, 이것을 알게 되었다. 그것은 일종의 쿠데타였다. 자아혁명 같은 것이었다. 처음에 나도 의아했다. 어찌 이럴 수 있을까, 어떻게 내 마음속에도 타인을 전면적으로 이해하고 감싸고 무조건 좋아하는 마음이 존재할 수 있을까, 그것이 꼭 부모자식 사이의 특별한 관계라서 그런 걸까 하다가 문득 깨달았다. 그것이 바로 사랑의 실체라는 것을 말이다.

다시 정리를 하면 이런 거다. 내가 내 딸을 통해 사랑의 실체를 새삼 확인하기 이전까지 나는 사랑에 관한 한 엉터리였다. 무언의 언어로 연막을 친 무능력자에 불과했다. 나는 사랑에 관한 공부를 등한히 했고 사랑이 뭔지를 알려고 하지도 않아 막상 사랑이 무엇인지 몰랐다. 가령 평생 예배당에 다니면서 입에 달고 살았던 "하나님이 세상을 사랑하사"를 입으로 말할 때도, 이때의 사랑이 뭘 의미하는지, 하나님이 뭘 하다가 갑자기 세상을 왜 사랑한다는 건지, 왜 세상까지도 사랑을 받아야 하는 대상인지, 그 큰 세상을 어떻게 사랑한다는 건지 그런 걸 몰랐다. "예수 사랑하심은 거룩하신 말일세!" 노래를 할 때도 예수가 뭘 어떻게 사랑한다는 건지, 왜 우리가 예수를 사랑해야 하는지, 왜 타인인 예수가 우리를 사랑한다는 건지, 그게 가당키나 한 건지, 그런 걸 생판 몰랐다. '사랑해 당신을 정말로 사랑해' 부를 때도 심봉사 지팡이로 땅 짚듯 대충 그러려니 하면서 노래했다. 하기야 그런 걸 몰라도 세상을 살아가는 데는 큰 지장이 없어 다행이었다.

나는 내 딸을 통해 사랑의 실체를 스스로 입증해내기 전까지는 어떤 경우에도 나 자신이 타인을 전면적으로 사랑한다는 것은 전면적으로 불가능하다는 생각에 함몰되어 있었다. 따라서 남녀관계에 있어서의 사랑역시 한갓 일시적인 착각 현상으로만 여겨왔다. 그래서 왜 우리 사이에는 사랑이 느껴지질 않냐고 투덜대는 여자친구에게 늘 이런 식의 일장설교를 해댔다.

"사랑이 어디 있냐, 사랑은 없다. 소설이나 영화 같은 사랑이 어디 있냐. 사랑은 원래 없는 거다. 우매한 인간들이 사랑이라는 단어 하나를 만들어놓고 그 단어에 매달려 허우적대는 거다. 도대체 누가 누구를 사랑할 수 있다는 거냐. 타인을 어떻게 자신과 동일시 할 수 있다는 거냐. 일심동체가 어떻게 현실에서 가능하냐. 그런 건 모두가 인간이 스스로 만든 고독의 울타리에서 빠져나오려는 몸부림일 뿐이다. 쌍방간 섹스의 욕구를 충족시키려는 아귀다툼일 뿐이다. 순수한 사랑은 없는 거다. 위대한 사랑도 없다. 영원한 사랑은 또 뭐냐, 도대체 그런 게 어딨냐. 현실에선 사랑하는 상대가 아침저녁으로 천사가 됐다 웬수가 됐다 아래위로 그네를 타듯 들썩거리는데 영원한 사랑이 뭐 말라죽은 영원한 사랑이냐. 사랑은 없다. 그저 그러려니 사랑이 어딘가에 있으려니 하면서 오리무중으로 사는 거다. 다들 우리처럼 덤덤하게 살아가는 거다. 그게 바로 현실이라는 거다."

그러나 요즘 나는 그런 따위의 설교를 안 한다. 내 딸을 통해서 어딘가에 사랑이 실제로 존재한다는 걸 몸으로 깨달았기 때문이다. 그 대신 나는 요즘 고민에 빠져 있다. 심각하다. 왜 나는 내 딸을 사랑하듯 세상의 모든 여자들을 사랑할 수 없을까. 아니, 왜 나는 단 한 명의 여자친구도 그렇게 사랑할 수 없는 걸까. 왜 나는 내 딸 이외의 여자한테는 본능적으로 득실을 따져가면서 덤벼들게 될까. 언제 한번 사랑다운 사랑을 해볼수 있을까. 아침에 눈 뜨면 만날 그 생각뿐이다. 창피해 죽겠다.

몇 점짜리 사랑을 했을까

• 에필로그

　아무 데라도 상관없다. 만일 지리산이나 태백산 중턱 어딘가에 대한민국 사랑평가 조사단 같은 특수기관이 있어서 누구나 죽기 얼마 전에 한 번씩 불려가 그동안 쌓아올린 사랑의 성적을 평가 받고 돌아오는 프로그램이 있다면 얼마나 재미있을까? 프로그램의 목적은 사람들로 하여금 평가단에서 평가가 내려진 점수를 가지고 점수가 좋은 사람은 기뻐하고 점수가 부진한 사람은 죽기 전까지 분발해서 높은 점수를 따낼 수 있게 기회를 주는 것이다. 그러니까 몇 년에 한 번씩 평가를 해서 점수가 좋은 사람은 천국에 갔다오고 점수가 많이 나쁜 사람은 지옥에서 살다오게 하는 그런 장치가 있었으면 좋겠다는 얘기다. 천국과 지옥이 있냐 없냐 자꾸 싸우는 건 이제까지 아무도 살아 있는 동안 천국이나 지옥을 다녀온 증인이 없기 때문이다.

　내가 괜히 이런 김밥 옆구리 터지는 소리를 하는 게 아니다. 내가 어떻게 사랑해왔는가에 대해서 쭉 쓰다보니 나도 나름대로 사랑을 하긴 했다. 그런데 문제는 내가 한 사랑이 제대로 된 사랑인지 아니면 사랑 축에도 들지 않는 사랑인지, 똥인지 된장인지 천국에 갔다올 수 있는 사랑을 한 건지 지옥행 사랑을 한 건지 구별이 잘 안 돼서 그런 사랑평가 전문기관이 불쑥 연상된 것이다.

내가 서울음대 성악과에 다니면서 노래를 공부할 때는 실제로 매 학기마다 누가 노래를 얼마나 잘하나 못하나 평가를 받았다. 수요연주회라는 학과과목이 바로 평가기관 역할을 했다. 장소는 학교 대강당이었고 매주 전교생이 의무적으로 참석해야 했다. 수업 내용은 간단했다. 전 학년 학생 누구나가 돌아가면서 한 학기에 한 번씩 연주를 하고 전교생으로부터 평가를 받는 동시에 전공과목 교수들 전부가 합동으로 채점한 점수를 한 학기에 한 번씩 받아보는 시스템이었다. 그리고 나는 수요연주회에서 꽤 괜찮은 실기점수를 받아냈다. 하나마나한 얘기지만 성악과 학생의 경우 결국 노래를 잘 부르면 점수가 후하게 나왔다.

마찬가지다. 한 인간의 삶에서 우리의 삶을 구성하는 요소인 사랑을 잘하면 사랑평가단에서는 당연히 높은 점수가 나오게 되어 있다. 여기서 노래를 잘하는 것과 사랑을 잘하는 것이 크게 다른 것 같지가 않아서 우선 그럼 한번 비교관찰해보겠다.

노래점수가 후하게 나왔던 비법은 무엇인가. 치밀한 전략이 우선이었다. 첫째는 곡목이다. 이것은 KBS「열린음악회」에 출연할 때의 전략과 비슷한데 뭐니뭐니해도 곡목 선택이 중요하다. 곡목은 우선 그날의 전체 분위기에 맞는 것이라야 한다. 부산 해운대 특설 해변무대가 공연장소인데 가령 '산에 산에 꽃이 피네'로 나가는「산유화」를 선택해서 불렀다면 그건 축구에서 자살골을 먹은 거나 다를 바 없다. 수요연주회도 마찬가지다. 어느 곡을 택했느냐가 최대의 관건이다. 가령 테너 전공 학생이 너무 뻔한 이태리가곡「오 솔레미오」를 불렀다면 그건 곧장 자살골로 취급된다. 왜냐하면 아무리 노래를 잘 소화했어도 그 노래는 너무 흔해 빠져서 이구동성으로 "야! 여기가 TV「열린음악회」냐, 밤무대냐!" 하고 교수나 학생들의 야유가 빗발칠 것이기 때문이다. 수요연주회의 목적은 지난 학기에 이러이러한 이유로 이러이러한 곡목을 택해서 연구한 것을 발표하는 마당인데 「오 솔레미오」같이 대중적인 곡을 택했다면 그건 이번 학기에 공부를 하지 않았다는 의미로 풀이될 수밖에 없다. 「열린음악회」는 파퓰리즘이고 수요음악회는 아카데미즘이라는 의미다.

수요연주회에서 나는 나만의 전략을 세웠다. 누구나 자기만의 전략을 세우는 법이다. 내 경우엔 우선 지금까지 다른 학생이 부른 적이 없는 곡을 선택했다. 이것은 내가 대중가요 가수가 된 이후 「TV 쇼쇼쇼」나 「열린음악회」에서도 지속적으로 써먹은 전략이며 수법이다. 일단 다른 가수가 부른 적이 없는 노래를 부르면 이미 반은 성공한 셈이다. 다른 출연자가 따라 부를 수 없는 고난도의 곡을 선택하는 것도 좋은 전략이다. 다른 사람이 손을 대지 못했다는 것은 그 곡이 어렵다는 뜻이다. 소화해내기가 쉽지 않다는 뜻이다. 그러니까 남이 부르지 않은 곡을 선택했다는 것은 남보다 한 단계 위로 올라섰다는 암시일 수가 있다. 나는 그때 한 단계로는 성이 차질 않았다. 최소한 두 단계를 뛰어오르고 싶었다.

수요연주회의 규정은 한 학생에 한 곡이 원칙이다. 그런데 성악곡에는 한 곡 안에 여러 곡이 연줄로 붙어 있는 곡이 더러 있다. 슈베르트의 「겨울 나그네」에는 무려 스물네 곡이 따라 붙는다. 그래도 그것을 한 곡이라고 우기면 한 곡이다. 나는 보통 네다섯 곡이 붙은 소위 연가곡을 택해 수요연주회에서 불렀다. 그것은 변칙 아닌 변칙이기 때문에 미리 정보가 새어나가면 여론이 분분해질까봐 일부러 동료들이 보는 앞에서는 거의 연습을 안 했다. 연습을 안 하는 학생처럼 행동했다. 연주 당일날 전교생과 교수들을 서프라이즈 시킨다는 맹랑한 전략 때문이었다. 물론 나는 좋은 점수를 받아내곤 했다.

그렇다면 이번에 나는 사랑평가 조사단으로부터 과연

몇 점이나 받아낼 수 있을까. 아마도 심사위원들이 꽤나 골머리를 앓을 것 같다. 중반 이후부터 쭉 사랑평가가 곤두박질 쳤을 것 같다. 심사위원들이 나의 추락하는 사랑점수 때문에 어리둥절했을 것 같다. 내가 생각해도 내 사랑의 전반부는 환상이었다. 순전히 독학으로 시작한 풋사랑·짝사랑·첫사랑 그리고 영원한 여동생에서 여친 그리고 약혼자, 아내까지 만들고 아들을 둘씩이나 만들 때까지 나의 사랑점수는 에이 플러스였다. 그러나 어느 지점부터 사랑평가단이 당황할 정도로 나는 괴상한 사랑에 휘말리기 시작했다. 도대체 저런 사랑을 어떻게 채점해줘야 옳으냐, 내가 강문고등학교 2학년 때 생전 처음 한양대학 전국 고교음악 콩쿠르 성악부에 출전해서 출전번호표를 달고 노래를 불렀을 때에도 심사위원들이 내 문제 때문에 옥신각신했다는 얘기를 들은 적이 있다.

그때 강문고등학교는 막 새로 세워진 학교라 성악을 전문적으로 가르치는 선생님도 없었고 변변한 피아노 한 대도 없었다. 그러니까 나는 예선대회에서 불러야 하는 지정곡을 전부 혼자 집에서 배웠다. 노래는 그런 대로 악보를 읽어가며 웬만큼 부를 수 있었는데 문제는 발음이었다. 그 해의 지정곡이라서 필수적으로 불러야 하는 외국가곡에 딸린 이탈리아어와 독일어 발음을 내 멋대로 꾸며 부르는 바람에 심사위원들이 나의 노래를 듣고 합격이냐 불합격이냐 결정하는 문제로 논란이 컸다는 얘기였다.

물론 나는 예선에서 탈락했다. 그러나 거기서 끝나질 않았다. 예선에서 탈락한 나를 심사위원들이 따로 불러서 청문회를 하듯이 내 신상에 관한 것을 물었고 내가 집안 형편 때문에 개인레슨을 받아본 적이 없었다고 하자 당시 심사위원장이셨던 한양대학 김연준 총장이 그날부터 등록금과 개인레슨비, 장학금까지 따로 수여해서 그 다음 해 콩쿠르에 다시 나가 당당히 성악부 1등을 차지하게 되었던 것이다.

사랑도 마찬가지다. 나는 사랑도 노래 부르기나 그림 그리기처럼 거의 독학으로 처리했다. 초등학교에서 중학교 고등학교 대학까지 십수 년 넘게 학교라는 델 다녔지만 거기서 사랑을 따로 교육 받은 적은 없다. 결국 아무 교과서도 없이 사랑을 마구잡이식으로 배우고 구사하다보니 내가 생각하기에도 나의 사랑은 좀 번잡스럽게 뻗어간 듯하다. 일부러 번잡을 떤 것이 아니라 저절로 그렇게 된 것 같다. 나로선 그럴 만한 이유도 있었다. 그 이유는 두 가지로 요약된다. 하나는 문명의 발달이고 다른 하나는 문명의 발달에 따라 내가 유명인이 된 것이다. 문명은 강남의 땅값 집값 만큼이나 급격하게 상승세를 타면서 발전했다. 소위 문명이 피어난 이래 내가 살아온 지난 몇십 년 만큼 왕창 발전한 적이 없었다. 대강 따져보면 알 수 있다.

내 부모와 나는 겨우 한 세대 차이다. 나이 차이라고 해봐야 서른 살 남짓이다. 실제로는 같은 세대에 살았다. 그럼에도 불구하고 내 아버지와 내 삶의 차이는 엄청나다. 충청도 삽다리 중학교 축구대표팀과 브라질 축구 국가대표팀과의 실력 차이만큼이나 엄청나다.

몇 가지 예만 들어봐도 그렇다. 조승초 씨는 한 여자와 살면서 무려 아홉 명의 자식을 만들었지만 나는 한 여자와 살면서 딱 세 명밖에 못 만들어 냈다. 딱 세 배 차이다. 조씨는 아홉 명, 그의 아들 작은 조씨는 세 명이다. 조승초 씨는 어려서부터 내가 무슨 일에 서두르거나 더펄대면 으레 낮은 소리로 이렇게 말했다.

"놀멘놀멘 하라우."

'놀멘'은 놀면서 천천히 하라는 이북 사투리다. 그래서 판소리지만 나는 내가 쓴 첫 번째 책 제목을 『놀멘놀멘』으로 정했다. 아버지는 나한테 놀멘놀멘 살라고 했지만 당신은 정작 놀멘놀멘 사시질 않았다. 딱 한평생 살면서 한 여자와 함께 아홉 명 자식을 만들어내는 일은 절대로 놀멘

놀멘 되는 일이 아니다. 게다가 아홉 자식 중에 네 명이 중도에서 탈락한다. 아무리 옛날에는 다들 그렇게 많이 낳고 또 많이 죽어나갔다곤 하지만 아홉 자식 중에 네 명의 자식이 죽어 넘어갈 땐 매번 가슴이 썩어 문드러졌으리라는 게 내 생각이다.

지금 나한테 소속된 세 명의 자식들은 예나 지금이나 여전히 멀쩡하다. 단 한 명도 고장이 나거나 무슨 이유로 죽는 일이 없었기 때문에 나는 아직 자식들의 일로 가슴 썩혔던 적은 없다. 오히려 애비가 자식들의 가슴에 몇 번인가 못을 박았음에 틀림없다. 속 썩을 일이 없으니 나는 상대적으로 한가한 시간을 많이 가질 수 있었고 한가했기 때문에 재미있으면서도 문명적으로 여겨지는 일들을 놀멘놀멘 즐길 수가 있었던 것이다.

경제적인 면을 비교 평가한다면 조승초 씨와 나의 차이는 상상을 불허할 정도로 크다. 조승초 씨가 마지막에 사셨던 집은 불광동 독박골 계곡 끝자락 집이다. 미술도록에 보면 그림 밑에 제작년도 · 사이즈, 그리고 재료가 적혀 있게 마련이다. 오일 · 아크릴 · 혼합재료 등등으로 말이다. 독박골집은 재료가 간단했다. 판자 · 진흙 그리고 검정 콜타르가 묻은 천이 전부였다. 진흙으로 벽을 쌓아 콜타르 묻은 천으로 지붕을 가렸고 값싼 판자로 화장실이며 문짝 같은 것을 만들어 붙였기 때문이다. 값으로 쳐봐야 얼마 안 된다. 먼저 살던 삽다리 시골 초가집 한 채를 판 돈과 불광동 판잣집 판 돈을 합해봐야 지금 돈으로 몇백 만 원밖에 안 되었을 것이다. 내가 지금 소유한 전기기타 한 대 값도 안 된다. 그러나 지금 내가 살고 있는 한강변의 청담동 빌라는 말 그대로 수십억 원짜리다. 2007년 현재 싯가 백억 원대라고 신문 잡지 TV에 공표된 적이 있다. 재산의 차이는 모텔과 호텔 차이가 아니라 변두리 여관과 두바이의 버즈알아랍 호텔 차이다.

그나마 우리 부자지간에 비교 가능한 건 사랑이다. 사랑의 방식이다.

어떻게 비교되는가. 그냥 따져보면 된다. 내가 아는 한 조승초 씨는 평생 딱 한 여인만 만나 그 여인을 상대했다. 상대의 이름과 직함을 합쳐서 부르면 김정신 권사님이다. 조씨는 김 여인을 만나 나머지 생을 자연스럽게 마감했던 것이다. 조씨 때는 첩·새댁·둘째마누라가 공공연히 묵인되던 요순시절이었는데도 그랬다. 아들 조영남도 이 점에서는 크게 다르지 않았다. 아들도 처음엔 아버지의 뒤를 그대로 따랐다. 한 여인과 만나 그 한 여인과 나머지 생을 마감하기로 단단히 결심했다. 따로 결심한다고 호들갑 떨지도 않았다. 그렇게 둘이서 그냥 쭉 살아야 하는 줄만 알았다. 아버지가 당신의 아내를 사랑한 만큼 아들도 아버지 못지않게 아내를 끔찍이 사랑했다. 둘이서 함께 애 낳고 사는 걸 사랑이라고 쳤을 때 그랬다는 얘기다. 둘이 함께 살고 애 낳고 거기까지는 똑같았다. 그러나 아들 조씨의 경우 쭉 잘 나가다가 중간에서 일이 꼬였다. 비틀리기 시작했다. 우리 백천 조씨 가문의 사전에는 축첩이나 이혼이라는 단어가 없었는데 유독 아들 쪽에서는 그런 단어를 마구 쓰게 되었다. 바람·새여자·둘째여자·가출·새살림 뭐 이런 따위로 가문의 사전을 새롭게 써버리는 입장이 된 것이다. 그럼 여기서 사랑의 평가는 어떻게 내려졌는가.

사랑을 운동시합 같은 걸로 빗대서 말한다면 아들이 아버지한테 완패를 당했다. 아버지는 한 번 같이 살자고 약속한 여자와 남자답게 끝까지 약속을 지켰고 아들은 약속을 못 지켰다. 치사했다. 아버지는 신과의 약속을 지켰고 사람과의 약속도 지켰지만 아들은 둘 다 못 지켰다. 아들은 왜 그런 약속을 못 지키면서 아버지한테 패했는가, 원인이 뭐였는가. 원인이 따로 있었다. 그것은 다름아닌 유전자 문제였다. 원래는 부전자전으로 아들은 아버지를 유전적으로 쏙 빼닮아야 하는데 아들의 핏속엔 김정신 권사님의 피가 반쯤 들어 있기 때문에 아들은 아버지의 성격과 달리 권사님의 피까지 합쳐진 고유의 피를 물려받게 되었던 것이다. 그중에서도 특기할 만한 건 형식에 얽매이기를 싫어하는 피를 타고났다는 것이다. 따라서 아들은 결혼서약이나 신과의 약속 같은 걸 우습게 봐버릴수 있었다. 어떤 형식이건 눈에 띄는 대로 깨지 않고는 못 배기는 성질을 타고났기 때문에 심지어는 결혼서약마저도 일단 깨버렸던 것이다.

역설적이지만 아들이 인기연예인이 된 것도 패인 중에 하나였다. 목재소를 경영하다가 가내 양계장 동네 목수에 불과했던 아버지에 비해 아들은 아버지와 생판 다른 인기 연예인이 된 것이다. 연예인 주변에는 많은 사람이 왕래한다. 차가 많이 왕래하면 충돌사고가 많아진다. 바로 그것이다. 아들은 연예인이 된 탓에 많은 사람과 왕래를 하다가 큰 사고를 냈다. 두 차례의 만남과 헤어짐 약속과 약속불이행은 아주 큰 사고였다. 대형사고였다. 후유증도 대형 후유증이 따랐다. 곧장 바람둥이 · 플레이보이로 판정이 나버렸다. 인기연예인 혹은 광대에 대한 특별 배려나 정상참작 없이 중형을 선고받은 것이다.

사랑의 본질도 마찬가지다. 아버지는 아들보다 유리한 고지를 선점해버렸다. 아버지는 그것을 끝까지 밀고나갔다. 아버지는 사랑을 딱 한 번으로 마감했고 아들은 사랑하다 말다를 여러번 반복했다. 내 아버지의 경우 딱 한 여자를 정해서 그 여자와 단둘이 논스톱으로 아홉 명의 자식을 만들다보니 아버지는 죽어서도 한 여자의 사랑을 원도 끝도 없이 받아내는 결과가 나왔다. 돌아가신 내 아버지 조승초 씨가 지금쯤 하늘에서 경쟁심을 가지고 번잡한 아들 스타일의 사랑을 부러워하고 있는지 그건 알 수 없다. 그러나 분명한 건 단 한 번뿐이었던 내 아버지의 기막힌 사랑을 나는 늘 부러워했다는 사실이다. 남녀한 쌍이 논스톱으로 아홉 명의 또 다른 인간을 만들어냈다는 것 말이다.

나는 지금 내 아버지를 놓고 뺑튀기를 하는 게 아니다. 나는 내 두 눈으로 똑바로 봤다. 지상에서 영원까지 함께 가는 것을 믿었던 아버지의 파트너 김정신 권사님이 아직 살아 계실 때였다. 나는 권사님을 모시고 이따금씩 경기도 군포 어느 산비탈에 있는 권사님 남편의 묘소를 찾아가곤 했다. 거기선 늘 이상한 현상이 눈에 띄곤 했다. 김 권사님의 행동이 그러했다. 볼일을 다 보고 저녁 노을이 물들 무렵 모두들 집으로 돌아갈 차비를 차려도 김 권사님은 남편의 무덤가에서 우물우물 도무지 일어설 생각을 안 하는 것이었다. 그것은 참 납득이 안 가는 광경이었다. 장장 13년간을 단 하루도 거르지 않고 똥오줌을 받아내게 했던 원한 덩어리의 남편이었는데, 그래서 허구한 날 "저누무 영감태기 칵 죽지도 않고." 하며 병든 남편이 빨리 죽지도 않는다는 내용의 넋두리를 입버릇처럼 읊곤 했었는데 이게 어찌된 일인가. 이제 와선 언제 그랬더냐 싶게 남편 무덤만 몇 시간씩 쓰다듬으며 해가 서산에 지도록 어찌 저리도 일어설 줄을 모른단 말인가. 그런 때마다 김수현의 드라마 제목이 절로 떠올랐다. 아! '사랑이 뭐길래.'

　이건 아주 재수없는 상상이다. 그런데 이런 사태가 벌어지지 않는다는 보장은 없다. 뭐냐 하면 내가 죽어서 무덤에 누워 있을 경우다. 아버지는 단출하게 한 여자가 찾아와 몇 시간이고 무덤을 쓰다듬어줬지만 내 경우는 어찌 될 것인가. 글쎄 어느 누가 찾아와서 내 무덤에 꽃 한 송이라도 놓고 가겠는가 말이다. 그렇게 하고 싶은 마음이 있어도 주변에 남아 있는 몇 명의 여인들이 서로 눈치를 보며 쟤가 갈 거야, 아니야 쟤가 먼저 가야 옳아, 이러면서 흐지부지될지도 모른다. 어쩌다 무덤에 찾아왔다 해도 무덤 위에 눈물 한방울을 떨구기는커녕 퉁명스럽고 뜨악하게 한마디를 내뱉지 않겠는가.

　"더럽게 해갈대더니."

그러니까 나는 내 아버지의 사랑 앞에서 군말없이 무릎을 꿇어야 한다. 그리고 이런 자문을 해봐야 한다. '행여 내가 아버지처럼 병석에 눕게 되었을 때 13년은 고사하고 13일이라도 내 똥과 오줌을 기꺼이 받아내줄 여인이 있을까.' 이것은 대단히 건방지고 오만한 질문이다. 이기주의의 결정판이다. 현실이 그렇다. 많은 남자들이 실제로 일방적으로 그따위식의 자기한테 유리한 질문만 하면서 아둔하게 살아간다. 사람 같으면 지금 당장이라도 그와 반대로 자문을 해봐야 한다. '나는 최소 13년간씩이나 사랑하는 여인을 위해 기꺼이 그녀의 대소변 시중을 들어줄 만큼의 사랑과 배려를 지닌 사람인가.' 누가 나한테 그렇게 묻는다면 그건 말하나마나다. 당연하다. 나는 그만한 배려를 지닌 사람이다.

　가령 요즘 친하게 지내는 여친한테 만약 위급한 상황이 생기면 나는 무조건 앞장선다. 나는 13년간 돌볼 수 있다. 그건 대단한 일도 아니다. 어쩜 당연한 일이다. 그러나 미안하지만 여기엔 조건이 있다. 말하기 창피하지만 조건은 조건이다. 그 조건이 성립되어야 한다. 그런데 내가 지금 그 조건을 말하면 누구든 웃는다. 어이없다며 웃을 것이다. 그래서 말하기가 싫다.

　옛날 삽교초등학교 다닐 때 황석현이라는 한 학년 선배가 있었다. 그는 공부를 제일 잘하고, 음악 미술도 제일 잘하고, 전교 학생위원장에 무엇보다도 학교 대표 400미터 릴레이의 마지막 주자였다. 나와 내 친구들은 황석현 형이 나중에 대통령이 된다고 굳게 믿었다. 황석현 형은 그후 대전중고등학교를 수석으로 졸업하고 물론 서울법대에 입학했다.

　내가 가수로 등단해서 유명해진 다음 초등학교 때 황석현 형의 제일 친한 친구였던 이민식 형을 만나 황석현 형의 근황을 물어봤더니 놀라운 답변이 나왔다. 고등고시에 무려 아홉 번인가 낙방을 해서 숨어 산다는 것이었다. 그렇지 않아도 가끔씩 황석현 형이 증발했다거나 절에 들어갔다거나 심지어는 저쪽 은평구 동사무소 직원이 됐다는 등의 괴상한 소문까지 들려왔다. 나는 무엇보다도 서울법대에서도 수재로 날리던 사람이 고시에 아홉 번이나 떨어졌다는 게 도저히 믿어지질 않았다.

나중에는 고시 계통 박사로 알려져서 황석현 형한테 그해 고시에 관한 정보를 얻은 사람은 모두가 합격하고 정작 황석현 형 자신만 계속 떨어졌다는 것이다. 나는 민식이 형을 초등학교 졸업 이후 30여 년 만에 만나 황석현 형에 관해서 바짝 물어봤다. 왜 고시 합격을 못했냐, 뭐가 문제였냐, 가정 문제였냐, 여자 문제였냐, 돈 문제였냐, 신체적 문제였냐. 그런데 이상하게도 민식이 형은 대답할 기미가 보이질 않았다.

그럴수록 나는 너무 궁금했다. 그래서 조건을 내걸었다. 만일 대답을 해주면 민식이 형 모친의 칠순 잔치에 내가 참석해서 노래를 불러주겠다. 민식이 형한테는 유명한 후배 가수가 자신의 모친 칠순 잔치에 참석하냐 안 하냐가 매우 중요한 이슈였다. 드디어 그가 느릿느릿한 충청도 말씨로 말했다.

"영네미는 분멩히 내 말 들으면 웃을끼여. 근디 이건 웃을 일이 아녀. 웃으믄 큰일 나는 일이여."

내가 계속 왜 석현 형이 아홉 번이나 고시에 낙방했는지 채근을 했고 그가 드디어 입을 열었다.

"그건 말여, 석현이네가 조상 묘를 잘못 쓴 기여."

내가 지금 내 여친에게 제시하려는 사랑의 조건도 비슷하다. 조상 묘보다 더 웃길 수 있다. 그러나 나는 심각하다. 사랑의 성공과 실패가 여기에 달렸기 때문이다. 조건은 이런 거다. 여자가 내 약혼자였거나 결혼식을 올렸거나 혼인 신고를 했거나 최소한 동거 생활이라도 했어야 한다. 내 여친이 쭉 즈이집에서 살다가 거기서 동오

줌을 가려내야 하는 불상사가 생겼는데 내가 쫓아가서 여친을 실어다가 내 집으로 데리고 와서 병간호를 하는 건 그 집 식구들이 멀쩡하게 살아 있는 한 아무래도 오버일 것 같다. 하기야 내가 그 여친을 평소에 죽기 살기로 사랑했다면 그럴 수도 있을 법하다. 그러나 나는 누구를 죽기 살기로 사랑하거나 몰입하는 타입은 아니다. 여친 쪽 집에서 병간호할 형편이 못 된다면 그때는 내가 나설 수도 있다. 이 정도 조건만 해도 치사하다고 눈살 찌푸릴 사람이 많을 듯한데 사실상 그건 기본조건에 불과하다. 더 심각한 조건이 따라붙는다. 이젠 갈 때까지 갔으니까 조롱하고 비웃어도 할 수 없다.

나의 조건은 내 여친이 지갑이나 핸드백이나 가방에 너무 많은 것을 넣지 말아야 한다는 것이다. 그게 첫째 조건이다. 나는 언젠가부터 내 여친이 지갑·핸드백·가방 같은 것에 너무 많은 것을 쑤셔넣는다고 생각했다. 언젠가부터는 그런 걸 보면 현기증이 돌고 뒷골까지 땡겨왔다. 그러나 그건 어디까지나 각자의 취향에 관한 문제이기 때문에 그걸 일일이 간섭할 일은 아니라고 생각해서 꾹 참고 지나갔다. 그러나 나의 증상은 점점 심해져서 그녀의 뚱뚱한 지갑이나 지퍼가 터져나갈 것 같은 가방을 보게 되면 이제는 주먹만한 불덩이 같은 게 무릎 아래에서 해골 쪽으로 쑥 치솟는 듯했다. 가벼운 여행이라도 떠날 때는 그 뚱뚱함이 극에 달했다. 글쎄 작은 가방을 놔두고 큰 가방을 새로 사서 여유롭게 넣어가면 될 것 아니냐고 해도 막무가내였다. 그녀는 많이 쑤셔넣는 특수기술을 보유했다는 것에 쾌감을 느끼는 듯했다. 지갑이나 가방을 물리쳐서 승리하는 느낌이 드는 모양이었다. 하는 수 없이 나는 마음을 가다듬고 최대한 온건한 표정과 말씨로 내 의견을 전달했다.

"야! 그게 그렇게 빵빵하면 보기 싫지 않냐? 너의 지갑, 핸드백 그리고 가방이 주인을 잘못 만나 학대받는 것처럼 보이지 않냐? 차라리 더 큰 걸 사서 쓰면 될 것 아니냐."

그럴 때마다 그녀는 마치 그럴 줄 알고 있었다는 듯이 지갑에 들어 있는 물건들을 하나씩 꺼내 보이며 말했다.

"봐, 봐봐. 이거 무슨 카드, 이거 무슨 명함, 이거 동대문 주차권, 이거 남대문 주차권, 이거 카드 영수증, 이거 할인 쿠폰, 이거 피자 햄버거 교환권이구 이건 파스타 교환권이야. 그리고 이건 주유소 쿠폰이야. 중요하지 않은 게 어딨다구 그래."

내 느낌에 그녀의 지갑에는 아직도 쇠돈이 들어 있는 것 같고 핸드백에는 아령이 한 쌍씩 들어 있는 것 같았다. 그러면서 뭐가 문제냐, 뭘 잘못했냐, 내가 언제 너더러 내 지갑이나 내 핸드백 들어달라고 했냐, 남자가 왜 그렇게 쪼잔하냐, 되레 야단이다. 아! 이건 환장할 노릇이다. 그녀가 나를 쪼잔한 남자로 취급하는 것은 내가 생각해도 백 번 옳은 지적이다. 그런데 진짜 심각한 것은 쪼잔한 남자가 쪼잔한 줄 알고 있는데 쪼잔하단 소릴 들으면 무지하게 신경질난다. 나는 신경질이 극에 달했다.

그렇다. 나는 지금 벌써 세 번째 쪼잔함의 함정에서 허우적대고 있는 중이다. 첨부터 나는 내 여친이 검정과 흰색의 옷만 입기를 은근히 희망했다. 특히 내가 검은 옷을 좋아하기 때문에 자연적으로 그녀가 검은 옷을 입으면 괜히 뭔가 통하는 느낌이 들 것 같았다. 그런데 그녀는 분명히 내 쪽 사정을 훤히 알면서도 만날 장례식장에만 갈 수는 없다며 내가 좋아하지 않는 색깔의 옷을 골라놓고 아무렇지도 않게 날더러 돈을 내라는 것이다. 나는 쪼잔한 남자로 취급되는 게 싫어서 꾹 참고 돈을 지불해왔다.

그렇지 않아도 나는 쪼잔한 남자 소리를 듣는 게 싫어서 나는 아예 그녀에게 검정색깔의 옷을 여러 벌 사줬다. 나를 만날 때만 입어달라는 뜻이다. 그리고 나 아닌 다른 놈을 만날 땐 빨강·파랑·노랑 무지개 색깔

등 입고 싶은 대로 입으라고 했다. 내가 그렇게까지 특별조치를 취해줬는데 그녀는 내가 오히려 더 쪼잔해보인다고 했다. 환장할 노릇이다. 그러나 그것은 내 스스로가 넘겨야 하는 위기였다. 그 위기도 얼마 안 가 넘겨버렸다. 그냥 참는 작전을 썼다. 또 참을 수도 있었다. 왜냐하면 그녀가 검정색 이외의 다른 색깔의 옷을 입고 나와도 물론 검정색만은 못하지만 나름대로 참아줄 수 있을 정도로 괜찮아 보였기 때문이다.

두 번째 위기는 머리 모양이었다. 나는 그녀의 쪽진 머리가 압도적으로 좋아보였다. 그리고 나는 그 얘길 수백 번이나 했다. 그런데 어느 날 그녀는 머리를 풀고 파마를 하고 나타나서 나더러 왜 아무 말 안 하는 거냐고 앵앵대는 것이었다. 내가 정녕 쪼잔한 남자가 아니었다면 '와, 원래 쪽진 머리가 어울렸는데 이렇게 풀어헤친 머리도 예쁠 줄 몰랐네.'라고 한마디쯤 해줬어야 한다. 그러나 나는 그녀의 파마머리가 도저히 어울려보이질 않아서 접대 멘트를 날려보내기가 싫었다. 까놓고 말해서 접대 멘트를 날리는 놈이 쪼잔한 놈이지 자기 고집을 꺾지 않고 꿋꿋하게 앉아 있는 놈이 어찌 쪼잔한 놈이냐 나는 속으로 큰소리를 쳤는데 눈치를 챘는지 어쨌는지 다행히 그녀가 다시 쪽진 머리로 돌아가면서 위기를 넘기게 되었다.

한 쌍의 남녀가 쌍방 단골 형태로 만날 땐 서로 몇 가지의 불만은 자연뽕으로 딸려오게 마련이다. 별 수 없다. 이런 불만은 쌍방 스스로가 슬기롭게 대처해나가야 한다. 그런 불만은 거의가 사소한 불만이다. 불만에 눌리면 사랑이고 뭐고 깨지는 것이다. 마침 내 사정을 알게 된 주위 친구가 사랑의 심리학에 관한 책 한 권을 추천해줬다. 그 책에 의하면 내가 내 여친의 뚱뚱한 지갑에 신경이 곤두서는 것은 내가 그녀한테 관심이 있고 사랑하기 때문이란다. 그렇지 않으면 남의 물건이 뚱뚱하건 홀쭉하건 상관을 안 하게 된다는 것이다.

그럼 해결책은 뭐냐, 간단하다. 책에서 알려주는 해결책은 이런 거다. 그녀의 뚱뚱한 지갑이나 뚱뚱한 핸드백까지도 예쁘게 보고 사랑스럽게 봐야 한다는 것이다. 염병, 그런 해결 방법은 마치 축구해설가가 마이크에 대고 각도가 빗나갔습니다, 골키퍼가 선방했습니다, 이번 게임에 우리편이 잘만 차면 승산이 있습니다, 우리가 골을 저쪽보다 더 많이 넣기만 하면 이기는 겁니다, 이런 식으로 만날 하나마나한 소리를 하는 것과 똑같아 보여 아무런 도움이 되질 않았다.

그래서 나는 독립적으로 참신한 대비책을 구체적으로 강구해나가기 시작했다. 그것은 앞으로 얇고 날씬한 지갑을 가지고 다니는 새로운 여자가 새롭게 나타날 때까지만 참는다는 것이다. 내 형편이 지금 그렇다. 이 방법보다 더 좋은 방법이 있으면 한길사 편집부로 연락해주길 바란다.

내가 일방적으로 무경우하게 억지를 부리는 게 아니다. 누구든 내 지갑을 한번 관찰해보면 내가 왜 그토록 뚱뚱한 지갑에 노이로제 현상을 일으키는지 알게 된다. 내 지갑에는 얼마간의 현찰과 비씨카드 한 장 그리고 2년 전부터는 영화를 무료로 볼 수 있는 메가박스 VIP카드 한 장이 전부다. 그 이상을 넣고 다녀본 적이 없다. 주민등록증이나 운전면허증은 분실을 우려해서, 그보다는 지갑 빵빵한 게 싫어서 집에 두고 다닌다.

남자가 겨우 빵빵한 지갑 때문에 그토록 심한 스트레스를 받다니 무려 아홉 차례나 아내가 연속으로 임신을 해서 남산처럼 부풀어가는 빵빵한 모습을 지긋한 눈빛으로 바라봤을 내 아버지에 비하면 아! 나는 사람도 아니다. 사랑할 자격도 없는 놈이다. 그럼에도 불구하고 나는 사랑평가 조사단에서 매겼을 나의 사랑점수가 궁금하다.

김정신 권사님은 보나마나 일찌감치 100점짜리 평가를 받아놓았을 것이고 그 남편 조승초 씨는 여자 파트너를 단 한 번도 바꾸지 않고 김정신 권사님한테서만 아홉 명의 자식을 만든 업적으로 100점을 받았다가, 초반에 너무 술을 많이 마신 것에 대한 벌점 5점 그리고 막판에 병이 들어 13년간이나 온 가족을 혹독하게 고생시킨 죄로 벌점 5점, 그래서 10점을 뺀다 해도 최소한 최종점수 90점 이상을 확보해놨다고 봐야 한다. 그 결과 지금 두 분 다 천당에 들어가 계신 게 확실시된다.

자! 그럼 대중가요 가수로 알려진 그들의 일곱 번째 친아들의 중간 점수는 어떻게 되었을까. 아직도 당사자가 살아 있으므로 최종 점수가 아닌 중간 점수여야 한다. 믿거나 말거나 40대 초중반까지는 최상의 점수를 받았음에 틀림없다. 그것은 아들도 조승초 · 김정신 팀에 버금가는 최상의 가정을 꾸려왔기 때문이다. 젊었을 때 사랑의 배신자 노릇을 한 번 저지른 것, 그러니까 제2차 첫사랑 최시현을 일방적으로 배신한 것에 대한 벌점 5점을 뺀다 해도 95점을 유지할 수 있었다. 우스갯소리로 들릴지 모르지만 이때 나는 죽었어야 한다. 그랬어야 나는 사생활 깨끗한 요절 가수로 남을 뻔했고, 그림도 그렸기 때문에 요절 화가로 인정받아 대대손손 칭송받을 뻔했다. 글쎄, 40대 사망도 요절로 분류되는지는 잘 모르겠지만 말이다.

그러나 나는 운도 없어 요절 예술가가 될 수 있는 절호의 기회를 놓쳤다. 단 한 번도 죽지 않고 지금까지 계속 살아왔고 또 살아 있기 때문이다. 지금은 늦었다. 지금 죽으면 요절은커녕 오히려 호상이다. 그렇다고 살아 있는 게 능사는 아니다. 제1차 가정 파탄 이후부터 나의 사랑점수는 곤두박질 끝에 바닥을 쳤다. 그후로도 몇 차례의 짤막한 사랑 비즈니스가 연결되긴 했지만 이래저래 자잘한 시행착오가 드리워진 사랑들이었다. 엄살을 부리는 게 아니다. 대충 주요 벌점만 헤아려봐도 그렇다. 우선 1차 결혼식 때 검은 머리 파뿌리 되도록 함께 살겠다고 큰소리쳤다가 파기한 것에 대한 벌점 10점. 신神과의 약속 파기에 대한 벌점을 고작 10점으로 친 건 정말 너그럽게 봐준 거다. 그리고 그 당시 신뿐만 아니라 상대 여성과의 약속 파기에 관한 벌점 10점, 결혼식 주례 목사님과 하객들을 배신한 벌점 10점, 자기 자식들을 돌보지 않은 벌점 20점, 그리고 이어서 두 번째 여성과의 약속을 파기한 벌점 10점. 벌써 벌점이 60점에 이른다. 벌점은 거기서 끝나지 않는다. 이날 이때까지 여자를 단순히 예쁘냐 안 예쁘냐 외형으로만 판단한 것에 대한 벌점 5점. 특히 나이 든 여자를 덜 사랑하고 홀대한 것에 대한 벌점 5점. 나는 한때 밝은 사회, 찬란한 사회를 만들기 위해 매일매일 해가 떠 있는 동안 30세 이상의 여성은 대로에서 벗어나 뒷골목으로 다니게 하는 새로운 생활 법률을 만들어야 한다고 떠들어 댔었다. 젊은 여자만 큰길에 왔다갔다 해야 밝은 사회가 된다고 믿었기 때문이다. 그뿐 아니다. 어린아이조차 귀여운 아이만 편파적으로 귀여워한 것에 대한 벌점 5점, 그밖에 꽃이나 강아지조차도 예쁘고 귀여운 것만 사랑한 것에 대한 벌점이 5점 정도 추가되어야 한다.

여기까지 계산하면 나의 중간 사랑평가 점수는 100점 만점에서 벌점 80점을 빼고 고작 20점이 남는다. 물론 형편없는 낙제 점수다. 그러나 그런 와중에도 10점짜리 플러스 점수가 하나 있다. 딸을 몹시 사랑한 것에 대한 점수다. 그래봐야 중간 점수 30점인데, 지금부터라도 최소 40점을 더 벌어야 전 국민 평균 사랑점수 70점에 이를 수 있다.

그렇다면 특단의 방법을 강구해야 하는데 한국 사랑평가단은 야박하다. 가령 영국의 경우는 자기네 가수 엘튼 존이 같은 남자끼리 결혼식을 올리고 함께 부부처럼 살아도 국왕으로부터 작위를 수여받고 경sir의 칭호까지 받지만 여기서 그랬다간 아이고! 그냥 작살이다. 그렇다고 나는 지금 밍기적댈 입장이 아니다. 점수를 올려놔야 한다. 이젠 체면이고 뭐고 없다. 다만 몇 점이라도 끝까지 끌어올려야 한다. 정 안 되면 청원서라도 제출해야 한다. 한번 호소해보는 거다.

나는 누가 뭐래도 앞에서 고백한 것처럼 나의 남자친구들, 그리고 청담학교 남학생들을 이성으로가 아닌 동성으로 그들을 끔찍이 사랑했다. 그래서 받아내고 싶은 점수는 5점. 그리고 무엇보다 나는 나의 모든 여친들, 그리고 청담학교 여학생들을 또한 엄청 사랑했다. 그건 세상이 다 아는 사실이다. 그것은 사실상 내 막판 사랑의 전부였다. 사활을 건 모험적 사랑이었다. 그래서 나는 당당하게 청원 점수 30점을 올렸다.

그런데 제동이 걸렸다. 들려오는 얘기가 관례상 친구끼리의 사랑에는 높은 점수를 주지 않는다는 것이다. 사랑 평가단에선 아직까지도 한 남자와 한 여자가 지고지순하게 사랑해야 30점 이상을 받아낼 수 있다고 했다. 남자가 죽은 다음에도 여자가 하염없이 남자의 무덤을 쓰다듬는 김정신 권사님식 사랑을 보여줘야 왕창 점수를 받아낼 수 있다는 것이다. 나는 거세게 항의를 해보았다. 내가 죽은 다음에는 한 여자가 아니라 여러 여자들이 내 무덤가에 삥 둘러앉아 단체로 내 무덤을 쓰다듬을 것이다. 그랬더니 내 항의가 먹혀들기는커녕 날더러 그동안 무슨 사이비 교주 노릇을 했냐며 그런 추잡스러운 짓은 용서 안 된다고 했다. 그네들은 나를 무슨 변강쇠로 취급하는 모양이었다. 나는 한숨을 내쉬며 아! 언제까지 꼭 한 남자가 꼭 한 여자만을 사랑해야 하고 한 여자는 꼭 한 남자만을 사랑해야만 하나, 혼자서 넋두리를 내뱉다가 최후의 청원서를 제출하기로 맘을 굳혔다.

최후의 청원서는 나에 대한 두 여성의 증언이 담긴 제법 드라마틱한 순정적 청원서였다. 사랑 평가단의 측은지심을 불러일으킨다는 전략적 청원서였다. 내용은 대략 이러했다. 대한민국 가요 100년사에 빛나는 톱스타 패티 김 선배가 얼마 전 남산 힐튼 호텔에서 펼쳐지고 있는 나의 현대미술 전시장에 친히 왕림하셔서 담소를 나누며 그림 감상을 하고 계셨다. 때마침 30대 중반의 내 여친 하나가 보이길래 나는 자연스럽게 여친을 패티 선배 일행에게 소개했다.

"누이! 여기 내 여친인데요." 하니까 옆에서 누군가가 한마디 했다. "아니, 영남 씬 도대체 여친이 몇 명이나 되는 거야." 이때 패티 선배가 한마디 던졌다. "애애, 영남아! 난 니가 부러워. 나도 진작에 내 남편하고 헤어지고 너처럼 여러 남친 사귀며 살 걸 그랬어." 청원의 내용은 이렇게 권위 있는 사람의 증언을 통해서 나의 사랑 방식이 밀레니엄 새 시대에는 상당 부분 인정받고 있다는 것을 알리며 이런 여친관리 능력으로 최소한 5점 정도는 선처해달라는 것이었다.

이제 최종 청원이 하나 남았다. 이건 거의 읍소 작전이다. 급하기 때문이다. 10 내지 15점 정도는 받아내야 한다. 청원의 내용은 이런 거다. 멀리 지구의 정반대편으로부터 장거리 전화가 걸려온다. 잘 아는 여친이다. 그런데 이상하게도 초저녁이라 내가 묻는다.

"야! 거기 새벽 아니냐?"

"여기 새벽 여섯 시예요."

"근데 왜 잠 안 자고 전화했냐."

"선생님, 내 친구 유리 알죠. 유리가 어제 뉴욕에 와서 어젯밤부터 둘이 지금까지 술 마시고 선생님 얘기 했어요."

"무슨 얘길 했는데."

"제가 유리한테 그랬어요. 선생님이 늙어서 병들면 내가 여기로 모셔와서 여기서 그림 그리며 휴양하게 할 거라구요."

"그래, 알았어. 내가 빨리 늙어서 병들도록 해볼게."

이런 대화를 나누는 여친은 그럼 누구인가. 말 그대로 나의 여친일 뿐이다. 그 이상도 이하도 아니다. 굳이 따지자면 애인과 여자친구 그 사이쯤에 존재하는 이성 친구다. 우리는 처음부터 각자의 삶을 살아왔다. 우리는 서로 사랑하면서도 상대의 삶을 침해하거나 방해하지 않았다. 어떻게 그럴 수가 있을까. 복잡할 것 없다. 섹스를 개입시키지 않으면 된다. 그게 개입되면 즉시 애인이나 연인 관계로 묶이게 된다.

나와 그녀와의 관계는 애인이나 연인 관계가 물론 아니다. 우리 사이는 엄연히 남남이다. 오히려 오빠 여동생 같은 관계다. 그녀가 그녀의 남친과 함께 있을 때는 내가 거기에 끼어서 함께 논다. 나는 그녀의 남친을 그녀만큼 좋아하고 그녀의 남친은 자기의 연인을 좋아하는 만큼 나를 좋아한다. 반대로 내가 내 여친과 함께 있을 때는 그녀가 우리 사이에 끼어서 함께 놀고 즐긴다. 이건 앞서 말한 영화 「글루미 선데이」가 천만에 아니다. 여기선 섹스리스, 즉 섹스가 개입되지 않기 때문에 훨씬 더 서로에 대한 부담이 없다. 서로 좋아하기만 하면 된다. 남 보기에 우리는 천상 연인이다. 실제로 지극히 사랑하는 연인들처럼 행동하고 실제로 우리끼리는 더할 나위 없는 연인이기 때문이다.

이제 나의 최종 사랑점수를 살펴볼 때가 되었다. 이 책에서 언급했듯이 나는 여러 여자와 사랑관계를 맺어왔다. 한결같이 사랑하다 말다식 관계였다. 나는 지금 더 이상 사랑하다 말다 하는 관계를 맺고 싶은 생각이 없다. 똑같은 걸 반복하는 일에 지쳤는지도 모른다. 그런 하다 말다식 사랑에 비하면 내가 지금 진행중에 있는 서로 상대를 터치하거나 옭아매지 않고 소유 개념이 배제된 완전히 자유로운 사랑이야말로 이 시대가 요구하는 최첨단 사랑으로 점수가 잘 나올 거란 생각도 든다. 우리네 사랑평가 단도 상당 부분 개혁개방이 되었다고 본다. 꼭 부부 사이가 아니라도, 꼭 장래 같은 걸 약속한 사이가 아니라도, 꼭 섹스가 개입된 사랑이 아니라도 서로 좋아하고 서로 사랑하면 반드시 후한 점수를 받게 된다는 걸 나는 믿는다. 게다가 나는 지금처럼 살면 몇 년은 더 살 것 같고 그렇게 살다보면 내가 김정신 권사님 같은 여자를 못 만난다는 보장도 없다. 어느 날 사랑이, 내가 찾던 그런 사랑이 와주기만 하면 나는 간단하게 100점짜리 사랑점수를 딸 수가 있다. 까짓 사랑점수, 우습다.